Kristen Heitzmann

Das Echo der Vergangenheit

francke

Über die Autorin:

Kristen Heitzmann lebt mit ihrem Mann und den vier Kindern am Fuße der Rocky Mountains. Bereits in der Grundschule begann sie zu schreiben und studierte später Englische Literatur und kreatives Schreiben. Wenn sie nicht an einem ihrer Bücher arbeitet oder ihre Kinder unterrichtet, engagiert sich die überaus erfolgreiche Autorin im Musikteam ihrer Gemeinde.

Bibliografische Information Der Deutschen Bibliothek
Die Deutsche Bibliothek verzeichnet diese Publikation in der
Deutschen Nationalbibliografie;
detaillierte bibliografische Daten sind im Internet
über http://dnb.ddb.de abrufbar.

ISBN 978-3-86827-393-9

Originally published in English under the title *Echoes*
by Bethany House Publishers, a division of Baker Publishing Group,
Grand Rapids, Michigan, 49516, USA

Deutsch von Dorothee Dziewas
Umschlagbild: © dreamstime.com / Zimmytws;
© dreamstime.com / Kwest19
Umschlaggestaltung: Verlag der Francke-Buchhandlung GmbH /
Christian Heinritz
Satz: Verlag der Francke-Buchhandlung GmbH
Druck und Bindung: CPI Moravia Books, Korneuburg

www.francke-buch.de

Kapitel 1

Das Wimmern war kaum mehr als ein Laut der Sehnsucht – oder Angst – aus der Kehle eines Kindes. Sofie reagierte sofort, jeder Nerv war angespannt. Aber als sie die Augen öffnete, war da keine warme, feuchte Wange, keine winzige Stirn, die von nächtlichen Sorgen in Falten gelegt war. Sie sank zurück, als der Kummer, der ihr bis ins Mark ging, seinen vertrauten Platz fand.

Ihre Handgelenke brannten von der Erinnerung. Das nasse Laken wog auf ihrer Brust wie Wasser, das sie herunterdrückte und ihr bis ans Kinn reichte, und ihre Verzweiflung war so groß, dass sie sich nicht dagegen wehren konnte. *Chi ha dato ha dato.* Was getan ist, ist getan. Sie konnte die Uhr nicht zurückdrehen oder irgendetwas von dem, was geschehen war, ändern.

Sie stand auf und ging ins Bad. Der Wasserhahn gab seltsame Geräusche von sich; das Rohr klopfte. Wasser kam herausgestottert und floss in einem rostig riechenden Strahl in die Wanne. Wieder drangen die Erinnerungen wie spitze Pfeile auf sie ein, als sie über den Badewannenrand kletterte und das rötlich gefärbte Wasser ihre Füße umspielte. Entschlossen drehte sie sich um und dann vertrieben die brennend heißen Wasserspritzer die Erinnerungen.

Als sie sich die Haare getrocknet hatte, band sie sie zu einem Pferdeschwanz zusammen und zog eine graue Kaschmirjacke und eine anthrazitfarbene Stoffhose an. Einen schwarzen Kamelhaarmantel dazu und einen Schal in türkis-blau. Ihre schwarzen Chenille-Handschuhe glitten am Geländer des Treppenhauses herunter und sie trat auf die Straße hinaus, in der ihre Familie seit drei Generationen wohnte. Belmont. Little Italy in der Bronx. Jeder Laden, jeder Bordstein war ihr vertraut; jedes Gesicht wusste zu viel. Ein Segen und eine Last.

Vor ihrem Mund bildete sich eine Atemwolke und der brüchige Frost knirschte unter ihren Schuhen. Der beißende Januarwind tat in der Nase weh. Aber sie hatte es nicht weit, nur um die Ecke und zwei Häuserblocks weiter. Fröstelnd stieg sie die Stufen zu der Kirche hinauf und schlüpfte durch die riesigen Türen in das Gebäude hinein, das nach Putzmitteln und Gebeten roch.

Die Stricke um ihre Brust lockerten sich. Ihre gedämpften Schritte trugen sie die Hälfte des Mittelganges entlang, wo sie zwischen den *donne anziane* in ihren schwarzen Tüchern und dicken Strümpfen niederkniete.

Mariana Dimino schob sich langsam, Bank für Bank, zu der Stelle vor, an der Sofie kniete. Sie blieb stehen und ihre Augen waren einladend. „*Finchè c'è vita c'è speranza*", murmelte sie.

Wo Leben ist, da ist Hoffnung. Sofie ließ die Worte sacken, dankbar für das Geschenk. Hoffnung war kostbar und durfte weder gehortet noch leichtfertig verschleudert werden. Das Gleiche galt für das Leben.

Der Gedanke hallte in ihrem Herzen wider, als sie zum Wohnhaus ihrer Eltern zurückging und jedes Detail ihrer Umgebung, ihres Kokons wahrnahm. Sie spürte ein neues Gefühl in sich aufsteigen. Es war Zeit für eine Veränderung. Sie würde gleich zu Mama gehen und – ihr Handy klingelte.

Rasch drückte sie auf die Gesprächstaste, aber niemand war am anderen Ende zu hören. Wer immer diese Anrufe tätigte, wartete, bis sie dranging, und blieb dann so lange in der Leitung, wie sie es tat, ohne jemals ein Wort zu sagen. Kein Atmen und keine Drohungen, aber das Schweigen beunruhigte sie noch mehr.

Die Nummer war unterdrückt, also konnte sie die Anrufe nicht erwidern. Wer konnte das sein? Jemand, den sie beraten hatte? Keinem ihrer Klienten hatte sie ihre private Nummer gegeben, sondern sie war nur über die Hotline erreichbar. Wenn jemand sich die Mühe gemacht und ihre Telefonnummer herausgefunden hatte, warum sagte er dann nicht, was er wollte?

„Ich weiß nicht, was Sie damit bezwecken. Wenn Sie etwas brauchen, sagen Sie es."

Immer noch nichts.

„Wenn Sie es mir nicht sagen, kann ich Ihnen nicht helfen." Sie legte auf und sah sich um. Sie hatte das merkwürdige Gefühl, beobachtet zu werden. Ihre Sehnen spannten sich an, obwohl sie den Verdacht hatte, dass es nur ein Schatten aus ihrer Vergangenheit war.

Schließlich trat sie ins Treppenhaus und schob sich an Fahrrädern mit Stützrädern, Basketbällen, Skateboards, Schneeschuhen und anderen Kindersachen vorbei. Es gab viele Kinder in diesem Haus und sie war ihre Lieblingstante, die keine eigenen Kinder hatte, von denen sie hätte abgelenkt werden können. Oben weinte Nicky und ihre Schwester Monica brüllte Bobby an, er solle den Kleinen beruhigen, ohne die Ironie auch nur zu bemerken.

Sofie lächelte. Sie würde diese lärmende Szenerie vermissen. Alle diese Menschen mochte sie. Aber sie konnte nicht mehr hierbleiben. Mariana Diminos Worte hatten sie aufgeweckt. Sie hatte nur noch automatisch funktioniert, wie in einem Halbschlaf aus Zweifeln und Reue. Aber sie lebte und es bestand Hoffnung, dass sie sich aus dem Familienkokon schälen konnte, der sie in den letzten sechs Jahren abgeschirmt hatte, um kraftvoll ihre Flügel zu entfalten.

Sie ging die Treppe zum ersten Stock hinauf. Mama war wach; das erkannte sie an dem Geruch nach Verbranntem, der in den Hausflur drang. Dies würde die erste Loslösung sein, das schwierigste Sichlosreißen. Sie klopfte an die Tür und ihr Vater ließ sie herein, als er die Tür öffnete, um zur Arbeit zu gehen. „Bis bald, Pop."

Im Vorbeigehen tätschelte er ihre Schulter. Es war besser, wenn Mama sich an den Gedanken gewöhnte, ohne dass Pop noch seine eigenen Sorgen darüberstülpte. Selbst vor Tonys Tod hatte Mama alles getan, um ihre Küken bei sich in der Nähe zu behalten. Nur Lance hatte das Nest verlassen und sein ruheloses Umherziehen war für die Frau, die gerade die mit Nippes zugestellte Arbeitsplatte abwischte, eine beständige Sorge.

Das offene Fenster ließ den Rauch hinaus und die Kälte herein. Schwarze, durchweichte Krümel lagen in der Spüle, nachdem Mama die verbrannten Ränder vom Toast gekratzt hatte. Stückchen davon hingen wie Fliegen im Abfluss.

„Keine Angst, Mama. Pop ist froh über einen vollen Magen."

„Meinst du, Lance würde das auch sagen?" Ihre Mutter schüttelte das Handtuch über der Spüle aus und hängte es an den Haken.

Lance würde sich bemühen, gar nichts zu sagen, aber wenn eine Frau ihre Kinder durchschauen konnte, dann war das Doria Lo Vecchio Michelli. Lance und Nonna Antonia hatten jahrelang das Restaurant unten im Haus geführt und Köstlichkeiten für die Familie zubereitet. Beide waren wundervolle Köche und hatten Mamas Handicap, was das Kochen betraf, mit beachtlicher Zurückhaltung ertragen, aber sie kannte die Wahrheit.

„Warum denkst du an Lance, Mama?"

„Ich denke immer an Lance. Ich denke an euch alle. Ich mache mir Sorgen." Energisch wischte sie ihre Hand an der Schürze ab, die um ihre gut geformte Taille gebunden war. Mama hatte durchaus ihre Vorzüge, *Grazie a Dio*. Pop wusste, was er an ihr hatte und was nicht.

Sofie holte tief Luft. „Ich gehe."

„Du bist doch gerade erst gekommen." Mama hielt den Lappen unter den Wasserhahn und drückte ihn aus.

„Ich meine, ich gehe fort."

„*Madonna mia*." Mama presste eine Hand auf ihr Herz und drehte sich um. „Fortgehen? Wie kannst du fortgehen?"

Sofie seufzte. „Ich muss."

„Was ist mit dem Studium? Du hast schon so viel dafür gearbeitet!"

„Meine Dissertation ist angenommen worden. Ich kann sie überall schreiben und telefonisch und per E-Mail in Kontakt bleiben."

„Aber …" Mamas Miene verdüsterte sich. Mit ihrer Hand fuhr sie sich an die Kehle. „Du hast sie gefunden."

Sofie schüttelte den Kopf. „Nein, Mama. Es hat nichts mit Eric zu tun." Sie wussten beide, dass das eine Lüge war. In gewisser Weise hatte jeder Tag, jeder Augenblick, jede Entscheidung etwas mit ihm zu tun. „Ich brauche nur eine Veränderung. Ich kann nicht darauf warten, dass etwas geschieht, was nicht geschehen wird."

„Es hätte nie geschehen dürfen."

Sie widersprach nicht. Die Vernunft war auf Mamas Seite. Aber trotz des Schmerzes, der daraus entstanden war, konnte sie sich nicht wünschen, es wäre nicht geschehen. „Ich muss nach vorne blicken."

Mama rang die Hände, aber in diesem Punkt waren sie sich einig. „Dann geh zu Lance. Er wird auf dich aufpassen. Und du passt auf ihn auf."

Mit ihren dreißig Jahren sollte sie keinen kleinen Bruder brauchen, der auf sie aufpasste. Er war ja selbst gerade erst dabei, seinen Weg zu finden. Aber der Vorschlag war so gut wie jeder andere, und wenn sie auf der anderen Seite des Kontinents war, reichte die Entfernung vielleicht aus, um zu vergessen.

Ein Wunder. Ein anderes Wort gab es nicht dafür. In der Morgenstille hatte Lance die Hand ausgestreckt. Und Rese hatte seine Hand ergriffen, getaucht in das goldene Sonnenlicht in dem verschlafenen Garten in Sonoma.

Nach ihrem Streit und der Enttäuschung fühlte diese kleine Verbindung sich riesig und außergewöhnlich an. Es war mehr, als er von Rese Barrett erwartet hatte – von der Frau, die ihn zur Weißglut brachte und gleichzeitig völlig faszinierte, die selbst jetzt an seiner Ernsthaftigkeit zweifelte, an seiner Treue. Er zog sie näher zu sich, berührte mit dem Finger sanft ihr Kinn und hob ihr Gesicht zu ihm auf. Obwohl er es eigentlich besser wissen sollte, konnte er der magnetischen Anziehungskraft ihres Mundes nicht widerstehen.

Ihre Lippen öffneten sich. „Ich hoffe, du verbrennst die Frittata nicht."

Mit einem Ruck war er wieder in der Realität. Er hatte es mit Rese zu tun, und wenn er glaubte, er würde so leicht davonkommen, dann gute Nacht.

„Ist mir jemals etwas verbrannt?" Abgesehen von den Brücken, die er immer wieder hinter sich abriss.

„Jetzt wäre kein guter Zeitpunkt, damit anzufangen."

Er verschränkte seine Finger mit ihren. „Das werde ich nicht."

Sie hob die Hand und berührte die Tränen auf seinen Wangen. Der sanfte Wind hatte sie beinahe getrocknet, aber nicht ganz. Er war sich nicht sicher, woher die Tränen gekommen waren und warum. Er hatte sie erst gar nicht bemerkt. Früher hätte er eine Ausrede gesucht. Aber jetzt …

„Lance, gestern Abend … die Geburt des Babys ..."

Sein Blick glitt über den Garten.

„Es ist immer ein Wunder." Zu erhaben, wie der Psalmist sagte. Doch er brauchte etwas Reales. „Drehen wir eine Runde mit der Harley."

„Jetzt?"

„Star kann die Truppen füttern."

Sie seufzte. „Lance …"

„Nur eine kleine Runde." Er brauchte die Straße, die Geschwindigkeit, die Entfernung. Er brauchte Rese, aber das sagte er nicht. „Baxter kann Anstandswauwau spielen."

Als er seinen Namen hörte, kam der Spaniel-Retriever-Mischling angetrottet und stupste ihre verschränkten Finger mit der Nase an.

„Das wäre Tierquälerei."

Er kraulte den Kopf des Hundes. „Lassen wir ihn entscheiden."

Rese schnaubte verächtlich. „Als hätte er einen freien Willen, was dich betrifft. Als hätte irgendjemand den."

Star kam durch die Tür, ihr Kopf ein weißblonder Blizzard nach dem Kahlschlag, den sie ihrem Haar in der Bronx verpasst hatte, weil sie mit Drogen vollgepumpt gewesen war. Er wusste nicht, wer sie gefangen gehalten und ihr den Cocktail verabreicht hatte, der Spuren auf ihren dünnen Ärmchen hinterlassen hatte, aber er konnte die Heilung sehen, die hier in Reses Villa in Sonoma vonstatten ging. Nicht von heute auf morgen, aber er hoffte und betete, dass es eine echte und andauernde Heilung sein möge.

Nachdenklich fuhr sie sich mit dem Unterarm über die Stirn und fragte: „Ist das Frühstück fertig?"

„Fast." Er erwartete nicht mehr von sich, die Probleme der Welt lösen zu können, sondern er wollte nur sein Stück davon verbessern, wenn er konnte, und jeden Tag überstehen, ohne allzu große Fehler zu machen.

Rese machte einen Schritt auf das Haus zu. „Komm rein, Lance."

In der Wärme der großen Steinküche betrachtete Rese das Neugeborene, das noch immer keinen Namen hatte. Von seinen struppigen schwarzen Haaren bis zu seinen eingewickelten Beinchen lag Marias Baby auf Lance' Unterarm und verströmte ein süßliches, hefeartiges Aroma. Der Kleine hatte das flache, quadratische Gesicht und die niedrige Stirn seiner Mutter und seine kleinen dunklen Augen blickten zu Lance auf, als kenne der alle Antworten der Welt.

Maria, die nach der nächtlichen Geburt völlig ausgehungert war, verschlang ihre Mahlzeit, als würde sie nie wieder eine bekommen. Lance sagte ihr nicht, dass niemand ihr die Essensmarken wegnehmen würde. Offenbar genoss er den Enthusiasmus, mit dem sie sein Essen förmlich in sich reinschaufelte.

Antonia strahlte das Baby auf Lance' Arm an und flötete: „So ein guter, starker Junge."

Woher wollte sie das wissen, wo das Baby doch nichts tat, als Lance anzustarren? Hinter ihnen stellte Star einen mit Essen gefüllten Teller auf ein Tablett, dazu ein Glas Saft und einen Latte Macchiato. Kam Mom nicht nach unten?

Dies war wohl kaum die unkomplizierte Umgebung, die Rese sich vorgestellt hatte, als sie ihre Mutter aus der psychiatrischen Klinik nach Hause geholt hatte, aber es war nicht gut für sie, wenn sie sich von der realen Welt abschottete. Sie sollte besser nach ihr sehen. „Ich bringe es ihr rauf."

„Ist schon gut." Star nahm das Tablett. Irgendwie war sie zu Moms Hauptbetreuerin geworden; Star, die früher geglaubt hatte, eine tote Mutter sei besser, als ihre eigene so selbstsüchtige es gewesen war. Natürlich war Mom nicht tot gewesen. Das war nur die Lüge, die man der Tochter erzählt hatte, die von ihrer Mutter beinahe umgebracht worden wäre.

Mit einem Seufzer aß Rese einen Bissen von der herzhaften Frittata und warf Lance das anerkennende Lächeln zu, das er erwartete. Für ihn war eine Mahlzeit mehr als Essen im Magen. Sie war ein kulturelles Ereignis der Verbundenheit, Akzeptanz und Beziehung. Seine Kochkünste machten das nachvollziehbar.

Sie stand auf und wusch ihren Teller in der Spüle ab. Maria brachte ihren Teller ebenfalls, offenbar unsicher, was sie als Nächstes tun sollte, obwohl die feuchten Ränder auf ihrem T-Shirt ein Indikator waren. Rese sagte zu ihr: „Ich spüle ihn." Das spanischstämmige Mädchen verstand die Wörter nicht, aber Rese benutzte sie trotzdem.

Maria drehte sich mit großen Augen zu Lance um. Er lächelte sie an und das Mädchen lag ihm augenblicklich zu Füßen. Rese schüttelte den Kopf, als Maria wieder in das Zimmer hinaufging, das ursprünglich für Gäste in der Pension eingerichtet worden war, und Lance folgte ihr mit dem Säugling auf dem Arm.

Maria schien nicht zu begreifen, dass sie sich auch im Rest des Hauses aufhalten konnte, obwohl Lance ihr das erklärt hatte. Sie war es gewohnt, in nur einem überfüllten Raum zu leben. Wenigstens teilte sie diesen nicht mit sechs Männern, sondern nur mit ihrem Baby.

Rese wandte sich wieder der Spüle zu und schrubbte die Frittatapfanne in dem heißen seifigen Wasser.

Wenige Augenblicke später spürte sie Lance' warmen Atem in ihrem Nacken. „Ja."

Sie versteifte sich. „Was ja?“

„Ich möchte Kinder.“

„Was?“ Hatte er vergessen, dass seine neunzigjährige Großmutter mit am Tisch saß? Antonias Kichern nach zu schließen, hatte keiner von beiden es vergessen. Aber schließlich äußerten ja alle seine Verwandten ihre privaten Angelegenheiten so, dass jeder sie mithören konnte.

„Du hast mich in New York gefragt, was ich von Kindern halte.“ Er drehte sie um. „Jetzt sage ich es dir.“

„Du hältst ein Baby auf dem Arm und schon ...“

„Ich habe schon viele Babys auf dem Arm gehalten.“

Sie atmete heftig aus. „Wie du siehst, spüle ich gerade.“

„Du siehst gut aus in den Seifenblasen.“ Zärtlich umfing er ihre Taille mit seinen Armen und ihr Herz fing an zu rasen. Sein magnetischer Blick ließ sie in seinen Händen zu Wachs werden, schlimmer als Maria. Seine Mundwinkel zuckten belustigt. Warum war er so unglaublich charmant?

Lance Michelli ließ sie Dinge fühlen und denken und tun, die sie nie beabsichtigt hatte. Er hatte ihre Isolation durchbrochen und Gefühle in ihr geweckt – nicht nur für ihn, sondern auch für seine Familie, seine Freunde, für ihre eigenen Freunde auf neue Art und vor allem für sich selbst. Er hatte immer seinen Glauben, seine Stärke, seine Zweifel, seine Schwächen mit ihr geteilt. Und jetzt war sie so ernsthaft verliebt, dass es wehtat. So sehr, dass sie den Schmerz nicht überwinden konnte.

Sein Telefon klingelte. Seufzend nahm er das Gespräch an. „Sof. Wie geht es dir?“ Er zog die Augenbrauen hoch und sah zu seiner Großmutter hinüber. Auch Antonia schien überrascht.

Es musste seine Schwester Sofie sein, die Einzige in seiner Familie, die ihre Lebensgeschichte nicht groß und breit erzählt hatte – obwohl die eine Sache, die sie Rese anvertraut hatte, sie noch immer verfolgte.

„Ja, klar“, sagte Lance. „Ich rufe dich zurück.“ Er beendete das Gespräch und drehte sich um. „Was hältst du davon, wenn Sofie herkommt?“

„Zu Besuch?“

„Vielleicht bleibt sie auch ein bisschen länger.“

Bleiben. Zusätzlich zu ihm und seiner Großmutter, Star und Mom und einer Mutter mit Kind, die noch ein Teenager war. Sie hatte gedacht, sie würde eine Pension führen! Und sie hatte gedacht, sie hätte das auch so kommuniziert. Aber es spielte keine Rolle, was sie dachte. Lance fand immer einen Weg.

„Studiert sie nicht?“ Soviel sie wusste, schrieb sie gerade an ihrer Promotion. Sofie schien genauso zielstrebig zu sein wie sie selbst. Das konnte sie unmöglich aufgeben wollen.

„Ihr Dissertationsthema ist angenommen worden. Sie könnte hier bei uns schreiben und für das Kolloquium zurückgehen.“

„Oh.“ Rese rieb sich die Schläfen und ging in Gedanken die Zimmer durch. Mom im Rosenzimmer, Maria und das Baby im Jasminzimmer. Ihre eigene Suite war im Erdgeschoss neben der Küche. Da Lance und seine Großmutter im Kutscherhaus waren, blieb das Meereszimmer für Sofie. Oder Sofie konnte sich ein Zimmer mit Antonia teilen, wie sie es in der Bronx getan hatte, und Lance konnte wieder in das Zimmer einziehen, das er am Anfang bewohnt hatte – an jenem schicksalhaften Tag, an dem er auf ihre Baustelle spaziert war, mit seinem Ohrring und dem selbstbewussten Gang und dem tätowierten Kreuz Christi auf seinem Schulterblatt, das ihn immer daran erinnern sollte, dass er sein eigenes Kreuz tragen musste.

„Es hat sie bestimmt Überwindung gekostet zu fragen.“ Lance rieb seine Handflächen aneinander. „Dass sie von zu Hause weg war, ist … lange her.“

Rese nickte. Noch ein Mund, noch ein Bett. Lance war Chaos gewöhnt und er brauchte das. Sie war das Alleinsein gewöhnt, und auch wenn sie es nicht direkt brauchte, konnte sie doch gut damit leben. Jetzt fühlte sie sich wie ein Jenga-Turm, aus dem man noch einen weiteren stützenden Baustein entfernt hatte.

„Ich bin sicher, sie würde sich an den Ausgaben beteiligen.“

Oder auch nicht. Lance war großzügig, wie sie an der Wechselgeldschale in seiner Wohnung in der Bronx gesehen hatte. Er und Chaz füllten sie und Rico bediente sich. Im Moment war Lance nicht angestellt, aber mit dem, was er in der Villa tat, verdiente er seinen und Antonias Unterhalt ohne Probleme.

Dads Lebensversicherung finanzierte Moms Pflege. Star steuerte das Geld bei, das sie aus dem Treuhandfonds ihrer Mutter bekam, die sie so verachtete. Was Antonia betraf, gab es immer noch einen ganzen Keller voll mit altem Wein aus der Prohibitionszeit, der bis zu zweitausend

Dollar die Flasche wert war. Maria hatte noch nichts zum Haushalt beigetragen außer dem Säugling, den alle vergötterten.

Es machte Rese nichts aus, dass sie die Einzige mit einem geregelten Einkommen war. Sie hatte gearbeitet, seit sie ein junges Mädchen war, das seinen Vater zu den Baustellen begleitete, wenn er Häuser sanierte. Er hatte ihre Fähigkeiten geschult und sie hatte diese Arbeit zu ihrer gemacht. Und zu ihrem Leben.

Die Villa zu kaufen und zu renovieren und als Pension zu betreiben, war ein Reflex gewesen, eine Reaktion auf seinen Unfalltod. Ein wenig erfolgreicher Versuch, seinen Traum von einer Pension zu erfüllen – einen Traum, den er selbst nie realisiert hätte. Sie konnten nicht gut mit Menschen umgehen. Und doch wurde sie jetzt gebeten, noch einen Reisenden aufzunehmen.

Wenn Sofie das letzte verfügbare Zimmer belegte, konnte Rese ehrlich alle anderen Fremden abweisen, dachte sie erleichtert. Sie nickte. „Gut."

„Bist du dir sicher?"

„Ganz sicher." Durch die Renovierung kostbarer alter Gebäude war sie oft unterwegs und verbrachte viele Stunden in ihrer Welt. Die körperliche Arbeit half ihr zu atmen. Dads tragischer Tod hatte ihr Geburtsrecht beinahe zerstört, aber jetzt holte sie es sich Stück für Stück zurück. Wenn Lance noch eine zusätzliche Person in der Villa versorgen wollte, war ihr das nur recht.

Kapitel 2

Matt Hammond stand vor der Tür. Er war zwar nicht zu einem Fall von häuslicher Gewalt gerufen worden, aber das Brüllen, Kreischen und Scheppern von Glas klangen nicht gerade nach einem Kaffeekränzchen. Er wählte den Notruf und nannte die Adresse und seinen Namen. Auf das nächste Krachen folgte erneutes Schreien. Er hämmerte gegen die Tür und brüllte, aber es war unwahrscheinlich, dass ihn bei dem Lärm jemand hörte.

Er probierte, ob der Türknauf sich drehen ließ, und ging hinein. Dann suchte er die vorderen Zimmer des Hauses ab, vor allem auf dem Boden, wo Kinder sich versteckt halten könnten. Der Lärm kam aus dem hinteren Teil, wahrscheinlich aus der Küche, und er sah, wie sich drei Kinder unter dem Klapptisch zusammendrängten. Seine Schuhe knirschten auf zerbrochenem Glas und Porzellanscherben.

Der riesige Kerl wirbelte herum und schwang die gezackte Kante einer kaputten Bierflasche. „Wer sind Sie? Bleiben Sie stehen!"

„Matt Hammond", sagte er ruhig. „Ich bin wegen der Kinder hier."

Donald Price drehte sich, um ihnen einen Blick zuzuwerfen, und fuhr dann wieder herum. „Was ist mit ihnen?"

„Warum stellen Sie nicht die Flasche weg, dann können wir uns unterhalten."

„Warum verschwinden Sie nicht aus meinem Haus?"

„Das kann ich nicht." Nicht, wenn drei Kinder in Gefahr schweben.

„Zeigen Sie mir Ihre Marke."

„Ich bin kein Polizist."

„Was sind Sie dann?" Price wankte.

„Ich komme vom Jugendamt."

„Ach, so ein Sozialtyp vom Bezirk?"

Man hatte ihn schon heftiger beschimpft.

„Das hier ist mein Haus und das sind meine Kinder. Verschwinden Sie."

Eine Frau, wahrscheinlich Vivian Price, erschien in der anderen Tür zur Küche und warf ihrem Mann einen bösen Blick zu, während sie mehrere Papiertaschentücher auf ihre Wange presste. Das Zittern ihrer Hände konnte viele Gründe haben: Angst, Drogen oder auch Delirium Tremens.

Matt bat sie zu bleiben, wo sie war. Er hatte es lieber mit einem Betrunkenen zu tun als mit einem Junkie.

Sie war dürr und verbiestert und hatte wohl ein Facelifting hinter sich. „Was ist los?"

„Halts Maul", knurrte Price und wandte sich dann wieder Matt zu. „Steck deine Nase woanders rein."

„Ich muss mit den Kindern sprechen."

Price hob die Flasche und sah damit eher wie ein Schläger aus als wie ein erfolgreicher Immobilienmakler. „Ich habe gesagt, du sollst verschwinden. Lass meine Familie in Ruhe."

„Legen Sie die Waffe weg, Price."

„Waffe?" Er betrachtete die scharfe Kante. „Die hab ich fallen lassen. Wir räumen nur auf." Er funkelte seine Frau an. „Stimmt doch, Viv, oder?"

Ihr verkrampftes Nicken erzählte eine andere Geschichte.

Matt runzelte die Stirn. „Was ist mit Ihrer Wange passiert?"

Sie warf ihm einen düsteren Blick zu. „Hab mich geschnitten."

„Sie haben sich selbst eine Schnittwunde zugefügt?"

Ihr Zittern wurde heftiger.

„Das hat sie gesagt", bellte Price. „Und jetzt verschwinden Sie!"

„Ich muss mich davon überzeugen, dass es den Kindern gut geht." Matt sah sich in der Küche um. „Wie lange ist es her, dass sie etwas gegessen haben?"

Price knurrte. „Wovon reden Sie?"

Matt sah die Kinder an. „Habt ihr Hunger, Kids?"

Zwei von ihnen waren noch so klein, dass sie nickten. Das dritte Kind blickte ängstlich zu seinem Vater hinüber.

„Die Nachbarn haben gesehen, wie die Kinder im Müll gekramt haben."

Ein Jaulen entstieg Vivians Kehle.

„Das ist eine Lüge." Price hob drohend die Flasche.

„Er gibt mir das Geld nicht", jammerte Vivian. „Wovon soll ich sie denn ernähren?"

Price verzog spöttisch die Lippen. „Ich habe ihr Geld dagelassen, als ich zu der Tagung gefahren bin. Fragen Sie sie mal, was sie damit gemacht hat."

Mit einem Aufschrei stürzte Vivian sich auf ihn. Price ließ einen Ellbogen auf ihre Schulter niedersausen, während Matt die Hand, in der er die Flasche hielt, am Gelenk packte, damit er nicht noch einmal damit zuschlug. Es war ein Fehler gewesen, als Erster hier zu sein. Wo war nur die Polizei?

Price schleuderte seine Frau zu Boden und Matt schlug das Handgelenk des Mannes gegen die Küchenzeile. Die Flasche flog ihm aus der Hand und zerbarst auf dem gefliesten Boden. Price verlor das Gleichgewicht und stürzte.

Matt hockte sich zwischen den wütenden Mann und dessen verängstigte Kinder. „Hören Sie zu, Price. Sie und Ihre Frau können das unter sich ausmachen, aber nicht vor den Kindern. Die bringe ich an einen sicheren Ort."

„Siehst du, was du angerichtet hast?" Vivian zerrte ein flachsblondes Kleinkind unter dem Tisch hervor und schüttelte es vor Price' Nase.

„Es reicht!" Matt packte das schreiende Mädchen und setzte es auf den Tisch.

Einer der Jungen krabbelte weinend heraus und zog ihn am Bein. Der beißende Geruch von Urin gesellte sich zu dem Gestank von kaltem Rauch und abgestandenem Bier. Das älteste Kind – vielleicht sechs Jahre alt – blieb keuchend unter dem Tisch sitzen. Hatte es Asthma?

„Lassen Sie sofort das Kind in Ruhe." Matt hielt Vivian auf Armlänge und schob sie von dem Tisch weg. Jetzt war nicht mehr ihr Mann, sondern sie der Aggressor. Der blaue Fleck am Oberschenkel des Kleinkindes war Grund genug, das kleine Mädchen mitzunehmen. Es sah aus, als wäre es fest angepackt worden, vielleicht musste es schon öfter als Puffer zwischen den beiden herhalten.

Jemand hatte beim Jugendamt angerufen und gesagt, die Kinder würden im Müll der Nachbarn wühlen und zum Himmel stinken. In dieser Wohngegend der gehobenen Mittelschicht fand man das ungewöhnlich. Er hatte der Sache nachgehen wollen und die eskalierende Situation entdeckt. Jetzt musste er die Kinder hier herausbringen.

„Bleiben Sie dort stehen, Mrs. Price." Er nahm die beiden Jüngsten auf den Arm.

„Er ist schuld!“, kreischte sie. „Er hat mir nicht genug gegeben. Wovon soll ich ihnen denn was zu essen machen?“

„Du hast es alles geschnupft!“ Price rappelte sich auf. „Du hast dein Meth geschnupft und die Kinder hungern lassen. Fragen Sie sie. Mit dem Zeug im Blut kriegt sie keinen Hunger.“

Endlich kam der erste Polizeibeamte herein und begutachtete die Situation. Matt nickte ihm zu, dann schob er den ältesten Jungen zur Tür. „Macht euch keine Sorgen, Kinder. Wir geben Mama und Papa die Gelegenheit, sich zu vertragen.“ Der erste Kontakt beschränkte sich meistens auf die Erkundung der Lage: Fragen, Beobachtungen und Einschätzung. Diesmal hatten sie ihm die Raterei abgenommen.

Vier Tage nach ihrem Anruf bei Lance parkte Sofie ihr Auto und musterte die Villa, die einmal das Zuhause ihrer Großmutter im Weinland von Sonoma gewesen war. Das Haus mit seinen Bögen und Erkern, umgeben von einem schmiedeeisernen Zaun, hatte Geheimnisse zu verbergen gehabt, bis Lance sie entdeckt hatte – zusammen mit den Gebeinen ihres Ururgroßvaters. Es war immer noch unfassbar, sich Nonna Antonia irgendwo anders vorzustellen als in ihrem Belmont-Viertel, wo sie ihr ganzes Leben verbracht hatte, abgesehen von dem Teil ihrer Geschichte, den niemand gekannt hatte.

Wenn Nonna sich selbst neu erfinden konnte, dann floss sicherlich auch etwas davon in den Adern ihrer Enkelin. Sofies Blick wanderte zu den zart bläulichen Verzweigungen, die unter ihrer Haut kaum sichtbar waren. Neue Anfänge wurden nicht genetisch weitergegeben. Ob sie Erfolg hatte, lag an ihr.

„Sofie.“ Lance kam ums Haus herum und schloss sie in die Arme. „Wie geht es dir?“

Das sollte sie eigentlich ihn fragen. Obwohl er dünner war, als ihr lieb sein konnte, sah er nicht so ausgemergelt aus wie vorher. Er hatte seine inneren Konflikte ausgetragen und war gestärkt aus diesem Kampf hervorgegangen. War sie die einzige Michelli ohne die Fähigkeit zur Wiedergeburt? Oder hatte sie diese Karte schon ausgespielt? Im schützenden Schatten der Villa hob sie das Kinn. „Gut. Und dir?“

„Bestens.“

„Isst du denn auch genug?“

„Jetzt klingst du wie Mama.“

„Das hat sie mir aufgetragen.“ Sie lachte über sein Seufzen. „Aber hier können wir uns das wohl schenken.“

Er grinste. „Ich bin mir beinahe sicher, dass selbst sie nicht so weit gucken kann.“

„Aber wahrscheinlich kann sie uns hören.“ Lachend blickte sie an dem Haus hoch. „Es ist schön.“

„Warte ab, bis du gesehen hast, was Rese drinnen vollbracht hat. Sie ist eine Meisterin.“

„Ich habe gesehen, wie sie Pops Decke hingekriegt hat.“

„Das war gar nichts. Sie hat hier drinnen Holzarbeiten gemacht, die einem die Tränen in die Augen treiben.“

„Nicht, dass du stolz wärest.“ Sie lächelte ihm zu. „Läuft es gut?“

„Wenn ich es noch einmal vermassle, bin ich ein toter Mann. Ab in die Kiste und Deckel drauf.“

Er war der Einzige, der über das Thema Tod sprach. Er konnte nicht ahnen, wie sehr sie das zu schätzen wusste. „Dann vermassle es nicht.“

„Das ist der Plan.“

„Du vermasselst die Dinge nur, wenn du wegwillst. Und ich habe das Gefühl, dass das hier nicht der Fall ist.“

Er lächelte. „Ich bin froh, dass du hier bist.“

„Ich auch.“ Mama hatte recht gehabt mit ihrem Rat, Sofie solle zu Lance fahren. Sie hatte gehen müssen, aber keiner von ihnen konnte lange ohne die Familie auskommen. Das hatte sie am eigenen Leib erfahren.

Er zog die beiden größeren Koffer aus dem Kofferraum und einer davon setzte mit einem dumpfen Laut auf dem Boden auf. „Was hast du denn hier drin?“

„Nachschlagewerke.“ Sie nahm ihren Laptop und einen kleineren Beutel.

„Nonna möchte, dass ihr euch ein Zimmer teilt. Sie sagt, ich rede im Schlaf.“

„Nicht nur das.“ Sofie lachte. „Erinnerst du dich daran, wie wir dich auf dem Flur gefunden haben, als du angeblich im Auftrag des Herrn unterwegs warst?“

„Wie soll ich mich daran erinnern? Ich habe geschlafen.“

„Nonna hat uns erzählt, wenn wir dich anfassen, würden die Engel dich forttragen. Mama hat gejammert und Pop hat gebrüllt: ‚Was'n mit dem los?'"

„Das fragt er sich immer noch." Er brachte sie in das einstöckige Gebäude hinter dem Haupthaus. Es roch nach vergangenen Zeiten und Geheimnissen, nach neuem Holz und altem Stein, nach Hoffnungen und Ängsten.

„Ist dies das Kutscherhaus, das du wieder aufgebaut hast?"

„Rese hat die Inneneinrichtung gemacht."

„Wo ist sie eigentlich?"

„Bei der Arbeit."

„Ich dachte ... Führt ihr nicht zusammen die Pension?"

„Sie renoviert wieder. Die Pension hat sie dichtgemacht, bevor Nonna und ich herkamen."

„Oh."

Er trug ihre Taschen ins Schlafzimmer, wo Nonna in einem großen Bett aus Walnusswurzelholz schlief. Sie schlichen auf Zehenspitzen, aber wenn sie Nonna weckten, würde die Störung ihr nichts ausmachen. Er stellte die Koffer vor den großen Kleiderschrank auf der anderen Seite des Zimmers.

Er flüsterte ihr zu: „Die Schubladen könnt ihr euch teilen. Nonna hat nicht viel mitgebracht." Mit der Hand fuhr er über das Holz. „Die hat Rese gebaut." Als Sofie ihn anstarrte, nickte er. „Ich habe dir doch gesagt, dass sie gut ist." Er zeigte auf das passende große Bett, in dem Nonna fast verschwand. „Du kannst dort schlafen oder dich auf die Liege im anderen Zimmer legen. Ich weiß, dass beides nicht optimal ist."

„Wir kriegen das schon hin. Danke." Sie und Nonna hatten sich zu Hause die Wohnung geteilt und kamen gut miteinander aus.

Lance stellte ihren Laptop auf den Tisch im anderen Zimmer. Sie folgte ihm und betrachtete das Porträt an der einen Wand.

„Uropa Vittorio", erklärte er ihr.

„Er sieht aus wie du. Etwas in seinen Augen erinnert mich an dich."

„Leichtsinn."

Sie lachte. „Leidenschaft."

„Er wurde ermordet."

„Das hat Nonna mir erzählt."

Er richtete sich auf. „Wirklich?“

„Bevor ihr zwei abgereist seid. Sie hat mir alles erzählt.“

Seine Kinnlade fiel herunter. „Ich soll alles ausgraben und muss ihr schwören, nichts zu sagen, und dann erzählt sie dir alles?“

„Nachdem du die Wahrheit herausgefunden hattest, musste sie sich ja nicht mehr schämen.“

„Sie musste sich nie schämen. Nichts davon war ihre Schuld.“

„Manchmal fühlt es sich trotzdem so an.“

Sein Blick wurde weicher. „Und wie hast du es geschafft, auszubrechen?“

Während sie das Kutscherhaus verließen und auf dem Weg zur Villa den Garten durchquerten, gab sie sämtliche Einwände wieder, die die anderen gegen ihre Reise vorgebracht hatten. „Pop wollte nicht, dass ich alleine quer durchs Land fahre.“ Er verstand nicht, dass so etwas nicht so furchterregend war, wenn man einmal dem Tod ins Auge geschaut hatte. Aber das erzählte sie Lance nicht.

„Und Mama?“

„Erstaunlich positiv, als ich eingewilligt habe, hierherzukommen.“

„Damit ist ja auch ihr gedient, weil du ihr von mir berichten kannst.“ Lance führte sie in die große italienische Küche. „Das hier hat unser Ururgroßvater gebaut.“

„Quillan Shepard.“ Der erste Nichtitaliener im Familienstammbaum. Ein rauer Bergarbeiter und Dichter, dessen geheimnisvolle Abstammung sie nie ergründet hatten, aber Nonna hatte mit tränenreicher Ehrfurcht von ihrem Großvater gesprochen. Sofie ging in dem Raum herum und fuhr mit den Fingern über die Steinwände. „Das sind sicher die ursprünglichen Wände.“

„So ziemlich alles in diesem Raum ist original. Der Rest war in einem ziemlich üblen Zustand, als Rese die Villa gekauft hat. Sie hat das ursprüngliche Aussehen nachempfunden, wo es nur ging. Manchmal hat sie es sogar noch verbessert. Sieh mal hier.“ Als sie durch die Tür des Esszimmers in den Salon gingen, zeigte er auf die hölzernen Eckstücke mit geschnitzten Blättern und Reben.

„Wunderschön.“

Er berührte sanft eine der Schnitzereien. „Solches Handwerk findet man heutzutage nicht mehr oft.“

Sofie nickte. „Es wäre eine Schande, wenn sie diese Fähigkeiten nicht nutzen würde." Das musste er zugeben, aber seine Miene sagte etwas anderes. „Was ist?"

Er warf ihr einen vielsagenden Blick zu. „Ihr Partner."

„Hat er Interesse an ihr?", fragte sie mit hochgezogenen Augenbrauen.

„Ich weiß nicht. Mir gefällt nur nicht, dass sie unsere gemeinsamen Pläne aufgegeben hat."

„Lance." Sofie berührte seinen Arm. „Du hast sie aufgegeben."

Er seufzte. „Möchtest du den Rest sehen?"

„Klar."

Er ging die Treppe hinauf. „Ich wohne hier im Meereszimmer." Es war in einem antiken Marinedesign gehalten, in den Farben Ozeanblau und Sand, die nicht so richtig zu ihm passten, aber die Gitarre in der Ecke machte den Raum zu seinem Zimmer.

Das Zimmer nebenan, in dem Reses Mutter wohnte, war in Rosa- und Cremetönen eingerichtet; hübsch, aber ohne dekorative Gegenstände, die für eine Schizophrene gefährlich sein könnten. Im Gegensatz dazu war das Regenwaldzimmer vollgestopft mit bunten Klamotten, Schmuck, Farben und Gemälden, Büchern mit Sonetten von Shakespeare und anderen Autoren und einer Vielzahl leuchtender Froschskulpturen aus Emaille.

„Stars Zimmer."

„Natürlich." Es passte zu dem Wenigen, was sie in der Bronx von Star gesehen hatte.

Lance schloss die Tür und zeigte auf das Zimmer ganz am Ende des Flures. „Maria und das Baby sind da drin und schlafen wahrscheinlich. Sie ist ziemlich erschöpft."

„Ich dachte, ihr führt eine Pension." Sie stieß ihn in die Seite.

„Eigentlich ist es mehr ein Heim für Außenseiter."

„Ich hoffe, es ist euch recht, dass ich ..."

„Vergiss es." Er packte sie bei den Schultern. „Wir sind froh, dass du hier bist. Und Nonna ist ganz aus dem Häuschen."

Eine kehlige Melodie drang die Treppe vom Dachboden herunter und durch die offene Tür in den Flur. Sofie drehte sich um.

„Das ist Star. Sie nimmt Elaine mit auf den Boden, wenn sie drinnen malt."

Sie hatte Reses Mutter noch nicht kennengelernt. „Wie geht es Elaine?"

„Manche Tage sind besser als andere. Gelegentlich regt sie sich auf, aber meist ist sie zufrieden und mehr oder weniger klar. Sie scheint froh darüber zu sein, dass sie hier ist."

Sie kletterten die Treppe zu dem langen Dachboden hinauf, der mit bunten Sitzsäcken möbliert war. Reses Mutter saß in einem lilafarbenen Kleid am Fenster und wiederholte Fragmente von Stars schlüpfrigem Lied. Sofie näherte sich der Leinwand, auf der Star einen Aspekt von Elaines Gesicht in eine blühende Gartenlandschaft integriert hatte, wobei die Wirkung durch die Schatten der Blätter und Blüten erzielt wurde. „Das ist toll."

Star hörte auf zu singen und drehte sich mit ernster Miene um. „‚Schmeichelei legt sich wie Tau aufs Blatt, zu schnell verdunstet.'"

„Oder, wie Nonna sagen würde, mit schönen Worten kann man keine Katzen füttern." Sofie lächelte. „Aber es ist wirklich beeindruckend."

„Dann werde ich in deiner Schmeichelei schwelgen und danke dir."

Schwelgen. Wie lange war es her, dass sie auch nur daran gedacht hatte, in etwas zu schwelgen? Plötzlich erschien ihr die Möglichkeit greifbar, dass sie an diesem Ort, mit diesen Menschen – zweien, die zur Familie gehörten, dreien, die Fremde waren, und einer Mutter mit Kind, die sie noch nicht kannte –, wo niemand sie anschaute und den Tod sah, vielleicht seine letzten Fesseln von sich abschütteln konnte.

Sie zuckte zusammen, als Elaine ihren Arm ergriff. „Haben Sie ihn gesehen? Wohin sind sie gegangen? Sie sind alle fortgegangen. Fort, fort."

„Nein, tut mir leid", erwiderte Sofie, erschrocken von ihren Worten. „Ich weiß nicht, wohin sie gegangen sind." Sie sah in das Gesicht der weißhaarigen Frau und erkannte Reses Züge darin und dahinter ein aufgewühltes Gemüt. „Ich bin Sofie. Schön, dass wir uns kennenlernen, Elaine."

Elaine musterte ihr Gesicht, antwortete aber nicht.

Star löste Elaines Hand von Sofies Arm. „Komm mit, Mom. Komm, wir sehen uns die Straße an."

Sofie blickte zu Lance hinüber. Er lächelte. Dankbar erwiderte sie sein Lächeln und wieder war sie froh über die Worte einer alten Frau. Wo Leben war, gab es auf jeden Fall Hoffnung.

Noch immer angespannt und ziemlich verärgert betrat Matt sein Haus. Er war nicht in der Stimmung für Gesellschaft, aber Ryan hatte offenbar keine Skrupel, sich selbst hereinzulassen, die Küche zu plündern und sich vor den Plasmafernseher im Wohnzimmer zu pflanzen.

Er blickte scheinbar interessiert auf. „Langer Tag heute?"

Ja, und er war noch nicht zu Ende. „Ein später Besuch, der schiefgelaufen ist."

Ryan fragte nicht nach weiteren Einzelheiten. Er wollte sie nicht hören und würde sie sowieso nicht bekommen. „Nimm dir ein Bier und setz dich zu mir."

Was für ein freundliches Angebot, dachte Matt, zumal es sein Wohnzimmer, sein Bier und sein Essen waren, was Ryan ihm da anbot. „Hast du mir was von dem Eintopf übrig gelassen?" Er hatte das Biofleisch und das Gemüse in den Niedrigtemperaturgarer getan, bevor er an diesem Morgen zur Arbeit aufgebrochen war.

„Ist noch jede Menge da." Ryan nahm mit einem Stück Baguette die Sauce von seinem Teller auf. „Gut, dass wenigstens einer von uns kochen kann."

„Du könntest eine Menge tun, wenn du es versuchen würdest, Ryan." Zum Beispiel die Sache mit Becca, seiner Ex-Verlobten ins Reine bringen, anstatt sich bei ihm durchzuschnorren und so zu tun, als würde sich alles von selbst regeln.

Ryan hielt seine leere Bierflasche hoch. „Bringst du mir noch eins mit?"

Matt ging in die Küche. Er tat sich den Eintopf auf den Teller, riss ein Stück Brot ab und brachte Ryan sein Bier. Das Spiel im Fernsehen war zum Stressabbauen genauso gut wie alles andere und Ryan konnte wahrscheinlich auch ein bisschen Entspannung brauchen.

„Heute Abend" – Ryan öffnete den Drehverschluss seiner Flasche – „punkten die Raiders."

Matt schüttelte den Kopf. „Das schmatzende Geräusch, das du gerade hörst? Das ist deine Mannschaft, die den Abfluss runtergespült wird."

„Und die Niners etwa nicht?"

„Ich nehme es nicht persönlich, wenn sie verlieren."

„Wie kannst du das sagen? Das ist doch deine Mannschaft, Mann!"

„Ach ja? Ruft Al Davis dich etwa am Montagmorgen an, um zu hören, wie dein Wochenende war? Macht er sich Sorgen, wenn deine Verkaufszahlen nicht gut sind? Sport ist ein Geschäft."

„Ich bin einfach noch nicht so weise und reif wie du, Mattski." Ryan nahm einen großen Schluck von seinem Bier. „Als ich ein Kind war, dachte ich, sie würden jedes Jahr den Super Bowl gewinnen. Jetzt bin ich mir nicht mehr sicher, ob sie ihn überhaupt noch mal holen, aber ich gebe die Hoffnung nicht auf. Sicher, dass du kein Bier willst?"

Matt stieß die Luft aus. „Ich habe gerade gesehen, wie jemand von dem Zeug zu viel intus hatte, da passe ich lieber."

„Ob du ein Bier trinkst, hat keinen Einfluss darauf, was irgendeinem armen Kind passiert, dessen Eltern es wie einen Sandsack behandeln. Du wirst trotzdem der Depp sein, der den Kurzen da rausholt und versucht, eine hoffnungslose Situation zu klären. Vielleicht würde ein Bierchen dir helfen, das Ganze zu vergessen."

„Ich will aber nicht vergessen." Er bewahrte jedes Gesicht wie eine Sammlung auf, kleine Erinnerungen an eine vermasselte Welt. Ryan sah lieber weg, selbst wenn ihm das eigene Haus überm Kopf abbrannte.

Als das Spiel zu Ende war und Ryan keine Anstalten machte zu gehen, zog Matt eine Jacke an und ging zu einem Spaziergang raus. Die kalte Luft von Sonoma kühlte seine Wangen und seinen Hals, als er so ging und sich eine Welt ausmalte, in der Kinder sicher und geborgen waren. Die Stadt lag ruhig da, in Harmonie mit dem Rhythmus der Weinberge. Die Weinstöcke schliefen, bis auf knorrige Stümpfe zurückgeschnitten, und es gab keine Touristen.

Ein Auto kam auf ihn zu, ein BMW Z3, der unter der Straßenlaterne anhielt. „Wenn das nicht mein liebster Gutmensch ist."

„Hallo Sybil."

„Denkst du über das Universum nach?"

„Könnte man so sagen."

„Ich könnte mir einen aufregenderen Zeitvertreib vorstellen." Ihr seidiges Haar sah wie ein schimmernder Schleier aus, als sie es über die Schulter nach hinten warf.

Schwer zu sagen, ob sie ihn aufzog oder nicht.

„Lädst du mich zu einem Drink ein, um ein bisschen zu entspannen?"

Er warf einen Blick über die Schulter zurück. „Ryan ist bei mir."

„Verwandelt er seine rührselige Geschichte in einen Kater?“

Matt zuckte mit den Schultern. „Er ist nicht besonders gut drauf.“

„Du hast mit allen Nachsicht, oder?“

Er schüttelte den Kopf. „Nicht mit den Bösen.“

„Nein, natürlich nicht.“ Sie lächelte und fuhr weiter.

Nachdenklich schob er die Hände in die Hosentaschen und drehte um.

Kapitel 3

Es war schon dunkel, als Lance den Motor von Rese' Pickup vor der Werkstatt hörte. Vorfreude keimte in ihm auf, bis er einen zweiten Wagen hörte und ahnte, wer das war. Er war durch die Hintertür hinaus und schon auf dem Weg zum Kutscherhaus, bevor ihm ein Grund einfiel, warum er bleiben sollte. Als er vor der Tür der Werkstatt stehen blieb, roch es nach Zigarettenqualm und er hörte eine tiefe männliche Stimme. Brad Plocken, der Geschäftspartner von Rese.

Rese sagte: „Denk erst einmal darüber nach, bevor du nein sagst."

„Das tue ich. Deshalb bin ich ja hier."

„Also hör zu." Das Rascheln von Papier. „Wir versetzen diese Wand und bringen die Treppe in eine Linie mit dem Eingang. Dann wirkt alles zusammen."

„Aber dann brauchen wir unser gesamtes Budget für die Treppe."

„Na und, du kannst ja unser Angebot korrigieren. Die Treppe wird dann der Blickpunkt des Eingangsbereichs und nicht nur ein notwendiger Weg ins Obergeschoss."

„Du willst nur, dass deine Holzarbeiten im Mittelpunkt stehen."

Irgendetwas knallte, vielleicht eine Handfläche auf Holz. „Darum geht es überhaupt nicht und das weißt du auch. Du willst nur nicht zugeben, dass ich recht habe." Rese wurde nur selten laut. Lance hatte bisher sogar gedacht, dass nur er sie auf die Palme bringen konnte. Er öffnete die Tür und musterte die beiden Streithähne, Brad mit einer halb gerauchten Zigarette zwischen den Lippen.

Rese wandte sich um. „Was gibt es, Lance?"

Sie ärgerte sich über Brad, aber er hasste den Ton, der ihn wie ein Kind oder einen Bediensteten aussehen ließ, der eine kurze Anweisung brauchte, bevor sie sich wieder um wichtigere Dinge kümmern konnte. „Sofie ist hier."

Es war eine Ausrede für die Störung und Rese nickte nur. „Gut. Super. Ich komme gleich rein."

Er hätte beinahe die Arme verschränkt und gesagt: „Ich warte." Aber das wäre kindisch gewesen. Schließlich war er es gewesen, der ihre gemeinsamen Pläne aufgegeben hatte, sodass Rese die Freiheit hatte, die Partnerschaft mit Brad wieder aufleben zu lassen. Jetzt musste er damit leben. „Brauchst du irgendwas?“

Sie schüttelte den Kopf und brachte ein paar zusätzliche Zentimeter zwischen sich und den abgerissenen Kerl in Jeans und verwaschenem T-Shirt, der allmählich graue Haare bekam. „Nein, danke.“

Er ließ die beiden allein zurück, während sich ein dumpfes Unbehagen in seinem Magen breitmachte. Es war eine Gnade, dass er durch das Feuer der Rache den Frieden der Vergebung erfahren hatte. Würde er jetzt über seine Eifersucht stolpern, weil Rese nach Brads Zigaretten roch und den Streit mit ihrem Geschäftspartner mit nach Hause nahm?

Da sie lange arbeitete und weite Strecken fuhr, hatte er das Essen immer weiter in den Abend hineinverlegt. Trotzdem hatten die anderen schon vor einer Stunde gegessen und niemand wusste, wie lange sie heute Abend mit Brad diskutieren würde, bevor sie überhaupt ans Essen dachte. Vielleicht sollte er ihren Partner zu einem Happen einladen, dann konnte er die Dynamik zwischen den beiden unmittelbar beobachten.

Bisher war er dem Mann erst einmal begegnet und damals war es um seinen eigenen Hals gegangen und nicht um den von Brad. Brad hatte sogar versucht, ihn als Helfer zu rekrutieren, damit er Rese dazu überreden konnte, wieder mit ihm zusammenzuarbeiten. Und Lance hatte ihm unbeabsichtigt in die Hände gespielt. Er knirschte mit den Zähnen.

Als Nonna durch den Garten auf das Kutscherhaus zuging, versuchte er so auszusehen, als hätte er sich nicht gerade hundert Möglichkeiten überlegt, wie er Brads Teller vergiften könnte. Sie umfasste seinen Unterarm und sagte: „*Tutto è permesso in guerra ed in amore.*“ Sie waren sich also einig. Im Krieg und in der Liebe war alles erlaubt.

Brad kam aus der Werkstatt und knallte die Tür heftiger zu als nötig. Er blieb vor Lance stehen. „Wenn ich sie nicht lieben würde, könnte ich sie erwürgen.“ Er warf seine Zigarette fort und stapfte weiter.

Also gut. Lance sprach die Einladung, die er angedacht hatte, nicht aus. Er hob die Zigarettenkippe auf und trug sie zum Mülleimer in der Küche. Der Duft der Saltimbocca, die er zu Ehren von Sofies Ankunft zubereitet hatte, hing noch in der Luft. Rese’ Portion wartete auf sie, aber seine Laune hatte sich verschlechtert. Er verließ die Küche und gesellte sich zu Sofie, die im Salon saß.

Das Zimmer war als Aufenthaltsraum für die Gäste der Pension eingerichtet worden, als er noch eine Rolle in den Plänen von Rese gespielt hatte. Er ließ sich auf eine Recamiere fallen und nahm seine Gitarre zur Hand. Dann schlug er leicht die Saiten an, bevor er energisch eine Melodie anstimmte.

Sofie blickte von ihrem Buch auf. „Alles in Ordnung?"

„Er liebt sie."

Sofie lehnte sich zurück. „Und was willst du deswegen unternehmen?"

Er schüttelte den Kopf. „Ich weiß nicht."

„Tust du diesmal alles, damit es funktioniert?"

Die Frage war berechtigt. Sie kannte seine Geschichte. Aber so viele Dinge hatten sich geändert, seit er in diese Villa spaziert war und sich in das Leben von Rese hineingeredet hatte. Er hatte sich verändert, war mehr der geworden, der er wirklich war, mehr der, der er sein sollte.

Etwas, das sich nicht verändert hatte, war Rese' Unabhängigkeit. Wie würde eine Beziehung mit jemandem aussehen, der ihn nicht brauchte, dessen Widerstandsfähigkeit ebenso groß war wie seine eigene und mit dessen Ressourcen er nicht mithalten konnte? Er fuhr mit den Fingern über den Gitarrenhals und spielte eine kleine Melodie, während ihm bewusst wurde, dass er vielleicht der Einzige war, der an dem hing, was sie gemeinsam gehabt hatten.

Lange nachdem Brad weggefahren und Sofie schlafen gegangen war, hörte er, wie Rese ins Haus kam, um ihren Arbeitstag und die Auseinandersetzung mit einer heißen Dusche fortzuspülen. Ein Lied formte sich in seinem Kopf und er folgte den Gedanken.

Knoten aus Stahl in Fleisch wie Knochen, kann nicht loslassen, kann es nicht zeigen,

Was du fühlst, tief in dir, zeig es nicht, lass es niemanden wissen,

Wie du fühlst … alles aus Stein … allein.

Das Lied handelte nicht von Brad. Es ging um Rese – die Fortschritte, die sie gemacht hatten, der Boden, den er verloren hatte. Es handelte vom Vertrauen und davon, wie wichtig sie ihm war. Sie hatte vor Monaten seine Hilfe in Anspruch genommen, als sie erfahren hatte, dass ihre Mutter noch am Leben war, als sie mit den

Lügen ihres Vaters und seinem Unfalltod hatte fertigwerden müssen. Seitdem hatte er, wie so viele andere, ihr Vertrauen und ihre Liebe verraten. Wie konnte er erwarten, dass sie es noch einmal mit ihm versuchte? Sie konnte für sich selbst sorgen. Das hatte sie schon immer gekonnt.

Rese schäumte vor Wut. Warum musste Brad so unmöglich sein? Er war nicht dumm. Seine Weigerung, ihren Plan zu akzeptieren, war eine Mischung aus Dickköpfigkeit und Verbohrtheit. Aber sie würde nicht aufgeben. Wenn die Zeichnung nicht reichte, würde sie ein Modell bauen, damit er es sich vorstellen konnte.

Schlafen würde sie jetzt sowieso nicht können, nachdem Brad ihr solche Schwierigkeiten machte. Wie hatte sie nur glauben können, sie könnte effektiv mit ihm zusammenarbeiten? Seit er als Dads Baustellenleiter angefangen hatte, waren sie ständig aneinandergeraten. Nach vierzehn Jahren tat er immer noch so, als wäre sie zwölf Jahre alt.

Er hatte behauptet, all die Streiche, die die Mannschaft ihr gespielt hatte, seien einer Art merkwürdiger Zuneigung entsprungen. Ihr „Maskottchen" hatten sie sie genannt – die größte Herausforderung für die Männer. Sie ballte die Fäuste. Er hatte sogar behauptet, er sei irgendwann in sie verliebt gewesen, aber das kaufte sie ihm nicht ab.

Zwar erkannte er ihre Fähigkeiten an, aber er konnte nicht über seinen Schatten springen und zugeben, dass ihre Lösung für die Treppe nicht nur vernünftig, sondern genial war. Und der Vorwurf, sie wollte sich in den Vordergrund drängen? Sie wollte nur einen schönen Blickfang schaffen, der die verschiedenen Elemente zusammen wirken ließ und gleichzeitig baulich einen Sinn ergab. Diese Beleidigung hatte sie nicht verdient und das wusste er.

Sie schnaubte. Er war schon mit schlechter Laune zur Arbeit erschienen und hatte sie dann an Rese ausgelassen. Sie belastete nie jemanden mit ihren privaten Problemen, sondern behielt sie in ihrem Innern, wo sie auch hingehörten. Aber Brad hatte alle angeraunzt und dann ihren Vorschlag zurückgewiesen.

Jedenfalls würde sie nicht aufgeben. Sie würde das Modell bauen, und wenn er sah, wie perfekt es war, würde er zustimmen. Müde schlich sie durch die Küche, das Modell schon vor ihrem geistigen Auge, und streckte die Hand nach dem Türknauf aus. Etwas bewegte sich hinter ihr. Mit klopfendem Herzen fuhr sie herum. „Lance." Sie legte eine Hand auf ihre Brust. „Du hast mich erschreckt."

„Tut mir leid."

„Ich dachte, es seien schon alle schlafen gegangen."

„Du hast noch gar nichts gegessen."

„Ich habe auch keinen Hunger."

Er blickte zur Tür. „Was hast du vor?"

„Ich will arbeiten."

Er ging zu ihr. „Aber es ist halb zwölf."

„Ich bin nicht müde."

Fürsorglich legte er eine Hand auf ihre Schultern und fing an, mit Daumen und Fingern ihre angespannten Muskeln zu bearbeiten. „Wie wäre es mit ein paar Minuten Gesellschaft."

„Ich habe zu tun."

„Ich könnte dir dabei helfen."

„Wobei?"

„Bei diesem Knoten hier. Und diesem hier drüben." Seine Finger ertasteten ihre Verspannungen und lösten sie.

Sie legte den Kopf in den Nacken. „Warum kann er nur das sehen, was er für richtig hält?"

„Brad?"

„Er will einfach nicht zugeben, dass ein anderer Plan genauso funktioniert, nein besser wäre."

„Wie ist denn seine Sicht?"

„Seine …"

„Ich vermute doch mal, er hat eine Alternative. Eiche statt Ahorn?"

Sie lehnte sich an die Tür. Dieses Argument hatte er schon einmal vorgebracht. War eine Art richtig und eine andere falsch oder gab es einfach zwei Meinungen? Sie seufzte. „Ich spüre es einfach, wenn etwas auf eine bestimmte Art gemacht werden muss. Ich habe den Ort genau studiert, habe die Lösung im Kopf. Ich sehe es vor mir. Und ich kann es umsetzen. Ich weiß, dass es funktionieren wird, aber Brad lässt sich nicht darauf ein."

„Schmeiß ihn raus." Lance drehte sie um, sodass ihre Stirn jetzt an der Tür ruhte, und knetete mit seinen Fingern die Muskeln ihres Rückens. Während er die Verspannungen fortmassierte, fühlte sie, wie auch die Feindseligkeit verschwand, und an ihre Stelle trat etwas, das sich verdächtig nach Vergnügen anfühlte. Aber auch das wollte sie nicht empfinden.

„Lance."

„Ich liebe dich."

„Ich habe schon genug, worüber ich mir Gedanken machen muss."

„Dann mach dir keine Gedanken."

„Du kannst das. Aber ich habe Verantwortung. Wenn ich eine Kleinigkeit übersehe, wird Brad ..."

„Soll ich ihn umlegen?"

Seine Mafiastimme amüsierte sie nicht. Nicht nach der echten Vendetta, der er ihre Beziehung geopfert hatte. „Das ist nicht witzig, Lance."

Er küsste ihren Nackenansatz und ein Schauer rieselte über ihren Rücken. „Ich finde, du solltest Brad vergessen und ein bisschen schlafen."

„Als wenn das ginge."

„Ich werde dir etwas vorsingen."

Die Gelegenheiten, bei denen er sie in den Schlaf gesungen hatte, kamen lebhaft in ihr Gedächtnis zurück. „Ich habe dich gerade erst aus meinem Schlafzimmer verbannt. Und ich werde dich nicht wieder reinlassen."

„Ja, aber ich war ja auch bewusstlos."

„Manche Leute schrecken wirklich vor nichts zurück."

„Glaube mir, das hatte ich nicht geplant. Ich wäre vielleicht zu Kreuze gekrochen, aber nicht freiwillig ohnmächtig geworden." Er drehte sie zu sich um.

Alle Anspannung war aus ihrem Körper gewichen, wie Regen durch Sand sickert. An ihre Stelle war eine gefährliche Sehnsucht getreten. Aber sie war nicht bereit, es noch einmal zu riskieren. „Du hast getan, was du tun musstest, Lance. Jetzt lass mir die gleiche Freiheit."

„Schließ mich nicht aus."

„Das tue ich nicht." Aber Menschen, die sie liebte, hatten sie mehr verletzt, als jeder Fremde es gekonnt hätte. Dad mit seinen Lügen, Lance mit seinen Halbwahrheiten. Mom hatte von Liebe geflüstert und dann die Heizung sabotiert. Sie machte ihnen keine Vorwürfe deswegen, aber sie musste sich auch nicht mehr im Dunkeln verstecken. Nun würde sie ihren eigenen Weg finden, wenn sie so weit war. Entschlossen machte sie die Tür auf und ging hinaus.

Und Lance ließ sie gehen. Als er in die Villa zurückgekommen war, hatte er gewusst, dass es keine Garantie dafür gab, dass Rese ihn überhaupt hereinließ. Dadurch, dass er zu ihren Füßen in Ohnmacht gefallen war, hatte er das zwar erreicht, aber er hatte sie aus dem Gleichgewicht gebracht. Er hatte keine Ahnung, ob sie jemals wieder zueinander finden würden. Und er erwartete auch nicht, dass es einfach sein würde. Nichts war einfach. Wenn sie es so wollte, würde er eben den Rest seines Lebens mit ihr kämpfen. Nur konzentrierte sich ihr Zorn in diesem Moment auf Brad Plocken – ihren Geschäftspartner.

Nachdenklich fuhr er sich mit den Fingern durchs Haar. Was tat er hier nur? Er war auf den Füßen gelandet – gerade noch, aber er war es nicht gewohnt, stillzustehen. Vor einigen Monaten hatte er für ein Ziel gebrannt und das Feuer hatte ihn beinahe verzehrt. Jetzt wäre er froh gewesen zu wissen, was er morgen, heute Abend oder in einer Stunde tun sollte.

Sofies Telefon klingelte. Sie hatte es auf dem Tisch liegen lassen und war ins Kutscherhaus schlafen gegangen. Er sah durchs Fenster, dass die Lichter in dem alten Steingebäude verloschen waren, also würde er den Anruf für sie entgegennehmen und hören, wer es war, bevor er sie störte. „Hallo?"

Eine lange Pause, dann eine kindliche, leise Stimme. „Wo ist Sofie?"

„Sie schläft. Wer ist denn da?"

Die Verbindung wurde unterbrochen.

Carly stöpselte Daddys Telefon wieder in das Ladegerät ein und schlich in ihr Zimmer. Daddy log. Das würde sie ihm nie sagen; sie würde nie etwas sagen, das ihm wehtat, wenn sie es verhindern konnte, aber es stimmte. Er log. Er log so viel, dass er vielleicht gar nicht wusste, dass er log. Kleine, winzige Lügen und große, riesige, aber außer ihr wusste das niemand. Und den anderen war es auch egal. Aber ihr war es nicht egal. Sie wünschte sich so sehr, er würde den Leuten nicht Dinge erzählen, die nicht wahr waren.

Andere Kinder sprachen nicht mit ihr. Sie starrten sie an, als wäre sie ein Ungeheuer, und sie wusste nicht einmal, was sie zu wissen glaubten. Selbst ihre wunderbare Ms. Rodemeyer sah sie skeptisch an. Daddy hatte nichts von Ms. Rodemeyers Ansichten gehalten, und als sie Partei für ihre Lehrerin ergriffen hatte, hatte er dafür gesorgt, dass sie es nie wieder tun würde.

Er erzählte Lügen und niemand stellte sie infrage. Niemand würde ihr glauben, wenn sie davon erzählte. Dabei war er der bestaussehendste Daddy in der Schule. Der coolste von allen.

Aber er war nicht ehrlich. Er hatte ihr erzählt, Sofie hätte sich das Leben genommen, aber das stimmte gar nicht. Sie träumte nachts von Sofie. Manchmal waren die Träume wie ein Film. Manchmal waren sie so real, dass sie Sofies Umarmungen spürte, ihr Haar und das Parfüm riechen konnte, das sie immer getragen hatte. Bis jetzt hatte sie das Parfüm noch nicht gefunden, aber immer, wenn Daddy sie mit in ein Kaufhaus nahm, roch sie an den Testflaschen, nur für den Fall.

Es war ein Schock gewesen, als sie Sofies Nummer in seinem Handy gefunden hatte. Wenn sie doch tot war, warum hatte er dann noch ihre Nummer? Erst hatte sie gedacht, dass er vielleicht noch eine andere Sofie kannte. Also hatte sie die Nummer angerufen und die Stimme gehört. Nicht eine andere; es war ihre Sofie. Es hatte so wehgetan, dass sie nichts sagen konnte, also hatte sie einfach aufgelegt. Lange hatte sie sich nicht getraut, es noch einmal zu versuchen. Aber dann hatte sie es doch getan, nur um ihre Stimme zu hören.

Sie dachte, Sofie würde wütend werden und ihr sagen, sie solle nicht mehr anrufen. Aber das hatte sie nicht. Sie hatte gefragt, wer dran war und was los war. Hatte so gefragt, als wollte sie es wirklich wissen. Daddy würde nicht wollen, dass sie irgendetwas sagte, also hatte sie nichts erzählt. Bis der Mann drangegangen war. Das hatte sie so überrascht, dass sie gesprochen hatte, obwohl sie es gar nicht wollte. Wer war er überhaupt?

Sie hatte gehofft, Sofie würde sie suchen und nicht ein anderes Kind finden, das sie lieb hatte. Sie hatte gehofft, Sofie würde sie nicht vergessen. Gab es jetzt, wenn sie träumte, andere Menschen, die Sofie zum Lachen brachten? Andere, die umarmt wurden?

Tränen brannten in ihren Augen. Sie wünschte sich, sie hätte nicht angerufen. Sie musste weiter so tun, als ob. Sie hatte Bauchschmerzen, in ihrem Magen bildete sich ein Gefühl der Wut. Es war nicht fair. Er hatte kein Recht auf Sofie. Wer auch immer er war, sie hasste ihn.

Kapitel 4

Matt hatte die Price-Kinder an Cassinia übergeben, die sie für die Nacht bei einer Pflegefamilie untergebracht hatte. Sie würde den Fall übernehmen und die Besuche und die Versöhnungsbemühungen überwachen. Da er Zeuge der häuslichen Gewalt geworden war und er derjenige war, der die Kinder herausgeholt hatte, würde Cassinia die besseren Chancen haben, das Vertrauen der Familie zu gewinnen, zu entscheiden, ob die Eltern ein stabiles Zuhause bieten konnten, und festzustellen, welche Beratungsangebote nötig waren.

Als intervenierender Sozialarbeiter arbeitete er an der eidesstattlichen Erklärung für die einseitige Sorgerechtsanfrage. Die würde er an die Staatsanwältin Diana Myer weitergeben und danach würde er dann nichts mehr mit der Sache zu tun haben, bis die Anhörung stattfand. Wenn man ihn fragte, würde er obligatorische Urintests und Hausbesuche empfehlen, eine Therapie für Price und eventuell ein psychologisches Gutachten für beide. Wahrscheinlich war sich Vivian Price dessen gar nicht bewusst, wie fest sie das Kleinkind angefasst hatte, weil sie unter Drogen stand. Aber das änderte nichts an der Schmerzhaftigkeit ihres Griffs und den blauen Flecken, die er verursachte.

Er legte die Hände in den Nacken und lehnte sich in seinem Schreibtischstuhl zurück. Sein mit Stellwänden abgetrennter Arbeitsplatz war nicht größer als eine Zelle und an den Seiten standen hässliche beigefarbene Aktenschränke, die er von seinen Vorgängern übernommen hatte. Die meisten Geschichten in den Akten waren gleich, eine endlose Reihe von Situationen, auf die es keine befriedigenden Antworten gab. Aber er hatte sich für diese Arbeit entschieden.

Mit einem Juraexamen der Universität von Columbia hatte er eine Position in einer Bostoner Kanzlei ergattert und sich bereits ein hübsches finanzielles Polster geschaffen, als man ihm eine Juniorpartnerschaft anbot. Drei Tage lang hatte er darüber nachgedacht, dann hatte er die Kanzlei verlassen, um auf Sozialarbeit umzusatteln. Das Studium war nach dem harten Juristendasein ein Kinderspiel gewesen. Der Job selbst war allerdings alles andere als das. Es gab Tage – wie diesen –, an denen er sich fragte, wann er wohl den Verstand verlieren würde.

Die kleinen Gesichter verfolgten ihn in seinen Träumen und ließen ihn nicht mehr los. Er musste aufhören, an die Price-Kinder zu denken. Der Fall war jetzt in Cassinias Zuständigkeitsbereich. Er hatte andere Dinge zu tun: Erziehungs- und Konfliktberatungsbescheinigungen kopieren, eine Familienzusammenführung planen, einen Behandlungsplan schreiben und stapelweise Zeugenaussagen durchgehen, von denen manche reine Gerüchte waren. Es war eine Kunst, die Wahrheit zwischen den Eifersüchteleien, den Ausflüchten und den unverblümten Lügen zu finden.

Er hämmerte wieder auf seine Tastatur ein und war nicht vorbereitet auf die Erinnerung, die ihn plötzlich überfiel. Ein kleiner, zerschundener Körper, so blond wie die Price-Kinder, zerbrechlich. Er stützte die Ellbogen auf den Schreibtisch auf, vergrub das Gesicht in den Händen und zwang sich, an etwas anderes zu denken.

Cassinia klopfte an eine Seite der Trennwände. Ihr graues Haar war kürzer geschnitten als sein eigenes. Fünf silberne Ringe schmückten den Rand ihres einen Ohres, ein einzelner Reif zierte das andere und ein Piercing war in ihrer linken Augenbraue zu sehen. „Du bist aber früh hier."

„Viel los diese Woche. Leider."

„Ich dachte, es würde dich interessieren, dass die Kinder gut geschlafen haben, nachdem sie gewaschen wurden und gegessen hatten. Wahrscheinlich waren sie völlig erschöpft."

Er nickte. „Gut."

„Die Untersuchung hat eine mögliche Grünholzfraktur an Annies Handgelenk gezeigt, vielleicht von einem heftigen Ruck. Die anderen waren hungrig und schmutzig, hatten aber keine Verletzungen."

„Das heißt, nur das Baby bekommt es ab?" Sein Magen zog sich zusammen. Das schwächste Glied.

„Wir wissen noch nichts Genaues. Es könnte auch eine andere Erklärung dafür geben."

Aber er hatte gesehen, wen Vivian gepackt und geschüttelt hatte. „Klar."

„Hattest du schon Kaffee?"

„Ich bin auf Koffeinentzug."

„Du siehst aus, als könntest du welches gebrauchen."

„Danke." Sie lächelten einander zu. „Hör mal, Cass. Verschon mich bei diesem Fall bitte mit Einzelheiten."

„Okay." Ihr Blick wurde weicher. „Halt die Ohren steif, Großer."

Klar. Bei seinen ein Meter neunzig und den hundert Kilo, die er auf die Waage brachte, gingen die Leute immer davon aus, dass seine Belastbarkeit seiner Gestalt entsprach. „Mensch, Großer", hatte sein Vater immer gesagt, wenn sie aus Spaß miteinander gerungen hatten. „Zeig mir, dass du was einstecken kannst." Und das konnte er. Er hatte einen abartigen Stolz empfunden, weil er die Schläge ausgehalten und ebenso gut ausgeteilt hatte. Es hatte nicht lange gedauert und Webb Hammond hatte sich nicht mehr zurückgehalten. „Seht mal", hatte er zu seinen Freunden gesagt und ihnen kaum die Chance gegeben, sich zu wappnen. Sie hatten alle gelacht, wenn er sich gewehrt hatte. Für sie war es ein Spiel gewesen. Aber wenigstens hatte es auf Gegenseitigkeit beruht.

Er schloss die Augen. Trauer sollte nicht zwanzig Jahre dauern. Es müsste eine Verjährungsfrist für Schuldgefühle geben. *Übersteh einfach nur den Tag. Halt durch und sieh nach vorne.*

Am späten Vormittag schleppte Rese sich in die große Steinküche, die Lance mit irgendeinem streng riechenden Mittel schrubbte. Auch wenn er sonst nicht sehr penibel war, achtete er darauf, dass sein Arbeitsplatz blitzblank und aufgeräumt war – das Gegenteil von der chaotischen, mit Mäusen verseuchten Küche seiner Mutter. Sie schauderte. Das Nest in der abgesackten Decke zu finden, war schrecklich gewesen, aber es hatte zum Glück nur einen Zeugen gegeben – Lance' jamaikanischen Freund Chaz. Er würde ihren hysterischen Anfall mit ins Grab nehmen.

Lance zog eine Augenbraue hoch, als sie auf einen hölzernen Stuhl am Küchentisch sank. „Schlecht geschlafen?"

Sie zuckte mit den Schultern. Einen großen Teil der Nacht hatte sie damit verbracht, die Modelltreppe zu bauen, aber jetzt war es zu spät, um sie Brad zu bringen. Er hatte Besprechungen mit Inspektoren, die sie ihm gerne überließ.

Maria gesellte sich zu ihnen, das Baby im Arm. Sie wirkte angespannt und ausgelaugt – wahrscheinlich hatte sie auch nicht gut geschlafen.

Lance stand auf und zog einen Stuhl für sie heraus. „*Hola*."

Ihre Antwort war kaum zu hören.

Er fragte sie, wie es dem Baby ging und wie sie den Kleinen nennen wollte. Warum gab sie dem Jungen nicht einfach einen Namen?

Diesmal murmelte sie: „*Digame usted*."

Lance runzelte die Stirn. „*Es tu hijo*."

Maria schüttelte den Kopf. „*Es su hijo*." Dann explodierte sie. Mit einem aufgeregten Wortschwall in Spanisch drückte sie ihm das Baby in die Arme und rannte aus dem Haus.

Rese zuckte zusammen, als die Tür zuschlug. „Was war das denn?"

„Ich hoffe, ein Missverständnis." Lance starrte auf den schlafenden Säugling. Weder der Ausbruch seiner Mutter noch das Knallen der Tür hatten seinen Schlaf gestört.

„Was hat sie gesagt?"

„Dass das Kind zuerst ja gar nicht geatmet hatte. Ich sei dafür verantwortlich, dass seine Atmung eingesetzt hätte, und darum sei es mein Baby."

„Wie bitte?" Rese starrte ihn mit offenem Mund an.

„Sie meint wahrscheinlich etwas ganz anderes." Er hielt den Wuschelkopf des Neugeborenen mit bedrückter Miene an seine Wange.

Etwas Wunderbares war mit dem Baby geschehen. Es war allein Gottes Wirken, dass das Kind zu atmen begonnen hatte. Er hatte es doch nur auf den Arm genommen und Gott inständig angefleht. Das war Maria nicht entgangen.

„Du kannst nicht einfach so ein Baby behalten."

Er öffnete die Augen. „Ich bin doch nicht blöd, Rese."

„Gestern hast du gesagt, dass du selber auch einmal Kinder willst."

„Unsere Kinder. Deine und meine."

Sie wurde rot. „Sieh dich doch mal an." Sie deutete mit einer Handbewegung darauf, wie natürlich sein Umgang mit dem Säugling war.

„Das bedeutet doch nicht, dass ich den Kleinen als mein Kind betrachte."

Rese drehte sich zur Tür um. „Wohin ist sie denn gegangen?"

„Ich hoffe, nur so weit, dass sie sich wieder beruhigt. Aber ich sehe besser nach. Hier. Halt du ihn solange."

„Was?" Sie hatte noch nie ein Baby auf dem Arm gehabt. Die Tochter einer Verrückten wurde in der Regel nicht von den Nachbarn als Babysitter engagiert. Aber als Lance ihr vorsichtig das weiche, warme Bündel in die Arme legte, überkam sie ein unbeschreibliches Gefühl der Wärme. Das gleichmäßige Atmen des Kleinen faszinierte sie. Voller Zuneigung küsste sie die weiche Stirn des Babys und blickte dann zu Lance auf.

„Ich liebe dich." Er küsste sie und ließ seine Lippen gerade so lange auf ihren ruhen, dass ihr der Atem stockte. Dann verschwand er durch die Tür, die Maria zugeschlagen hatte.

Vier Stunden, nachdem Maria hinausgerauscht war, lief Sofie mit dem Baby auf dem Arm in dem langen Salon auf und ab. Sein Schreien schnürte ihr das Herz wie eine Faust zusammen. Sein kleiner Körper war ganz steif und seine Arme zitterten. Blut durchströmte die karamellfarbene Haut seines Gesichts und bildete bläuliche Verzweigungen auf seiner Stirn. Wo war nur Maria?

„Lass m…ich", sagte Nonna von ihrem Polstersessel aus. Monate nach ihrem Schlaganfall war das wenige, was sie an Kraft besaß, zurückgekehrt und Sofie legte ihr das Baby in den Schoß.

Eilig kam Rese mit einem Fläschchen aus der Küche herbei. „Ich hoffe, das ist so richtig. Sie hatten tausend Sorten Milchpulver, Flaschen und Sauger und ich habe keine Ahnung, warum eins besser sein soll als das andere."

All das spielte keine Rolle mehr, wenn sie ihn nur so lange beruhigen mussten, bis Lance Maria gefunden hatte.

„Habt ihr die T…emperatur gemessen?"

„Äh …"

„Tu einen Tropfen auf die Innenseite deines Handgelenks", erklärte Sofie ihr.

Rese gehorchte. „Lauwarm."

Nonna nahm die Flasche und versuchte, sie dem Kleinen zwischen die Lippen zu schieben. Wenn er den Sauger nicht akzeptierte, weil er bisher nur gestillt worden war, würde die Lage erst einmal eskalieren. Ein so kleines Baby, das bisher nur auf dem Arm seiner Mutter gewesen war, kannte nur den Trost, den es dort gefunden hatte. Sofie presste sich eine Hand auf die Brust, um den Schmerz zu lindern, aber das Neugeborene fing an zu saugen.

Nonnas Gesicht verzog sich zu einem faltigen Lächeln. Rese atmete hörbar auf und Sofie schloss die Augen. Erleichterung durchströmte sie, als das schrille Schreien verstummte und nur noch ein rhythmisches Nuckeln zu hören war. Gab es etwas Dringlicheres, etwas Hilfloseres als ein schreiendes Baby?

Sie sah zu, wie der Kleine in Nonnas Armen einschlief. Was dachte sich Maria nur? Wusste sie denn nicht, wie bald ihr Kind sie brauchen würde? Vielleicht nicht. Es gab so viel, was sie lernen musste.

Jetzt, wo der Kleine sich beruhigt hatte, konnte Sofie vielleicht etwas arbeiten. Sie ließ sich am anderen Ende des Salons nieder, wo sie ihren Laptop, Nachschlagewerke und Fachbücher aufgebaut hatte. Aber die Erinnerungen kamen wieder hoch – gegen ihren Willen. Als Lance Stunden später unverrichteter Dinge zurückkam, hatte sie so gut wie nichts geschafft.

Er trat in den Salon. „Ist sie wieder da?"

Rese saß auf ihrem Platz am Fenster und schüttelte den Kopf.

Er ließ die Schultern hängen. „Ich weiß nicht, wo ich sonst noch nachsehen soll. Ich bin jetzt durch jede Straße in der Stadt gefahren und es wird allmählich dunkel."

Sofie sagte: „Ich verstehe nicht, wie sie ihn einfach im Stich lassen kann. Warum sollte sie das tun?"

„Ich weiß nicht." Er rieb sich das Kinn und ging in die Küche.

Rese drehte sich um. „Sie hat ihn Lance gegeben."

Sofie legte ihre Karteikarte ab. „Wie bitte?"

„Sie sagte, Lance habe ihn direkt nach der Geburt zum Atmen gebracht und er solle ihn behalten."

„Was?"

„Er hat nicht geatmet. Maria saß nur da und schrie wie am Spieß, also hat Lance den Kleinen hochgenommen und da fing er zu atmen an. Maria denkt jetzt, Lance habe den leblosen Körper zum Leben erweckt."

Vor einigen Monaten hatte Lance einem Mann vergeben, der ihren Großvater und ihren Urgroßvater hatte umbringen lassen. Er hatte sich in Nonnas bewegte Vergangenheit gestürzt, bis Mama vor Sorge ganz außer sich war, aber während dieser Phase hatte er Gott sehr intensiv erlebt.

Rese sagte: „Als er und Antonia hier ankamen, ist er ohnmächtig zusammengebrochen. Er konnte kaum essen. Antonia sagt, der Auftrag der Versöhnung habe ihn alle seine Kräfte gekostet. In der Nacht, als Maria ihr Baby bekam, war er sehr angespannt."

„Er war schon immer leidenschaftlich."

„Nun, dass der kleine leblose Körper zu atmen begann, als Lance ihn auf den Arm nahm, grenzt schon an ein Wunder und hat bestimmt auch mit Lance zu tun, der seinen Glauben sehr ernst nimmt."

„Ich weiß nicht." Sofie fuhr sich mit den Fingern durchs Haar. „Es gibt eine Stelle in der Bibel, in der steht, dass nicht mehr wir es sind, die leben, sondern Christus, der in uns lebt. Vielleicht kann Gott einen Funken in jemandem entzünden, der bereit ist und sich dafür öffnet, sein Werk zu tun. Lance wollte schon immer Großes für Gott tun."

Rese ging im Zimmer auf und ab. „Jedenfalls ist Maria jetzt ganz durcheinander." Sie sah aus dem Fenster. „Oder sie hatte schon die ganze Zeit vor, das Baby aufzugeben."

„Kam es dir so vor?"

„Nein. Sie hat ihn doch immer im Arm gehalten. Aber das Baby ist schon beinahe eine Woche alt und sie hat ihm immer noch keinen Namen gegeben. Und heute Morgen sah sie wirklich schrecklich aus, so, als hätte sie die ganze Nacht über geweint."

„Wochenbettdepression?"

„Ich habe keine Ahnung." Rese stemmte die Hände in die Hüften. „Wir wissen gar nichts über sie außer dem, was Michelle uns erzählt hat."

Lance hatte Sofie die Eckdaten von Marias bisheriger Situation gegeben, dass sie mit sechs Gastarbeitern in einem winzigen Zimmer gehaust hatte, von denen jeder der Vater des Babys sein konnte. „Sie würde doch nicht dorthin zurückgehen, oder?"

„Ich weiß nicht. Vielleicht haben sie sie wieder aufgenommen. Ich weiß nur, dass wir hier ein Baby haben, dessen Mutter sich aus dem Staub gemacht hat."

Sofie blickte auf. Sie hatte Maria nur kurz gesehen und konnte sich kein Bild machen, was ihren geistigen und emotionalen Zustand betraf. Der Gedanke, dass sie ihrem Neugeborenen entrissen werden könnte, verschärfte den Schmerz. Hatte sie ihren Sohn bei Lance gelassen, damit der ihn beschützte? Konnte das, was egoistisch schien, Ausdruck eines Opfers sein, hatte sie es aus Dankbarkeit getan?

Eine bedrückte Stimmung legte sich auf das Haus, als es immer später wurde und Maria nicht zurückkam. Sofie ging mit dem Baby, das jetzt Bauchschmerzen hatte, in Marias Zimmer auf und ab. Jetzt würde Sofie in diesem Zimmer die Nacht mit dem Säugling verbringen. Weiße Organza und seidene Jasminblüten ließen den Raum so rein und makellos wirken, dass es wehtat. Unschuldig. Unbefleckt.

Vorsichtig legte sie das Baby in den weißen Stubenwagen. Sie fuhr mit dem Finger über die weiche Rundung des kleinen Köpfchens und zog dann die gelbe Decke über den Kleinen und tätschelte seinen Rücken. Die winzige Faust lag an seiner Wange und sein Mund machte im Schlaf kleine saugende Bewegungen.

Sie trat zurück und rieb sich den Rücken. Als sie in New York aufgebrochen war, hätte sie sich nicht träumen lassen, dass sie das hier tun würde. Lance war es nicht recht, aber Rese hatte so gar keine Erfahrung mit Babys.

Ihre eigene hatte sie sorgfältig verdrängt, doch jetzt kam sie in allen Einzelheiten zurück. Das namenlose Baby musste versorgt werden. Den ganzen Tag über hatten andere ihn auf dem Arm gehabt, waren die Herzschläge anderer an sein Ohr gedrungen und nicht die seiner Mutter, aber sie wusste jetzt, was er gern hatte. Sie sah auf ihn hinunter und flüsterte: „Wo ist deine Mama nur? Wie konnte sie es ertragen, dich zu verlassen?“

Kapitel 5

Matt nahm den Anruf mit einem Seufzen entgegen. Ein ausgesetzter Säugling. Hispanischer Herkunft. Eine Woche alt. Wenigstens war er nicht in einer Müllkippe gefunden worden.

Er steckte seine Schlüssel ein und wappnete sich für den Fall. Als er gerade an der Tür war, ging sein Piepser. Er sah auf die Nummer. Becca. Er würde sie vom Auto aus anrufen, ihr die Gelegenheit zu geben, ihrem Herzen Luft zu machen, und dann überlegen, was er Gutes über Ryan sagen konnte. Er war weder gemein noch destruktiv, sondern einfach nur verantwortungslos. Es könnte schlimmer sein. Viel schlimmer.

Er schnallte sich an und gab die Nummer ein. „Hallo, Becca."

„Tut mir leid, dass ich dich bei der Arbeit störe."

„Ich hätte dir nicht die Nummer für meinen Piepser gegeben, wenn das ein Problem wäre."

„Stimmt auch wieder. Also, ich brauche eine Begleitung."

„Aha." Er startete den Motor.

„Freitagabend ist das Essen anlässlich der Preisverleihung für den besten Verkäufer. Wenn ich da allein hingehe, machen mich die Börsenmakler den ganzen Abend an."

Ihr Selbstwertgefühl hatte offensichtlich keinen Knacks. „Ich verstehe das Problem."

„Gehst du mit mir hin?"

„Äh ... Ryan würde bestimmt unheimlich gerne ..."

„Komm schon, Matt; du siehst im Anzug so gut aus."

„Ich kann doch nicht mit Ryans Verlobter ausgehen."

„Aber es ist nur eine geschäftliche Verabredung und ich bin nicht seine Verlobte."

„Becca, ich bin Ryans Freund."

„Und meiner nicht?"

„Natürlich bin ich das." Er fuhr über eine Kreuzung. „Ich bin mit euch beiden befreundet. Und deshalb will ich nicht zwischen euch stehen."

Sie seufzte. „Ich dachte, du wärest für mich da, Matt. Ryan kann bei dir abhängen, aber ich bekomme nichts von deiner Zeit ab?"

„Darum geht es nicht."

„Ich brauche einen starken und gut aussehenden Mann, der mir den Rücken freihält. Und ich habe dich seit Wochen nicht mehr gesehen. Das ist doch eine vernünftige Bitte."

Aber Ryan wäre am Boden zerstört. Oder wütend. Oder beides. Andererseits war Becca auch eine gute Freundin von ihm. Wenn Ryan beschäftigt oder verreist gewesen wäre, hätte er sie ohne Umschweife begleitet. Aber sie hatte Ryan den Ring zurückgegeben – oder genauer gesagt, ihm den Ring an den Kopf geworfen. Streng genommen bedeutete das, dass sie ungebunden war.

Sie sprach weiter, bevor er sich eine gute Antwort überlegt hatte. „Ich würde dich auch nicht als Verabredung bezeichnen, wenn du dich dann besser fühlst. Ich sage einfach, dass du ein Freund bist. Ein guter Freund, wie ich immer dachte."

Er lehnte den Kopf an die Kopfstütze und bog in die ruhige Straße, in die er gerufen worden war. Nettes Haus, aber der Schein konnte täuschen. „Also gut. Aber ich erzähle es Ryan, damit er es nicht von jemand anderem hört."

„Es spielt zwar keine Rolle, ob oder wie Ryan etwas hört, aber nur zu."

„In Ordnung. Wir sehen uns dann am Freitag." Er parkte vor der italienisch wirkenden Villa. Dem Bericht hatte er nicht eindeutig entnehmen können, wie das Baby hierhergekommen war. Hatte jemand den Säugling vor der Tür abgelegt? Das Haus strömte ein angenehmes Gefühl der Ruhe aus, und wenn ... Aber er musste aufhören zu spekulieren und sich auf die Fakten konzentrieren. Motive und Absichten zu erraten, das gehörte zwar zu seiner Arbeit. Aber er musste sich nicht Szenarios ausmalen, bevor er überhaupt wusste, womit er es zu tun hatte.

Sofie ging im Salon auf und ab. Rese hatte darauf bestanden, dass sie die Polizei riefen, aber sie hätte ihr sagen können, dass es zu früh war, um Maria offiziell als vermisst zu melden. Dass jemand an einem Tag da war und am nächsten nicht, bedeutete nicht unbedingt, dass er Opfer eines Verbrechens geworden war. Selbst dann nicht, wenn jemand sechs Jahre lang auf die Rückkehr dieses Menschen gewartet hatte.

Die Polizei hatte jedoch die Fürsorge darüber informiert, dass Maria ein Baby zurückgelassen hatte, und jemand vom Jugendamt war inzwischen auf dem Weg zu ihnen. Sofie schluckte den Kloß in ihrer Kehle hinunter, den die Worte *Kind* und *Fürsorge* in ihr auslösten. Am liebsten hätte sie sich im Kutscherhaus versteckt. Aber Rese hatte sie gebeten, auf die Klingel zu achten, während sie ihre Sachen für die Arbeit zusammenpackte und Lance ein letztes Mal die Umgebung absuchte.

Beim Bücherregal drehte sie um und ging auf das Fenster zu. Würde die Person, die den Schutz von Kindern zu ihrem Beruf gemacht hatte, dieses spezielle Versagen in einem anderen Menschen erkennen? Würde es sich zeigen wie ein Makel oder Fleck? Ihre Gedanken spielten verrückt. Vor ihrem inneren Auge sah sie Bilder von Schleifchen und Mützen, Spitzensöckchen und kleinen rosafarbenen Schuhen. Sie erinnerte sich an das zappelnde Gewicht auf ihrem Schoß und die kleinen Patschehändchen auf ihren Wangen.

„*Hör mal, Sofie.*"

„*Ich höre zu, Liebes.*"

Sie erschrak, als das Klopfen ertönte. Ihr Puls flatterte und sie zwang sich dazu, zur Tür zu gehen und zu öffnen. Was für einen Sozialarbeiter sie erwartet hatte, das wusste sie nicht; jedenfalls nicht den großgewachsenen Mann mit hochgekrempelten Hemdsärmeln, der jetzt vor ihr stand. Sie registrierte sein braunes Haar und das kräftige Kinn, aber es war vor allem die Wärme in seinen tiefen braunen Augen, die sie fesselte.

Er reichte ihr die Hand in einem festen, alles umschließenden Griff. „Matt Hammond. Jugendamt."

Die Frau, die ihm aufmachte, hatte eine instinktive Wirkung auf ihn, die ihn überraschte; ihr schlanker Hals, das honigblonde Haar und ihre Augen, die so dunkel wie Kupfermünzen waren, mit einem grünen Rand um die Pupillen. Ihre Züge waren klar, ihre Figur umwerfend und ihre Miene aufgeweckt und intelligent, aber gleichzeitig verschleiert. Ohne es zu merken, hatte er ihre Hand mit beiden Händen umschlossen. Jetzt erst ließ er sie los. „Die Polizei hat mich informiert, dass es hier einen Säugling gibt?"

Sie nickte. „Kommen Sie rein. Rese kommt jeden Augenblick. Setzen Sie sich doch."

„Gerne. Und Sie sind …"
„Sofie. Sofie Michelli."
Der Name passte so gut zu ihr, dass er sich ganz sicher war, er würde ihn nie wieder vergessen. Der lange Raum, der in mehrere Sitzecken unterteilt war, wirkte eher wie eine gemütliche Pension als wie ein privates Wohnhaus. Er setzte sich auf einen cremefarbenen Sessel am Fenster.
„Möchten Sie einen Kaffee?"
„Nein, danke. Ich gewöhne ihn mir gerade ab – diese Woche jedenfalls." Er lächelte.
„Kann ich Ihnen etwas anderes anbieten?"
„Danke, nein. Ist das hier eine Pension? Ich habe kein Schild gesehen."
„Es sollte eine werden, aber Rese hat die Pläne geändert."
Er vermutete, dass er mit Rese über die Sache sprechen würde, wegen der er hier war. Aber das Gespräch mit Sofie erinnerte ihn daran, dass er einmal ein Mädchen zum Abschlussball eingeladen hatte und dabei entdeckte, dass er sich viel besser mit der jüngeren Schwester von ihr verstand. Sie hatten so gelacht, dass sie den großen Auftritt der älteren Schwester nicht bemerkt hatten, und das hatte ihm das Mädchen den ganzen Abend über nicht verziehen.
„Ich war schon länger nicht mehr in dieser Gegend, aber war dieses Gebäude nicht abgebrannt?"
Sofie nickte. „Zum Teil. Rese hat es inzwischen renoviert."
„Da hat er aber gute Arbeit geleistet."
Ein Lächeln umspielte ihre Lippen. „Da kommt sie schon."
Aha. Er stand auf und stellte sich der Frau mit dem kurzen dunklen Haar und dem kantigen Gesicht vor, die sich zu ihnen gesellt hatte.
Sie sagte: „Ich hatte gehofft, Lance würde rechtzeitig zurück sein."
Während er sich fragte, ob irgendjemand ihm erzählen würde, was er wissen wollte, ging die Hintertür auf und ein Mann von mittlerer Statur und etwas hagerem Aussehen kam näher. Matt reichte ihm die Hand.
Der Mann erwiderte mit einem festen Händedruck. „Lance Michelli."
„Michelli. Sie sind also Sofies …"
„Sofie ist meine Schwester." Er sah sich um. „Wo sind Nonna und der Kleine?"
„In meinem Zimmer." Rese verschränkte die Arme vor sich.

Nachdenklich zog Lance seine Jacke aus und fuhr sich mit den Fingern durch das vom Wind zerzauste Haar. „Also, was machen wir jetzt?"

Sie zuckte mit den Schultern. „Mr. Hammond ist gerade erst eingetroffen."

„Bitte, nennen Sie mich Matt." Er mochte es nicht so förmlich. Wenn Menschen entspannt waren, konnte er sie besser einschätzen, und ihm ging es um Lösungen und nicht um Kontrolle.

„Dies ist eine erste Unterhaltung, bei der ich so viel wie möglich über das Baby in Erfahrung bringen möchte." Da die Frauen die ganze Sache Lance zu überlassen schienen, wandte er sich dem anderen Mann zu. „Sie haben der Polizei erzählt, dass die Mutter seit vierundzwanzig Stunden verschwunden ist?"

„Fast."

„Und bevor sie gegangen ist, hat sie darum gebeten, auf den Jungen aufzupassen?"

„Ja, so könnte man das ausdrücken."

Ein kluges Ausweichmanöver. „Was genau hat sie denn gesagt?"

„Na ja, sie hat Spanisch gesprochen und war ziemlich aufgeregt, aber das war so ziemlich der Sinn."

„Ist Spanisch ihre Muttersprache?"

„Ja, ich glaube schon."

„Hat sie angedeutet, wie lange sie weg sein wird?"

„Nein."

Er holte einen Block heraus, um sich Notizen zu machen. „Der Name des Kindes?"

„Es hat noch keinen."

Oh-oh. „Der Name der Mutter ist Maria ..."

Lance zuckte mit den Schultern. „Mehr wissen wir leider nicht. Jemand hat uns gebeten, sie so lange aufzunehmen, bis ihr Baby auf der Welt ist. Sie ist erst seit einer Woche hier."

„Wer hat Sie denn darum gebeten?"

„Michelle Farrar. Sie ist von der Kirchengemeinde."

Matt schrieb sich die Kontaktdaten auf. Vielleicht kannte Michelle den Nachnamen der Mutter und wusste, ob sie vorhatte, den Säugling jemandem zu überlassen, der für ihn sorgen konnte. „Wann wurde das Baby geboren?"

„Am fünfundzwanzigsten. So gegen halb drei Uhr morgens."

„In welchem Krankenhaus?"

„Kein Krankenhaus. Sie hat den Kleinen hier bekommen. In ihrem Zimmer."

Matt blickte auf. „Wer war denn bei der Geburt dabei?"

„Niemand. Maria hat ihn geboren, bevor wir etwas mitbekamen."

„Wurde er von einem Arzt untersucht?"

Lance schüttelte den Kopf. „Die Hebamme war hier, nachdem er geboren wurde, und sie hat ein paar Untersuchungen durchgeführt."

„Aber Maria ist nicht mit ihm zu einem Kinderarzt oder einer Klinik gegangen?"

„Dem Baby geht es gut."

Das konnte ja sein, aber er musste herausfinden, wie die Mutter tickte, und vor allem, ob sie das Kind loswerden wollte. Das Gesetz im Bezirk von Sonoma ermöglichte eine offizielle Übergabe des Kindes an eine Notaufnahme nur innerhalb von drei Tagen. Maria dachte vielleicht, dass sie ihr Baby in gute Hände übergeben hatte, aber er hatte nicht den Eindruck, als wären diese Leute darauf gefasst gewesen, dass sie sich ohne ihr Kind aus dem Staub machen würde.

Lance betrachtete den Mitarbeiter, der wegen des Babys gekommen war. Warum hatte das Jugendamt jetzt schon jemanden geschickt? Wenn ein Tag für die Polizei zu früh war, um eine vermisste Person zu suchen, war es dann nicht auch zu früh, von einer Kindesaussetzung zu sprechen? Er wusste Matts Interesse am Wohl des Säuglings zu schätzen, aber Maria war diejenige, die sie finden mussten. Ihr kleiner Sohn war vielleicht nicht bei einem Arzt gewesen, aber er war gesund und munter und hatte mehr Arme, die ihn hielten und trösteten, als die meisten Babys kurz nach ihrer Geburt.

Wo war Maria nur und an wen würde sie sich in ihrer Situation wenden? Er konnte nicht vergessen, wie sie ihn angesehen hatte, als sie gesagt hatte, der Junge gehöre ihm. Die Worte, die sie gebraucht hatte, konnte man eigentlich nicht mit *aufpassen* oder *hüten* übersetzen, aber er konnte auch nicht glauben, dass sie das Baby, das sie kaum eine Minute aus den Augen gelassen hatte, einfach so hergeben würde. Und wie konnte sie so schnell von der Bildfläche verschwinden? Er war ihr doch unmittelbar gefolgt. Oder hatte sie jemand entführt? Vielleicht hatte jemand auf sie gewartet. Und das Ganze war arrangiert worden.

„Sehen Sie", sagte er und sah Matt Hammond dabei an. „Es macht uns nichts aus, auf das Baby aufzupassen. Aber ich mache mir Sorgen um Maria."

„Hat sie oder" – er warf einen Blick auf seine Notizen – „Michelle angedeutet, dass Maria ihr Kind zur Adoption freigeben wollte?"

„Nein. Wir haben sie nicht gedrängt, aber sie hat nie etwas dergleichen gesagt. Bis gestern hat sie kaum ein Wort gesprochen."

„Und gestern?"

Er fuhr sich mit den Fingern durchs Haar. „Sie hat sich aufgeregt, etwas falsch verstanden."

„Was hat sie denn falsch verstanden?"

„Als sie zuerst herkam, hat sie gefragt, was sie tun müsse, um hierbleiben zu können. Ich habe geantwortet, sie müsse nur ein starkes, gesundes Baby zur Welt bringen. Damit wollte ich ihr zu verstehen geben, dass sie sich unsere Hilfe nicht verdienen musste, dass wir für sie sorgen würden. Aber vielleicht dachte sie, ich wollte als Gegenleistung ihr Kind haben."

Matt zog die Augenbrauen hoch. „Wie kommen Sie denn darauf?"

„Sie sagte zu mir, ich solle ihm einen Namen geben. Er gehöre mir."

„Ist er denn Ihr Sohn?"

Rese versteifte sich. „Sie meinte damit doch nicht, dass Lance der Vater sei."

Matt wartete auf eine Bestätigung von ihm.

Lance schüttelte den Kopf. „Ich habe sie erst vor einer Woche kennengelernt. Sie meinte, ich solle das Baby haben, weil …" Er hätte sich in den Hintern treten können. Das alles hatte er gar nicht erwähnen wollen. „Ich habe dem Kleinen nach der Geburt geholfen ..." Lance rieb sich das Kinn. „Er hatte ein paar Probleme. Hat nicht sofort geatmet. Und nun glaubt sie, ich hätte ihn geheilt."

„Haben Sie den Jungen beatmet?"

„Er lag einfach da, scheinbar leblos. Und da habe ich ihn hochgenommen. Er … sah zuerst gar nicht gut aus."

„Inwiefern?"

Lance schluckte. „Na ja, da war Blut und … Sie wissen schon, wie das bei einer Geburt so ist, und normalerweise schreit ein Neugeborenes doch."

„Er hat nicht geatmet." Star war ins Zimmer gekommen. In ihrem türkisfarbenen, mit Perlen besetzten Top und den weißen Pumphosen, mit ihrer blassen Haut und dem hellen Haar sah sie aus wie eine gebleichte Bauchtänzerin.

Matt sagte: „Und wer sind Sie?"

„Ich bin Star." Sie setzte sich auf die Armlehne von Sofies Sessel.

Matt konzentrierte sich auf sie. „Sie haben auch gesehen, dass Lance den scheinbar leblosen Körper des Säuglings hochgenommen hat und ..."

„Lance hat ihn geheilt."

Na super.

Matt legte den Kopf schief. „Geheilt?"

„Ja, das kann er", sagte Star. „Leute wieder hinkriegen."

Lance versuchte, Blickkontakt mit ihr aufzunehmen, um sie zurückzupfeifen, aber sie weigerte sich hartnäckig, in seine Richtung zu blicken.

„Inwiefern kriegt er sie wieder hin?"

„So wie es gerade nötig ist."

Matt dachte wahrscheinlich, er wäre in irgendeine dubiose Sekte geraten, die von leicht zu beeinflussenden Mädchen verlangte, dass sie ihre Kinder hergaben. Der charismatische Mann mit seinen weiblichen Anhängern. Rese funkelte Star an, aber jetzt war das Kind im Brunnen. Vermutlich machte Star das Ganze sogar Spaß.

Matt wandte sich wieder an ihn. „Hat Maria auch geglaubt, dass Sie das Kind geheilt haben?"

Lance seufzte. „Sie war ziemlich durcheinander."

„Und die Hebamme, die den Jungen untersucht hat? War sie dabei, als Sie den Kleinen hochgenommen haben und er zu atmen angefangen hat?"

Rese stemmte die Hände in die Hüften. „Nein, sie kam erst hinterher."

„Könnte es sein, dass Maria denkt, Sie hätten ein Wunder vollbracht?"

„Ich weiß nicht, was sie denkt."

„Sie denkt, er kann übers Wasser gehen", sagte Star.

Matt Hammond drehte sich um und sah sie prüfend an. „Und kann er?"

Star lächelte geheimnisvoll. „‚Es gibt mehr Dinge zwischen Himmel und Erde, Horatio, als Eure Schulweisheit sich träumen lässt.'"

Kapitel 6

Rese stöhnte innerlich, als ihre Mutter ausgerechnet in diesem Moment nach unten kam. Ihr schneeweißes Haar stand von ihrem Pagenkopf ab, als hätte sie mit einem Gummistab darübergerieben. Warum war Star nicht bei ihr oben geblieben?

Überrascht stand Matt Hammond auf und streckte ihr seine Hand entgegen. „Hallo, ich bin –"

Mom rauschte mit ihrem ruckartigen Gang an ihm vorbei, als wäre er so unsichtbar, wie Walter es für alle anderen gewesen war. Mit dem Clozapin, das sie einnahm, wurden ihre Halluzinationen in Schach gehalten, aber ihre anderen Symptome waren eindeutig. Sie ging zum Fenster und murmelte: „Fort, fort, fort."

Rese richtete sich auf. „Das ist Elaine, meine Mutter. Ich bin ihre gesetzliche Betreuerin." Mehr musste er nicht wissen.

Matt trat ans Fenster. „Wer ist fort, Elaine?"

Rese hätte am liebsten die offensichtliche Antwort gegeben, aber Lance berührte ihre Hand. Sie litt stumm vor sich hin, während Matt Hammond nachbohrte.

„Ist jemand fort?"

Ihre Mutter sah ihn an. „Sie haben sie weggeholt. Sie holen sie immer weg."

Er musste doch merken, wie verwirrt sie war. Und was spielte es schon für eine Rolle? Er machte sich Sorgen um das Wohl des Kindes und nicht um Maria. Und ganz gewiss nicht um Elaine Barrett. Mom hatte kaum bemerkt, dass das Baby da war.

„Haben Sie etwas gesehen, Elaine? Etwas im Garten?"

„Die sind nicht nett, wissen Sie. Man muss vorsichtig sein. Sie war nicht vorsichtig, und jetzt ist sie fort. Fort, fort. Sie haben sie geholt und sie ist fort. Sie sind alle fort. Alle fort."

Rese presste peinlich berührt die Lippen aufeinander und zugleich ärgerte sie sich über dieses Gefühl. Mom konnte genauso wenig etwas für ihre Wahnvorstellungen, wie sie etwas dafür konnte, dass sie versucht hatte, ihre eigene Tochter zu töten, aber dieses Erlebnis prägte immer noch ihren Umgang miteinander. Vielleicht hatte sie deshalb Brads Angebot angenommen und die Tochterrolle an Star abgetreten, die nicht verwandt mit ihr war.

Sie warf der Freundin, die sie schon seit Kindertagen kannte, einen Blick zu. Star war zwei Monate älter als sie, war ihr aber immer wie eine kleine Schwester vorgekommen, die zu ihr kam, damit sie die Dinge für sie regelte, den Schmerz linderte und ihr half weiterzuleben. Und auch wenn sie sich manchmal über Stars egoistischen Tunnelblick ärgerte, hatte es ihr gefallen, die Starke zu sein. Doch in den letzten Monaten hatten sie ein anderes Gleichgewicht gefunden.

Bei Mom schien Star zum ersten Mal durch Verantwortung aufzublühen, die Bedürfnisse eines anderen Menschen wahrzunehmen, anstatt nur sich selbst. Sie redeten Unsinn, und Rese hörte sie auf dem Dachboden lachen wie die verrückten Schwestern. So jedenfalls hatten die grausamen Klassenkameraden von früher Star und Rese immer bezeichnet.

Als Matt Hammond ihre Mutter befragte, schaltete Rese sich ein. „Sie hat wahrscheinlich alles gesagt, was sie weiß."

Er drehte sich um. „Hat noch jemand anders gesehen, wie jemand aus dem Garten weggeholt wurde?"

Sie setzte an, um die Situation zu erklären, doch dann sah sie Moms Gesicht am Fenster. Warum sollte sie ihr den Augenblick nicht gönnen? Warum laut aussprechen, dass ihre Aussage wertlos war? Und war sie das wirklich?

„Star?" Matt Hammond wandte sich ausgerechnet an die Person, die noch weniger berechenbar war als Elaine.

„‚Es rede jeglich Auge für sich selbst.' Meins hat nichts gesehen."

„Mom sieht gerne aus dem Fenster, während Star malt." Sie hatte die Worte ausgesprochen, bevor ihr bewusst wurde, dass sie damit der Aussage ihrer Mutter Gewicht verlieh. „Wahrscheinlich bemerkt sie mehr als wir anderen."

Matt Hammond hatte vermutlich das Gefühl, mitten in *Einer flog übers Kuckucksnest* geraten zu sein. Das Merkwürdige war, dass es ihr egal war. Die Verbindung, die sie zu Star und ihrer Mutter und Lance spürte und sogar zu Sofie und Antonia, bedeutete ihr plötzlich mehr als die Meinung anderer Leute. Sie waren ihre Familie und in der Bronx, mitten in dem Chaos und dem Lärm von Lance' Verwandten, hatte sie gelernt, wie viel das bedeutete.

Sie lächelte Mom leise zu und ihre Mutter erwiderte das Lächeln.

Matt sah in die Gesichter um sich herum. Er wusste nicht, was er von der angeblichen Heilung oder von Lance Michelli selbst halten sollte. Der Mann war vielleicht ein wenig extrem, obwohl er die Aufmerksamkeit von sich ablenken wollte. Er zeigte so gar nicht das soziopathische Verhalten eines Sektenführers. Bis sich Star zu Wort gemeldet hatte, war er eigentlich ziemlich normal erschienen – besorgt, aber normal.

Matts Blick wanderte zu der Frau, die in einer besonderen Beziehung zu dem Mann stand: Rese Barrett. Ihr war das Gerede von Wundern offensichtlich unangenehm, aber sie hatte nicht widersprochen. Sie war augenscheinlich in Lance Michellie verliebt. Gegensätze, die sich anzogen? Sie hatte Loyalität und Beschützerinstinkt gezeigt. Was wäre sie bereit zu verbergen?

Die Mutter wies neurodegenerative Gedanken- und Bewegungscharakteristika auf, aber er verwarf nicht automatisch, was sie gesagt hatte. Wenn Maria „weggeholt" worden war, hatten sie es nicht mit einer Kindesaussetzung zu tun, und auch wenn das keinen Einfluss darauf hatte, dass er das Sorgerecht für den Säugling dem Staat übergab und möglicherweise eine alternative Unterbringung veranlasste, könnte es später Auswirkungen haben.

Stars Verrücktheit war merkwürdig, aber reizvoll. Selbst Sofie ... Er hatte ihre Handgelenke erst bemerkt, als das Licht vom Fenster die blassen Narben beleuchtet hatte. Er hätte gerne mehr darüber gewusst, aber das gehörte zu seinem Job. Je mehr Einzelheiten er über sie alle in Erfahrung bringen konnte, desto besser konnte er entscheiden, ob er das Kind aus dem Haushalt, in dem es bisher versorgt wurde, entfernen und versuchen sollte, einen anderen Platz für den Kleinen zu finden.

Hatten die Vorgänge in diesem Haus Maria so viel Angst gemacht, dass sie ohne das Baby geflohen war? Er wollte ihr nichts unterstellen, aber wenn sie illegal in diesem Land war, konnte es sein, dass jemand sie manipuliert hatte und ihr mit einer Anzeige und Abschiebung drohte. Sie wusste vielleicht gar nicht, dass sie durch die amerikanische Bürgerschaft des Kindes automatisch das Bleiberecht erhielt. Aus genau dem Grund war Nachwuchs bei illegalen Einwanderern oft ein willkommenes Geschenk. Maria hatte keinen Vorteil davon, dass sie ihren Sohn aufgab – es sei denn, sie wäre mit Gewalt von ihm getrennt worden.

Doch davon ging er in diesem Fall nicht aus. Wenn es um eine illegale Adoption oder gar Menschenhandel ginge, hätten diese Leute mit Sicherheit nicht bei den Behörden angerufen. Nicht, wenn sie einen Säugling hatten, der nirgendwo registriert war. Und ihre Sorge um Maria schien echt zu sein.

Er schrieb seine Notizen zu Ende. „Ich muss das Baby sehen."

Rese ging voran in eine Suite, die neben der Küche lag. Der Säugling lag zusammengerollt in der Mitte des Bettes, sodass Knie und Ellbogen sich berührten. Seine bräunliche Haut hatte einen leichten Neugeborenenausschlag und er hatte dichtes schwarzes Haar. Matt nahm das Baby hoch und nahm sein gleichmäßiges Atmen wahr.

Die alte Dame, die ihn beobachtete, fixierte ihn mit einem scharfen Blick und sagte: „W…ecken Sie ihn nicht." Die Verzögerung beim Sprechen könnte auf einen Schlaganfall hinweisen, aber sie war es gewohnt, matriarchalische Macht auszuüben.

„Ich werde mir Mühe geben." Matt setzte sich in den Sessel und wickelte das Baby aus. Er untersuchte es im Hinblick auf Prellungen, Unterernährung oder irgendwelche Anzeichen von Vernachlässigung. Es wirkte gesund. „Wie wurde der Kleine gefüttert?"

„Maria hat ihn gestillt." Lance Michelli war es, der antwortete. „Seitdem sie weg ist, haben wir ihm Fläschchen gegeben."

Matt bemerkte die Grübchen auf den Fäusten des Neugeborenen. „Aber eine Woche lang hat sie ihn gestillt?"

Alle nickten.

„Hat er gequengelt oder Bauchschmerzen gehabt …?"

„Nicht mehr als jedes andere Baby und weniger als manche, die ich erlebt habe." Wieder Michelli.

Matt zog eine Augenbraue hoch. „Sie haben Erfahrung mit Säuglingen?"

„Nichten und Neffen. Wir leben dicht beieinander, in der Bronx." Er warf seiner Schwester, die ihm ins Zimmer gefolgt war, einen Blick zu. „Außer Sof, die gerade hier angekommen ist."

Sie fügte hinzu: „Unsere Familie hat ein Mehrfamilienhaus und verteilt sich auf die meisten Wohnungen. Viele Kinder."

Matt nickte und wandte sich dann wieder an Lance. „Sie haben gesagt, Maria hat ihm noch keinen Namen gegeben, also vermute ich, dass es keine Geburtsurkunde gibt?“

„Noch nicht. Die Hebamme hat auch danach gefragt.“

Es war nicht der merkwürdigste Fall, mit dem er je zu tun gehabt hatte, und bei Weitem nicht der schlimmste. Er hatte keine Hinweise auf Drogen oder Waffen gesehen. Er war nicht hier, um die Religion dieser Leute zu beurteilen, sondern nur die Sicherheit der Umgebung. Und wenn etwas an dem, was Elaine Barrett zu sehen behauptet hatte, stimmte, hatte Maria ihr Kind nicht freiwillig verlassen. Das sprach für eine Stabilität in der Situation, wie er sie auch nicht besser gewährleisten konnte. Und sie würde hier nach dem Baby suchen, wenn sie konnte – oder wollte.

„Er sieht gesund aus. Ich werde dem Staat das gesetzliche Sorgerecht übertragen.“ Er blickte in die Runde. „Dazu kann auch eine Unterbringung woanders gehören – es sei denn, Sie sind bereit und in der Lage, für den Kleinen zu sorgen, während wir die Sache klären.“

„Natürlich“, erwiderte Sofie unmissverständlich. „Wir sind hier sechs Erwachsene, da können wir auf jeden Fall ein neugeborenes Baby versorgen.“

„Ich muss jemanden vorübergehend zum Erziehungsberechtigten ernennen.“ Er wandte sich an Lance Michelli. „Wenn Maria Sie gebeten hat …“

Er nickte. „Ich mache es, aber ich glaube, dass sie zurückkommen wird. Wenn sie kann.“

Matts Instinkt sagte ihm dasselbe. Aber er hatte sich schon öfter getäuscht. Menschen waren schwer zu durchschauen.

Nachdem er die Villa verlassen hatte, quetschte Matt sich zwischen Kisten mit isotonischer Limonade und Energydrinks vorbei, die sich auf der schmalen, schattigen Veranda türmten, und klopfte an die Tür des kleinen Hauses. Wenn das Haus nicht von dem wuchernden Blattwerk fast völlig verdeckt gewesen wäre, hätten die Nachbarn möglicherweise mit der sammelwütigen Bewohnerin Streit angefangen. Als die Tür aufging, sah er, dass die Veranda nicht das einzig Ungewöhnliche war.

Rechts und links von der Tür stand ein Stapel Toilettenpapierpackungen und reichte bis zur Decke.

Die Frau klopfte auf die Packungen und lächelte herzlich. „Für die diakonische Arbeit der Kirche."

Sie gaben Klopapier aus? Oder verteilten sie wie Traktate? Er streckte der Frau seine Hand entgegen. „Matt Hammond." Sie war nicht gerade attraktiv, und doch fand er ihre Unscheinbarkeit merkwürdig anziehend.

„Kommen Sie rein. Das beißt alles nicht."

Er könnte aber lebendig darunter begraben werden.

„Sie wollen über Maria reden?"

Er folgte ihr den Flur entlang. „Ich muss herausfinden, ob sie hier Verwandte hat, die die Verantwortung für den Säugling übernehmen können."

„Wenn sie tatsächlich Verwandte hat, dann sollten sie geteert und gefedert werden." Dabei warf sie ihm einen Blick über die Schulter zu. „Ich meine das auf die denkbar netteste Weise."

„Natürlich. Und warum sind Sie dieser mitfühlenden Meinung?"

Sie erreichten eine Küche, die erstaunlich ordentlich war; Boden, Spüle, Herd und zwei Meter nutzbare Arbeitsfläche blitzten nur so vor Sauberkeit. „Möchten Sie eine Tasse Tee?"

Er wollte nicht unbedingt einen, sagte aber: „Kräuter, wenn Sie haben."

Sie nahm eine Dose vom Regal. „Ich glaube, Osmanthusblüten. Sie sehen mir nicht aus, als bräuchten Sie Kamille."

Ohne Koffein würde Kamillentee ihn gleich schnarchen lassen. „Sie sagten von Maria ..."

„Haben Sie schon mal Sklaverei erlebt?" Sie füllte einen Löffel gelbe Blätter in einen Teebeutel aus Stoff und zog die Bänder zu. „Ich habe darüber gelesen und Dokumentationen gesehen. Aber es ist ganz anders, wenn man es mit eigenen Augen sieht."

„Sie wollen damit sagen ..."

„Es würde mich schockieren, wenn sie freiwillig so gelebt hätte."

Matt verschränkte die Arme. „Wie haben Sie sie gefunden?"

„In diesen Teil von Agua Caliente bringe ich immer Vorräte." Sie goss Wasser aus einem bereits dampfenden Kessel über den Teebeutel, der in einer geblümten Tasse hing. „Die Menschen werden in diese

Apartments gestopft wie … Vor allem sind es Familien, die versuchen zu überleben. Sie arbeiten in der Stadt, in Küchen, Putzfirmen, auf dem Bau oder sind Erntehelfer in der Umgebung. Aber als ich nach den Männern gefragt habe, bei denen Maria wohnte, bekreuzigten die Frauen sich und spuckten auf den Boden."

„Und was schließen Sie daraus?"

„Mein Spanisch ist nicht besonders gut, aber ich weiß, was *diablo* heißt. Wenn sie die Werkzeuge des Teufels sind, bedeutet das für Maria nichts Gutes."

„Haben die Frauen Ihnen das erzählt? Dass die Männer für den Teufel arbeiten?"

„Dass sie die Arbeit des Teufels verrichten. Verstehen Sie es, wie Sie wollen." Michelle nahm den Teebeutel heraus und reichte ihm die Tasse. „Als ich erst einmal wusste, dass sie dort war, habe ich die Augen offen gehalten. Nie durfte sie das Gebäude verlassen. Ich konnte sie nur deshalb für die Geburt herausholen, weil die Männer eine Heidenangst davor hatten."

„Warum ist sie nicht in ein Krankenhaus gegangen? Man hätte sie dort behandeln müssen."

Michelle zuckte mit den Schultern. „Sie hatte schreckliche Angst und weigerte sich rundheraus, also hat sich eine Hebamme aus der Gemeinde um sie gekümmert."

„Kann ich die Nummer der Hebamme haben?" Er nippte an seinem Tee, während sie in ihrem Adressbuch blätterte und die Telefonnummer auf einen Zettel schrieb.

„Bitte sehr. Aber das Baby war schon auf der Welt, als Mrs. Sommers gerufen wurde."

„Hatte Maria vor, den Kleinen zu entsorgen?"

Michelle legte eine Hand auf ihr Herz, erschrocken von seiner Wortwahl und dem Gedanken an eine solche Tat.

„Wenn ihre Lage so schlimm war, wie Sie sagen, hatte sie vielleicht gar keine Muttergefühle für ihn. Sie könnte doch gedacht haben, dass er tot besser dran wäre und … vielleicht wollte sie deshalb nicht ins Krankenhaus."

Michelle konnte doch nicht so naiv sein zu glauben, dass so etwas nicht vorkam. Die Geburtswehen könnten das Mädchen überrumpelt haben und dann waren Leute im Haus, bevor sie dem Baby etwas antun konnte. Oder vielleicht hatte sie etwas getan, und deshalb hatte der Kleine zunächst nicht geatmet, als Lance ihn hochgenommen hatte.

„Immer wenn ich nach ihr sah, schien es ihr gut zu gehen. Sie hat fast die ganze Zeit geschlafen, aber wenn sie wach war, hat sie das Baby gestillt und gewickelt und im Arm gehalten."

„Sie meinen also, dass sie eine Beziehung zu dem Kind aufgebaut hat."

„Ich habe nichts gesehen, woraus ich etwas anderes schließen könnte."

Er trank das stark blumige, beinahe pfirsichartig schmeckende Gebräu. „Wie gut kennen Sie Lance Michelli?"

„Gut genug, um ihm eine junge Mutter anzuvertrauen. Rese ist regelmäßig zu unserer Bibelstunde gekommen, bevor sie damit angefangen hat, bis spät abends zu arbeiten."

„Haben Sie jemals gesehen, dass er ein Wunder vollbracht hat?"

„Wie bitte?"

„Star behauptet, Lance habe das leblose Baby wiederbelebt und zum Atmen gebracht."

„Wenn tatsächlich ein Wunder geschehen ist, dann hat Gott es vollbracht. Aber ich will es mal so sagen: Seitdem ich diesen Mann kenne, habe ich das Gefühl, dass Gott ihn mir aufs Herz gelegt hat."

„Inwiefern das?"

„Dass ich für ihn beten soll. Manchmal auch ihn beschützen. Oder ihn einfach nur ermutigen." Sie goss Wasser über einen zweiten Beutel für ihren eigenen Tee. „In der Nacht, als das Baby geboren wurde, bin ich nachts mit einem Gefühl des Staunens und der Freude aufgewacht."

Das wurde allmählich zu verrückt. „Wussten Sie, was geschehen war?"

„Nicht bis gerade eben."

„Hat denn niemand etwas gesagt? Nicht einmal Lance, als Sie nach Maria und dem Baby gesehen haben?"

Sie schüttelte den Kopf.

Warum würde er so etwas geheim halten? Wollte er seine „besonderen Fähigkeiten" herunterspielen? Das Baby atmete völlig normal. Es gab keine Anzeichen mehr dafür, dass etwas nicht gestimmt hatte.

Er runzelte die Stirn. In seinem Job waren analytische Fähigkeiten, eine gute Beobachtungsgabe und eine gehörige Portion Intuition gefragt. Aberglaube gehörte nicht zu den üblichen Qualifikationen.

„Haben Sie in den letzten vierundzwanzig Stunden etwas von Maria gehört?"

„Nein." Sie nahm den Teebeutel aus ihrer Tasse.

„Haben Sie einen Grund anzunehmen, dass das Kind in Gefahr sein könnte?" Er trank seinen Tee, erpicht darauf, seinen Besuch zu beenden.

„Maria könnte es sein. Das Baby? Ich weiß nicht."

Er gab ihr die Tasse zurück und dankte ihr, bevor er sich seinen Weg durch Windeln, Zahnpasta, Seife, Konserven und die Stapel mit Toilettenpapier zurück zur Tür bahnte. Die Information über die Hebamme steckte er ein. Er würde sie vom Auto aus anrufen und fragen, ob sie bereit war, ihm ein paar Fragen zu beantworten. Michelle hatte seine Sorge um Maria verschärft, aber für die junge Mutter war er nun mal nicht zuständig, nur für den Säugling.

Ungefähr zehn Minuten später bat die Hebamme ihn in den Wintergarten an der Vorderseite des Hauses, oder vielleicht war es auch die Veranda, die in ein Sonnenstudio verwandelt worden war. „Was möchten Sie denn über Marias kleinen Sohn wissen?"

Sie gingen die Dinge durch, die er schon erfahren hatte. Mrs. Sommers wusste nichts von einer Lippenspalte. Das Neugeborene hatte regelmäßig geatmet, als sie ankam.

„Haben Sie vorgeschlagen, dass Maria mit dem Säugling ins Krankenhaus geht, um auf Nummer sicher zu gehen?"

Mrs. Sommers schüttelte den Kopf. „Das Mädchen hat sich strikt geweigert. Kein Krankenhaus. Kein *médico*."

„Und keine Geburtsurkunde?"

Sie zuckte mit den Schultern. „Maria hat ihm keinen Namen gegeben."

„Dieses Baby ist amerikanischer Staatsbürger. Es hat einen Anspruch auf Unterstützung. Und der Kleine ist ihre Eintrittskarte, um in den Vereinigten Staaten bleiben zu können. Warum sollte sie seine Geburt geheim halten?"

Sie verschränkte die Arme. „Vielleicht will sie ja gar nicht hierbleiben."

Kapitel 7

Rese folgte dem schmatzenden Geräusch und dem Geruch von frischem Putz zu dem Gerüst, das Brad in dem dreigeschossigen Reihenhaus in San Francisco aufgestellt hatte. Obwohl es ein feuchter und nebliger Tag war, bildete der Schweiß einen Rand am Kragen des verwaschenen schwarzen T-Shirts. Entschlossen stellte sie das Modell auf der Planke des Gerüsts zu seinen Füßen ab.

Er steckte die Kelle in den hellblauen Wandputz und blickte auf. „Was ist das?“

„So funktioniert es.“

„Ich bin gerade beschäftigt, Rese. Das siehst du doch.“

„Schau es dir nur kurz an.“

„Das mache ich später. Der Putz darf auf keinen Fall austrocknen.“

Unwillig schob sie das Modell zur Seite. „Wir müssen aber heute Nachmittag das Angebot abgeben und bis dahin sollten wir uns entschieden haben, was wir machen wollen.“

„Stimmt.“

Sie stellte das Modell auf die Werkbank in der Mitte des Raumes. „Hast du noch was von dem Zeug angerührt?“

„Übernimm du hier, dann mische ich die Menge für die letzte Wand.“

Schweigend arbeiteten sie und verteilten den Putz auf der Wand, um ihn anschließend zu glätten. Sie hatten die ursprünglichen Gussformen auf dem Dachboden gefunden und so stellten sie ihre eigenen Reliefleisten für den Deckenabschluss her. Weiße Schnörkel auf Himmelblau. Sehr authentisch.

Sie machten weiter, bis sie die beiden letzten Wände fertig hatten, dann versiegelten sie den übrig gebliebenen Putz, um Luftblasen zu reparieren, die sich öffnen oder einreißen konnten, obwohl sie beide genügend Erfahrung hatten und Rese bezweifelte, dass es solche Stellen geben würde. Eigentlich wollte sie am liebsten den Stein des Anstoßes zwischen ihnen aus dem Weg räumen. In weniger als zwei Stunden, wenn sie sich mit den Eigentümern des kleinen Hotels in Nob Hill trafen, würden sie ihren Plan mit Zeichnungen und Fotografien präsentieren und – wie sie hoffte – ihrem Modell für die Treppe.

Die ursprüngliche Treppe war vor Jahren bei einem Erdbeben beschädigt worden. Die Vorbesitzer hatten damals das Geld der Versicherung eingesteckt und die Risse übermalt. Sie wollte die Konstruktion komplett durch eine sanfte Spirale erneuern, die den heutigen Bauvorschriften entsprach und einen schönen Blickpunkt bot. Brad versteifte sich darauf, das Original zu retten, was sie auch befürwortet hätte, wenn es nicht von Anfang an so hässlich gewesen wäre.

Sie wusch sich die Hände und trocknete sie ab, dann ließ sie Brad an das Waschbecken. Da er ihr in dem engen Bad nicht entkommen konnte, fragte sie ihn: „Hast du sie dir angesehen?"

„Ja." Er zog das verschwitzte T-Shirt aus und rieb sich damit die Brust ab, dann warf er es sich über die Schulter.

„Und wie findest du es?"

„Es könnte den ersten Preis bei einer Puppenstubenausstellung gewinnen."

„Ich meine nicht das Modell. Ich meine das Konzept."

„Mhm." Wasser spritzte bei der gründlichen Reinigung seiner Unterarme auf die staubigen Fliesen. Normalerweise machten sie nach einem langen Arbeitstag keine Präsentationen, aber den Hotelbesitzern war es nicht möglich gewesen, sich die Pläne zu einem anderen Zeitpunkt anzusehen.

Entschlossen nahm sie ein Papiertuch und wischte den Boden zu seinen Füßen damit.

„Lass das, Rese. Ich mache das schon."

„Ich will doch nicht, dass das Zeug auf den Fliesen trocknet." Sie wischte alles gründlich ab und erhob sich dann.

Sein Blick überraschte sie. „Ich habe dich nicht darum gebeten, hinter mir her zu wischen." Er nahm das Handtuch. „Lass mir ein bisschen Luft. Und hör auf, alles reparieren zu wollen."

Sie hob das Kinn. „Das ist schließlich mein Job. Dinge zu reparieren." Sie schmollte. „Und wieso bist du eigentlich so sauer?"

„Ich bin nicht sauer." Er drehte sich um und lehnte sich gegen den Türrahmen. „Nur weil wir nicht einer Meinung sind –"

„Ich glaube nicht, dass es etwas damit zu tun hat. Wenn du mit deinen Gedanken bei der Sache wärst, würdest du sehen, wie genial mein Plan ist.“

Er blickte sie finster an. „Hör mal zu, Mädchen …“

Sie schnaubte. „Das hat vielleicht vor zehn Jahren funktioniert. Aber jetzt sicher nicht mehr.“

Hektisch klopfte er seine Tasche ab, auf der Suche nach einer Zigarette, fand aber nur eine leere Packung, die er fortwarf. „Joni heiratet.“

Eine Sekunde lang stand Rese regungslos da, bevor sie begriff, was er da sagte. „Deine Frau?“

Sein Adamsapfel hüpfte auf und ab. „Meine Ex.“

„Mensch, Brad.“

„Jetzt werd nicht sentimental.“

Sie stemmte die Hände in die Hüften. „Wenn du etwas Mumm hättest, würdest du ihr sagen, was du fühlst. Schluck deinen Stolz runter und tu's.“

„Du hast doch keine Ahnung, wovon du redest.“

Damit hatte er recht. Sie war der letzte Mensch, der wusste, wie man den eigenen Stolz herunterschluckte. „Aber du weißt doch, was du willst.“

„Nein, weiß ich nicht. Und du weißt es auch nicht.“ Er stieß sich ab. „Ich bereue es schon, dass ich überhaupt etwas gesagt habe.“

„Brad …“

„Lass gut sein, Rese. Wir müssen gleich die Präsentation machen.“

„Wir haben uns doch noch nicht mal einen Plan überlegt.“

„Doch, das haben wir.“ Er ging zu der Werkbank und hob ihr Modell hoch. „Ich habe das Angebot gestern geschrieben, während du eine persönliche Krise hattest.“

„Es war keine persönliche Krise. Und wie hast du das Angebot formuliert?“

„Mit deiner tollen Treppe.“

Sie folgte ihm zur Tür. „Du hattest deine Meinung schon geändert? Bevor ich dir das Modell gezeigt habe?“

„Ich brauche doch kein Anschauungsmaterial. Genauso wie du bin ich in der Lage, mir etwas vorzustellen. Falls du es vergessen hast: Ich habe dir beigebracht, das große Ganze zu sehen.“

„Wie bitte?“

„Ich gebe ja zu, dass du besser bist, was die Details betrifft, aber am Anfang hast du den Wald vor lauter Bäumen nicht gesehen."

„Das musst gerade du sagen."

Zornig funkelte er sie an. „Ich habe keine Lust, über mein Privatleben zu diskutieren."

„Wen heiratet sie denn?"

„Irgendeinen Versager, der noch schlimmer ist als der letzte Kerl. Es wird keine sechs Monate dauern und sie wird sich an meiner Schulter ausweinen."

„Dann erspar ihr den Fehler."

„Ich kann sie nicht an ihren Fehlern hindern. Das konnte ich noch nie." Entschlossen umfasste er den Türknauf. „Können wir jetzt endlich gehen?"

Sie stiegen in seinen Pickup und er nahm ein sauberes Hemd vom Rücksitz und zog es sich über den Kopf. Sie hielt das Modell auf dem Schoß, schnallte sich an und atmete den Geruch von Rauch und Tacos ein. Drei zusammengeknüllte Tüten vom Fastfood-Mexikaner lagen zu ihren Füßen. „Mach den Wagen sauber, bevor du ihr einen Antrag machst."

„Kommt nicht infrage."

„Das Aufräumen oder der Antrag?"

Er ließ den Motor aufheulen und fuhr los.

„Warum heiratet sie ihn denn?"

Er klopfte auf seine leere Tasche und drehte sich dann ihr zu. „Hat jemand deinen Kopf aufgemacht und das Gehirn ausgetauscht? Seit wann interessierst du dich für das Liebesleben anderer?"

Seit Lance die Mauern eingerissen hatte, hinter denen sie sich verschanzt und in Sicherheit gefühlt hatte. „Gut, dann kauf ihr Porzellan."

„Porzellan ist bei ihr gefährlich." Er warf ihr einen Blick zu. „Aber wenn ich darüber nachdenke, vielleicht sollte ich ihr ein ganzes Service aus schwerem Steingut schenken. Sie könnte die Sache in einem Monat hinter sich haben."

„Und im Gefängnis landen wegen Körperverletzung?"

Er warf den Kopf zurück und lachte, dann sah er sie überrascht an. „Die Vorstellung ist lustig."

„Wann ist denn die Hochzeit?"

„In zwei Monaten. Auf der Golden Gate Bridge. Bekloppt, oder?"

„Könnte neblig werden."

„Er hat ihr dort den Heiratsantrag gemacht, also dachte er, es wäre romantisch, sich an derselben Stelle das Trauversprechen zu geben. Nur die beiden und zwei Trauzeugen." Der Pickup rauschte über die Kuppe des steilen Hügels und sie fuhren bergab.

Rese rückte das Modell auf ihrem Schoß zurecht. „Hat sie dir das erzählt?"

„Sie hat mich gefragt, ob ich ihr Trauzeuge sein kann."

Sie starrte ihn mit offenem Mund an. „Mensch, Brad, sie fleht dich an, sie aufzuhalten."

Er schnaubte.

„Sie will, dass du Einspruch erhebst."

„Ich glaube nicht, dass das in der Zeremonie vorgesehen ist."

Rese schüttelte den Kopf. „Willst du wirklich danebenstehen, wenn sie einen anderen heiratet?"

Er riss das Lenkrad herum, fuhr über die Straßenbahnschienen und hielt vor einem kleinen Laden an der Ecke. „Ich brauche eine Zigarette."

Als die Tür hinter ihm zuknallte, wurde ihr bewusst, wie sehr sie ihn bedrängt hatte. Lance färbte auf mehr als eine Weise auf sie ab.

Als Brad den Laden verlassen hatte, zündete er sich sofort eine Zigarette an. Er stieg ein und öffnete beide Fenster. „Macht es dir was aus?"

„Nein, aber ich dachte, du wolltest aufhören." Von vier vergeblichen Versuchen wusste sie.

„Jetzt nerv mich nicht auch noch damit."

„Tu ich ja gar nicht."

Er blies den Rauch aus. „Die Sache ist die: Dass ich mir keine neue gesucht habe, bedeutet nicht automatisch, dass ich wieder mit ihr leben kann."

„Wart ihr lange genug verheiratet, um da sicher zu sein?"

„Sie war achtzehn, als wir geheiratet haben. Und zusammen waren wir bis zu ihrem zwanzigsten Geburtstag."

„Und du glaubst nicht, dass die Situation sich in den – wie viel? – zwanzig Jahren seit damals geändert hat?"

„Neunzehn. Und sie kann sich nicht sehr geändert haben, wenn sie ihren Ex-Mann bittet, Trauzeuge bei ihrer Hochzeit zu sein."

„Sie will, dass du sie aufhältst." Da war sie sich absolut sicher.
Er fuhr auf einen kleinen Parkplatz vor dem urigen Hotel mit seinen vierzehn Zimmern. „Wir sind da."
Nachdenklich betrachtete sie die Miniaturtreppe, die sie mit größter Sorgfalt hergestellt hatte, und sah ihn dann wieder an. „Danke."
„Wofür?"
Sie hob die Treppe hoch. „Dafür, dass du das hier mitmachst."
Sein Lächeln war ehrlich. „Komm, wir hauen sie um."

Sie zuckte zusammen, als er ins Zimmer kam.
„Carly? Was machst du da?"
Ihre Gedanken überschlugen sich. „Ich habe mir dein Handy angesehen."
„Warum?"
Denk nach. Denk nach. „Um zu sehen, ob du Spiele drauf hast."
Er streckte ihr die offene Hand entgegen. „Warum sollte ich Spiele auf meinem Handy haben? Ich spiele nie."
„Drew hat gesagt, dass auf jedem Handy Spiele sind."
„Warum hörst du nur auf eine picklige Bohnenstange wie ihn?"
Sie hätte jemanden nennen sollen, der weniger auffällig war. Aber sein Name war ihr als Erstes eingefallen, weil er, na ja, er war eine picklige Bohnenstange mit schuppiger Haut und roten Haaren, die so dünn waren, dass man seine Kopfhaut sehen konnte. Die anderen Kinder mochten ihn nicht besonders, aber sie schon, und als Daddy gefragt hatte … Jetzt starrte er sie an und es fühlte sich an wie Nadelstiche auf der Haut. Das war die Angst einflößende Seite von Daddy. „Ich wollte nur nachsehen."
„Und hast du irgendwelche Spiele gefunden?" Er betätigte ein paar Tasten und betrachtete den Bildschirm.
„Nein."
„Gibt es sonst noch etwas, das du mir erzählen möchtest?"
„Nein." Konnte er sehen, was sie in Wirklichkeit gemacht hatte? Zeigte das Telefon die Anrufe an, die man gemacht hatte? Daran hatte sie nicht gedacht.
„Gab es sonst noch etwas Interessantes zu sehen?"

Sie schüttelte den Kopf. Vielleicht gab es etwas, aber sie hatte nicht nachgesehen.

Er sog die Luft durch die Nase ein, als wollte er seinen Worten, die folgten, besondere Bedeutung beimessen. „Du hast mich enttäuscht, Carly. Ist dir denn nicht klar, dass du meine Privatsphäre verletzt hast?"

Sie schluckte. „Es tut mir leid."

Das Eis in seinem Blick senkte die Temperatur im Zimmer. Sie würde für diese Verletzung bezahlen.

„Tut dein Bauch noch weh?"

„Ein bisschen."

„Dann solltest du dich hinlegen, finde ich."

„Ist gut." Ihr Bauch tat weh und sie hätte der Versuchung, Sofies Nummer zu wählen, nicht nachgeben dürfen. Eigentlich hatte sie sich danach besser fühlen wollen, aber jetzt ging es ihr stattdessen schlechter, viel schlechter. Sie nahm ein Buch über Turnierpferde von ihrem Schreibtisch und ließ sich aufs Bett fallen. Daddy wollte, dass sie bereute, was sie getan hatte, aber das Einzige, was sie wirklich bereute, war die Tatsache, dass sie nicht genug Zeit gehabt hatte, um Sofies Stimme zu hören.

Diesmal hatte sie vorgehabt, etwas zu sagen. Vielleicht hätte sie wirklich mit dem einen Menschen gesprochen, der sie immer getröstet hatte. Die liebe, beruhigende Stimme. Weiche, zärtliche Hände. Sie konnte Sofies Herzschlag hören, wenn sie ihr Ohr an die Matratze presste und an die Brust dachte, an die sie sich geschmiegt hatte. *Ach, Sofie.*

Sie war so ganz anders als die Frauen, die Daddy jetzt mit nach Hause brachte. Anders als alle – sogar Ms. Rodemeyer. Sofie hätte seine Lügen durchschaut. Sie hätte sich niemals abgewandt, wenn jemand sie so sehr brauchte. Sie kniff die Augen zusammen, um die Tränen zu unterdrücken. Warum hatte sie denn nicht gefragt, wo Sofie jetzt wohnte. Dann könnte sie versuchen, sie zu finden.

Aber dann erinnerte sie sich an die Stimme des Mannes. Sofie würde nicht zu Daddy zurückwollen, wenn sie einen anderen hatte. Oder zu ihr, wenn sie inzwischen andere Kinder hatte. Ein langer, zitternder Seufzer erschütterte ihre Brust. Jetzt war sie ganz mutterseelenallein.

Sofie erwachte mit einem Ruck und griff in den Stubenwagen. In der Dunkelheit fanden ihre Finger den schlafenden Säugling. Das sanfte Auf und Ab seiner Brust verscheuchte ihre Angst. Sie rollte sich wieder zurück und lag auf dem Rücken.

Er schrie nicht nach ihr; sein Weinen war ein unpersönliches Bedürfnis. Er wollte sich nicht lieber von Nonna oder Lance oder Rese trösten lassen, er flüsterte nicht im Schlaf ihren Namen. Er hatte noch gar keinen Namen. Sie waren füreinander namenlos. Er war nicht der Grund, warum sie hergekommen war. Warum war sie bloß hierhergekommen?

In Belmont war sie durch ihre eigenen Straßen gezogen wie ein Geist, der zugleich versuchte, sich zu verstecken und gesehen zu werden. Der darauf wartete, gefunden zu werden. Seit fünf Jahren studierte sie jetzt schon die Geheimnisse der menschlichen Psyche, in der Hoffnung, die Macht zu verstehen, die ihr Leben verletzt hatte. Aber dadurch hatte sie nur diese Macht gestärkt, ihr noch mehr Einfluss gegeben.

Sie verspürte einen Stich, als sie an ihn dachte. Goldenes Haar wie ein Heiligenschein, Augen wie der Himmel, strahlend blau. Und erst sein Lächeln. Seine leidenschaftlichen Worte, die sie in den Himmel hoben und dann wieder fallen ließen. Keine Gewalt, nur ihr Verstand war stillschweigend zerrissen worden. Und selbst jetzt spürte sie noch die Leere, die er hinterlassen hatte.

Sie berührte den Schmerz, holte ihn hervor wie ein Souvenir, betrachtete und streichelte ihn. Sie vermisste Eric. Und in diesem Schmerz fand sie Hass, nicht ihm, sondern sich selbst gegenüber. Wegen des Schadens, den sie angerichtet hatte. Nicht absichtlich, noch nicht einmal bewusst. Und doch unwiderruflich.

Ihr Stöhnen formte sich zu einem Namen. „Carly." Sie hatte nicht gewusst, wie sie ihr Herz schützen sollte. Obwohl die Menschen, die sie liebten, sie zur Vorsicht gemahnt hatten, war ihr Herz blind weitergestolpert. Armes mutterloses Baby; armer einsamer Mann. Wozu braucht man einen Bund, wenn das Bedürfnis selbst verbindet? Ein trauernder Mann; ein hilfloses Kind. Wie unschuldig sie in den stählernen Biss getreten war, der ihr Herz noch immer mit erbarmungslosen Zähnen durchbohrte.

Sie ballte die Hände zu Fäusten. Irgendwo da draußen schlief Carly, träumte … fürchtete sich. Wessen Hände würden sie streicheln und trösten, wessen Stimme ihr Hoffnung und Mut zuflüstern?

Erics. Seine Liebe zu seinem Kind war unerschütterlich. Seine Hingabe ließ niemals nach. Aber seine Liebe erdrückte, verschlang den anderen. Sofie konnte den Wunsch nicht zurückhalten, Erics Liebe zu seinem Kind erneut abzumildern, seine allumfassende, besitzergreifende Liebe zu ertragen.

Die Dämmerung berührte das Fenster und sie erhob sich. Bald würde das Baby aufwachen. Seine Bedürfnisse waren elementar und leicht zu stillen. Es war noch zu klein, um zu verstehen, was es verloren hatte. Der Kleine akzeptierte, was ihm blieb. Entschlossen stand sie auf und duschte sich, um den Albtraumschweiß und den Duft der Erinnerung loszuwerden.

Matt klingelte und Sofie öffnete ihm die Tür, den Säugling wie eine kuschelige Raupe in seinem gelben Schlafsack an ihrer Schulter.

„Hi." Er hatte für das Baby einen Termin beim Kinderarzt gemacht, obwohl er es normalerweise ihnen überlassen hätte, das zu tun. Bei den Merkwürdigkeiten dieses Falls wollte er Antworten aus erster Hand. „Ist er fertig?"

Sie nickte und strich sanft über den Rücken des Kindes, das leise aufstieß. „Wir haben ihm gerade sein Fläschchen gegeben."

Matt fasste mit dem Daumen nach den ausgestreckten Fingern des Babys und legte den Kopf schief, um den wandernden Blick des Kleinen zu erwidern. „Ich habe eine Babyschale im Auto."

„Ich sage nur kurz Lance Bescheid. Hier." Sie reichte ihm das Baby.

Zärtlich hielt er den kleinen Körper in beiden Armen. „Hallo, kleiner Kerl. Du siehst nicht so aus, als würde dir etwas fehlen."

Das Baby zog eine Grimasse und gab ein kleines Meckern von sich. Matt legte den Kleinen über seine Schulter und er machte noch ein Bäuerchen, wobei ein dünner, milchiger Speichelfaden auf sein Hemd floss. Er tätschelte den zarten Rücken, wiegte ihn hin und her und murmelte dabei: „‚Wynken, Blynken und Nod segelten des Nachts in einem hölzernen Schuh. Sie fuhren auf einem Fluss aus Kristall in einen See aus Tau.'"

Er drehte sich um und merkte, dass Sofie ihn beobachtete. Sie hatte eine rote Wolljacke angezogen und trug die Wickeltasche über der Schulter. Er zog die Augenbrauen hoch. „Können wir?"

Sie ging vor ihm hinaus. Etwas an der Art, wie sie ging, fesselte ihn und er fragte sie aus einem plötzlichen Instinkt heraus: „Sind Sie Tänzerin?“

Bei dem Wagen blieb sie stehen und sah sich um. „Warum fragen Sie?“

„Sie sehen so aus.“ Er schnallte das Baby in dem Maxi-Cosi auf dem Rücksitz fest.

„Mama wäre stolz. Nach den Windeln kamen bei mir Tutus, dann Jazztanzschuhe und dann hohe Absätze. Als ich sechzehn war, habe ich mit ihr zusammen unterrichtet und dann bei einigen Aufführungen getanzt, eine davon sogar am Broadway.“

„Beeindruckend.“

Sie zuckte mit den Schultern. „Nichts Weltbewegendes.“

Hmm. Die gleiche Bescheidenheit wie bei ihrem Bruder. Er hielt ihr die Tür auf, während sie hinten neben dem Baby Platz nahm, dann stieg er ein und ließ den Motor an. „Tanzen Sie immer noch?“

Sie schüttelte den Kopf. „Ich habe beschlossen, noch mal die Schulbank zu drücken.“

„In welchem Bereich?“

„Psychologie. Verhaltensstörungen. Ich schreibe an meiner Dissertation.“

„Tatsächlich?“ Er hätte sie nicht für eine Akademikerin gehalten. Sie war zu – Cassinia würde ihm für diesen Gedanken die Ohren lang ziehen – sinnlich. Der mediterrane Teint, die hohen Wangenknochen und die vollen Lippen. Vor allem aber ihre exotischen Augen. Welcher Student würde sich auf ihre Vorlesungen konzentrieren?

Sie sagte: „Sie haben wahrscheinlich etwas Ähnliches studiert, oder?“

„Ich habe mit Jura angefangen. Zur Sozialarbeit bin ich durch die Hintertür gekommen.“

„Haben Sie denn als Anwalt gearbeitet?“

„Eine Weile. Während dieser Zeit gab es nichts außer Arbeit. Ein Privatleben hatte ich nicht.“

„Und dann?“

„Dann dachte ich, es wäre besser, eine Arbeit zu haben, mit der man tatsächlich etwas Gutes erreichen, etwas in dieser Welt verändern kann.“

Sie lächelte. „Sie klingen wie Lance.“

Er zuckte zusammen. „Ich vollbringe aber keine Wunder."
„Woher wissen Sie das?"
Er sah sie im Rückspiegel an. „Weil es keine Wunder gibt."
Das Wartezimmer des Arztes war überfüllt mit hustenden und verschnupften Kindern. Es gefiel ihm gar nicht, den Kleinen diesen Keimen auszusetzen, aber das Gesetz schrieb eine medizinische Untersuchung vor. Er hatte die Geburtsurkunde mit der Bezeichnung „Männlicher Säugling" ausgestellt und eine Sozialversicherungsnummer beantragt, damit er im System registriert werden konnte, um seine Versorgung zu sichern. Wenn Maria zurückkam, war ihr Kind wenigstens registriert, wenn auch immer noch namenlos. Und wenn sie nicht zurückkam? Dann würde der Kleine das System durchlaufen.
Sie wurden aufgerufen und er und Sofie sahen zu, wie das Baby gewogen und gemessen, Ohren, Augen und Reflexe untersucht wurden. Als der Arzt den Kleinen mit einem Stethoskop abhörte, fragte Matt: „Alles in Ordnung mit der Atmung und der Lunge?"
„Ja. Warum?"
„Es gab Sorgen bezüglich eines Atemstillstands direkt nach der Geburt."
Er hörte ihn noch einmal ab. „Alles normal. Ich habe nicht den Eindruck, dass mit der Atmung irgendetwas nicht in Ordnung ist."
Auf der Fahrt zurück sagte Sofie: „Denken Sie eigentlich, wir hätten die Sache mit dem Atemstillstand nur erfunden?"
„Nein, nein ich wollte nur eine ärztliche Meinung hören."
„Um Ihre Zweifel zu bestätigen. Ich verstehe Ihre Skepsis ja. Bei Ihrer täglichen Arbeit gibt es keinen Platz für Wunder."
Er hätte es selbst nicht besser ausdrücken können. Das Leben war kein Zauberkunststück. Und er wusste nicht, wie jemand mit Sofies Intelligenz darauf hereinfallen konnte. Offenbar gab es eine Menge Dinge, die er nicht wusste. „Hat Ihr Bruder noch mehr Wunder vollbracht?"
„Er hat Nonna ins Leben zurückgeholt."
Sein Kopf fuhr herum. „Wie bitte?"
„Glauben Sie an Gott?"
„Eigentlich nicht."
„Und deshalb glauben Sie auch nicht an Wunder. Aber Lance hat einen tiefen Glauben."

„Er ist also ein Prophet oder so etwas?“

Ein Lächeln funkelte in ihren Augen. „Er würde sich eher als einen Versager bezeichnen.“

Sie forderte ihn heraus. Er schlug das Lenkrad ein und beschleunigte, während sie über die Kreuzung fuhren. „Und was ist er jetzt? Ein Heiliger oder ein Sünder?“

„Beides.“

„Das müssen Sie mir erklären.“

„Die Fehler meines Bruders arbeiten in ihm wie Hefe, sie durchdringen seine Gedanken und sein Handeln mit Mitgefühl und Anständigkeit und dem tiefen Wunsch, Gott die Ehre zu geben. Angenommen, es gibt einen Gott und er will Wunder tun, dann ist Lance mit seinem ganzen Herzen dabei.“

Matt parkte vor dem Haus, konnte aber einer letzten Frage nicht widerstehen. „Was meinten Sie damit, dass er Ihre Großmutter ins Leben zurückgeholt hat?“

Sofie schnallte sich ab und erzählte ihm in den nächsten zehn Minuten eine Geschichte, die er nur schwer glauben konnte – eine Generationenfehde, Killer, Verfolgungsjagden und lang verborgene Geheimnisse. Die Askese, die ihr Bruder geübt hatte, um sich auf die Beendigung dieser Auseinandersetzung vorzubereiten, die wie eine schwere Last über ihrer Familie lag, erklärte seinen ausgezehrten Zustand. Und Matt hatte recht gehabt, was den Schlaganfall der Großmutter betraf. Ihre sogenannte Auferstehung war in Wirklichkeit eine Genesung, unerwartet und überraschend, aber nicht übernatürlich. Sofie hatte ihn bewusst provoziert.

Er schüttelte den Kopf. „Ich kann nicht behaupten, dass mich das überzeugt.“

„Sie müssen es ja nicht glauben.“

„Das alles lässt sich auf menschlicher Ebene erklären. Das gilt übrigens für die meisten Dinge, die die Menschen Gott zuschreiben.“

Sie lächelte nur.

Die ganze Sache war zwar bizarr, aber es sprach auch nichts dagegen, dass der Säugling bei ihnen blieb. Michelli hatte vielleicht einen Messiaskomplex, aber er schien ihn in humanitäre Bahnen zu lenken. Und Sofie behandelte den Kleinen mit einer zärtlichen Fürsorge, die er in Pflegesituationen nicht immer vorfand.

„Wenigstens eine der Personen, die den Jungen versorgen, muss einen Kurs für Pflegeeltern machen. Dabei wird über die Herausforderungen gesprochen, die mit der Sorge für ein fremdes Kind verbunden sind." Bildete er sich das ein oder war gerade ein Schatten über ihr Gesicht gehuscht? „Hier ist der Plan." Er reichte ihr ein zusammengefaltetes Blatt Papier, das auf dem Armaturenbrett gelegen hatte, bemerkte wieder die Narben und wünschte, sie hätte ihm nicht die Geschichte von Lance, sondern ihre erzählt.

„Ist das alles?" Ihre Stimme klang belegt.

Nein. Erzähl mir, was mit dir passiert ist. „Ja, im Moment schon."

Sie stieg aus und nahm fachmännisch das Baby aus dem Autositz. Als sie zum Haus ging, blickte er ihr nach. Ihr Haltung war souverän und anmutig und jeder Hinweis auf eine Verletzung war verschwunden.

Kapitel 8

Carly bog von der Bushaltestelle um die Ecke und sah Drew zusammengesunken auf der Bordsteinkante vor seiner Einfahrt sitzen. Als sie näher kam, bemerkte sie die roten Ränder um seine Augen. Er war nicht in der Schule gewesen, aber das war nicht ungewöhnlich, weil er oft krank war. Nur würde er doch nicht draußen sitzen, wenn er krank war, oder? In dieser Kälte?

Sie setzte sich neben ihn auf die Bordsteinkante. „Was ist los?“

Er schniefte, antwortete aber nicht.

„Drew?“

Langsam drehte er den Kopf. „Jemand hat meinen Hund vergiftet.“

Sie sog scharf die Luft ein. „Was?“ Drews drahtiger kleiner Hund war auf lustige Weise unansehnlich und ein reines Energiebündel und er konnte nerven, aber wer würde ihm etwas antun wollen? „Wie geht es ihm?“

„Er ist tot.“

Langsam entwich ihr Atem. Tränen traten ihr in die Augen. „Oh, das tut mir leid.“

Drew nickte und akzeptierte die Beileidsbekundung, auch wenn sie ihn nicht tröstete.

Sie wusste genau, wie er sich fühlte. „Mein Kätzchen hatte Staupe.“ Jedenfalls hatte Daddy ihr das gesagt, als sie nach Hause gekommen war und das Tier nicht mehr angetroffen hatte. „Der Tierarzt konnte es nicht mehr retten.“ Sie hatte keinen Grund, daran zu zweifeln, und keinen Grund zu glauben, dass Drews Hund irgendetwas mit dem Verschwinden ihres Kätzchens zu tun gehabt hatte. Oder vielleicht doch? Hatte ihr Daddy etwa ...? Nein. So etwas würde Daddy nie tun. Er konnte anderen kein Haar krümmen.

Aber als sie nach Hause ging und es ihm erzählte, hatte er diesen spitzen Blick und sagte, daraus könne man etwas lernen. „Wahrscheinlich hat er seine Nase in Sachen gesteckt, die ihn nichts angehen. Hat sich nicht um seine eigenen Angelegenheiten gekümmert. Das ist gefährlich, Carly. Aber Tiere sind nicht klug genug, um das zu erkennen.“

Sie schluckte den riesigen Kloß in ihrem Hals herunter, denn sie wusste, er wollte nur, dass sie seine Ansicht verstand. Alles andere war total verrückt.

„Komm her“, sagte er. „Ich habe etwas für dich.“ Langsam zog er seine Schreibtischschublade auf und holte ein glänzendes rosafarbenes Handy heraus. „Das gehört dir.“ Er hielt es ihr hin.

„Wirklich?“

Er nickte. „Ich habe mir gedacht, es ist sicherer, wenn du mich jederzeit erreichen kannst.“

Wenn er sie jederzeit erreichen konnte. Aber vielleicht sollte sie sich Sofies Nummer aus seinem Handy notieren. Dann musste sie sich keine Sorgen mehr darüber machen, dass sie erwischt wurde. Sie konnte Sofies Stimme immer hören, wenn sie das brauchte. Vielleicht konnte sie sogar mit ihr sprechen. Warum nicht?

Sie schlang ihm die Arme um den Hals. „Danke, Daddy.“ Sie hatte sich schrecklich geirrt. Wenn er wegen des Handys nicht böse war, warum sollte er dann Drews Hund etwas antun?

Während Star noch Wasser über die Eiswürfel in den Gläsern goss, stellte Lance die dampfende Lasagne auf den Tisch. Rese' Trostnahrung. Das Gericht, das ihre Gleichgültigkeit durchbrochen und eine Reaktion erzwungen hatte, als sie alles wollte, nur nicht ihn oder das, was er tat.

Seitdem hatten sie große Fortschritte gemacht, aber es war ein steiniger Weg – mit Spurrillen, Hindernissen, Schlaglöchern und Baustellen. Er reparierte Brücken, die er selbst in die Luft gejagt hatte, aber in der Zwischenzeit hatte sie ein paar Nebenstraßen gefunden, auf denen sich gut fahren ließ. Die wichtigste davon war Brad.

In einem weißen T-Shirt und khakifarbener Arbeitshose saß der Mann jetzt Rese gegenüber am Tisch. Ihr Partner. Der Vertraute ihres Vaters. Die Person, mit der sie den Großteil ihres Tages verbrachte. Heute, an dem einzigen Abend, an dem sie rechtzeitig zum Essen nach Hause gekommen war, hatte sie Brad als Puffer mitgebracht.

Lance setzte sich, senkte den Kopf und versuchte die dunklen Gedanken zu vertreiben, während Nonna ihre zarte Stimme zum Tischgebet erhob: „Oh Gott, du gibst uns jeden T…ag Brot, Wein und Öl und beschenkst uns mit deiner Großzügigkeit. Segne unsere T…ischgemeinschaft und lass uns dir und der ganzen Schöpfung d…ankbar sein."

Eine schöne Vorstellung. Nach dem Gewissenskampf, den er erlebt hatte, nach der Vergebung, die er erlangt hatte, sollte er doch wenigstens Höflichkeit an den Tag legen. Was wäre wohl nötig, um unrechte Gedanken wirklich loszuwerden?

Star reichte den Salat aus Endivien, Rucola und Artischockenherzen herum und anschließend das knusprige Bauernbrot, das vom Backen noch warm war. Lance verteilte die Pastastücke auf den Tellern. Dazu gab es sämige Sauce und Käse und in Scheiben geschnittene würzige Wurst.

Elaine betrachtete ihre Portion mit begehrlichen Blicken. „Gelée Royale."

Star kicherte. „Keine Drohnen zu sehen."

Brad aß mit Appetit, aber es war die Reaktion von Rese auf das Essen, die Lance interessierte. Die ersten Male, als er für sie gekocht hatte, hatte sie wie eine Maschine gegessen. Er hatte ihr beibringen müssen, wie man eine Mahlzeit genoss – bis er Nonnas Speziallasagne gemacht hatte. Da war etwas in ihr erwacht und er sehnte sich danach, das wieder zu sehen und zu wissen, dass sie seine Kochkünste ebenso sehr schätzte wie die praktischen Fähigkeiten von Brad.

Mit erhobener Gabel verkündete Rese: „Wir haben den Auftrag bekommen."

„Welchen Auftrag?", zögerte Star den ersten Bissen hinaus, während sie die Gabel unangerührt in der Luft hielt.

„Ein Hotel aus der Jahrhundertwende in Nob Hill."

„Ein ganzes Hotel?" Stars Blick ging von ihr zu Brad.

„Es hat nur vierzehn Gästezimmer, aber die Lobby ist eine Menge Arbeit." Er schaufelte den nächsten Bissen auf seine Gabel.

„Es ist ein architektonisches Schmuckstück, abgesehen von der Treppe", fügte Rese hinzu.

„Die wir ersetzen werden." Brad riss ein Stück Brot ab. „Da ein gewisses Modell die Eigentümer schlichtweg sprachlos gemacht hat."

Lance gab es auf, darauf zu warten, dass Rese ihren ersten Bissen aß. Wie dumm von ihm zu glauben, dass der gleiche Zauber ein zweites

Mal funktionieren würde, auch wenn er und Nonna in der Bronx Gäste gehabt hatten, die jahrelang jede Woche zum Essen gekommen waren und jedes Mal das gleiche Gericht bestellt und davon geschwärmt hatten, als äßen sie es zum ersten Mal.

Rese schmeckte das Essen vielleicht, aber ihre Gedanken und ihr Herz waren woanders. Er hatte immer gedacht, nichts könnte schlimmer sein, als seinen Bruder Tony in einem schrecklichen Augenblick zu verlieren. Aber Rese Tag für Tag dabei zu beobachten, wie sie sich immer weiter von ihm entfernte, weil sie ihre Begeisterung mit Brad teilte und abends müde und erschöpft nach Hause kam, verlangte ihm mehr Kräfte ab, als er hatte.

Es gab Augenblicke, so wie im Garten, als sie seine Hand genommen hatte, als sie das Baby gehalten und dann in sein Gesicht gesehen hatte, in denen er eine Verbindung gespürt hatte. Aber wahrscheinlich war es nicht mehr als ein Friedenschließen. Er musste endlich seine Erwartungen begraben. Gott hatte ihm kein Leben mit Rese versprochen, nicht so, wie er es wollte, mit der Leidenschaft, die es zwischen ihnen gegeben hatte, und der Liebe, die sie erwidert hatte. Gott hatte nur versprochen, dass seine Gnade genügen würde.

Also gut. Sein Herz tat weh. Jedes Schlucken fiel ihm schwer. *Herr.* Er biss in das Brot und kaute langsam, während Rese ein architektonisches Element ihres neuen Renovierungsprojekts beschrieb.

Renovierung. Erneuerung. Er zwang das Brot durch seine Kehle. Zwar konnte er Rese jeden Tag ihres Lebens sagen, dass er sie liebte, aber sie hatte miterleben müssen, dass er sie im Stich gelassen hatte. Ihre Mutter hatte versucht, sie zu töten, und ihr Vater hatte sie jahrelang angelogen. Angesichts ihrer Angst vor Schizophrenie und ihrem Gefühl der Zurückweisung war es doch kein Wunder, dass sie lieber rund um die Uhr Gebäude instand setzte, als an der zerbrochenen Beziehung zu ihm zu arbeiten.

Er nippte an dem Wein, den er zu der Vorspeise ausgewählt hatte. Was sollte er jetzt tun? Sollte er seine Versuche aufgeben? Sollte er das Begehren unterdrücken? Er schloss die Augen. *Herr.* Die Verbindung war sofort da, er spürte sie, die heilige Gegenwart Gottes.

„Lance. Lance?“

Er machte die Augen auf und sah, dass alle um den Tisch ihn anstarrten. „Was ist denn?“

Rese runzelte die Stirn. „Alles in Ordnung?"

„Mir geht es gut." Er stand auf und brachte den Brotkorb in die Küche, um ihn aufzufüllen, aber stattdessen stellte er ihn auf die Arbeitsplatte und ging zur Tür hinaus.

Rese folgte ihm. „Lance, sag mir bitte, was los ist."

„Wovon redest du?"

„Bist du krank?"

„Ich glaube nicht." Er drehte sich um. „Was habe ich denn gemacht?"

„Du hast ‚Herr' geflüstert und die Augen zugemacht und dann warst du völlig abwesend."

Na super. „Ich kann es nicht erklären, Rese. Ich … verliere mich irgendwie."

„Ich dachte, *ich* wäre der Fall für die Klapsmühle."

Er seufzte. „Keiner von uns ist ein Fall für die Klapsmühle. Ich habe nur …"

„Was?"

Er holte tief Luft. „Ich will dir nicht im Weg sein, Rese. Ich will nicht, dass du so lange arbeitest, nur damit du nicht nach Hause kommen musst."

Sie runzelte die Stirn. „Wovon redest du denn?"

„Wenn zwischen dir und Brad etwas ist ..."

„Zwischen mir und Brad?" Entrüstet stemmte sie die Hände in die Hüften.

„Ich dachte –"

„Nein, eben nicht." Sie kam so nah, bis ihr Gesicht nur wenige Zentimeter von seinem entfernt war. „Wenn du deinen Verstand eingeschaltet hättest, anstatt dich von deinen Gefühlen mitreißen zu lassen, dann hättest du bemerkt, dass Brad lediglich mein Geschäftspartner ist. Ich arbeite so lange, weil das mein Job ist. Im Gegensatz zu dir bin ich durchaus in der Lage, eine professionelle Distanz zu wahren. Und außerdem liebt er immer noch seine Frau."

„Seine Frau?"

„Ex-Frau."

Ihm fiel die Kinnlade herunter. „Dann hast du ihn nur zum Essen eingeladen …"

„Um unseren Erfolg zu feiern. Falls es dir immer noch nicht aufgefallen ist, mir ist dieses Projekt wichtig."

„Das ist mir schon aufgefallen. Aber ich dachte, dass du und Brad …"
„Brad?" Ihre Hände ballten sich zu Fäusten. „Lance Michelli –"
Er packte ihre Fäuste. „Warum sagst du mir nicht, dass du mich liebst?"
„Das habe ich doch." Energisch presste sie die Lippen aufeinander.
„Weißt du, wie lange das her ist?"
„Weißt du, wessen Schuld das ist?"
Er stöhnte auf. „Glaubst du etwa, das wüsste ich nicht?"
„Lance. Du weißt, was ich fühle, aber es ist … ich bin …"
„Heirate mich."
„Wie bitte?"
Er zog ihre schwielige Hand an seine Brust und küsste ihre Fingerknöchel. „Heirate mich, Rese."
„Jetzt sei mal ernst, Lance."
„Ich meine es todernst." Es war das dritte Mal, dass er sie fragte. Wenn sie wieder Nein sagte, dann wusste er, woran er war. Er würde den Heiligen Geist nicht noch einmal auf die Probe stellen.
Tränen traten ihr in die Augen.
Liebevoll legte er die Hände um ihr Gesicht und küsste sie. „*Ti amo.*"
Sie schniefte. „Ich liebe dich auch."
„Dann heirate mich."
„Du weißt doch ganz genau, was dann passieren kann. Vielleicht werde ich wie Mom."
Er hielt ihrem tränenverschleierten Blick stand. „In guten wie in schlechten Tagen – egal, was geschieht."
„Und selbst wenn ich nicht so werde", sagte sie mit angespannter Stimme, „muss ich für sie sorgen."
„Sag ja." Was würde er tun, wenn sie es nicht tat? Aber er spürte die Gegenwart Gottes.
Zitternd holte sie Luft. „In Ordnung."
Die Freude durchströmte ihn vom Scheitel bis zur Sohle, ein sich langsam ausbreitendes, warmes Glücksgefühl. „Ja?"
„Ja."
Er senkte seine Lippen auf ihre und besiegelte das Versprechen, indem er seine Freude, sein Verlangen und seine Leidenschaft an sie weitergab. Er warf den Kopf zurück und sang: „‚*When the moon hits your eye like a big pizza pie that's amore.*'"

Amüsiert verdrehte sie die Augen. „Lance."

„*When the world seems to shine like you've had too much wine, that's amore.*'" Früher hatte er sie mit diesem Lied aufgezogen, aber jetzt war es ihm ernst. Sie hatte Ja gesagt! Er nahm ihre Hände und legte sie auf seine Brust. „Ich bitte nur um eine Sache."

Sie hob das Kinn. „*Noch* eine Sache."

„Ja." Er lächelte. „Dass du zum Abendessen nach Hause kommst, damit wir um den Tisch sitzen können, wie wir es heute getan haben, und diese Zeit jeden Tag gemeinsam verbringen."

Sie warf einen Blick über ihre Schulter. „Die anderen sitzen immer noch da drüben."

Er drehte ihren Kopf mit dem Finger wieder zu ihm. „Lass sie sitzen."

„Sie werden sich wundern –"

„Sollen sie sich doch wundern."

„Lance …"

„Es ist doch nicht zu viel verlangt." Aber er brauchte diese Zusage, diese Zeit, dieses Ritual.

„Also gut. In Ordnung. Ja, wir essen zusammen zu Abend."

„Danke." Er gab ihr einen Kuss auf die Stirn.

„Und jetzt komm. Wir haben einen Gast."

„Ach ja? Wen denn?"

„Du weißt genau, wen ich meine." Sie zog ihn zum Haus. „Vielleicht hörst du jetzt auf zu schmollen und unterhältst dich mal mit ihm."

„Ich schmolle nie."

Sie schnaubte verächtlich.

Nur um sich zu vergewissern, drehte er sie auf dem Weg zur Tür um und küsste sie so leidenschaftlich, dass ihr der Atem wegblieb. „Gehen wir uns unterhalten."

Sofie konnte es förmlich spüren, dass etwas geschehen war, dass etwas sich verändert hatte, als Rese und Lance ins Zimmer kamen.

Nonna zeigte auf Lance. „Du s…iehst so aus, als hättest du einen K…anarienvogel verschluckt."

„Ja?" Er grinste. „Weil wir heiraten werden."

Ach so. Nach all den Mitleidsmaschen, auf die er hereingefallen war, all den hübschen Mädchen, die Lance Michelli haben wollten – den Groupies, den Models, den Missionarinnen –, hatte er endlich die eine

Frau gefunden, die ihn halten konnte. Sofies Blick begegnete seinem und sie freute sich mit ihm, auch wenn in ihrem Innern eine große Leere gähnte.

Er legte einen Arm um Rese. „Ihren Vater kann ich ja nun nicht um ihre Hand bitten, deshalb wende ich mich an euch, Elaine und Star und alle anderen hier und erbitte euren Segen – sogar an dich, Brad."

Rese warf Brad eine beschwichtigende Grimasse zu. Er erwiderte sie mit einem schiefen Lächeln.

Nonna hob ihr Glas. „Möget ihr arm an U…nglück sein und reich an Segen. Möget ihr eure K…indeskinder sehen."

„Grazie, Nonna. Wir werden daran arbeiten."

Rese errötete. Inzwischen sollte sie wissen, dass in dieser Familie kein Thema tabu war. Und es war auch kein Thema so willkommen wie Liebe und Babys.

Star stand auf und ging um den Tisch herum. „‚Dein Eh'mann ist dein Herr, ist dein Erhalter, dein Licht, dein Haupt, dein Fürst; er sorgt für dich … Und fordert zum Ersatz nicht andern Lohn als Liebe, freundlich' Blicke und Gehorsam.'" Als sie Rese ihr koboldhaftes Gesicht zuneigte, sah Sofie die Anspannung in ihrer Miene.

Brad und Lance musterten sich wie zwei Hunde, die einander argwöhnisch umkreisen. Schließlich nickte Brad. „Wenn es das ist, was du willst, Rese, dann wäre Vernon froh."

Elaines Blick huschte über den Tisch – von Gesicht zu Gesicht, auf der Suche nach dem Ehemann, den sie vermisste. Sie murmelte leise: „Er ist fort, er ist fort", aber ihre Bemerkung ging in Lachen und Applaus unter, als Lance sich vorbeugte und seine Braut küsste.

Er hob die Hände. „Wer hat Lust auf Cannoli?"

Das Weinen des Babys unterbrach die Feier, fern und fremd durch das Babyphon, das Michelle ihnen geliehen hatte. „Ich hole ihn." Sofie ging nach oben, während die anderen zwischen Bitterschokoladenraspeln und Vanillekremfüllung schwankten.

Sofie nahm den Säugling hoch. Er hatte getrunken, bevor sie sich zum Essen an den Tisch gesetzt hatte, also konnte er nicht schon wieder Hunger haben. Er war gewickelt und gebadet und roch nur nach süßem Babyduft, aber sein Weinen schien dringend. Durch ein sanftes Tätscheln seines Rückens ließ er sich nicht beruhigen. Vergeblich versuchte sie, die Ursache seines Unwohlseins zu ergründen.

Sie war ein paar Mal im Zimmer auf und ab gegangen und hatte das weinende Baby sanft auf der Schulter hin und her gewiegt, als Lance hereinkam. Er legte eine frische, knusprige Teigrolle in eine Serviette gehüllt auf die Kommode, dann nahm er ihr das Baby ab und legte seinen winzigen Kopf unter sein Kinn. Beinahe sofort hörte das Kind auf zu weinen.

Sie schüttelte den Kopf. Sein Leben lang hatte Lance sich zu bedürftigen, unterdrückten Menschen hingezogen gefühlt – angefangen bei seinem Schulfreund Rico. Er war immer ihr Halt gewesen und hatte auf ihrer Seite gestanden. Selbst dieses Neugeborene fühlte sich bei ihm geborgen, während ihm die Augen zufielen und es langsam wieder in den Schlaf sank.

Sofie nahm ihr Dessert. „Matt glaubt, wir brauchen Unterricht für Pflegeeltern." Sie wechselten einen amüsierten Blick und dachten an all die Babys und Kinder, die sie mit großgezogen hatten.

„Okay." Sanft strich er über den Rücken des Säuglings, so zu Hause in der Rolle, wie sie es kaum je bei einem Mann gesehen hatte.

„Was wollt ihr machen, wenn Maria nicht zurückkommt?"

„Darüber haben wir noch nicht gesprochen. Wir haben noch gar nichts festgelegt. Eigentlich hatte ich gar nicht vor, ihr heute Abend einen Antrag zu machen."

„Und warum hast du es dann getan?" Sie knabberte an dem Rand der goldbraunen Teigrolle und verbarg den seltsamen Schmerz, den seine Neuigkeit verursachte.

„Ich konnte nicht anders."

Fragend sah sie ihn an.

„Ich hatte schon vor, sie zu fragen, nur nicht so. Ich hätte etwas Romantisches gemacht, etwas, das ihr zeigen würde, dass ich es ernst meine und es nicht wieder vermassle." Dabei strich er dem Baby über den Kopf.

„Aber das wirst du. Jeder macht Fehler."

Er schüttelte den Kopf. „Sie musste schon zu viele davon verkraften."

„Und hat bestimmt auch selbst welche gemacht."

„Vermutlich."

Sie lächelte. Es fiel ihm immer schwerer, die Fehler anderer Menschen zu sehen. „Du solltest jetzt eigentlich da unten bei ihr sein."

„Ich will nicht, dass du das hier alles machen musst." Er legte das

Baby in den Stubenwagen zurück. „Du kommst ja gar nicht zu deiner Arbeit."

„Nun, ich bin mir gar nicht sicher, ob das wirklich wichtig ist."

Er legte den Kopf schief. „Was meinst du damit?"

„In den letzten sechs Jahren habe ich versucht zu verstehen, was geschehen ist. Den Schlüssel zu finden, die große Antwort. Ich dachte, wenn ich es verstehe, tut es vielleicht nicht mehr so weh."

Seine Miene wurde weicher und das Mitgefühl, das in seinem Blick lag, war fast unerträglich. Der Tod ihres Bruders Tony hatte ihn mehr getroffen als alle anderen, abgesehen von Pop. Dieser Verlust hatte sie alle aus der Bahn geworfen. Aber es war nicht Tonys Entscheidung gewesen zu gehen. Und das war an Sofies Verlust am schwersten zu ertragen.

„Jetzt frage ich mich, ob diese Jahre nicht verschwendet waren."

„Sie sind nicht verschwendet. Du hast fleißig gearbeitet und es beinahe geschafft. Du schreibst deine Arbeit und verteidigst sie und dann bekommst du deinen Doktortitel."

„Und wozu? Bin ich einer Antwort näher als an dem Tag, als er gegangen ist?"

„Vielleicht nicht dieser Antwort. Aber anderen."

Sie zuckte mit den Schultern. „Ich weiß nicht."

„Du warst zu fixiert. Vielleicht stehst du kurz vor einem Burnout."

Sie schüttelte den Kopf. „Das glaube ich nicht."

„Sof, wenn du diese Dissertation nicht schreibst, denkt Pop noch, ich würde auf dich abfärben."

Sie lächelte. „Vielleicht tust du das ja. Und es ist, als würde nach einer sehr langen Regenzeit die Sonne wieder herauskommen."

Kapitel 9

Matt konnte sich nicht daran erinnern, jemals so reizbar gewesen zu sein. Vielleicht hatte es mit Ryan zu tun, der es sich mit einem Bier auf dem Sofa gemütlich gemacht hatte, während er durch die verschiedenen Sportsender zappte. Vier leere Bierflaschen, schmutziges Geschirr, leere Tüten von blauen Bio-Tortillachips und Gläser mit Salatresten deuteten darauf hin, dass er schon länger dort lag.

Matt stemmte die Hände in die Hüften. „Keine Arbeit heute?"

„Nee. Ich bin ein Versager. Kein Ehrgeiz."

„Sagt wer?"

„Mein Schatz."

Matt betrachtete das Durcheinander. „Und du willst ihr nun das Gegenteil beweisen?"

„Wer, ich?" Seine blauen Augen blickten bekümmert drein. „Ich habe einen Entwicklungsstillstand."

„Hast du nicht." Matt setzte sich. Während er Beleidigungen als Herausforderungen betrachtete, sammelte Ryan sie wie Briefmarken und ließ sich durch sie bestimmen und entmutigen.

„Ihre beste Schätzung ist ungefähr die achte Klasse."

Als Ryan in der achten Klasse gewesen war, hatte sein Vater eine Stelle im Ausland angenommen und war nur gelegentlich am Wochenende nach Hause gekommen. Aber die Firma war nicht das Einzige gewesen, womit sein Vater beschäftigt gewesen war. Da war auch noch diese andere Familie gewesen.

„Wann hast du mit ihr gesprochen?"

„Heute Nachmittag."

Matt versuchte einzuschätzen, ob sie ihm von Freitagabend erzählt hatte, und der Menge Leergut nach zu schließen, hatte sie. „Bügel die Sache bis Freitag aus. Dann muss ich nicht zu dieser Preisverleihung."

Ryan ließ den Kopf hängen. „Bec bekommt einen Preis. Bester Service Neukunden."

„Ja? Gut für sie."

„Sie ist eine Überfliegerin."

Matt nickte. „Jede Menge Energie. Und sie mag Menschen."

Ryan sank auf die Couch zurück und schloss die Augen. „Hat sie gesagt, was sie anzieht?"

„Nein."

„Wahrscheinlich blau. Dieses kobaltfarbene Wickelkleid? Heiß. Wirklich heiß. Das wird dir gefallen."

„Bestimmt. Schade, dass sie nur eine gute Freundin ist. Ich habe euch miteinander bekannt gemacht, weißt du noch?"

„Sie hätte sich für den anderen Überflieger entscheiden sollen, der Menschen mag."

„Stimmt, so habe ich das noch gar nicht betrachtet. Sie wäre auf jeden Fall groß genug." Wenn Ryan in Selbstmitleid baden wollte, konnte er gerne Salz in die Wunde reiben. Mit Absätzen war Becca zwei Zentimeter größer als Ryan.

Ryan warf ihm einen finsteren Blick zu.

Matt tat die Hälfte von der Hühnchen-Pfanne, die er auf dem Heimweg beim Biomarkt geholt hatte, auf einen von Ryans benutzten Tellern. „Bitte sehr."

Ryan spießte mit der Gabel ein Stück mariniertes Hühnerfleisch und eine knusprige Zuckerschote auf und aß in mürrischem Schweigen.

Matt holte mit den Essstäbchen die Reste aus der Schachtel. „Willst du über Freitag reden?"

„Ich überlege noch."

„Dann gib mir die Fernbedienung. Ich will Nachrichten gucken."

„Die sind doch deprimierend."

„Und Sport etwa nicht?"

„Beim Sport ist es gemischt." Ryan warf ihm die Fernbedienung zu. „Ziehst du diesen Anzug an?"

Da er einen Termin bei Gericht gehabt hatte, war er mit Schlips und Kragen zur Arbeit gegangen. Wahrscheinlich würde er am Freitag etwas Ähnliches tragen. „Warum spielt plötzlich meine Kleidung eine Rolle?"

„Anzüge sehen an großen Männern besser aus."

Er hasste es, wenn Ryan sich selbst leidtat und sich nicht helfen ließ. „Willst du damit sagen, dass ich im Anzug besser aussehe als du?"

Ryan drehte seine Gabel um ein paar Nudeln. „Becca findet das jedenfalls."

„Dann werde ich wohl den Anzug anziehen, vor allem, wenn sie das heiße kobaltblaue Wickelkleid trägt. Vielleicht finde ich ja einen passenden Schlips, so wie beim Schulball."

Ryan stopfte sich die Nudeln in den Mund. „Du kannst ein richtiger Mistkerl sein."

Er seufzte. „Ich tue Becca einen Gefallen, Ryan. Ich hasse Preisverleihungen."

„Aber du wirst dich amüsieren. Du wirst ihren großen Moment miterleben."

Matt nickte. „Ja, das werde ich. Und ich werde mich für sie freuen."

Ryan schob seinen Teller beiseite. „Konntest du nicht Nein sagen?"

„Warum sollte ich das tun?"

„Weil ich es nicht ertragen kann."

„Dann bügle die Sache aus."

„Klar. Sicher." Er erhob sich mühsam. „Du bist echt eine große Hilfe."

„Warte mal. Du gehst jetzt nicht einfach so weg."

„Doch." Ryan machte sich auf den Weg zur Tür.

Er hatte gehofft, die Sticheleien würden Ryan so weit aus seinem Selbstmitleid aufrütteln, dass er anfing, darüber nachzudenken, wie er die Situation verbessern könnte, aber er hatte es zu weit getrieben. „Komm schon, Ryan. Warte mal."

„Weil es so viel Spaß macht? Danke für das Essen. Du bist ein wahrer Freund."

„Lass uns darüber reden."

„Ich habe nichts mehr zu sagen."

„Du kannst doch so nicht fahren."

Ryan fuhr herum. „Was glaubst du eigentlich, wer du bist, dass du mir sagst, was ich kann? Lass mich einfach in Ruhe."

„Komm, wir finden ein Spiel", sagte Matt und schob sich zwischen Ryan und die Tür. „Es gibt doch bestimmt eins, was du gucken möchtest."

Ryan wankte. „Mir ist im Moment nicht danach, mit dir abzuhängen."

Er wusste, was Ryan eigentlich wollte, aber er würde sein Versprechen, das er Becca gegeben hatte, halten. Schließlich war er mit beiden befreundet und er musste einen Weg finden, neutral zu bleiben. Klar. Als wenn er jemals hätte neutral sein können. Matt streckte die Hand aus und nahm den Schlüsselbund an sich, bevor Ryan auf die Idee kommen konnte, ihn richtig festzuhalten. „Such dir einen Sender aus, während ich mich umziehe.“

So hatte er den Abend eigentlich nicht verbringen wollen, aber er würde bei Ryan Händchen halten, wenn es nötig war. Rasch ging er ins Schlafzimmer und zog Jackett und Schlips aus. Als er sein Hemd halb aufgeknöpft hatte, hörte er einen Motor, lief zum Fenster und sah, wie Ryan losfuhr. Offensichtlich hatte er noch einen Ersatzschlüssel. Er schüttelte den Kopf. „Blöder Kerl.“

Er konnte nicht direkt eine Verfolgungsjagd anfangen, deshalb schaltete er die Nachrichten ein und aß etwas, dann wusch er ab und räumte die Wohnung auf. Zu dem Haus, das Ryans Mutter ihm hinterlassen hatte, war es nicht weit. Er hatte ja nur Bier getrunken und ein bisschen dazu gegessen. Wahrscheinlich passierte ihm nichts. Erschöpft ließ Matt sich auf das Sofa fallen und döste vor sich hin. Später am Abend ging er ins Schlafzimmer, während er sich einredete, dass er getan hatte, was in seiner Macht stand.

Seine Schönrederei löste sich in Luft auf, als am nächsten Morgen der Anruf kam, er solle Ryan aus der Patsche helfen. Nachdem er seinen Freund mit einer ersten Anzeige wegen Trunkenheit am Steuer zu Hause abgeliefert hatte – zum Glück war es seine erste –, fuhr Matt ins Büro zurück. Er hatte sich gerade an seinen Schreibtisch gesetzt, als Diana anrief, die Staatsanwältin.

„Sieht so aus, als hätten wir die vermisste Mutter gefunden.“

Er nahm das Telefon ans andere Ohr. „Maria?“

„So heißt sie und passt zu der Beschreibung der vermissten Person. Sie saß auf der Ladefläche eines Pickups, zusammen mit einer Ladung gestohlener Elektronikgeräte. Der Beamte, der sie angehalten hat, bemerkte, dass sie irgendwie lethargisch wirkte. Als er ihr sagte, sie solle vom Wagen steigen, fing sie an zu bluten. Die anderen wurden in polizeilichen Gewahrsam genommen, aber sie brachte man ins Krankenhaus.“

„Und sie hatte eine Geburt?“

„Erst vor Kurzem“, erklärte Diana ihm. „Aber einen Säugling hatte sie nicht. Sie behauptet, er sei *muerto*.“

Hmm. „Wenn es sich um dieselbe Maria handelt, betreue ich den Fall ihres Kindes, und der Kleine ist sehr quicklebendig.“

„Ich will sie nur ungern anzeigen. Die DVD-Player wurden von einem Händler als gestohlen gemeldet. Das war aber noch bevor sie das Haus verlassen hatte, von dem Sie mir erzählt haben, und ich wette, dass Sie nicht freiwillig auf der Ladefläche dieses Lieferwagens saß. Sie ist noch so jung, dass sie selbst unter das Jugendschutzgesetz fallen dürfte."

„Ich informiere Cassinia und sehe, was ich tun kann."

Nachdem er noch ein paar Einzelheiten mit Diana geklärt hatte, klopfte er an Cassinias Bürotür und erklärte ihr die Lage. Auf der Fahrt zum Krankenhaus gab er ihr die Informationen, die er bereits von der Hebamme und den anderen zusammengetragen hatte – wobei er die Sache mit dem Atemstillstand ausließ. Cassinia konnte mit solchen angeblichen Wundern noch weniger anfangen als er und hatte ohnehin ein gestörtes Verhältnis zu Leuten, die an so etwas glaubten.

Außerdem hatte sie eine heftige Abneigung gegen alle, die andere missbrauchten, und offenbar vermutete sie in Marias Fall eine solche Situation, obwohl niemand einen Beweis dafür hatte, dass das Mädchen nicht aus eigenem Antrieb handelte. Er hatte sich bemüht, die Fakten abzuwarten, bevor er seine Schlüsse zog. Aus Cassinias zusammengepressten Lippen schloss er, dass sie dieser Fall ziemlich mitnahm. In der Lobby kam ihnen Detective Brazelton entgegen.

Seine kantige Nase und seine schlaffen Wangen wirkten noch extremer, als er ihnen erzählte, dass man Maria in den Operationssaal gebracht hätte. „Offenbar hat man einen nicht lebensfähigen Fötus in der Gebärmutter gefunden."

Matt runzelte die Stirn. „Dann ist sie nicht die Mutter unseres Babys?"

„Wir glauben schon. Wie es aussieht, war sie mit Zwillingen schwanger – einen hat sie geboren und der andere hat sich nicht weiterentwickelt und wurde nicht abgestoßen."

Matt starrte ihn mit großen Augen an. „Und das hat niemand bemerkt?"

„Kein Ultraschall. Keine Vorsorgeuntersuchungen. Der Arzt sagt, der zweite Fötus sei etwa seit dem vierten Monat nicht mehr gewachsen und schon seit einiger Zeit tot. Der lebende Säugling hat die Situation kaschiert, aber sie leidet schon seit geraumer Zeit an einer Sepsis. Wenn Wachtmeister Sheldon den Wagen nicht angehalten hätte, wäre sie gestorben."

Alle, mit denen er gesprochen hatte, hatten ausgesagt, sie habe viel geschlafen, aber das fand nach einer Geburt niemand ungewöhnlich.

Cassinia legte so viel Gewicht in ihre knapp ein Meter sechzig, wie sie konnte, und sagte: „Ich bin Marias zuständige Sozialarbeiterin. Ich will, dass bei dem Fötus ein DNA-Test gemacht wird, damit wir wissen, wer der Vater ist."

„Das haben wir schon veranlasst."

„Und von dem anderen Kind möchte ich auch eine Probe", sagte sie zu Matt.

Er nickte. Die Männer saßen wegen des Transports von gestohlenen Waren in polizeilichem Gewahrsam, aber wenn sich herausstellte, dass Maria gegen ihren Willen festgehalten oder zu irgendetwas gezwungen worden war, dann würde die Anklage deutlich schärfer ausfallen.

Sie wandte sich wieder an den Kriminalbeamten. „Wie schätzt der Arzt ihr Alter ein?"

„Sie ist sechzehn. Hat gesagt, ihr Onkel sollte ihr einen Platz in einer amerikanischen Highschool beschaffen."

„Wohnt er hier?"

„Ich weiß nicht. Sie hat sonst nichts gesagt, wollte nicht einmal ihren Nachnamen nennen."

Cassinia ballte die Fäuste. „Der Onkel wurde auch festgenommen?"

„Schwer zu sagen, wer mit wem verwandt ist. Es kann auch sein, dass er sie an diese Gruppe weitergereicht hat. Gibt es jemanden, der sie dazu bringen könnte, mit uns zu reden, sobald sie wieder dazu in der Lage ist?"

Matt dachte darüber nach. „Zu dem Mann, der vorübergehend das Sorgerecht für das Baby hat, hat sie Vertrauen. Ich kann ihm sagen, was Sie brauchen." Und ihn auf das vorbereiten, was als Nächstes passieren könnte. Mutter und Kind sollten zusammengeführt werden. Aber wenn sie den Säugling im Stich gelassen hatte, konnte es sein, dass sie sich selbst eingeredet hatte, er sei tot.

Als Sofie den Wagen von Matt Hammond vor der Villa sah, wickelte sie das Baby in die dünne grüne Decke. Musste er wirklich alle zwei Tage nach dem Kind sehen? Die Beinchen des Kleinen waren speckig, seine Haare gewaschen, die Windel trocken und satt war er auch. Was erwartete Matt denn noch? Dass sie ihm Kinderlieder vorsang?

Sie seufzte. Die emotional geladenen, schlaflosen Nächte forderten ihren Tribut, aber das war keine Entschuldigung dafür, dass sie ihre eigenen Gewissensbisse auf Matt projizierte. Er hatte keinerlei Zweifel an ihrer Fähigkeit geäußert, für den Säugling zu sorgen, warum also hatte sie das Bedürfnis, sich ihm gegenüber zu beweisen?

Star, in ein dünnes Sommerkleid gehüllt, war vor ihr an der Tür. Matt stand da in Baumwollhose und einem terracottafarbenen Hemd mit hochgekrempelten Ärmeln. Bei seinen langen Armen war es für ihn bestimmt schwierig, die richtige Ärmellänge zu finden. Trotzdem sah er ordentlich und professionell aus.

Er wirkte ernst. „Hallo, Star. Ist Lance da?"

„Nee. Er und Rese hatten einen Termin."

Sofie gesellte sich zu ihnen und sah Matts besorgten Blick. „Gibt es ein Problem?"

„Wir haben Maria gefunden."

Ihr Herz setzte einen Schlag aus. „Geht es ihr gut?"

„Sie ist im Krankenhaus."

„Was ist passiert?" Sie drückte das Baby an die Brust. Seit wann fühlte sich das so gut an?

„Das ist nicht klar. Wir hatten gehofft, Ihr Bruder könnte mit ihr reden."

„Im Krankenhaus spricht niemand Spanisch?"

„Es ist kein Übersetzungsproblem. Es ist eine Frage des Vertrauens."

„Oh."

„Sie ist nicht ..."

Ihr Handy klingelte. Sie rückte das Baby auf ihrem Arm zurecht. „Würden Sie mal kurz ...?"

„Klar."

Sie reichte ihm den Säugling und zog das Handy aus ihrer Hosentasche. „Hallo?"

Schweigen. Sie blickte auf das Display. Wieder eine unterdrückte Nummer. „Wer ist da?"

Sie hörte ein Atmen, es klang klein und flach. Ihr Puls beschleunigte. „Wer ist denn da?"

„Äh."

Das Herz schlug ihr bis zum Halse. Es hatte so geklungen ... „Hallo? Bist du da?"

Die Verbindung wurde unterbrochen. Sie drückte die Rückruftaste, aber der Anruf lief ins Leere. Keine Ansage, wem das Telefon gehörte, und auch keine Möglichkeit, eine Nachricht zu hinterlassen. Sie blickte auf und sah, dass Matt sie beobachtete. Sie atmete aus. „Falsch verbunden."

„Bekommen Sie solche Anrufe öfter?"

Ihre Finger zitterten, als sie das Handy wieder einsteckte. „In letzter Zeit. Ist sicher Zufall."

„Dinge, die man für Zufälle hält, haben oft ein Muster. Und einen Zweck." Er legte den Kopf schief. „Hat jemand Sie bedroht?"

„Der Anrufer schweigt." Aber die Not in diesem Schweigen konnte sie beinahe mit Händen greifen. „Keine große Sache."

„Aber die Anrufe bringen Sie aus der Fassung."

Diesmal stimmte das. Die zittrige kleine Stimme, die „Äh" gemurmelt hatte. Sie hatte beinahe geglaubt ...

„Kennen Sie die Nummer?"

„Sie wurde unterdrückt."

„Gibt es jemanden, den Sie zurückgewiesen, abgewiesen oder verärgert haben?"

„Nein." Denn der Einzige, auf den dies zutraf, war gegangen und hatte sich nicht einmal mehr umgedreht. „Was ist jetzt mit Maria ...?"

„Sie wird operiert, um den toten Fötus zu entfernen."

„Aber sie hat das Baby doch schon bekommen."

„Es gab noch eines. Die Infektion ist ziemlich schlimm." Er wiegte das Baby auf seinem Arm. „Wir brauchen Lance, um ein paar Antworten zu bekommen."

„Ich werde es ihm so bald wie möglich ausrichten. Aber er und Rese haben extra ihre Handys hiergelassen. Es ist die erste Gelegenheit für sie, mal allein zu sein."

Er nickte. „In Ordnung."

„Können wir Maria besuchen?"

„Sobald die Ärzte es zulassen. Aber nicht mit ihm hier." Er tätschelte den Rücken des Jungen.

„Er könnte sie vielleicht mehr trösten, als wir anderen es können."

„Nicht, wenn sie vorhatte, ihn aufzugeben. Sie behauptet, er sei tot."

Sofie sah Matt prüfend an. „Und deshalb …"

„Deshalb müssen wir vorsichtig vorgehen, bis wir die Fakten haben." Er ließ das Baby auf seinem Unterarm ruhen. „Die Dinge sind nie so einfach, wie wir sie gerne hätten."

Mit dem winzigen Baby auf seinem kräftigen Arm sah er aus wie ein Schutzengel – einer, der alles dafür tun würde, damit kein Kind verloren ging oder entführt wurde.

Matt blickte von dem Säugling auf und sah Sofies Miene. In den Richtlinien gab es keinen Paragraphen, der den privaten Kontakt mit Pflegeeltern untersagte, aber während seiner Jahre als Anwalt war er vorsichtig geworden. „Haben Sie Lust, irgendwo einen Kaffee trinken zu gehen?"

„Ich dachte, Sie trinken keinen Kaffee."

Gutes Gedächtnis. „Das war letzte Woche." Da war es ihm wichtig erschienen.

„Ich verstehe." Sie lächelte schief. „Haben Sie Ihr Ziel erreicht?"

„So gut wie."

Star erhob sich aus einem Ohrensessel im Salon, in dem sie verschwunden war. „In der Küche ist eine italienische Kaffeemaschine. Ich mache den Barista."

Sofie zog die Augenbrauen hoch. „Das wäre wahrscheinlich einfacher, als mit dem Baby irgendwo hinzugehen."

„Klar." Ihm war es egal, woher der Kaffee kam. Er wollte nur Zeit mit ihr verbringen. Wie lange war es her, dass er eine Frau so bewusst wahrgenommen hatte? Und wann hatte dieses Gefühl nicht nur eine körperliche Reaktion hervorgerufen, sondern den Wunsch, sie näher kennenzulernen, sie zu schützen, in Beziehung mit ihr zu treten?

Sie nahm ihm das Baby ab und er folgte ihr in die Küche, die so gut ausgestattet war wie viele Restaurants. Neben der großen Espressomaschine aus Edelstahl schüttete Star Bohnen in die Kaffeemühle und summte zu dem Geräusch, das die Mühle machte. Der Lärm schien die alte Frau, die in dem Polstersessel in der Ecke am Herd schlief, nicht zu stören.

Matt zog einen Stuhl für Sofie heraus. „Stören wir Ihre Großmutter nicht?"

Sie schüttelte den Kopf. „Sie ist Trubel gewohnt. Ein Großteil ihrer Familie wohnt unter einem Dach."

„In einem Haus wie diesem?“ Wieso gluckten sie alle zusammen?

„Ein Mehrfamilienhaus.“

Er dankte Star, als sie zwei Tassen mit schaumigem Milchkaffee brachte. Genüsslich nippte er an seinem und lächelte. Normalerweise trank er seinen Kaffee schwarz und er hätte auch nicht gedacht, dass ihm der Nussgeschmack gefallen würde, aber diese Kreation schmeckte gar nicht schlecht. Die Milde des Getränks zeugte von der Qualität der Bohnen und der frischen Zubereitung.

„Wie geht es mit Ihrer Doktorarbeit voran?“

„Gar nicht.“ Sofie warf einen Blick auf den schlummernden Säugling auf ihrem Arm.

„Hält er Sie von der Arbeit ab?“

„Nur, weil ich ihn lasse.“ Sie legte eine Hand auf die Brust des Babys. „Ich bin mir nicht sicher, ob ich die Sache durchziehen soll. Ich habe erst mal eine Pause eingelegt.“

„Das ist eine schwerwiegende Entscheidung.“

„Das sollte es wohl sein. Ich habe in den letzten fünf Jahren viel dafür gearbeitet.“ Sie fuhr mit dem Finger über den Arm des Babys. „Aber jetzt scheint es irgendwie nicht mehr wichtig zu sein.“

Er hoffte inständig, dass sie die Arbeit an der Promotion nicht wegen eines Neugeborenen aufgab, das, wenn irgend möglich, seiner Mutter zurückgegeben werden würde. „Was wollen Sie stattdessen tun?“

„Irgendwann würde ich gerne schlafen.“ Sie küsste den Kopf des Babys und lächelte.

Sie war gut im Umgang mit ihm – besser als eine verwirrte minderjährige Mutter, die sich selbst eingeredet hatte, ihr Baby sei tot?

Antonia erwachte mit einem Grunzen und starrte sie an. „Was ist los?“

Sofie drehte sich um. „Du erinnerst dich doch an Matt Hammond, Nonna. Von der Kinderfürsorge?“

„Ich w…eiß, wer er ist. Was will er denn hier?“

Star stieß ein kehliges Lachen aus. „Was sie alle wollen, Großmutter, tief in ihrem Wolfspelz.“ Sie breitete die Arme aus. „‚Liebe ist ein Kobold. Liebe ist ein Teufel. Es gibt keinen böseren Engel als die Liebe.‘“

Sofie sagte: „Sie haben Maria gefunden, Nonna. Matt ist gekommen, um Lance darüber zu informieren.“

Geschickt. Meisterlich glatt.

„Und was ist mit unserem Baby?“ Antonias Augen verengten sich.

„Es ist noch nichts entschieden“, erklärte er ihr. „Erst einmal bleibt der Kleine hier, wenn das für Sie in Ordnung ist.“

Antonia machte ein Geräusch, das sich über seine Dummheit lustig machte. „Was sollte es denn sonst sein?“

„Gut.“ Er stellte seinen Becher auf den Tisch und erhob sich. „Ich werde Sie über Marias Zustand auf dem Laufenden halten. Können Sie Lance bitte sagen, er soll mich anrufen, wenn er zurückkommt?“

„Er ist gerade mit seiner zukünftigen Braut fort.“ Star sammelte seinen Becher ein.

„Sie sind verlobt?“ Er blickte von Star zu Sofie. Ein Prophet, der heiraten will? Und dann kleine Propheten bekommt?

Star sagte: „‚Lieb' ist ein Rauch, den Seufzerdämpf' erzeugten.‘ Und hier ist sie ziemlich ansteckend, Kumpel.“

„Dann richten Sie den beiden meine Glückwünsche aus.“

Sofie legte den Säugling ihrer Großmutter in die Arme. „Das können Sie selbst tun, wenn Sie ihn sehen.“ Sie brachte ihn zur Tür.

„War es eine Überraschung?“

„Ja und nein.“

Er zögerte, dann drehte er sich um. „Passt das zu seiner Religion? Ich weiß nicht, wie ein extremer Glaube funktioniert, aber ...“

„Er verursacht jedenfalls nicht Impotenz.“ Sofie lehnte sich gegen den Türrahmen und genoss seine Verlegenheit.

„Das meinte ich nicht …“ Aber vielleicht hatte er es doch so gemeint. Heilige Männer begaben sich doch alleine in die Wüste, trugen Felle und aßen Insekten.

Matt kramte seine Schlüssel hervor. „Danke für den Kaffee und die Unterhaltung. Sie war … interessant.“

„Star ist nicht gerade zurückhaltend.“

Er lachte. „Das habe ich gemerkt. Aber Sie sind es auch nicht.“

„Weil ich die Frage beantwortet habe, die Sie stellen wollten?“

„Das auch. Und …“ Und was? Was wusste er eigentlich von ihr? „Sie wirken eben ziemlich offen, das ist alles.“

„Ich darf keine Geheimnisse haben.“ Der Anflug eines Lächelns auf ihren Lippen war jedoch sehr geheimnisvoll.

Er wollte zu gern mehr über sie erfahren. Aber er musste zurück ins Büro. „Sie sagen Lance, dass er mich anrufen soll?“

„Mache ich." Sie blieb in der Tür stehen, während er zu seinem Wagen ging, und hob eine Hand zum Gruß, als er sich umsah. Was machte es schon, dass alle in diesem Haus ein bisschen merkwürdig waren. Damit konnte er umgehen. Den ganzen Weg zurück zum Büro lächelte er vor sich hin.

Kapitel 10

Eilig fuhr Lance ins Krankenhaus. Er war mit Rese bis zum Abend in Napa geblieben, nachdem sie den Händler engagiert hatten, der ihren Wein versteigern sollte. Er hatte sich auf den Tag mit ihr gefreut und bereute diese gemeinsame Zeit nicht, auch nicht, als er von Maria gehört hatte. Über die langsame Fahrt des Aufzuges, der hängen blieb, dann ruckartig weiterfuhr und ihn schließlich ausspuckte, ärgerte er sich allerdings schon. Dann eilte er den Gang entlang zur Wöchnerinnenstation.

Am Empfang der Station stand ein Polizeibeamter, einen Ellbogen auf die Theke gestützt. Aber als Lance näher kam, richtete er sich auf. Der Handschlag von Officer Sheldon war fester als nötig. Die beiden Männer waren ungefähr gleich groß, aber der Polizist wollte größer erscheinen. Er hatte sein Haar mit Gel hochgekämmt und führte sich auf wie eine Bulldogge. Vielleicht war er in Wirklichkeit ein netter Kerl, aber es wunderte Lance nicht, dass Maria ihm seine Fragen nicht beantwortet hatte. Er wirkte wie jemand, der sie mit Maschinenpistole in der Hand aus dem Land vertreiben würde.

„Ist sie wach?"

Der Beamte zuckte mit den Schultern. „Immer mal wieder." Er setzte sich in Bewegung.

„Warum bewachen Sie ihr Zimmer?"

„Tu ich nicht. Ich wollte nur kurz am Ende meiner Schicht nach ihr sehen."

Lance revidierte seine Meinung über den Mann. „Wie geht es ihr?"

„Sie sagt kein Wort." Sie kamen zu ihrem Zimmer, wo ein Schild an der Tür die Besucher darauf hinwies, dass die Patientin einen Verlust erlebt hatte. „Matt Hammond vom Jugendamt dachte, Sie können sie vielleicht dazu bringen, dass sie kooperiert. Ich will die Kerle, die ihr das angetan haben, drankriegen."

Maria drehte sich erschrocken und mit Ringen unter den Augen um, als er eintrat. „*Señor Lance*!"

„*Hola, Maria. ¿Cómo estás*?"

Ihre Lippen zitterten. „*Bien.*“

„*No estás bien, chica.*“ Es ging ihr alles andere als gut.

Tränen traten ihr in die Augen. Sie warf einen Blick an ihm vorbei in Richtung Polizist, dann flüsterte sie so leise, dass er es kaum verstehen konnte: „*Mi hijo es muerto.*“ Die Eindringlichkeit ließ ihn schlucken.

Lance warf einen Blick über seine Schulter. „Können Sie uns eine Minute allein lassen?“

Als der Beamte gegangen war, erklärte er die Sache mit Matt Hammond und dem Jugendamt. Es würde nicht funktionieren, so zu tun, als wäre das Baby gestorben – obwohl ein Kind tatsächlich gestorben war und eine teilweise Entfernung der Gebärmutter notwendig gewesen war. Er wusste nicht, wie viel man ihr darüber gesagt hatte, aber die Tränen liefen ihr übers Gesicht, als sie begriff, was er ihr jetzt auf Spanisch über den noch lebenden Sohn erzählte, den sie in seiner Obhut zurückgelassen hatte.

„Wenn sie herausfinden, dass ich gelogen habe ...“

„Sieh mich an.“ Er beugte sich vor. „Ich werde nicht zulassen, dass dir oder deinem Baby etwas passiert.“

Jetzt flossen die Tränen in Strömen. „Ist er …“

„Es geht ihm gut.“ Er nahm ihre Hand und spürte ihre Angst.

„Ich wollte nicht – ich konnte nicht …“ Sie presste ihre andere Hand auf ihr Gesicht. „Sie werden ihn mir wegnehmen.“

„Niemand kann ihn dir wegnehmen, es sei denn, du gibst ihn her.“

„Mein Onkel ...“ Sie setzte sich mit einem Ruck auf und umklammerte seine Hand. „Du musst das Baby behalten. Du hast gesagt ...“ Sie keuchte vor Schmerzen und Panik. „Du hast zu mir gesagt, ich muss nur das Baby bekommen. Und das habe ich. Jetzt musst du ...“

„Hör zu, Maria.“ Liebevoll legte er eine Hand auf ihren Kopf und drückte sie sanft zurück auf ihr Kissen. „Das habe ich nie gemeint. Er ist dein Sohn. Deiner. Außer du willst ihn hergeben.“

Sie schloss die Augen, um die Tränen zurückzuhalten.

„Du kannst ihn loslassen, aber du darfst es nicht aus Angst tun. Du bist nicht allein.“

Ihre Kehle bebte. „Hast du … ihm einen Namen gegeben?“

„Er ist dein Sohn. Das musst du tun.“

„Diego“, flüsterte sie. „Er soll Diego Manuel Espinoza heißen.“

Ihre kräftigen Haare und ihre Stirn fühlten sich unter seiner Hand warm und feucht an. „Diego Manuel wird sich freuen, dich zu sehen."

Sie schüttelte den Kopf. „Ich kann nicht."

„Die Typen, die dich in ihrer Gewalt hatten, sind in Polizeigewahrsam. Ist Diegos Vater einer von ihnen?"

Hastig wandte sie sich ab und er hätte schwören können, dass auf ihrem Gesicht ein Ausdruck der Scham lag.

„Maria?"

„*No sé.*"

„Weißt du es nicht oder willst du es mir nicht sagen?"

Wieder hatte sie Tränen in den Augen. „Bitte."

Zärtlich legte er eine Hand an ihre Wange, während ihr die Tränen übers Gesicht liefen. „Ist schon gut." Er atmete langsam aus. „Alles wird gut." Er erwiderte ihren müden Blick und schickte noch ein Gebet zum Himmel. Dann ging er nach Hause, um Diego Manuel seinen Namen zu sagen.

„Das ist ein Grund zum Feiern. Holt den Wein." Nonnas Gesicht zierten tausend Falten der Freude und des Lachens.

Auch Sofie musste lächeln. Das Baby auf ihrem Arm war warm und weich und jetzt hatte es auch einen Namen. Der Schwebezustand, in dem sie sich befunden hatten, war vorüber. Sie musste sich darauf vorbereiten, von dem Kleinen getrennt zu werden, ihn seiner Mutter zurückzugeben. Es war richtig so und sie wollte es auch. Aber sie konnte doch nicht leugnen, dass es ihr in der Seele wehtat.

Lance kam mit einer Flasche Familienwein aus dem Keller in die Küche zurück. Star holte Gläser und füllte zwei mit Mineralwasser für sich selbst und Elaine, die murmelte: „Froh, sehr froh."

Als allen eingeschenkt war, musterte Nonna die Farbe und Klarheit des gealterten Weins. „Ein Jahrgang, der dieses Ereignisses würdig ist."

Lance hob das Glas mit einem breiten Lächeln. „Auf Diego Manuel Espinoza – langes Leben, Glück und Gnade." Er zog Rese an sich und sie standen zusammen da und fühlten eine tiefe Freude und Zufriedenheit.

Auch Sofie stieß auf das Baby an. So Gott wollte, hatte es durch die

Trennung von seiner Mutter kein Trauma erlitten. So Gott wollte, würde Maria es ebenso lieben, wenn es ihr zurückgegeben wurde – falls. Matt hatte immer noch seine Zweifel daran.

Ihre Brust zog sich zusammen, als sie an ihn dachte. Er war nur ein Mann, der seine Arbeit machte. Er würde die Dinge für Maria und Diego klären und sich dann einem anderen Fall und anderen Pflegeeltern widmen. Sie kamen aus unterschiedlichen Welten, hatten gegensätzliche Ansichten. Er wusste nicht einmal, dass es Gott gab; sie musste Gott jeden Tag neu vertrauen. Er glaubte nicht an Himmel und Hölle; sie hatte beides erlebt.

Mit einem Seufzer gab sie Nonna das Baby und schlüpfte in den Garten hinaus. Sie hatte für den Kleinen und für Maria gebetet und diese Gebete waren erhört worden. Nun blickte sie dankbar nach oben und trotzdem blieb ein Schmerz zurück.

Die Tür ging auf und Star gesellte sich zu ihr. „So viel Glück auf einmal ist mir ein bisschen viel."

Der bittere Unterton in ihrer Stimme kam von einem Ort, an den Sofie sich nicht begeben wollte. „Wessen Glück meinst du, Star?"

„Rese."

„Wegen Lance?"

„Egoistisch und verbittert, ich weiß. Aber sie war immer für mich da, meine verrückte Schwester, meine starke und fähige Freundin. Ich weiß nicht, wer ich ohne sie bin."

Sofie spürte einen Stich in ihrer Brust. Sie wusste, wie es war, so mit jemandem eins zu sein, dass das eigene Selbst bei dem Verlust zerbrach. „An eurer Freundschaft wird sich nichts ändern."

Star rieb sich die Arme. „Doch. Das hat es schon. Rese hat sich verändert. Wir haben uns verändert."

Und Veränderung war schwierig. In den Worten einer alten Frau hatte sie Hoffnung und einen neuen Anfang gefunden, aber es war jeden Tag mühsam, das aufrechtzuerhalten, wenn Gewohnheiten und Gedanken wie Spinnweben an einem klebten.

Star seufzte. „‚Der Jammer macht mich alt.'"

„Und trotzdem machen wir weiter."

„Womit?"

„Mit dem, was nicht loslassen will."

Star blickte in den Nachthimmel hinauf. „Und was, bitte, ist das?"

Am nächsten Morgen wartete Matt zusammen mit Cassinia vor Marias Zimmer. Lance gesellte sich zu ihnen, und obwohl es keinen Grund gab, warum Sofie hier sein sollte, konnte Matt einen Anflug von Enttäuschung nicht unterdrücken, dass ihr Bruder alleine gekommen war. Der Teddy mit dem Blumenstrauß, den Lance mitgebracht hatte, milderte den antiseptischen Geruch im Krankenzimmer nur wenig, als sie eintraten. Marias Wangen röteten sich, als Lance näher trat, aber es wirkte weniger wie Verliebtheit und mehr wie Ehrfurcht.

„*¿Qué tal, Maria?*“ Er ließ sie an den Blumen riechen und setzte den Bären dann neben ihr auf den Nachttisch. „*¿Estás bien?*“

„Es geht“, erwiderte sie auf Spanisch.

Matt warf Cassinia einen Blick zu. Sie konnten beide der Unterhaltung folgen.

„Schlechter als gestern?“ Lance legte den Kopf schief.

„Besser.“ Sie hob den Blick. „Gestern habe ich gelogen.“

Matt zog die Augenbrauen hoch, weil er die Worte verstand, aber er war überrascht, als sie lachten. Krankenhaus und Polizei hatten ihm gesagt, dass niemand mit dem Mädchen weiterkam – niemand, so schien es, außer dem Wundermann.

Lance drehte sich halb um. „Das hier ist Matt Hammond, von dem ich dir erzählt habe. Er sorgt dafür, dass es Diego gut geht. Und das ist Cassinia. Sie wird dasselbe für dich tun. *¿Comprendes?*“

„*Sí.*“ Sie warf den beiden einen scheuen Blick zu und richtete dann ihre Aufmerksamkeit wieder auf Lance. „*¿Cómo está mi hijo?*“

„*Bien.*“

„Wann kann ich ihn sehen?“

Lance blickte sich um und vergewisserte sich, dass er und Cassinia verstanden hatten, und antwortete dann: „Bald.“

Ihre Frage nach dem Sohn war ein gutes Zeichen, aber Matt hatte Lance geraten, die Sache nicht zu überstürzen. Im Moment brauchten sie Antworten. Detective Brazelton schob sich ins Zimmer. Er war unter Druck, musste Marias Gefährten der Einwanderungsbehörde übergeben, damit diese dann abgeschoben würden, anstatt vor Gericht zu kommen. Man konnte sie nicht mit dem Ort des Diebstahls in Verbindung bringen und man konnte ihnen die Kenntnis darüber, dass die Güter, die sie transportieren sollten, gestohlen waren, nicht beweisen. Eine Anklage wegen Vergewaltigung und Entführung würde die Lage natürlich ändern, aber Maria musste die Art der Behandlung, die Michelle Farrar beschrieben hatte, erst einmal zugeben. Vielleicht würde der „Wundertäter" sie dazu bringen, zu erzählen, was sie wissen mussten.

Lance sagte: „Erzähl mir, was passiert ist, Maria. Warum hast du Diego bei mir gelassen?"

Sie wirkte klein und hilflos in ihrem Bett und ihr Blick wanderte zu ihren Händen.

„Alle hier wollen dir helfen, aber wir müssen über die Männer Bescheid wissen, bei denen du warst, bevor du zu uns gekommen bist."

„Niemand kann mir helfen. Nur ich selbst."

Matt zog die Augenbrauen hoch. *Sieh mal an.*

Cassinia trat an das Bett. „Sprichst du Englisch, Maria?"

Das Mädchen blickte mit einem leicht trotzigen Ausdruck zu ihr auf und antwortete in akzentfreiem Englisch: „Ich will mein Baby sehen. Ich will Diego bei mir haben."

Lance wirkte ebenso überrascht wie alle anderen – und eindeutig belustigt. Andererseits hatte sie eine Woche bei ihnen gewohnt, ohne ihr Geheimnis preiszugeben.

Cassinias Miene machte deutlich, was sie von Marias Forderung hielt. Sie hatte auf der Fahrt ins Krankenhaus klargestellt, dass Maria nicht für die Folgen der Verbrechen, die an ihr begangen wurden, bezahlen sollte. Maria konnte sie das nicht sagen, aber ihm gegenüber hatte sie kein Blatt vor den Mund genommen. Sie verschränkte die Arme. „Ich muss in einer halben Stunde bei Gericht sein, also kann ich das Ganze nicht überwachen."

Matts Blick wanderte von ihr zu Maria und dann zu Lance. „Ich aber."

Lance' Anruf war keine Überraschung gewesen. Sofie hatte die Babytasche bereits gepackt und mit der Bitte schon eine ganze Stunde früher gerechnet. Mit dem Finger fuhr sie über Diegos Gesicht, als sie ihn in dem Maxi-Cosi auf dem Rücksitz ihres Kleinwagens festschnallte.

Lance hatte gesagt, es sei nur ein Besuch und Maria könne den Kleinen vielleicht noch nicht einmal halten. Aber es war ein Anfang, das wusste sie. Wenn Maria ihren Sohn erst wieder im Arm hielt, wie konnte sie ihn dann jemals wieder loslassen?

Sofie folgte der Wegbeschreibung, die Lance ihr gegeben hatte, und kam beim Krankenhaus an. Diego an sich gedrückt ging sie zu dem Zimmer, in dem Mutter und Sohn wieder miteinander vereint werden würden. Ihr Herz war schwer, nicht vor Neid, sondern vor Mitgefühl, das so tief war, dass es wehtat. Sie wollte verbinden, was getrennt war, wollte den Riss heilen.

Eigentlich erwartete sie Lance, aber es war Matt, der ihr auf dem Flur entgegenkam. Auf seinen Wangen erschienen Grübchen, als sein Lächeln sie wärmte. Sein „Hi" schien so viel mehr zu bedeuten. Ihr Puls flatterte. „Hi."

Er streckte die Hand aus und umfasste den Kopf des Säuglings. „Du hast jetzt einen Namen, was? Nicht mehr Baby Namenlos." Er schien sich ehrlich für das Kind zu freuen, das gar nicht wusste, was ihm gefehlt hatte. Ein großer Mann mit einem großen Herzen. Selbst kleine Dinge freuten ihn und das hatte auf Sofie eine Wirkung, die sie nicht erwartet hatte.

„Maria schläft", erklärte er ihr. „Sie hat versucht, wach zu bleiben, aber die Schmerzmittel haben sie vor ein paar Minuten dann doch besiegt."

„Oh." Sie strich dem Baby über den Rücken, hin und her gerissen zwischen der Freude über einige zusätzliche Minuten mit dem Kind und der Befriedigung, es Maria zurückgeben zu können. „Wie geht es ihr?"

„Sie hält sich gut. Tapferes Mädchen."

„Braucht ihr Diego noch?"

Er blickte in Richtung Zimmer. „Lance hat ihr versprochen, dass er da sein würde, wenn sie aufwacht."

Sofie verlagerte das Gewicht des Säuglings. „Also …"

„Also gehen Sie und bringen Sie ihn rein."

Sie ging zu Lance, der an Marias Bett saß, und reichte ihm den Kleinen, ohne dessen Schlaf oder den der Mutter zu stören. Fast das halbe Leben dieses Jungen hatte sie für ihn gesorgt, hatte ihn in den leeren Platz in ihrem Herzen gelassen. Aber wie Nonna gesagt hatte: „*Non c'è rosa senza spine.*" Keine Rose ohne Dornen.

„Alles in Ordnung?" Lance betrachtete sie prüfend.

„Ja." Diesmal hatte sie eine gesunde Distanz gewahrt. „Ruf mich, wenn ich ihn abholen soll." Sie warf ihm einen scharfen Blick zu. „Und bring ihn ja nicht mit der Harley nach Hause."

„Meinst du?" Er grinste. „Matt kann ihn bringen, wenn du wegmusst."

„Das wäre vielleicht das Beste." Sie küsste den Kopf des Babys und zog sich zurück. „Brauchst du irgendetwas? Eine Zeitschrift?"

Er schüttelte den Kopf. „Ich arbeite an einem Lied."

Er hatte kein Papier dabei, keinen Stift, kein Instrument. Aber sie bezweifelte nicht, dass in seinem Kopf Melodie, Harmonien und Text Gestalt annahmen. Bei ihm entstand Musik aus dem Leben.

„Ist gut." Sie lächelte. „Wir sehen uns zu Hause." Ihr Blick ruhte noch einen Moment lang auf dem schlafenden Kind, dann ging sie auf den Gang zurück, wo Matt wartete. „Lance dachte daran, ob Sie Diego vielleicht nachher zurückbringen können."

Er sah auf seine Uhr. „In zwei Stunden habe ich eine Besprechung und heute Abend ist auch was."

„Ist schon gut. Dann komme ich wieder."

„Oder Sie könnten hierbleiben. Am Ende des Flures gibt es Kaffee und ein paar Stühle."

Sie sah in die Richtung, in die er zeigte. Sie hatte nichts Dringendes zu tun. Ihre Dissertation war plötzlich unwichtig und der Weg, den sie seit fünf Jahren verfolgte, nicht mehr der richtige.

„Lance piepst mich an, wenn Maria aufwacht. Ich wollte ein paar Telefonate erledigen, aber lieber unterhalte ich mich mit Ihnen."

Wieder spürte sie die Schwingungen zwischen ihnen. Ohne ein Kind in Not ließ seine Wachsamkeit nach, aber er hatte etwas Solides und Sicheres an sich, das ganz anders war als Erics Zweideutigkeit; Matts warmer, maßvoller Blick war nicht wie das erste, plötzliche Aufleuchten in Erics Augen vor dem Theater, in dem sie aufgetreten war; beide hatten ein zweites Mal hingesehen und es hatte sofort geknistert.

„Also …" Matt hob die Hände. „Könnten Sie sich einen miserablen Kaffee oder ein Brötchen aus der Cafeteria antun?"

Sie lächelte. „Na gut. Kaffee."

Sie gingen den Flur hinunter und näherten sich dem Wagen, auf dem zwei Edelstahlkannen und ein kleiner Stapel Styroporbecher standen. In der Ecke neben dem Fenster waren gepolsterte Stühle.

Matt schenkte zwei Becher ein. „Milchpulver? Zucker?“

„Beides.“ Sie sah aus dem Fenster. Es war Matts Beruf, sich ein Bild von anderen Menschen zu machen. Was sah er wohl in ihr?

„Möchten Sie sich setzen?“, fragte er sie, während er ihr den Becher reichte.

Sie nahm den Stuhl direkt neben dem Fenster. Er zog den anderen herum, sodass sie sich gegenübersaßen. „Geht es Ihnen gut? Ich weiß, dass ein Großteil der Säuglingspflege an Ihnen hängen geblieben ist.“

„Eigentlich nicht. Nur nachts.“

„Nächte mit einem weinenden Baby können eine Ewigkeit dauern.“

Ihr Herz zog sich zusammen „Woher wissen Sie das?“

Er zögerte, dann sagte er: „Mein Bruder. Akute Angstzustände.“

Sie nippte an ihrem Kaffee und zog eine Grimasse, bevor sie den Becher auf die Fensterbank stellte.

„Soll ich einen bei Starbucks bestellen?“

Sie lachte. „Ist schon in Ordnung.“ Sie faltete die Hände und sah, dass sein Blick zu ihren Handgelenken wanderte.

Sie drehte sie um und sah die Narben an. „Es ist keine sehr originelle Geschichte.“

Er sah sie an, ohne sie zu drängen, aber er hatte es verdient, die Wahrheit zu erfahren, wenn er daran glaubte, dass sie sich näherkommen konnten.

„Ich hatte mich in einen Mann und sein Baby verliebt. Wir waren vier Jahre zusammen, bevor er mich verließ.“

„Wer war er?“

„Er hieß Eric.“ Sie schluckte. „Seine Tochter Carly war sechs Monate alt, als wir uns kennenlernten, und viereinhalb, als er sie mir wegnahm und sich mit ihr aus dem Staub machte.“

„Wie alt ist sie jetzt?“

„Zehn. Im März wird sie elf.“ Sie blickte zum Fenster hinaus und ihre Seele war so trostlos wie der graue Schotter, der draußen zu sehen war. „Ich würde ihr gerne etwas schicken, aber ich weiß nicht, wo sie ist. Er drohte mir an, ich würde sie nie wiedersehen, und das habe ich auch nicht.“

„Was haben Sie denn getan, was so schlimm war?“

Sie schluckte den Kloß in ihrer Kehle hinunter. „Ich kam zwischen die beiden."

„Sie waren nicht verheiratet?"

„Nein. Ich nahm eine Stellung als Carlys Kindermädchen an und wohnte mit im Haus." Sie fuhr sich mit der Zunge über die Lippen. „Ich war erst zwanzig und glaubte, es gäbe nur Gutes in der Welt – in meiner Welt. Eric war ... golden. Carly wie ein Engel. Einmal habe ich sogar nachgesehen, ob sie vielleicht Flügel hat." Sie lächelte. Eric hatte damals gelacht und sie gefragt, ob sie welche gefunden habe. „Sie wachsen vielleicht erst später", hatte sie ihm erklärt und er hatte es nicht bezweifelt. Sie wussten beide, dass Carly etwas Besonderes war.

„Und dann wurde daraus mehr als eine Anstellung?"

Sie nickte. Im ersten Jahr hatten sie eine lockere, aber klar definierte berufliche Distanz gewahrt. Später war ihr bewusst geworden, dass er sie nicht nur angeleitet, sondern auch eingehend studiert hatte, und als er das anwendete, was er über ihre Neigungen und Hoffnungen erkannt hatte, fiel sie so tief, wie man nur fallen konnte.

„Was war mit Carlys Mutter?"

„Eric hat nur gesagt, sie sei gestorben. Er hat mir nicht erzählt, wie." Sie hatte früh gelernt, keine Fragen über das hinaus zu stellen, was er erzählen wollte. Aber er hatte jede Einzelheit ihres Lebens gekannt. Sein Nachbohren hatte sich wie Liebe angefühlt.

„Als er Carly nahm und verschwand, da ..." *Sie vermisste ich so sehr, dass es in jedem Teil meines Körpers schmerzte.* Sogar ihre Knochen hatten wehgetan. „Ich habe gewartet und gehofft, sie würden zurückkommen. Nach einer Weile konnte ich nicht mehr." Sie starrte aus dem Fenster. „Ich wollte nicht mehr weiterleben und hatte auch keine Kraft mehr. Meinem Leben ein Ende zu bereiten, schien so einfach zu sein."

Matts Stimme war leise. „Es kann sich so anfühlen."

„Meine Familie hat mich gefunden." Sofie würde sich selbst nie den Schmerz vergeben, den sie ihren Eltern zugefügt hatte. Aber sie machte alles wieder gut, Tag für Tag, indem sie einfach da war. „Es ist viel schwerer zu leben."

„Aber Sie tun es."

Sie wandte sich zu ihm um. „Das mussten Sie wissen, bevor Sie sich überlegen, ob aus uns etwas werden kann."

„Das denke ich immer noch." Er runzelte die Stirn, aber sein Blick wich ihrem keine Sekunde lang aus.

Sie lächelte grimmig. „Haben Sie eine masochistische Ader?"

„Ich erkenne etwas Gutes, wenn ich es sehe."

Sie lachte leise. „Ihre Geschichte muss genauso trostlos sein wie meine."

„Wieso glauben Sie, dass ich eine habe?"

„Sie geben Ihre Anwaltskarriere auf und werden Sozialarbeiter. Da hat man eine Geschichte."

Er starrte in seinen Becher, leerte ihn mit einem Zug und zerknüllte ihn. „Mein Vater war ein Tyrann. Wenn man sich gegen ihn zur Wehr setzte, verprügelte er einen aus Spaß. Und wenn man sich nicht wehrte, verprügelte er einen aus Wut." Er hob den Blick. „Was trotzdem bedeutete, dass er sich nicht zurückhielt."

„Welcher von beiden waren Sie?", fragte sie leise.

„Papas ganzer Stolz." Er fuhr mit der Zunge an der Innenseite seiner Zähne entlang. „Mein kleiner Bruder starb mit neun Jahren."

Ihr Atem stockte. „Er hat ihn umgebracht?"

„Wir waren draußen, als Dad vom Haus aus brüllte, wir sollten reinkommen. Ich wusste nicht, was wir diesmal verbrochen hatten, aber es war klar, dass irgendjemand es abbekommen würde. Ich sah meinen Bruder an und merkte, dass er sich in die Hose gemacht hatte. Damit war klar, dass er derjenige sein würde."

Er ballte die Fäuste. „Ich habe ihn angeschrien, er sei blöd. Habe ihn ein Baby genannt." Sein Gesicht war schmerzverzerrt. „Er hat mich mit Augen angesehen, die hundert Jahre alt waren. Dann ging er … und entfernte sich vom Haus."

„Ich habe ihm nachgerufen, zurückzukommen und ein Mann zu sein. Aber er ist immer weitergelaufen. Ich habe das Zugsignal gehört. Wir hatten immer Steine auf die Gleise geworfen, weil wir dachten, irgendwann würden wir den Zug zum Entgleisen bringen und ein spektakuläres Unglück erleben. Das Gebüsch am Rand der Gleise reichte uns beinahe bis zur Brust."

Sie streckte die Hand aus und berührte seinen Arm.

„Der Lokführer hat ihn nicht kommen sehen."

Sie hatte nicht etwas so Schreckliches erwartet, aber jetzt fragte sie sich, warum eigentlich nicht. Nur jemand, der am Abgrund gestanden hatte, konnte so in sie hineinsehen, wie er es tat. „Es tut mir furchtbar leid, Matt."

„Ich habe nie erfahren, warum mein Vater an diesem Tag so aufgebracht war."

Kapitel 11

Maria und ihr Baby öffneten die Augen im selben Moment, als hätten sie sich gegenseitig ein Signal gesendet – *ich bin hier*. Maria stieß einen leisen Schrei aus und streckte die Arme in einer Geste aus, die Lance nicht ignorieren konnte, obwohl Matt bei ihrer Zusammenführung hatte dabei sein wollen.

Maria begann zu weinen. „Er ist so kräftig." Sie streichelte den Kleinen, murmelte zärtliche Worte und strich ihm über die Wangen. „Sieh dir dieses Kinn an. Und die Grübchen." Sie küsste seine winzige Hand.

Lance drückte die Kurzwahltaste seines Handys, um Matt anzupiepsen. Die Entscheidung des Mannes, das hier zu unterstützen, war richtig gewesen. Wenn er die beiden zusammen sah, würde er keinen Zweifel mehr daran haben.

„Seine Haare stehen hoch." Maria lachte. „Und guck mal, wie er sich umsieht. Er will alles wissen."

„Du sprichst gut Englisch, Maria." Lance zog eine Augenbraue hoch.

Sie erwiderte seine Stichelei mit einem verlegenen Grinsen. „Weil ich hier zur Schule gehen wollte."

„Was ist passiert?"

„Mein Onkel hat gelogen." Eine Wolke aus Kummer und Wut verdüsterte ihre Miene.

Lance beugte sich näher. „Ist er Diegos Vater?"

Sie schüttelte den Kopf und biss die Zähne zusammen. „Die anderen. Wer am meisten bezahlte."

Lance kochte vor Wut. Ihr Onkel hatte ihr eine amerikanische Ausbildung versprochen und sie stattdessen prostituiert?

„Er sagte, die Schule würde mich nicht nehmen, deshalb sollte ich putzen und kochen. Ich wollte nach Hause, aber er sagte Nein." Als er den Ausdruck in ihrem Gesicht sah, hätte er heulen können. „Dann fingen sie an, mich mitten in der Nacht aufzuwecken." Ihre Stimme brach. „Ich habe mich gewehrt. Aber irgendwann war es dann egal. Ich konnte nicht mehr nach Hause."

Darum würde er sich kümmern. Höchstwahrscheinlich hatte man

ihr viel erzählt, was nicht stimmte, damit sie den Mund hielt und sich keine Hoffnungen machte.

„Ich war so wütend." Sie betrachtete das Baby. „Ich wollte, dass er stirbt. Damals, als ich ihn sah, war ich froh, dass er nicht atmete. Ich habe angefangen zu schreien, aber als du kamst und ihn hochgenommen hast …" Sie zog Diego an sich. *„El amor me demandó."*

Die Liebe hatte sie überwältigt. Lance spürte einen Kloß in seiner Kehle. Er wusste immer noch nicht, wie das alles hatte geschehen können. Aber Gott hatte ihn als sein Werkzeug gebraucht.

Sie sah ihn mit Tränen in den Augen an. „Du bist ein ganz besonderer Mensch, ein Heiliger."

Das würde Pop sicher gefallen. „Nein, Maria. Dass dein Baby zu atmen begonnen hat, das hat Gott getan. *¿Comprendes?*"

„Sí." Aber ihr Gesicht leuchtete immer noch.

Er hörte ein Geräusch und drehte sich um. Sofie und Matt standen in der Tür. Er war sich nicht sicher, wie lange sie dort schon standen und was sie gehört hatten. Er hatte sich ganz auf Maria konzentriert.

Matt trat neben sie. „Geht es Ihnen besser, Maria?"

Sie nickte. Ihre Arme schlossen sich um Diego.

Matt sagte: „Ich möchte das Beste für Diego tun, Maria. Und Cassinia das Beste für Sie. Damit wir das tun können, müssen wir Ihre Familie finden."

Panik kehrte in ihren Blick zurück. Ihr Atem ging keuchend und flach. „Meine Mutter wollte nicht, dass ich hierherkomme. Sie sagte, meine Schule sei gut. Mein Zuhause sei gut. Aber …" Ein Schluchzen entwich ihrer Kehle. „Ich wollte nicht auf sie hören."

Matt sagte. „Sie hatten ja auch keinen Grund, Ihrem Onkel zu misstrauen."

Sie drückte Diego noch fester an sich. „Sie dürfen mir mein Baby nicht wegnehmen."

Lance legte eine Hand auf ihren Arm. „Niemand nimmt dir dein Baby weg."

Matt widersprach ihm zwar nicht, aber er stimmte auch nicht zu. „Wir müssen so entscheiden, wie es für Diego am besten ist. Er ist ein Bürger dieses Landes und ich trage die Verantwortung für ihn."

„Aber er muss doch nicht hierbleiben. Er kann nach Hause … mit mir, oder nicht?"

„Ist es das, was Sie wollen?"

„Ja." Aber sie ließ den Kopf hängen.

Lance sah sie von der Seite an. „Maria?"

Sie murmelte: „Ich will schon, aber … *mi mamá* will mich vielleicht nicht mehr."

Diego gähnte und reckte sich und fing dann an, mit den Lippen saugende Bewegungen zu machen. Als sie ihm nicht die Brust gab, fing er an zu quengeln.

Maria blickte erschrocken auf. „Ich habe keine Milch." Es war nicht nur das Feststellen einer Tatsache, sondern zugleich Ausdruck ihrer Schande und ihres Versagens und ihrer Reue, alles nicht ihre Schuld. Sie war unter übelsten Bedingungen unglaublich mutig und selbstlos gewesen.

Sofie holte eine Flasche mit Milchpulver aus der Wickeltasche. „Es dauert nur eine Minute, bis ich sie fertig habe." Sie ging hinaus, wahrscheinlich ins Schwesternzimmer, um die Flasche mit Wasser zu füllen und aufzuwärmen.

Das Quengeln des Babys wurde zu einem durchdringenden Schreien. Da Maria sich noch schonen musste, nahm Lance den Kleinen auf den Arm und ging in dem kleinen Zimmer mit ihm auf und ab, bis Sofie zurückkam. Dann gab er den Säugling zurück und half Maria mit dem Fläschchen. Diego umschloss den Sauger mit den Lippen und trank so gierig, als hätte er seit einer Woche nichts mehr zu essen bekommen.

Sofie legte eine Windel über Marias Schulter. „Wenn du versuchst eine Pumpe an deine Brust anzulegen, könnte deine Milch zurückkommen."

„Ja?" Maria zog hoffnungsvoll die Augenbrauen hoch.

Matt schüttelte den Kopf. „Das ist keine gute Idee. Es ist noch nichts entschieden."

„Habe ich die Wahl?", sagte Maria. „Ob ich Diego behalte?"

„Im Grunde schon, wenn Fürsorge und Sicherheit gewährleistet sind. Aber es sind eine Menge Faktoren zu berücksichtigen."

Müde sank sie auf ihr Kissen zurück. Diego hatte die Flasche zur Hälfte geleert und saugte jetzt nicht mehr so heftig.

Lance nickte in Richtung Tür. „Können wir den beiden ein paar Minuten allein geben?" Er spürte Marias Bedürfnis, die Beziehung zu dem Kind, das sie ausgetragen und in den ersten sechs Tagen seines Lebens gestillt hatte, wiederherzustellen. Sie war ebenso lange ohne ihn gewesen, wie sie ihn bei sich gehabt hatte, und der Verlust dieser kostbaren Tage schmerzte offenbar mehr, als sie zugeben wollte.

Er folgte Matt und Sofie auf den Gang hinaus, während sie das Thema gleich aufgriff. „Warum willst du denn nicht, dass sie eine Bindung stärkt, die für die beiden so gesund ist?"

Matt sah sie an. „Unter normalen Umständen wäre ich sofort dafür. Aber wir hatten noch nicht die Gelegenheit zu sehen, wie stabil sie ist. Und wir wissen auch noch nicht, warum sie ihn zurückgelassen hat. Egal welche Gründe sie hatte ..." Er hob die Hand, als Sofie ihn unterbrechen wollte. „So nobel sie auch sein mögen, sie hat ihr Baby verlassen, ohne zu wissen, ob es in Sicherheit oder gut versorgt sein würde."

„Sie wusste es. Sie war eine Woche lang bei meinem Bruder."

Matt zog die Augenbrauen hoch und Sofie musste gestehen, dass das nicht gerade ein gutes Argument war.

„Ich habe eine Verantwortung gegenüber Diego Espinoza. Vielleicht ist es das Beste für ihn, wenn seine Mutter wieder das Sorgerecht erhält, aber diese Entscheidung ist noch nicht gefallen. Wir können nicht einfach davon ausgehen und so tun, als gäbe es keine Komplikationen."

„Sie haben sie gehört, Matt. Sie will den Kleinen mit nach Hause nehmen."

„An einem guten Tag. Und wir wissen nicht, ob sie überhaupt wieder nach Hause kann. Was ist, wenn er der Grund dafür ist, dass sie es nicht kann? Würde sie ihn dann wieder im Stich lassen? Oder etwas noch Schlimmeres tun?"

Lance stemmte die Hände in die Hüften. „Wenn Marias Familie sie nicht aufnimmt, kann sie bei uns bleiben. Sie hat dieses Baby nicht freiwillig bei uns gelassen. Sie dachte, sie würde ihren Sohn dadurch beschützen. Und das nach allem, was diese Leute getan hatten? Das sagt doch eine Menge."

Matt nickte. „Wir brauchen Zeit, um alles zu berücksichtigen – auch Marias Misshandlung, wenn wir darüber Klarheit haben. Die Tatsache, dass sie zu ihnen zurückgegangen ist, macht das Ganze undurchsichtig."

„Sie hatte keine Wahl", schaltete Sofie sich ein. „Du hast doch gehört, was Elaine gesagt hat. Die müssen sie beobachtet haben. Sie haben sie abgeholt."

Matt betrachtete Sofie. „Aber verbal hat sie das Baby aufgegeben, *bevor* diese Kerle sie geholt haben. Ich sage ja nicht, dass sie ihre Meinung nicht geändert hat oder dass sie nicht geglaubt hat, den Kleinen aufgeben zu müssen. Gebt mir Zeit, die Sache aufzuklären."

Sie schlang die Arme um ihren Oberkörper. „Sie hat schon so viel Zeit mit ihm verloren."

„Ich tue ja alles, um das Verfahren zu beschleunigen. Aber Cassinia wird feststellen, ob es für Maria das Beste ist, die Verantwortung zu übernehmen, und was für ihr Wohlergehen nötig ist."

Lance sagte: „Wir wollen doch alle das Beste für die beiden."

„Im Moment bedeutet das, dass wir den Status quo beibehalten, bis wir alle Fakten haben, die wir brauchen", sagte Matt. „Kannst du den Kleinen mit nach Hause nehmen, sobald er gefüttert ist, Sofie?"

Sie gab nach. „Also gut. Aber je eher Maria versucht, ihre Milchproduktion wieder anzuregen, desto besser für sie beide."

Er sah auf die Uhr. „Ich werde dazu nicht mein Einverständnis geben, bevor wir wissen, dass sie zusammenbleiben können. Sie befindet sich gerade auf einer emotionalen Achterbahnfahrt." Er sah die Geschwister an. „Sie hat selbst gesagt, dass sie sich eigentlich seinen Tod gewünscht hat."

Lance wünschte sich, Matt hätte das nicht gehört, vor allem da er nicht daran glaubte, dass etwas Entscheidendes mit ihr oder dem Baby geschehen war, etwas so Grundlegendes, dass sie ihre Meinung geändert hatte.

„Ich muss los." Matt wandte sich an Sofie und jetzt klang sein Tonfall weicher. „Wir sprechen uns?"

Aha. Die Röte in ihren Wangen lag also nicht an ihrer Meinungsverschiedenheit.

Sie nickte. Und einen Augenblick lang, während er davoneilte, wirkte sie ein wenig melancholisch. Aber als sie hineinging, um Diego zu holen, sagte sie zu Maria: „Frag eine Krankenschwester, damit sie dir mit der Pumpe hilft."

Als sie Lance' fragenden Blick sah, sagte sie: „Das bedeutet nicht, dass sie ihn stillt. Jedenfalls noch nicht."

Matt zog das Jackett über sein sorgfältig gebügeltes Anzughemd und versuchte, nicht über Ryans Bemerkungen nachzudenken. Das Letzte, was er gebrauchen konnte, war Becca, die ihn als Lückenbüßer benutzte. Es war unwahrscheinlich, weil Ryan besser aussah, witziger war und extravagante Geschenke machte, auch wenn er sie sich nicht leisten konnte. Aber vielleicht wollte Becca ihm eins auswischen. Sie war groß im Lektionen-Erteilen. Siehst du, Ryan, wenn du dich verhalten hättest wie Matt …

Er runzelte die Stirn. Vielleicht hätte er Nein sagen sollen. Aber Becca litt auch. Und dass sie nicht angebaggert werden wollte, sagte auch etwas aus. Sie war noch nicht so weit, einen Schnitt zu machen, obwohl sie es behauptete. Sie und Ryan waren zwei Jahre lang ein Paar gewesen und seit einigen Monaten verlobt. Er konnte sie sich gar nicht getrennt vorstellen. In seiner Vorstellung gehörten sie zusammen.

Er überprüfte den Knoten seiner Krawatte und ging, um Becca abzuholen. Von dem Augenblick an, als sie in den Wagen stieg, plapperte sie mit einer nervösen Fröhlichkeit, die merkwürdig schien, da sie sich schon so lange kannten. „Was ist los, Bec? Hat dir jemand was in den Tee getan?"

„Ich war seit Jahren nicht mehr ohne Ryan bei so einer Veranstaltung."

„Ich bin's doch nur."

Das beruhigte ihre Nerven ein wenig, aber sie starrte ihn offen an. „Du solltest nicht *nur* sagen. Du bist nicht einfach *nur* irgendetwas."

„Ich meine, wir waren doch schon öfter zusammen aus."

„Aber nicht so. Nicht ohne Ryan zumindest symbolisch mit dabeizuhaben, wenn auch nicht körperlich anwesend."

Nur dass in seiner Vorstellung Ryan wie ein Gespenst jede seiner Bewegungen beobachtete. „Dir geht's also gut?"

„Mehr als gut. Mir geht es bestens. So gut wie noch nie."

„Jemand hat dir definitiv etwas in den Tee getan."

Sie lachte ein bisschen nervös. „Mir wird es gut gehen. Das ist mein Ernst."

„Dann ist ja gut."

Als sie beim MacArthur Place ankamen, dem eleganten und historischen Hotel, das für diese Veranstaltung ausgewählt worden war, hatte sie sich etwas beruhigt. Sie zog ihren Mantel aus und er sah, dass sie tatsächlich etwas Blaues trug, aber es war ein marineblaues Etuikleid, eine Mischung aus sexy und professionell.

„Du siehst gut aus."

„Findest du?"

Sie hatte die gleiche Lebhaftigkeit an sich, die so typisch für Ryan war. Ihre blauen Augen wurden durch getönte Kontaktlinsen noch unterstrichen und ihr Lippenstift war pink und glänzend. Man bemerkte kaum, dass ihre Nase ein wenig nach oben ging und etwas schief war, dass ihre Hüften in die Breite gehen würden, wenn sie älter wurde, oder dass sie unaufhörlich redete, nachdem ihre Nervosität zurückgekehrt war. Es würde ein langer Abend werden.

„Danke, dass du mitgekommen bist, Matt. Ich wollte kein Futter für die Haie sein."

Die Männer, die ohne Ehering gekommen waren, sahen wirklich aus, als wären sie auf Beute aus, aber das gehörte zu dem Vertriebsimage. Und Becca war nicht gerade ein Mauerblümchen. Seine Anwesenheit machte ihre Trennung von Ryan öffentlich, zeigte aber zugleich allen, dass sie nicht die Absicht hatte zu trauern. Sie ließ sich nichts anmerken, obwohl Matt vermutete, dass sie hinter der Fassade unsicher war.

Bescheiden nahm sie ihren Preis in Empfang, musste aber die Sache am Laufen halten. Wenn sie es konnte, warum gelang es Ryan dann nicht? Sie stieg die Erfolgsleiter hinauf, während er so wenig wie möglich tat und trotzdem auf mehr Anerkennung und Vergünstigungen aus war, als er verdiente.

„Herzlichen Glückwunsch." Er gab ihr einen Kuss auf die Wange, als sie sich wieder neben ihn setzte. „Du hast ihn verdient."

„Danke." Ihre Augen leuchteten. „Danke, dass du hier bist."

Er drückte ihr die Hand und dachte daran, wie gerne Ryan hier gewesen wäre. Vielleicht war dies der Tritt in den Allerwertesten, den Ryan brauchte, aber es war ein flaues Gefühl im Magen, wie sauer gewordene Milch. „Bec … Ryan wollte wirklich ..."

„Nicht." Sie hob eine Hand. „Können wir einen Abend lang mal nicht von ihm sprechen?"

Er erinnerte sie nicht daran, dass sie es gewesen war, die mit Ryans Namen um sich warf wie mit Konfetti. Er wünschte, er hätte eine Antwort, aber Ryan löste in ihm die gleiche Hilflosigkeit aus, die er gegenüber seinem Bruder Jacky empfunden hatte. Wie konnte er jemanden stark machen? Wie konnte er denen einen Überlebenswillen vermitteln, die für den Untergang bestimmt waren?

Sie schob ihre Hand in seine. „Es ist so, als wäre ich mit meinem großen Bruder aus."

Gut. Das war genau das, was er wollte.

„Du warst immer für mich da." Tränen glänzten in ihren Augen. „Ein guter – nein, ein wundervoller Freund."

Er wand sich und hoffte, sie würde nicht versuchen, etwas daran zu ändern.

„Ich will dir nur sagen, dass ich nicht wieder mit Ryan zusammenkommen werde."

Das Zugsignal ertönte und Ryan lief blindlings durch das Gebüsch. Matts Kehle war wie zugeschnürt. „Es ist erst zwei Wochen her."

„Ich hätte nicht Schluss gemacht, wenn ich nicht sicher gewesen wäre. Kannst du also bitte aufhören zu versuchen, unsere Beziehung zu kitten?"

Er nickte.

„Gut." Sie nahm ihren Wein und trank.

Die Preisverleihung zog sich unerträglich lange hin, aber er klatschte und lachte über die lahmen Witze und lächelte über die Anekdoten, die Becca ihm über ihre Kollegen erzählte. Die Frauen an ihrem Tisch fragten, wo sie ihn versteckt hätte, und er zuckte zusammen, als sie antwortete: „Hinter Ryan." Sie alle schienen ihre Entscheidung, sich von Ryan zu trennen, gutzuheißen. Wenn er im Alter von zweiunddreißig Jahren noch keine Beständigkeit erreicht hatte, würde er es jemals tun?

Wenn er nach seiner Arbeit gefragt wurde, antwortete Matt, ein Großteil davon sei banal und mühsam. Er sagte nicht, dass es besser war, als achtzehn Stunden am Tag Politiker zu verteidigen und sich ekelig schleimig zu fühlen, wenn man anschließend schlaflos ins Bett fiel. Oder dass die Gesichter, die jetzt in seinen Träumen auftauchten, seine Aufmerksamkeit verdienten. Oder, was am wichtigsten war, dass sein Vater sich nicht mehr mit Matthew, dem ach so wichtigen Anwalt, brüstete.

Als die Veranstaltung zu Ende war, brachte er Becca heim und fuhr dann nach Hause, in der Hoffnung, dass Ryan die Selbstachtung besaß, nicht über den heutigen Abend zu diskutieren. Aber er saß mit einer Flasche Whisky in der dunklen Küche und hatte Bauchschmerzen.

Er hob seinen trüben Blick. „Und, wie war es?“

„Langweilig.“

„Habt ihr über mich gesprochen?“ Seine Miene war so leicht zu durchschauen, dass es wehtat.

„Wir haben versucht, es zu vermeiden.“

„Gibt es eine Chance? Habe ich eine Chance?“

Er setzte sich und seufzte. „Sie sagt, dass sie nicht mehr will. Sie will einen Schlussstrich ziehen.“

Ryan rieb sich das Gesicht mit beiden Händen. „Vielleicht, wenn ich eine bessere Arbeit hätte oder ein größeres Auto.“

„Deine Arbeit ist völlig in Ordnung, wenn du sie machst, und Becca ist es egal, was für ein Auto du fährst. Du gibst einfach nicht gerade dein Bestes, Ryan.“

„Was ist, wenn doch? Was ist, wenn das alles ist, was ich kann?“

„Dann such dir jemanden, der nicht so hohe Erwartungen hat.“

„Das ist alles, was du dazu zu sagen hast?“

Er schüttelte den Kopf. „Ich könnte eine Menge sagen. Aber du hattest drei Jahre Zeit, um etwas aus dir zu machen. Wenn Becca dir so viel bedeutet, wie du immer behauptet hast, warum hast du dir dann nicht mehr Mühe gegeben?“ Er stützte sich mit beiden Händen auf den Tisch. „Mit deinem guten Aussehen und deinem Humor kannst du auch nicht alles reißen. Irgendwann musst du ernst machen.“

„Wie du?“ Ryan warf ihm einen düsteren Blick zu. „Du bist so ernst wie ein Zugunglück.“

Es musste der Alkohol sein. Nur die Menge Whisky, die Ryan getrunken hatte, würde ihn dazu bringen, etwas so gedankenlos Grausames zu sagen. Matt stand auf, ging in sein Zimmer und schloss die Tür hinter sich. Er hatte nicht gewusst, dass Jacky auf die Gleise laufen würde; wie hätte er das auch wissen sollen? Plötzlich brannten Tränen in seinen Augen.

Schon seit Jahren hatte er nicht mehr so viel an Jacky gedacht. Dass er Sofie davon erzählt hatte, war der Auslöser gewesen. Was wäre gewesen, wenn er Jacky geraten hätte, sich zu verstecken, und wenn er an seiner Stelle reingegangen wäre? Eine Tracht Prügel hätte er überstanden, aber das … Es hörte niemals auf. Leise fluchte er.

Ryan klopfte an die Tür. „Matt?“

„Verschwinde, Ryan.“

Aber Ryan kam herein. „Es tut mir leid, Mann. Ich habe nicht darüber nachgedacht, was ich gesagt habe."

„Ich habe gesagt, du sollst verschwinden!"

Ryan rutschte an der Wand hinunter und landete mit einem dumpfen Aufprall auf dem Boden. „Ich habe es nicht so gemeint. Ich bin völlig durch den Wind. Ich hätte die Flasche nicht anrühren sollen. Und Bec … Ich weiß so gar nicht, was ich tun soll." Er kauerte auf dem Boden. „Ich bin ein totaler Versager."

„Das bist du nicht." Matt setzte sich ihm gegenüber auf den Fußboden und lehnte sich mit dem Rücken an das Bett.

„Was soll ich denn machen?"

Er seufzte. „Du wirst im Gästezimmer deinen Rausch ausschlafen, morgen früh mit Kopfschmerzen aufwachen und dem nächsten Tag ins Auge sehen."

„Dem Tag ins Auge sehen? Wie?"

„So wie wir alle." Matt legte den Kopf in den Nacken und erinnerte sich an all die Gelegenheiten, bei denen er hatte weglaufen, aufgeben, nachgeben wollen. Und an Dad, der damit geprahlt hatte: *„Unser Matty gibt nicht auf."* Und er hatte aufgeben wollen, nur um dieses stolze Grinsen aus seinem Gesicht zu wischen. Aber er hatte nicht das Zeug dazu. Er stellte sich dem täglichen Überlebenskampf und machte weiter und weiter und weiter.

Kapitel 12

Er hatte gehofft, das wäre das Ende der Diskussion, aber Ryan sprach immer weiter. Es dauerte Stunden, bis er schließlich auf dem Gästebett einschlief. Matt ging nach draußen und lief den Gehweg entlang. Der Nebel kühlte seine Wangen, während er lief, die Hände in den Taschen, einen frustrierten Schritt nach dem anderen. Jacky hatte er an einem sicheren Ort verstaut, ganz tief in seinem Inneren, aber die Gedanken an ihn kamen immer wieder hoch, sodass es ihn regelrecht schmerzte.

Matt lief schneller durch die Dunkelheit, als hinge Jacky immer noch an seinen Fersen. „Wohin gehst du, Matt? Kann ich mitkommen?" Zerrissene Wolken zogen über ihm dahin und löschten Sterne und Mond aus. Schließlich blieb er stehen und blickte hinauf. Es war spät – oder früh. Er betätigte die Beleuchtung seiner Armbanduhr. 4.32 Uhr. Aber im Haus war Licht. Nächte mit einem Säugling. Er blickte zum Fenster hinauf, sah, wie ein Schatten daran vorüberging, stehen blieb und dann zu einer schärferen Silhouette wurde, als die Gardine zur Seite geschoben wurde.

Idiot. Wie war er nur vor diesem Haus gelandet? Er musste beinahe fünf Kilometer gelaufen sein, um dorthin zu gelangen, und jetzt konnte er sich nicht von der Stelle rühren. Wenige Minuten später öffnete sich die Tür. In Pullover und weichen Flanellhosen kam Sofie die Auffahrt hinunter und blieb an dem hüfthohen schmiedeeisernen Tor stehen. „Was machst du denn hier?"

Er schluckte. „Spazieren gehen."

„Im Anzug?"

Er blickte an sich herunter. „Ja."

„Bist du in Ordnung?"

Er hob die Hände. „Ich weiß nicht so recht."

Bereitwillig öffnete sie das Tor und er trat ein. Sie setzten sich auf die Treppe. Dabei betrachtete er seine teuren Kalbslederschuhe. Nicht gerade Laufschuhe. Nicht einmal seine Krawatte hatte er gelockert. „Das sieht wahrscheinlich so aus …"

„Als wolltest du reden?"

Nervös fuhr er sich durchs Haar. „Vielleicht. Nicht bewusst jedenfalls.“ Hatte er vorgehabt, sie zu finden, ihr noch mehr sein Herz auszuschütten und damit genug Druck loszuwerden? Hatte er jemanden aufgesucht, der einen gescheiterten Suizidversuch hinter sich hatte und nun verstehen konnte, was niemand sonst verstand, und eine Art Absolution erteilen konnte, die niemand sonst ihm geben würde? „Das Reden hat offenbar eine Mauer durchbrochen und jetzt strömt alles heraus.“

„Man nennt das Katharsis.“

„Normalerweise bin ich bei so was der Zuhörer.“ Er dachte an all die Menschen wie Ryan, die ihre Probleme auf seinen breiten Schultern abluden, als wäre er ein Packesel.

„Was wolltest du mir denn sagen?“

„Ich weiß nicht. Vielleicht, dass ich nicht immer gemein zu Jacky war, wenn es so geklungen hat. Nur wenn ich Angst hatte – vor allem um ihn. Ich weiß, das ergibt keinen Sinn.“

„Emotionen sind nicht immer direkt mit unserer Vernunft verbunden.“

Wie recht sie hatte. Er hatte ständig mit Menschen zu tun, deren Gefühle den Verstand überwältigt hatten. Aber bei sich selbst wollte er das nicht wahrhaben. Doch anscheinend konnte er nicht aufhören, es Sofie zu zeigen. „Die Leute haben Jacky schikaniert und er wusste nicht, wie er sich wehren sollte, also habe ich ihn mit mir und meinen Freunden abhängen lassen. Auch wenn sie maulten, habe ich ihm erlaubt zu bleiben. Wenn sie ihn zu sehr hänselten, habe ich sie dazu gebracht aufzuhören. Aber es war nie genug. Er erwartete von mir immer, dass ich noch mehr für ihn tat.“

„Wie viel Jahre warst du älter?“

„Fast drei Jahre. Aber der Altersunterschied wirkte noch größer. Er kam nach meiner Mutter, die zierlich und blond ist.“ Dabei schüttelte er den Kopf. „Ich meine, so ist das mit der Genetik nun mal. Als Dad eine blasse kleine Frau geheiratet hat, war ihm da nicht bewusst, dass diese Eigenschaften sich irgendwo zeigen würden?“

Wie wäre es wohl gewesen, wenn es genau umgekehrt gewesen wäre – er der Kleine, aber ansonsten er selbst, und Jacky mit der Statur seines Vaters? „Seine Arme waren so dünn wie Zweige. Selbst mit neun Jahren noch. Und er aß nicht gut, wahrscheinlich weil er ständig Angst hatte. Nachts in unserem Zimmer kam er an mein Bett geschlichen, um mich atmen zu hören. Ich habe ihm dann immer gesagt, er solle zurückgehen, bevor die Ungeheuer seine Füße anknabberten, aber ich meinte, bevor jemand ihn hörte. Hätte Dad gewusst, dass er sich im Dunkeln fürchtete …" Er runzelte die Stirn. „Ich wollte ihn abhärten, um nicht …"

„Sein Beschützer sein zu müssen?"

„Solche Angst zu haben." Er schluckte. „Ich wusste, was ich aushalten konnte. Aber Jacky war wie ein junger Hund, der so sehr versuchte, den anderen zu gefallen, dass am Ende alle genervt waren. Und ich hatte keine Kontrolle darüber. Ich hatte gelernt, für mich zu sorgen, aber ich wusste nicht, wie ich auch noch für ihn sorgen sollte." Er vergrub das Gesicht in seinen Händen. „Und am Ende konnte ich es auch nicht."

Voller Mitgefühl legte sie eine Hand auf seine Schulter. Trotz Anzugjacke und Hemd spürte er jeden einzelnen Finger von ihr. Warum hatte er ihr die Hässlichkeit in seinem Innern gezeigt? War das vielleicht eine Art, eine Beziehung anzufangen? Er wandte den Kopf um. Die Straßenlaterne spendete genügend Licht, um ihre Züge zu beleuchten, aber ihre Augen lagen im Schatten. Unmöglich zu sehen, was sie dachte oder fühlte, aber ihre Berührung war sein Verderben. Er legte einen Arm um ihre Taille, beugte sich zu ihr und fand ihre Lippen.

Ihr Mund war weich und warm. Sein Kuss wurde intensiver, so wie er es sich gewünscht hatte, seit er sie zum ersten Mal gesehen hatte. Dann, ohne Vorwarnung, überwältigte ihn plötzlich der Kummer, ein Kummer und Verlust und die Angst, dass er in all den Jahren etwas hätte tun sollen, etwas anderes, mehr. Ihm wurde erst bewusst, dass die Tränen über seine Wangen strömten, als sie ihre Hand auf sein Gesicht legte und seinen Kopf an ihre Schulter zog.

Er schloss sie in die Arme und weinte leise vor sich hin. Als die Tränen nachließen, küsste er ihren Hals, ihre Haare, ihr Ohrläppchen, ihre Wange. Er umfasste ihr Gesicht mit beiden Händen und küsste sie, während er spürte, dass sein Leben sich veränderte. Jacky war tot, aber *er* war am Leben. Matt wollte leben.

Er lehnte seine Stirn an ihre. „Ich benehme mich unmöglich."

Fest drückte sie seine Hand. „Du musstest es rauslassen." Inzwischen hatte die Dämmerung die Dunkelheit genug erhellt, um ihre Ernsthaftigkeit deutlich zu machen.

„Ich hatte nicht vor, hierherzukommen."

„Das Ergebnis lässt etwas anderes vermuten."

„Was meinst du?"

„Du bist hier."

Er lachte kurz. „Macht es dir etwas aus?"

„Nicht allzu viel." Sie zog einen Mundwinkel hoch.

Da dies der richtige Zeitpunkt für Ehrlichkeit zu sein schien, sagte er: „Ich muss immerzu an dich denken." Die ganze Zeit, als er mit Becca aus gewesen war, hatte er die Gedanken an Sofie verdrängt, an das, was sie ihm erzählt hatte, daran, wie sie aussah und klang, als sie es ihm erzählte. Wie gerne er ihre Situation geändert hätte.

„Du weißt nicht mal genug, um dich eine Stunde mit mir zu beschäftigen."

„Ich denke an all das, was ich nicht weiß." Alles, was er wissen wollte. Er schüttelte den Kopf. Er musste schlafen. Musste aufhören zu reden. „Ich mache mich zum Narren."

„Wann warst denn du das letzte Mal spontan und bist deinem Instinkt gefolgt?"

„Ich verlasse mich meistens auf meinen Instinkt."

„Was andere betrifft."

Er seufzte. „Ich sollte Diegos Fall abgeben."

„Das kannst du nicht." Sie zog sich zurück.

„Ich bin nicht mehr unparteiisch."

„Du weißt, was er braucht."

„Ich will, dass du ihn bekommst."

Sie setzte sich mit einem Ruck auf. „Wie bitte?"

Seine Bemerkung war ausgesprochen unethisch und die ganze Situation ein einziger Interessenkonflikt, aber er nahm seine Aussage nicht zurück. „Im Umgang mit ihm bist du einfach wunderbar – stark, klug, fürsorglich, liebevoll. Du hättest Carly nicht verlieren dürfen. Wo auch immer sie ist, ohne dich ist sie schlimmer dran." Er wollte nicht, dass das Loch in ihrem Leben so klaffte wie in seinem.

„Matt." Sie packte ihn bei den Schultern. „Maria braucht ihren Sohn und er braucht sie. Ich habe nichts damit zu tun."

Nachdenklich ließ er ihre Worte auf sich wirken. Seine Vernunft rang mit dem, was seine Gedanken beherrschte; dem aufwallenden Kummer, dem Schlafmangel, mit zu vielen Problemen anderer Leute und vor allem mit Sofie selbst. Er ließ den Kopf in seine Hand sinken, den Ellbogen aufs Knie gestützt. Ein Geräusch ließ ihn aufblicken. Lance kam hinter dem Haus hervor und schob ein Motorrad.

Matt starrte ihn an. „Dein Bruder fährt eine Harley?"

„Mhm."

„Ist das nicht ..." Er wollte nicht noch einmal Lance' Männlichkeit infrage stellen. Und was machte überhaupt einen Mann aus? „Wo will er denn so früh morgens hin?"

„In die Kirche."

„Aber es ist nicht Sonntag."

Sie lächelte nur.

Am Ende der Auffahrt bemerkte Lance die beiden. „Sof?"

„Alles in Ordnung. Ich sitze hier mit Matt."

Matt machte sich bereit zu erklären, was er im Morgengrauen hier auf der Treppe mit Sofie tat, aber Lance fragte gar nicht, sondern schob das Motorrad auf die Straße und ließ den Motor an. Während das Motorengeräusch leiser wurde, richtete Matt sich auf. „Ich sollte jetzt besser gehen."

„Ich fahre dich." Entschlossen stand sie auf und zog ihn hoch.

„Ist schon in Ordnung." Er wollte nicht, dass sie sah, wie weit er gelaufen war.

„Komm schon, Matt. Du bist bestimmt völlig erschöpft."

Er verschränkte seine Finger mit ihren. „Wenn du mich nach Hause bringst, will ich sicher meinen Instinkten folgen." Ihre Finger zwischen seinen, führte er ihren Arm hinter ihren Rücken. Er spürte ihren Herzschlag, als er sie küsste, bis er sich eingeprägt hatte, wie sie sich anfühlte und schmeckte, sodass er es festhalten konnte, wenn sein gesunder Menschenverstand sich wieder meldete und ihm einen Tritt versetzte. „Ich muss los."

Ihre Hände glitten auseinander, als er eine Stufe nach der anderen hinunterstieg. Sie stand auf der Veranda, während er durch das Tor ging. Fünf Kilometer Laufen war vielleicht nicht einmal genug.

Sofie zitterte. Matt war in der Nacht wie ein verwundeter Bär zu dem Ort gekommen, an dem er Zuflucht und Heilung spürte, und hatte wahrscheinlich erst hier gemerkt, dass seine Schutzmauer durchbrochen worden war. Sie wusste, wie sich dieses Bedürfnis anschleichen konnte, wie es einen zu verrückten Gedanken und Taten verleitete, sodass man Dinge tat, die man normalerweise nie tun würde. Er hatte einen sicheren Ort für seine Trauer gebraucht und seine Verletzlichkeit hatte sich vertraut angefühlt. Er war seinem Instinkt gefolgt. Wenn Lance sie nicht gesehen hätte, hätte sie es für sich behalten. Jetzt würde sie eine Erklärung liefern müssen, aber wie viel sollte sie preisgeben?

Nichts von Matts Geschichte. Und auch nichts von den Gefühlen, die er in ihr geweckt hatte. Ganz sicher nichts davon, dass seine Berührung, seine Lippen eine erschreckende Reaktion ausgelöst hatten. *Herr.* Lance brauchte nur zu wissen, dass alles in Ordnung war. Es ging ihr gut; sie konnte die Sache mit Matt verkraften, ohne sich zu … übernehmen, sich wieder zu verlieren, den Boden wieder aufzugeben, den sie gewonnen hatte. Es war nicht dasselbe. Matt und Eric waren so unterschiedlich, wie zwei Menschen es nur sein konnten. Sie ließ das Geländer der Veranda los und ging hinein.

Elaine saß oben auf der Treppe und zog ihr Nachthemd straff über Knie und Füße. „Diese Tageszeit mochte ich schon immer. Bevor die Sonne aufgeht."

„Ich auch." Sofie lächelte und stieg die ersten Stufen hinauf. Es war ein rührendes Geschenk, wenn der Nebel um Rese' Mutter sich lichtete. Sie wünschte, dass dieser Zustand andauern könnte, dass es einen Schlüssel gäbe, der die Türen des Verstandes öffnete, die zugeschlagen waren, und diejenigen verschloss, die das Chaos einließen.

Für Rese musste es schwer sein. Wie lieb von ihr, dass sie ihrer Mutter ein Zuhause bot – und wie freundlich von Star, dass sie ihr Gesellschaft leistete. Aber andererseits hatte Star hier Zuflucht und Sinn gefunden. Es war kein Wunder, dass sie Angst vor einer Veränderung hatte. Sie alle, sogar Rese, waren Flüchtlinge in den Gezeiten des Lebens. Wanderer, miteinander verbunden durch ein dünnes Band, so trügerisch fest wie gebranntes Glas. Sofie setzte sich neben Elaine, die auf das lange schmale Fenster über der Tür starrte, durch das die erste Morgenröte drang.

Elaine beobachtete, wie der Himmel sich rosa verfärbte, dann blinzelte sie, als das feurige Auge über dem Horizont erschien. „Sie holen sie immer weg. Das weißt du. Und er ist fort. Fort."

Sofie berührte ihr Knie und tief innen verstand sie, wie Elaine sich fühlte. „Dein Verlust tut mir sehr leid."

Elaine drehte sich langsam um und sah sie an. Sie runzelte die Stirn und spitzte den Mund. „Das sagt nie jemand."

„Ich bin sicher, sie denken es."

„Denken es." Mit sorgenvoller Miene wandte sie sich wieder dem Fenster zu. „Verdorben. Alles verdorben. Sieh nur. Pass auf. Er kann es sehen. Alles. Er sieht alles. Er will … alles."

Sofie strich ihr über die Schultern. „Es ist in Ordnung, Elaine."

Langsam ließ sie ihr Nachthemd los, erhob sich und ging in ihr Schlafzimmer zurück. Sofie hörte, wie sie murmelte: „Denken es. Denken. Es."

Schließlich ging Sofie in ihr eigenes Zimmer und sah nach dem Baby. Matts Worte schnürten ihr die Kehle zu. „*Ich will, dass du ihn bekommst.*" Warum sagte er das, wo sie ihm doch erklärt hatte, wie sie sich fühlte? Oder hatte er zwischen ihren Worten gelesen und den quälenden Wunsch nach einem Kind gesehen, das irgendwo da draußen war?

Es war sein Wesen, Lösungen zu finden, die Dinge zu richten. Sie hätte ihm nicht von Carly erzählen sollen, hätte ihn nicht mit ihrem Verlust belasten sollen. Aber dann hätte er sich ihr auch nicht so geöffnet; dabei hatte er es so dringend nötig gehabt. Sie schüttelte den Kopf. Es gab Gründe dafür, warum Menschen ihren Schmerz nicht mit anderen teilten. Es schlug Saiten an, die anderen Kummer zum Klingen brachten.

Sie hatte sich inzwischen an Diegos Größe und Gestalt gewöhnt, aber das bedeutete nicht, dass er ihr gehörte. *Sie waren keine Blutsverwandte.* Sie hatte keine Beziehung hergestellt. Sie hatte ihn versorgt, sich aber nicht an ihn gebunden.

Plötzlich erschien Lance hinter ihr, warf einen Blick auf den schlafenden Säugling und flüsterte ihr zu: „Alles in Ordnung?"

Sie nickte, erschrocken, weil er schon wieder zu Hause war. Wie lange hatte sie hier gestanden und dem Baby beim Atmen zugesehen?

„Willst du mir erzählen, was Diegos Sozialarbeiter um fünf Uhr morgens hier wollte?"

„Er brauchte jemanden zum Reden."

„Über Diego?"

„Etwas Persönliches.“

Lance drehte sie zu sich um. „Und da ist er zu dir gekommen?“

„Ich bin jemand, der gut zuhören kann“, sagte sie mit einem Schulterzucken.

„Stimmt, aber woher weiß er das?“

Sie lächelte. „Wir haben uns schon einmal länger unterhalten.“

„Gestern? Im Krankenhaus?“

Sie nickte. „Er muss etwas verarbeiten, das schon lange zurückliegt.“

Lance sah sie prüfend an. „Hast du ihm auch von dir erzählt?“

Sie wandte den Blick ab. „Er hatte das Recht, es zu wissen.“

„Er interessiert sich für dich.“

„Ich weiß.“

„Ist das für dich in Ordnung?“

„Mir geht es gut damit, Lance.“

Er betrachtete sie lange. „Gut.“ Sein Blick wanderte zu dem Baby und dann wieder zu ihr. „Ich habe die Telefonnummer von Marias Mutter.“

„Was?“ Sie packte ihn am Arm. „Woher das denn? Seit wann?“

Er grinste. „Welche Frage soll ich beantworten?“

Freundschaftlich boxte sie gegen seine Schulter. „Sag schon.“

„Nach der Messe bin ich beim Krankenhaus vorbeigefahren und habe sie davon überzeugt, dass wir wissen müssen, wie ihre *mamá* zu alldem steht. Sie will wirklich nach Hause, aber ihr Onkel hat sie so gut wie überzeugt, dass das nicht geht. Ich hoffe, er lügt.“

Sofie ging an ihren Nachttisch und sagte: „Nimm mein Handy.“ Aber als sie die Hand danach ausstreckte, fing es an zu klingeln. Sie klappte das Handy auf, bevor das Geräusch den Kleinen wecken konnte. „Hallo?“, sagte sie leise, aber am anderen Ende war es noch stiller. Müde und nicht in der Stimmung, Spielchen zu spielen, sagte sie: „Ich lege jetzt auf.“

„Warte. Äh … tut mir leid.“

Die Verbindung wurde unterbrochen. Kopfschüttelnd gab sie Lance das Telefon.

„Was war das denn?“

Sie runzelte die Stirn. „Falsch verbunden.“ Dieselbe Nummer? Dieselbe junge Stimme? Lance hatte genug Sorgen und Matt hatte beim letzten Mal zu viel aus der Sache gemacht. Vielleicht hatte das Mädchen eine Nummer falsch aufgeschrieben. Beim nächsten Mal würde sie das Ganze aufklären – hoffte sie vielleicht gar auf ein nächstes Mal?

Sie und Lance verließen das Zimmer und gingen die Treppe hinunter, während er die Nummer in Mexiko wählte. Er warf ihr einen Blick zu. „Bete."

Im Salon stand sie neben ihm, während er sich auf Spanisch vorstellte und dann vorsichtig Marias Situation erklärte. In Lance' Gesicht sah sie den Schmerz, den seine Worte bei seiner Gesprächspartnerin auslösen mussten. Sie konnte sich kaum vorstellen, in der Haut von Marias Mutter zu stecken und zu erfahren, was man ihrem Kind angetan hatte. Sie betete mit ganzer Kraft.

Kapitel 13

Carly ließ sich auf ihr Bett fallen, das aufgeklappte Handy in der Hand. Du Dummkopf! Warum hatte sie nichts gesagt? Warum hatte sie nicht einfach „Hallo, Sofie" gesagt? War das denn so schwer?

Sie hatte sich so über das Handy gefreut – nicht weil sie damit Daddy rund um die Uhr anrufen oder mit all den Freundinnen reden konnte, die sie nicht hatte. Sondern weil sie Sofie anrufen konnte. Und jetzt traute sie sich nicht einmal, hallo zu sagen.

Sie sah sich im Zimmer um und betrachtete all die Gegenstände, die Daddy ihr gegeben hatte: einen Computer mit Lernsoftware, so viele Plüschtiere, dass sie gar nicht alle in ihre Regale passten, Bücher, CDs. Glaubte er, all das würde sie dafür entschädigen, dass sie keine Gelegenheit dazu hatte, Freundschaften zu schließen?

An ihrer Privatschule war Mobbing untersagt, aber jemanden zu ignorieren, war vollkommen akzeptabel. Wenn sie Geburtstag hatte, würde sie keine Übernachtungsparty mit anderen Mädchen haben, mit denen sie die ganze Nacht Geheimnisse austauschte und kicherte. Daddy würde sie irgendwohin ausführen, so als wäre es eine Verabredung, und sie würde ein sehr schönes Geschenk auspacken. Er glaubte, das gefiele ihr besser.

Sie seufzte. In den letzten paar Tagen war er so lieb gewesen. Keine seiner schlechten Launen. Er hatte sie nicht irgendwelcher Dinge beschuldigt, von denen sie nicht einmal wusste. Keine eiskalten Blicke, die ihr Blut gerinnen ließen. Es würde eine Weile dauern, bis all das wiederkam. Jetzt war er erst einmal ein Vater, wie jeder ihn sich wünschte.

Sie lehnte sich an die Wand. Manche Kinder bekamen ihren Vater nie zu Gesicht. Manche Väter schlugen ihre Kinder. Daddy wollte einfach nur so viel von ihr. Konnte man zu viel geliebt werden? Jedenfalls war er alles, was sie hatte. Sie hatte das in einer Geschichte über reisende Schauspieler gelesen. Das Mädchen, das auf der Straße nach Oxford Rad schlug, hatte gesehen, wie sein Vater auf der Bühne stand, und gedacht, dass er alles war, was sie hatte.

Dieser Gedanke gefiel ihr. Er half dabei, dass die Einsamkeit nicht so wehtat. Sie stellte sich vor, sie wäre dieses Mädchen. Wie das Mädchen in dem Buch zogen sie und ihr Daddy *ständig* um. Er war unheimlich gut darin, Dinge zu verkaufen, und verdiente viel Geld. Aber nach einer gewissen Zeit kam er nicht mehr mit den Leuten aus, für die er arbeitete. Und wenn er sie nicht mehr ertragen konnte, dann zog er einfach mit ihr um. Manchmal dauerte es eine Weile, bis er eine neue Arbeit fand, und dann bestellten sie keine Pizza und gingen auch nicht ins Kino, und einmal waren sie mitten in der Nacht umgezogen.

Früher waren sie drei- bis viermal im Jahr zu Grandma Beth gefahren, die in Riverdale in einem großen weißen Haus wohnte, das aussah wie die Villa eines Präsidenten, aber beim letzten Mal, als sie sich geweigert hatte, Dad Geld zu geben, hatte er mit seiner kalten, bedrohlichen Stimme gesagt: „*Wenn deine Enkelin nicht Grund genug ist, dann wird es dir ja auch egal sein, wenn sie dich nicht kennt.*"

Grandma Beth hatte geweint. Aber seitdem hatten sie sie nicht mehr gesehen. Carly seufzte. Wenn sie doch nur Grund genug gewesen wäre.

Matt wachte mit dem ernüchternden Wissen auf, dass es kein Traum gewesen war. Er war von Ryans Bedürftigkeit völlig ausgelaugt und emotional und körperlich erschöpft gewesen, aber das rechtfertigte nicht seinen völligen Zusammenbruch. Der konnte nur durch zwei Worte erklärt werden: Sofie Michelli.

Müde rieb er sich das Gesicht, das von den Bartstoppeln ganz rau war, und seine Augen, die zu wenig Schlaf bekommen hatten. Dann blickte er auf seine Armbanduhr. Halb elf. Er war versucht, sich wieder ins Bett fallen zu lassen, aber seine Gedanken liefen auf Hochtouren, und so würden die drei Stunden Schlaf, die er bekommen hatte, reichen müssen.

Er wusch sich und ging in die Küche, trank Cranberrysaft aus der Flasche und kochte zwei Eier. Er roch an dem übrig gebliebenen Schollenfilet und legte es in eine Pfanne, um es in Olivenöl anzubraten. Dann warf er ein paar Sojawürfel hinein, verteilte Sojasauce darüber und setzte sich an den Tisch, auf dem ein Stapel Arbeit wartete.

Eine halbe Stunde später schleppte Ryan sich aus dem Gästezimmer. „Was stinkt denn hier so?"

Matt blickte auf. „Du?"

Ryan ließ sich auf einen Stuhl fallen. „Sag's nicht … Fisch."

Matt nickte.

Ryan fuhr hoch, würgte über der Spüle, spuckte ein paar Mal aus und ließ dann Wasser laufen. Zum Glück hatte er das meiste schon vor einigen Minuten in der Gästetoilette erbrochen. Er sank auf den Stuhl zurück. „Das ist echt brutal, Mann."

„Ich nehme an, du willst auch nichts von den gekochten Eiern."

Ryan warf ihm einen finsteren Blick zu.

„Tofu?"

Er ließ den Kopf auf die Arme sinken, die er auf dem Tisch verschränkt hatte. „Erschieß mich einfach."

„Du weißt doch ganz genau, dass du etwas Stärkeres als Bier nicht verträgst."

„Und warum hast du dann so was im Haus?"

„Weil ich es vertrage. Und ich kann aufhören, bevor es Schaden anrichtet. Diese Flasche habe ich seit Weihnachten vor drei Jahren."

Ryan betrachtete den letzten Schluck Whisky, der noch übrig war. „Vielleicht sollte ich den Rest auch noch trinken."

„Wie du meinst." Matt schloss die Akte Walenski und schob sie beiseite, um sich schweren Herzens die Unterlagen von Diego Espinoza vorzunehmen.

Lance und Sofie waren eindeutig der Meinung, dass der Säugling seiner Mutter zurückgegeben werden sollte, und zwar waren sie davon so überzeugt, dass sie Maria sogar bei sich aufnehmen würden, damit die beiden zusammenbleiben konnten. Dann konnte Maria auf die amerikanische Schule gehen, wie sie es wollte, dachte er grimmig, wenn sie nicht damit beschäftigt war, ihren Sohn großzuziehen – und mit den Folgen des Missbrauchs fertigzuwerden.

Sie würde eine Therapie brauchen, die Sofie auch ohne einen Doktortitel anbieten konnte; ihr Magisterabschluss und die Praxiserfahrung, die sie vorweisen konnte, qualifizierten sie nach den Richtlinien des Bundesstaates, wenn sie diesen Weg einschlagen wollte. Er hatte selbst gesehen, was für eine aufmerksame und mitfühlende Zuhörerin sie war. Entschlossen presste er die Lippen aufeinander.

Er schlug die Akte auf und überflog das oberste Blatt. Sie alle waren schockiert gewesen, als der DNA-Test für Diego und den toten Fötus zwei unterschiedliche Väter ergeben hatte. Die medizinische Vermutung war, dass sie mit Diego schwanger geworden war, nachdem ihr Körper den nicht lebensfähigen Fötus in einer Art Zyste an der Gebärmutterwand eingeschlossen hatte. Die Hormone der neuen Schwangerschaft hatten verhindert, dass die Fehlgeburt ausgestoßen wurde.

All das bestätigte Marias Beschreibung einer mehrfachen Vergewaltigung. Im besten Fall konnten diese Männer und der Onkel auf eine Abschiebung hoffen. Cassinia hatte Kastration vorgeschlagen. Er vermutete, dass die Gerechtigkeit irgendwo dazwischen liegen würde. Aber das war nicht sein Fall.

Sein Fall lag in diesem Augenblick höchstwahrscheinlich in Sofies Armen und sie hatte ihm klar und deutlich gesagt, dass er sie außen vor lassen sollte. Er hatte sich Sorgen gemacht, es würde ein Problem für sie sein, wenn sie das Baby zurückgeben musste, aber sie wurde damit besser fertig als er. Sie hatte entschieden, was richtig war, und erwartete von ihm, dass er entsprechend handelte.

Plötzlich spürte er einen stechenden Schmerz in der Brust. Wahrscheinlich Stress. Wie konnte er nur so zusammenbrechen? Jackys Tod war jetzt zwanzig Jahre her. Und in all der Zeit hatte niemand das Gift der Selbstvorwürfe aus ihm herausgesogen, wie Sofie es getan hatte. Sie war eine großartige Therapeutin, auch wenn er nicht auf der Suche nach einer Therapie gewesen war.

Was hatte diese Villa nur an sich? War sie eine Art sichere Zone, in der die Masken fielen? Ein Ort der Heilung, der bedürftige Seelen anlockte? Allmählich verlor er den Verstand. Ihm gegenüber am Tisch stöhnte Ryan leise, noch immer vornübergebeugt. Matt schloss die Akte und blickte wieder auf seine Uhr. Es war Samstag und normalerweise hätte er nichts Dringendes zu tun, aber heute wurde Maria aus dem Krankenhaus entlassen.

Obwohl Maria der Grund dafür war, dass Lance sich im Krankenhaus aufhielt, war es eigentlich Sofie, die ihm Sorgen machte. Hatte sie Matt so viel von sich erzählt, dass ihm bewusst war, wie zerbrechlich sie unter dem glatten Äußeren war, das sie Schicht für Schicht wie eine Perle gebildet hatte? Sie hatte nach vorne geblickt, hatte studiert und Boden unter die Füße bekommen. Belmont zu verlassen, war ein großer Schritt gewesen, aber ein noch größerer Schritt wäre eine neue Beziehung. War Matt der Richtige für sie?

Er musterte den großen Mann, der sich vor der offenen Zimmertür zu ihm gesellte. Es schrillten keine inneren Alarmglocken, aber beim letzten Mal hatte er auch nichts bemerkt – mit tragischen Folgen. Matt schien ein netter Kerl zu sein, gewissenhaft, nachdenklich. Lance begrüßte ihn und sagte: „Ich habe neue Informationen." Er reichte ihm den Zettel, auf dem er die Telefonnummer in Mexiko notiert hatte. „Das ist ..."

Matts Aufmerksamkeit wurde sofort abgelenkt, als Sofie aus Marias Badezimmer kam, und der Blick, den die beiden wechselten, sagte alles. Falls Matt nicht der Mann war, der ihr helfen konnte, die Vergangenheit hinter sich zu lassen, wäre er es jedenfalls gerne. Bevor einer der beiden sprach, rief Maria nach Diego und Sofie brachte den frisch gewickelten Säugling zu ihr ans Bett.

Maria schien kräftiger als am Tag zuvor, obwohl er immer noch Spuren von Schmerz und Angst an ihr wahrnahm. Warum hatten sie nicht bemerkt, wie krank sie war? Aber andererseits waren sie Maria am Tag der Geburt zum ersten Mal begegnet. Da hatte die Infektion schon längst begonnen. Er hatte nicht gewusst, dass sie so ein tapferes Mädchen war.

Sie sah ihn mit einem durchdringenden Blick an, als er an ihr Bett trat. „Hast du mit meiner Mutter gesprochen?"

So konnte man die Neuigkeiten auch verkünden.

Matt zog die Augenbrauen hoch. „Sie haben bereits mit Marias Mutter gesprochen?"

Lance reichte ihm den Zettel. „Das hier ist ihre Nummer." Er hatte versucht, es Matt zu erzählen, bevor dieser von Sofies Auftreten abgelenkt worden war.

„Was hat sie gesagt?" Maria klang atemlos. „*Digame.*"

Eine wohlige Wärme durchströmte ihn. „Sie hat gesagt, dass sie dich lieb hat."

In Marias Augen traten Tränen. Der spanische Wortschwall, der folgte, war zu schnell, als dass Lance ihn hätte verstehen können, aber dann sagte sie auf Englisch, während sie ihren Sohn an sich drückte: „Dann können wir nach Hause?"

Lance warf Matt einen Blick zu. „Darüber reden wir, wenn sie hier ist."

„Warten Sie einen Moment." Matt runzelte die Stirn. „Sie kommt her? Wie?"

Maria schnaubte verächtlich. „Sie hat ein Touristenvisum. Sie ist eine angesehene Professorin an der Universität."

Erstaunt starrten die anderen sie an.

„Ich bin kein Abschaum." Ihre Stimme hatte einen Unterton gekränkter Wut.

„Das denkt auch niemand." Lance legte ihr seine Hand auf den Kopf und sah sie an. „Niemand denkt das, Maria."

Mit Tränen in den Augen blickte sie zu ihm auf und plötzlich wurde ihm bewusst, dass sie selbst sich für Abschaum hielt. *Nein.* Der Schmerz, den sie hatte erleiden müssen, drückte plötzlich wie eine zentnerschwere Last auf seine Schultern. Die tiefe Liebe Gottes zu ihr und zu dem Leben, das sie auf die Welt gebracht hatte, überwältigte ihn. *Spüre sie, Maria. Glaube daran.* Sie hatte gesagt, die Liebe habe sie überwältigt, die Liebe für ihren winzigen Sohn. Jetzt wollte er, dass sie dieselbe Liebe spürte, die ihr galt, die Liebe des Vaters zu seinem Kind, die grenzenlose Liebe Gottes.

„Lance." Sofie berührte seinen Ellbogen. „Cassinia ist hier."

Er trat einen Schritt zurück, um der grauhaarigen Frau Platz zu machen, die ihn argwöhnisch musterte. Auch Matt sah ihn prüfend an.

Sofie flüsterte: „Matt hat ihr die Sache mit Marias Mutter bereits erklärt."

Hat er? Wann denn?

„Bist du okay?"

Er schluckte. „Ja, schon."

Cassinia runzelte die Stirn. „Ich muss alleine mit Maria sprechen. Übernehmen Sie bitte das Baby, Mr. Michelli."

Lance nahm Diego auf den Arm und folgte Matt und Sofie auf den Gang hinaus. Die Spannung zwischen den beiden war beinahe mit Händen zu greifen. Er grinste schief. „Wollt ihr zwei lieber allein sein?"

Sofie funkelte ihn an.

„Ich könnte ja mit Diego einen Spaziergang machen." Die Scherze waren eine natürliche Reaktion, aber er wollte auch ihren verblüfften Mienen entfliehen. Ein Spaziergang war gar keine so schlechte Idee. Als er schon beinahe den Empfangsbereich der Station erreicht hatte, kam Cassinia aus Marias Zimmer. Er kehrte um und sah ihre eiserne Miene.

„Sie schwört, dass keine Nötigung im Spiel ist. Trotz der wiederholten Vergewaltigungen, die zu der Schwangerschaft geführt haben, scheint sie eine beschützende Bindung entwickelt zu haben. Ich werde ein professionelles Gutachten in Auftrag geben, aber im Moment scheint es das Beste zu sein, wenn Maria mit zu Ihnen nach Hause geht." Zweifel trübten ihre Stimme, aber ohne ein gewichtiges Argument konnte sie den offensichtlichen Wunsch ihrer Klientin nicht umgehen.

Sofie lächelte Matt an, als hätte er das eigenhändig erreicht, und vielleicht hatte er das ja auch. Lance musterte ihn noch einmal. Wenn er etwas von Sofie wollte, sollte er sich darauf gefasst machen, dass er sich würdig erwies. Mensch, jetzt klang er schon wie Pop.

Brad kniete mit einem Bein auf der Bank und stützte sich auf seinem Oberschenkel ab. Rese ignorierte seine Blicke, solange es ging, aber das Kichern der anderen Männer ließ sie schließlich doch aufblicken. „Was ist denn?"

„Wirst du ein weißes Kleid tragen und einen Schleier und so?"

Das rief natürlich Johlen und Rufen aus.

„Du heiratest? Du schließt den Bund fürs Leben?"

„Rese Barrett in einem Kleid?"

„Wer ist denn der arme Kerl?"

„Okay, es langt." Brad stoppte die Kommentare.

Sie ließ den Stechbeitel sinken. „Wir haben noch nichts Konkretes geplant." Am Samstagmorgen waren sie zur Baustelle gefahren, um ein paar letzte Details an ihrem aktuellen Projekt fertigzustellen, damit sie den neuen Auftrag in Angriff nehmen konnten. Kapierte er denn nicht, dass sie im Arbeitsmodus war?

„Ich sag dir was: Ich will dich zum Altar führen."

Sie starrte ihn an. „Du willst was?"

„Ich habe vierzehn Jahre lang auf dich aufgepasst. Da Vernon nicht mehr da ist, würde ich sagen, dass ich derjenige bin, der dich zum Altar führen und deinem Bräutigam übergeben sollte."

Sie sah, dass die anderen Kollegen ebenso sprachlos waren wie sie. Wenn er sich einen Scherz erlaubte und die anderen eingeweiht waren …

„Hast du jemand Besseren?"

Sie schüttelte den Kopf. Einen Augenblick lang hatte sie gedacht, Mom könnte diejenige sein, aber dann hatte sie sofort wieder Vernunft angenommen.

„Also, was hältst du von der Idee?"

„Wieso interessieren dich Hochzeiten denn so? Bist du immer noch als Trauzeuge vorgesehen bei" – als seine Miene sich verdüsterte, änderte sie ihre Taktik – „der anderen?"

„Lenk nicht vom Thema ab."

Sie blickte in die Runde. „Warum macht ihr Jungs euch nicht wieder an die Arbeit?"

„Kommt nicht infrage." Sie beschwerten sich lautstark.

„Ihr habt gehört, was die Dame gesagt hat." Brad brauchte das Wort *Dame* nicht so ironisch zu betonen.

Sie drehte sich wieder zu ihm um, als sie murrend so taten, als würden sie arbeiten. „Und?"

„Und was?"

„Willst du immer noch bei der Hochzeit deiner Ex-Frau den Handlanger spielen?"

„Was hat das mit *meiner* Frage zu tun?"

„Ich versuche herauszufinden, ob du völlig durchgedreht bist."

Er stieß hörbar die Luft aus. „Dein Verehrer hat mich um Erlaubnis gebeten. Ich glaube, das gibt mir das Recht –"

„Er hat dich um seinen Segen gebeten."

„Das ist doch dasselbe."

„Ist es nicht. Du hast keine Autorität über mich."

„Du hast keine Autorität über mich", äffte er sie nach. „Wer benimmt sich wohl jetzt wie eine Zwölfjährige?"

„Also gut." Er brauchte auch nicht diesen väterlichen Ton anzuschlagen, selbst wenn sein Haar von grauen Strähnen durchzogen war.

Er hob die Hände. „Warum streiten wir uns hier eigentlich? Ich wollte doch nur etwas Nettes tun."

„Das ist es ja, was mich so beunruhigt."

„Du glaubst, das ist ein Streich?"
„Bist du verkabelt? Ist irgendwo eine versteckte Kamera installiert?"
„Wieso dieser Verfolgungswahn, Rese?"
Sie verschränkte die Arme. „Habe ich nicht guten Grund dazu?"
„Vielleicht schon. Aber das hier ist kein Witz."
Die Wahrheit war, dass sie schon ihr halbes Leben lang mit ihm gekämpft hatte, und sie war sich nicht sicher, was sie von dem Angebot halten sollte.
Brad legte den Kopf schief. „Ich sage ja nur, wenn du die Sache durchziehst ..."
„Wenn ich sie durchziehe?"
„Na, wer ist denn der Typ? Schneit einfach so in dein Leben und jetzt heiratet ihr?" Er kramte die Zigarettenpackung aus der Hosentasche.
„Du hast gerade schon eine geraucht."
Widerwillig steckte er das Päckchen wieder ein. „Das ist nichts, was man leichtfertig entscheidet. Ich meine, überleg mal, wie du die Firma verkauft hast. Du kannst nicht behaupten, dass du das nicht bereust."
Dads Tod hatte sie völlig verstört. Damals hatte sie kaum gewusst, was sie tat, nur dass sie ohne ihn nicht weitermachen konnte. Und hier stand sie und tat genau das.
Er reckte frech sein Kinn vor. „Ich will nur nicht, dass du einen Fehler machst."
„Sprechen wir hier von mir?"
Er rieb sich die Hände an den Oberschenkeln. „Eine Ehe ist nicht so einfach."
„Ich glaube, wir wissen, was wir tun."
„Klar", spottete er. „Natürlich wisst ihr das."
Sie packte ihn am Handgelenk. „Brad. Sag ihr, was du für sie empfindest."
„Das weiß sie."
„Offensichtlich nicht. Sonst hätte sie dich nicht gebeten, für sie da zu sein."
Er starrte lange auf den Boden und blickte dann auf. „Was siehst du eigentlich in Lance, dass du dir so sicher bist, ein Leben zusammen mit ihm könnte funktionieren?"
Seine Liebe zu seiner Familie, sein Bedürfnis, ganzheitlich zu leben, sein Lachen, seine Leidenschaft. Wie er sich einmischte und die Dinge

handhabte. Wie fürsorglich er war. Seinen Glauben. Seine Treue. Aber all das würde sie nicht sagen. „Eine Menge Sachen."

„Eine Ehe besteht nicht nur aus Küssen und Sonnenschein."

„Das erwarte ich auch gar nicht. Lance kann mich genauso wahnsinnig machen wie du."

„Du regst dich doch nie auf."

„Ich zeige es nur nicht so."

„Außer neulich in der Werkstatt. Da warst du wegen der Treppe ziemlich sauer."

Sie funkelte ihn an. Lance hatte so viele ihrer Mauern eingerissen, dass sie sich nicht mehr so gut verstecken konnte wie früher. „Bist du der gleiche Mensch, der du vor neunzehn Jahren warst?"

„Ich hoffe nicht." Er zog das Päckchen wieder aus der Hosentasche und schüttelte eine Zigarette heraus.

„Warum glaubst du dann, dass Joni sich nicht verändert hat?"

„Ich habe sie gesehen; ich kenne sie." Er zündete sich die Zigarette mit dem Feuerzeug an und zog daran. Dann hielt er den qualmenden Glimmstängel hoch und musterte ihn. „Siehst du das? Ich weiß, dass es schlecht für mich ist, aber ich kann nicht damit aufhören." Er tat einen langen, tiefen Zug. „So ist es bei Joni auch. Eine Sucht, die ich nicht loswerden kann."

„Vielleicht sollst du sie ja gar nicht loswerden."

„Du verfolgst mich doch ständig damit, dass ich mit dem Rauchen aufhören soll."

„Ich verfolge dich überhaupt nicht."

„Dann ermutigst du mich eben. Nenn es, wie du willst."

Sie richtete sich auf. „Du musst dich endlich Joni gegenüber öffnen."

Entrüstet schlug er sich auf den Oberschenkel. „Mich öffnen? Sind diese Worte tatsächlich über deine Lippen gekommen?"

„Ha ha."

„Weiß Lance Michelli alles?"

„Was meinst du mit ‚alles'?"

„Dass du mir eine andere Art Partnerschaft vorgeschlagen hast, als du zurückgekommen ist?"

Sie runzelte die Stirn. „Das habe ich nur gemacht, um sicherzugehen, dass du nicht ja sagen würdest."

„Aha."

„Ich wollte nicht, dass persönliche Gefühle die Arbeit beeinträchtigen."

„Stimmt, das hast du gesagt. Aber ich vermute mal, dass du deinem Verlobten nichts davon erzählt hast."

„Warum sollte ich?" Sie schnipste einen Holzspan von der Schnitzerei, die sie beinahe beendet hatte.

„Weil solche Sachen wie ein Bumerang zurückkommen können."

„Nur, wenn du deine große Klappe nicht hältst."

„Darum geht es doch gar nicht. Ich will nur sagen, dass alle möglichen Dinge schiefgehen können und man es vorher nicht sieht. Dann wird es immer schlimmer, und bevor du dich versiehst, kannst du es nicht mehr reparieren. Du weißt nicht mal, wo du anfangen sollst."

Sie sah ihm ins Gesicht. „Du fängst vorne an. Reduzierst alles auf das, was wichtig ist, den wesentlichen Kern, was immer noch zu retten ist. Du findest das Herz der Sache. Und dann baust du sie Stück für Stück wieder auf, polierst und schleifst und lackierst und streichst die Macken über und schnitzt vielleicht sogar noch die eine oder andere Verzierung."

Er stieß zitternd die Luft aus. „Ich wünschte, es wäre so einfach."

Sie nahm ihm die Zigarette aus der Hand und trat sie aus. „Sag es ihr."

Er legte die Stirn in Falten. „Dann ..." Er räusperte sich. „Dann wäre es ja offensichtlich, dass ich all die Jahre ..." Er fuhr sich mit den Fingern durchs Haar.

„Dass du sie die ganze Zeit geliebt hast?"

„Ich habe dir doch gesagt, dass es eine Art Hassliebe ist."

„Wenn sie der Meinung wäre, dass du sie hasst, hätte sie dich nicht um Hilfe gebeten."

„Sie kommt zu mir, wenn sie Geld braucht und ..." Er wandte den Blick ab.

Rese verschränkte die Arme. „Tatsache ist, dass sie sich an dich gewandt hat. Willst du denn wirklich zulassen, dass sie einen anderen heiratet, wenn du eigentlich derjenige bist, den sie will?"

Er reckte das Kinn vor und schüttelte den Kopf. „Sie hat jetzt zweimal einen Schnitt gemacht. Ich bin derjenige, der es nicht schafft."

„Vielleicht hat sie einen Schnitt gemacht, weil du zu stur bist, um es noch einmal zu versuchen."

„Du lässt nicht locker, oder?“

„Nicht, wenn ich recht habe. Das solltest du eigentlich wissen.“ Sie nahm ihren Stechbeitel in die Hand, hielt aber den Blick auf ihn gerichtet. „Ich fände es schön, wenn du Dad vertreten könntest. Es würde mir eine Menge bedeuten.“ Bestürzt stellte sie fest, dass Tränen in ihren Augen brannten.

Brad sah sie lange prüfend an und nickte dann. „Mir auch.“

Auf dem Heimweg ließ sie das Gespräch wieder und wieder vor ihrem geistigen Auge ablaufen. Was würde Lance davon halten, wenn Brad sie zum Altar führte? Hätte sie ihn erst fragen sollen? Und warum musste Brad diesen … Zwischenfall erwähnen? Er bedeutete nichts. Er … Sie hielt vor dem Haus. Lance’ Motorrad war da. Sofies Auto nicht. Offenbar waren sie noch nicht vom Krankenhaus zurück.

Sie ging hinein, stieg die Treppe hoch und sah, dass ihre Mutter noch im Bett war. Sie sah Stars leeres Zimmer auf der anderen Seite des Flures und stieg zum Dachboden hinauf. Auch wenn ihre Mutter an manchen Tagen lieber in ihrem Zimmer blieb, gelang es Star normalerweise mit ihrer merkwürdigen Mischung aus Albernheit und Weisheit, sie aus dem Bett zu locken. Rese stellte die Beziehung der beiden nicht mehr infrage. Star hatte in Mom – so unmöglich das auch klang – das gefunden, was sie bei ihrer eigenen Mutter nie erlebt hatte. Liebe und Akzeptanz. Manchmal schien es, als wäre Star die wahre Tochter und Rese Barrett aufgepfropft. Aber sie gönnte es den beiden, zumal ihre eigenen Gefühle so zwiespältig waren.

Sie stieg die schmale Treppe zu dem langgezogenen Dachboden hinauf, der nach Ölfarbe und Alter roch. Lance hatte den von Mäusen zerfressenen Müll entsorgt, eine der ersten Arbeiten, die er für sie erledigt hatte, und sie war sehr froh darüber, obwohl seine eigentlichen Motive erst später ans Tageslicht gekommen waren. „Star?“

Star stand an ihrer Staffelei und drehte sich nicht um. Da Rese sich ihr von hinten näherte, sah sie, dass ein tiefer Schnitt mitten durch das angefangene Gemälde ging. Das Küchenmesser in ihrer Hand erklärte, was vorgefallen war, aber nicht, warum.

Rese ging um Star herum, damit sie ihr Gesicht sehen konnte. „Hat es dir nicht gefallen?“ Normalerweise übermalte sie etwas, das nicht funktionierte, einfach und ersparte sich das Spannen einer neuen Leinwand.

„Doch." Stars Augen glänzten vor Tränen. „Zu gut. Ich müsste eigentlich wissen, wenn sich etwas richtig anfühlt" – ihre Stimme zitterte –, „dann sollte ich mich vor den Iden des März hüten."

„Ist irgendetwas passiert, Star?" Ihre Freundin hatte schon lange keinen Zusammenbruch mehr gehabt. Die Tatsache, dass sie dem Gemälde und nicht sich selbst etwas angetan hatte, war eine Verbesserung, aber trotzdem.

Star legte das Messer auf die Staffelei.

„Hat es mit Lance zu tun? Damit, dass wir heiraten?" Star war ihr so zerbrechlich erschienen, seit sie ihre Absicht kundgetan hatten, aber Rese hatte die Sache nicht weiter verfolgt. Jetzt wurde ihr bewusst, dass Star tagsüber viel Zeit mit Lance verbrachte, und Lance war ... Lance. „Bist du in ihn verliebt?"

Stars Lachen war wie zerbrochenes Glas. „Nicht mehr als alle anderen."

„Was dann? Warum das ‚Auch du, mein Sohn Brutus'?"

Star starrte sie mit offenem Mund an. „Ist das gerade über deine Lippen gekommen? Ein Zitat?"

Rese zuckte mit den Schultern. „Du färbst eben ab."

„Und du kanntest die Iden des März und Brutus."

„Ich bin keine totale Niete." Rese stemmte die Hände in die Hüften. „Und jetzt erzähl mir, was los ist."

Star biss sich auf die Lippe. „Du hast mir wirklich zugehört? Wenn ich etwas gesagt habe?"

„Ich höre alles, was du sagst, Star. Ich dachte, wir hätten das klargestellt. Du bist meine Freundin – oder eher wie eine Schwester für mich."

Star rang die Hände. „Ich habe Angst, dass ich mich auflöse."

„Wie kannst du das, wenn du doch so hell leuchtest?"

Ein Schluchzen entstieg ihrer Kehle. „Wirklich? Leuchte ich immer noch?"

„Ja, warum denn nicht?"

„Willst du nicht, dass ich gehe, wenn du Lance heiratest und ihr Kinder bekommt? Ich dachte, dann ist kein Platz mehr für mich."

„Wir müssen vielleicht ein bisschen umbauen, falls wir wirklich Kinder bekommen, aber –"

„Drinnen meine ich."

„Star. Dass ich Lance liebe, hat mich zu einer besseren Freundin gemacht, einem besseren Menschen. Ich glaube nicht, dass die Liebe uns Raum wegnimmt; ich glaube, sie weitet den Raum, der schon da ist."

Star sah sie eindringlich an. „Das gefällt mir. Jetzt fühle ich mich schon viel besser." Sie drehte sich zu der Leinwand um und rief: „Warum habe ich nur nicht gleich mit dir gesprochen?"

„Weil du eben Star bist." Von unten drangen Geräusche herauf. „Klingt so, als wäre Lance wieder da. Ich hoffe, er hat Maria mitgebracht."

„Was, du wünschst dir ein volles Haus? Wo ist meine alte Freundin Rese? Was hast du mit ihr gemacht?"

Kapitel 14

Matt folgte Sofie und den anderen in die Villa, wo ihnen Frauen entgegenkamen, die Blumen, Kleidung und Babyartikel brachten. Er erkannte Michelle Farrar und die Hebamme. Die anderen waren wahrscheinlich ebenfalls Frauen aus der Gemeinde, die von Marias Ankunft wussten und sie zu einem Ereignis machen wollten.

Der Ton im Haus war überschwänglich. Alle benahmen sich so, als wäre die Wiedervereinigung beschlossene Sache, und das bereitete ihm Sorgen, da sich alles durch ein psychologisches Gutachten über Maria ändern konnte. Seine und Cassinias Zweifel waren berechtigt, aber keiner hier schien das so zu sehen.

In dem überfüllten Salon beugte er sich zu Sofie herüber und flüsterte: „Können wir irgendwo ungestört reden?" Die Begegnung der letzten Nacht stand zwischen ihnen und er hatte das Bedürfnis, das Ganze wegzudiskutieren.

„Natürlich." Sie führte ihn zur Hintertür hinaus, durch den Garten zu dem steinernen Kutscherhaus hinter der Villa. Von außen wirkte der Ort alt, aber innen war alles neu eingerichtet, obwohl der Steinfußboden wahrscheinlich mindestens hundert Jahre alt war. Das Wohnzimmer mit seinen bodentiefen Fenstern und einem Holzofen, vor dem er es sich gerne gemütlich gemacht hätte, wirkte maskuliner als das Haupthaus.

„Das Schlafzimmer gehört Nonna Antonia." Sofie zeigte auf die Tür am Ende. „Ich teile mir das Kutscherhaus mit ihr, bis Maria und Diego nach Hause gehen."

„Das ist noch nicht sicher." Er blickte sich um. „Ist das für euch beide nicht ein bisschen eng? Was ist, wenn Maria hierbleibt?"

Sofie zuckte mit den Schultern. „Dann gibt es immer noch das Untergeschoss."

„Untergeschoss …?"

Sie ging in die Hocke und zog eine Luke auf, die im Fußboden unsichtbar gewesen war.

„Das glaub ich ja wohl nicht. Eine Fledermaushöhle?"

Sie lachte. „So ähnlich. Der Tunnel führt in einen Weinkeller."

„Tunnel? Jetzt hast du mich aber neugierig gemacht."

Sie zeigte auf das Regal. „Nimm die Taschenlampe da."

„Kann ich zuerst runtergehen?" Er nahm die kräftige Stablampe und schaltete sie ein.

Sie gab ihm mit ihren eleganten Fingern ein Zeichen, voranzugehen, und er stieg die erstaunlich gut erhaltenen Stufen in den Tunnel hinunter. Eine jungenhafte Begeisterung stieg in ihm auf, die er nicht mehr gespürt hatte, seit er und Jacky durch das Erdloch in eine zimmergroße Höhle gekrochen waren, in der sie einen Blutschwur gesprochen hatten, nie jemandem davon zu erzählen. Jacky hatte das Geheimnis bis zu seinem Tod zwei Monate später bewahrt. Merkwürdig, dass er jetzt daran denken konnte, ohne diesen lähmenden Schmerz zu empfinden.

Er drehte sich zu Sofie um, die ihm folgte. „Sicher, dass das ein Weinkeller ist?"

„Ein ziemlich großer sogar. Zu dem Haus gehörte ursprünglich ein Weinberg. Nachdem er erfahren hatte, dass in Italien Höhlen benutzt wurden, um den Wein altern zu lassen, baute mein Ururgroßvater diesen Keller, um es hier ebenso zu machen. Wir haben den Verdacht, dass sein Sohn Vittorio den Tunnel während der Prohibition hinzugefügt hat."

„Ein bisschen Schmuggelei?"

Sie ging ihm voran durch ein eisernes Tor. „Nicht sehr erfolgreich, wie du am Inventar sehen kannst. Nonno Vito wurde getötet, bevor er den Wein verkaufen konnte – wenn das seine Absicht war. Wie ich dir erzählt habe, ist Antonia den Mördern durch diesen Tunnel entkommen."

Er hatte die Geschichte, die sie ihm im Auto erzählt hatte, nur halb geglaubt. Aber dieser Ort war der Beweis. „Deine Großmutter Antonia?"

Sie nickte. „Unser Ururgroßvater starb in diesem Tunnel. Lance hat sein Skelett gefunden."

„Hier unten?" Ein Schauer lief über seinen Rücken, als der Tunnel in einen riesigen Keller mit hölzernen Fässern und vollen Regalen führte. Der Lichtstrahl der Stablampe verschwand zwischen den Reihen.

„1931 war ein sehr gutes Jahr – ein außergewöhnlicher Jahrgang." Sie wedelte mit der Hand. „Jede dieser Flaschen dürfte bei einer Auktion zwischen zweihundert und tausend Dollar einbringen."

Beeindruckt ließ er den Blick über die Regale schweifen. „Wow."

„Also." Sie drehte sich zu ihm um. „Du wolltest reden?"

„Hier?"

„Du sagtest ungestört."

Er lachte. Ungestört war man in ihrer Familie wohl nicht oft. Er wurde wieder ernst und legte die Lampe auf dem Ende eines Regals ab, sodass das Licht gegen die Gewölbedecke gerichtet war. „Ich wollte das mit gestern Nacht erklären."

„Glaubst du, dass das nötig ist?"

Oh ja. „Ich habe zwanzig Jahre lang nicht so über Jacky geredet. Ein paar Leute wissen, was passiert ist, aber keine Einzelheiten, nicht die Dinge, die ich dir erzählt habe. Als du mich nach meiner Geschichte gefragt hast" – er hob die Arme –, „kam sie heraus wie ein Geysir und sie hört seitdem nicht mehr auf. Aber du musst wissen, dass letzte Nacht nicht typisch für mich war."

Sie zog die Augenbrauen hoch. „Inwiefern?"

Er war froh über das Dämmerlicht. „Ich verfolge normalerweise keine Frauen bis nach Hause. Oder weine mich an ihren Schultern aus." Zwanzig Jahre voller Schuld und Verzweiflung hatten offensichtlich ein Ventil gebraucht. Er lehnte sich an das Regal. „Ein befreundetes Paar hat sich gerade getrennt und ich hatte mit beiden jeweils eine halbe Nacht zugebracht. Ich musste einfach raus und mir den Stress von der Seele laufen. Ich weiß nicht einmal, wie ich unter deinem Fenster gelandet bin."

„Schlafwandeln?"

Er seufzte. „Ich möchte nicht, dass du denkst, ich wäre ein Stalker oder sonst irgendwie aus dem Gleichgewicht geraten."

„Du fühlst dich so, als wärest du aus dem Gleichgewicht geraten?"

So sehr, dass er jeden Augenblick umkippen konnte. „Die ganze Zeit laden Menschen ihre Probleme bei mir ab, aber mir war nicht bewusst, wie sehr ich selbst das brauchte. Aber jetzt ..."

„Du glaubst, dass du damit fertig bist?"

Mit gespreizten Fingern fuhr er sich durchs Haar. „Ich hoffe es."

„Ich habe nämlich die Erfahrung gemacht, dass Trauer aus mehreren Schichten besteht."

Das war auch seine Erfahrung. Aber er tat sein Möglichstes, um den Schaden zu begrenzen.

„Ich habe gehört, was mit deinem Bruder geschehen ist, aber nicht, was mit dir passiert ist." Ihre leise Stimme machte in einem Augenblick seine Illusion zunichte, er hätte mit seiner Vergangenheit abgeschlossen.

„Mit mir? Nichts." Er blickte an der Lampe vorbei in die Dunkelheit, die sich mit ihrem Schweigen füllte. „Nichts ist passiert. Die Situation … wurde besser."

„Jackys Tod hat die Situation verbessert?"

Er schloss die Augen, nicht bereit, das zu bejahen.

„Dein Vater hat aufgehört, dich zu schikanieren?"

„Nicht direkt, aber bei mir war es eine merkwürdige Mischung. Er war stolz auf die Art, wie ich ihm die Stirn bot und ihn sogar übertrumpfte. In Sachen Bildung zum Beispiel." Der Gedanke hinterließ einen bitteren Nachgeschmack in seinem Mund. „In gewisser Weise war sein Prahlen noch schlimmer."

„Du hattest Schuldgefühle, weil er stolz auf dich war?"

Matt öffnete die Augen und stellte fest, dass sie näher gekommen war. „Er hätte auf uns beide stolz sein sollen."

Jacky hätte die gleiche Chance bekommen sollen, die Webb seinem Lieblingssohn gab. Aber das war lange her und er konnte es nicht mehr ändern. Jetzt war eine andere Zeit und er wollte die Vergangenheit hinter sich lassen, hinter ihnen beiden. Jeder Gedanke an Jacky verblasste. Es gab nur noch Sofie, und sie gab ihm nicht die Schuld am Tod seines Bruders.

Mit den Fingern fuhr er ihr durchs Haar und die honigfarbenen weichen Strähnen waren die reine Wonne. Gestern hatte er nicht gefragt, aber diesmal musste er es tun. „Darf ich?"

Sie schob die Arme um seine Taille und er fühlte sich freigesprochen, als ihre Lippen seine fanden.

Wenn man mit Feuer spielte, konnte man sich verbrennen. Aber es war schrecklich lange her, dass jemand sie so im Arm gehalten, so geküsst hatte. Schrecklich lange, seit jemand sie voller Begehren und nicht voller Sorge angesehen hatte. Dort, allein im Dämmerlicht, wollte sie ihn küssen und er wollte sie küssen. Jedes Warum und Wieso flog davon, nur ihr Verlangen blieb.

„Sof?", rief Lance durch den Tunnel.

Sie löste sich von ihm und antwortete mit fester Stimme: „Ich bin hier, Matt die Fledermaushöhle zeigen." Die dunklen Kammern seiner Seele durchdringen, die er ihr aus irgendeinem Grund aufgeschlossen hatte. Und die Gefahren ihrer eigenen erkunden.

Lance näherte sich ihnen durch den Tunnel mit einer kleineren Taschenlampe, die unzuverlässig flackerte. „Wir sollten hier unbedingt Deckenleuchten anbringen." Er reichte ihr das Telefon. „Ein Anruf für dich." Mit einem ironischen Lächeln formte er lautlos das Wort *Mama.*

Sie nahm das Telefon. „Hallo Mama."

„Du bist schon so lange dort und hast noch nicht angerufen!" In der Akustik des Kellers war ihre Stimme gut zu hören. „Wie geht es dir? Was macht Nonna? Isst Lance ordentlich? Er sagt, es gehe ihm gut, aber isst er auch genug?"

Sie lächelte. „Ja, Mama. Lance geht es gut; mir auch. Uns allen geht es gut."

„Er heiratet."

„Ja, das tut er."

„Ich habe so dafür gebetet, dass er ein nettes Mädchen findet und sich in unserem Viertel niederlässt."

„Rese ist ein nettes Mädchen."

„Aber so weit weg. Wie kann ich von der anderen Seite des Landes aus eine Hochzeit planen?"

„Indem du Rese und Lance die Planung überlässt?"

„Du klingst wie Pop. Er will wissen, wie du mit deiner Arbeit vorankommst."

„Gut, Mama." Technisch gesehen war es keine Lüge, denn sie hatte in den ersten Tagen daran geschrieben und würde es vielleicht auch weiter tun. „Sag Pop, er soll nicht so viel arbeiten."

„Deine Schwestern vermissen dich. Die Kinder vermissen dich. Wann kommst du denn zurück?"

Plötzlich musste sie eine aufkommende Sehnsucht nach ihnen allen herunterschlucken. Aber der Gedanke, wieder durch die Straßen dort zu laufen, all die vertrauten Gesichter zu sehen und immer nach den beiden zu suchen, die nicht dort waren … „Ich weiß noch nicht."

„Du klingst müde. Schläfst du auch genug?"

Sie war tatsächlich müde, wie ihr plötzlich bewusst wurde. „Ich habe auf ein Baby aufgepasst." Matt war nach Diegos letzter Mahlzeit erschienen und seitdem war sie auf den Beinen.

„Was für ein Baby?“ Da war sie wieder, diese plötzliche Sorge. Alarmglocken, die bei keiner ihrer Schwestern so läuten würden.

„Ein Baby, das versorgt werden musste. Der Kleine reist bald ab und seine Mutter ist wieder da.“ Sie warf Matt einen Blick zu. „Du klingst gut, Mama. Wie läuft es bei euch?“

„Ich könnte eine Lehrerin für die Anfänger gebrauchten. Du hast doch immer gerne mit den Kleinen gearbeitet.“

Sofie lächelte. Es hatte ihr große Freude bereitet, die kleinen Tänzerinnen zu unterrichten, aber sie hatte sich von dem alten Viertel gelöst, von den alten Erinnerungen und Verletzungen. Sie musste ihrem Neuanfang eine Chance geben. „Gib eine Annonce auf.“

Mama stöhnte so laut auf, dass Lance und Matt lachen mussten.

„Ich muss aufhören, Mama. Es war schön, mit dir zu sprechen.“

„Warte nächstes Mal nicht so lange mit dem Anrufen.“

„Das werde ich nicht. Ich liebe dich.“ Sie legte auf und blickte zwischen Matt und Lance hin und her. „So.“

Lance stemmte die Hände in die Hüften. „Ich habe Matt gerade erzählt, dass wir die meisten dieser Flaschen versteigern lassen wollen.“

Matt musterte den Raum. „Und was macht ihr mit dem Keller?“

Lance zuckte mit den Schultern. „Darüber habe ich noch gar nicht nachgedacht.“

Das hatte sie auch nicht, aber plötzlich hatte sie eine Idee, vielleicht weil sie gerade mit Mama über etwas gesprochen hatte, was keine negativen Erinnerungen wachrief. Sie stellte sich den Raum ohne die Regale vor, groß und weit. Spiegel an den Wänden, einen Parkettboden … Konnte der Bezirk von Sonoma eine Tanzschule nach New Yorker Vorbild gebrauchen?

Als sie durch den Tunnel zurückgingen und wieder in das Kutscherhaus hinaufkletterten, erklärte Lance, wie er Rese überredet hatte, ihn das verfallene Steinhaus wiederbeleben zu lassen, was er getan hatte, um es bewohnbar zu machen, und, das Beste von allem, wie er den Keller darunter entdeckt hatte. In Matts Miene spiegelte sich die Begeisterung von Lance wider, als er das Geheimfach beschrieb, das er unter den Regalen gefunden hatte. Lance erwähnte nur die Bündel mit Silberzertifikaten, die darin versteckt gewesen waren, und nicht die Unterlagen und anderen persönlichen Gegenstände. Matt gehörte schließlich nicht zur Familie.

Aber es machte ihr Herz froh zu hören, wie die beiden sich unterhielten. Vielleicht sah Matt jetzt, dass Lance ein Mann wie jeder andere war und kein religiöser Spinner.

Lance ließ sie im Garten zurück und Matt drehte sich zu Sofie um und umfing sie mit seinen Blicken. „Ich würde mich gerne mit dir treffen. Nicht wegen Diego und nicht, um mich bei dir auszuweinen. Würdest du mit mir ausgehen?"

Ironisches Timing nach ihren Zwischenspielen im Keller und letzter Nacht auf der Veranda. Sie hatte es kommen sehen, hatte selbst darüber nachgedacht. Aber aus einem inneren Drang heraus seinen Kuss zu erwidern war nicht dasselbe wie eine bewusste Entscheidung, einen Abend miteinander zu verbringen. War sie schon dazu bereit, eine Beziehung einzugehen? Bisher hatte sie da auf ganzer Linie versagt. „Ich bin nicht sicher, ob ich das kann, Matt."

„Weil …"

Ich zerbrochen bin.

„Du dich nicht zu mir hingezogen fühlst?"

Konnte er das wirklich glauben? Was sie für ihn empfand, war nicht die betäubende, giftige Anziehungskraft, die sie bei Eric verspürt hatte. Es war die Anerkennung seiner guten Eigenschaften und eine rücksichtslose Vernachlässigung ihrer Unterschiede.

Er raufte sich die Haare. „Wenn dir jede Minute zuwider war ..."

„Natürlich nicht. Es ist nur, dass es das letzte Mal so destruktiv war."

Er sah sie prüfend an. „Das kann ich nicht ungeschehen machen."

„Niemand kann das."

„Aber ich kann dich zum Essen einladen. Keine Erwartungen."

Wie würde sich das überhaupt anfühlen? Eric hatte immer voller Erwartungen gesteckt, meistens unausgesprochener. Aber sie hatte seine Wünsche vorhergesehen, hatte seine Launen und Sehnsüchte entziffert und ihnen von ganzem Herzen entsprochen.

Matt verschränkte die Arme und ein Anflug von Enttäuschung war in seiner Miene zu lesen. „Du kannst auch nein sagen."

Warum tat sie es dann nicht? Was Diego und Maria betraf, waren sie beinahe fertig. Es war unwahrscheinlich, dass ihre Wege sich noch einmal kreuzen würden. Sie war ein Ventil für seine Trauer gewesen; und er hatte ihr das Gefühl gegeben, dass sie trotz allem begehrenswert war. Dabei könnten sie es belassen.

Zögernd holte sie Luft. „Essen wäre nett." Wieder ein Schritt auf ein Loslassen zu, entscheidender eigentlich, als das Viertel zu verlassen, in dem Eric ohnehin nicht mehr wohnte. Das war eine Frage der Geografie. Dieser Schritt konnte ihre Herzenslandschaft verändern.

Er lächelte. „Um sieben?"

„Gut." *Nein, nein, nein.* Was tat sie da? Sie hatte ihr Gleichgewicht wiedergefunden.

„Dann ist das abgemacht." Er berührte ihre Wange mit den Lippen. „Wir sehen uns heute Abend."

Es war lediglich ein Abendessen. Nur dass sie so aufgewachsen war, dass eine gemeinsame Mahlzeit ein Ritual war. Gemeinsam am Tisch zu sitzen, bedeutete, das Leben mit anderen zu teilen, und sie war sich nicht sicher, ob sie ihres auf eine Weise mit Matt teilen konnte, wie er es sich wünschte. Mit klopfendem Herzen blickte sie ihm nach und ging dann in die Küche.

Nonna öffnete die Augen. „Netter Mann."

„Matt?"

„Wer sonst?"

Sofie lehnte sich an die Küchenzeile. Matt war nett. Er hatte eine Tragödie überlebt und war stärker, gütiger daraus hervorgegangen. Nonna mochte ihn, wie sie Eric nie gemocht hatte. Aber sie wusste, dass ihre Großmutter nicht vorschnell urteilte.

Sie hatte ein kurzes und heftiges Werben erlebt, die Flucht um ihr Leben und eine übereilte Heirat. Nonno Marco war eine unbekannte Größe gewesen und Nonna hatte die Beziehung zu ihm in Trauer und Angst begonnen, hatte Geduld, gutes Urteilsvermögen und treue Liebe gelernt. Wenn irgendjemand das Terrain des Herzens verstand, dann Antonia DiGratia Shepard Michelli.

Sofie sah ihre geliebte Großmutter an. „Geht es dir hier gut, Nonna? Vermisst du die anderen? Möchtest du nach Hause?"

Nonna faltete die Hände auf dem Schoß und ihre blauen Augen leuchteten. Auf ihrem Gesicht lag ein Ausdruck, den Sofie seit ihrer frühesten Kindheit liebte, ein bisschen weise und spitzbübisch zugleich. „Wie kommst du darauf, dass ich mich hier nicht wohlfühle?"

Kapitel 15

Matt war nicht mehr so nervös gewesen, seit er auf der Anklagebank Platz genommen und seinen ersten Geschworenen in die Augen gesehen hatte. Warum hatte er Sofie nicht ablehnen lassen? Wenn die letzte Beziehung so schlimm gewesen war, verstand er ihr Zögern nur zu gut. Wie konnte er glauben, dass er derjenige war, der ihr durch diese Sache helfen konnte? Hatte er Jacky etwa geholfen?

Eine Zeitlang war er der Anwalt Matthew Hammond gewesen, mit der Aussicht auf eine steile Karriere, und selbst das hatte nicht ausgereicht, um den Makel des Versagens loszuwerden. Jetzt war er nur noch ein Typ, der versuchte, misshandelten Kindern zu helfen. An manchen Tagen war er nicht einmal sicher, dass ihm das auch gelang.

Was war, wenn sie Ja gesagt hatte, weil sie ihm nicht wehtun wollte, weil sie dachte, er könnte einen Korb nicht verkraften, weil – er umklammerte das Lenkrad fester – er an ihrer Schulter geweint hatte. Geweint. Beinahe hätte er eine Vollbremsung gemacht und wäre umgedreht.

Seit er nach Sonoma gekommen war, hatte er sich nicht mehr richtig verabredet. Jetzt hatte er jemanden gefunden, zu dem er eine ganz besondere Beziehung aufbauen konnte, und dann gleich seine Chancen verspielt, indem er sich vor ihr völlig entblößt hatte. Auch sie hatte ihm ihr Herz ausgeschüttet, aber viel behutsamer.

Wieder hätte der Drang umzukehren beinahe gesiegt. Aber etwas, das stärker war als seine Angst, ließ ihn weiterfahren. Er wollte sie sehen. Und es war ja nur ein Abendessen, eine zwanglose Mahlzeit ohne Erwartungen. Und warum schlug sein Herz dann so schnell, als Sofie in einer schwarzen Hose und einem hellgrauen Velourslederblazer an die Tür kam?

„Hi." Er ließ seinen Blick über ihre Gestalt wandern. Hätte sie sich so viel Mühe gegeben, toll auszusehen, wenn sie nicht mit ihm ausgehen wollte?

„Hi."

„Hunger?"

Sie nickte, aber als sie die Tür hinter sich zuzog, wehte ein köstlicher Duft aus der Küche herüber. Die Konkurrenz hatte es in sich, wenn dieser Hauch etwas zu bedeuten hatte. Aber das Restaurant im Hotel Sonoma hatte eine hervorragende Küche. Außerdem, sagte er sich erneut, ging ja jeder ohne jegliche Erwartungen in den Abend.

„Es gefällt mir, wie du die Haare trägst." Mit beiläufiger Eleganz locker hochgesteckt. Weniger Versuchung für seine Finger, als wenn sie die Haare offen trug.

„Danke."

Er öffnete ihr die Beifahrertür seines Wagens. „Wie lebt Maria sich ein?"

„Gut, obwohl es nicht einfach war, als Cassinia vorbeikam. Maria ist davon überzeugt, dass die Frau ihr das Baby wegnehmen will."

Wenn Cassinia irgendetwas in der Richtung geäußert haben sollte, würde das gegen ihren Verhaltenskodex verstoßen. Elternschaft wurde durch die Verfassung geschützt, und da Diego amerikanischer Staatsbürger war, erstreckte sich dieser Schutz auch auf Maria. Aber Cassinia glaubte nicht, dass Maria das Ergebnis ihrer Vergewaltigung aufgebürdet bekommen sollte, und das hatte sie vielleicht durchblicken lassen.

„Sie hat ein psychologisches Gutachten für Maria in Auftrag gegeben?"

Sofie nickte.

„Wie schätzt du ihre psychische und emotionale Verfassung ein?"

„Bevor sie Diego bei uns gelassen hat, kannte ich sie kaum, aber was ich seither von ihr gesehen habe, erscheint mir bemerkenswert. Ich hätte nie gedacht, dass sie ein solches Trauma durchlebt hat."

„Dissoziation?"

„Ich glaube nicht. Sie hat Cassinia erzählt, was Lance für ihr Baby getan hat. Und scheinbar hat dies auch in Maria etwas Positives bewirkt."

„Glaubst du wirklich, dass Lance solch einen großen Einfluss hat?"

„Ich weiß nur, dass sie nicht zerstört wirkt. Und sie hat eine Beziehung zu Diego aufgebaut, die stark genug ist, dass sie sich selbst in Gefahr bringt, um ihn zu beschützen. Sag du mir, ob das normal ist."

Das konnte er nicht sagen. Nicht einmal annähernd. Aber er war nicht bereit, ihre Erklärung zu akzeptieren. Vielleicht steckte Maria so tief in der Leugnungsphase, dass sie noch nicht einmal damit begonnen hatte, den Schmerz zu verarbeiten. Das ergab mehr Sinn, als dass sie aus Versehen geheilt worden war. Aber was hatte er vor? Wollte er mit ihr streiten, noch bevor sie überhaupt im Restaurant waren?

Er parkte auf dem Platz in der Nähe des Hotels und ging um den Wagen herum, um ihr die Tür zu öffnen. Entweder genoss sie es, umsorgt zu werden, oder sie war so erzogen, dass sie Höflichkeit erwartete – oder der Kerl, mit dem sie zusammen gewesen war, war ein Kontrollfreak gewesen. Zu den Frauen, die auf Männer hereinfielen, die sie misshandelten, zählten auch gebildete Frauen mit Hochschulabschlüssen und selbst zähe Polizistinnen.

Sofie hatte nicht gesagt, dass Eric sie misshandelt hatte. Sie hatte nur gesagt, die Beziehung sei destruktiv gewesen. Vielleicht hatte sie damit das Ende der Beziehung gemeint. Er konnte nur raten, wie diese Beziehung vorher ausgesehen hatte; genau genommen hatte er den Großteil des Tages damit verbracht, darüber nachzudenken.

Als sie eintraten, sagte sie: „Das sieht schön aus."

„‚Regionale Küche mit französischer Leidenschaft.'"

Sie fingen mit Käse, Obst und selbst gebackenem Feigenkuchen an, den sie mit Appetit aß, während sie ihm erzählte, wie wählerisch Nonna immer in Sachen Käse gewesen war, dass sie jedes Rad, das ins Restaurant geliefert wurde, selbst inspiziert hatte. Als Nächstes aß sie den Salat mit gebratenen Auberginen, Kräutern, frischem Mozzarella und roter Paprika, während er einen Salat mit Rucola, Pekanüssen, Ziegenkäse, Pancetta und Feigen bestellt hatte.

„Meine Schwester Monica kann genauso wenig mit Essen umgehen wie Mama. Egal, was sie kochen, es ist eine einzige Katastrophe. Lance glaubt immer noch, man könne es ihnen beibringen. Er weiß gar nicht, welchen Vorteil er dadurch hatte, dass er schon von klein auf bei Nonna in der Restaurantküche gelernt hat." Sie aß einen Bissen. „Mama nimmt jeden Vorschlag, den er macht, persönlich. Aber es tut ihm ehrlich weh, wenn er sieht, wie die Lebensmittel massakriert werden."

„Dann ist er also ein Perfektionist." Warum sprachen sie schon wieder über Lance?

„Nicht im zwanghaften Sinne. Er hat einen sehr lockeren Zugang, kreativ und begabt."

„Und das ist sein Job? Kochen?"

„Er macht viele Dinge. Es wäre schwierig, etwas zu finden, was er noch nicht gemacht hat. Aber seine Leidenschaft sind Kochen und Musik."

Ihr gebratener Heilbutt mit Flusskrebsen und Safran-Aioli wurde gebracht. Sie atmete den Duft ein und nahm ihre Gabel zur Hand. „Er und sein Freund Rico haben zusammen gesungen, seit sie in der Schule waren. Sie hatten auch in ein paar angesagten Lokalen professionelle Auftritte gespielt und hatten einen Top-Agenten, der große Pläne mit ihnen hatte, bevor Lance die Band aufgegeben hat."

„Warum hat er aufgehört?"

Sie blickte auf ihren Teller. „Dafür gab es mehrere Gründe. Aber vor allem lag es wohl an Tonys Tod."

„Tony ..."

„Unser älterer Bruder. Er war Polizist. Er ist am Ground Zero gestorben."

Matt starrte sie an. „Du hast einen Bruder verloren?" Er legte beide Hände auf den Tisch und ließ diese Einsicht sacken. „Du hast gar nichts gesagt. Als ich dir von Jacky erzählt habe."

„Ich wollte deine Trauer nicht relativieren." Aber sie hatte ihn selbst erlebt, den sinnlosen Verlust. Und nichts gesagt. Mitfühlende Zurückhaltung oder das gleiche Abwiegeln, das er bei Lance gesehen hatte? Die Fähigkeit, sich zurückzunehmen und sich ganz auf jemand anders zu konzentrieren. „Willst du darüber reden?"

Sie seufzte. „Er ist im Dienst gestorben. Er wurde geehrt und verehrt dafür. Ich vermisse ihn." Sie blickte auf. „Aber ... wir sind hier und essen zusammen."

Es sollte also nicht zu tiefgründig werden. Sofie sollte entscheiden, wann und was sie erzählen wollte, so wie sie es im Krankenhaus getan hatte, aber jetzt war ihm bewusst, dass sie nur sehr wenig von ihrer Verletzung preisgeben würde.

Er riss ein Stück Brot ab. „Was hast du in der Schule am liebsten gemacht?"

Sie lachte leise. „Das Jahrbuch."

Er zog die Augenbrauen hoch.

„Es hat mir Spaß gemacht, Augenblicke einzufangen und Erlebnisse festzuhalten."

„Warst du für die Fotos zuständig?"

„Nein, das war Bernie Stein. Ich habe das Layout gemacht. Was war denn dein Lieblingsfach?"

„Sport. Keine Überraschung, was?"

„Ich hatte eigentlich gedacht, etwas Verkopfteres, zum Beispiel Geschichte, da du anschließend Jura studiert hast."

„Tja, nur weil ich die entsprechenden Noten hatte, heißt das nicht, dass es mir Spaß gemacht hat. Ich habe mich am wohlsten gefühlt, wenn ich auf der Ringermatte war, übers Footballfeld gelaufen bin oder Völkerball gespielt habe. Sieh dich also vor."

„Was haben Männer nur immer mit Völkerball?"

„Ein evolutionärer Instinkt, die Schwachen auszumerzen." Er sah auf seinen Teller. „Wobei ich eigentlich immer zusammen mit einem Mädchen oder einem nicht so sportlichen Jungen in einer Mannschaft war." Er hatte nicht wie ein jugendlicher Altruist klingen wollen, auch wenn es die Wahrheit war. Er hatte gelernt, wie zerbrechlich die Schwachen waren.

„Ich wünschte, du wärst in meiner Mannschaft gewesen."

Ein Lächeln zuckte um seine Mundwinkel. „Ich auch."

„Der Fisch ist köstlich. Wie ist deine Ente?"

Er hatte Confit von der Ente mit Röstkartoffeln, Oliven, Gemüse und Kapern bestellt. „Fantastisch. Möchtest du probieren?"

Sie überraschte ihn, indem sie das Angebot annahm. Er hielt ihr die Gabel hin und sie beugte sich vor. Sein ganzer Körper wurde warm, als sie von seiner Gabel aß. Das war eine Frau, mit der er sich faule Vormittage und Regennachmittage vorstellen konnte.

„Sehr gut. Möchtest du von meinem Fisch kosten?"

„Ich weiß, wie er schmeckt. Ist eines meiner Lieblingsgerichte auf der Karte."

„Dann nimm ein Stück." Sie trennte ein weiches, lockeres Stück ab und hielt es ihm hin.

Er umfasste ihre Hand und probierte von ihrer Gabel. „Mmm. So gut wie immer." Und der Kontakt mit ihrer Haut war ein zusätzlicher Bonus. „Du könntest deine Dissertation über die euphorischen Vorzüge guter Küche schreiben."

„Hmm."

„Hast du dich schon entschieden, ob du weitermachen willst?"

Sie zuckte mit den Schultern. „Heute Nachmittag hatte ich den verrückten Gedanken, den Keller der Villa in ein Tanzstudio zu verwandeln. Meinst du, hier will irgendjemand Tanzunterricht nehmen?"

„In der Fledermaushöhle? Das wäre doch der Hit!"

Sie verdrehte die Augen. „Was hast du nur mit Löchern im Boden?"
„Einen Hang zu Abenteuern, bei denen ich mich schmutzig machen kann."
„Es würde ja nicht mehr wie eine Fledermaushöhle aussehen, wenn ich damit fertig bin."
„Keine Skelette?"
Sie schüttelte den Kopf. „Lance hat ihn anständig begraben."
Jemand erschien hinter ihm und er blickte auf.
Sybil warf ihm ein verführerisches Lächeln zu. „Hallo, Softie."
Er hasste diese Bezeichnung, aber sie benutzte sie ungestraft.
Sie fuhr mit einer Hand über seine Schulter und wandte sich dann an Sofie. „Ich habe zufällig mitbekommen, dass ihr einen Lance erwähnt habt. Meint ihr vielleicht Lance Michelli?"
„Das stimmt."
„Sybil Jackson." Sie streckte die Hand aus und Matt hätte schwören können, dass Sofie sich versteifte.
„Oh."
„Er hat mich erwähnt?"
„Nur Ihren Urgroßvater."
Sybil verdrehte die Augen. „Pech, aber ich kann wohl kaum was dafür. Und ich habe es wiedergutgemacht."
Sofie nickte, schien aber nicht überzeugt.
Sybil sah Matt an. „Du hast deine Verabredung noch gar nicht vorgestellt."
Er wollte sich erheben, aber Sofie sagte: „Ich bin Sofie, die Schwester von Lance."
„Oh." Sie wandte sich wieder an ihn. „Ein paar von uns hängen morgen bei Boyes ab. Hast du Lust auf einen heißen Whirlpool?"
„Ich überlege es mir." Aber nicht sehr lange. Wenn Sybil noch heißer wurde, würde sie die Erderwärmung beschleunigen. Als sie ging, sagte er: „Was war mit ihrem Urgroßvater?"
„Er hat damals den Mord in Auftrag gegeben."
„Du machst Witze."
Sofie schüttelte den Kopf. „Nonnas Vater und Großvater starben wegen ihm. Ich habe dir doch erzählt, dass Antonia fliehen musste."
Er fuhr sich mit der Zunge über die Lippen. „Ich wusste gar nicht, dass ausgerechnet Sybil etwas damit zu tun hatte."

„Das hatte sie ja gar nicht. Das alles hat sich ja vor unserer Zeit abgespielt. Aber sie hat Lance ein paar Antworten geliefert."

„Du scheinst sie nicht besonders zu mögen."

Sofie spielte mit einer grünen Bohne auf ihrem Teller. „Tut mir leid."

„Warum?"

Sie hob den Blick. „Sie ist deine Freundin."

„In einem sehr weit gefassten Sinn des Wortes. Ich kenne sie schon ziemlich lange. Sie zeigt vor allem dann Interesse an mir, wenn ich mit jemand anderem zusammen bin."

Sofie spießte die Bohne auf, biss ein Stück nach dem anderen ab und tupfte sich dann den Mund ab. „Ich bin wohl einfach skeptisch bei Menschen, die auf Beute aus sind."

„Wieso glaubst du, dass sie auf Beute aus ist?"

Sofie zog nur eine Augenbraue hoch.

„Na gut. Sie macht diesen Eindruck, aber" – er hob die Hände – „ihr Vater hatte ungefähr sieben Ehefrauen, eine jünger als die andere, und keine kam gut mit Sybil klar. Sie versucht, Bestätigung zu bekommen, wo immer sie kann."

„Wart ihr mal zusammen?"

Er schüttelte den Kopf. „Seitdem ich wieder in Sonoma bin, war ich noch nicht auf eine ernsthafte Beziehung aus. Es hat ein paar Jahre gedauert, in denen ich mein Leben umstrukturiert und mir überlegt habe, was wirklich wichtig ist."

„Und was ist wichtig?"

Er dachte einen Moment nach. „Geld jedenfalls nicht. Was das betrifft, war ich in meiner Kanzlei in Boston auf dem besten Wege, mit einem teuflischen Stundenlohn. Jetzt verdiene ich genug, um über die Runden zu kommen. Natürlich hatte ich nicht viel Gelegenheit, das auszugeben, was ich verdient hatte, deshalb ist das meiste davon gut angelegt und vermehrt sich."

„Zeit ist also wichtiger als Geld."

„Das hängt davon ab, wie man sie verbringt. Früher war kaum daran zu denken, dass ich noch etwas anderes tue, als zu arbeiten. Samstagabends hatte ich in meinem Kalender Verabredungen stehen und ich konnte mich manchmal kaum noch erinnern, mit wem und wo."

Sofie sah ihn verblüfft an. „Das klingt nicht so …"

„Als würde es zu mir passen?"

Sie nickte.

„Tut es auch nicht. Ich war den Erwartungen eines anderen Menschen ausgeliefert."

„Oh." Ihrem Gesichtsausdruck nach zu urteilen, wusste sie genau, wie das war.

Er streckte die Hand aus und berührte ihre Finger. „Was ist dir wichtig?"

„Familie. Glaube. Freude."

„Und das hast du alles?"

„Ein bisschen von allem."

Sein Daumen fuhr über ihre Fingerknöchel. „Ist da noch Platz für etwas anderes?"

Die Bedienung kam mit dem Dessert-Tablett. Sofie lehnte dankend ab, aber er überredete sie, sich mit ihm einen gefüllten Schokoladenkuchen mit Brandykirschsauce und Crème fraîche-Eis zu teilen. „Wenn er dir nicht schmeckt, opfere ich mich und esse den ganzen Kuchen allein."

Sie lachte. „Und wenn ich ihn mag?"

„Dann entscheiden wir durch Armdrücken, wer die größere Hälfte kriegt."

„Du würdest dich wundern", sagte sie und kniff die Augen zusammen.

„Oh, ich bin mir sicher, dass du ein starkes Mädchen bist, schließlich bist du Tänzerin und all das. Aber ich fürchte, es wäre kein fairer Wettkampf."

Sie streckte das Kinn vor. „Ich komme aus der Bronx."

„Und das bedeutet …"

„Es gibt Mittel, wie man gewinnen kann, ohne die meiste Kraft zu haben."

„Zum Beispiel?"

„Druckpunkte."

Er lehnte sich zurück und musterte sie von Kopf bis Fuß. Es gab auch emotionale Druckpunkte, die einen so lähmen konnten, dass man daran kaputt ging. Sie hätte beinahe kapituliert, aber jetzt war sie auf dem Weg der Besserung. Jedenfalls musste er das glauben. „Danke für die Warnung." Er lächelte, war sich aber sicher, wenn es hart auf hart kam, würde er ihren Arm ohne jede Mühe umlegen.

Die Bedienung brachte einen verführerischen Nachtisch und legte zwei Gabeln dazu. Er reichte Sofie eine und nahm die andere. „Auf die Plätze, fertig, los!" Aber er überließ ihr den ersten Bissen.

Sie schloss die Augen. „Also, dafür lohnt es sich zu kämpfen."

Er lächelte. „Ich kann noch einen bestellen."

„Nein." Genüsslich leckte sie die Gabel ab. „Manchmal ist weniger mehr."

„Also das ist so ein Ausdruck, bei dem man sich irgendwie blöd vorkommt. Wie kann weniger mehr sein? Es kann besser, klüger oder auch effizienter sein. Aber es muss mehr irgendwas sein, nicht einfach nur mehr."

Sie lächelte. „Möchtest du noch mehr?"

„Weniger geht ja wohl nicht."

„Das hängt davon ab, wovon weniger. Weniger als ich oder weniger als das, was du schon gegessen hast?"

„Und das" – er zeigte mit seiner Gabel – „hängt davon ab, was du unter mehr verstehst."

Sie nahm genüsslich den Bissen von ihrer Gabel und leckte mit der Zunge die Schokoladenkrem von ihren Lippen. Ihm war zumute, als wäre er eine Rakete, die auf allen Zylindern brannte. Nicht gut. Er könnte sich hinreißen lassen, aber mit Sofie musste er behutsam umgehen. Er riss sich zusammen und nahm noch einen Bissen, obwohl er ihr viel lieber dabei zugesehen hätte, wie sie jedes einzelne Stück genoss.

Carlys Hände waren schweißnass. *Wie feige von ihr!* Sie wischte sie an ihrer Jeans ab und nahm dann das Handy wieder in die Hand. Tu es einfach. Sie gab die Nummer ein. Die Verbindung wurde aufgebaut. Es klingelte. Ihr Herz raste. Heute würde es geschehen. Diesmal würde sie es tun. Denn sie war es leid, allein zu sein, einsam zu sein.

„Hallo?"

Carly schluckte. „Hi."

„Wer ist da?"

Sofie klang etwas skeptisch, so als erwarte sie, dass die Verbindung wieder unterbrochen wurde. Bevor sie den Mut verlor, sagte sie: „Carly." Sie hörte, wie die Frau am anderen Ende der Leitung scharf die Luft einsog, und hoffte, dass Sofie nicht auflegen würde.

„Carly?" Es war beinahe ein Flüstern. Und es klang zittrig.

„Erinnerst du dich an mich? Wenn nicht, ist es auch in Ordnung, und ich wollte dich auch nicht stören, aber …"

„Natürlich erinnere ich mich an dich." Jetzt klang ihre Stimme belegt, so als müsse sie gleich weinen. „Bist du es wirklich, Carly? Woher hast du meine Nummer?"

„Aus Dads Telefon." Sie erwähnte lieber nicht die vielen Male, die sie von seinem Handy aus angerufen hatte, weil sie nicht wusste, ob Sofie böse sein würde, denn sie hatte nie etwas gesagt.

„Wo bist du denn, Liebes? Es ist so schön, deine Stimme zu hören."

Nichts im Vergleich dazu, wie schön es war, Sofies Stimme zu hören. Ihr wurde ganz warm in der Brust und im Magen und überall. „Ich … äh, wollte nur … hallo sagen." *Ich vermisse dich; ich habe dich lieb; ich will, dass du nach Hause kommst.*

„Ich kann dir gar nicht sagen, wie viel mir das bedeutet." Sie klang jetzt gefasster, aber irgendwie sogar noch ein bisschen tiefer als vorher.

„Ich hab mit einem Typen gesprochen, als ich schon mal angerufen hab. War das, ist er …?"

„Ich glaube, das war Lance. Du warst wahrscheinlich zu klein, um dich an meinen Bruder zu erinnern."

Bruder. O…kay. „Ja. Wahrscheinlich. Aber ich erinnere mich an dich und ich wollte einfach nur reden."

„Wo bist du denn?"

„In meinem Zimmer."

„Nein, ich meine, wo wohnst du?"

„Carly?" Die Tür ging auf. Dad kam einfach rein. „Wer ist das? Mit wem sprichst du da?"

„Mit niemandem." *Klar, gute Idee – als würde ich mit mir selbst telefonieren.* „Ich meine, niemand Wichtiges. Eine Freundin."

„Was für eine Freundin?"

„Es ist nur … Sofie."

Seine Miene verdunkelte sich. „Welche Sofie?"

Sie schluckte. Er riss ihr das Telefon aus der Hand. „Hallo?" Seine Stimme überschlug sich. „Bist du das, Sofie?"

Mit einem finsteren Blick nahm er das Handy vom Ohr und klappte es dann zusammen. Carly zitterte von der Kopfhaut bis zu den Zehenspitzen. Sie stand vom Bett auf, lief ins Badezimmer und übergab sich. Als das Würgen nachließ, erhob sie sich von den Knien und wusch sich Hände und Gesicht mit kaltem Wasser, während sie am ganzen Körper zitterte.

Selbst wenn ein Meteor durch das Dach geschlagen wäre und sie zerschmettert hätte, hätte Sofie nicht mehr am Boden zerstört sein können. Matt strich ihr über beide Hände, aber sie spürte nichts. Ihre Hände waren gefühllos, ihr ganzer Körper eiskalt, außer dem tiefsten Innern, das wie Feuer brannte.

„Sofie." Matt rieb ihre Hände. „Bleib bei mir."

Was glaubte er denn, wo sie hingehen würde? Aber als sie den Kopf bewegte, wurde ihr bewusst, wie sie aussehen musste. Das Blut war aus ihrem Gehirn gewichen. In ihren Ohren rauschte es wie ein Wasserfall und sie sah nichts mehr. Sie hörte, wie ein Stuhl über den Boden geschoben wurde. Matt hatte seinen Arm um ihre Schultern gelegt.

Allmählich nahmen die Dinge wieder Gestalt an. Die Bedienung wartete neben Matt. Die Leute an den anderen Tischen starrten herüber. Matt hockte sich neben sie. „Alles in Ordnung?"

Mit geschlossenen Augen presste sie die Finger gegen ihre Schläfen. „Es war Carly."

„Das habe ich gehört."

„Und … Eric."

Er umklammerte ihre Hand, als könnte er die Erinnerungen abwehren, wenn er sie nur fest genug hielt. Mit der anderen Hand gab er der Bedienung ein Zeichen, sich zu entfernen. „Möchtest du gehen?"

Sie nickte. Ihr Kopf war wieder klar und sie wollte den Blicken entfliehen, auch wenn sie jetzt eher diskret schienen. Sie stand auf. „Ich gehe nur kurz auf die Toilette."

Er zeigte ihr, wo die Toiletten waren, und hob einen Finger, um die Rechnung zu verlangen, während sie sich einen Weg zwischen den Tischen hindurchbahnte. Ihr Herz hämmerte. Carly. Der Schmerz war beinahe körperlich zu spüren. Sie stieß die Tür zur Damentoilette auf und lehnte sich an den Waschtisch. Plötzlich durchfuhr sie ein Schauer.

Eric … Sie schluckte die aufsteigenden Tränen hinunter und starrte dann in den Spiegel. *Reiß dich zusammen.* Aber sie konnte nicht …

„Sofie?" Matt klopfte leise an die Tür.

Sie stieß sich vom Waschbecken ab, zwang sich, ein paar Mal tief Luft zu holen, dann drehte sie sich um und ging hinaus. Auf Matts Stirn zeichnete die Sorge um sie tiefe Falten.

Sie richtete sich wieder auf. „Es geht schon wieder. Ich war nur überrumpelt."

„In Ordnung." Aber er ließ ihren Ellbogen nicht los, bis sie an seinem Wagen angekommen waren.

Sie stieg ein und schnallte sich an, aber einen Sicherheitsgurt, der einen vor unsichtbaren Schlägen schützen konnte, vor unkontrolliert rotierenden Gedanken, den gab es nicht. Eric hatte verletzt geklungen. Vielleicht auch wütend, aber das Brechen seiner Stimme …

„Glaubst du, dass Carly auch die anderen Male angerufen hat?" Matts Frage holte sie in die Gegenwart zurück.

„Bestimmt." Ihre Nummer war in Erics Telefon gespeichert. Sie hatten sie nicht vergessen, hatten sie nicht aus ihrem Leben gestrichen. Carly hatte sie gefunden und ihre auseinandergerissenen Herzen wieder zusammengebracht.

„Glaubst du, sie steckt in Schwierigkeiten?"

Sofie zuckte zusammen. „Was meinst du?"

„Ist er wütend auf sie, weil sie dich angerufen hat?"

Ihre Hände ballten sich zu Fäusten. „Kann sein."

„Sollten wir den Anruf zurückverfolgen lassen?"

Sie drehte sich zu ihm um. „Können wir das?"

„Nur, wenn du glaubst, dass sie unmittelbar in Gefahr ist."

„Nicht auf diese Weise. So ist er auch wieder nicht." Niemand würde etwas sehen, keine Anzeichen für Misshandlung.

Matt nahm die Kurve schneller als nötig.

Sie versuchte es zu erklären. „Carly macht sich vielleicht Sorgen, dass sie ihn enttäuscht hat." Wie gut sie sich an diese Höhle der Enttäuschung erinnerte. „Es ist besser, mit Eric zusammenzuarbeiten, nach seinen …"

„Regeln zu spielen." Matts Stimme klang tonlos.

„Carly weiß das bestimmt. Sie ist zehn."

„Und deshalb hast du dir in den letzten sechs Jahren Sorgen um sie gemacht?"

Sie schlang die Arme um ihren Oberkörper. „Sie klang … viel älter."

„Mit zehn ist man nicht alt genug, um sich selbst zu schützen."

Tränen traten ihr in die Augen. „Er würde ihr nie wehtun."

„Das hat er sich für dich aufgehoben?"

Den Kloß in ihrer Kehle schluckte sie hinunter. „Er hat mich nicht misshandelt. Er … brauchte nur viel." Das war keine gute Erklärung, aber sie wusste nicht, wie sie es sonst sagen sollte. Eric war kein Monster; er war ungeheuer charismatisch, gutaussehend und … abgrundtief.

Matt bog in die Auffahrt zur Villa und hielt an. Bei laufendem Motor stieg er aus und ging um den Wagen herum. Er öffnete ihr die Tür.

Sie stieg aus. „Es tut mir so leid. Ich wollte dir den Abend doch nicht verderben."

„Kein Grund, sich Gedanken zu machen." Aber seine Miene sprach eine andere Sprache.

„Danke für das Essen."

„Gern geschehen." Er schloss die Beifahrertür und zeigte in Richtung Veranda.

„Ist schon gut, du brauchst mich nicht hineinzubegleiten."

Er nickte. „Okay. Gute Nacht." Zum Abschied machte er keine Anstalten, sie zu küssen. Wenn er überhaupt daran dachte, war es ihm nicht anzumerken.

Mühsam brachte sie ein Lächeln zustande, dann stieg sie die Stufen hinauf und ging hinein.

Kapitel 16

Mit Baxter auf den Fersen näherte sich Lance der Gartentür. Beide waren vom Wind zerzaust. Er war so lange und schnell gefahren, wie er konnte, aber der Zauber hatte diesmal nicht funktioniert und wahrscheinlich sah man es ihm an. Rese ließ ihn in die Küche und schob ihre Arme um seine Taille. „Bist du in Ordnung?"

Es gefiel ihm gar nicht, dass sie das immer fragte. „Jetzt ja." Er legte einen Arm um ihre Schultern.

„Willst du darüber reden?"

Er küsste ihren Haaransatz. Vor gar nicht so langer Zeit hatte sie jedes persönliche Gespräch vermieden und er war es gewesen, der sie aus der Reserve gelockt hatte. Jetzt hatte sie den Spieß umgedreht und ihm wurde bewusst, wie schwierig es sein konnte, die richtigen Worte zu finden. „Ich versuche jetzt schon so lange zu beweisen, dass ich kein Versager bin. Obwohl ich kein Polizist bin wie Tony und Nonno oder ein einfacher Arbeiter wie Pop und Bobby und Lou. Auch wenn Pop immer noch glaubt, ich müsse mir einen richtigen Job suchen." Er ließ seine Stirn an ihrer ruhen. „Ich wollte, dass die anderen mich so akzeptieren, wie ich bin, aber jetzt …" Er schloss die Augen.

„Was ist jetzt?", ermunterte Rese ihn.

„Maria hat mich einen Heiligen genannt. Star sieht mich an, als könnte ich alle Probleme lösen. Nonna sagt, Gott habe seit meiner Geburt eine Liebesbeziehung zu mir ..."

„Du hast Menschen geholfen, Lance. Du kannst nicht erwarten, dass sie es nicht merken."

Er rieb sich das Gesicht. „Es hat nicht viel gefehlt und Cassinia hätte mich beschuldigt, Maria einer Gehirnwäsche unterzogen zu haben. Sie glaubt, ich wäre auf einem Machttrip, bei dem ich Mädchen, die leicht zu beeinflussen sind, zu meinen Jüngerinnen machen will."

„Es spielt keine Rolle, was sie glaubt."

Er wusste diese Einstellung zu schätzen, aber was ihn wirklich beunruhigt hatte, war die Tatsache, dass er gesehen hatte, was hinter Cassinias Feindseligkeit lag; die Abtreibungen, die sie hart gemacht hatten. Der Schmerz, der ihre Anschuldigungen antrieb, tat mehr weh als ihre Worte und er wusste nicht, was er deswegen unternehmen sollte.

Dass Gottes Liebe in ihm mächtig war, war ein Geschenk, das er annehmen konnte. Aber das Gefühl, dass diese Liebe abgelehnt wurde? Das war zu viel verlangt.

„Du bist nicht dafür verantwortlich, was andere für eine Meinung von dir haben, egal ob gut oder schlecht."

Er seufzte. „Erinnere mich immer wieder daran, ja?"

„Hast du schon etwas gegessen?"

Er schüttelte den Kopf. Er hatte gegen seine eigene Regel verstoßen, war nicht zum Abendessen zu Hause gewesen, weder zum Kochen noch zum Essen. „Es tut mir leid."

„Nonna hat eine Portion für dich aufgehoben."

Er hatte in letzter Zeit bemerkt, dass sie damit angefangen hatte, sie Nonna zu nennen, so wie alle anderen es auch taten. „Ich habe eigentlich keinen Hunger."

„Lance."

Er lehnte seine Stirn wieder an ihre. „Bitte dräng mich nicht."

Aufmerksam sah sie ihm in die Augen. „Ich muss wissen, ob du in Ordnung bist."

„Was würde dich denn überzeugen?", fragte er lächelnd.

„Kannst du angeben oder einen Wutanfall bekommen?"

Er lachte. „Kommt nicht infrage."

„Oder irgendetwas durchstechen?"

„Es ist nicht rebellisch, wenn alle es machen."

„Aha, jetzt kommt also die Wahrheit raus. Und ich dachte, du magst einfach Ohrringe." Sie berührte den kleinen Diamantohrstecker an seinem Ohrläppchen.

„Na ja …" Er zog sie an sich und sein Blick wanderte zu ihren Lippen. „Hast du wirklich gesagt, dass du mich heiratest?"

„Hätte ich diesen ungeheuer romantischen Antrag ablehnen sollen?"

Er legte seine Hände um ihre Taille. „Du willst Romantik?" Das kleine Stocken ihres Atems spornte ihn an, als sein Mund ihre Lippen suchte und sie leidenschaftlich küsste, bis Sofie vorbeiging, die Hand erhoben, um den Blick abzuschirmen.

„Sof." Er drehte nur den Kopf.

Sie ließ die Hand sinken. „Ich wäre hintenherum gegangen, wenn ich gewusst hätte, dass ihr in der Küche knutscht."

Ihre Worte klangen unbeschwert, aber etwas an ihrer Miene traf ihn wie ein Schlag. „Alles in Ordnung?"

„Natürlich." Sofie war schon immer eine schlechte Lügnerin gewesen.

„Was ist passiert? Hat er sich danebenbenommen?"

Sie sah ihn verwirrt an. „Matt?"

„Wer denn sonst?"

Sie verschränkte die Arme. „Nein. Matt war völlig okay."

„Wenn er mit dir spielt, Sof ..."

„Es ist nicht Matt, verstanden?" Sie rieb sich die Oberarme. „Ich habe mit Carly telefoniert."

„Was?"

Rese trat einen Schritt zurück, jetzt, da Lance' Aufmerksamkeit sich verlagert hatte.

„Sie hat mich auf dem Handy angerufen. Ich glaube, sie hat es schon einmal probiert und da warst du dran."

„Das war Carly?"

„Wer ist Carly?", fragte Rese.

Sofie seufzte. „Erics Tochter. Er ist der Mann, mit dem ich früher zusammen war."

Lance' Magen zog sich zusammen. „Was wollte sie?" Er bemühte sich, sachlich zu klingen.

„Einfach nur reden, glaube ich. Wir hatten nur eine Minute und ... dann ging Eric an den Apparat."

„Du hast mit ihm gesprochen?"

„Das hätte ich tun sollen, aber ich wusste nicht, was ich sagen sollte."

Er fuhr sich mit den Fingern durchs Haar. „Du darfst dich da nicht wieder reinziehen lassen."

Wie von selbst wandte sie den Blick ab.

„Denk nach, Sof. Erinnere dich daran, wie es war."

„Sie klang so süß. Anders, aber ..."

„Mach denselben Fehler nicht ein zweites Mal."

Traurigkeit lag in ihren Augen. „Bitte sei nicht wie Pop, Lance. Oder wie die anderen. Du bist der Einzige, der nicht geurteilt hat." Sie machte die Tür auf und ging hinaus.

„Ich hätte es aber tun sollen", sagte er, als sich die Tür hinter ihr geschlossen hatte.

Sofie schlüpfte in das dunkle Kutscherhaus, ließ sich aufs Sofa fallen und vergrub das Gesicht in den Händen.

„Was ist los, *cara*?", flüsterte Nonna.

Sofie sah zu ihr hinüber. In ihrem weißen Nachthemd stand sie in der Tür wie die alten Frauen im Märchen, die sich in schöne Feen verwandeln. „Ich wollte dich nicht wecken."

„Wachen und Schlafen sind nur einen Atemzug auseinander", sagte Nonna, als sie sich zu Sofie setzte. „Was ist passiert?"

Lance auszuweichen wäre sinnlos gewesen, aber bei Nonna war es völlig ausgeschlossen. Sofie erzählte ihr von dem Anruf und von Erics Stimme am anderen Ende der Leitung. Wie verloren er geklungen hatte, wie verletzt. Wie viel Kummer die wenigen Worte, die sie mit Carly gewechselt hatte, und all die verlorenen Jahre in ihr ausgelöst hatten. Nonna hörte zu, ohne etwas zu sagen.

„Ich weiß nicht, was ich tun soll. Wenn ich herausgefunden hätte, wo sie wohnt …"

„Es ist besser, wenn du die Sache auf sich beruhen lässt."

Aber es war nicht besser. Wenn Carly wüsste, wie sehr Sofie sie vermisste, wie sehr sie sich wünschte, Carly in den Arm zu nehmen, sie zu einer Realität zu machen anstatt zu einem Traum, würde sie dann der Kleber sein, der sie irgendwie alle wieder zusammenhielt? Ihr Herz flatterte. Nein. Eric würde sie wieder in seinen Bann ziehen, sie mit seinen Bedürfnissen verschlingen. Vier entscheidende Jahre lang hatte sie ihm gehört. Jetzt hatte sie endlich gelernt, wieder frei zu atmen.

Aber was war mit Carly? Der Gedanke, dass das Kind Erics ganze Liebe ertragen musste, tat Sofie in der Seele weh. Niemand konnte Eric genug geben … oder konnte sie es? Gab es einen Weg, etwas, das sie tun könnte?

„‚So wie ein Hund zu seinem Erbrochenen zurückkehrt, wiederholt ein Narr seine Dummheiten.'"

Sie schloss die Augen. Nonna hatte auch beim letzten Mal kein Blatt vor den Mund genommen, aber als sich alles aufgelöst hatte, war sie da gewesen, eine stille Gegenwart, die sie festgehalten und nicht wieder losgelassen hatte.

„Er könnte sich doch geändert haben, Nonna. Ich habe mich ja auch verändert."

„Er ist ein schwarzes Loch."

„Ich denke vor allem an Carly."

„Nein, das tust du nicht. Du hast von seinem Gift gekostet." Nonna stand auf.

„Bitte. Er ist ein Mensch. Er hat Anspruch auf Respekt."

„Respekt verdient man sich." Sie ging zurück in ihr Zimmer und schloss die Tür.

Sie hatte recht. Sosehr Sofie Carly auch liebte, dieses Kind war nicht ihre Verantwortung. Ein schrecklicher Schmerz durchfuhr sie. Wer würde sich aber dann um dieses Mädchen kümmern? Erinnerungen an Carlys kleine Hände stiegen in ihr auf, an ihre Stimme, an ein Lächeln, das Sofies Knie weich werden ließ. Sie war ein solcher Schatz gewesen, schon ihr Anblick hatte Sofie zu Tränen gerührt und sie fragte sich, ob Eric als Kind auch so gewesen war. War ihm vielleicht damals schon bewusst gewesen, welche Macht er hatte, Menschen hilflos zu machen?

Rese musterte Lance, als er sich wieder zu ihr umwandte, nachdem die Tür sich hinter Sofie geschlossen hatte. Einen trostloseren Blick hatte sie bei ihm noch nicht gesehen. „Erklärst du es mir?"

„Hast du dich jemals gefragt, ob der Teufel schön sein kann?"

Sie runzelte die Stirn. „War ich schon bis zu dem Thema gekommen?"

„Luzifer. Der Engel des Lichts. Der beste von Gottes Engeln."

„Mit dem hatte Sofie eine Beziehung?"

„Eric Malden. Und es war keine Beziehung, sondern er hat sie verschlungen."

„Du machst mir ja richtig Angst." Sie hatte Sofies Geschichte hören wollen, aber jetzt war sie sich da nicht mehr so sicher.

„Wie würdest du es denn sonst erklären, dass eine hübsche junge Frau voller Lebenslust und Talent, mit messerscharfem Verstand und bei allen beliebt, sich mit einer Rasierklinge die Pulsadern aufschneidet?"

„Das kann ich nicht erklären."

Lance wandte den Blick ab. „Ich war einen Großteil der Zeit, die sie mit Eric zusammen war, auf Tour. Wenn ich da gewesen wäre, genauer hingesehen hätte, ihr weniger vertraut hätte … Mir schien, dass viele Leute urteilten, aber keine Liebe walten ließen. Ich wusste, wie sich das anfühlt, und wollte mich daran nicht beteiligen. Und bei meinem Ruf konnte ich ohnehin nicht gut mit Steinen werfen."

„Was ist geschehen?"

„Er hat dafür gesorgt, dass sie all ihre Freundschaften auf Eis legte, dass sie von ihrer Familie total abgeschnitten war. Er hat ihr den Willen geraubt, ihre Persönlichkeit, ihre Existenz außerhalb von ihm. Und dann ist er gegangen. Es hat lange gedauert, bis sie die Beziehungen, die sie vorher hatte, wieder aufbauen konnte. Erst jetzt lässt sie sich langsam auf neue ein."

„Und Carly …"

„Sofie war vier Jahre lang ihre Mutter. Dieses Kind war in jeder Hinsicht ihr Kind." Er schüttelte den Kopf. „Wir wussten, dass sie litt, aber sie hat sich nicht anmerken lassen, wie sehr."

Sein Blick wanderte zur Decke hinauf und sein Kinn bebte, während die Erinnerung Tränen in ihm aufsteigen ließ. „Monica hat sie gefunden. Die rechthaberische große Schwester, die alle herumkommandiert, hat sie in der Badewanne gefunden und gebrüllt, als wollte sie Tote aufwecken – im wahrsten Sinne des Wortes. Tony war unten bei Pop. Er hat die Blutung gestoppt und dafür gesorgt, dass sie weiteratmet." Seine Stimme brach. „Während Rico und ich in Manhattan einen Auftritt hatten."

„Das konntest du doch nicht wissen."

Er senkte das Kinn und sammelte sich. „Aber du verstehst sicherlich, warum ich es leid bin, dass Leute mich für jemanden halten, der ich nicht bin."

Er drehte sich um, als Star hereinkam, und zog einen dicken Umschlag aus seiner Jackentasche. „Hier, Star. Das war in der Post."

Star warf einen Blick auf den Absender und erstarrte. „Danke." Zögernd nahm sie den Umschlag entgegen und ging.

„Was war das denn?"

„Post von Rico."

Rese stemmte die Hände in die Hüften. „Die Asche von ihrem Gemälde?"

„Komm schon. Rico ist doch nicht rachsüchtig."

„Wenn du das sagst." Sie erinnerte sich daran, wie er den Times

Square mit einer Entschlossenheit nach Star abgesucht hatte, sodass Rese froh darüber gewesen war, dass er sie nicht gefunden hatte.

„Gefährlich, aber nicht rachsüchtig."

„Na gut. Ich muss Mom ins Bett bringen. Siehst du nach Star?" Schließlich war es sein Freund, der Unruhe stiftete.

„Klar."

Sie trennten sich oben auf dem Flur. Ihre Mutter war bereits eingeschlafen. Daher vergewisserte Rese sich nur noch, dass der Becher mit der Medizin leer war, dann schaltete sie den Fernseher und das Licht aus. Wenn Mom mehrere Tage hintereinander nicht aufstehen wollte, musste Dr. Jonas davon wissen. Rese verließ leise den Raum, als Star gerade mit Ohrstöpseln in ihrem Zimmer verschwand. Wie benommen stand Lance vor ihrer Tür.

„Alles in Ordnung?"

„Rico hat ihr ein Lied geschrieben."

„Ist es gut?"

„Nein, ich habe gesagt, *Rico* hat es geschrieben."

„Ich weiß – oh."

„Verstehst du, Rico macht den Rhythmus. Ich schreibe die Texte."

Dies betraf etwas Tieferes, ihre Freundschaft, ihre gemeinsame Geschichte. Und Sofies Vergangenheit zu erklären, hatte ihn mitgenommen. Zärtlich fuhr er mit dem Daumen über ihre Wange, gab ihr einen Kuss und ging in sein Zimmer. Kurz darauf hörte sie seine Finger über die Saiten der Gitarre fahren.

Rese schlüpfte in Stars Zimmer und fand sie auf dem Rücken liegend, mit geschlossenen Augen, aber ihre Hände bewegten sich sanft zur Musik. Sie setzte sich neben Star aufs Bett und ihre Freundin schlug die Augen auf. Sie klopfte auf die Matratze und Rese legte sich neben sie. Eigentlich hatte sie erwartet, Star würde verstört sein, aber auf ihrem Gesicht lag ein großer Friede.

„Hör mal." Star reichte ihr die Ohrstöpsel und spielte die CD von vorne ab.

Es klang wie die Musik, die Star und Rico in dem U-Bahn-Tunnel aufgenommen hatten mit Rico an Chaz' Steeldrums und Stars schwebender, wortloser Stimme. Darüber sprach Ricos Stimme mit seinem Akzent ein Wort nach dem anderen. „Glücksfall. Zufall. Zuspruch. Anspruch. Anregen. Ausreden. Einreden. Erwidern. Erneuern." Hypnotisch klangen die Worte, aneinandergehängt, ein rhythmischer Herzschlag über den zarten, halligen Tönen.

Sie dachte an Rico mit seinem Piratenlook, den Zöpfen mit Perlen darin und den schnellen, nervösen Händen. Begabt. Loyal. Heißblütig. Nachdem Star ihn verraten hatte, hatte er gesagt: „Hier ist für dich kein Platz, Chiquita." Und Star war – wie es ihre Art war – gegangen, um sich selbst zu verletzen.

Jetzt schienen die beiden einen vorsichtigen Tanz der Versöhnung zu beginnen. Das Gemälde, das sie ihm geschickt hatte, enthielt Elemente aus Ricos Leben und ihrer gemeinsamen Zeit; seine Worte über der Musik, die sie gemeinsam hervorgebracht hatten. Beide sagten nicht sehr viel, aber zwischen ihnen herrschte eine Strömung wie die Vibrationen der Steeldrum und auf Stars Gesicht lag ein zerbrechlicher Hoffnungsschimmer.

„Auflösung, Erlösung, Offenbarung, Bewahrung …"

Kapitel 17

Matt blickte auf, als Cassinia mit mehr als ihrem üblichen Schwung sein Büro betrat. „Was habe ich denn nun verbrochen?"

„Sie ist hier."

„Wer ist hier?"

„Marias Mutter. Dein Typ Lance hat angerufen."

„Mein Typ?" Fragend lehnte er sich in seinem Stuhl zurück und überlegte, warum er jetzt ihre schlechte Laune abbekam.

„Dieser religiöse Fanatiker. Er hat ihre Mutter vom Flughafen abgeholt und sie fahren zusammen zu ihm nach Hause."

„Er hat sie doch nicht aus dem Hut gezaubert. Die Frau wird ein Touristenvisum haben."

„Er will, dass wir uns dort mit ihnen treffen. Vielleicht kannst du mir erklären, wie er die Regie für diese beiden Fälle übernommen hat?"

„Sie haben Maria geholfen, bevor wir überhaupt damit zu tun haben. Und sie vertraut ihm."

„Sie verehrt ihn."

„Nach allem, was sie durchgemacht hat, ist das ja nicht unbedingt so schlecht."

Er war bei seiner Meinung über Lance Michelli ganz sachlich gewesen, aber die Sache wurde verkompliziert durch seine Gefühle für Sofie. Zum Glück wusste Cassinia nichts davon. In den Tagen seit ihrer letzten Verabredung hatte er versucht, nicht an Sofie zu denken, und nur zwei Mal Lance angerufen, um zu hören, wie es Diego ging. Lance zufolge gediehen Mutter und Sohn prächtig.

Cassinia sah ihn düster an. „Ich sage immer noch, dass sie und das Baby nicht hätten zusammengebracht werden dürfen, bevor der komplette Sachverhalt geklärt ist."

„Du hast doch das Gutachten." Und weil es seine Empfehlungen für Diego betraf, hatte er es auch bekommen. Maria verkraftete die Situation erstaunlich gut, sie litt unter der Hysterektomie und klammerte sich an den Sohn, den sie geboren hatte. Sie drückte ihre Wut denen gegenüber aus, die sie missbraucht hatten, und sie hatte den dringenden

Wunsch, nach Hause zu fahren. Wenn sie außerdem Lance Michelli wie einen Heiligen verehrte, wer konnte ihr das verübeln? „Sie haben dort Unterkunft gefunden und Menschen, die sich um sie kümmern: Das hätten wir ihnen nur schwerlich bieten können."

Cassinia runzelte die Stirn. „Aber dieser religiöse Fanatismus. Himmel, Hölle und Wunder. Wer glaubt denn heute noch daran?"

Abgesehen von ihrem Tonfall hätte er das auch so sagen können. Die Ambivalenz, die er jetzt empfand, überraschte ihn selbst. Er wollte nur den Fall abschließen. Schließlich hatte er dem Gericht empfohlen, das Sorgerecht für Diego wieder der Mutter zu übertragen. Maria würde entweder zu ihrer eigenen Mutter zurückkehren oder mit Unterstützung in den USA bleiben, bis sie auf eigenen Füßen stand – *falls* sie mit sechzehn und einem Säugling ohne Mann überhaupt auf eigenen Füßen stehen konnte. Aber da waren ja noch die „Fanatiker" in der Villa.

Er erhob sich. „Wollen wir?"

„Du fährst; ich bin heute mit dem Fahrrad gekommen." Die Luft draußen war schwer vom Nebel, aber weder Regen noch Schneeregen oder Schmuddelwetter konnten Cassinia davon abhalten, Benzin zu sparen und Rad zu fahren. Sie hatte allerdings nichts gegen eine Mitfahrgelegenheit, wenn er sowieso mit dem Wagen fuhr.

Auf der Fahrt sprachen sie kein Wort. Cassinias Haltung in diesem Fall ließ vermuten, dass sie sich irgendwie bedroht fühlte. Dinge, die nicht in ihre Weltsicht passten, die sie sich aufgebaut hatte, ärgerten und frustrierten sie, aber so extrem war es noch nie gewesen. Sie versuchte diese Tatsache zu verbergen, aber je eher sie die ganze Sache hinter sich brachte, desto besser.

Star öffnete ihnen die Tür. Sie trug einen bestickten Rock und eine Trachtenbluse. An ihren Hand- und Fußgelenken hingen mehrere Dutzend silberne Armbänder, die klimperten, wenn sie sich bewegte. „Lance und Señora Epinoza sind noch nicht da. Kann ich Ihnen ein Milchgetränk anbieten?"

Nicht, wenn schon das Wort ihn daran erinnerte, wie er am Tisch Sofie gegenübergesessen hatte. „Nein, danke."

Cassinia warf Star einen Blick zu, der jeden normal Sterblichen eingeschüchtert hätte. „Ich möchte aber mit Maria sprechen, bevor ihre Mutter eintrifft."

Sie wollte sich offenbar vergewissern, dass dem Mädchen bewusst war, welche unterschiedlichen Wendungen die Sache nehmen konnte. Aber warum sollte Señora Espinoza in die Staaten reisen, nur um Maria zu sagen, dass sie zu Hause nicht willkommen war?

„Ich sage ihr Bescheid." Star tänzelte die Treppe hinauf.

Er wartete zusammen mit seiner Kollegin im Salon und versuchte sich nicht zu fragen, wo Sofie sein konnte. Er wollte diesen Fall nicht abschließen, ohne sie noch einmal zu sprechen. Vielleicht war das für sie beide das Beste. Bis zu Marias Rückkehr war sie für Diegos Pflege wichtig gewesen. Dann war sie beiseitegetreten, und zwar mit einer Bereitschaft, die ihn angesichts ihrer Vergangenheit, die sie ihm offenbart hatte, überraschte. Nachdenklich schüttelte er den Kopf.

Wenige Augenblicke später kam Maria alleine die Treppe herunter, ihre Miene besorgt. „Was ist denn los?"

Cassinia legte den Kopf schief. „Warum glauben Sie denn, dass etwas los ist?"

„Meine Mutter ist noch nicht hier. Aber Sie wollen mich sprechen?" Sie war am Fuße der Treppe angelangt und stand Cassinia quasi Auge in Auge gegenüber.

„Ich bin nicht Ihre Feindin, Maria. Ich bin Ihre Anwältin. Ich überlege, was das Beste für Sie ist, und sorge dafür, dass niemand Sie zu irgendetwas nötigt. Verstehen Sie, was nötigen bedeutet?"

Maria nickte. „Mich zwingen." Ihre Stimme brach. „Aber das war vorher." Wut blitzte in ihren Augen auf. „Sie werden doch dafür bestraft, oder? Aber hier hat niemand so etwas getan."

„Ich meine nicht die Art, wie Sie vorher gezwungen wurden. Kommen Sie, setzen Sie sich." Cassinia nahm auf einem der Sessel im Salon Platz, Maria auf einem anderen. Cassinia diskutierte vielleicht heftig in diesem Fall, aber sie behandelte Maria mit Respekt und Fürsorge, auch wenn sie sie auf fünfzehn verschiedene Arten dazu befragte, wer sie dazu drängen könnte, das Baby zu behalten oder zu ihrer Mutter zurückzugehen. Marias Antworten waren immer gleich.

„Niemand nötigt mich dazu. Ich will mein Baby und ich möchte nach Hause."

Plötzlich ging die Tür auf und Lance kam mit einer stattlichen mexikanischen Frau mittleren Alters herein.

Maria sprang auf. „*Mamá!*"

Mrs. Espinoza breitete mit einem Aufschrei die Arme aus und die beiden hielten sich lange umschlungen, während Maria mehr Tränen vergoss, als er bisher bei ihr gesehen hatte. „*Lo siento, Mamá. Lo siento.*"

Die Frau legte eine Hand um Marias Kopf und weinte ebenfalls. „*Hija querida.*" Nach einiger Zeit lösten sie sich aus der Umarmung. „Wo ist mein Enkel?"

„Er ist hier", erklang Sofies Stimme von der Treppe aus.

Matt drehte sich um und sofort fing sein Herz an zu galoppieren, als er sie sah. Er konnte nicht fassen, wie wütend er gewesen war, als sie den Mann verteidigt hatte, der sie zu einem Suizidversuch getrieben hatte. Doch mit jedem Schritt, den sie die Treppe hinunterkam, wollte er die Entfernung zwischen ihnen überwinden, sie in die Arme nehmen … Aber er zwang sich zu einer ausdruckslosen Miene. Hier ging es schließlich um Diego.

Sofie legte den Säugling in Mrs. Espinozas Arme. Das Baby protestierte mit einem Quäken gegen die Übergabe und blickte dann seiner Großmutter ins Gesicht. Sofie trat zurück und Matt beobachtete, dass er die Entfernung zwischen ihnen unbewusst doch überbrückt hatte. Sie roch nach Babypuder und stand so nah, dass er sie hätte berühren können, aber er tat es nicht.

„*Mamá*" – Maria legte den Finger in die Faust des Babys – „das ist Diego Manuel."

Tränen liefen Señora Espinozas über die Wangen. „Ein guter Name. Nach deinem *papá*, Gott hab ihn selig. Und wo ist der Priester?"

„Er müsste jeden Augenblick hier sein." Lance blickte zum Fenster hinaus, während er antwortete.

„Gut."

Matt zuckte mit den Schultern, als Cassinia ihm einen Blick zuwarf. Irgendwie hatte die Autorität sich auf die elegante Frau verlagert, die jetzt das Baby auf dem Arm hielt. „Sie sind die Patin?", fragte sie Sofie.

Sofie neigte den Kopf. „Es ist mir eine Ehre."

„Und Lance." Maria strahlte. „Er ist der andere Pate."

Matt hätte beinahe gekichert, nach dem, was Sofie ihm erzählt hatte. Ausgerechnet der Pate.

„Mrs. Espinoza, ich bin Cassinia Krantz. Ich bin die Sozialarbeiterin, die für Marias Fall zuständig ist." Sie sah aus wie ein betagter Boxer, nur ohne Zahnschutz.

„Was auch immer mein Halbbruder und dieser Abschaum für illegale Geschäfte getan haben, Maria hat nichts damit zu tun."

„Ich meine, ich bin für ihr Wohlergehen verantwortlich und für die Entscheidung ..."

„*Ich* bin für Marias Wohlergehen verantwortlich."

„Er ist da." Lance ging zur Tür, um den Priester hereinzulassen. Noch mehr religiöser Hokuspokus. Cassinia sah aus, als würde sie gleich explodieren.

Sofie trat einen Schritt zurück und stieß ihn dabei aus Versehen mit dem Ellbogen an. Sie blickte über ihre Schulter. „Entschuldigung."

Er hätte ja geantwortet, wenn ihm seine Stimmbänder nur gehorcht hätten.

Als der korpulente Priester eintrat, schlüpfte Cassinia zur Tür hinaus, während Matt wie gebannt die Gegenwart von Sophie auf sich wirken ließ. Star und Elaine kamen die Treppe herunter und Nonna trat durch den bogenförmigen Eingang zum Esszimmer, um sich zu ihnen zu gesellen. Eingequetscht zwischen all den Menschen, berührte er sanft die Spitzen von Sofies goldblonden Haaren.

Die Zeremonie war schlicht – ein bisschen Wasser, ein bisschen Öl, kein Hokuspokus. Lance tat nichts, außer einige Male ein Kreuzzeichen auf der Stirn des Säuglings zu machen; Wunder schienen heute nicht auf dem Programm zu stehen. Für ein Baby, das über eine Woche lang keinen Namen gehabt hatte, verlief alles sehr geordnet.

Anschließend gingen Maria und ihre Mutter mit dem Baby nach oben. Star, Elaine und Nonna nahmen den Priester mit in die Küche. Rese war nicht da – es war schließlich ein Werktag. Und so blieb Matt mit Sofie und Lance allein zurück, aber Lance machte keine Anstalten, ihnen ein Tête-à-Tête zu ermöglichen.

Er stemmte die Hände in die Hüften. „Señora Espinoza hat vor, Maria morgen mit nach Hause zu nehmen. Mit Diego natürlich."

Matt schlug die Akte auf, die er unter dem Arm getragen hatte, und holte die gerichtliche Verfügung heraus.

Lance überflog sie und lächelte. „Danke."

„Es war im Interesse aller Beteiligten." Er und Cassinia waren bei der ganzen Sache nur Spielfiguren gewesen. Aber das war ihm lieber als all die Fälle, in denen kein Happyend möglich war. „Was hatte es mit der Taufe auf sich?"

„Señora Espinoza war sich nicht sicher, ob ihr Pfarrer Diego unter diesen Umständen akzeptieren würde."

Das war die Art engstirnige Religion, die Matt nur zu gut kannte.

„Außerdem wollte sie damit beweisen, dass *sie* es tut."

Die Selbstgefälligkeit in Lance' Lächeln bildete sich Matt wahrscheinlich nur ein. Sollten „Propheten" nicht über solchen Dingen stehen?

„Wir machen etwas zu essen. Bleiben Sie und" – Lance blickte sich um – „Cassinia?"

„Ich denke nicht." Es würde ohnehin Tage dauern, bis sie sich wieder abgeregt hatte. Er konnte nicht sagen, ob Sofies Miene Erleichterung oder Resignation zeigte. Aber welche Rolle spielte das schon? Sie hatte ihm die eine Eigenschaft gezeigt, die er an einer Frau nicht akzeptieren konnte.

Lance streckte ihm seine Hand entgegen. „Danke, dass Sie die Sache mit Diego organisiert haben."

„Gerne." Sie gaben sich die Hand.

Lance blickte von ihm zu Sofie, dann ging er in den Flur und in Richtung Küche. Jetzt, wo er ihr allein gegenüberstand, fiel es ihm schwerer, seiner Überzeugung zu folgen, vor allem da sie so aussah, als würde sie Verständnis haben und es ihm nicht übel nehmen, wenn er schlecht von ihr dachte.

Mit ihren kupfergrünen Augen blickte sie auf. „Ich bin froh, dass du für den Fall zuständig warst, Matt. Du hast ihn gut geregelt."

Er hatte kaum etwas gemacht und das wussten sie beide. „Und du hast Diego gut versorgt."

„Babys machen es einem leicht." Sie ließ die New Yorkerin zum Vorschein kommen. „Sie widersprechen nicht."

Er lächelte. „Sie fragen nicht nach deinen Autoschlüsseln …"

„Plündern nicht deinen Kleiderschrank …"

„Bleiben abends nicht lange weg, ohne anzurufen …"

Sie lachten. Ihre Zähne waren weiß und glatt und ihre Lippen weich und voll. Es war tapfer und großzügig von ihr gewesen, sich um Diego zu kümmern, und sie hatte ihn selbstlos wieder hergegeben.

Sein Herz hämmerte. „Hättest du Lust, dich noch einmal mit mir zu treffen, Sofie? Vielleicht zu einer Fahrt durch die Weinberge?"

„Im Februar?"

„Es gibt für alles eine Zeit."

„Hmm." Sie verschränkte die Arme. „Das ist biblisch."

„Prediger."

Sie zog die Augenbrauen hoch.

„Nur weil ich nicht daran glaube, heißt das nicht, dass ich ungebildet bin. Mein Agnostizismus ist gut begründet."

„Ich verstehe." Ihr Lächeln umfing ihn. „Eine Fahrt aufs Land wäre nett."

Er war hin und weg. „Dann rufe ich dich an." Eine Welle der Erleichterung durchströmte ihn, als er in den kalten Nieselregen hinausging, wo Cassinia schon auf ihn wartete. Sie machte ein Gesicht, als hätte sie an einer Zitrone gelutscht.

Sie steckte ihr Handy ein. „Ein Kind auf dem Weg in die Notaufnahme. Fünf Monate alt. Ist geschüttelt worden."

Seine Laune stürzte ab. Warum schien ihm sein aufgeklärter Unglaube plötzlich so nutzlos?

Rese setzte sich an den Tisch. Michelles Bibelstunden forderten ihren Verstand nicht so, wie Lance' theologische Diskussionen es meist taten. Michelles Ziel und ihre Präsentation waren klar; die Bibelstellen, die sie auswählte, um sie „aufzubrechen", dienten ihrem Lebensziel, die Hungrigen zu speisen und Menschen mit gebrochenem Herzen zu trösten. In gewisser Hinsicht war das ebenso eine Herausforderung wie die esoterischen Fragen, mit denen Lance sich herumschlug.

Rese schüttelte den Kopf und fragte sich wieder einmal, wie sie hier gelandet war. Ihr Leben war so einsam gewesen und Moms Krankheit hatte die Leute zunächst davon abgehalten, sich mit ihnen anzufreunden. So waren ihre eigenen Mauern mit jedem Jahr dicker geworden. Wenn sie daran dachte, dass Lance so viel Zeit damit verbracht hatte, die Lebensumstände anderer Menschen zu verbessern, und in Orten wie Kingston sein Leben aufs Spiel gesetzt hatte und dass Michelle in einem Warenhaus voller Spenden für die Armen lebte, die sie täglich besuchte, drehte sich ihr der Kopf.

Aber so fehl am Platze sie sich manchmal auch fühlte, es war nichts im Vergleich dazu, Star hierzuhaben. Sie waren sonntags alle mit in die Gemeinde von Lance gegangen, was an sich schon nervenaufreibend war, weil man nie sicher sein konnte, was Mom sagte oder tat, obwohl die anderen sie zu akzeptieren schienen – erstaunlicherweise. In dem bewussten Bemühen, ihre Freundschaft zu festigen, hatte Rese Star einfach gefragt, ob sie zur Bibelstunde in Michelles Gemeinde mitkommen wolle, und ihre Überraschung nicht gezeigt, als Star die Einladung angenommen hatte. Michelle und die Frau des Pastors, Karen, hatten sofort Freundschaft mit ihr geschlossen.

Michelle nahm ihre Bibel in die Hand. „In Johannes 21 fragt Jesus Simon Petrus: ‚Liebst du mich wirklich mehr als diese?' Petrus antwortet: ‚Ja, Herr, du weißt, dass ich dich liebe.' Und Jesus sagt zu Petrus, er solle seine Lämmer weiden."

Michelle räusperte sich, bevor sie fortfuhr. „Dann fragt Jesus Petrus genau das Gleiche noch einmal und sagt: ‚Liebst du mich wirklich?' Petrus sagt Ja. Jesus sagt ihm, er solle seine Schafe weiden. Ihr seht also", sagte Michelle und blickte in die Runde, „Jesus wollte eine Sache von Petrus wissen und nur diese eine Sache. Ob er bereit war, auf die Herde aufzupassen. Die Bedürfnisse der Armen zu stillen, die immer bei ihnen sein würden. Das bedeutet es, Jesus zu lieben."

Stars Augen leuchteten. „Die lieben nicht, die ihre Liebe nicht teilen."

Karen und Michelle reagierten sofort und die Diskussion drehte sich um die Frage, ob Liebe überhaupt existierte, wenn sie nicht im Handeln konkret wurde. Rese lehnte sich zurück und hörte zu, während sie an die vielen Arten dachte, wie die Menschen in ihrem Leben jeden Tag kleine Liebestaten vollbrachten. Lance hatte Elaine und Nonna zu sich in die Küche geholt und eine Opern-CD aufgelegt, während er mit den Essensvorbereitungen anfing, sodass sie und Star weggehen konnten. Selbst etwas so Gewöhnliches war Liebe. Wenn es auch Glaube war, wie konnten manche Menschen das dann nicht wollen?

Ihr Leben war so reich geworden. Indem sie einen Mann, der nach der Devise lebte, immer nur ein Stückchen von der Welt zu verändern, in ihr Leben gelassen hatte, hatte sie mehr gefunden, als sie jemals erwartet hätte. Sie war ein verhungerndes Schaf gewesen und hatte es nicht einmal gewusst.

Kapitel 18

Sofie öffnete, als Matt vor der Tür stand, die Hände in die Taschen seiner abgewetzten Jacke gestopft. Nach mehreren Tagen mit Nebel und Nieselregen schien heute die Sonne und der Himmel war klar. Ein Hauch von Frühling lag in der Luft. Matts Miene hingegen sah düster aus. Sein Blick war trüb und ein wenig streitlustig, als er sie begrüßte.

Sie runzelte die Stirn. „Ist alles in Ordnung?"

„Ja, warum?"

„Ich dachte nur, das hier wäre deine Idee gewesen." Und er sah aus, als wäre er lieber irgendwo anders. „Du kannst es dir gern noch anders überlegen."

Er atmete hörbar aus. „Sofie, ich bin hier und ich will es so. In Ordnung?"

„In Ordnung." Es war nur ein kurzer Ausflug, dazu noch am helllichten Tag. Also nichts, was sie dazu verleiten könnten, auf komplizierte Weise mehr dahinter zu vermuten. Sie zog die Tür hinter sich zu und folgte ihm zum Wagen.

Schweigend fuhren sie die Straße entlang, die sich in nordöstlicher Richtung nach Napa wand, bis er irgendwann sagte: „Maria und das Baby sind abgereist?"

„Ja." Schon vor Tagen hatten sie sich tränenreich verabschiedet.

„Vermisst du Diego?"

„Ich kann durchschlafen – keine schmutzigen Windeln und keine Spucktücher mehr." Sie starrte auf die letzten Häuser und Gebäude hinaus, als sie zwischen Feldern und Weinbergen hindurchfuhren, und dachte an Diegos weichen Kopf, der unter ihrem Kinn gelegen hatte, seinen Rücken, seinen warmen Milchgeruch. „Ja, ich vermisse ihn." Merkwürdig, dass es ausgerechnet Matt war, dem sie das gestand. „Aber er ist da, wo er hingehört, und ich bin froh, dass sich alles gefügt hat."

„Nach Gottes Willen?" Der bissige Tonfall überraschte sie. Bisher war er nicht sarkastisch gewesen, wenn sie sich unterhalten hatten.

„Ich glaube schon."

„Ziemlich nebulös, oder? Gottes Wille?“

„Ich bezweifle, dass Gott ihn nebulös findet.“

„Korrigiere mich bitte, wenn ich etwas falsch verstanden habe, aber es sieht doch so aus, als wären die Dinge für Maria und ihr Kind besser gelaufen als für dich und deins.“

Der Schmerz stach in ihrer Brust. „Was soll das denn?“

„Ich versuche doch nur, die willkürliche Mildtätigkeit deines allmächtigen Wesens zu verstehen.“

Sie hatte ihn noch nie so verbittert erlebt. Selbst an dem Abend, als er wütend geworden war, hatte er Höflichkeit und Haltung bewahrt. „Was ist los, Matt?“

Seine Hände umklammerten das Lenkrad so fest, dass seine Knöchel weiß hervortraten. „Ich komme gerade von einem fünf Monate alten Kind, dessen Gehirn von dem Freund seiner Mutter zu Hüttenkäse geschüttelt wurde.“

Sie presste eine Hand auf ihr Herz. „Oh, Matt, das tut mir leid.“

Die Muskeln in seinem Unterkiefer zuckten. „Früher hätte ich nicht nach einer Erklärung gesucht, hätte nicht versucht, einen Sinn in einer grundlosen Tat zu suchen. Jetzt frage ich mich ständig, warum. Als gäbe es darauf eine Antwort.“

Sie senkte den Kopf. „Wenn es wirklich eine gibt, dann kenne ich sie nicht.“

„Das solltest du aber. Denn du hast Dinge ans Tageslicht gebracht, die besser im Dunkeln geblieben wären, was mich betrifft jedenfalls.“

Sie warf ihm einen Blick zu. „Es hat dir aber doch geholfen, darüber zu sprechen.“

„Nein, das hat es nicht. Ich hatte auch so alles unter Kontrolle.“

„Du hattest dich bisher mit dem Tod von Jacky nicht auseinandergesetzt.“

„Tja, und jetzt kann ich nicht damit aufhören. Ich kann nicht mehr schlafen, ohne zu träumen. Und wenn ich träume, dann muss ich immerzu versuchen, ihn zu finden, ihn zurückzuhalten, ihn zu retten.“

Sie kannte den Schmerz solcher Träume nur zu gut. „Heilung braucht eben Zeit.“

„Du kennst dich ja wohl damit aus. Und wo wir gerade davon sprechen: Warum hat Gott überhaupt zugelassen, dass du dir die Pulsadern aufschneidest?"

Ihr Atem ging flach und der Schmerz der Verletzung und Verwirrung schlug über ihr zusammen.

„Ich hätte es jedenfalls nicht zugelassen." Sein Blick durchbohrte sie. „Bedeutet das dann, dass ich mir mehr Gedanken mache als der Gott, den du für real hältst?"

Sie schluckte. „Gott hat mir die Menschen geschickt, die mich geliebt und ins Leben zurückgeholt haben."

„Ach ja? Und warum hat er dann niemanden zu Jacky geschickt?"

Sie sah ihm tief in die Augen und sein Blick war wund und eindringlich. „Vielleicht hat er Jacky ja zu dir geschickt."

„Was soll das denn heißen?"

Matt hatte versucht, seinen Bruder zu beschützen, hätte sein Beschützer sein müssen – glaubte er jedenfalls – und hatte es nicht gekonnt. Aber er hatte es nicht dabei belassen. „Wegen ihm hast du dich entschlossen, anderen Kindern zu helfen."

Er wandte sich wieder der Straße zu und seine Miene war angespannt, sein Blick umschattet. „Dieses Baby liegt im Koma. Was soll ich da tun?"

„Das ist zu viel für dich. Deshalb stellst du ja diese Fragen. Deshalb fragst du dich, ob ..."

„Ich will doch nur, dass es aufhört."

Sie verstand das nur zu gut. „Gott ist nicht nur in den schönen Augenblicken da, sondern auch in den dunklen und hoffnungslosen. Vielleicht sogar gerade dann."

„Das heißt ..." Sein Handy, das in einer Halterung am Armaturenbrett befestigt war, klingelte und mit einem entnervten Seufzer betätigte er die Gesprächstaste. „Ja, Bec?"

„Ich gebe dir eine Chance, Ryan abzuholen, bevor ich die Polizei rufe."

Er lehnte den Kopf gegen die Kopfstütze. „Komm schon, Becca, du weißt, dass er harmlos ist."

„Er hat einen Kirschenpflücker vor meiner Wohnung geparkt – wahrscheinlich hat er ihn seinem früheren Arbeitgeber gestohlen – und sitzt jetzt vor meinem Balkon."

Matt fuhr sich mit gespreizten Fingern durchs Haar. „Ist ja gut. Ich komme." Schnell beendete er das Gespräch und setzte den Blinker. „Ich muss mich darum kümmern."

„Kein Problem."

„Es dauert nicht lange. Eine Kugel in seinen Schädel wird genügen."

Bei der Laune, die er hatte, hoffte sie, dass er keine Waffe bei sich hatte. „Wer ist denn Becca?"

„Eine Freundin. Sie und Ryan sind meine Freunde."

„Das Pärchen, das sich gerade trennt."

„Getrennt hat. Für Becca ist die Sache erledigt; aber Ryan begreift es einfach nicht."

„Und wo stehst du in der ganzen Sache?"

„Genau in der Mitte."

So wie sie vor sechs Jahren und jetzt wieder zwischen Eric und seiner Tochter gestanden hatte. Carly hatte nicht noch einmal angerufen und ihre eigenen Versuche, das Kind zu erreichen, waren immer bei einer Abwesenheitsnotiz gelandet, ohne die Möglichkeit, eine Nachricht zu hinterlassen.

Sie hielten vor einem zweigeschossigen Mehrfamilienhaus und entdeckten ohne Mühe den Kirschenpflücker, auf dem ein blonder Mann mit einem Megafon saß. Matt parkte den Wagen und stieg aus. Sofie stieg ebenfalls aus.

„Ich gehe nicht", brüllte Ryan ohne Zuhilfenahme des Megafons hinunter.

„Willst du ins Gefängnis?" Matt stemmte die Hände in die Hüften.

„Wenn das hilft. Ich habe ihr gesagt, dass ich nur reden will."

„Sie hat aber das Recht, Nein zu sagen."

Ryan schüttelte den Kopf. „Ich weiß ja, auf wessen Seite du stehst."

„Ich stehe auf gar keiner Seite. Ich versuche nur, dich vor echten Unannehmlichkeiten zu bewahren."

„Dann sprich mit Becca und nicht mit mir."

„Sie ruft die Polizei. Willst du zu deinem Alkohol am Steuer auch noch Belästigung in deiner Akte stehen haben?"

„Ich will doch nur mit ihr reden."

Sofie trat vor. „Wenn sie Sie anhört, gehen Sie dann?"

Ryan blickte über den Rand der Plattform hinunter. „Wer sind Sie denn?"

„Eine Freundin."

Sein Blick wanderte von ihr zu Matt und wieder zurück. „Ja, in Ordnung. Wenn sie will, dass ich gehe, wenn ich fertig bin, dann werde ich gehen.“ Er klemmte die Hände unter die Achseln. „Aber das wird sie nicht.“

Er sah aus wie ein trotziger kleiner Junge. Sofie wandte sich an Matt. „Welche Nummer?“

Er blickte sie mit einer Mischung aus Erstaunen und Gereiztheit an. „Zwei vierzehn.“

Sie ging hinein und die Treppe hoch. Da Matts Freundschaft bei diesem Tauziehen als Tau diente, war eine neutrale Außenseiterin vielleicht hilfreicher. Sie klopfte an die Tür.

„Nein, ich werde nicht ...“ Impulsiv wurde die Tür aufgerissen. Die lebhafte Blondine brauchte einen Moment, um sich zu sammeln. „Oh, ich dachte, Sie wären Matt.“

„Er ist draußen bei Ryan. Ich bin Sofie.“ Sie streckte ihr die Hand entgegen.

„Becca Daley. Und der Idiot da draußen vor meinem Fenster hat zwei Minuten Zeit, sich zu entfernen ...“

„Ich würde sagen, er bekommt Bonuspunkte für Ideenreichtum.“

Becca stützte die Hände in die Hüften und warf einen Blick über ihre Schulter. „Oh, davon hat er eine Menge.“

„Wie viele von uns können schon behaupten, dass jemand mit einem Kirschenpflücker unseren Balkon belagert hat? Wie ein moderner Romeo.“

„Wer sind Sie noch mal?“

„Eine Freundin von Matt. Sofie Michelli.“

Becca sah sie skeptisch an. „Wart ihr beide zusammen essen?“

„Einmal, ja.“

Becca nickte wissend. „Willst du reinkommen?“

„Klar. Ich würde ihn mir gerne mal aus der Nähe ansehen.“

„Lass dich nicht täuschen. Er ist süßer, als ihm guttut. Und völlig verzogen. Er ist leider nie erwachsen geworden und wird es auch nicht werden.“

Sofie folgte ihr zu der Glastür vor dem Balkon. Über dem Geländer war Ryan gut zu sehen. Sie standen nebeneinander und beobachteten ihn. „Er ist wirklich süß. Tolle Haare.“

„Er ist verrückt. Sieh doch nur, wie er dasteht und wie ein Hündchen hechelt.“

Sofie lachte. „Ich bin ja neugierig, was er sagen würde, wenn du ihm die Gelegenheit dazu geben würdest."

„Oh, glaub mir, ich habe das alles schon gehört."

Sofie verschränkte die Arme. „Trotzdem … dann hättest du die ganze Geschichte."

Becca blickte zwischen ihr und Ryan hin und her. „Wenn ich ihm zuhöre, geht er dann?"

„Das hat er jedenfalls gesagt."

Sie schob die Balkontür auf. „Okay, Blödmann. Sag, was du sagen willst."

Sofie blieb drinnen, während Becca auf den Balkon stapfte. Ryans ernste Stimme war auch in der Wohnung zu hören, aber sie konnte seine Worte nicht verstehen. Sie wartete ein paar Minuten, aber als es aussah, als würden sie eine Weile reden, ging sie. Vielleicht würde diese Fahrt doch noch zu etwas nützlich sein.

Matt lehnte an seinem Wagen, die Hände in den Jackentaschen, als sie aus dem Haus trat. Er schien eher verwundert als ärgerlich zu sein. „Du hast sie zum Reden gebracht."

„Frauen sind meistens vernünftig und bereit dazu, eine Lösung zu suchen."

„Du meinst also, ich hätte mir den Mund fusselig reden können und Ryan hätte sich nicht einen Zentimeter bewegt?"

Sie lächelte. „Du bist doch mit den beiden befreundet, also weißt du das wahrscheinlich besser als ich."

„Da bin ich mir nicht so sicher." Er runzelte die Stirn.

„Was?"

„Wie kannst du nur so viel wissen und trotzdem …"

„So dumm sein und mir die Pulsadern aufschneiden?"

„Diesem Kerl erlauben, dich fertigzumachen, bis es dich beinahe umgebracht hätte, und ihn dann noch in Schutz nehmen."

Sie wollte die Wut in seinem Blick nicht wahrhaben und wandte sich ab. „Ich habe ihn nicht in Schutz genommen; ich wollte es nur erklären."

„Nein." Er zeigte mit dem Finger auf sie. „Du hast ihn verteidigt. Ich weiß, wie das aussieht."

„Matt, Eric ist ..."

„Nicht meine Baustelle? Da hast du recht."

„Er ist Geschichte.“

„Ach ja?“ Seine Miene war düster. „Ich kann mich ja irren, aber ich bezweifle, dass du beim Klang meiner Stimme in Ohnmacht fallen würdest.“

„Ich habe einfach nicht damit gerechnet. Carly ...“

„Das ist nicht die ganze Geschichte. Ich habe gesehen, wie du Diego hast loslassen können.“

„Ich habe lediglich eine Woche lang für ihn gesorgt. Das ist etwas ganz anderes, als vier Jahre mit einem Kind zusammenzuleben, das ich wie mein eigenes geliebt habe.“ Seine bisherigen Angriffe hatte sie akzeptiert, aber wie konnte er es wagen, ihre Liebe zu ihrem kleinen Mädchen infrage zu stellen? Verärgert drehte sie sich um und stapfte davon.

„Sofie.“

Sie ging schneller und kramte in der Manteltasche nach ihrem Handy. Aber es war in ihrer Handtasche und die war in Matts Auto. Nun, darum konnte sie sich später kümmern.

„Sofie, bleib stehen.“

Sie presste die Lippen aufeinander. In der Nähe gab es Geschäfte, von wo aus sie telefonieren konnte.

Matt holte sie ein. „Es tut mir leid, Sofie.“

Sie fuhr herum. „Dann hol mir meine Handtasche.“

„Was?“

„In deinem Auto.“

Er senkte den Kopf. „Hör mir bitte zu.“

„Ich habe genug gehört.“ Sie rauschte an ihm vorbei. Ryan und Becca unterhielten sich immer noch auf dem Balkon, als sie die Autotür aufriss und nach ihrer Handtasche griff. Das Handy und ihr Scheckbuch fielen auf den Boden. Sie bückte sich und stopfte beides zurück in die Tasche.

„Sofie ...“

Sie hängte sich ihre Tasche um. „Das brauche ich nicht.“

„Ich weiß.“

„Nein, tust du nicht. Du weißt gar nichts über mich, abgesehen von einem dunklen Ort. Und ich bereue, dass ich dir den Schlüssel dazu gegeben habe. Und jetzt wäre ich dir dankbar, wenn du dich davon fernhalten könntest.“ Sie schlug die Wagentür zu und lief in die andere

Richtung. Sie würde Lance anrufen. Oder Rese. Oder irgendjemand anders.

„Lass mich dich wenigstens nach Hause bringen."

Sie lief immer weiter, bis seine Stimme, sein Duft und Anblick verschwunden waren.

Matt sah ihr mit einem Gefühl des Verlusts nach. Er fühlte geradezu den Schmerz einer vertanen Chance und dafür konnte er niemandem die Schuld geben als nur sich selbst. Er hätte nicht anrufen sollen, hätte nicht glauben sollen, dass sie irgendwie seine düstere Laune heben konnte. Warum hatte er nur gedacht, sie wüsste die Antworten? Und hatte er überhaupt welche haben wollen?

An manchen Tagen ekelte es ihn an, ein Mensch zu sein. Wenn es Gott gab, warum hatte er dann bei seiner Schöpfung so erbärmlich versagt? Warum konnte nicht jedes Leben bei Null anfangen, ohne den Müll, der von einer Generation zur nächsten weitergegeben wurde? Er stieg ins Auto und umklammerte das Lenkrad.

Dabei versuchte er nicht zu denken, aber es kam trotzdem hoch, ein Gespräch, das er nicht hatte hören sollen.

„Matt? Der ist genau wie er. Er schafft das."

„Aber Jacky …"

„Jacky ist ein bisschen langsam."

„Liz, du musst die Jungs hier rausholen."

„Webb will nur, dass sie stark werden."

„Stark? Er will, dass sie gemeine Drecksäcke werden wie er selbst."

Matt schluckte die Galle hinunter, die ihm hochkam. *Genau wie er.*

Lance parkte die Harley und half Sofie, den Helm von Rese abzusetzen. Da Matt ihr angeboten hatte, sie zurückzubringen, würde er ihn am Leben lassen. Und solange er nicht genau wusste, was geschehen war, würde er sich ein Urteil verkneifen – aber er hatte vor, die ganze Geschichte zu erfahren. Baxter begrüßte sie freundlich bellend, als sie das Kutscherhaus betraten, dann trottete er davon, als ihre Reaktion nicht begeistert genug war.

Lance blieb an der Tür stehen. „Willst du mir erzählen, was passiert ist?"

„Du brauchst dir keine Sorgen zu machen. Mir geht es gut." Sie öffnete die Tür.

„Sof." Sie konnte doch nicht erwarten, dass er sich damit abspeisen ließ. Nicht nach dem letzten Mal.

„Ich habe auf etwas überreagiert, das er gesagt hat."

Eine Überreaktion? Das passte so gar nicht zu Sofie. Sie wägte alles ab und betrachtete es von allen Seiten. Wenn Matt sie dazu gebracht hatte, ihm den Laufpass zu geben, musste er einen Nerv getroffen haben. „Was hat er denn gesagt?"

„Ich möchte nicht darüber reden, Lance."

Ihr Therapeut hatte darauf bestanden, dass sie immer offen kommunizieren sollte. „*Sie haben eine Familie, die Sie liebt. Keine Geheimnisse mehr.*" Hatte sie vor, Matt zu beschützen, so wie sie Erics Fehler für sich behalten hatte? Damals hatte das Schweigen sie beinahe umgebracht. Sie konnte jetzt nicht erwarten, dass Lance die Sache einfach auf sich beruhen ließ.

Sanft berührte sie seine Hand. „Komm mal kurz mit nach unten."

„In den Keller?"

„Hast du etwa Angst?"

„Sehr witzig. Schließlich habe ich alle Skelette gefunden."

Sie öffnete die Luke. „Ich will dir nur etwas zeigen."

Er folgte ihr hinunter und durch das eiserne Tor in den Tunnel bis zu dem riesigen Keller dahinter. Inzwischen waren die meisten der Regale leer, weil ein Großteil der kostbaren Jahrgänge zum Auktionshaus abtransportiert worden war, aber der feuchte Geruch von Flaschen, deren Korken herausgesprungen waren, mischte sich mit dem Geruch alter Steine und verlorener Hoffnungen. Dies war schließlich der Ort, an dem ihr Ururgroßvater gestürzt war und bis letztes Jahr unentdeckt gelegen hatte. Was konnte Sofie nur hier unten wollen?

Sie leuchtete mit der Lampe durch den Raum. „Stell ihn dir ohne Regale vor, mit Spiegeln an den Wänden und einem Parkettboden."

Er begriff sofort, worauf sie hinauswollte. „Ein Tanzstudio?"

Sie nickte. „Ich bin zu lange raus, um professionell zu tanzen, aber Mama hat recht: Ich habe immer gerne unterrichtet."

„Du solltest lieber deine Doktorarbeit zu Ende schreiben, Sofie. Du wärst eine gute Seelenklempnerin."

„Ich muss damit aufhören, Lance. Ich wollte verstehen, wie er war und wie ich war. Aber je mehr ich lerne, desto mehr versinke ich darin. Ich habe mich mit der Dunkelheit gestörter Menschen befasst. Ich kann das nicht mehr. Darin liegt keine Freiheit."

Er sah sie prüfend an. „Okay, das kann ich verstehen. Und mir gefällt deine Alternative." Er blickte sich um. „Aber ich weiß nicht, ob Rese Zeit hat, deine Idee in die Tat umzusetzen."

„Aber du könntest es doch tun."

Einerseits widerstrebte es ihm, Nonno Quillans Grab in ein Tanzstudio zu verwandeln; andererseits glaubte er, dass der Mann, dessen Gedichte er gelesen hatte, es zu schätzen wüsste, wenn das Leben weiterging. „Ich muss es mit ihr besprechen. Die Villa gehört schließlich ihr."

„Bis ihr verheiratet seid."

So betrachtete er das nicht, aber sie hatte recht. „Die gewerbliche Nutzung dürfte kein Problem sein, da sie eine Pension führen wollte, als sie die Baugenehmigung beantragt hatte. Ich sehe, was ich tun kann."

„Danke." Sie lächelte. „Auch dafür, dass du mich nicht unter Druck setzt."

„Ich will es trotzdem wissen."

Sie lachte leise. „Du bist schließlich ein Michelli, nicht wahr?"

„Nicht ganz so schlimm wie Monica, aber ..."

„Ich kann Matts Neugier nicht gebrauchen."

Das konnte er verstehen. „In Ordnung." Wenn Matt zu schnell zu viel Druck gemacht hatte, wenn er mehr erwartet hatte, als sie bereit war preiszugeben ... Wobei sie ihm das Schlimmste doch schon erzählt hatte. Oder etwa nicht?

Sie gingen nach oben und fanden Nonna lesend in der Küche vor. Lance blickte zu Sofie hinüber, die seinen Blick erwiderte. „Hallo, Nonna. Können wir eine Idee mit dir besprechen?"

Ohne zu zögern, klappte sie das Buch zu und blickte von einem zum anderen. Er erklärte, worum es ging, legte ihr Sofies Idee und seine eigenen Gedanken vor, weil er mit den Räumlichkeiten dort unten besser vertraut war.

Nonna hörte zu und bestätigte seine Vermutung dann mit einem tränenreichen Nicken. „Das würde Nonno gefallen."

Lance sah, wie ihr Blick in die Vergangenheit wanderte, wo sie zweifellos Nonno Quillan vor sich sah, den Großvater, den sie so vergöttert hatte. Die Stärken und Begabungen, die er an sich selbst am meisten schätzte, stammten von Quillan Shepard. Weder Vittorio noch Nonno Marco, den er geliebt hatte, und auch nicht Pop oder Tony hatten eine so tiefe Wirkung hinterlassen wie der Dichter, den er nur aus Nonnas Erzählungen und einem Buch mit Gedichten kannte. Den Teil von ihm, der sang, der ohne Zurückhaltung betete – seine besten Anteile –, verdankte er dem Mann, der trotz vernichtender Widrigkeiten gesiegt hatte.

Kapitel 19

Als Rese ein paar Stunden später vorfuhr, kam Lance zu ihrem Lieferwagen hinaus. „Kommst du kurz mit in den Keller?"

„Kommt nicht infrage." Sie verschränkte die Arme.

„Komm schon. Es ist ein klasse Ort zum Knutschen."

Sie warf ihm einen tödlichen Blick zu. „Abgesehen von der Nacht, in der Mom versucht hat mich zu töten, hatte ich noch nie so viel Angst wie in dem blöden Keller. Ich gehe nicht da hinunter."

Er nahm ihre Arme und zog sie hinter sich her. „Ich bin doch bei dir."

„Was willst du denn da unten? Der Wein ist weg und das Geld auch und es gibt auch niemanden mehr dort, den du begraben müsstest."

„Sofie möchte ein Tanzstudio daraus machen."

Rese stand wie vom Donner gerührt da. „Sie will in einem Grab tanzen?"

„Es ist kein Grab, Rese." Er hätte ihr diesen Gedanken nicht einreden sollen, obwohl er es eine ganze Zeit lang getan hatte. „Menschen sterben an allen möglichen Orten. Das heißt doch nicht, dass man sie nie wieder nutzen kann. Ist ein Studio machbar?"

„Alles ist machbar."

„Das heißt, du könntest es dir ansehen, überschlagen, was es kosten würde, die Materialien berechnen und eine Entscheidung treffen?"

Sie schüttelte den Kopf. „Walter ist da unten."

Er war sich ziemlich sicher, dass sie nicht wirklich glaubte, der unsichtbare Freund ihrer Mutter sei im Keller, aber sie sagte: „Ich habe ihn gespürt. Wenn Chaz nicht gekommen wäre ..."

„Es gibt keinen Walter, Liebling. Versprochen."

Sie machte den Mund auf und machte ihn dann wieder zu. „Hast du mich gerade Liebling genannt?"

Er zog sie an sich. „Rese."

„Das letzte Mal, als du Liebling zu mir gesagt hast, hast du mit mir Schluss gemacht."

„Ich habe nie mit dir Schluss gemacht."

„Ha."

Zärtlich legte er den Arm um sie. „Damals hatte ich etwas zu erledigen." Er küsste sie, um ihr zu zeigen, was er diesmal zu erledigen hatte. „Ich wollte nicht, dass du in etwas hineingezogen wirst, das dir schaden könnte."

„Und jetzt willst du mit mir in den Keller gehen."

„Ich verspreche dir, dass nichts passiert." Dabei verschränkte er seine Finger mit ihren. „Wir sehen uns um, überlegen, was getan werden muss …"

„Der Keller muss zugemacht werden."

„Da unten gibt es tolles Handwerk." Er schob sie in Richtung Tür. „Das wird dir gefallen."

„Mir würde es gefallen, wenn du damit aufhörst."

„Du hast doch gar keine Angst davor, Rese. Dazu bist du viel zu mutig. Was ist, wenn Brad es erfährt?"

„Er weiß es. Er hat für mich das Geld heraufgeholt, mit dem wir unsere Firma finanziert haben."

Die Silberzertifikate waren dort von einem von Nonnas Vorfahren versteckt worden, aber sie und Brad hatten sie verwendet. „Siehst du, wenn Brad es kann, kannst du es auch."

„Das ist nicht fair."

Aber inzwischen waren sie schon bis ins Kutscherhaus gekommen und er öffnete die Luke.

„Lance …"

„Wenn Walter da unten ist, dann schmeißen wir ihn raus, ein für alle Mal. Aber es gibt ihn nur in den Gedanken deiner Mutter. Das weißt du auch."

„Aber er war auch in meinen ziemlich fest verankert."

„Damals warst du ein Kind, das leicht zu beeinflussen war."

„Ich war erwachsen, allein im Dunkeln mit ..."

Er küsste sie. „Dir wird nichts passieren." Mit der einen Hand griff er nach der Stablampe, mit der anderen führte er sie die Treppe hinunter.

„Warum lasse ich dir das durchgehen? Warum lasse ich mich von dir immer zu Dingen überreden, die ich eigentlich nicht tun will?"

„Zum Beispiel mich einstellen?"

„Genau."

„Und mich küssen?"

„Na ja ..."

„Komm schon, beim ersten Mal warst du total wütend." Inzwischen waren sie am Fuß der Treppe angekommen.

„Weil du für mich gearbeitet hast und meine Autorität nicht respektieren wolltest."

„Ich habe dich immer respektiert, Rese."

Sie schnaubte verächtlich.

„Doch, wirklich." Inzwischen hatten sie das Tor erreicht.

„Lance ..."

Er stieß das Tor auf. Gleich hier hatte er die Überreste seines Urgroßvaters gefunden. Und Rese hatte sie auch gefunden, obwohl Lance sie eindringlich davor gewarnt hatte, dort hinunterzugehen.

Wie angewurzelt blieb sie stehen. „Ich will das nicht."

„Komm her." Er nahm sie in die Arme. „Gemeinsam können wir diese Angst besiegen und das wird dich stärker machen. Oder du kannst umdrehen und zurückgehen." Er gab ihr einen Kuss auf die Stirn. „Ich würde gerne deine Meinung hören, aber wenn du es nicht schaffst, ist das auch in Ordnung."

„Ich verstehe nichts von Tanzen und Studios."

„Du verstehst aber etwas von Fußböden, Wänden und Decken." Natürlich konnte er es ohne sie machen, aber er wollte so viel wie möglich mit ihr teilen, denn auch wenn sie seinen Antrag angenommen hatte, machte es ihm zu schaffen, dass sie so viel von ihrer geliebten Arbeit zusammen mit Brad machte.

Sie atmete aus. „Ich gehe davon aus, dass du hier unten Strom legen willst."

Die Elektrik war der einzige Bereich, von dem sie die Finger ließ. Er wusste genug, um den Raum mit Licht und Ton zu versorgen. „Das übernehme ich."

Sie blickte durch das Tor. „Bist du dir sicher, dass wir allein sind?"

„Wenn nicht, machen wir eben ein bisschen Hausputz."

„Rational weiß ich schon, dass Walter eine Einbildung meiner Mutter war. Aber als Kind habe ich ihn irgendwie gespürt."

Lance ging davon aus, dass sie im Keller vielleicht ein paar Mäusen über den Weg laufen würden, aber das sagte er ihr natürlich nicht. Er wusste, dass Rese Mäuse nicht ausstehen konnte.

Sie sah in sein Gesicht, ihre braunen Augen resigniert, ihre schwielige Hand verkrampft in seiner. „Also gut. Zeig mir, was du machen willst."

Er lächelte. „Das ist aber ein gefährliches Angebot."

„Mit dem Keller."

„Ach das."

Sie zog an seiner Hand.

Lachend ließ er den Lichtkegel so weit leuchten, dass er die Dunkelheit zurückdrängte, während sie zwischen den leeren Weinregalen hindurchgingen. Bis jetzt war noch kein Schwarzer Mann zu sehen. „Alles in Ordnung?"

Sie nickte.

„Fühlst du etwas?"

Sie schüttelte den Kopf. „Mit dir zusammen ist alles anders."

„Allein in der Dunkelheit kann jeder nervös werden."

„Für Mom war Walter so wirklich, dass sie ihn anfassen konnte. Sie hat sogar mit ihm getanzt." Sie fröstelte.

„Aber er ist nicht echt." Trotzdem suchte er den Raum noch einmal ab, weil ihre Anspannung sich auf ihn übertrug, und sprach ein stilles Gebet. Die Wahnvorstellungen ihrer Mutter waren durch eine begründete medizinische Diagnose zu erklären. „Alles in Ordnung." Er drehte sich um und ließ den Lichtkegel der Lampe durch den ganzen Raum wandern. „Also dann. Sofie wird eine Konstruktion an der Wand brauchen, um die Spiegel zu befestigen, aber ich fände es schade, wenn alle diese von Hand geformten Steine verdeckt würden. Und hast du vielleicht eine gute Idee für den Bodenbelag?"

„Ich würde immer lieber Ahorn nehmen als Eiche."

Er nickte. „Hell, widerstandsfähig, gleichmäßige Fasern. Komm, wir schreiten den Raum ab, um die Holzmenge abschätzen zu können."

Rese fuhr mit der Hand über das Regal. „Die sind für ihr Alter noch gut in Schuss."

„Wir könnten sie bei eBay versteigern."

„Lance? Ich habe mich nie dafür entschuldigt, dass ich das ganze Geld ausgegeben habe."

„Welches Geld?"

„Das von deinem Urgroßvater. Aus dem Versteck."

„Das habe ich dir doch überlassen."

„Ich weiß, aber … streng genommen gehörte es mir nicht."

„Mir auch nicht.“ Die Sache mit den widersprüchlichen Besitzurkunden und Absichtserklärungen war zu kompliziert geworden, als dass sie das alles hätten rechtlich klären können.

„Weiß Nonna davon?“

Er zuckte mit den Schultern. „Sie hat, was sie wollte. Ihren Frieden.“

„Und du?“

Er sog ihre Gesichtszüge in sich auf und das Vertrauen und die Liebe, die er darin sah. „Ich habe auch, was ich wollte.“

Carly rollte sich unter der Decke zusammen. Sie hasste ihr neues Zimmer – zu eng, zu weiß. Dad sagte, sie könne sich eine Tapetenbordüre und Vorhänge aussuchen, aber der Vermieter erlaubte ihnen nicht, die Wände zu streichen. Aus dem Rosa war sie herausgewachsen, aber einfaches Weiß wollte sie nicht. Und die neue Schule und das neue Viertel wollte sie auch nicht.

Sie hatte Drew und die anderen angeblichen Freunde zurückgelassen und jetzt musste sie wieder von vorne anfangen. Warum sich überhaupt die Mühe geben? Was für einen Sinn hatte es, wenn Dad jedes Mal alles verdarb, sobald sie jemanden näher kennenlernte? Zuerst würde er andeuten, dass sie zu viel Zeit mit der jeweiligen Person verbrachte und zu viel von bestimmten Leuten hielt – Leuten, die nicht so waren wie ihr Daddy.

Wenn sie diese Andeutungen nicht beherzigte, wurde es schlimmer. Sie hatte zwar ihre Vermutungen, aber sie hatte ihn noch nie beim Stehlen ertappt. Sie verschwanden einfach, wenn jemand bei ihr gewesen war, sodass es aussah, als hätte sie die Sachen genommen, aber das tat sie nicht – niemals. Außer einmal, als sie noch ganz klein gewesen war und mit einem Aufkleber nach Hause gekommen war und ihre Freundin hatte behauptet, sie hätte ihn gestohlen. Vielleicht war er so auf die Idee gekommen.

Nicht, dass irgendjemand glauben würde, dass ein Vater solche Sachen klauen würde. Er konnte ja nichts damit anfangen. Aber es sollte so aussehen, als hätte sie ihre Freunde bestohlen. Und wenn sie es leugnete, sah sie aus wie eine Diebin *und* eine Lügnerin. Also wollte natürlich niemand mit ihr befreundet sein.

Das Schlimmste war, dass sie diesmal umzogen. Nachdem sie das eine blöde Mal mit Sofie gesprochen hatte, hatte er sie zu der alleinerziehenden Mutter einer Klassenkameradin gebracht und war zwei Tage lang fort gewesen. Er hatte seinem Chef nichts erzählt und seine Termine nicht abgesagt und – logisch! – keine Arbeit mehr gehabt, als er zurückkam. Natürlich würde er den nächsten Chef auch wieder blenden, also war das kein Problem für ihn.

Sie konnte niemanden blenden. Sie traute sich nicht.

Daddy streckte den Kopf in ihr Zimmer. „Hi. Willst du über neulich Abend reden?"

Sie tat nicht so, als müsse sie überlegen, welchen Abend er meinte. „Okay."

Er kam und setzte sich auf das Fußende ihres Bettes. In seinem Gesicht suchte sie nach der eisigen Wut, aber was sie sah, war noch schlimmer. Sie hatte ihn verletzt. Er strahlte es wie Wellen aus, die sie zu ersticken drohten. Er sah so unglücklich aus, dass sie die Tränen hinunterschlucken musste. „Es tut mir leid, Daddy."

Er nahm ihre Hand. „Ich hatte gehofft, du hättest das alles vergessen."

„Sofie vergessen?"

„Du warst doch noch so klein."

„Ich erinnere mich nicht an sehr viel." Nur an die Stelle in ihrem Innern, die so wehtat, weil sie über den Verlust nicht hinwegkam.

„Du hast ihre Nummer gefunden, ohne es mir zu sagen."

Jetzt erwartete sie, das kalte Eis in seinen Augen zu sehen, aber stattdessen schienen sie in die Ferne zu blicken. Wie er die Wand so anstarrte, machte ihr das mehr Angst als seine Wut.

„Es tut mir leid. Ich dachte …" *Du willst nicht, dass ich sie anrufe.* „Ich wusste nicht, dass es *die* Sofie war. Und …"

„Du hast mit ihr gesprochen."

Sie schüttelte den Kopf. „Nur einmal."

„Ich habe aber die Anrufe gesehen."

„Ja, aber ich habe nur einmal etwas gesagt. Die anderen Male habe ich nur ihre Stimme gehört."

Er musterte sie und sagte dann: „Ich habe auch versucht, sie zu finden."

„Was?" Es kam als ein Flüstern heraus.

Er nickte. „Nach deinem Anruf bin ich zu ihrem Haus gefahren, in ihr Stadtviertel. Aber sie war nicht mehr da."

Nein. Sie musste da sein. Wie konnte er sie suchen und nicht finden?

„Sie ist weggezogen."

Es war eine Lüge. Noch eine Lüge. Wut brannte in ihrer Kehle. Sie würde sich übergeben müssen.

Er nahm ihr Handy aus der Tasche. „Möchtest du es wiederhaben?"

Sie konnte nicht sprechen. Es war zu schwer, den Brechreiz zu unterdrücken. Und was spielte es schon für eine Rolle, wenn Sofie fort war? Aber sie nickte.

„Carly, ich habe kein Problem damit, wenn du mit Sofie sprechen willst."

„Wirklich?" Sie konnte ihren Schock nicht verbergen, obwohl sein Gesichtsausdruck etwas Merkwürdiges an sich hatte. Wenn er doch wusste, dass sie angerufen hatte …

„Aber ich möchte wissen, was sie sagt, in Ordnung?"

Carly schluckte. Ihm alles sagen? Irgendwie hatte sie das Gefühl, dass das falsch war, unrechter als ihre heimlichen Anrufe. Aber war es das? „Okay."

„Gut." Er lächelte. „Was soll ich zu essen bestellen?"

Sofie drehte sich langsam in dem Keller, während die Männer der Spedition die alten Regale durch den Seiteneingang, den Lance entdeckt und freigelegt hatte, hinaustrugen. Das Poltern der Rollwagen auf der hölzernen Rampe erinnerte sie an die rollenden Fässer des betriebsamen Weinguts, das sich einmal über das Land der DiGratias erstreckt hatte.

Nonna hatte die Rebstöcke beschrieben, den Duft der Erde, die Trauben, die voller Verheißung waren. Das Einzige, was davon blieb, waren die Villa, das Kutscherhaus und der Keller, den Quillan Shepard auf dem Grundstück gebaut hatte, das sein Schwiegervater Angelo DiGratia ihm gegeben hatte.

„Kannst du mal kurz mit anfassen, Sof?"

Sie packte das andere Ende des Regals, aber sie hatten es kaum einen Meter bewegt, als Lance seine Seite wieder absetzte. „Hey."

„Was ist?" Dann sah sie das Loch im Boden, das seine Aufmerksamkeit erregt hatte. „Ist das der Ort, an dem Vittorios Geld versteckt war?"

„Nein. Das hier kenne ich nicht." Die schmale rechteckige Öffnung zwischen den Steinen war vollständig unter dem Regal verborgen gewesen, das darauf gestanden hatte. „Und ich glaube auch nicht, dass das Geld Vito gehört hat. Er hat in einer Bank gearbeitet. Bargeld hatte er nicht in einem Loch vergraben."

„Nonno Quillan?"

„Er hat den Keller gebaut. Er hasste Bankiers. Klingt logisch für mich."

Sie holte eine der Lampen aus der Ecke und leuchtete in das Loch. Es war so schmal, dass sie den Boden nicht erhellen konnten, aber Lance griff hinein.

„Irgendetwas drin?"

Mit gespannter Miene zog er eine Reihe Notizbücher hervor. Sie rückte näher, um besser sehen zu können. Fünf graue Kladden, die mit einer Schnur zugebunden waren. „Lance", hauchte sie.

Vorsichtig knotete er eine Schnur auf. Das Notizbuch fiel an einer Seite auf, die mit handgeschriebenen Versen bedeckt war. Seine Hand zitterte, als er zum Anfang blätterte und Seite um Seite umblätterte. Dann schloss er die Augen. „Es sind seine Gedichte."

„Wessen Gedichte?"

„Die von Quillan Shepard. Von Ururgroßvater Quillan. Er hatte mindestens einen Lyrikband veröffentlicht, aber dies ... das hier müssen die Originale sein."

Sie nahm ein anderes Buch und band die Schnur los. „Dieses sieht wie ein Tagebuch aus. Auf jeden Fall ist es Prosa. Bist du sicher, dass es seine waren?"

„Wem sollen sie sonst gehören?"

Sie schüttelte den Kopf. „Warum fühlt sich das hier besser an als eine Kiste mit Gold?"

„Weil es unsere Vergangenheit ist. Unser Erbe." Lance sah auf und sein Blick war voller Emotionen. „Er ist hier, Sofie. In seinen Worten."

„Dürfen wir sie lesen?"

„Wer sonst, wenn nicht wir?"

Sie nickte. „Ich bringe sie nach oben, während ihr hier weitermacht."

„Heute Abend", sagte er. „Mit Nonna."

Sie trug die Bücher hinauf und legte sie auf den Tisch. Das Leben ihres Ururgroßvaters. Vielleicht gab es darin die Antworten, die sie sich wünschte, etwas, das dem Schmerz, Carly nicht mehr erreichen zu können, einen Sinn verlieh. Denn Matts Worte hatten durchaus eine Wirkung gehabt. Es schien wirklich, als würde Gott willkürlich entscheiden, wann er handelte und wann er seine Hand zurückzog. Und was bedeutete das für sie?

„‚Wenn Mühe einen Sinn hat, dann zeige ihn mir jetzt. Wenn Ehrbarkeit ein Ziel braucht, sei sie in mich gesetzt. Wenn Weisheit ein Gewand ist, sei sie ein Kleid für mich. Braucht Güte einen Streiter, hilf mir beim Kampf um Licht.'"

Lance blickte von dem Block auf, von dem er las. Nonna saß ihm im Salon gegenüber und sah ihn mit konzentrierter Miene an. Sie war ganz aufgeregt gewesen, als sie Quillan Shepards Notizbücher gesehen hatte, und jetzt beugte sie sich vor.

„Das wurde sein M…otto und er hat sich immer daran gehalten. Ich habe n…ie einen willensstärkeren Mann k…ennengelernt als meinen Großvater." Sie lehnte sich zurück und sah nachdenklich drein. „Du erinnerst mich an ihn."

Lance zog die Augenbrauen hoch. „Das ist ein großes Kompliment, Nonna. Ich hoffe, ich kann ihm gerecht werden."

„Das solltest du besser."

Sofie sagte: „Hier ist seine Version von dem Eisenbahnraub." Sie las laut vor, wie Quillan Shepard den Verbrechern entgegengetreten war und einen aus seiner Vergangenheit wiedererkannt hatte. Seine Beschreibung hatte zu der Verhaftung des Mannes geführt – des Mannes, der ihn die ganze Sache mit dem Raub hatte ausbaden lassen, von dem er nichts gewusst hatte, bis es zu spät war. „Was für Abenteuer er erlebt hat." Sofies Augen leuchteten.

Star holte tief Luft. „‚Gib acht, bevor dein Herz du schenkst, denn einmal fort, ist's ganz verloren. Und schlägt es auch in deiner Brust, ist jeder Schlag in Schmerz geboren.'" Sie blickte auf. „Ich habe einen neuen Barden gefunden, der zitierenswert ist." Und ihre Augen leuchteten.

Lance sah sie alle drei an und dann Rese, die auch ganz in die Geschichte vertieft zu sein schien. Quillan Shepard war ein großer, stattlicher Mann gewesen und jetzt, vier Generationen später, erhellte er immer noch den Raum. Das war ein Vermächtnis.

Kapitel 20

Rese ging die Treppe inzwischen ohne die bekannte Angst vor der Dunkelheit hinunter. Der Teil des Weinkellers, in den man durch die Geheimtür in der Speisekammer gelangte, sah noch genauso aus, wie er gewesen war, als sie mit den Fäusten gegen die Tür gehämmert hatte, auf der verzweifelten Suche nach einem Ausweg. Aber Lance hatte inzwischen zwei Leuchten angebracht und verkabelt.

Sie ging durch die Tür in den nächsten Teil. In wenigen Wochen hatte er ein riesiges Studio dort konstruiert. Sie inspizierte die Holzarbeiten – nicht perfekt, aber auch nicht schlecht. Sie hätte sich bei den Schnitten und Verbindungen vielleicht mehr Mühe gegeben, aber das Gestell erforderte nicht dasselbe Maß an Fertigkeit, das sie bei den feineren Zimmererarbeiten an den Tag legte. Dies war das Projekt von Lance und Sofie, und dass ihre Ängste nun gebannt waren, das war das Beste an dem ganzen Unternehmen.

Der treibende Rhythmus und die pochenden Töne eines seiner härteren Songs drangen aus dem CD-Spieler und füllten das Studio, während Lance die Spiegel an den Holzkonstruktionen vor den Steinwänden befestigte. Er war so im Einklang mit Rico gewesen, dass die Musik wie eine dichte Harmonie entstanden war. Chaz war damals noch nicht in der Band gewesen, und obwohl er mit seiner Ankunft Vielseitigkeit und Tiefe hinzugefügt hatte, waren die frühen Songs mit Rico von einer fesselnden Energie beherrscht gewesen.

Lance zog die Halterung an und prüfte die Stabilität der Glasscheibe, dann machte er sich an die nächste. Oft hörte er sich die CD nicht an, die sie zusammengeschnitten hatten, aber er hatte immer wieder an Rico gedacht, seit vor einigen Wochen das Päckchen für Star eingetroffen war. Er blickte über die Schulter und sah sie auf der Leiter stehen, wo sie Sofies Zimmerdecke in einen Himmel verwandelte.

„Also, Star.“ Er sprach in den verklingenden letzten Akkord hinein. „Spielst du mir nun Ricos Lied vor?“

Sie fuhr mit dem Pinsel über die Decke. „Warum?“

„Ich würde es gerne hören. Er hat noch nie einen Text geschrieben.“ Die Neugier darauf, was Rico fabriziert hatte, machte ihn verrückt, aber wenn es zu persönlich war, würde er verstehen, dass Star es für sich behielt.

„Es ist kein Text, der so ist wie deine.“ Sie holte die CD aus ihrer Bluse, die wie ein Freundschaftsring an einer Kette um ihren Hals hing, dann hielt sie die Scheibe schief, sodass die Regenbogenfarben sich auf ihrer Oberfläche spiegelten und durch den Raum wanderten. Sie sah ihn an. „Sie ist von uns beiden, Rico und mir, beim Singen.“

„Ja?“

„Als wir in den Cafés gespielt haben? Und in den Tunneln?“ Sie warf den Kopf zurück. „‚Noch nie habe ich gesehen, dass eine so volle Stimme aus einem so leeren Herzen gekommen wäre; aber der Spruch ist wahr: Hohle Töpfe haben den lautesten Klang.‘“

„Du bist nicht hohl, Star.“

„Ich war es aber.“ Sie nahm die CD von dem Band und legte sie in den CD-Spieler ein.

Lance hielt die Luft an, als die ersten Töne ihrer Musik erklangen. Dann kam Ricos Stimme mit einem einzelnen Wort und dann noch einem. Er erkannte sofort das Overlay, das er beim ersten Hören hinzugefügt hatte, als Rico ihm das Stück vorgespielt hatte. Rico hatte die Idee aufgenommen und seine eigenen Worte gebraucht, Worte, die sich auf Star bezogen und auf ihren gemeinsamen Verlust. Sie biss sich auf die Lippe, als die Worte wie ein Segen den Raum füllten.

Er sah in ihre feuchten, türkisfarbenen Augen, dann umarmte er sie vorsichtig und sie sank an seine Brust.

Sie murmelte: „‚Wohl wahr, ich rede von Träumen, Kindern eines müß'gen Hirns, von nichts als eitler Fantasie erzeugt.‘“

„Man weiß nie.“ Er legte die Hand auf ihren Kopf und erkannte die kindliche Hoffnung. Ob sein bester Freund und die beste Freundin von Rese wieder zusammenfanden oder nicht – indem sie dieselbe Sprache gebrauchten, die nur sie beide verstanden, hatten sie begonnen, den Schaden wiedergutzumachen. Er drückte sie und ließ sie los. „Danke, dass ich es mir anhören durfte.“

Matt warf noch eine Handvoll Pilze in die Tüte und verschloss sie. Diese und die Steaks waren sein Beitrag zu dem Essen. Jetzt brauchte er noch einen Wein. Er ging in den Gang, in dem er die entsprechende Auswahl fand – Weine aus Sonoma, aus der Region oder aus anderen Ländern importiert.

Jeder von ihnen würde eine Flasche mitbringen und mancher nahm die Sache viel zu ernst. Jen zum Beispiel war ein Weinsnob der willkürlichsten Sorte. Sie mochte nur, was ihr gefiel, aber ihre Vorlieben in Sachen Wein wechselten schneller als ihre Launen.

Mit dem Einkaufskorb in der Hand näherte er sich der Weinabteilung und blieb stehen. In den vergangenen Wochen war es ihm gelungen, die Enttäuschung und die Selbstvorwürfe zu verdrängen, aber sie hier zu sehen, brachte beides mit Macht zurück. „Sofie."

Überrascht blickte sie von den beiden Sektflaschen auf, die sie gerade miteinander verglich. Er konnte ihr auf Anhieb sagen, dass sie ihr Geld besser nicht auf die eine Sorte verschwendeten sollte, aber ihr hier so plötzlich gegenüberzustehen, zog ihm die Kehle zusammen.

„Hallo Matt. Wie geht es dir?"

„Ich … mir geht es gut. Und dir? Du siehst gut aus." Wundervoll, sinnlich, begehrenswert. Und so beklemmend stark und zerbrechlich. „Geht es dir gut?"

„Ja, danke."

Er nickte in Richtung Sekt. „Gibt es was zu feiern?"

„Mein Studio. Wir haben den Keller umgebaut."

„Die Fledermaushöhle?"

„Jetzt ist es wirklich keine Höhle mehr. Es würde dir nicht gefallen."

Oh doch, das würde es. Er würde jeden Ort mögen, in dem sie sich aufhielt. *Oh, Mann.*

„Kaufst du fürs Abendessen ein?"

Er blickte in seinen Korb. „Ja. Ein paar Freunde kommen zu Besuch. Ich muss" – er warf einen Blick über die Schulter – „da sein, wenn sie kommen."

„Immer gut organisiert." Sie lächelte.

In ein paar Jahren konnte er vielleicht wieder atmen.

„Es war schön, dich zu sehen, Matt." Sie wandte ihre Aufmerksamkeit wieder den beiden Flaschen zu, die sie aus dem Kühlregal genommen hatte.

„Nimm nicht den Santa Lucia."

„Nein?"

„Der Weinberg ist noch zu jung. Die Trauben haben noch nicht das gewisse Etwas."

„Danke."

„Gern geschehen." *Dreh dich um und geh. Einen Fuß vor den anderen.* „Es ist so eine … Art lockeres Treffen heute Abend. Du wärst auch willkommen."

Ihr Lächeln dauerte zu lange und erreichte nicht ihre Augen. „Wir haben auch ein Treffen."

„Klar. Das Studio. Herzlichen Glückwunsch."

„Bis jetzt ist nur der Rohbau fertig. Wir haben noch nicht für irgendwelche Kurse geöffnet."

„Ich bin froh, dass bei dir alles gut läuft."

„Danke. Und bei dir."

Er dachte an seinen Tag zurück: ein Ausreißer, der glaubte, die Straße würde ihn besser behandeln als die Kinder in seiner Privatschule, das fünf Monate alte Kind, das auf die Komaabteilung verlegt worden war, die immer noch nicht geklärte Situation der Price-Kinder, die erneut von der Polizei abgeholt worden waren. Cassinia war wegen eines Familiennotfalls im Urlaub, und da er beim letzten Mal fürs Grobe zuständig gewesen war, hatte man ihm auch diesmal die schweren Fälle überlassen.

„Ja, also … vielleicht ein andermal."

Sie klemmte sich die eine der zwei Sektflaschen unter den Arm. „Danke noch mal für den Tipp."

Er machte einen Schritt zur Seite, um sie vorbeizulassen, dann ging er selbst ans Weinregal. Wenn er sich konzentrieren könnte, wäre die Entscheidung eine Sache von zwei Minuten. Aber stattdessen stand er ratlos vor dem Regal, der Aufgabe nicht gewachsen.

Plötzlich bog Sybil um die Ecke in seinen Gang. „Nimmst du weiß oder rot?"

Er sah zu, wie sie mit katzenhaften Bewegungen näher kam. Unkompliziert hatte auch etwas für sich. Er sollte sich einfach betrinken und ihr jeden Wunsch erfüllen. „Weiß."

Sie lächelte. „Trocken?“

Er griff ins Regal und nahm einen Wein älteren Jahrgangs, von dem er sicher sein konnte, dass er allgemeinen Anklang finden würde.

„Hmm.“ Sie legte den Kopf schief. „Ich bringe etwas Kräftigeres mit.“

„Gut. Bis später.“

Vielleicht war Sofie schon gegangen. Vielleicht stand sie aber noch an der Kasse an. Er wusste nicht, worauf er hoffen sollte. Nein, das war eine Lüge. Eindeutig das Zweite, nur um sie noch etwas länger zu sehen. Sie war in ihrer Absage unmissverständlich gewesen, wenn auch höflich, also war es kein Risiko, zu schauen. Aber entweder war sie nur wegen des Sekts gekommen oder sie war irgendwo anders im Laden. Hatte er noch Zeit, um nach ihr zu suchen? Vielleicht konnte er sich noch ein paar Splitter ins Nagelbett jagen, wo er doch schon mal dabei war, sich zu quälen. Er bezahlte seine Lebensmittel und ging.

Sofie fuhr mit einem tonnenschweren Gewicht auf ihrem Herzen zurück. Ihr war nicht bewusst gewesen, wie viel Hoffnung sie in die Möglichkeit einer neuen Beziehung gesetzt hatte. Jemand wie Matt, dessen warme braune Augen voller Wertschätzung waren, ohne dass dahinter das Verlangen lauerte, mehr zu wollen, als sie geben konnte, immer … mehr.

Sie brachte den Sekt ins Kutscherhaus und über die neue Treppe hinunter zu den anderen. Was sie sich vorgestellt hatte, war inzwischen umgesetzt worden. Der Keller war nicht länger eine Schmugglerhöhle, sondern der Traum einer Tänzerin. Lance öffnete den Schampus und schenkte allen ein.

Sofie hob ihr Glas. „Danke für alle Begabung, alles Herzblut und alle Arbeit, die in dieses Projekt geflossen sind.“ Sie sah Rese und Lance an, dann Nonna und Star und Elaine. „Für eure Liebe und dafür, dass ihr mich nicht für vollkommen närrisch gehalten habt, bin ich euch zutiefst dankbar.“

„*Salute*.“ Lance erhob sein Glas.

„*Salute*!“, erklangen ihre Stimmen gemeinsam.

Zufrieden legte sie den Arm um Nonnas Schultern und flüsterte: „*Grazie*.“

„Wofür?“

„Für alles."
„Ach das." Die alte Frau lachte. „Das ist doch nichts."
Die Schwere, die sich bei ihrer Begegnung mit Matt auf Sofie gesenkt hatte, hob sich. Sie konnte nicht ändern, was er von ihr hielt, aber sie erkannte eine Verurteilung als das, was sie war. Aufmerksam blickte sie sich im Raum um. Die Menschen, die sich hier versammelt hatten, das waren ihre wirklichen Freunde.

Kapitel 21

Wie konnten die drei Minuten, die er sie gesehen hatte, alles andere so beherrschen? Er dachte immer wieder daran, was er hätte sagen sollen, die Frage, die er nicht gestellt hatte. Er sah immer noch ihren Blick, als er sie zu seiner Feier eingeladen hatte. Klar. Sie würde wahnsinnig gerne kommen, um sich wieder beleidigen zu lassen. Er drehte sich um, als Becca ihm ein Stück Kuchen reichte.

„Bitte schön, Trauerkloß."

„Danke, Bec." Er nahm den Kuchen. „Wo ist Ryan denn?"

„Er hat zu mir gesagt, ich soll herausfinden, was mit dir los ist."

„Das ist wirklich lustig, dass Ryan sich um mich Sorgen macht."

„Das ist der neue, verbesserte Ryan."

„Klar." Seit Sofie die Sparringpartner dazu gebracht hatte, miteinander zu reden, schien es, dass Becca mit Ryan doch nicht ganz so abgeschlossen hatte, wie sie immer behauptet hatte. Er hatte sie beim Wort genommen und versucht, Ryan dazu zu bewegen, seinen letzten Rest Würde zu wahren. Stattdessen hatte Ryan sich zum Narren gemacht und sich noch eine Chance verdient. Sieh mal einer an.

Offenbar war er nicht so gut darin, Beziehungen zu kitten. Sein Ding war es, zerrüttete Familien zu zerschlagen, dachte er sarkastisch. „Sag mal, Bec. Was hat Sofie eigentlich zu dir gesagt, als Ryan den Kirschenpflücker entführt hat?"

Sie neigte den Kopf ein wenig zur Seite und dachte nach. „Nur, dass Ryan originell sei und ich eine tolle Geschichte zu erzählen hätte. Ich habe mir überlegt, dass das Leben zumindest nicht langweilig wäre."

Matt lächelte. Sofie hatte das unverschämte Verhalten als klug gedeutet. Vielleicht schätzte sie so etwas oder sie hatte erraten, dass es Becca gefallen würde. Er hätte stattdessen Verständnis für ihre gerechtfertigte Wut gehabt und von Ryan verlangt, zu gehen. Sofie hatte den anderen Weg eingeschlagen.

„Also, was frisst dich so auf, Matt?"

Ryan gesellte sich zu ihnen, schaltete sich aber nicht in die Unterhaltung ein.

„Nichts. Ich bin mit jemandem zusammengestoßen."

„Mit dem Auto?"

„Nein, Becca. Nicht im wörtlichen Sinne." Obwohl es sich so anfühlte. „Ich habe nur jemanden gesehen, mit dem …" er sich alles verdorben hatte. „Ist keine große Sache."

„Es war Sofie Michelli." Ihr Blick durchbohrte ihn.

Er verschränkte die Arme. „Wie kommst du darauf?"

„Habe ich recht?"

„Wer ist denn Sofie Michelli?" Ryan blickte von einem zum anderen.

„Ich habe im Laden ein paar Worte mit ihr gewechselt – das ist alles."

„Du hättest sie einladen sollen."

„Wer ist das denn?" Ryan stieß mit seiner Frage wie eine Fliege gegen die Fensterscheibe.

„Das habe ich ja." Matt zuckte mit den Schultern. „Sie hatte aber schon etwas anderes vor."

Becca sah ihn fragend an. „Ach ja?"

„Sie eröffnet ein Tanzstudio."

„Echt? Cool." Becca hakte sich bei Ryan unter. „Wir machen einen Kurs. Vielleicht Salsa."

Klar. Malibu Barbie und Ken tanzen Salsa.

„Du solltest dich auch anmelden. Hilf ihr, die Sache ins Laufen zu kriegen. Es ist gar nicht so einfach, ein Unternehmen auf die Beine zu stellen."

„Ich kann tanzen. Das habe ich im Benimmkurs gelernt." In den Kreisen, in denen er sich eine Zeitlang bewegt hatte, war es sozusagen unverzichtbar gewesen.

„Aber du kannst bestimmt nicht alles."

„Nein, aber genug." Entschlossen drehte er sich um. „He, Domino, hast du genug von dem Steak gehabt?"

Seinem kräftig gebauten Kumpel war noch nie ein Stück Rindfleisch untergekommen, das er nicht genussvoll verzehrt hätte. Wenn man mit ihm zusammenstieß, war das wie ein Zusammenprall beim Football, aber wenn man ihn umschmeißen konnte, fiel er flach auf den Rücken, und dann lag man besser nicht unter ihm.

Sybil schob sich an Domino vorbei und legte ihre Finger um Matts Armbeuge. „Hallo."

„Möchtest du ein Stück Kuchen haben?" Er hielt ihr den Teller hin, den er nicht angerührt hatte.

Becca zog Ryan fort. Schlau. Behutsam entzog er ihr seinen Arm. „Entschuldige mich. Ich muss ein bisschen frische Luft hereinlassen."

Etwa alle drei Monate trafen sie sich, und selbst wenn er der Gastgeber war, übernahm Becca den Unterhaltungsteil des Abends. Während er die Fenster öffnete, fing sie an, Mannschaften für das Cranium-Spiel einzuteilen, nach dem sie so verrückt war und das ihn wahnsinnig machte. Sie würde verstehen.

Er schlüpfte zur Tür hinaus. Nachdem er einen halben Block weit gelaufen war, machte er kehrt und stieg in sein Auto. Er wollte nicht noch einmal mitten in der Nacht zu Fuß dort auftauchen.

Den Wagen parkte er am Bordstein vor der Villa, dann stand er vor dem Tor, bis er sie im Kutscherhaus erblickte. Die Nacht roch leicht nach Nebel und die nassen Blätter schmatzten unter seinen Füßen, als er an dem eisernen Zaun entlang zur Auffahrt lief und einbog. Ihrer Miene nach zu urteilen konnte es eine kurze Unterhaltung werden.

„Die Zeit im Laden hat nicht ausgereicht, um dir deinen Tag endgültig zu verderben, also dachte ich ..."

„Dass du ganze Sache machst?" Sie trat aus dem Haus und zog die Tür hinter sich ein wenig an, ohne den Türknauf loszulassen.

„In meinem Haus läuft gerade eine Party mit elf Leuten und ich bin einfach abgehauen."

„Was meinst du, wie lange es dauert, bis es ihnen auffällt?", fragte sie mit hochgezogenen Augenbrauen.

Er lachte. „Ich bin sicher, sofort. Becca war dabei, Mannschaften für Cranium einzuteilen. Hast du das schon mal gespielt?"

Sie schüttelte den Kopf.

„Eine Art Mischung aus Activity und Trivial Pursuit."

„Du machst nicht so gerne Gesellschaftsspiele?"

„Nur, wenn es ein Spiel ist, bei dem ich etwas treffen, fangen oder umrempeln kann."

„Was davon hast du hier vor?"

Er senkte den Kopf. „Das habe ich wohl verdient." Dabei blickte er reumütig zu ihr auf. „Besteht die Chance, noch mal von vorne anzufangen?"

„Ich habe die Erfahrung gemacht, dass das nicht geht. Vergeben und vergessen ist leichter gesagt als getan. Die Erinnerung kommt doch immer wieder hoch."

„Wahrscheinlich ist es so auch gesünder", gab er zu. „Hindert einen daran, dieselben Fehler zu wiederholen."

„Bis zu einem gewissen Grad. Welche Teile wolltest du denn ausradieren?"

„Alles, was dir zu schaffen gemacht hat, alles, was dich verletzt hat, und alles andere, was dich auf die Palme gebracht hat."

„Puh. Da bleibt nicht mehr viel übrig."

Ihre Schlagfertigkeit hatte eine gewisse Schärfe. „Ich könnte ja die Lücken füllen."

„Warum?"

„Weil …" Er legte eine Hand auf den Türrahmen, lehnte sich dagegen und betrachtete sie. „… ich dir gerne zeigen würde, dass ich nicht immer ein Trottel bin."

„Ich glaube ja gar nicht, dass du einer bist."

„Wirklich?"

„Wirklich. Ich glaube, dass du warmherzig und fürsorglich bist und deinen Job richtig gut machst. Ich bin mir sicher, deine Freunde sind enttäuscht, dass du sie versetzt hast."

„Sie werden auch ohne mich weitermachen. Ryan und Becca haben sich dank deines Eingreifens übrigens versöhnt."

Ein Lächeln zuckte um ihre Lippen. „Sie haben immer noch viel in den anderen investiert – sie beim Beweisen, dass er ihr egal war, und er, dass er ihr nicht egal war. So viel Energie muss doch etwas bedeuten."

„Ich hätte den Mangel an Apathie bemerken müssen."

Noch ein Lächeln. „Du nimmst die Dinge eben für bare Münze. Wenn Becca sagt, sie hat genug, dann hat sie genug."

„Was ich eigentlich wissen möchte, ist … hast du denn genug von mir?" Er schluckte den Kloß in seinem Hals hinunter.

„Das hängt davon ab." Sie hob das Kinn und musterte sein Gesicht. „Was an mir kannst du denn nicht ertragen?"

Sein Atem entwich wie unter Druck und mit ihm kam die ehrliche Antwort. „Du hast mich an etwas erinnert." Daran, wie die Leute damals schon immer Andeutungen gemacht hatten. „Aber sie hat immer für alles eine Erklärung gehabt."

„Ich verstehe nicht."

„Die Leute haben ihr prophezeit, dass es mit uns Jungs bergab gehen würde, aber sie hat ihn immer in Schutz genommen. ‚Er ist nicht so', war ihre Lieblingsausrede."

„Deine Mutter?"

Er nickte. „Sie wollte wie die anderen Damen in der Kirchengemeinde sein, mit einem zuverlässigen Ehemann, einer glücklichen Familie und allem, was in Gottes Augen richtig und anständig ist. Sie hat sich ihm in allem unterworfen und ihn immer unterstützt."

Sofie sah ihn aus ihren strahlenden Augen unverwandt an, während sie zuhörte.

„Sie war so stolz auf ihn." Seine Stimme kam kratzig aus seiner Kehle. „Bis zu dem Tag, als Jacky vor den Zug gelaufen ist. Selbst anschließend hat sie noch Ausflüchte gefunden. Ich lebe mit der Schuld dessen, was ich an jenem Tag gesagt habe, aber ich war damals noch ein Kind. Sie war seine Mutter."

Er ballte die Hände zu Fäusten, seine großen Hände. „*Matt ist genau wie er. Er schafft das schon.*" Der Schmerz zog sich durch seinen ganzen Körper. „Sie bezeichnet es immer noch als einen tragischen Unfall."

Sofie zog die Tür ins Schloss. „Komm mit ins Haupthaus, ich mache uns einen Tee. Die anderen sind alle schon drüben. Ich wollte hier nur das Licht ausmachen."

Mit anderen Worten, sie wollte nicht mit ihm allein sein. Aber im Vorbeigehen berührte sie seine Hand.

In einem Reflex wollte er sie ergreifen, sie festhalten. Stattdessen folgte er ihr zur Villa hinüber. Musik drang ihnen entgegen, als sie die Küchentür öffnete; eine Männer- und eine Frauenstimme und eine außerordentlich gut gespielte Gitarre. Die Musik kam aus dem Wohnzimmer und zwischendurch erklang Gelächter. Er hätte nichts dagegen gehabt, sich zu den anderen zu gesellen, wenn es bedeutete, dass er bleiben durfte, aber Sofie machte keine Anstalten, die Küche zu verlassen.

Sie schenkte ihm eine Tasse Tee ein. „Milch?"

Er schüttelte den Kopf.

Sie nahm sich selbst auch eine Tasse, brachte beide zum Tisch und setzte sich zu ihm an den Tisch. Der Raum roch nach Kräutern und Lachen und das nächste Lied fing im Salon an, ein sehr kompliziertes Fingerpicking auf der Gitarre, das seine Highschool-Akkorde kindisch erscheinen ließen. „Wer spielt denn da?"

„Lance. Aber du sprichst ja nicht so gerne über ihn."

„Er ist wirklich gut, oder?"

„Das habe ich dir doch erzählt. Wenn er die Band nicht aufgegeben hätte, wären sie auf dem Weg nach oben. Rico wird es ihm nie verzeihen."

„Was hat er denn stattdessen gemacht?"

„Er ist zum Friedenskorps gegangen."

Matt lachte. „Ein Mann voller Gegensätze."

„So wie du."

„Nein. Ich bin so ziemlich das, was du siehst." Warum hatte Cassinia ihn dann als harten Kerl bezeichnet und Sybil nannte ihn einen Softie? Warum gab er sich so viel Mühe, den Mann zu verbergen, der er so sehr sein wollte? Er starrte in seine Teetasse.

Sofie trank einen Schluck. „Du glaubst, ich wäre wie deine Mutter."

„Nein." Sie hatte ihn aus seinen Gedanken gerissen. „Du bist überhaupt nicht wie sie. Sie ist … farblos."

Sofie neigte den Kopf. „Aber warum ..."

„Ich habe Angst davor, dass du in mir meinen Vater siehst."

„Wie bitte?" Es war nur ein Flüstern. „Das kann doch nicht dein Ernst sein."

„Doch." Er lehnte sich zurück und verschränkte die Arme. „Wenn man Fotos von uns vergleicht, könnte ich ein Abziehbild von ihm sein. Vor Gericht konnte ich einen Zeugen einschüchtern. Ich habe gerne die Kontrolle, indem ich in negativen Situation das Kommando übernehme."

„Das machst du doch nur, um denen zu helfen, die sich nicht selbst helfen können."

„Aber Dad glaubt, das tut er auch." Matt presste die Lippen aufeinander. „Er duldet keine Schwäche und keine Dummheit. Und solch ein Mensch bin ich auch."

„Du duldest aber auch keine Grausamkeit." Ihr mitfühlender Blick umfing ihn.

Er nahm ihre Hände. „Es tut mir leid, dass ich dich verletzt habe."

„Ich habe dir schon verziehen."

„Bevor ich dich darum gebeten hatte?"

Sie nickte. „Ich halte nichts davon, sauer auf jemand zu sein. Das macht die Wunde nur noch tiefer."

Er fasste ihre Hände fester. „Mir wäre es trotzdem lieber, du würdest den ganzen Bockmist vergessen, den ich gesagt habe, und noch einmal von vorn anfangen. Ich möchte dich so gern kennenlernen, Zeit mit dir verbringen – Filme ansehen, Spiele spielen, spazieren gehen, was immer du möchtest."

„Das ist alles?"

„Und ich würde dich schrecklich gerne küssen. Aber ich bin ziemlich eingerostet."

„Ich hatte aber nicht das Gefühl, dass es sich rostig anfühlt."

„Es geht noch besser. Mit ein bisschen Übung." Angezogen von ihrer unglaublich geheimnisvollen Ausstrahlung beugte er sich vor, zuckte aber zurück, als Rese den Raum betrat.

Sie blieb stehen. „Oh. Ich wusste nicht, dass jemand hier ist."

Sofie zuckte mit den Schultern. „Scheint der Ort zu sein, an dem Leute sich aufhalten. Was hat diese Küche nur an sich?"

„Erinnerungen." Rese verschränkte die Arme.

Sofie atmete tief ein. „Ist das bei allen Häusern so, die du renovierst?"

„Bei manchen mehr, bei anderen weniger."

Matt blickte auf. „Haben Sie schon mal eins gehabt, in dem es spukt?"

Sie runzelte die Stirn. „Nur Sofies Tanzstudio."

„Die Fledermaushöhle?"

„Fledermaushöhle?"

„So nennt Matt den Keller." Sofie lachte. „Aber der Name passt nicht mehr. Er ist jetzt angenehm und elegant und hell." Sie wandte sich an ihn. „Lance hat sogar einen Ausgang nach draußen freigelegt."

„Keine Falltür mehr? Jetzt bin ich aber enttäuscht."

„Sie ist immer noch da", sagte Rese. „Genau wie die alte Treppe auf beiden Seiten, das Eisentor im Tunnel und die Geheimtür in der Speisekammer. Zu viel Geschichte, um das alles wegzureißen, aber ich vermute mal, der Eingang, den wir freigelegt haben, stammt aus der Zeit des Weinbergs und wurde später versiegelt."

„Das meinte Lance auch", sagte Sofie. „Er war völlig überwuchert, wahrscheinlich seit der Prohibition."

„Äh …" Er konzentrierte sich auf die Information, die in besonderer Weise sein Interesse geweckt hatte. „Eine Geheimtür in der Speisekammer?"

Rese nahm einen Teller mit Käse und Apfelschnitzen aus dem Kühlschrank. „Zeig du sie ihm. Ich mag diese Tür nicht.“ Sie verließ die Küche.

Sofie stand auf und öffnete die Tür zu einer Speisekammer von der Größe eines kleinen Schlafzimmers. Eingemachte Paprika und Tomaten standen aufgereiht in den Regalen, dazu ganze Räder Käse. Er duckte sich unter den professionellen Kochutensilien hindurch, die von der Decke hingen. An der Rückwand bückte Sofie sich und griff unter das unterste Regalbrett. Er hörte ein Klicken und dann ein Quietschen, als die Wand aufging.

„Mensch, das gibt's ja nicht!“ Wie viele Häuser konnten schon geheime Türen und unsichtbare Keller vorweisen? „Was kann man hier dran nicht mögen?“

„Rese war einmal dahinter eingesperrt. Allein. Im Dunkeln.“

„Sie macht mir aber nicht den Eindruck, als würde sie sich leicht ins Bockshorn jagen lassen.“

„Jeder hat so seine Schmerzgrenze.“

Neugierig blickte er durch die Tür. „Können wir runtergehen?“

„Aber wird das deine Illusion nicht zerstören?“

„Ich weiß nicht.“

„Nur die beiden Enden sehen noch wie ein Keller aus.“

„Ich glaube, ich werde es verkraften.“

Sofie legte einen Schalter um. Eine nackte Glühbirne beleuchtete ihren Weg, ohne das Ambiente zu zerstören. Er stieg die Holztreppe hinunter in einen Bereich, der noch immer Regale mit alten Weinflaschen enthielt. Der modrige Geruch weckte seine Vorliebe für unterirdische Orte.

Vor ihnen war eine Wand, in die man eine Tür gesetzt hatte. Sofie öffnete sie, betätigte wieder einen Schalter und führte ihn in einen magischen Raum mit Spiegeln, poliertem Fußboden und einer Decke, die in Mitternachtsblau gestrichen und mit Sternen, Kometen und Meteoren versehen war. In der Mitte verschwammen diese mit gemalten Wolken und Tageslicht.

„Hier soll die Musikanlage hin.“ Sie zeigte auf eine Stelle rechts von der Tür, wo kein Spiegel angebracht war und ein CD-Spieler an einer Steckdose hing.

So wie sie von all den Spiegeln reflektiert wurde, war es, als würde sie ihn von allen Seiten umgeben, und er hatte frech gelogen, als er sich eingeredet hatte, es würde keine Rolle spielen. Er war mehr als nur verliebt. Er war völlig hingerissen. Er wollte sie mehr, als er jemals im Leben etwas begehrt hatte.

Sie sah seinen Blick und verschränkte die Arme. „Willst du mit mir schlafen?“

Er stieß die Luft aus. „Ja.“

„Ist das alles, was du willst?“

„Nein. Aber es steht auf meiner Liste ziemlich weit oben.“ Es hatte keinen Sinn zu leugnen, was man ihm so deutlich ansah.

„Daraus wird nichts.“

„In Ordnung.“

„Willst du nicht wissen, warum?“

„Warum ist nicht wichtig.“ Er wollte lieber nicht hören, dass sie ihn nicht attraktiv fand oder nicht an einer Beziehung mit ihm interessiert war. Er wollte nicht hören, dass sie ihm nicht mehr vertrauen konnte oder …

„Wenn Eric und ich unsere Beziehung nicht so intim hätten werden lassen, wäre ich vielleicht nicht so verletzlich gewesen, hätte mich nicht so sehr verstrickt.“ Sie seufzte. „Ich werde den gleichen Fehler nicht noch einmal machen.“

„Aber ich bin nicht Eric.“

„Vielleicht nicht.“ Sie drehte sich um. „Aber ich kann dir nicht die Entscheidung darüber überlassen, was gut für mich ist. Ich will es nicht.“

Er nickte langsam. „Also dann … darf ich um diesen Tanz bitten?“

Sie zog die Augenbrauen hoch. „Du forderst ein ehemaliges Broadwaytalent in seinem eigenen Studio zum Tanz auf?“

Er bückte sich und drückte auf die Play-Taste des CD-Spielers, ohne zu wissen oder nachzusehen, was für Musik eingelegt war. „Es wird anders sein als das, was du gewohnt bist.“

Ein Lächeln umspielte ihre Lippen. „Da frage ich mich doch, was sich hinter deiner Clark-Kent-Fassade verbirgt.“

„Du glaubst, ich gebe nur vor, nett zu sein?“

„Ich glaube, du gibst nur vor, ein Softie zu sein.“ Sie legte eine Hand mit solcher Anmut auf seine Schulter, dass er seine ganze Selbstbeherrschung zusammennehmen musste. Aber sie hatte sich klar ausgedrückt. Ansehen ja, aber nicht anfassen. Beziehungsweise anfassen, aber nicht anheizen.

Er erkannte die Stimme und Gitarre, die von der CD erklangen, eine Ballade, die Lance und ein zweiter Sänger mit dem gleichen fesselnden Pathos anstimmten, das er vorhin im Haus gehört hatte. Sofie wartete darauf, dass er die Führung übernahm, und das tat er, während die Verantwortung so schwer auf ihm lastete wie noch nie in seinem Leben.

Kapitel 22

Brad hielt die geschnitzte Eckverzierung an Decke und Wand, während Rese die Schraube fast unsichtbar in eine Vertiefung des Holzes versenkte, das sie repariert und aufgearbeitet hatte. Von unten drangen das Kreischen von Sägen und das *Pffi-pffi* von Nagelpistolen herauf. Sie versuchte, die Geräusche auszublenden und sich auf die Arbeit zu konzentrieren, bevor Brad merkte, dass etwas nicht stimmte. Sie hatte es unter Kontrolle. Aber es konnte nicht schaden, ihn abzulenken. „Hast du mit deiner Frau gesprochen?"

„Ex." Brad verlagerte seine Position. „Ja, ich habe mit ihr gesprochen."

„Wirklich?" Das hatte sie nicht erwartet. Sie setzte die zweite Schraube ab. „Und?"

„Sie hat mich einen Lügner genannt und mich rausgeschmissen."

Ihre Kinnlade fiel herunter. Das bewies wieder einmal, wie viel Ahnung sie von Beziehungen hatte. Als wäre ihr das nicht schon heute früh bewusst geworden – bei ihrer Mutter. „Das tut mir leid, Brad."

Nachdenklich rieb er über eine scheckige Stelle des Holzes. „Dann kam sie zu mir nach Hause und wollte wissen, ob ich es ernst meine."

„Und du hast ja gesagt?"

„Ich sagte, über so etwas Furchteinflößendes würde ich keine Witze machen."

Das Geräusch einer Säge ließ sie zusammenzucken und sie verspürte ein leichtes Schwindelgefühl, das sie gewaltsam zurückdrängte. „Wie romantisch."

„Stimmt, sie ist ausgerastet." Er nahm das nächste Stück Holz und hielt es an die passende Stelle. „Als sie damit fertig war, meinen Brustkorb mit Fäusten zu bearbeiten und mir zu sagen, dass ich der letzte Mensch sei, den sie jemals heiraten würde – und wir wissen ja alle, dass das ein Trugschluss ist –, haben wir uns versöhnt und …" Er zuckte mit den Schultern.

„Und was?"

„Ich werde dir keine Einzelheiten erzählen."

„An den Einzelheiten bin ich auch gar nicht interessiert. Ich will nur wissen, ob sie ja gesagt hat."

„Sie sagte vielleicht."

„Echt?"

„Vielleicht am Freitag. Wenn sie mich so lange ertragen kann."

Sie umklammerte den Akkuschrauber fester und versuchte die Geräusche von unten zu verdrängen. „Brad, das ist ..." Unten brüllte jemand. Ihr wurde schwindelig.

„Rese?" Brad packte sie am Arm. „Was ist mit dir?" Er hielt sie fest, während sie auf die Knie ging.

„Ich muss hier runter." Wie dumm von ihr zu glauben, sie könnte ein fünfeinhalb Meter hohes Gerüst hinunterklettern, aber der Drang blieb.

Brad hockte sich neben ihr auf das Brett. „Bist du krank? Oder schwanger?"

„Nein, ich bin nicht schwanger." Sie schluckte die Tränen hinunter. Sie hatte nie freiwillig in Brads Gegenwart geweint, obwohl bei der einen Gelegenheit stille Tränen über ihr Gesicht gelaufen waren, als sie im Schockzustand gewesen war.

„Was ist denn dann?"

Sie schluckte. „Heute ist Dads Geburtstag."

„Oh Mann." Er setzte sich neben sie. „Daran habe ich ja gar nicht gedacht. Ich hätte dir gesagt, dass du zu Hause bleiben sollst."

„Zu Hause bleiben? Das alles hier mache ich doch nur wegen ihm."

„Ich dachte, du machst es wegen mir."

Sie schlug die Hände vors Gesicht und kämpfte mit aller Macht gegen die aufsteigenden Tränen an.

„Das war ein Witz. Tut mir leid. Ich weiß nicht, was ich machen soll, wenn du … so bist."

Sie konnte die Gedanken nicht aufhalten. Dads große, geschickte Hände. Sein starker Rücken und sein geschultes Auge. Die hohen Maßstäbe, durch die sie selbst und Brad geprägt waren. Sie hatte mehr von ihm gelernt als in allen Unterrichtsstunden in der Schule. Er hatte seine Zuneigung nicht gezeigt, aber er war stolz gewesen. Und er hatte sie in der schlimmsten Nacht ihres Lebens in Sicherheit gebracht.

An diesem Morgen hatte ihre Mutter sie so angesehen, als hätte sie den Tod verdient, ihre Augen tiefe, gestörte Brunnen. Sie hatte ihre

Finger in die Arme von Rese gekrallt und gefragt: „*Wo ist er? Was hast du mit ihm gemacht?*“ War es überhaupt Dad, den sie gemeint hatte?

Mehr als ein Jahr war es jetzt her, dass er gestorben war. An manchen Tagen hatte es gar keine Auswirkungen auf sie. An anderen, wie heute …

„Zieh dich nicht zurück, sondern rede mit mir“, drängte Brad sie.

„Er sollte eigentlich hier sein. Er darf nicht tot sein.“

„Wie lange hast du denn diese Schwindelanfälle schon?“

„Seit ich angefangen habe zu reden, anstatt mich zurückzuziehen.“ Drei Wochen unter Schock und dann der lange Weg zurück zur Professionalität in ihrem gewählten Beruf.

„Und du hast nichts davon gesagt? Wie oft bist du auf diesen Dingern allein rumgeturnt?“

„Ich werde schon damit fertig. Normalerweise ist es nicht so schlimm.“ Aber Dad wäre heute zweiundfünfzig geworden und sie wünschte, er wäre hier und würde mit ihnen zusammen arbeiten.

„Rückblenden?“

„Nicht so oft.“

„Rese, zum Kuckuck noch mal! Du hättest es mir sagen müssen.“

„Lance weiß es. Er hat mir in so einer Situation schon mal geholfen.“

„Das ist ja schön, aber er ist nicht hier; und er wird auch nicht da sein, wenn du runterfällst.“

„Ich werde nicht runterfallen.“ Ihr Kopf drehte sich von dem kupfernen Geruch von Blut, so viel Blut. Sie zitterte, während Brad ihr Handy herauszog. „Was machst du da?“

„Ich rufe Lance an.“

„Er ist eine Stunde entfernt.“ Zu weit. So wie jede Hilfe zu weit entfernt gewesen war, als sie versucht hatte zu verhindern, dass ihr Vater langsam verblutete.

Brad rief trotzdem an. Sie legte eine Hand auf ihre Stirn. Bisher hatte sie nie von diesem Tag erzählt, aber jetzt sprachen sie miteinander. Sie erzählte ihm alles, was geschehen war. Und dann erzählte er ihr Dinge, aus seinem Leben. Und dann wieder sie ihm. Als Geschenk zum Geburtstag ihres Vaters gaben sie einander Erinnerungen weiter, manche schmerzlich, andere lustig, überwiegend voller Respekt, aber auch seine Schwächen blieben nicht unerwähnt. Sie widersprachen sich und stritten und erinnerten sich. Und dann war Lance da.

Er stürmte in das Hotel in Nob Hill und sah Rese neben Brad auf dem Gerüst sitzen. „Rese?"

Sie blickte nach unten. „Es geht mir gut."

Brad richtete sich auf. „Ihr ist schwindelig."

Lance runzelte die Stirn. Da sie die Arbeit mit Brad wieder aufgenommen hatte, war er davon ausgegangen, dass sie die Flashbacks und Schwindelanfälle überwunden hatte. Doch er hatte sich geirrt. Im Nu kletterte er das Gerüst hinauf und überlegte, was geschehen wäre, wenn Brad dort oben nicht bei ihr gewesen wäre.

„Du hättest nicht zu kommen brauchen", sagte sie, während sie ihn auf ihre Ebene zog. „Wenn Brad mich hätte hinunterklettern lassen …"

„Hast du sie?", fragte Brad und erhob sich.

Lance nickte.

Brad zog die Zigarettenpackung aus seiner Tasche. „Ich rauche jetzt eine; dann kann einer der Männer mir hier oben helfen. Rese, du gehst nach Hause."

Sie schüttelte den Kopf.

„Es ist mein Ernst. Ich will nicht noch einen Unfall bei der Versicherung melden."

Rese zog sich an den Gerüststangen hoch. „Ich werde nicht aufgeben."

Brad atmete entnervt aus. „Mach schon. Verschwinde."

Sie reckte das Kinn vor. „Dir war er auch wichtig. Wenn du weiterarbeiten kannst, kann ich es auch."

„Das hier ist kein Wettbewerb, Rese. Kannst du es ihr nicht erklären?"

Lance sah ihr ins Gesicht. Er wollte sie mit nach Hause nehmen, aber wenn sie der Meinung war, dass ihr das Weiterarbeiten half, dann sollte sie es tun. „Rese?"

Sie wandte sich an Brad. „Was glaubst du, was Dad sagen würde?"

„Zu dir?"

„Zu jedem von uns."

Brad stemmte die Hände in die Hüften. „Er würde sagen: Verdien dir dein Geld, sonst übernimmt meine Tochter deine Mannschaft."

Sie musste lachen. „Ich hatte den Chefposten verdient, auch wenn du mit den Männern besser ausgekommen bist. Ich habe sie zu mehr Leistung angetrieben."

„Das ist so ungefähr das, was Vernon auch gesagt hat."

Sie richtete sich auf. „Ich werde seinen Geburtstag nicht damit verbringen, dass ich den ganzen Tag heule."

„In Ordnung. Ich habe zu tun und kann nicht darauf achten, dass du nicht vom Gerüst fällst."

Lance blickte zur Decke hoch. „Mach ruhig deine Sache weiter, Brad. Rese und ich schaffen das hier schon."

Sie sahen ihn beide an. Er hatte sich noch nie in ihre Arbeit eingemischt und er erwartete fast, dass sie Nein sagen würden. Obwohl er und Rese zusammen an dem Kutscherhaus gearbeitet hatten, hatte sie ihre Arbeit immer von ihm ferngehalten, seit sie sich mit Brad zusammengetan hatte.

Aber jetzt sah sie ihn mit schief gelegtem Kopf an. „Wir machen die Deckenleiste."

Brad stand einen langen Augenblick da und zuckte dann mit den Schultern. „Okay."

Als sie mit Lance' Motorrad auf der Ladefläche ihres Pickups nach Hause fuhr, fühlte Rese sich erstaunlich gut. Sie und Brad hatten Dinge herausgelassen, die im Stillen geschwelt hatten. Dad war nicht perfekt gewesen, ganz und gar nicht, aber er war ihnen beiden wichtig gewesen.

So viel von ihrer Arbeit musste alleine gemacht werden und sie liebte diese Zeit, in der ihr Handwerk ihre ganze Konzentration erforderte. Aber mit Lance zusammenzuarbeiten, war wunderbar gewesen – sein Lächeln, seine selbstironischen Scherze. Es erinnerte sie an die ersten Wochen, in denen sie gemeinsam das Kutscherhaus renoviert und die Villa fertiggestellt und die Pension mit ihren Unterhaltungsangeboten und fantastischen Mahlzeiten geplant hatten.

Sie hatte ihn aus diesem Teil ihres Lebens rausgehalten, vielleicht weil sie Angst hatte, er würde ihn so durchdringen, dass sie nichts Eigenes mehr hätte. Aber jetzt fragte sie sich, warum ihr das so wichtig gewesen war. Sie warf Lance, der neben ihr saß, einen Blick zu. „Müde?"

„Irgendwie schon. Das war eine Menge hochzuschleppen." Früher hätte ihm das nichts ausgemacht, aber er war immer noch auf dem

Weg, seine alte Kraft wiederzufinden. Körperliche Arbeit half vielleicht dabei. „Lance, könntest du dir vorstellen, … so was noch mal zu machen?“

„Mit dir zusammenzuarbeiten?“ Seine Miene versetzte ihr einen Stich.

„Na ja, Star ist zu Hause bei Mom und Sofie und Nonna bringen ein paar ganz gute Mahlzeiten zustande.“

„Ganz gut?“ Er lachte. „Nonna ist die Meisterin, von der ich gelernt habe.“

„Ich wollte deine Gefühle nicht verletzen.“ Obwohl er, seit er wieder da war, nicht mehr annähernd so empfindlich gewesen war wie früher, zumindest was seine Kochkünste betraf. Er war mit dem bisschen, was er an Lob und Aufmerksamkeit bekam, erstaunlich zufrieden gewesen. Wo war nur der Pirat mit dem Ohrring, der in ihre Werkstatt stolziert war und ihr Leben durcheinandergebracht hatte?

„Wenn wir noch einen Auftrag bekommen, brauchen wir zusätzliche Leute, und du weißt, was du tust.“

Seine Stimme klang rau. „Würde dir das denn gefallen?“

Es überraschte sie, wie sehr es sie freuen würde. „Ich würde dich natürlich nicht an irgendetwas Wichtiges ranlassen.“

Er grinste. „Das ist die Frau, die ich kenne und liebe.“

Gut, dass sie nicht stand. Er hatte gerade ihre Knie in Pudding verwandelt.

„Gut.“ Er nickte. „Gib mir was zu tun.“

„Willst du nicht wissen, was du dabei verdienen würdest?“

„Vergiss es. Für mich zählen nur die Zusatzleistungen.“

Sie runzelte die Stirn. „Es wäre eine rein geschäftliche Beziehung.“

Um seine Augen bildeten sich Lachfältchen. „Ach ja, klar.“

„Als wenn du es beim ersten Mal begriffen hättest.“

Er lehnte den Kopf zurück und erinnerte sich. „Warst du nicht diejenige, die eine Wiederholung dieses bestimmten Regelverstoßes wollte?“

„Das ist nicht wahr.“

„Du bist zu mir gekommen und warst auf Streit aus, während du insgeheim eine Zugabe wolltest.“

„Wenn du dich nicht benehmen kannst, funktioniert es nicht.“

„Keine Sorge. Ich werde deine Tarnung nicht auffliegen lassen.“

„Was für eine Tarnung?“

„Alle wissen doch, dass du knallhart bist. Ich werde ihnen nicht erzählen, dass du wie ein Eislolli in der Sonne schmilzt."

„Du hast es dir gerade mit deiner potenziellen Chefin verspielt."

Sein Lächeln brachte sie ganz durcheinander. „Ach was. Du brauchst mich doch."

„Wie einen Hammer auf dem Daumen."

Er lachte. „Also gut. Ich verspreche dir, dass ich mich benehmen werde."

„Und wie definierst du *benehmen*?"

Er überlegte einen Augenblick. „Hände weg, außer wenn wir allein sind."

„Hände weg. Punkt."

„Ach komm, Rese!"

„Lance." Der Mann war unmöglich. Was hatte sie sich nur dabei gedacht, als sie ihm die Tür geöffnet hatte?

„In Ordnung. Deine Regeln gelten. Zu Hause ist alles unter Kontrolle, wenigstens im Moment. Star geht es besser."

„Viel besser."

„Hast du Ricos Lied gehört?"

Sie nickte.

„Du hast es gehört?"

„An dem ersten Abend. Nachdem wir geredet hatten."

Er schmollte. „Und warum musste ich dann wochenlang warten?"

„Du kennst den geheimen Star-Händedruck nicht."

Er starrte sie zweifelnd an. „Wahrscheinlich ist das auch besser so."

Sie lächelte. „Stimmt."

„Sag mal, was hältst du von Matt?"

„Matt." Woher war der jetzt gekommen? „Kannst du das Thema ein bisschen eingrenzen?"

„Nein. Erzähl mir von allen deinen Eindrücken."

Sie neigte den Kopf. „Er sieht gut aus."

„Den Teil kannst du weglassen."

„Zuverlässig. Gewissenhaft. Stark. Große Hände." Ihre Kehle war plötzlich wie zugeschnürt. „Er erinnert mich an Dad."

Lance massierte ihr die Schulter. „Alles in Ordnung?"

Sie nickte. „Ich weiß auch nicht, wo das jetzt herkam."

„Ich habe deinen Dad ja nie kennengelernt, aber ich kann mir die Ähnlichkeiten vorstellen."

Sie zügelte ihre aufwallenden Emotionen. „Warum willst du wissen, was ich von Matt halte?“

„Er fängt an, Sofie etwas zu bedeuten.“

Kapitel 23

Sofie überflog den einfachen Prospekt, den sie erstellt hatte, um für das neue Tanzstudio und ihre Kurse zu werben. Sie hatte beschlossen, klein anzufangen, indem sie ihre Flyer in der Stadt verteilte und eine Anzeige in der Zeitung schaltete. Ballettunterricht für Anfänger und fortgeschrittene Anfänger, jeden Nachmittag drei Stunden und samstags. Sie stellte sich vor, wie die Mädchen in ihren rosafarbenen Gymnastikanzügen und Tutus erschienen, in ihren Ballettschuhen und Strumpfhosen, die Haare hochgekämmt und am Hinterkopf zu winzigen Knoten festgesteckt.

Und plötzlich war Carly da, so süß und quirlig, die in Erics Armen tanzte.

„Sieh mal, Daddy, ich bin ein Schwan."

„Ja. Ja, das bist du. Das sehe ich."

„Sofie ist auch ein Schwan. Und du, Daddy? Bist du auch ein Schwan?"

„Nein, Carly, ich bin der See, auf dem Sofie und du schwimmt."

Carly fing an zu kichern. „Du kannst kein See sein, Daddy." Aber er hatte zu ihr hinübergesehen und Sofie wusste, dass er genau das war. Er trug sie und hielt sie im Zaum. Innerhalb dieser Grenzen bewegte sie sich frei, glitt auf seiner Liebe dahin und versuchte keine Wellen zu machen.

Bis der See ausgetrocknet und sie flügelschlagend im Schlamm zurückgeblieben war, und selbst das war zu schwer, zu sinnlos. Aber wie sie Matt erzählt hatte, hatte Gott ihr Menschen in den Weg geschickt, die sie liebten. Menschen, die glauben wollten, dass sie nach vorne blickte und ihr Leben wieder in die Hand nahm. Die glauben wollten, dass sie sich nie wieder selbst verletzen würde. Sogar ihre neuen Pläne hatten Lance motiviert, sodass er und Rese und Star ihr Studio in Rekordzeit fertiggestellt hatten. Alles, damit Sofie eine sinnvolle Beschäftigung hatte.

Zu Hause hatte sie noch niemandem etwas davon erzählt und auch die Studienkommission in Fordham wusste noch nichts davon, dass sie die Arbeit an der Promotion, die ihr noch vor Kurzem so wesentlich erschienen war, aufgegeben hatte. Sich in ihren Studien zu vergraben, war ebenso betäubend gewesen wie jede Droge. Und ohne diese Ablenkung hatte sie Zeit zum Nachdenken, Zeit für Erinnerungen. Wünsche. Reue.

Sie ballte die Fäuste. *Carly!* Ein Telefongespräch war nicht genug! Sie hatte sich eingeredet, dass Gott alles, was geschehen war, nicht zugelassen hätte, wenn sie eine Rolle in Carlys Leben hätte spielen sollen. Aber seit Carlys Anruf hatte sie jede Nacht wach gelegen und gebetet, ihr Handy möge klingeln und sie würde Carly sagen hören: „Hi … äh … störe ich dich?"

Und sie würde ihr antworten: „Du störst mich nie, Carly." Wie könnte sie zu beschäftigt sein, um mit Carly zu sprechen? Was konnte wichtiger sein als das Kind, das sich in ihre Arme geworfen und ihr Gesicht geküsst hatte, ihre Augen, ihre Nase. *„Ich liebe dich, Sofie. Dass du mich lieb hast, gibt mir ein ganz warmes Gefühl im Bauch."*

Der Schmerz brannte wie ein Loch in ihrem Magen, sodass sie sich beinahe gekrümmt hätte. Für wen hielt sie sich, dass sie glaubte, sie könnte irgendetwas unterrichten? Die körperliche und mentale Disziplin beim Tanzen sollte einen gesunden, geordneten Geist widerspiegeln und ein künstlerisches, fröhliches Gemüt. Eine Lehrerin sollte jemand sein, den die Schüler respektierten, auf den sie sich verlassen konnten. Ihr Blick wanderte von dem Flyer zu ihren Handgelenken, wo die leicht gewölbte Haut sie an ein Scheitern erinnerte, das zu tief und umfassend war.

Ein leiser Aufschrei entwich ihrer Kehle und sie riss das Blatt Papier entzwei. Niemand würde ihr seine Kinder anvertrauen, nachdem sie ihr eigenes verloren hatte. Auch wenn kein Gericht der Welt es anerkennen würde, war Carly doch ihre Tochter. Sie war in ihr Herz gewachsen und dann herausgerissen worden. Wie hatte sie glauben können, dass diese Wunde jemals heilen würde?

Sie hatte versagt. Und auch wenn Gott ihr vergeben hatte, würde er ihr keine zerbrechlichen kleinen Menschen anvertrauen. Er hatte Diego seiner traumatisierten jungen Mutter zurückgegeben, die ihr eigenes Leben aufs Spiel gesetzt hatte, um ihr Kind zu retten. Sie hätte niemanden beleidigt, der die Macht hatte zu verschwinden.

Es klopfte an der Tür. Star und Elaine waren auf dem Dachboden und Lance und Rese bei der Arbeit. Nonna hörte das Klopfen wahrscheinlich, aber man konnte von ihr nicht erwarten, dass sie aufmachte. Seufzend verließ sie das Arbeitszimmer von Rese und öffnete die Tür.

„Hi." Matt hielt ihr eine einzelne Rose hin, deren leicht rosafarben getönte Blütenblätter ihr süßlich entgegendufteten.

Sie nahm die Blüte. „Die ist schön."

„Du bist schön."

Sie runzelte die Stirn. „Es ist gerade ungünstig, Matt." Ihr Tanz hatte mit einem Versprechen geendet, dass sie reden würden, aber sie konnte nicht das Gesicht aufsetzen, das er sehen wollte.

„Was ist los?"

Sie hatte weder die Kraft noch den Willen, es zu erklären. Begierig atmete sie den Duft der Rose ein und sagte: „Die braucht Wasser." Sie ging mit der Blume in die Küche und sorgte mit einer Vase dafür, dass sie länger hielt. Aber sie würde sterben, abgetrennt von der Pflanze, die sie genährt hatte.

Matt war in Jeans und einen Pullover mit Knopfleiste gekleidet, der seine breiten Schultern und den langen Oberkörper gut zur Geltung brachte. Sein Haar sah aus wie frisch geschnitten. Die ängstliche Sorge in seinem Blick tat ihr weh.

„So." Er hob die Hände. „Hast du Lust auf einen Spaziergang?"

Ein Spaziergang. Unverfänglich. Keine Überforderung. Ihre Therapeuten hatten ihr erklärt, sie brauche einen Plan, und sei es nur, dass sie aufstand und sich anzog. Sie hatte ihre Erwartungen übertroffen. Aber heute konnte sie vielleicht nicht mehr tun, als einen Fuß vor den anderen zu setzen.

Sie traten in die windige Klarheit des Frühlings. Matt nahm ihre Hand und umschloss ihre langen Finger, während sie den Gehweg entlangliefen. Einen Augenblick lang fühlte sie sich unendlich geborgen, wie ein kleines Mädchen, das weiß, dass ihm nichts geschehen kann, solange die große, starke Hand es festhält. Dann erinnerte sie sich daran, dass es Matt war, und die Stärke und Sicherheit seines Griffs riefen andere Gefühle hervor.

Er hatte nicht Erics lähmende Anziehungskraft, aber trotzdem fühlte sie sich zu ihm hingezogen. Konnte sie ihn lieben und einen Teil von sich hergeben? Wie sollte sie wissen, wo die Grenze war? Wo Matt aufhörte und sie begann? Sie blickte auf ihre Hände, die ineinander verschränkt waren, aber nicht miteinander verschmolzen. Als sie an dem blauen Holzhaus nebenan vorbeigingen, legte Matt den Kopf schief. „Wie lange steht das denn schon leer?“

„Ich glaube, die Eigentümerin ist vor einigen Monaten gestorben. Eine alte Frau – Evvy irgendwas. Sie hat Lance bei der Suche nach einigen von Nonnas Puzzlestücken geholfen. Er hat für sie die Gartenarbeit erledigt.“

„Ich sehe aber gar kein Schild, dass das Haus zu verkaufen ist.“

Sofie zuckte mit den Schultern. „Ich weiß nicht, wem es jetzt gehört.“

„Glaubst du, es hat eine große Fledermaushöhle?“

Sie lächelte. „Du magst alte Häuser.“

„Ich mag Dinge mit Durchhaltevermögen.“

Durchhaltevermögen.

Ein Windstoß trug den Geruch von Weideland herüber, als sie das Ende der Straße erreicht hatten. Sie waren am Stadtrand mit ein paar brachliegenden Feldern, auf denen ein Pferd und zwei Ziegen grasten. Ein Vogel sang. Sie wusste nicht, was für ein Vogel es war.

Er sagte: „Willst du darüber reden?“

„Ich bin mir nicht sicher, ob ich die richtige Entscheidung getroffen habe.“

„Die Tanzschule zu eröffnen, anstatt deinen Abschluss zu machen?“

Sie hatte eigentlich etwas Größeres im Sinn gehabt.

Er warf ihr einen Blick zu. „Bei meiner beruflichen Neuorientierung habe ich mich bestimmt tausend Mal gefragt, ob es nicht ein Fehler war.“

„Woher weißt du, dass es keiner war?“

Er zuckte mit den Schultern. „Ich fühle mich jetzt wohler in meiner Haut.“

Ein Lächeln umspielte ihre Mundwinkel.

„Wenn ich eine Stelle als Juniorpartner angenommen hätte, wäre mein Weg vorgezeichnet gewesen. Ich hätte eine Menge Geld verdienen können und hätte einen einflussreichen Posten bekleidet.“

„Aber ...“

„Das Fehlverhalten von zwielichtigen Politikern zu vertuschen, war dem zu ähnlich, womit ich aufgewachsen bin. Ich hatte wohl einfach keine Lust mehr zu lügen.“

„Das heißt, du hast die richtige Entscheidung getroffen.“

„Das habe ich.“

Sie holte zitternd Luft. „Wie lange hat es aber gedauert, bis du es wusstest?“

„Länger, als du dir gegeben hast.“ Er drückte ihre Hand. „Mach einfach den ersten Schritt.“

„Ich habe einen Prospekt erstellt.“

„Hast du ihn schon rausgeschickt?“

„Noch nicht.“

„Leg die Prospekte aus. Und warte ab, was sich daraus ergibt.“

„Es kann sein, dass ich nicht genügend Schüler für einen Kurs zusammenbekomme.“

„Dann überlege ich es mir noch mal.“

Sie zog die Augenbrauen hoch. „Zwischen den pinkfarbenen Gymnastikanzügen und Ballettschuhen mit Riemchen könntest du dich als größere Ablenkung erweisen.“

„Ist das nicht gut bei dem ganzen Hochheben und Werfen?“

Sie lachte. „Es wird nicht viel geworfen, aber ziemlich viel aufgefangen.“

„Im Fernsehen werfen sie die Tänzerinnen immer durch die Gegend. Aber ich vermute, die sind über die ersten Stadien schon hinaus.“ Sein Lächeln ließ sie innerlich erschauern.

„Tanzfiguren, die willkürlich erscheinen, sind trotzdem genau definiert.“

„Ich verstehe.“ Er blieb stehen und drehte sich zu ihr um. „Warum erzählst du mir nicht, was wirklich los ist?“

Der Schmerz durchbrach ihre Maske. Viel zu lange hatte sie ihn unterdrückt. „Warum hat Carly nicht mehr angerufen?“

„Du weißt, warum.“

„Er lässt sie nicht?“

„Vielleicht hat er ihr das Telefon weggenommen.“

„Warum kann sie nicht das von einer Freundin benutzen?“

Er hob ihre Hand an seine Brust. „Wenn er deine Gedanken so steuern konnte, was für eine Macht wird er dann über *ihre* Gedanken haben?“

Sie wusste, was für eine Macht das war. Sie hatte sie miterlebt, als Carly noch im Kindergarten gewesen war. Sie hatten den ganzen Tag unbeschwert verbracht, aber in dem Augenblick, als Eric nach Hause kam, fixierte Carly sich völlig auf ihn, ganz konzentriert, so als könne es kein Dreieck geben, sondern nur die Liebe zwischen Eric und einem beliebigen anderen Punkt.

„Ich habe sie verloren, Matt." Der Selbstvorwurf in ihrer Stimme schmerzte ihn.

„Ich weiß." An manchen Tagen erwachte er mit dem Gefühl, dass Jacky wie ein junger Superman über die Gleise gesprungen und dem Zug davongelaufen war und sich versteckt hatte, während sein großer Bruder Matt die Dinge zu Hause zurechtbog, und er würde irgendwann hereinspazieren, ewig neun Jahre alt, mit seinem schiefen Grinsen und den leuchtend blauen Augen. „Aber sie lebt. Sie ist bei ihrem Vater." Und entweder war Eric eine Gefahr oder nicht. Beides ging nicht. „Carly hat nicht gesagt, dass sie Hilfe braucht."

„Was ist, wenn sie es versucht hat, aber ich habe es nicht verstanden?"

„Sie ist elf Jahre alt, Sofie, nicht vier." Aber er merkte, dass ihre Gedanken immer noch Kapriolen drehten. Er seufzte. „Vielleicht kann ich mich schlau machen."

„Du meinst, du kannst sie finden?"

„Ich kann nachsehen, ob sie im System gespeichert ist. Ob es irgendwelche Anzeichen für Misshandlung oder Anzeigen gegen Eric gegeben hat oder ob sie in einer Pflegefamilie war."

Sie schüttelte den Kopf. „Auf keinen Fall."

„Innerhalb von sechs Jahren könnte die Situation sich zugespitzt haben. Vielleicht hat er sie erwischt, bevor sie es dir erzählen konnte."

„Sie war nicht außer sich."

„Und er?"

Sie wandte den Blick ab. „Warum kann ich es nicht loslassen?"

Er hatte einen Verdacht. „Sagst du es mir?"

Sie antwortete nicht.

„Sofie." Zärtlich berührte er ihr Kinn mit einem Finger. „Du hast die ganze Zeit gewartet, seit er weggegangen ist. Meinst du nicht, es ist Zeit, dass du weiterlebst?"

Eine steile Falte erschien auf ihrer Stirn. „Deshalb bin ich ja hergekommen."

„Dann sieh nicht zurück." Er zog sie näher zu sich hin. „Eröffne deine Tanzschule. Bring Leuten das Tanzen bei. Hör auf, nach Antworten zu suchen, die es nicht gibt." Er umfasste ihr Gesicht mit beiden Händen. „Verlieb dich in mich."

„Was?"

„Warum nicht? Ich bin schon bis über beide Ohren in dich verliebt." Er beugte sich vor, aber sie legte ihre Finger auf seine Lippen und wich ein wenig zurück.

„Ich muss jetzt das Abendessen vorbereiten." Entschlossen schob sie sich die Haare hinters Ohr.

„Ist dafür nicht Lance zuständig?"

„Er arbeitet jetzt für Rese."

Er zog die Augenbrauen hoch. „Das dürfte ein guter Test für ihre Beziehung sein."

„Du glaubst, Menschen, die sich lieben, können nicht gemeinsam arbeiten?"

Er hob einen Ast hoch, damit sie darunter hindurchgehen konnte. „Es ist eine Belastung für die Beziehung."

„Das stimmt wohl." Sie zuckte mit den Schultern. „Rese ist so perfektionistisch."

„Lance sollte also besser richtig gute Arbeit leisten."

„Er hat nicht die Art Feinarbeit gemacht wie sie, aber er hat schon für *Habitat for Humanity* Häuser gebaut und war bei anderen Bauarbeiten für eine Hilfsorganisation dabei und auch beim Friedenskorps in El Salvador, Guatemala und Jamaika hat er schon mitgemacht."

„Er kommt ganz schön rum."

Sie lächelte schwach. „Das hat sie ihm auch vorgeworfen."

Er verstand ihre Anspielung. „Das glaube ich jetzt nicht."

„Er hat schon früh damit angefangen, für jeden Kuss, den er von einem Mädchen bekommen hat, in die Wand seiner Grundschule eine Kerbe zu ritzen."

„Disqualifiziert ihn das nicht für den Messiasjob?"

Für diesen Scherz erntete er einen finsteren Blick. „Nichts disqualifiziert ein reumütiges Herz."

„Das heißt, solange er bereut, was er getan hat ..."

Der Wind wehte ihr die Haare ins Gesicht. „Reue allein genügt nicht. Man muss sich auch von so manchem verabschieden. Er hat aufgegeben, was er gern gemacht hat, weil es zu viele Versuchungen gab."

„Jetzt hat er ja Rese."

„Aber er schläft nicht mit ihr."

„Ach, komm. Die beiden wollen doch heiraten."

Sie sah ihm ins Gesicht. „Er will mit seiner Ehe Gott die Ehre geben. Und mit seinem Leben auch."

„Also, ich glaube nicht, dass Sex das große Übel ist. Nicht zwischen Menschen, die sich lieben."

„Sex schafft Verbindungen, die zu tief gehen, wenn die Gnade sie nicht heiligt."

„Was bedeutet das denn nun?" Sie waren bei der Villa angekommen und er hielt ihr die Tür auf.

„Meine Erklärung wird dir nichts nutzen."

„Wenn sie stimmt, sollte sie auch für jemanden Sinn machen, der nicht religiös ist."

„Willst du damit sagen, dass es keine sozialen und psychologischen Gründe für Zurückhaltung gibt? Keine physiologischen Vorteile von monogamem Verkehr innerhalb einer festen Bindung?"

Er folgte ihr durch den Eingangsbereich bis in die Küche. „Natürlich gibt es die. Aber Sofie ..."

Sie öffnete den überdimensionierten Kühlschrank und betrachtete seinen Inhalt. „Das Körperliche und Emotionale vom Spirituellen zu trennen ..."

„Jeder ist körperlich. Nicht jeder ist spirituell."

Sie holte etwas heraus, das in Papier eingewickelt war. „Jeder Mensch ist spirituell. Das zu ignorieren oder zu leugnen ändert nichts an der Tatsache."

Sie waren an einer Pattsituation angelangt. Wenn jeder Mensch unsichtbare spirituelle Anteile hatte, die da ansetzten, wo das Körperliche und Emotionale endete, dann musste es einen Grund dafür geben, ein ewiges oder höchstes Wesen, oder aber alles war in einem endlosen Fluss und verging nach und nach. Oder alles war nur ein Mythos, der dazu diente, das Unerklärliche zu erklären. Aber seiner Erfahrung nach schadete Religion oft mehr, als sie nutzte – vor allem bei Leuten wie seiner Mutter.

Matt rieb sich das Gesicht. Wie war er nur in diese Festung der Tugendhaftigkeit geraten, wo Menschen ihre natürlichen Bedürfnisse unterdrückten und gegen Naturgesetze verstießen?

Sofie holte eine Pfanne heraus. „Scaloppine vom Kalb?"

Er ließ seine Hände sinken. „Tut mir leid, Kalbfleisch esse ich nicht."

Sie sah überrascht aus und ihm wurde die Ironie bewusst, dass er endlich den Spieß umgedreht hatte.

„Warum nicht?"

„Weil ich nicht gutheißen kann, dass ein Tier monatelang eingesperrt ist und dann mit eisenarmer Nahrung gefüttert wird, damit es schwach und zart wird."

Sie lehnte sich an die Küchenzeile und musterte ihn.

Er erwiderte ihren Blick trotzig. „Was ist?"

„Ich weiß, woran man das blasseste, mit Milch ernährte Kalb mit dem rosigsten Fleisch und dem weißesten Fett erkennt. Und ich weiß auch, warum es so ist, aber ich hatte nicht darüber nachgedacht – mir gefällt, dass dir das wichtig ist."

„Eine Menge Dinge sind mir wichtig. Religion ist nicht die einzige Grundlage für eine moralische Orientierung." Er verschränkte die Arme. „Ich esse gerne das Gemüse oder was immer du dazu machst."

Sie wickelte das Kalbfleisch wieder ein und holte ein anderes Päckchen aus dem Kühlschrank. „Das Huhn war freilaufend."

Er nickte. „Gut. Danke."

„Scaloppine?"

„Egal was du kochst, es wird gut schmecken. Ich bin nicht wählerisch – im herkömmlichen Sinne. Kann ich dabei helfen?"

Sie holte ein Marmorbrett und einen Edelstahlhammer heraus. „Magst du es flach klopfen?"

„Klar."

Ihre Finger berührten seine Hand, als sie ihm das Werkzeug übergab. „Sofie." Er nahm den Hammer, dann ihre Hand. Egal, welche Unterschiede es zwischen ihnen gab, es hatte keinen Sinn, sein Interesse an ihr zu leugnen. „Ich bin froh, dass du hergekommen bist, um einen Neuanfang zu machen."

Sie sah ihm in die Augen. „Das bin ich auch."

Er widerstand dem Drang, sie zu küssen, und fragte sich, ob dieser Verzicht irgendeine spirituelle Anzahlung war. Aber dafür brauchte man wahrscheinlich ein Konto.

Kapitel 24

Lance schnupperte, als er Rese ins Haus folgte. Hühnchen, wahrscheinlich Scaloppine. Sofie und Nonna waren beschäftigt gewesen, stellte er fest, als er die Küche betrat und die volle Wirkung des Aromas zu spüren bekam. Selbst Star saß dort und schnitzte Garnituren aus dünnen Gemüsescheiben. Es war ein merkwürdiges Gefühl, anderen seine Küche zu überlassen, aber er musste – und wollte – mit Rese zusammenarbeiten. Wenigstens im Moment. Er hatte nichts dagegen, Handlanger zu sein, wenn er dadurch an diesem Teil ihres Lebens teilhaben konnte.

Und die Mädchen wurden mit den Mahlzeiten mühelos fertig. Er gab Nonna einen Kuss auf die Wange und bemerkte dann Matt, der mit Sofie im Esszimmer war. Sie lachten leise und ihre Blicke begegneten sich, als sie das Silberbesteck auf dem Tisch verteilten. Matt sah ihn und richtete sich auf. Dann blickte Sofie auf.

Er suchte in ihrer Miene nach möglichen Problemen, aber sie schien in Ordnung zu sein. Vielleicht sogar mehr als das, also nickte er Matt zu und sagte: „Wir haben einen Brief von Maria bekommen." Er hielt den Umschlag hoch.

Nonna drehte sich um. „Was st…eht drin?"

„Ich lese ihn vor, wenn Rese rauskommt." Sein Blick wanderte zu der Suite, in der sie verschwunden war, um sich frisch zu machen.

„Dann hier." Nonna reichte ihm den Wein und den Korkenzieher. „Während du wartest." Es spielte keine Rolle, dass er neun Stunden gearbeitet hatte. In Nonnas Küche stand niemand tatenlos herum.

Rese erschien, als er gerade den Korken aus der Flasche zog. „Wo ist Mom?"

Star zuckte mit den Schultern. „Sie ist im Bett geblieben."

„Fühlt sie sich nicht gut?"

„Sie wollte nicht darüber reden."

„Wir holen sie zum Essen herunter." Lance zog Rese an seine Seite, als Sofie und Matt den Raum betraten. „Dann wollen wir mal sehen, was Maria schreibt.“ Er riss den Brief auf und reichte Rese drei Fotos, damit sie sie herumreichte, während er las.

„Lieber Lance und alle anderen,
ich möchte sagen, wie dankbar ich für eure Hilfe bin und dafür, dass ich nach Hause fahren konnte. Wir ihr seht, ist Diego immer am Essen. Er ist riesig. Ich hoffe, ich kann ihm irgendwann Bilder von seinen Paten und von euch allen zeigen. Mama sagt, das sei ein Wink mit dem Zaunpfahl.
Mir geht es jetzt besser, ich werde immer kräftiger. Ich denke an das Gute, das ihr für mich getan habt. Daran erinnere ich mich, wenn ich ängstlich oder wütend aufwache – dass Lance mein Baby zum Atmen gebracht hat (ich weiß, dass er meint, es war Gott) und Sofie es glücklich gemacht hat und dass ihr alle so freundlich wart.
Irgendwann wird Diego große Dinge tun und ich werde ihm sagen, dass es an den guten Menschen liegt, die Gott in sein Leben gestellt hat. Ich gehe bald wieder zur Schule – meine eigene Schule, von der Mama immer gesagt hat, dass sie gut genug ist. Es gibt viele Leute, die auf Diego aufpassen können, während ich weg bin. Sie alle wollen das Wunderbaby auf dem Arm halten.
Gott segne euch und seid ganz lieb gegrüßt. Maria.“

Die Bilder kamen zu ihm zurück und er betrachtete die dicken Bäckchen seines Patenkindes, Marias Teenagerlächeln und das letzte Foto, auf das kaum alle Personen draufpassten. Sie war wieder da, wo sie hingehörte, bei ihren Lieben, die ihr helfen würden, mit all dem, was geschehen war, fertigzuwerden. Er sah zu Rese hinüber. „Ich würde sagen, wir haben die richtige Entscheidung getroffen, als wir sie aufgenommen haben.“

Sie nickte. „Gut, dass wir keine Pension hatten.“

„Und dass Sofie gekommen ist, sodass sie sich um Diego kümmern konnte.“

„Und dass Matt uns die Pflege überlassen hat.“

Matt lächelte und zum ersten Mal betrachtete Lance ihn als einen von ihnen, als Teil des Ganzen, das Gott webte.

„Alle Dinge nach Gottes W…illen“, sagte Nonna.

„Amen“, sagte er leise, dann schwenkte er die Fotos. „Wir brauchen Kühlschrankmagneten, wenn du das nächste Mal in die Stadt gehst, Star.“

Sie lächelte koboldhaft und er konnte nur ahnen, womit sie nach Hause kommen würde. Je verrückter, desto besser. „Das riecht gut. Lasst uns essen.“

Etwas hatte sich verändert, obwohl er fast die ganze Mahlzeit brauchte, um festzustellen, was es war. Dann wurde Matt bewusst, dass er offenbar irgendeinen Test bestanden, irgendeine Schwelle überschritten hatte, die ins Herz dieser Familie führte. Lance hatte seine Skepsis gegen eine unwiderstehliche Herzlichkeit eingetauscht und selbst Antonia warf ihm freundliche Blicke zu.

Ihre Akzeptanz berührte ihn und er wollte nichts tun oder sagen, das ihn wieder als Außenseiter abstempeln würden, wenn jeder am Tisch – sogar Elaine, die sie überredet hatten, zu ihnen herunterzukommen – ein Teil des Ganzen zu sein schien. In diesem Haus wurde niemand ausgegrenzt. Es war mehr als eine Mahlzeit, die sie zusammen einnahmen; es war eine Art Abendmahl.

Er blieb bis in den späten Abend hinein, weil er nicht wollte, dass es aufhörte, weil er die anderen nicht verlassen wollte. Sie sprachen über Philosophie und Shakespeare, Geschichte und Politik. Sogar über Religion, aber nicht die Art, von der er früher gehört hatte. Als Star eine Frage stellte, zitierte Lance den Propheten Jesaja und sprach von einer Welt, in der Löwen und Lämmer beieinanderliegen, und dann behauptete er, diese Zeit sei jetzt schon da. Er nannte es das Reich Gottes, das sich mit der sündhaften Welt überschnitt, Gottes Stadt mitten in der gefallenen Schöpfung. Eine Wirklichkeit innerhalb dieser Wirklichkeit.

Matt hoffte, dass der Mann nicht verrückt war. Aber wenn sie alle verrückt waren, warum hielt man dann so viel auf geistige Gesundheit? Das Lachen war echt. Und die Liebe. Sie waren alle entwaffnend echt auf eine Weise, die er nie erlebt hatte. Vielleicht war ja alles außerhalb dieser Mauern die eigentliche Illusion.

Schließlich stand Elaine auf und verkündete, es sei Zeit, schlafen zu gehen. Sie sprach eine Reihe Warnungen aus, die sie alle gelassen aufnahmen; dann ging Rese mit ihr nach oben, um sie zu Bett zu bringen. Antonia war längst eingeschlafen und schnarchte leise in ihrem Sessel.

Lance rieb sich die Hände. „Wie es aussieht, habe ich Spüldienst."

Star erhob sich, um ihm zu helfen.

Sofies liebevoller Blick wanderte von ihrer Großmutter zu ihm. „Hilfst du mir, Nonna in ihr Zimmer zu bringen?"

Er stand auf, froh über eine so intime Gelegenheit. Er war schon so lange nicht mehr Teil einer Familie gewesen – oder eigentlich nie. Jedenfalls nicht Teil einer Familie wie dieser, die vorbehaltlos liebte, die Schwächen und Macken jedes Mitglieds akzeptierte – vor allem die der schwächsten.

Sanft weckte Sofie ihre Großmutter, und als er der alten Frau seinen starken Arm anbot, kamen ihm die Tränen. Er bemühte sich, es Sofie nicht merken zu lassen, aber während sie ihre Großmutter zu Bett brachten und dann wieder in die kalte Nacht hinausgingen, fiel es ihr auf.

„Ist alles in Ordnung mit dir?"

Den Kloß in seinem Hals schluckte er hinunter. „Wenn es einen Himmel gibt, dann glaube ich, dass er aussieht wie dieser Abend."

Sie lächelte ihn mit einer solchen Freude an, dass er ihr Gesicht mit beiden Händen umfasste. „Ich muss dich küssen, Sofie."

Sie zog eine Schulter hoch. „Dann küss mich."

Sie zitterte, als ihre Lippen sich berührten. Es war kein verzweifelter Kuss, kein Ausschütten seines Kummers. Es war eine Verbindung, die aus der Gemeinschaft dieses Abends und einem tiefen Verlangen erwachsen war. Er küsste sie langsam, ein Kuss von Mann zu Frau, der ausdrückte, was er fühlte, was er wollte, wer sie waren, wer sie zusammen sein könnten.

Er hörte auf, als sie zurückwich.

„Ich kann das nicht."

„Es ist nur ein Kuss."

„Ich weiß aber, dass du mehr willst."

Er streichelte ihr Gesicht. „Ich will alles, was dich beinhaltet. Wie auch immer das aussieht; wie auch immer du es gestaltest."

Sie starrte ihn ungläubig an, aber er meinte es ernst. Er würde sie wie ein Ritter umwerben, wenn sie das wollte.

Er drückte ihre Hand. „Ich rufe dich morgen an."

Lance erwachte mit einem Ruck, die Sinne hellwach. *Herr?* Das Gefühl der Dringlichkeit blieb. Er schlüpfte aus dem Bett und ging in den Flur. Er lauschte, bis er die leisen Schluchzer aus Sofies Zimmer dringen hörte. Dann ging er an ihre Tür.

Er klopfte nicht an, sondern trat leise ein und kniete sich neben ihr Bett. Er legte ihr die Hand auf den Kopf und flüsterte: „Sof."

Sie entzog sich ihm nicht und versteckte auch ihre Tränen nicht. Als sie sich schließlich zu ihm umdrehte, fragte er: „Was ist los?"

„Ich habe Angst, dass sie verloren ist, wenn ich sie loslasse."

„Carly?"

„Ich habe geträumt, ich hätte sie über einen Abgrund gehalten. Ihre Hände waren dabei, aus meinen zu rutschen, und hinter mir fragten Stimmen. ‚Warum kannst du nicht loslassen?', so als könnten sie nicht sehen, dass sie verloren wäre, wenn ich es täte." Zitternd holte sie Luft. „Es war so echt. Das Gefühl, dass ich festhalten musste, egal, was alle anderen sagten, was die anderen dachten."

„Träume können trügerisch sein. Hast du gebetet?"

Sie zuckte mit den Schultern. „Ich spreche die Worte, aber …"

„Dann lass mich." Er nahm Sofies Hand und ließ seine andere Handfläche auf ihrem Kopf ruhen. Er konnte Gottes Liebe förmlich spüren, aber sie schien zu versickern. *Herr.*

Da war ein Leck, eines, das Sofie sich weigerte zu schließen. Ihre Verbindung zu Carly? Schuldgefühle wegen ihres versuchten Suizids? Eine bleibende Sehnsucht nach Eric? Er wusste nicht, was sie so zerriss, aber sie musste bereit sein, bevor Gott sie heil machen konnte, und er spürte, dass dies nicht der richtige Zeitpunkt war. Was sie an Trost annehmen konnte, hatte sie bekommen. Er öffnete die Augen und sah, dass sie wieder eingeschlafen war.

Matt stand mit Sofie oberhalb des tiefgrünen Waldes, von wo aus sie bis zum Pazifik blicken konnten. Nachdem sie den vergangenen Abend mit ihrer Familie verbracht hatten, hatte er sie abgeholt, um den Tag an der Küste zu verbringen. Ein frischer Wind stieg vom Meer zu ihnen herauf und zerzauste ihr Haar und verschlug ihm den Atem. Angesichts solcher Majestät wusste er ohnehin nicht, was er sagen sollte.

Seine Bemerkung über den Himmel gestern war kein Scherz gewesen. Wenn die Ewigkeit irgendeine Ähnlichkeit mit dem Abend hatte, den er mit Sofies Familie verbracht hatte, dann konnte er sie beinahe akzeptieren. Lance einmal so zu begegnen erklärte, warum Menschen wie Maria in ihm eine Art Messias sahen. Seine charismatische Präsenz betonte die Dinge, über die er sprach, das Reich Gottes auf Erden, eine neue Schöpfung.

Matt schüttelte den Kopf. Er verstand es, aber es war nicht so einfach, die Denkweise zu ändern, die er systematisch entwickelt hatte, seit er von zu Hause weggegangen war. Viele seiner Freundschaften und beinahe alle seine beruflichen Kontakte würden davon betroffen sein. Es würde Konsequenzen haben, die er nur erahnen konnte.

Aber er verdrängte den Gedanken, als Sofie sich neben ihm bückte und über die Klippe blickte. „Macht dir die Höhe der Klippen Angst, Matt?"

Er blickte hinunter. „Ich würde nicht auf einem Drahtseil über diese Felsen gehen, aber diese Höhe macht mir nichts aus."

Sie lehnte sich an den Betonpfeiler, an dem die Metallseile der Aussichtsplattform befestigt waren. „Was dann? Schlangen? Spinnen?"

Er grinste.

„Komm schon. Was lässt Matt Hammond erzittern?"

„Erzittern?" Er drehte sie zu sich um und umfasste rechts und links von ihr die Absperrung. „Du lässt mich erzittern."

Sie boxte gegen seine Brust. „Ich meine vor Angst."

„Ich auch."

„Willst du damit sagen, ich mache dir Angst?"

„Eine Heidenangst."

„Warum?"

„Du bist wie eine Sirene, die mich von meinem Kurs abbringen will."

Sie verschränkte die Arme. „Und was ist das für ein Kurs?"

„Meine Gewissheit. Meine Wirklichkeit. Sogar meine Alltäglichkeit."

„Du bist ja wohl kaum alltäglich."

„Ich stehe auf. Ich arbeite. Ich esse. Ich schlafe."

„Du veränderst das Leben von Menschen."

„Na ja, vielleicht." Er betrachtete die Form ihrer Augen, den Bogen ihrer Brauen. Für eine solche Schönheit würde ein Mann alles tun. „Ich dachte, ich hätte alles im Griff. Und dann bist du aufgetaucht. Als ich dich das erste Mal sah, konnte ich kaum atmen, das kann ich dir sagen."

Sie lächelte. „War das der Grund, warum du meine Hand nicht losgelassen hast?"

„Ich glaube, die Zeit ist für eine Weile stehen geblieben. Und ich kann es ihr nicht verdenken."

Sie lachte. „Und das macht dir Angst?"

„Angst macht mir, dass ich nicht will, dass sie weiterläuft. Der Tag heute hat nur vierundzwanzig Stunden, aber ich will, dass jede von ihnen ewig dauert."

„Sehr poetisch."

„Und das bin ich gar nicht. Siehst du, du bringst etwas in mir zum Vorschein, das nie da war."

„Stimmt nicht. Ich habe dich mit Diego gesehen. Ich habe die Reime gehört, die du gemurmelt hast."

„Aber das war nicht ich. Das war Eugene Field." Er lächelte schief. „Mein Lieblingsdichter."

„Warum?"

Er zuckte mit den Schultern. „Der Mann mochte Kinder, verstand den Zauber. Und seinen Sohn zu verlieren, hat ihn beinahe umgebracht." Er starrte auf das Meer hinaus, das hinter ihr lag, und die Worte kamen ihm in den Sinn.

„‚Gestern Nacht, als mein geliebtes Kind tot lag,
kniet' ich in Pein mich hin und sprach:
‚Oh Gott! Was habe ich nur getan
oder auf welche Weise dich gekränkt,
dass du beschlossest, mir zu nehmen
den kleinen Sohn?'"

Seine Brust zog sich zusammen. Hatte Dad sich jemals Vorwürfe gemacht? Hatte er einen Gott infrage gestellt, der einen Menschen wie seinem Vater solche unangemessene Macht über ein junges Leben gab? Seine Stimme klang rau.

„‚Auf all die tausend nutzlosen Leben,
auf all die Schuld, die brüstend sich gedeiht,
wäre dein Zorn wohl recht verwandt!
Warum nahmst meinen kleinen Sohn du mir?
Warum erhebt dein Zorn sich auf
dies Unschuldslamm?‘“

Sofie sah ihm prüfend in die Augen. „Willst du damit sagen, dass Gott ungerecht ist?“

„Das hebe ich mir für einen anderen Tag auf.“

„Was dann?“

„Field fragte, was er verbrochen hatte, dass Gott ihm sein Kind nahm.“

Sofie erstarrte. „Was hatte er denn getan?“

„Ich weiß es nicht. Aber die Tatsache, dass er fragte, war wichtig.“

Sofie konnte Matts Worte nicht vergessen. Es überraschte sie, dass er sich die Qualen eines Mannes eingeprägt hatte, der mit Gott kämpfte, obwohl er selbst nicht glaubte, dass es Gott gab. Aber das Gedicht hatte Matt ein Modell gezeigt, das er bewunderte, eines, das sich von dem Vorbild seines eigenen Vaters unterschied, von dem Beispiel, von dem er fürchtete, er könnte ihm folgen.

Er musste jemandem die Schuld an dem geben, was geschehen war, aber beide Erwachsene schienen die Verantwortung abzulehnen, sodass er als Einziger übrig blieb. Sie kannte diese Last nur zu gut. Vielleicht war deshalb zwischen ihnen eine Verbindung auf einer tieferen Ebene entstanden, als sie erwartet hatte.

Als sie nach Sonoma zurückfuhren, lehnte sie den Kopf an seine Schulter. Diese Schultern würden die Last ihrer Vergangenheit tragen, wenn sie es zuließ. Aber konnte sie das?

Lance’ Gebet in der vergangenen Nacht hatte sie wieder in den Schlaf gewiegt, aber es hatte nicht die Erleichterung gebracht, die sie sich erhofft hatte. Der Traum war so echt gewesen und Matts Stimme war eine von denen, denen sie widerstand. War es fair, ihm Hoffnungen zu machen? Aber der Gedanke, ihn gehen zu lassen, versetzte ihr einen weiteren unerwarteten Stich.

Sie setzte sich aufrecht hin, als er vor der Villa parkte. Den ganzen

Tag hatten sie zusammen verbracht und auch sie wollte nicht, dass dieser Tag endete. „Bist du müde?"

„Nein."

„Möchtest du noch mit reinkommen?"

„Und dann?"

Sie errötete. „Ich weiß nicht. Reden?"

Seine Blicke umhüllten sie. „Weißt du, was ich wirklich gerne tun würde? Und es ist nicht, was du denkst."

„Was denn?"

„Ich würde dich gerne tanzen sehen."

„Allein?"

Er nickte. „Ohne dass ich im Weg bin."

Er bat um mehr, als ihm bewusst war. Das Tanzen aufzugeben, war das größte Opfer, das sie Eric zuliebe gebracht hatte. Sie hatte sich eingeredet, wenn Carly nicht mehr so klein war und sie weniger brauchte, wäre immer noch Zeit dazu. Aber die Zeit war nicht das Problem gewesen. Sie konnte ihre Leidenschaft nicht aufteilen und er war ihr das Opfer wert gewesen. Erst als sie fort waren und sie versucht hatte, wieder ihr früheres Niveau zu erreichen, hatte sie erkannt, wie viel sie in diesen vier Jahren verloren hatte – nicht nur die Kraft und Beweglichkeit, sondern auch den Willen und den Hunger, sie wiederzuerlangen.

Matt würde es nicht merken. Er konnte das, was sie jetzt tat, mit nichts vergleichen und er hatte nicht das geschulte Auge, konnte das Vorher nicht mit dem Nachher vergleichen. Sie holte ihre Schlüssel aus der Handtasche, als er um den Wagen herumkam, um ihr die Tür aufzumachen. Der neue Schlüssel öffnete das neue Schloss an der alten Tür, die Lance entdeckt und die Rese abgeschliffen und aufgearbeitet hatte. Die Tür führte ins Zentrum des Tanzstudios. Sie ging zum CD-Regal, das an einem Ende des Raumes stand, und fuhr mit dem Finger daran entlang, bis sie gefunden hatte, was sie suchte.

Er zog die Augenbrauen hoch. „Shrek?"

Sie legte die CD ein, wählte das zehnte Stück darauf aus und ging in die Mitte der Tanzfläche. Ihr fiel nichts ein, was ihr Leben besser widerspiegelte als die qualvollen Klänge dessen, was gewesen war und was jetzt war. Während die Musik den Raum erfüllte, fing sie an, sich zu bewegen, bog und beugte sich, streckte sich aus und flehte. Sie wusste, was sie verloren hatte, aber jetzt tanzte sie in Dankbarkeit für das, was ihr geblieben war, und gab für ihn und für Gott ihr Bestes – ihr gebrochenes Halleluja.

Als sie aufhörte, hatte Matt Tränen in den Augen. Er streckte ihr seine Hand entgegen und sie ging zu ihm. Dann schloss er sie in seine Arme. „Du bist … so schön … dass es wehtut."

Kapitel 25

Rese hatte Brad noch nie in einem Anzug gesehen, und da er bei seiner Hochzeit Jeans getragen hatte, war sie davon ausgegangen, dass sie es auch nie erleben würde. Mit Blumen in ihrem grau melierten Haar ging Joni in der Damentoilette des Standesamts in einem Volantrock und Spaghettitop auf und ab.

„Es ist ein Fehler. Wir machen einen Fehler. Wir werden uns gegenseitig umbringen."

„Es ist kein Fehler." Rese stieß die Tür auf, damit Joni hinausgehen konnte.

Draußen auf dem Flur wirkte Brad merkwürdig ruhig. Er war mit seinen Entscheidungen immer im Reinen. Egal, wie sehr er sich vorher gesträubt hatte, wenn er sich erst einmal entschieden hatte, war alles gut. Aber als Joni ihn dort stehen sah, drehte sie sich um, trotz ihrer übermäßig gebräunten Haut so bleich wie ein Gespenst.

Rese versperrte ihr den Fluchtweg. „Der Richter wartet."

„Ich kann nicht."

„Du wolltest auf einer Brücke einen anderen Mann heiraten."

„Weil Brad …"

„Genau." Rese verschränkte die Arme vor der Brust und konnte kaum glauben, dass sie diese Rolle bei jemand anderem als Star spielte. Joni war viel älter und erfahrener als sie und fragte sich wahrscheinlich, wie Brads Geschäftspartnerin dazu kam, so mit ihr zu sprechen. Aber Brad hatte sie gebeten, Trauzeugin zu sein, und das konnte sie nicht, wenn seine Braut sich weigerte, ihn zu heiraten.

Joni holte zitternd Luft und trat Brad gegenüber. „So. Wir tun es also?"

Brad nahm ihre Hand. „Wenn du jetzt einen Rückzieher machst, bring ich dich um."

Joni warf Rese einen Blick zu. „Siehst du? Hab ich es nicht gesagt?"

Rese folgte ihnen in das Trauzimmer und den Gang hinauf, während Lance von der Seite neben sie trat. Er beugte sich näher und flüsterte: „Meinst du, sie ziehen es durch?"

„Natürlich."
„Sicher?"
„Sie wollen doch heiraten."
Seine Hand schloss sich um ihre. „Das will ich auch."
Ihr Herz machte einen Satz. „Darüber sprechen wir später."
„Wir werden ernsthaft darüber sprechen."
Sie konzentrierte sich auf den Friedensrichter, der die Trauung vornehmen würde. Sein breiter Kopf war kahl, eingerahmt von zwei knubbeligen Ohren, in denen sich das Deckenlicht spiegelte. Sein Doppelkinn verband sein Gesicht mit seiner engen schwarzen Robe. Nur seine Stimme war dünn, als er Brad und Joni ansprach.
Lance flüsterte: „Willst du Mrs. Michelli werden?"
„Ja, Lance, das will ich." Aber sie wusste, was er erwartete. Er hatte überall auf der Welt Freunde und er hatte ihr versichert, dass seine Mutter es nicht überleben würde, wenn nicht jeder lebende Verwandte eingeladen würde. Dann gab es da noch das Problem, dass er Rico als Trauzeugen haben wollte, während Star ihre Zeugin war. Nichts war so einfach, wie Lance es darzustellen versuchte.
Brad und Jonie sahen sich an. Nach so vielen turbulenten Jahren versprachen sie einander die Treue trotz allem, was bisher schiefgelaufen war. Brad steckte den Ring an Jonis Finger und sprach sein Trauversprechen mit einer heiseren Zuversicht, die Rese stolz machte. Jonis Stimme war kaum zu hören, als sie den anderen Ring an Brads dicken, schwieligen Finger steckte.
Rese hoffte von Herzen, dass Joni es genauso ernst meinte wie Brad. Dann küssten die beiden sich und ein Glücksgefühl durchströmte sie. Nun war wieder zusammengefügt, was auseinandergerissen war. Es war die Phase der Wiederherstellung, die sie am meisten genoss, wenn vorsichtig reparierte oder neu gebaute Teile wieder an ihrem ursprünglichen Ort befestigt wurden und das Projekt vollendeten.
Sie spürte Lance' warmen Atem an ihrem Ohr. „Brauchst du Zeit, um das Kleid nähen zu lassen und all das?"
„Eigentlich", sie schluckte, „wollte ich das Kleid meiner Mutter anziehen."
Er drehte sich zu ihr um und sah sie prüfend an. „Du hast es noch?"
Sie nickte. „Dad hat ein paar wichtige Dinge aufgehoben."
„Worauf warten wir dann noch?"

Sie zuckte mit den Schultern. „Da ist der Friedensrichter."

„Und Mama bekommt einen Herzinfarkt? Sie ist wegen Sofie schon ganz fertig."

Es war nicht ihr Ernst gewesen. Sosehr sie sich auch für Brad und Joni freute, ein Amtssaal und ein Richter waren nicht die Art, wie sie und Lance den Bund fürs Leben schließen würden. Dessen war sie sich sicher.

„Ein Monat." Seine dunklen Augen funkelten gefährlich.

Sie schnaubte. „In Ordnung, Lance. Ein Monat." Und dann lachte sie. Was machte es schon, wenn er die ganze Welt einlud? Sie heiratete Lance Michelli und nichts würde jemals wieder einfach sein.

Brad und Joni mussten einen Flieger erreichen, also fielen die Umarmungen kurz aus, aber trotzdem fragte Lance, als sie abfuhren: „Was meinst du, wie viele Schachteln sie am Tag raucht?"

„Warum?"

„Ach, ich frage mich nur."

Bei jedem anderen hätte sie das als Antwort akzeptiert. „Ist sie krank, Lance?"

Er zuckte mit den Schultern. „Es war nur so ein Gefühl."

„Gibt es etwas, das wir für sie tun können?"

„Es gibt immer etwas, das wir tun können."

„Du meinst beten?"

„Zum Beispiel." Er nahm ihre Hand. „Aber es ist ja auch nur so eine Vermutung."

Bei Brads und Jonis Hochzeit dabei zu sein, hatte ihn stärker mitgenommen, als er gedacht hätte. Er war sich tatsächlich nicht sicher, ob er es ertragen hätte, wenn Rese nicht einem konkreten Termin zugestimmt hätte. Sie wusste ja gar nicht, was es ihn kostete, ihr jeden Tag so nahe zu sein und trotzdem Zurückhaltung zu üben.

Sie hatten in der Villa in Sonoma das wieder erschaffen, was die Michellis in Belmont hatten. Eine Familie aus Einzelpersonen, die arbeiteten und ihr Leben miteinander teilten. Aber er wollte eins mit ihr sein, das Bett mit ihr teilen. Mit ihrem Körper verschmelzen. Als er Joni umarmt hatte, war ihm wieder einmal bewusst geworden, wie zerbrechlich das Leben war und dass ihre Tage gezählt waren. Er wollte auch nicht einen einzigen davon verschwenden.

Michelle war bei ihnen vorbeigekommen, um den Autositz abzuholen, den sie nun für Diego nicht mehr brauchten. Vielleicht, um es offiziell zu machen, oder einfach, weil er sich nicht beherrschen konnte, erzählte er ihr: „Heute in einem Monat werde ich diese Frau hier zu meiner Frau machen."

„Halleluja!" Sie drückte sie beide. „Und wenn das so ist, habe ich Neuigkeiten für euch. Vielleicht sollte ich warten, bis die Sache besiegelt ist, aber es könnte sein, dass es euch vorher nutzt."

„Lass mich raten." Er lächelte schelmisch. „Blumen aus Toilettenpapier."

Sie ertrug seine Frotzeleien gelassen. „Du würdest dich wundern, wie dankbar manche Leute gerade für diesen Artikel sind."

„Das wundert mich überhaupt nicht, nachdem ich die Häuser gesehen habe, in denen die Menschen leben."

„Lance, lass sie ausreden." Rese stieß ihn an.

„Wie ihr wisst, war eure Nachbarin Evvy eine Stütze unserer kleinen Kirchengemeinde und mit allen gut befreundet."

Lance nickte. Diese kleingewachsene Frau hatte eine starke Leidenschaft für Gott gehabt und eine vorwitzige Natur, wie er es bislang bei keinem anderen Menschen erlebt hatte. Er hatte sie heiß und innig geliebt.

Michelle strahlte. „Evvy hat euch ihr Haus als Hochzeitsgeschenk vermacht."

Er und Rese drehten sich gleichzeitig zu dem großen blauen Haus nebenan um. Es hatte leer gestanden, seit Evvy gestorben war, und er hatte sich schon gefragt, warum niemand ein „Zu verkaufen"-Schild aufgestellt hatte oder eingezogen war.

„Aber" – Rese runzelte die Stirn – „woher wusste sie denn, dass wir heiraten würden?"

„Oh, sie wusste eine Menge." Michelle lächelte.

„Stimmt", nickte Lance. „Sie hat mir auch gesagt, ich sei verliebt, als ich noch dachte, Rese wäre die streitlustigste Frau, die mir je begegnet ist." Als Evvy gestorben war, hatte es zwischen Rese und ihm alles andere als rosig ausgesehen.

„Du warst es, der auf Streit aus war. Das bist du immer noch."

„Evvy hat das Haus der Kirche überlassen, mit einer Klausel – wenn ihr zwei heiraten würdet, sollte es an den ursprünglichen Besitzer zurückfallen. Sie sagte, das Anwesen hätte deiner Familie gehört, Lance, und hätte nicht geteilt werden dürfen. Sie wollte, dass ihr es für einen guten Zweck verwendet."

Dessen war er sich sicher. Evvy war nicht zurückhaltend gewesen – er hatte sie auf seiner Harley mitgenommen und sie hatte jede Minute davon genossen. Und sie hatte auch nicht gezögert zu entscheiden, was das Beste für alle war. Oder sie entsprechend zu bearbeiten.

Michelle faltete die Hände. „Da ihr jetzt einen Termin festgelegt habt, dachte ich, es könnte euch bei der Planung helfen."

Ihm kam eine Idee. „Wenn wir die Hecke zwischen den Grundstücken wegnehmen, könnten wir hier feiern – und Gäste von außerhalb unterbringen, Rese."

„Es steht leer", erklärte Michelle ihnen. „Evvy hat ihr ganzes Hab und Gut einem gemeinnützigen Verein vermacht, also müsst ihr selber für Möbel sorgen."

Er zuckte mit den Schultern. „Für die Kinder reichen Decken auf dem Fußboden unterm Dach und bei uns drüben."

„Für alle sechstausend." Rese stemmte die Hände in die Hüften. „Aber das Bailey House in Nob Hill hat alle Eisenbetten ausgemustert. Wenn sie sie noch nicht verkauft haben, kann ich bestimmt einen günstigen Preis mit ihnen vereinbaren und das über die Firma abwickeln. Wenn wir sie nach der Hochzeit nicht alle behalten wollen, kann man sie für alle möglichen anderen Projekte verwenden."

Er sah, dass ihre Gedanken sich überschlugen. Sie konnte es nicht abwarten, in das Haus zu gehen und nachzusehen, was man aus dem alten Gemäuer machen konnte. Als Michelle gegangen war, zog er die Augenbrauen hoch. „Willst du einen Blick reinwerfen?"

„Was glaubst du denn?"

„Ich glaube, dir jucken schon die Finger."

Sie zog ihn zum Nachbargebäude. „Kannst du es auch so wenig glauben wie ich?"

„Nee." Er hob den Stein am Wegrand auf, unter dem sich ein Schlüssel verbarg, und schloss die Tür auf. „Evvy hat mich geliebt."

Rese schnaubte. „Wer tut das nicht?"

Er folgte ihr hinein. „Rese."

„Was?“

„Wir sollten das hier langfristig überlegen. Was wir damit machen sollen.“

„Du meinst, bevor ich anfange, Wände einzureißen?“

Er lächelte. „So in die Richtung.“

Sie drehte sich langsam um ihre eigene Achse und holte tief Luft. „Eins habe ich von dir gelernt, Lance: Renovieren ist kein Ziel, sondern ein Mittel zum Zweck.“

Im Dunkeln kletterte Carly auf die kalte, glatte Küchenzeile. Sie hatte eine Taschenlampe in die Tasche ihres Schlafanzugs gestopft, aber durch das Fenster fiel genügend Licht von der Stadt, um ohne sie auszukommen. Sie hielt die Luft an und reckte sich zu dem hohen Küchenschrank hinauf. Dad hatte so seltsam ausgesehen, als sie ihn neulich ertappt hatte, dass sie sich nicht gewundert hätte, wenn die Schachtel nicht mehr da gewesen wäre, aber ihre Finger berührten etwas. Sie machte sich so groß, wie es ging, streckte sich und holte die schwarzgraue Schachtel vom obersten Bord.

Er würde sie umbringen, wenn er sie hier erwischte, aber sein Schnarchen war über den Flur zu hören. Sie glaubte nicht, dass er so tun würde, als ob er schnarchte. Es gefiel ihm überhaupt nicht, wenn er hörte, dass er es tat. Wenn eine der Frauen, die herkamen, es erwähnte, traf er sich nie wieder mit ihr.

Sie kletterte von der Arbeitsplatte runter und ging auf Zehenspitzen in ihr Zimmer zurück. Bevor sie hineinschlüpfte, lauschte sie kurz. Dann umfasste sie den Türknauf und schloss die Tür mit einem ganz leisen Klicken. Sie machte sie nur abends zu, aber selbst dann war sie morgens immer offen, weil Daddy nach ihr sah. Vielleicht sogar mehr als einmal.

Bitte lass ihn nicht jetzt nachsehen! Ihr Herz hämmerte. Aber nichts geschah.

Sie nahm den Deckel von der Schachtel und leuchtete mit der Taschenlampe hinein. Die Schachtel war voller Fotos. Das oberste nahm sie in die Hand und betrachtete die Frau. Sie erinnerte sich nicht an sie … aber konnte es sein …?

Den Kloß in ihrem Hals schluckte sie hinunter, legte das Foto auf ihr Bett und nahm das nächste. Dieselbe Frau, dieselbe Straße. Sie sprach dort mit jemandem und schob sich die Haare hinters Ohr. Das Bild war unscharf, wie Carlys Gedächtnis. Warum konnte sie sich nicht erinnern?

Sie sah das nächste Bild an und das übernächste und kramte dann in der Schachtel nach denen weiter unten. Ihre Hände zitterten. Alle Fotos zeigten dieselbe Person. Es musste Sofie sein. Sie griff in die Schachtel und holte das unterste Foto heraus. Ein tiefer Schmerz brannte in ihrer Kehle. Die Frau sah viel jünger aus und hielt ein Baby mit einem so liebevollen Blick, dass Carly die Tränen kamen, bevor sie sie zurückhalten konnte.

Sie wischte sie fort, damit sie die Fotos sehen konnte. War sie das Baby? Hatte Sofie sie so angesehen, wenn sie sie auf dem Arm hielt? Die Taschenlampe flackerte. Sie blickte zur Tür und lauschte. Dad hatte aufgehört zu schnarchen. Die Schachtel konnte sie nicht zurückbringen, denn vielleicht war er wach. Zitternd vergrub sie das Bild wieder ganz unten in dem Karton und nahm die anderen vom Bett.

Aber die beiden aus der Mitte – sie konnte sich nicht mehr erinnern, wo sie genau gelegen hatten. Sie hätte es sich merken müssen. Panik stieg in ihr auf. Ihr Magen schmerzte. Sie drehte die Bilder um, aber in dem schwindenden Licht der Taschenlampe konnte sie keine Namen oder Daten darauf erkennen.

Sie legte die beiden Fotos oben auf und schloss die Schachtel. Morgen früh würde sie herausfinden, wohin sie gehörten … irgendwie. Und sie würde den Karton zurückbringen … irgendwie. Sie schob ihn unters Bett und kroch unter die Decke. Dabei stieß ihr Fuß gegen etwas. Die Taschenlampe.

Sie setzte sich auf und versteckte gerade die Lampe unter ihrer Bettdecke, als die Dielen im Flur knarrten. Hatte sie die Tür zugemacht, als sie zu Bett gegangen war? Er würde es wissen, wenn nicht. Er würde wissen, dass sie auf gewesen war. Sie drückte das Gesicht in ihr Kissen und schloss die Augen.

Die Tür klickte und ging auf. Schummriges Licht fiel vom Flur herein. Sie spürte den Schatten, der näher kam und sich über sie beugte. *Bitte lass ihn glauben, dass ich schlafe! Oder warte. Besser, ich bewege mich. Dann denkt er, er hätte mich gestört.* Sie gab einen schläfrigen Laut von sich und drehte den Kopf auf dem Kissen, ohne die Augen dabei zu öffnen, sonst müsste sie mit ihm reden.

Er trat zurück. *Geh weg, geh weg, geh weg.* Es sollte ein Trost sein, zu wissen, dass er sie im Schlaf beobachtete. Ihr Daddy liebte sie so sehr, dass er ihr beim Schlafen zusah. Aber im Moment wollte sie, dass er wieder ins Bett ging. Er schloss die Tür nicht, aber das Licht im Flur ging aus. Noch immer rührte sie sich nicht. Sie atmete tief ein und aus, damit es so klang, als schlafe sie, auch wenn ihr das Herz bis zum Halse schlug.

Tick. Tick. Die Uhr auf ihrem Nachttisch. Waren diese langen Zeiträume Sekunden?

Beweg dich nicht. Warte. Ihr Bauch tat ihr weh. Noch ein Knarren. Geräusche in Dads Zimmer. Sie hörte Wasser laufen. Ihr Atem wurde langsamer, ohne dass sie sich so sehr bemühen musste. Nach einer ganzen Weile erklang von nebenan wieder ein leises Schnarchen.

Sie schluckte. Morgen würde sie sich um alles kümmern. Er würde nie etwas erfahren. Aber was machte er mit einer ganzen Schachtel voller Fotos von Sofie?

Kapitel 26

Das Blinken seines Anrufbeantworters fiel Matt ins Auge, als er eintrat. Es war so still im Haus, dass er versucht war, die Nachrichten erst am nächsten Morgen abzuhören und die Zeit, die er mit Sofie verbracht hatte, noch auf sich wirken zu lassen. Jetzt, wo Ryan ihn nicht mehr brauchte, hatte niemand seine Küche in Unordnung gebracht oder das Haus zugemüllt. Niemand wartete auf Antworten, die er nicht hatte.

Er ging ins Bad und dann in sein Schlafzimmer, um sich hinzulegen und jede unglaubliche Stunde des Tages noch einmal Revue passieren zu lassen. Aber dann überlegte er es sich anders, ging in die Küche zurück und drückte die Taste zum Abhören der Nachrichten. *„Matt, Sybil hier. Komm mit was trinken. Im Murphy's.“*

„Zu schade, dass ich das verpasst habe“, murmelte er. So viel Aufmerksamkeit hatte Sybil ihm schon lange nicht mehr gewidmet, eigentlich noch nie. Sie mochte den Typ böser Junge. Solche wie Lance. Ohrring. Dünkel.

Die zweite Nachricht wurde abgespielt. *„Okay … ähm, Matt, hier ist Dirk Brant. Sie müssen ins Krankenhaus kommen und Annie Price in Obhut nehmen.“*

Sein Magen zog sich zusammen, als der Beamte noch ein paar Erklärungen hinzufügte. Der Anruf war vor einer Stunde eingegangen, aber er war der einzige verfügbare Sozialarbeiter. Cassinia hatte ihren Urlaub verlängert, da der Gesundheitszustand ihrer Mutter sich immer mehr verschlechterte. Es hatte keinen Sinn abzureisen, nur um wenige Tage später für die Beerdigung zurückzukommen. Die zwei mussten ihre Beziehung in Ordnung bringen, wenn das überhaupt möglich war.

Er nahm seine Schlüssel und ging zur Tür. Dies sollte ein Fall wie jeder andere sein, aber die Parallelen waren offensichtlich. Donald Price, ein stadtbekannter Kirchgänger: das jüngste, schwächste Kind wurde Opfer der Misshandlungen. Wenigstens passte Vivian nicht in das Muster – sie war drogenabhängig. Aber es spielte keine Rolle. Ein kleines Mädchen wartete auf ihn.

Als er an diesem Abend das Krankenhaus erreichte, gab er sich gleich zu der mit Vorhängen abgetrennten Kabine, in der eine Pflegehelferin das Kleinkind auf dem Arm hielt. Er musste erst wissen, welcher Art die Verletzungen waren, bevor er die Kleine mitnehmen konnte. Der Arzt aus der Notaufnahme kam wenige Augenblicke später, um mit ihm zu sprechen.

Er sagte: „Sie hat eine mediale Fraktur des linken Oberarmknochens." Der Arm war geschient worden und mit einer lächerlich kleinen Schlingenkonstruktion an ihren Oberkörper gebunden. „Wahrscheinlich Gehirnerschütterung." Der Mann drehte den kleinen Körper des Mädchens vorsichtig auf dem Arm der Helferin. „Prellungen hier und hier." Er richtete sich auf. „Sie sagen, das Mädchen sei die Treppe hinuntergefallen. Und die Griffspuren stammen angeblich von der Panik, als sie die Kleine festhalten wollten."

„Sie?"

Er zuckte mit den Schultern. „Sie halten zusammen. Ich bin mir nicht sicher, wie die Geschichte am Ende lautete. Sehen Sie am besten im Polizeibericht nach."

„Könnte es denn sein, dass sie gefallen ist?"

„Es kommt vor."

„Und das könnte die Verletzungen erklären? Alle?"

Der Arzt sah das Kind an. „Keine Vorgeschichte? Dann ist es möglich."

„Aber es ist der dritte Vorfall", erinnerte sich Matt. „Was glauben Sie denn, was passiert ist?"

„Ich glaube, sie ist in einen Streit geraten und die Treppe hinuntergestürzt. Ich glaube, sie haben eine Weile gewartet, bis sie hergekommen sind. Ms. Price sah auch nicht besonders aus. Sagt, sie sei ausgerutscht, als sie zu Annie wollte."

Vivian Price war nicht sein Problem. Nach dem, was er gesehen hatte, war sie an den Verletzungen ihrer Tochter auch nicht ganz unschuldig. Eingehend betrachtete Matt das blonde Mädchen. Er musste es in Obhut nehmen und bei einer Pflegefamilie unterbringen. Die anderen Kinder litten ebenfalls, wie er nur zu gut wusste. Aber ohne sichtbare Beweise für eine Misshandlung und keine weiteren Fälle von Vernachlässigung hatten sie keine Handhabe, etwas zu unternehmen. Nur bei Annie. Er streckte die Hände aus und hob die Kleine mit größter Vorsicht aus den Armen der Pflegehelferin.

„Sie ist gerade eingeschlafen." Die Helferin schien sie nur widerwillig herzugeben, aber jeder, der eine so schwierige Tätigkeit verrichtete, musste ein mitfühlendes Herz haben.

Annie wachte nicht auf, als er ihren Kopf an seine Schulter lehnte.

Der Arzt hatte seine Notizen beendet. „Diese zweite Gehirnerschütterung kam so kurz nach der ersten, dass die frühere Beule möglicherweise noch nicht ganz weg ist. Sie müssen sie jede Stunde wecken. Überprüfen Sie die Pupillen und die Reaktionen. Wenn sie nicht ganz wach wird, sich übergibt oder ihr schwindelig wird oder sie desorientiert ist, bringen Sie sie her."

Desorientiert? Sie war erst zwei Jahre alt. Wie sollte sie da nicht desorientiert sein? Vielleicht erinnerte sie sich noch vom letzten Mal an ihn, als er sie aus ihrer Familie geholt hatte, aber wahrscheinlicher war, dass sie sich zu Tode erschrecken würde, wenn ein riesiger Kerl sie mitten in der Nacht wachrüttelte. „Ist gut. Autositz?"

„Wir halten am Ausgang einen für Sie bereit."

„Danke."

Schon bevor er vom Parkplatz fuhr, wusste er, dass er Annie nicht zu seinem leeren Haus bringen würde. Sofie konnte Nein sagen und vielleicht tat sie es auch, aber er fuhr trotzdem zur Villa. Das Haus lag im Dunkeln, aber aus dem kleinen Fenster im Schuppen drang Licht. Jemand war noch auf.

Er überlegte, ob er Annie im Auto lassen sollte, während er fragte, aber dann schalt er sich sofort für diesen Gedanken. Egal, wie sicher es schien, kein Ort war sicher genug. Er hielt sie an seine Brust gedrückt, während er zum Schuppen ging und klopfte.

Rese öffnete die Tür. Der Geruch von frischem Holz umgab sie und Späne davon hingen an ihrer Jeans. Den Stechbeitel hatte sie noch in der Hand.

Er schluckte. „Ich muss euch um einen Gefallen bitten."

„Wie heißt sie?"

„Annie Price." Lance und Sofie hatten an der Schulung für Pflegeeltern teilgenommen und waren inzwischen offiziell anerkannt, auch wenn Diego abgereist war, bevor die schriftliche Bestätigung eingetroffen war. Es gab noch andere, mit denen er Kontakt aufnehmen konnte, aber …

Rese warf den Beitel auf die Werkbank und klopfte sich die Holzspäne von der Hose. „Bring sie rein."

Sie betraten das Haus durch die Küche und gingen durch den Flur bis ins Wohnzimmer. Rese warf einen Blick über ihre Schulter. „Warte hier. Ich sehe nach, ob Lance noch wach ist."

Er bezweifelte es. Es hatte ihn schon überrascht, dass sie noch auf war. Am Fuß der Treppe wartete er, während sie auf dem Treppenabsatz an die erste Tür klopfte. Eine andere Tür ging auf und er hörte Sofie.

„Was ist los, Rese?"

Rese drehte sich um. „Matt ist da."

„Was?"

„Er hat ein kleines Mädchen dabei ..."

Sofort erschien Sofie oben an der Treppe. Er hatte nicht daran gedacht, wie diese Situation ihre Vergangenheit wieder aufleben lassen würde. Ihm war es nur um Annie gegangen und ihre Sicherheit. Aber Sofie blieb sprachlos auf dem Treppenabsatz stehen. Er wünschte mit jeder Faser seines Herzens, er hätte die Sache zu Ende gedacht.

Sie sammelte sich und kam herunter, gefolgt von Rese. „Was ist passiert?"

„Sie wurde bei einem Familienstreit verletzt."

Deutlich war der Schmerz in Sofies Zügen zu sehen. „Wie heißt sie?"

„Annie."

„Ist ihr Arm gebrochen?"

Er nickte. „Es könnte sein, dass sie die Treppe hinuntergefallen ist. Die Mutter ist drogenabhängig und der Vater wird aggressiv."

Sofie beugte sich vor und atmete den Duft des kleinen Mädchens ein. Tränen standen in ihren Augen.

„Es tut mir leid", sagte er. „Ich habe nicht nachgedacht."

Sie nahm Annie auf den Arm. Die Augenlider des Kindes flatterten. Ein leises Wimmern. Sofie beruhigte sie. „Was gibt es da nachzudenken?"

Er liebte diese Frau. „Sie braucht eine vorübergehende Unterkunft, während wir eine Lösung finden."

„Natürlich."

„Ich hätte sie heute Abend mit zu mir genommen, aber sie hatte eine Gehirnerschütterung und jemand muss alle Stunde nach ihr sehen." Er berührte Annies kleine Hand. „Ich dachte, wenn ein riesiger Kerl sie mitten in der Nacht aufweckt, wäre das mehr, als sie verkraften kann."

Sofie lächelte schief. „Du bist nicht gerade der Stoff, aus dem Albträume sind."

Lance erschien in T-Shirt und Schlafanzughose hinter Sofie und gähnte. „Ist das für dich okay, Sof?"

Sie nickte.

„Sicher?"

„Ja." Sie warf ihm einen scharfen Blick zu.

Nur halb so scharf wie der Blick, mit dem Lance ihn bedachte. Der Beschützerinstinkt war wieder da, diese Anspannung zwischen seiner Familie und jemandem, der eine Bedrohung darstellen könnte. Er hatte Annie nicht als Bedrohung empfunden, aber wenn man Sofies Vergangenheit betrachtete, hätte er das vielleicht besser tun sollen. Jedenfalls bekam er es jetzt ab.

„Sag mir Bescheid, wenn du irgendetwas brauchst, Sof." Zärtlich berührte Lance dabei Annies herunterhängende Hand.

Sie alle stiegen die Treppe zu Sofies Zimmer hinauf und sie legte Annie auf ihr Bett. Das kleine Mädchen öffnete die Augen und Angst und Verwirrung stiegen aus den blauen Tiefen auf.

„Hallo, Annie. Ich heiße Sofie."

Der Blick der Kleinen huschte zu Matt und den anderen und dann wieder zurück zu ihr.

„Ich passe heute Nacht auf dich auf, Liebes."

Mit einem Arm versuchte Annie sich vom Bett hochzudrücken.

Sofie half ihr. „Sieh mal, das sind Matt, Rese und Lance." Sie strich ihr liebevoll über den Rücken. „Und du kannst hier bei mir schlafen. Ich passe auf, dass dir nichts passiert." *Bitte, Gott.*

Annie wimmerte. Sofie half ihr, sich hinzulegen, und streichelte Kopf und Hals der Kleinen, bis sie wieder einschlief. Sie blickte auf und sah die Sorge im Blick von Lance. Verständlich. Wenn man die Zeit zurückdrehte, könnte Annie mit ihren blonden Locken Carly sein.

Sie lächelte. „Es ist in Ordnung so."

Er wusste, dass es nicht in Ordnung war.

Matt konnte von der Ähnlichkeit nichts wissen, aber offenbar hatte er das Grundproblem erkannt. Als Rese und Lance hinausgingen, trat Matt an das Bett. „Ich musste sie irgendwohin bringen."

„Ich bin froh, dass du sie hergebracht hast." Aber der Schmerz in ihrer Brust fühlte sich an wie Messerstiche.

„Wenn es dir zu viel ist …"

„Das ist es nicht.“ Ihr Blick wanderte wieder zu dem Kind und Tränen brannten in ihren Augen. „Es ist nur so ungerecht.“

„Ich hätte sie nicht herbringen sollen. Lass mich ...“

„Lass das. Nur weil es wehtut, bedeutet das nicht, dass du es ändern musst.“ Sie wollte, dass er es begriff. „Ich will das hier tun. Verstehst du? Ich *will* es.“

Er nickte. „Ich dachte nur daran, wie gut du ihr tun würdest.“

Weil er nicht Bescheid wusste. Er war der Meinung, Eric wäre es gewesen, der ihr Leben zerstört hatte, obwohl sie die Entscheidung getroffen hatte, Fragen zu stellen und zu widersprechen. Sie war ganz bewusst das Risiko eingegangen, dass sie ihr kleines Mädchen verlor.

„Du gehst jetzt besser. Sie ist hier gut aufgehoben.“

Er zögerte, aber sie schob ihn hinaus. „Gute Nacht.“

Er straffte die Schultern. „Gute Nacht.“

Als er die Tür hinter sich geschlossen hatte, schlüpfte sie neben Annie ins Bett. Die leisen, flachen Atemzüge waren wie ein Flüstern an ihrem Ohr, als sie den Kopf neben dem Mädchen auf das Kissen legte. Was war nur los mit dieser Welt? Sie legte eine Hand auf den Arm der Kleinen und weinte sich in den Schlaf.

Rese begab sich wieder hinter ihre Werkbank. Lance war ihr in den Schuppen gefolgt und lief jetzt mit der zurückgehaltenen Energie auf und ab, die sie schon häufiger bei ihm gesehen hatte. Er wollte darüber reden. Das wollte er immer. Sie hätten sich nicht gut weigern können, Annie aufzunehmen, aber er war richtig aufgebracht.

Sie legte die Hände auf die Werkbank. „Also gut. Was ist?“

Er kehrte wieder um und schüttelte den Kopf. „Sie ist ihr wie aus dem Gesicht geschnitten.“

„Wer?“

„Annie. Sie sieht genauso aus wie Carly in dem Alter.“

„Oh.“ Kein Wunder, dass er Matt angesehen hatte, als wollte er ihm die Nase brechen. „Glaubst du denn, Matt wusste das?“

Er raufte sich mit beiden Händen die Haare. „Ich weiß nicht, was Matt weiß oder wie er denkt oder was er will.“

Sie gab den Versuch auf, an ihre Arbeit zurückzukehren, und ging zu ihm. „Vielleicht ist es gut. Vielleicht muss sie das tun.“ Als er ihr nicht sofort zustimmte, legte sie eine Hand auf seinen Arm. „Ich meine, ich wollte nicht, dass du mein Leben und meine Pläne auf den Kopf stellst, aber ich habe mich damit abgefunden."

Er umfasste ihre Ellbogen mit einem schiefen Grinsen. „Ach was! Ich bin das Beste, was dir je passiert ist."

„Das beste anstrengende, lästige ..."

„Sehr witzig." Er schob seine Hände um ihre Taille und küsste sie.

Sie erwiderte seinen Kuss. „Nonna sagt, alles geschieht nach Gottes Willen."

Er ließ seine Hände auf ihren Schultern ruhen. „Seit wann bist du denn so weise?"

„Das war ich schon immer. Du wolltest es nur nicht zugeben."

Er lachte. „Okay, okay. Und was machen wir jetzt mit dem kleinen Mädchen?"

Gute Frage, aber sie hatte es aufgegeben, die Wendungen vorauszuahnen, die jeder Tag nehmen würde. „Die Leute glauben offenbar, dass wir etwas zu bieten haben."

„Haben wir das denn?"

Sie zuckte mit den Schultern. „Bei Maria und Diego haben wir doch viel erreicht. Vielleicht können wir ja auch Annie helfen."

Er nahm sie in seine Arme. „Ja, vielleicht können wir das alle zusammen."

Kapitel 27

Carly hob den Kopf über der Toilettenschüssel und wischte sich den Mund ab. „Ich kann nicht in die Schule, Daddy."

Er rieb ihren Nacken und sah sie besorgt und frustriert zugleich an. „Ich kann dich hier doch nicht allein lassen und ich kenne hier noch niemanden, dem ich dich anvertrauen kann."

Sie stieß sich vom Boden ab und hielt sich den Bauch. „Ich bleibe im Bett und schlafe. Ich könnte drei Tage lang schlafen. Du kannst mich ja jede Stunde anrufen." Sie sah ihn mit der traurigsten Miene an, die sie zustande brachte. „Bitte, Daddy. Wenn ich mich in der Schule übergeben muss, sterbe ich."

Er gab nach. „Ich mache mir Sorgen um dich. Diese Bauchschmerzen – ich sollte mit dir zum Arzt gehen."

„Du musst doch arbeiten. Vielleicht morgen. Sogar Oma hat gesagt, dass ich einen schwachen Magen habe."

Seine Augen verengten sich. „Oma hat doch keine Ahnung."

Falsche Taktik. „Ich will nur im Bett bleiben."

„Du würdest mich doch nicht anlügen, Carly, oder?"

Sie legte ihre ganze Enttäuschung und Kränkung in ihren Blick. „Daddy."

Dann nahm er sie in seine Arme. „Natürlich würdest du das nicht." Er strich ihr übers Haar. „Du würdest mich nie anlügen. Du weißt, wie unrecht das wäre."

Ihr Magen zog sich noch mehr zusammen. Es war keine Lüge. Jedenfalls keine richtige. Er musste ihr glauben. Er musste einfach.

Er seufzte. „Ich finde eine Lösung. Jetzt geh erst einmal wieder ins Bett. Was kann ich dir zu essen machen?"

„Nichts. Vielleicht ein paar Kräcker."

„Tierkräcker?"

Dafür war sie zu alt, aber Daddy kaufte sie immer noch, weil sie nicht wusste, wie sie es ihm beibringen sollte. „Ist gut." Sie kletterte ins Bett und zog die Decke bis ans Kinn hoch. „Ich liebe dich, Daddy." Und das tat sie wirklich. Deshalb tat es ja so weh. Ihr Magen wand sich.

Vielleicht war sie ja wirklich krank. Vielleicht war sie aber auch völlig verkorkst.

Ihr war jedes Mal nach Weinen zumute, wenn ihr bewusst wurde, dass sie sich nicht daran erinnern konnte, wie Sofie aussah. Sie wollte sich erinnern. Unbedingt. Sie konnte die Schachtel nicht zurückstellen, ohne jedes Bild betrachtet zu haben, ohne Sofies Gesicht dort zu verankern, wo das ungenaue Gefühl geblieben war.

Ihr Vater küsste sie auf den Kopf. „Ich komme in der Mittagspause wieder. Vielleicht geht es dir ja bis dahin schon besser."

„Ist gut. Danke." Sie schloss die Augen, öffnete sie eine ganze Minute später und sah, dass er sie immer noch ansah. „Kann ich bitte ein Glas Wasser haben?"

„Natürlich." Er ging in die Küche, füllte ein Glas und brachte es ihr zusammen mit den Tierkräckern. „Und du bist sicher, dass du alleine klarkommst?"

Sie nickte. „Ich will nur schlafen." Sie war so müde – und sie war es so leid, immer auf der Hut zu sein. Sie war so einsam. „Bis später, Daddy."

Er ging und kam fünf Minuten später wieder herein. Sie hatte sich nicht von der Stelle gerührt, so klug war sie schon. Er ging wieder. Sie wartete. Fünf, zehn Minuten. Selbst dann bewegte sie sich noch nicht. Sie war sich nicht sicher, ob sie sich überwinden konnte, die Schachtel herauszuholen.

Er konnte schließlich jeden Augenblick hereinkommen und sagen, dass er es sich anders überlegt hatte und sie doch nicht allein lassen würde. Er hatte sie noch nie allein gelassen. Nicht ein einziges Mal. Nicht ohne jemand, den er extra ausgesucht hatte, jemand, von dem er wusste, dass er nie widersprechen würde, jemand, der völlig verrückt nach ihm war, sodass sie sich die ganze Zeit anhören musste, wie toll ihr Dad war, wie gut er aussah, wie cool er war. Und das war er, aber warum konnte er sie nicht auch mal bei einer Familie lassen?

Wahrscheinlich wollte er nicht, dass sie sah, wie das war. Er suchte alleinerziehende Mütter oder Frauen aus, die sich ihm zu Füßen warfen, wenn er es verlangte. Manchmal waren sie hübsch und nett; manchmal waren sie gestresst und gemein zu ihren eigenen Kindern, aber nie zu ihr, denn sie wollten ja, dass er wiederkam. Das war ein schlimmeres Gefühl, als wenn sie gemein zu ihr gewesen wären. Sie hasste es, wie die anderen Kinder sie anfunkelten, weil sie wusste, was sie dachten. Es war nicht fair.

Niemand schrie sie jemals an; niemand schlug sie. Was war sie nur für ein Kind, dass sie meinte, Probleme zu haben? Mein Dad liebt mich zu sehr. Klar, sie würden bestimmt Mitleid mit ihr haben, wenn sie das hörten. Sie drückte das Gesicht ins Kissen. Es war nicht so, dass er sie anfasste. Warum fühlte es sich dann so verkehrt an?

Carly schlüpfte aus dem Bett. Sie war tatsächlich eingenickt und mit einem Ruck aufgewacht, weil sie dachte, sie hätte den ganzen Tag verschlafen und nicht in die Schachtel gesehen. Es waren nur vierzig Minuten gewesen, seit Dad endlich gegangen war.

Konzentriert lauschte sie, als sie den Karton unter dem Bett hervorzog. Sie würde sein Auto hören, oder nicht? Vorsichtig drückte sie die Schachtel an ihre Brust und kroch wieder unter die Bettdecke. Sie bot ihr zwar keine Sicherheit, aber es fühlte sich so an. Verschwanden Ungeheuer nicht unter der Decke?

Sie schluckte und hob den Deckel von der Pappschachtel. Dann stellte sie sie so, dass sie die Bilder herausnehmen konnte. Sie ging mit der Hand hinein und holte den ganzen Stapel heraus. Dann drehte sie ihn um, damit die ältesten Bilder obenauf lagen; nun nahm sie sich eine Fotografie nach der anderen und betrachtete sie, während sich die Wärme in ihrem Inneren ausbreitete. Es gab noch andere Bilder, auf denen Sofie mit ihr zusammen zu sehen war. Auf jedem Bild war sie ein bisschen älter und Sofie blieb genauso schön, genauso wundervoll, wie sie es sich vorgestellt hatte.

Sie betrachtete alle Bilder ganz genau, bis sie zu dem Foto kam, auf dem Sofie allein zu sehen war. Dann noch eins und noch eins. Diese waren aus größerer Entfernung aufgenommen. Sie runzelte die Stirn und sah die Fotos weiter durch, um herauszufinden, was sie plötzlich vermutete. Ihr Herz zog sich zusammen. Auf keinem der weiteren Bilder war sie mehr mit Sofie abgelichtet.

Das musste gewesen sein, als Sofie weggegangen war, aber warum hatte Daddy dann noch Bilder von ihr? Sie gingen immer weiter, beinahe alle in derselben Straße aufgenommen oder vor einer Kirche mit zwei Türmen. Sofie blickte nicht in die Kamera und manche Fotos waren so unscharf, dass man schwer sagen konnte, was darauf abgebildet war.

Dann kamen einige Bilder, die so aussahen wie die, die Dad jetzt mit seiner neuen Digitalkamera machte, und sie hatten automatisch ein Datum darauf. Es gab einige von Sofie in einem überfüllten Raum und das Datum war vom letzten Jahr. Letztes Jahr? Sie schüttelte den Kopf. Dann konnte es nicht Sofie sein. Es war unmöglich. Aber das nächste Bild war nur zwei Monate alt.

Und dann erinnerte sie sich daran, dass er Sofie gesucht hatte, nachdem Carly sie angerufen hatte. Daddy hatte gewusst, wo sie war. Die ganze Zeit war er hingegangen und hatte Fotos gemacht. Ihre Kehle brannte vor Tränen. Traf er sich ohne sie mit Sofie?

Sie kaute auf ihrer Unterlippe. Nein. Sofie sah nie so aus, als wüsste sie, dass ein Bild von ihr gemacht wurde. Oft war nur ihr Hinterkopf zu sehen. Das alles ergab keinen Sinn. Sie ging schnell den restlichen Stapel durch, steckte die beiden, die sie von ihrem ursprünglichen Platz entfernt hatte, irgendwo in die Mitte hinein und schloss den Deckel wieder.

Wellen der Wut erschütterten sie, als sie aus dem Bett stieg und in die Küche ging. Sie kletterte auf die Küchenzeile und schob den Karton wieder ganz hinten auf das Regalbord. Aber dann berührte ihre Hand noch etwas. Noch eine Schachtel. Noch mehr Bilder?

Bevor sie danach greifen konnte, ertönte ein Geräusch, von dem ihr ganz schlecht wurde. Ein Schlüssel drehte sich in der Wohnungstür. *Daddy*. Sie schloss die Schranktür und ließ ein Bein über die Kante der Arbeitsplatte hängen. Dann rutschte sie auf den Boden und suchte krampfhaft nach einem Grund hier zu sein. Sie griff sich ein Glas und eilte zur Spüle, während sie betete, dass er sie mit seinem kalten Blick nicht durchschauen würde.

Sie war gerade bis zur Spüle gekommen, als eine dünne, nervöse Frau, die sie noch nie gesehen hatte, vor der Küche stehen blieb.

„Carly?“

Sie drehte sich um. „Wer sind Sie denn?“

„Paula.“ Die Frau warf ihr ein ängstliches Lächeln zu. „Ich arbeite mit deinem Vater zusammen.“

Ach ja. Die ganze Woche, die er diese Arbeit jetzt hatte.

„Er hat mich gebeten, dir Gesellschaft zu leisten.“

Und das hatte sie getan. Zweifellos musste sie ihm Bericht erstatten, aber solche Sorgen machte er sich eben. Sie hielt das Glas hoch. „Ich brauche etwas zu trinken.“

Paula streifte eine Leinentasche von ihrer Schulter. „Wasser könnte deinen Magen reizen. Ich habe Limonade mitgebracht. Und salzige Kräcker."

Oh, eine gute Fee.

Paula goss ihr etwas von dem Getränk ein. „Kohlensäure beruhigt den Magen. Aber trink nicht zu schnell. Nur kleine Schlucke."

„Ist gut. Danke." Sie wollte in ihr Zimmer zurückgehen, blieb aber in der Tür stehen. „Hmm … ich frage mich gerade, wie es kommt, dass Sie so früh mit der Arbeit fertig sind."

„Ich arbeite schon lange genug dort." Dabei machte sie eine wegwerfende Handbewegung. „Da kann ich mir einen Krankheitstag erlauben."

Sie feierte krank, nur um auf ein Kind aufzupassen, das sie nicht einmal kannte? Daddy hatte offensichtlich seinen ganzen Charme aufgeboten. „Es ist nett, dass Sie sich freigenommen haben, aber ich wäre auch alleine zurechtgekommen." Besser. Viel besser allein.

„Ach, Liebes, nach allem, was ihr beide durchgemacht habt? Das war doch das Mindeste, was ich tun konnte."

Keine Ahnung, was er ihr erzählt hatte. Die tote Mutter bestimmt. Damit fing er immer an. Und der Leere in ihrem Innern nach zu schließen, stimmte das vielleicht sogar. Sofie hätte er nicht erwähnt; das tat er nie.

Paula tat ihr leid. Ihr Vater würde ihr so viel geben, dass sie sich weiter Hoffnungen machte, damit er sie immer wieder in Anspruch nehmen konnte. Aber Sofie war die Einzige gewesen, der er wirklich nahe gewesen war – wenn die Fotos ein Hinweis darauf waren. „Ich gehe wieder ins Bett."

„Ist gut. Sag Bescheid, wenn du etwas brauchst."

Sie legte sich hin, froh über die Auszeit von der Schule, wo alle etwas von ihr erwarteten, und von Dad, der sogar noch mehr erwartete. Diese Frau, Paula, hatte doch keine Ahnung. Aber jetzt hatte sie keine Chance mehr, die andere Schachtel anzusehen. Sie würde bis heute Nacht warten müssen.

Als Star ihn in die Villa führte, atmete Matt den würzigen Duft von Kaffee und irgendeinem leckeren Frühstück ein, der ihn in die Küche lockte. Dort fand er Sofie mit Annie auf dem Schoß, wie sie Lance gegenüber am Tisch saß. Im restlichen Haus war es still, aber Elaine und Antonia waren sicherlich irgendwo. Ging Elaine jemals aus?

Der Grad ihrer Behinderung war schwer. Mit ihrer Unberechenbarkeit würde sie selbst in den normalsten Routinesituationen nicht funktionieren. Sofie hatte erklärt, dass die Aufgaben, die man ihr gab, eine Gelegenheit für sie waren, am Leben der anderen teilnehmen zu können, ohne dass jemand wirklich etwas von ihr erwartete.

Lance hatte inzwischen eine freundlichere Miene aufgesetzt als gestern Nacht. „Hunger?"

Matt hatte insgeheim gehofft, er würde ihm diese Frage stellen. „Wenn es nicht zu viele Umstände macht."

Als Lance aufstand, wandte Matt seine Aufmerksamkeit Sofie zu. Sie sah müde aus, aber auch nicht allzu mitgenommen. Sein Blick wanderte zu Annie. Mit zwei Fingern im Mund beobachtete die Kleine ihn mit der Vorsicht, die er erwartet hatte, aber als er neben ihr in die Hocke ging, zuckte sie nicht vor ihm zurück.

„Hallo, Zwerg." Er berührte die Hand, die von der Schlinge gehalten wurde. „Tut dein Arm weh oder der Kopf?"

Annie starrte ihn nur an.

Sofie strich ihr übers Haar. „Ich habe beim Arzt angerufen. Sie haben gesagt, dass sie Tylenol nehmen kann."

Lance brachte ihm einen kleinen Tontopf mit irgendeiner gebackenen Eierspeise, die so roch, als würde sie den Magen füllen und ihn von innen zusammenhalten. Matt dankte ihm. „Das ist köstlich." Das leckerste Frühstück, das er je gegessen hatte.

„Danke." Lance verschränkte die Arme. „Also, wie ist der Plan?"

Matt blickte von ihm zu Sofie und zurück. „Wenn ihr bereit seid, Annie zu behalten, während wir den Fall prüfen, gehe ich ins Büro und veranlasse eine entsprechende Verfügung."

Lance legte den Kopf schief. „Ich bin heute Morgen nur hiergeblieben, um die Sache zu regeln. Aber ich arbeite jetzt für Rese." Eine subtile Veränderung zog über sein Gesicht. „Für Annie zu sorgen, wird an Sofie hängen bleiben und ich bin mir nicht sicher, ob das eine so gute Idee ist." Ehrlich und direkt.

„Ich habe noch andere Möglichkeiten, wenn ..."

„Ich behalte sie." Sofie umfasste das kleine Mädchen fester. „Solange sie mich braucht."

Die Tatsache, dass Annie nicht nach ihrer Mutter weinte, war vielsagend. Er vermutete, dass sie nicht viel positive Aufmerksamkeit von Vivian bekam, die entweder im Wellnesshotel arbeitete oder sich mit Drogen zudröhnte. Sofies sanfte Berührung war höchstwahrscheinlich das Zärtlichste, was sie seit Langem erlebte.

Er wollte sich vergewissern, dass Sofie damit einverstanden war, aber er wollte es nicht vor Lance tun. Denn der war eindeutig dagegen. Verständlicherweise. Wenn er die Parallelen bedacht hätte, bevor er Annie hergebracht hatte, hätte er sich vielleicht anders entschieden. Oder vielleicht auch nicht.

Sofie wusste, wie man Nein sagte, und hatte auch keine Skrupel, es ihm gegenüber zu tun. Sie hätte sich weigern können, aber es überraschte ihn nicht, dass sie es nicht getan hatte. Wer konnte Annie Price schon widerstehen? Sie hatte sein eigenes Herz erobert, obwohl er immer versuchte, emotionale Distanz zu halten. Er konnte sich keinen besseren Ort für die Kleine vorstellen, um diese Krise zu überstehen, als hier bei Sofie.

„So." Er tupfte sich den Mund ab. „Ich komme später mit den nötigen Utensilien vorbei." Das Krankenhaus hatte ihn lediglich mit ein paar Windeln nach Hause geschickt, aber sie brauchte noch mehr. Vielleicht ein Plüschtier oder etwas, das ihr eine Freude machte. Mit zwei Jahren aß sie sicherlich keine Babynahrung mehr, aber vielleicht ein paar kleinkindertaugliche Snacks.

„In Ordnung." Sofie lächelte. „Komm zum Mittagessen." Und im gleichen Tonfall fügte sie hinzu. „Makkaroni mit Käse."

„Klingt gut." Er stand auf und strich mit einem Finger über Annies Wange. „Sei schön brav."

Sie sagte nichts, sondern kuschelte sich noch etwas enger an Sofie.

Dann richtete er sich auf. „Bis später dann. Danke."

Zu seiner Überraschung zog Lance sich seine Lederjacke an und brachte ihn hinaus. Weniger überraschend war, dass er nicht lange fackelte. „Meine Schwester ist innerlich wie äußerlich eine tolle Frau. Ich verstehe deine Gefühle für sie, aber ..." Er zog den Schlüssel zu seiner Harley aus der Tasche. „Wenn du ihr wehtust, reiße ich dir das Herz aus dem Leib."

Matt starrte ihn an, doch dann grinste Lance, bevor er zu seinem Motorrad ging. Ein Witz. Es war ein typischer Scherz gewesen, wie er in Straßengangs üblich war, mit einem Bronx-Akzent vorgetragen, aber als die Harley aufheulte und Lance im Vorbeifahren die Hand hob, war er nicht wirklich überzeugt davon, dass Lance nur einen Witz gemacht hatte.

Annie hatte den ganzen Vormittag nichts gesagt, kein einziges Wort, nur ein Wimmern, wenn sie etwas wollte, und kleine Seufzer, wenn sie etwas nicht wollte. Ganz anders als Carly, deren Wortschatz mit zwei Jahren schon so groß war, dass es den Leuten auffiel, wo immer sie war. Und beim Einschlafen hatte ihr Carly so Fragen gestellt wie „Was bedeutet altklug, Sofie?"

Annie war gerade zwei geworden und war damit in einem kritischen Alter. Sofie klebte die Windel zu und betrachtete den runden Bauch mit dem kleinen Bauchnabel – und die blauen Flecken an einem Bein und am unteren Rücken. Zärtlich strich Sofie über die Stellen und spürte dabei förmlich selbst den Schmerz und die Ungerechtigkeit, die diesem Kind angetan worden waren.

Annie streckte die Arme nach ihr aus und sie hob das Kind hoch und drückte es an ihre Brust, bis ihrer beider Herzschlag im Einklang war. „Du bist geliebt. Du bist schön. Du bist ein Kind Gottes." Das waren die Worte, die Nonna zu ihnen allen gesagt hatte, jedes Mal, wenn sie einen von ihnen im Arm gehalten hatte.

Annie machte Greifbewegungen mit der Hand und Sofie nahm die Schmusedecke, die noch vor Kurzem Diego getröstet hatte, und legte sie zwischen sich und Annie, wie ein weiches Polster, das sich ihren Körpern anpasste. Annie nahm die Finger in den Mund und Sofie atmete den Duft ihres frisch gewaschenen Haares ein. Sie hatte die Kleine im Waschbecken gebadet, vorsichtig darauf bedacht, den Gips nicht nass zu machen.

Sie brachte Annie zu Nonna, die in ihrem Polstersessel in der Ecke beim Herd wartete, aber Annie ließ ihren Hals nicht los. Sofie hatte noch nie erlebt, dass ein kleines Kind Nonnas großmütterlicher Liebe widerstehen konnte. Vielleicht war es zu viel für das Kind, noch ein Paar Arme, noch einen Schoß zu verarbeiten.

„Setz dich.“ Nonna rappelte sich auf. „Ich koche.“

Ein Außenseiter wäre vielleicht entsetzt darüber gewesen, dass eine Einundneunzigjährige ihren Platz jemand anderem überließ, aber Sofie gehorchte, weil sie wusste, dass Nonna sich entschieden hatte, ihre letzten Tage genauso zu füllen, wie sie die anderen gefüllt hatte. Während Annie zu einem schlaffen Gewicht auf ihrem Schoß wurde, beobachtete sie Nonna dabei, wie sie Makkaroni mit Salz und Pfeffer kochte und beiseitestellte. Sie machte eine weiße Sauce, in die sie frisch geriebenen Cheddar und Farmerkäse rieb. Dann rührte sie um, bis der Käse in glänzend goldenem Samt vom Löffel rann, um anschließend alles in eine gebutterte Auflaufform zu füllen und mit Parmesan, Thymian und Rosmarin zu bestreuen.

Langsam schob sie das Gericht in den Ofen, dann richtete sie sich auf und nahm ihren Stock. „Jetzt ruhe ich mich aus“, sagte sie und ging in Richtung Hintertür.

Sofies Lippen formten ein lautloses Danke, während Annie sich im Schlaf noch enger an sie kuschelte, eine Hand in den Kragen ihrer Bluse gekrallt. Sie legte ihr Kinn auf den Kopf des Kindes und schloss die Augen. Die letzte Nacht war nicht einfach gewesen, aber Annie zeigte heute weder Schwindel noch Orientierungslosigkeit. Auch ohne Worte hatte sie ihre Bedürfnisse klargemacht.

Sofie küsste ihr weiches blondes Haar und ließ sich dann von der Müdigkeit übermannen. Plötzlich spürte sie, wie jemand sie an der Schulter berührte, und als sie die Augen aufschlug, sah sie Matt vor sich stehen.

„Hi.“ Er lächelte. „Ich wollte dich nicht erschrecken.“

„Hi“, flüsterte sie über Annies Kopf hinweg.

„Ich habe ein paar Sachen mitgebracht.“ Er stellte zwei Tüten auf den Tisch. „Windeln. Leckereien. Was riecht denn hier so gut?“

Sie blickte zum Ofen hinüber. „Makkaroni und Käse. Hat Nonna gemacht.“

Er täuschte einen herzzerreißenden Seufzer vor. „Glaubst du, sie würde mich heiraten?“

Sofie lachte – und dadurch wachte Annie auf, die Matt ansah und sofort anfing zu weinen. Manche Männer hätten sich an seiner Stelle zurückgezogen und das weinende Kleinkind ihr überlassen, aber er hockte sich hin, um kleiner und damit weniger bedrohlich zu wirken.

„Hallo, Zwerg. Ich habe dir ein paar Tierkräcker mitgebracht. Magst du die?"

Sofies Magen zog sich zusammen. Das waren Carlys Lieblingskekse gewesen. Für sie hatte Sofie die Tiere aus der Schachtel genommen und wie zu einer Parade aufgereiht. Dann hatte sie jedes Tier benannt und das entsprechende Geräusch dazu gemacht – wobei sie für das Rhinozeros und die Giraffe Laute erfunden hatte. Dann hatte Carly mit einem seligen Lächeln den Keks in den Mund gesteckt.

Er holte eine Schachtel aus der Tasche, öffnete sie mit viel Brimborium vor Annies Augen und zog das Papier zur Seite. „Was ist denn wohl hier drin?"

Annie beugte sich vor. Matt griff in die Schachtel und hielt einen Affen hoch. Sofie hörte den Laut im Kopf, aber sie beschloss, ihn nicht nachzumachen. Das hier war Matts Auftritt. Annie nahm den Kräcker und lutschte an dem Affenkopf, während sie Matt anstarrte.

Er stand auf. „Wie geht es ihr?"

„Sie ist schläfrig. Wahrscheinlich eine Mischung aus Stress und Tylenol. Aber ich glaube, die Gehirnerschütterung ist besser. Sie scheint nicht verwirrt oder desorientiert zu sein – allerdings … ist sie sehr schweigsam."

„Star sagte, du hast ein bisschen geschlafen?"

Sie musste hereingekommen und wieder gegangen sein, ohne die beiden Schlafenden zu stören. „Hast du schon mal mit einem schlafenden Kind auf dem Schoß dagesessen?"

Er lächelte, wurde dann aber gleich wieder ernst. „Die Sache ist die: Der Vater zieht im Hintergrund die Strippen und behauptet, er sei es leid, von unserer Abteilung schikaniert zu werden."

„Gute Beziehungen?"

„Gut genug."

„Was ist denn mit dem Krankenhaus?"

„Er leugnet nicht, dass Annie gestürzt ist, aber er behauptet, dass es ein Unfall war und nichts anderes. Der Arzt in der Notaufnahme sagt, ihre Verletzungen passten dazu, dass sie die Treppe hinuntergefallen sein könnte und jemand sie aufgefangen hat."

„Und die Drogenabhängigkeit ihrer Mutter?"

Er schüttelte den Kopf. „Spielt keine Rolle. Gestern Abend ist kein Blut geflossen."

Sofie schluckte. „Das heißt, du nimmst sie mit?"
„Ich warte noch auf Anweisungen."
„Wenn die Eltern ihnen das alles gestern Abend schon erzählt haben, warum hat die Polizei dich dann gerufen?"
„Wegen früherer Vorfälle. Ich musste informiert werden."
Sofie runzelte die Stirn. „Sie haben das schon mal gemacht?"
Matt nickte. „Wir haben sie und ihre Geschwister schon zweimal da rausgeholt."
Sie presste die Finger an die Schläfen. „Und ich soll zulassen, dass sie wieder dorthin geht?"
„Wenn der Richter es so entscheidet."
Ein saurer Geschmack brannte in ihrer Kehle. „Dann hättest du sie nicht herbringen dürfen."
„Wir müssen einen Mittelweg finden, Sofie. Manchmal brauchen die Menschen fremde Hilfe. Manchmal bekommen sie sie." Seine Zweifel waren ebenso offensichtlich wie ihre. „Die Rechte von Eltern sind durch die Verfassung geschützt."
„Wo sind denn die anderen Kinder?"
„Zu Hause. Nur bei Annie waren Hinweise auf Misshandlung zu sehen. Mögliche Vernachlässigung; Hunger, Angst, aber was soll's, es ist eine glückliche Familie." Seine Stimme klang so belegt, dass sie ihn prüfend ansah.
„Meinst du, es wird ihr gut gehen?"
„Frag deinen Bruder, den Propheten, wenn er nicht gerade damit beschäftigt ist, mir das Herz aus dem Leib zu reißen."
Sofie zog die Augenbrauen hoch. „Habe ich etwas verpasst?"
„Nee. Nur ein kleines Gespräch von Mann zu Mann."
„Matt ..."
„Kein Problem. Ich habe nicht vor, dir wehzutun."
Doch Menschen taten sich gegenseitig weh. Diese Erfahrung hatte sie hinter sich. Diejenigen, die am meisten Macht hatten, anderen wehzutun, hatten die größte Verantwortung, es nicht zu tun. Und doch taten sie es. „Könntest du sie mal kurz nehmen?"
„Klar." Er nahm Annie auf den Arm und diesmal protestierte sie nicht. Tierkräcker waren eine erstaunliche Erfindung.
„Ich bin gleich wieder da." Sie ging ins Bad, wusch und trocknete sich das Gesicht mit einem kühlen Tuch und ließ den Kummer abflie-

ßen. Dann ging sie wieder zu Matt in die Küche zurück. Die Eieruhr klingelte und sie holte die Makkaroni aus dem Ofen. Während sie sich setzte, schnitt sie Tomaten in Scheiben und verteilte das gehackte Basilikum darüber, das Lance so konservierte, dass es das ganze Jahr über grün und geschmackvoll blieb.

Während Matt mit Annie auf dem Arm im Zimmer herumlief, kam Star summend herunter, gefolgt von Elaine, die einzelne Worte aufsagte: „Erklärung. Ernährung. Erholung."

Sofie warf Matt einen Blick zu. Annie hatte seinen Finger umfasst, mit dem er auf ihren Bauch, dann ihre Nase und dann ihr Knie tippte. Ihr Lächeln ließ alle dahinschmelzen.

Während er mit Annie durch die Küche ging, wanderten Matts Gedanken in eine Richtung, die er nicht beabsichtigt hatte. Er war zweiunddreißig Jahre alt. Sein Job machte ihm zu schaffen und seine Vergangenheit kam in einer Weise hoch, wie er es noch nie erlebt hatte. Er hatte frühere Beziehungen oberflächlich gehalten, aber an seinen wachsenden Gefühlen für Sofie war nichts Leichtfertiges. Und Annie zu halten, löste in ihm väterliche Instinkte aus, die ihn beunruhigten.

Er hatte nicht bewusst beschlossen, kinderlos zu bleiben, aber er hatte die Möglichkeit so von sich ferngehalten, dass die Sehnsucht ihn jetzt unerwartet überwältigte. Er hatte sich dem Wohl von Kindern in einem großen und umfassenden Sinne verschrieben. Aber ein eigenes zu haben und die Aufgabe der Erziehung zu übernehmen, bei der er Menschen in ernüchternder Regelmäßigkeit scheitern sah, war ein erschreckender Gedanke. Warum also fragte er sich mit Annie auf dem Arm, wie ein Kind von ihm und Sofie aussehen könnte? Wenn er sich Sofies Züge oder seine eigenen in einem Kind vorstellte, zu dem er jeden Abend nach Hause kam, verursachte das ein mulmiges Gefühl.

Antonia kam herein, auf ihren Stock gestützt. Sie warf ihm einen Blick zu, dann nahm sie ihren Platz bei Tisch ein. Diese Menschen und dieser Ort hatten eine besondere Wirkung auf ihn. Der Glaube, der alles unterfütterte, sah mehr nach wahrer Liebe aus als alles, was er bisher gesehen hatte, und diese Menschen zu kennen, wenn auch erst kurze Zeit, hatte Sehnsüchte in ihm geweckt, die er vielleicht nie gefühlt hatte. Die Art, wie sie füreinander da waren, weckte in ihm das Bedürfnis, ein besserer Mensch zu sein.

Zöllner und Prostituierte hatten sich wahrscheinlich so gefühlt, als sie mit Jesus und seinen Jüngern zusammen gewesen waren. Die haben etwas. Es macht einen guten Eindruck. Wir wollen das auch. Aber wollte er es wirklich?

Sofie stellte die dampfende Schüssel mit der klebrigen Nudel-Käse-Mischung auf den Tisch. Er hatte nicht gewusst, dass man ein solches Gericht selbst herstellen konnte. Auch wenn er nur selten Fertiggerichte aß, warf er normalerweise nur einzelne Zutaten in den Niedrigtemperaturgarer, bevor er zur Arbeit ging, fügte Salat oder Obst hinzu und nannte es dann Abendessen.

Er setzte Annie auf zwei dicke Telefonbücher, damit sie an den Tisch herankam. Scheinbar hungrig machte sie sich mit einem Löffel und ihren Fingern über ihre abgekühlten Makkaroni her. Er nahm eine Gabel, aber sein erster Bissen ließ ihn unwillkürlich aufstöhnen. Antonia lächelte. Er vermutete, dass das für sie nichts Neues war, aber trotzdem schien sie sich über seine Reaktion zu freuen.

Ohne Lance hatte die Mahlzeit einen etwas anderen Tenor, aber er kam sich als einziger Mann nicht seltsam vor. Sie waren nur Menschen, die gemeinsam aßen und Zeit zusammen verbrachten, die er wie ein kostbares Andenken aufbewahren konnte. Anschließend half er den anderen beim Abräumen, Abwaschen und Wegstellen, während Nonna mit Annie auf dem Schoß in ihrem Sessel saß.

„Das Grüne zum Grünen“, erklärte Elaine ihm, als er Makkaroni in eine Dose füllte, um sie mitzunehmen. „Sehr wichtig.“

„Psychologische Tests“, murmelte Sofie, als sie an ihm vorbeiging. „IQ oder deduktives Denken, würde ich mal vermuten. Diese spezielle Sache ist offenbar hängen geblieben.“

Er lächelte Elaine zu. „Ist gut. Danke.“

„Sie beobachten uns immer.“

Er nickte. „Ich werde aufpassen.“

Als sie mit dem Aufräumen fertig waren, brachte Sofie ihn zur Tür. „Danke, dass du vorbeigekommen bist.“

„Das ist besser als alles andere, was ich tun könnte. Aber vielleicht hast du ja etwas anderes zu tun.“

„Nichts Wichtiges.“ Sie nahm seine Hände. „Im Moment brauchte Annie so viel Liebe und Zuwendung wie möglich.“

„Ich wusste, dass sie das hier bekommen würde.“

„Übrigens meinte ich das nicht so, als ich sagte, du hättest sie nicht herbringen sollen. Ich will nur nicht, dass sie verletzt wird oder verängstigt ist. Ich hatte eine so wundervolle Kindheit, da wünschte ich … Ich weiß, das ist etwas, was man nicht bei jedem Kind erwarten kann."

„Noch nicht." Vielleicht in der neuen Schöpfung, die Lance beschrieben hatte, eine Welt, in der die Dinge gut sind und die gerecht regiert wird. Aber im Moment … „Wir können nur tun, was wir können."

Sofie stellte sich auf die Zehenspitzen und küsste ihn. „Geh und rette die Welt, Superman."

Kapitel 28

Carly wartete noch lange, bis sie ganz sicher war, dass Dad eingeschlafen war. Sollte sie es wagen, ihr Glück zwei Nächte hintereinander herauszufordern? Sie war wieder ins Bett gegangen, nachdem Paula erschienen war, erschöpft von der Anstrengung, herauszufinden, was los war. Aber als sie kurz davor war einzuschlummern, hatte ein Gedanke sie wie ein Messer durchbohrt. Wenn die erste Schachtel mit Andenken an Sofie gefüllt war, waren in der anderen dann Fotos und Erinnerungsstücke an ihre Mutter?

Allein bei dem Gedanken daran hatte sie Bauchschmerzen. Sie musste es einfach wissen. Beim ersten Mal hatte er die Kartons nicht woanders hingetan, aber das konnte er jederzeit tun. Dann musste sie sie erst wieder finden oder – noch schlimmer – vielleicht fand sie dann nie heraus, was sich in der zweiten Schachtel befand. Entschlossen setzte sie sich im Bett auf. Sie musste es tun. Sie konnte ja sagen, sie habe Hunger. Den ganzen Tag hatte sie kaum etwas gegessen, weil die Situation so merkwürdig war und sie so getan hatte, als wäre sie krank. Er würde ihr glauben, dass sie inzwischen Hunger bekommen hatte.

Leise öffnete sie die Tür ihres Zimmers und lauschte. Daddys Schnarchen klang leise und ungleichmäßig. Ob er sich nur schlafend stellte? Sie schluckte ihre Angst hinunter und trat auf den Flur hinaus. Er hatte Paula zum Abendessen bleiben lassen, aber es war noch zu früh, um sie über Nacht dazubehalten. Er würde ihre Hilfe noch sehr viel öfter in Anspruch nehmen, bevor er sie in dem Glauben ließ, es wäre ihm ernst.

Sie schob sich an der Wand lang, bis sie gegenüber von seiner Tür stand. Er machte sie nie zu. Sein Schnarchen endete in einem leisen Grunzen. Sie erstarrte. Spürte er etwa, dass sie hier stand? Sie konnte seine Augen im Dunkeln nicht sehen. Ihr Herz hämmerte. Es konnte sein, dass er sie direkt ansah. *Beweg dich.* Sie löste sich von der Wand und ging leise, aber ganz normal in die Küche.

Sie durfte nicht so aussehen, als würde sie etwas verheimlichen, denn dann würde er es sofort durchschauen. Er würde wissen, warum. *Er wird es sowieso wissen!* Sie musste es riskieren, musste den Inhalt dieser

Schachtel sehen. Zwar vermisste sie ihre Mutter nicht so, wie sie Sofie vermisste, schließlich hatte sie ihre Mutter nie kennengelernt. Aber sie würde gerne wissen, wie sie aussah. Es gab kein einziges Bild von ihr.

Sie legte die Hände auf die Arbeitsplatte, sprang auf die Küchenzeile und stieß sich dabei am Knie. Sie unterdrückte den Aufschrei und kniff die Augen zusammen, während der Schmerz allmählich nachließ. Vorsichtig stellte sie die Füße wieder auf den Boden. Sie hatte nicht aufgeschrien, aber vielleicht hatte er gehört, wie sie sich gestoßen hatte. Sie ging zum Kühlschrank. Wenn sie ihn hörte, würde sie schnell die Kühlschranktür aufmachen.

Stille und ein Schnarchen, das sie kaum hören konnte. Sie schob sich langsam wieder zu der Küchenzeile hinüber und zog sich vorsichtig hoch. Ihr Knie tat weh, vor allem, als sie darauf kniete. Sie öffnete die Schranktür und verlor beinahe das Gleichgewicht. Ihre Hand erstarrte bei dem Geräusch, das vom Ende des Ganges herüberdrang.

Sie kauerte sich zusammen, rutschte aber nicht von der Küchenzeile. Das Schnarchen war jetzt lauter, beinahe so laut wie das Hämmern ihres Herzens. Sie richtete sich auf, packte die Schachtel und stellte sie auf die Arbeitsplatte. Sie rutschte herunter und landete auf Zehenspitzen. Die Schachtel fest an sich gedrückt, schlich sie in ihr Zimmer zurück.

Ein zweiter Krankheitstag kam nicht infrage und sie hatte nicht die Nerven, sich die Sachen sofort anzusehen. Vorsichtig verstaute sie den Karton ganz unten in ihrem Rucksack. Vielleicht in der Pause …

Sie kletterte ins Bett und schlief tatsächlich wieder ein, wobei sie von verschiedenen Frauen träumte, denen sie der Reihe nach die Frage stellte: „Bist du meine Mutter?“ Am nächsten Tag war Daddy erleichtert, als sie sich für die Schule fertig machte und keine Anzeichen von Magenschmerzen zu haben schien. Sie hatte wichtige Pläne.

Es kam ihr vor wie eine Ewigkeit, bevor sie endlich die Gelegenheit dazu bekam. Eigentlich durften sie nicht bis zu dem Teil des Schulhofs in der Nähe der Straße gehen, aber sie hatte eine Senke hinter ein paar Bäumen gleich hinter dem Basketballplatz entdeckt, wo sie sich hinkauern und die Bilder anschauen konnte. Sie warf einen Blick über ihre Schulter, ging dann den kleinen Hang hinunter und streifte den Rucksack ab.

Niemand war darauf erpicht, mit ihr zu spielen. Sie war ja erst in die Klasse gekommen, als alle schon ihre Freundschaften geschlossen hatten, und sie gab sich auch keine Mühe, Anschluss zu finden. Daher kam niemand hinter ihr hergerannt, um zu fragen, was sich in dem Karton befand. Niemand bemerkte sie.

Trotzdem war sie auf der Hut. Als könnte sie sich jemals entspannen. Als könnte sie jemals aufhören, sich Sorgen zu machen. Wieder tat ihr der Bauch weh. Sie ignorierte das mulmige Gefühl, stellte die Schachtel auf den Boden und öffnete den Deckel. Das oberste Bild zeigte sie selbst, vor der Schule, wie sie mit der Direktorin sprach. Das musste an dem ersten Tag gewesen sein, als Daddy sie zur Schule gebracht hatte.

Sie legte das Foto in den Deckel und nahm das nächste in die Hand. Wieder sie. Waren in der Schachtel nur Fotos von ihr? Es war nichts daran auszusetzen, dass Daddy Fotos von ihr machte, nur dass es keine Bilder waren, wie man sie in ein Album klebte. Sie hatte gar nicht bemerkt, dass er sie fotografiert hatte, und irgendwie schien sie auch gar nicht der Grund für das Foto zu sein. Es waren die Leute, mit denen sie sprach und die sie anlächelte, für die er sich mehr interessierte.

Menschen, die sie mochte, Menschen, die ihr wichtig gewesen waren. Und diese Bilder waren mit Daten und Namen versehen. Aber nicht mit Kommentaren wie *Carly, sechs Jahre, mit ihrem Freund Sandi*. Es standen Wörter wie *Gassenjunge, Abschaum, Schwarzgesicht* darauf. Auf den Bildern mit Lehrern, die auf verschiedenen Schulhöfen gemacht worden waren, standen Bezeichnungen wie *Besserwisser, hinterhältige Ziege* und noch schlimmere Bezeichnungen, die Carly die Röte ins Gesicht trieben. Ausdrücke, von denen Daddy nicht glaubte, dass sie sie kannte.

Sie betrachtete ein Bild, auf dem die Schulsozialarbeiterin, Ms. Baker, das Gebäude verließ. Ms. Baker hatte beratende Gespräche vorgeschlagen gegen den Stress, den sie in der dritten Klasse bei Carly festgestellt hatte. Auf dem Foto war nur Ms. Baker zu sehen und sie sah schockiert und fassungslos aus. Auf der Rückseite las Carly eine der gemeineren Bezeichnungen und das nächste Bild zeigte ein Auto mit aufgeschlitzten Reifen.

Sie schluckte. Immer mehr Bilder waren da. Dazwischen Aufnahmen von vereisten Treppen, Krankenwagen … toten Haustieren. Sie sprang auf und würgte und ihr Magen war ein einziger Knoten, als er alles von sich gab, was sie gegessen hatte. Sie warf die Bilder in die Schachtel zurück und vergrub sie tief unten in ihrem Rucksack.

Beinahe wäre sie aufgestanden, aber dann wurde ihr bewusst, dass er da draußen mit seiner Kamera sein könnte und sie dabei fotografierte, wie sie ihn verriet. Sie zitterte am ganzen Körper. Was sollte sie nur tun? Ihr Magen meldete sich jedes Mal, wenn sie an das Bild von Drews Hund dachte. Sie hatte es nicht glauben wollen. Sie hatte Daddys Geschenk genommen und so getan, als wüsste sie nicht, was mit dem Hund ihres Freundes geschehen war. Die Schamesröte stieg ihr ins Gesicht.

„Carly?"

Sie blickte auf und sah in die Augen der Pausenaufsicht. „Ich glaube, ich bin doch noch krank."

Die Lehrerin, deren Namen sie nicht kannte und auch nicht wissen wollte, betrachtete die Indizien. „Komm mit. Ich bringe dich zur Krankenschwester."

Sie wankte und es war nicht gespielt. Die Frau legte einen Arm um ihre Schultern. „Wenn dir nicht gut ist, solltest du jemandem Bescheid sagen, Schätzchen."

Carly nickte. Die Schwester würde wissen, dass sie gestern nicht in der Schule gewesen war. Sie würden ihr glauben. So schlecht, wie sie sich fühlte, stimmte es vielleicht sogar. Aber sie würden Dad anrufen. Er würde kommen. Aber wie konnte sie ihm in die Augen sehen?

Sie kamen zum Krankenzimmer. Sie betrachtete das Gesicht der älteren Frau und sagte: „Mein Dad hat heute Besprechungen. Er hat gesagt, wenn etwas ist, soll ich die Frau anrufen, die sich um mich kümmert."

„Ist sie in der offiziellen Liste?"

„Mhm." Klar, natürlich. Ich darf sie nicht sehen, aber Daddy trifft sich ständig mit ihr.

„Gut. Hast du die Nummer?"

„In meinem Handy. Kann ich das benutzen?" Als sie nickte, zog sie das Telefon aus ihrem Rucksack. Während des Tages durften die Schüler ihre Handys nicht benutzen, aber es verstieß nicht gegen die Regeln, eines zu haben. Und hier ging es um eine Gesundheitsangelegenheit. Ihre Kehle war ausgetrocknet und brannte. Den Geschmack von Erbrochenem wurde sie nicht los. Sie spürte, wie Tränen in ihren Augen aufstiegen, aber sie unterdrückte sie. Sie wählte den entsprechenden Eintrag in ihrer Liste und betätigte die Gesprächstaste. Bitte geh ran.

„Hallo?“

„Äh, Sofie?“

Ein Schüler mit einer Schnittwunde an der Hand kam herein und die Krankenschwester ging zu ihm, um ihn zu versorgen.

„Ich bin ja so froh, dass du anrufst. Ich habe versucht ...“

„Ich bin krank und in der Schule und … kannst du mich abholen?“

Die Pause war zu lang. Vielleicht wollte sie nicht. Vielleicht war es ihr auch egal. Hatte Dad sie auch für Sofie verdorben?

„Ich weiß nicht, wo du bist, Liebes, aber ich bin in Kalifornien.“

Die Last der Enttäuschung zerdrückte sie. „Kalifornien?“

„Bist du in Schwierigkeiten, Carly? Hast du deshalb nicht deinen Dad angerufen?“

Sie schluckte. „Ja.“

„Ist er der Grund für deine Probleme?“

„Ja.“

„Du musst es jemandem in der Schule erzählen ...“

„Sie werden mir nicht glauben. Er sagt ihnen, dass ich lüge. Sie glauben *immer* ihm.“

„Gibt es jemanden, dem du vertraust? Jemand, zu dem du gehen kannst?“

Er hatte dafür gesorgt, dass es niemanden gab, hatte ihnen Angst gemacht oder sie verletzt oder sie davon überzeugt, dass Carly böse war. Wen konnte sie ... Grandma Beth! Sie liebte Carly vielleicht nicht genug, um Dad Geld zu geben, aber sie wollte ja kein Geld. „Ich könnte es bei Grandma Beth versuchen.“

Sofies Erleichterung war offensichtlich. „Gut. Frag sie, ob sie dich abholen kann. Ruf mich auf jeden Fall an.“ Grandma Beth war nicht in ihrem Telefon gespeichert. Sie musste die Auskunft anrufen und den Namen sagen. Sie schrieb die Nummer auf einen Zettel und sah dann zu der Schwester hinüber, die mit Blut und Pflastern beschäftigt war.

Carly tippte die Nummer ein. Ihre Großmutter könnte sagen: „Tut mir leid, du bist nicht Grund genug“, aber als sich ihre Stimme mit einem knappen „Hallo?“ meldete, sagte Carly: „Grandma, kannst du mir helfen?“

Überwältigt vom Kummer klappte Sofie das Handy zu. Sechs Jahre war sie in der Nachbarschaft gewesen und hatte auf etwas gewartet, von dem sie glaubte, dass es nie geschehen würde. Und jetzt war es geschehen und sie war zu weit weg, um zu helfen. Sie griff nach dem Telefon, als es erneut klingelte, aber es war nicht Carly, sondern Matt.

„Sofie, es tut mir leid, aber ich habe schlechte Neuigkeiten."

Schlechte Neuigkeiten? Sie schüttelte sich. „Was für Neuigkeiten?"

„Der Richter hat Annie in die Obhut ihrer Familie entlassen. Mein Chef wird vermitteln und sie werden alle gemeinsam eine Lösung finden." Seine Stimme klang gepresst, während er aussprach, was er selbst nicht glaubte. „Wir kommen in zehn Minuten rüber."

„In Ordnung." Sie ging in den Garten hinaus, wo Star die kleine Annie erstaunlicherweise zum Lachen und Spielen gebracht hatte. Elaine sah ihnen von der Bank aus mit einem abwesenden Blick zu, in dem vielleicht Erinnerungen an ihr eigenes kleines Mädchen lagen, obwohl Rese nicht so blond und hellhäutig war.

„Ich störe nur ungern, aber sie kommen, um Annie abzuholen."

„Diese Idioten." Star behielt ihre einbeinige Pose bei, als wäre sie erstarrt, und bewegte sich dann langsam und ruckartig wie eine Puppe. Annie lachte. Was für ein zauberhafter Klang.

„Komm, Süße. Wir müssen dich umziehen und fertig machen."

Als sie kamen, hatte Sofie alles vorbereitet und wartete mit Annie und dem Plüschhasen, den Matt mitgebracht hatte. Sie küsste das Kind auf den Kopf und flüsterte mit ausgedörrter Kehle: „Du bist geliebt. Du bist schön. Du bist ein Kind Gottes." Annie hob das Gesicht zu ihr auf und gab ihr einen süßen Kuss direkt auf den Mund. Tränen brannten. Sie übergab die Kleine an Gail, eine korpulente Frau um die Vierzig, die so etwas schon häufiger gemacht hatte. Trotzdem sagte Sofie: „Wenn ich noch irgendetwas tun kann …"

Gail nickte. „Machen wir den Übergang so kurz und schmerzlos wie möglich."

Sofie setzte das Kind in den Autositz in Matts Wagen, aber er überraschte sie beide, als er Gail den Schlüssel reichte. „Mach du das. Bring mir den Wagen wieder, wenn du sie abgeliefert hast."

„Du kommst nicht mit?"

„Das ist deine Entscheidung."

„Es ist die Entscheidung von Richter Harrel. Persönliche Gefühle dürfen unsere Entscheidungen nicht beeinflussen."

Matt nickte. „Bis später."

Sie presste die Lippen zusammen. Annies Schluchzer drangen vom Rücksitz nach draußen. Wann hatte sie angefangen zu weinen? Sofie presste die Hand auf ihr Gesicht, als der Verlust sie überwältigte, während der Wagen davonfuhr.

Matt fing sie auf und zog sie in seine Arme. „Lance hatte recht. Ich hätte sie nicht herbringen dürfen."

Die beiden Situationen verschmolzen in ihrer Wahrnehmung und sie stöhnte: „Carly."

Er strich ihr übers Haar. „Das ist nicht Carly, Sofie. Das ist Annie Price."

Sie schüttelte den Kopf. „Carly hat angerufen. Sie ist in Schwierigkeiten."

Er sah sie prüfend an.

„Ich habe auf ihren Rückruf gewartet, als du vorhin angerufen hast."

„Aber du hast nichts mehr von ihr gehört?"

Sie schüttelte den Kopf. Sie hätte längst von ihr hören müssen. Was, wenn dieser Hilferuf das Letzte war, was sie jemals von ihrem kleinen Mädchen hören würde? „Sie wollte, dass ich sie von der Schule abhole, und sie konnte Eric nicht anrufen."

„Das ist nicht gerade ein Notfall."

„Sie konnte Eric nicht anrufen, weil etwas nicht stimmt." Es war in Carlys Stimme zu hören gewesen. Eine Anspannung. „Ich muss hinfahren."

„Sofie."

„Ich hätte New York nie verlassen dürfen." Sie entzog sich ihm und ging hinein. „Dann wäre ich da gewesen, als sie mich brauchte."

„Du wusstest ja nicht einmal, dass sie überhaupt noch dort ist." Er folgte ihr hinein, ohne dass sie ihn dazu aufgefordert hätte. „Sprich wenigstens mit Lance. Hör dir an, was er sagt."

Sie ging die Treppe hinauf. Es spielte keine Rolle, was Lance oder sonst jemand sagte. Carlys Anruf war nicht einfach die Bitte um eine Mitfahrgelegenheit gewesen. Etwas war geschehen, das so schlimm war, dass sie nicht allein damit fertig wurde. Sofie zog einen ihrer Koffer aus dem Schrank und registrierte kaum, welche Kleider sie zusammenfaltete und hineinlegte.

„Du hast keine rechtliche Handhabe."

„Ich weiß aber, wo ihre Großmutter lebt." Wenn Carly sie angerufen hatte, wenn Beth sie abgeholt hatte, dann würde sie vielleicht, nur vielleicht, ihr kleines Mädchen wiedersehen.

Er atmete hörbar aus, hob die Arme und ließ sie wieder sinken. „Also gut. Wenn du entschlossen bist, fahre ich dich zum Flughafen."

„Das wäre nett, danke." Sie warf ihm einen dankbaren Blick zu.

„Aber zuerst halten wir bei mir. Ich komme mit."

„Was?" Sie warf ihre Kosmetika in einen Beutel und richtete sich auf. „Warum?"

„Vielleicht kann ich vor Ort beim Jugendamt etwas ausrichten."

„Aber du hast die Sache mit Annie hier."

„Für sie ist jetzt Gail zuständig. Ehrlich gesagt wird mir ein bisschen Distanz guttun."

Sofie suchte nach einem Argument, aber wenn er ihr mit Carly helfen konnte, würde sie überaus dankbar sein. Und es war mehr als das, wurde ihr klar. „Du kannst deinen Wagen bei Gail lassen. Wir nehmen meinen."

Er klappte sein Handy auf, ließ sich die Nummer der Fluglinie geben und fragte nach einem Direktflug nach LaGuardia. Zwei Tickets. Familiärer Notfall.

„Sie müsste jede Minute hier sein", sagte Carly zu der Schwester und tat so, als wäre ihr erfundenes Kindermädchen auf dem Weg.

„Du musst hier warten, bis du offiziell ausgetragen bist." Die Krankenschwester erklärte ihr die Grundsätze der Schule, aber was nützten Grundsätze, die alle Macht den Erwachsenen überließen, die dann Dinge tun konnten wie …

Sie krallte die Hände in ihren Bauch. „Mein Bauch tut weh. Ich muss zur Toilette."

„Gut. Ich gebe dir den Pass." Sie reichte ihr das rote Pappkreuz, den Ausweis der Krankenstation, der durch die Glastüren der Klassenzimmer leicht zu erkennen waren, damit Kinder nicht aufgehalten wurden, wenn sie sich übergeben mussten. Carly nahm ihren Rucksack, eilte hinaus und machte sich auf den Weg zu den Toiletten, doch dann ging sie an der Tür vorbei und durch einen Seiteneingang nach draußen. Sie durfte nicht zulassen, dass Grandma beim Abholen offiziell ihre Unterschrift hinterließ. Selbst wenn ihr Name auf der Leute-die-Kinder-abholen-dürfen-Liste wäre – und das war er garantiert nicht – und selbst wenn sie das nicht nachprüften, was sie vielleicht nicht taten, würde Daddy Bescheid wissen, wenn Grandma unterschrieb. Carly lief zur Vorderseite des Gebäudes und versteckte sich in einer Nische, um auf ihre Großmutter zu warten.

Nach einigen Minuten hielt ein Auto, derselbe silberne Wagen, den Grandma früher schon gefahren hatte, mit dem plüschigen Lenkradüberzug. Carly hängte sich den Rucksack über die Schulter und eilte zu ihr. Ihre Großmutter sah sie prüfend an, dann ließ sie die Türschlösser aufschnappen und Carly stieg ein.

Tränen verstopften ihr die Kehle. „Danke, Grandma."

„Musst du zu einem Arzt?"

Sie schüttelte den Kopf. Hatte sie wirklich geglaubt, Carly wäre krank? Aber andererseits war Sofie diejenige gewesen, die sofort verstanden hatte. „Kann ich bitte mit zu dir kommen? Ich muss dir etwas zeigen." Bevor der Mut sie verließ.

Grandma Beth streckte die Hand aus und drückte Carlys Arm. „In Ordnung, Liebes. Ich bin froh, dass du angerufen hast."

Sie fuhren schweigend, aber Carly blickte immer wieder zur Seite. Es war mindestens drei Jahre her, dass sie ihre Großmutter gesehen hatte, auch wenn sie nicht sehr viel anders aussah. Dieselben blonden Haare, kurz geschnitten, dieselbe Brille oder vielleicht auch nicht. Sie sah nicht aus, als wäre sie sauer. Vielleicht war sie traurig. Was würde sie wohl sagen, wenn sie die Fotos sah? Was, wenn sie es Daddy erzählte?

Carly konnte sich nicht einmal vorstellen, wie schlimm das wäre. Vielleicht war das Ganze ein Fehler. Aber was sollte sie sonst tun? Es dauerte so lange, durch den Verkehr bis zu Grandmas Haus zu fahren, dass ihr Magen ein einziger Knoten war. Ein Fingernagel hatte angefangen zu bluten und sie hatte nicht einmal bemerkt, dass sie an den Nägeln gekaut hatte. Die Schachtel lag wie Blei auf ihrem Schoß. Wie hatte sie nur glauben können, sie könnte irgendjemandem den Inhalt zeigen?

Sie konnte nicht. Es war zu schrecklich. Und wenn Daddy erfuhr, dass sie die Bilder jemandem gezeigt hatte … Grandma liebte sie nicht.

Warum sollte sie ihr etwas so Wichtiges anvertrauen? Warum war Sofie nicht hier?

Als sie in die Garage fuhren, stieg Carly aus, ohne ihren Rucksack mitzunehmen, aber ihre Großmutter sagte: „Vergiss deine Tasche nicht."

Na gut, sie würde sie mit ins Haus nehmen. Sie schob den Tragegurt über ihre Schulter. Das Haus war größer und schöner als die Wohnungen, in denen ihr Dad und sie jemals gewohnt hatten. Weiche Teppiche und die gelben und cremefarbenen Möbel sahen neu aus. Alles hatte seinen Platz, aber nicht so, wie Daddy seine Sachen aufbewahrte, alles mit praktischer Beschriftung. Grandmas Haus sah fröhlich und gemütlich aus.

Sie gingen in die Küche und Grandma holte eine große Packung Feigenkekse und schenkte ihr ein Glas Milch ein. Dann machte sie einen Schritt zurück. „Lass mich dich anschauen."

Carly zuckte mit den Schultern. „Ich bin's nur."

„Elf bist du jetzt?"

„Mhm."

„Ich habe eine Karte geschickt. In dem Umschlag waren zwanzig Dollar. Ich nehme an, du hast sie nicht bekommen."

Carly schüttelte den Kopf. Daddy war mit ihr in ein feines Restaurant gegangen und hatte einen Anzug getragen. Sie hatte Spaghetti bestellt. Er hatte versucht sie zu überreden, etwas zu nehmen, das sie nicht einmal aussprechen konnte. Dann hatte er gesagt: Es ist dein Geburtstag und du kannst dir aussuchen, was du willst. Er hatte ausgesehen, als wollte er ihr die Welt schenken. Und die Spaghetti waren eben … Spaghetti.

Ihre Grandma legte eine Hand unter Carlys Kinn und hob es ein wenig an. „Du hast die Augen deines Vaters."

Sie schluckte, weil sie nicht sicher war, ob es ein Kompliment war. Alle waren verrückt nach Daddys Augen, aber sie sahen sie auch nicht, wenn sie einem Angst machten. „Ist das gut?"

Grandma Beth lächelte. „Du warst immer gut."

Keine direkte Antwort, aber sie fühlte sich besser. Sie biss in einen Feigenkeks, plötzlich hungrig. Die Milch war kalt und frisch. Vielleicht schmeckte in Grandmas blaugelber Küche alles besser.

Grandma spitzte den Mund. „Wie geht es ihm?"

Der Keks blieb ihr im Hals stecken. Sie würgte die restliche Milch hinunter und fühlte sich wieder elend. „Äh … gut."

Grandma lehnte sich zurück. „Das glaube ich nicht."

Die Hitze kroch in ihr Gesicht. Carly wünschte, sie hätte die Kekse nicht gegessen.

„Du hast mich nicht von der Schule aus angerufen, weil alles gut ist, Schätzchen. Und ich bin wirklich froh, dass du es getan hast, aber ich möchte wissen, womit wir es zu tun haben."

Carly sah die Wärme in dem Gesicht ihrer Großmutter und die Sorge. „Ich habe etwas gefunden. Eine Schachtel voll mit Fotos … von Sofie. Viele davon wurden gemacht, ohne dass sie es gemerkt hat." Nachdem sie gesehen hatte, was sich in dem anderen Karton befand, war sie sich dessen ziemlich sicher. „Ich glaube, er hat sie beobachtet."

Grandma zog die Augenbrauen hoch. „Sie haben sich vor sechs Jahren getrennt. Das ist länger her, als sie überhaupt zusammen waren."

„Ich weiß. Aber ich weiß, dass er sie gesehen hat, weil ich die Bilder gefunden habe. Und er hat mir gesagt, dass er gegangen ist, um sich mit ihr zu treffen, und sie war nicht da. Er war wirklich ganz aufgebracht."

„Und deshalb hast du mich angerufen?"

Ihr Magen drehte sich um. „Nein. Ich …" Sie schlang die Arme um ihren Oberkörper. „Ich habe noch einen Karton gefunden."

Lange saßen sie schweigend da und wussten wohl beide, dass alles anders sein würde, wenn sie den anderen Karton öffnete. Sie hatte den verrückten Gedanken, dass es nicht wahr wäre, wenn sie alles für sich behielte, die Schachtel wieder in den Schrank stellte, ohne dass jemand etwas davon erfuhr. Er wäre dann einfach der Dad, der sie sehr liebte. Und nicht …

„Was war in dem anderen Karton?"

„Ich zeige es dir." Mit bleiernen Fingern griff sie in den Rucksack, zog die Schachtel heraus und stellte sie auf den Tisch.

Grandma war zunächst vor allem verwirrt. „Wer sind diese Leute?"

„Meine Freunde und Lehrer. Ein paar Eltern von Freunden."

Sie kam zu dem Bild von dem Auto, dann weitere Personen, dann die vereiste Treppe, auf der Mrs. Warren gestürzt war, als der restliche Bürgersteig trocken gewesen war. Der Krankenwagen. Die Haustiere. Grandma legte eine Hand auf ihre Stirn. „Wusstest du, was da passiert?"

„Niemand weiß es. Sie glauben, ich bin die Böse, dass ich lüge und Dinge stehle. Aber das tue ich nicht." Grandma musste ihr glauben. „Ich habe nur gelogen, als ich gesagt habe, ich sei krank, und ich habe die Schachtel genommen. Aber ich wollte sie zurücktun, bis …" Bis sie die schrecklichen Dinge gesehen hatte, die sich darin befanden.

„Als du das letzte Mal hier warst, hatte ich zwei kleine Hunde."

Sie erinnerte sich plötzlich. Kleine graubraun gescheckte Tierchen, die kläfften und Männchen machten und um Kekse bettelten.

Grandma hatte Tränen in den Augen. Ihre Hand rutschte zu ihrem Mund. „Ich wollte es nicht glauben …"

Carly krallte die Hände in ihren Bauch. „Nein."

Das Telefon klingelte. Sie starrten es an. Dad musste gemerkt haben, dass sie nicht in der Schule war. Vielleicht hatte die Krankenschwester angerufen und ihm erzählt, dass sie verschwunden war. Wahrscheinlich waren alle ganz aufgeregt. Vielleicht war sogar die Polizei eingeschaltet worden.

Grandma Beth ging ans Telefon. „Ja?"

Carly hielt die Luft an.

„Ja, das hat sie. Ich habe ihr gesagt, dass du kein Geld mehr von mir bekommst." Eine Pause, dann ein heiseres: „Nein, ist sie nicht." Sie legte auf und drehte sich um, die Hand an ihrer Kehle. „Jetzt sind wir beide in Schwierigkeiten."

Kapitel 29

Lance erhob sich. Nun war der letzte Türgriff in der Damentoilette angebracht und er rieb sich den Rücken. Die ganze Crew war nach Hause gegangen, auch Brad. Sosehr er sich auch bemühte, er konnte keinen Grund erkennen, warum Rese und er noch hier waren.

„Lance ..."

Er schüttelte den Kopf. „Wir sind fertig."

„Bist du jetzt der Boss?", fragte sie aus der Hocke heraus.

Er streckte die Hand aus und zog sie hoch. „Ja."

Sie stemmte die Hände in die Hüften. „Sagt wer?"

„Sage ich. Für den Fall, dass du es noch nicht bemerkt hast, es ist keiner mehr da, den du beeindrucken könntest. Du hast bewiesen, dass du länger, fleißiger und besser arbeiten kannst als alle Männer. Mich eingeschlossen."

Sie hob das Kinn. „Ich beweise dir gar nichts."

„Ja klar. Ich weiß, was Sache ist."

„Tust du nicht."

Er spiegelte ihre Pose. „Also gut, was machen wir dann noch hier?"

„Wir … ich … es gibt etwas, was ich dir sagen will."

„Und das konntest du nicht auf der Fahrt nach Hause, weil …"

„Auf die Idee bin ich nicht gekommen."

„Also, das ..."

„Außerdem will ich es einfach nur sagen."

Es brauchte einiges, um sie nervös zu machen, aber sie sah alles andere als entspannt aus. Und wenn sie es sagen wollte, warum hatte sie es dann nicht getan? „In Ordnung."

Sie wandte den Blick ab. „Nachdem du mit mir Schluss gemacht hast ..."

„Ich habe nicht ..."

„Sag es nicht, Lance. Du hast mir gesagt, wir könnten nicht zusammen sein, und ich konnte die Pension nicht ohne dich führen, also habe ich beschlossen, mit Brad zusammenzuarbeiten, und ich musste wissen, dass ... er hatte eine Bemerkung gemacht über früher, dass er mal verliebt war, und ich musste wissen, ob ..."

„Du machst mich echt fertig, Rese. Sag es, bevor ich mir sonst was ausmale."

„Ich habe ihn geküsst."

Sein Herz machte einen Satz. „Du hast Brad geküsst oder andersherum."

„Es war irgendwie gegenseitig. Aber dann wurde ihm klar, dass er nicht wollte, und ich hatte es ja sowieso nicht gewollt, also ..."

„Du wolltest nicht, aber du hast?"

„Ich musste wissen, dass er nur auf eine Geschäftsbeziehung aus war, weil es bei dir ein Fehler gewesen war, Geschäftliches und Privates zu vermischen." Sie sah ihm ins Gesicht. „Brad fand, du solltest davon wissen."

„Das hat er gesagt?"

„Er sagte, das wäre so eine Sache, die irgendwann rauskommt und Probleme macht."

Lance legte den Kopf schief. „Wenn er es dir nicht geraten hätte, hättest du es mir dann jemals erzählt?"

„Ich hatte es vergessen."

Er zog die Augenbrauen hoch, da er bezweifelte, dass sie irgendetwas in der Art getan hatte.

„Es ist mein Ernst, Lance. Ich hatte herausgefunden, was ich wissen wollte, und sein Kuss hat sich nicht in mein Herz und meine Seele und meine Gedanken gebohrt und alles bestimmt, so wie deine Küsse es tun. Es war nichts weiter dabei."

„Er küsst wohl nicht besonders gut, was?"

Sie funkelte ihn an. „Es bedeutete mir einfach nichts."

Er schob seine Finger in die weichen, kurzen Haare in ihrem Nacken. „Danke, dass du es mir erzählt hast."

„Du hast also kein Problem damit?"

„Ich werde mein Revier neu markieren."

Sie errötete. „Da bin ich mir sicher."

Aber bevor er seine Ankündigung in die Praxis umsetzen konnte, klingelte sein Handy. Er überlegte ernsthaft, es aus dem Fenster zu werfen, aber das Display zeigte die Nummer von zu Hause, also nahm er das Gespräch an. „Was ist los?"

Star fragte: „Wo seid ihr?“
„Wir machen gerade Schluss. Warum?“
„Annie ist zu ihren nutzlosen Eltern zurückgebracht worden.“
„Wie verkraftet Sofie es?“
Stars Zögern klang nicht gut. „Sie ist weg.“
Sein Herz hämmerte gegen seine Rippen. „Was?“
„Carly hat sie angerufen und sie ist nach New York geflogen.“
„Wann?“
„Vorhin. Sie ist mit Matt zusammen abgefahren.“
„Mit Matt? Bist du dir sicher?“
„Ich habe seinem Chef Bescheid gesagt.“
„Danke, Star. Wir kommen gleich.“ Er legte auf und die Anspannung schmerzte in seinem Rücken, als er Rese erzählte, was geschehen war. „Ich muss ...“
„Nein.“ Sie verschränkte die Arme.
„Rese.“ Sie hatte ihn nicht einmal ausreden lassen.
„Matt ist da.“
„Ja, aber Matt ...“
„Tut mir leid, Lance. Aber wenn du zurückfährst, um noch eine Familienkrise zu lösen, dann kannst du gleich dort bleiben.“
Sein Magen zog sich zusammen. „Tu das nicht, Rese.“
„*Du* bist es, der es tut. Denn ich kann es nicht. Nicht noch einmal.“ Ihre Hände ballten sich zu Fäusten. „Ich weiß, dass du mich für unvernünftig hältst.“
Er schüttelte den Kopf. „Das tue ich nicht.“ Beim letzten Mal, als er seiner Familie die oberste Priorität eingeräumt hatte, hätte das beinahe ihre gemeinsame Zukunft zerstört. Die Tatsache, dass sie bereit gewesen war, es noch einmal zu versuchen, bedeutete mehr, als er sagen konnte, aber trotzdem. Er sah in ihren Augen, was sie brauchte. Sie würde es nicht so ausdrücken, aber es würde sie verletzen. Sehr.
Herr. Die Angst um Sofie bildete ein dumpfes Pochen, aber er musste jemand anderem vertrauen, für sie Partei zu ergreifen, jemandem, der nicht einmal wusste, dass es Gott gab. *Weißt du, was du da von mir verlangst? Natürlich weißt du das*. Er lehnte seine Stirn gegen die von Rese. „In Ordnung.“
Sie atmete heftig aus. „In Ordnung?“
„Ich werde nichts gegen deinen Willen tun.“ Ihre Ungläubigkeit

zeigte, wie tief die Verletzung von damals noch saß. Ihre Brust hob und senkte sich vor Emotion und er nahm sie in seine Arme. Die Sache mit Brad hatte ihr schon auf der Seele gelegen. Jetzt war nicht der Zeitpunkt, um sie zu drängen – falls es einen solchen Zeitpunkt überhaupt jemals gab.

„Komm.“ Er nahm alle Selbstbeherrschung zusammen und unternahm keinen Versuch, sie umzustimmen. „Wir fahren nach Hause.“

Das Taxi hielt vor dem zweigeschossigen Haus in einem gehobenen Teil der Bronx. Eine Lampe erleuchtete die Veranda, aber der Rest des Hauses lag im Dunkeln wie die anderen Häuser. Sofie ließ die Schultern hängen. „Sie schläft.“

Er überlegte, was sie tun könnten, aber das musste Sofie entscheiden. „Willst du sie wecken?“

Sie rieb sich die Augen. „Ich bin mir nicht sicher, ob Carly überhaupt bei ihrer Großmutter ist.“

Sie hatten in dieser Annahme einen weiten Weg zurückgelegt, hatten drei Zeitzonen und etliche Flugkilometer hinter sich gelassen, aber vielleicht war es besser, bis zum Morgen zu warten und dann herauszufinden, was geschehen war. Sofie gab dem Fahrer eine andere Adresse.

Sie verließen den Vorort und fuhren in südlicher Richtung an dem botanischen Garten vorbei und durch eine nicht gerade vornehme Wohngegend in ein anderes Stadtviertel. Als das Taxi wieder hielt, stieg Matt vor einem viergeschossigen Gebäude aus, das aus Backsteinen erbaut und mit weißen Zierelementen versehen war. Im Erdgeschoss, zu dem ein paar Stufen hinunterführten, schien ein Restaurant zu sein, aber ein Schild im Fenster verkündete, dass es „Auf unbestimmte Zeit geschlossen“ war.

Sofie trat neben ihn auf den Gehweg und der Taxifahrer stellte ihre beiden Taschen ab. Sie bezahlte die Fahrt und Matt nahm die Taschen, während er sich umsah. Das war ihr Zuhause? Eine Straße, auf der selbst er nicht allein im Dunkeln herumlaufen würde? Es war nicht das, was er erwartet hatte.

Sofie berührte seinen Arm. „Wenn Mama aufwacht, erwähn bitte Carly nicht.“

„Was ist die Tarnung?"

„Das überlege ich mir, wenn wir eine brauchen."

Im Gebäude war alles still, als sie die Tür aufschloss und den langen Flur betrat.

Neugierig folgte er ihr. „Schönes altes Haus. Gibt es hier einen Keller?"

Sie lächelte. „Ja. Aber da ist nur eine uralte Heizungsanlage drin und eine Schmutzwasserpumpe."

Sie stiegen zwei Absätze der nur spärlich beleuchteten Treppe hinauf und blieben auf dem Gang stehen, auf dem sich zwei gegenüberliegende Türen befanden. „Ich frage, ob du heute bei Chaz und Rico übernachten kannst." Sie klopfte an eine der Türen. „Meine Wohnung ist gegenüber, aber wenn ich dir Nonnas Zimmer gebe, bekommt Mama einen Herzinfarkt."

„Kein guter erster Eindruck." Er hatte überhaupt nicht vorgehabt, schon ihre Eltern kennenzulernen. Aber andererseits hatte er nichts von dem hier geplant. Da Cassinia noch nicht zurück war, würde sein Chef von seiner plötzlichen Abreise alles andere als begeistert sein. Aber er hatte seine berufliche Laufbahn und jeden anderen Faktor seines Lebens neu überdacht. Waren die Entscheidungen, die er getroffen hatte, noch gültig? Diese Auszeit brachte ihm vielleicht genauso viel wie Sofie. Aber dann sah er, wie sie sich auf die Lippe biss, und er wusste, dass er das hier nur für Sofie tat.

Die Tür ging auf und ein großer schwarzer Mann mit einem breiten Lächeln begrüßte sie. „Hi, Sofie." Er trug einen Smoking und als Antwort auf Matts neugierigen Blick sagte er: „Ich bin gerade erst von der Arbeit nach Hause gekommen."

Matt nickte. Ein vornehmes Restaurant, vermutete er.

„Chaz, das ist Matt Hammond."

„Hallo."

Matt ergriff eine Hand, die ebenso groß war wie seine eigene.

Sofie sagte: „Meinst du, er könnte vielleicht heute Nacht bei dir und Rico bleiben?"

„Rico ist in das Zimmer von Lance gezogen, aber in meinem ist ein Bett frei." Er sah Matt mit freundlichem Blick an. „Du kannst es gerne benutzen." Dann zu Sofie: „Mama wird sich freuen, dich zu sehen."

Sie ging hinein. „Wie geht es dir, Chaz?"

„Gut. Immer gut. Und dir?"

Sie lächelte halbherzig und versteckte sich nicht vor diesem sanften Riesen, dessen Akzent Matt irgendwo in der Karibik verortete.

Die Wohnung bestand aus einem langen Wohnzimmer mit einer kleinen Kochecke, zwei Schlafzimmern und einem Bad am anderen Ende des Flurs. Musikinstrumente nahmen einen großen Teil des Wohnzimmers ein. Mit all dem Zeug konnte man eine ordentliche Jamsession veranstalten.

„Rico ist unterwegs, er macht den Ton bei irgendeiner Show. Er kommt spät heim." Chaz drehte sich um. „Möchtet ihr etwas trinken? Tee?"

„Das wäre nett", sagte Sofie.

Chaz stellte einen Kessel auf eine Kochplatte. „So." Er zeigte auf den Tisch am Fenster, durch das der Blick auf die gesprenkelte nächtliche Stadt fiel. „Welchem Umstand verdanken wir deinen Besuch? Oder bist du wieder da?"

Sie sah ihm in die Augen. „Ich bin wegen Carly hier."

Die Geschichte zur Tarnung galt also nicht für Chaz. Matt beobachtete die Interaktion der beiden, als sie ihm von Carlys Anruf erzählte und von ihrer Gewissheit, dass etwas nicht stimmte.

Chaz hörte mit konzentriertem Mitgefühl zu und sagte dann: „Vielleicht hatte sie eine Auseinandersetzung mit ihrem Vater."

Matt lehnte sich zurück. Das Gleiche hatte er auch vorgeschlagen, aber Sofie schüttelte auch diesmal den Kopf, wie sie es bei ihm getan hatte. „Sie streitet nicht mit Eric. Das ist nicht …" Tränen stiegen ihr in die Augen. „Etwas stimmt nicht. Ich habe es an ihrer Stimme gehört."

Sie schien eine ungewöhnliche Verbindung zu diesem Kind zu haben. Oder sie wünschte, sie hätte sie. Die Situation mit Annie könnte die Wirkung von Carlys Anruf auf eine Weise verstärkt haben, die das Kind nicht beabsichtigt hatte. Aber um das herauszufinden, waren sie jetzt hier. Er war mitgekommen, um Sofie zu unterstützen, aber die Sache ging noch tiefer. Sie glaubte vielleicht, dass Eric harmlos war, aber sein Bauchgefühl sagte ihm etwas ganz anderes.

Sofie schlug die Augen in der Wohnung auf, die sie mit Nonna geteilt hatte, seit sie die ersten Schritte auf dem Weg vom Rande des Todes zurück ins Leben gegangen war. Carly gehörte zu ihrem Leben davor und die Ärzte würden ihr dringend abraten, sich wieder so mit diesem Kind zu beschäftigen. Aber sie würde seinen Hilferuf nicht ignorieren. Eine zarte Verbindung war wiederhergestellt worden und die Initiative dazu war nicht von ihr ausgegangen. Ihr blieb nichts anderes übrig, als zu reagieren.

Sie stand auf, duschte und durchquerte den Flur. Matt sei auch schon wach, sagte Chaz ihr von dem Tisch aus, an dem er mit seiner aufgeschlagenen Bibel saß.

„Unter der Dusche“, fügte er hinzu.

Sie setzte sich zu ihm, um zu warten, während sie den Anruf von gestern immer wieder in ihren Gedanken abspulte. Carly hatte gesagt, ihr Dad sei der Grund für die Schwierigkeiten, aber was bedeutete das? Eric würde nie die Hand gegen sie erheben. Ihr Äußeres war die Projektion seiner selbst und er schützte sich selbst mit allen Mitteln. Warum also hinterließ Carlys Anruf eine solch düstere Vorahnung?

„Möchtest du, dass wir zusammen beten?“

Sie hob den Blick und sah Chaz an, während ihr bewusst wurde, dass sie sich so fest auf die Lippen biss, dass sie schon bluteten. „Ja.“

Chaz streckte die Arme aus und nahm ihre Hände. „Himmlischer Vater, du hast alles unter Kontrolle. Lass uns Werkzeuge deines Willens sein.“

Sie schluckte. „Bitte beschütze Carly, wo auch immer sie ist, und ... bitte lass mich sie sehen. Und vergib mir alles, was ich falsch gemacht habe.“

Chaz drückte ihre Hände. „Gewähre uns in deiner Barmherzigkeit alle unsere Bitten. Amen.“

Sie öffnete die Augen. Matt stand in Baumwollhose und einem schwarzen Sweatshirt hinter Chaz und seine Miene war skeptisch, aber respektvoll. Chaz bot ihnen Tee an, aber sie stand auf. „Wir holen uns auf dem Weg einen Kaffee.“

Das war Matt auch lieber. Sie hoffte, dass er besser geschlafen hatte als sie, aber seine Augen ließen etwas anderes vermuten. Espresso klang gut.

Während sie zur Tür gingen, kam Rico herein. Nachdem er für den

Sound bei dem Konzert gesorgt hatte, war er offensichtlich noch geblieben, um die Technik abzubauen – und zu feiern. Er wirkte relativ nüchtern und voller Energie.

„*¿Quetal?* Sofie." Er blickte überrascht und gleichzeitig erfreut drein.

„Hi Rico. Das hier ist Matt." Matt überragte den drahtigen Puertoricaner mit dem schwarzen Haar, das ihm über die Schultern reichte, und den Ringen in beiden Ohren. Sie konnte beinahe hören, wie seine Gedanken rotierten. Dies war der beste Freund von Lance?

Aber Matt hatte jeglichen Sarkasmus aufgegeben. In letzter Zeit schien er ihrem Glauben offener und weniger feindselig gegenüberzustehen, was vielleicht an seinen zunehmenden Gefühlen für sie lag. Aber welcher Mann würde alles stehen und liegen lassen, um ihr bei der Suche nach Carly zu helfen?"

Eric hatte jeden Teil ihres Lebens kontrolliert – sein Leben, ihres und das von Carly –, aber letzten Endes drehte sich immer alles nur um ihn. Matt hatte die Fähigkeit, sie an die erste Stelle zu setzen, und sie war sich nicht sicher, wie sie darauf reagieren sollte.

Sie blickte auf. „Bist du so weit?"

Er nickte. „Klar."

Sofie berührte Chaz' Schulter. „Wenn Mama fragt, sagst du ihr bitte, dass ich mir ihr Auto geliehen habe? Ich erkläre alles später."

Chaz zog die Augenbrauen hoch. „Sie wird dich sehen wollen."

„Das wird sie auch." Es war ein Wunder, dass sie so weit gekommen waren, ohne dass Mama etwas bemerkt hatte. Aber Erklärungen würden wehtun. Wenn sie den Namen Carly nur erwähnte, würde ihre Mutter das in Aufruhr versetzen. Sie wollte erst sicher wissen, wie die Sache sich weiter entwickeln würde.

Vielleicht hatte sie ja überreagiert – aber ihr Herz sagte ihr etwas anderes.

Sie hielten unterwegs an und kauften Kaffee und Haselnusskekse. Mary Cavalla strahlte, als sie die Tassen über den Tresen reichte. „Schön, dich zu sehen, Sofie." Neugierig sah sie Matt an.

„Danke." Sofie befriedigte die Neugier der Frau nicht. Wenn Mama erfuhr, dass sie Matt anderen Menschen vorgestellt hatte, bevor sie mit ihm bei ihr gewesen war, würde es ihr das Herz brechen. Außerdem wusste sie nicht, was sie sagen sollte. Matt wollte eine Beziehung, das hatte er deutlich gemacht. Aber wie war das bei ihr? Carlys Anruf hatte alles durcheinandergebracht. Jetzt wusste sie nicht, was geschehen würde.

Sie fuhren in nördlicher Richtung zu Beth Maldens Haus. Sofie hatte keine Ahnung, was Eric seiner Mutter über sie erzählt hatte, aber es spielte jetzt auch keine Rolle, weil Carly hier war. *Bitte, Gott.*

„Hast du Angst?" Matts Stimme klang ruhig, aber er wollte die Situation einschätzen.

Sie nickte. „Carly hat gesagt, dass niemand in der Schule ihr glauben würde. Dass Eric ihnen erzählt hat, sie würde lügen. Warum sollte er das tun?"

„Damit sie niemandem etwas erzählt." Er verzog die Miene. „Oder vielleicht lügt sie wirklich. Diese ganze Sache könnte eine Manipulation sein ..."

Auf keinen Fall. Ihr kleines Mädchen war der reinste Sonnenschein. „So ist sie nicht."

„Dasselbe hast du von Eric auch behauptet."

„Ich habe gesagt, dass er nicht gewalttätig ist."

„Nicht einmal, wenn er wütend ist?"

„Er hat nie die Hand gegen sie erhoben. Ich habe nie erlebt, dass er auch nur laut geworden wäre." Aber seine eiskalte Wut hatte sie erschauern lassen. Er konnte sie mit einem Blick strafen.

„Warum sind wir dann hier, wenn er keine Gefahr ist?"

Eine berechtigte Frage. Sie hielten an einer Ampel. „Weil Carly mich braucht."

Matt schüttelte den Kopf. „Du kannst nicht beides haben."

Sie seufzte. „Ich muss das für sie tun. Egal ob Eric im Recht ist oder nicht, Carly hat mich um Hilfe gebeten. Das ist alles."

„Gut. Aber ich werde dabei nicht tatenlos zusehen. Wenn ich das Gefühl habe, dass es Ärger gibt, kann ich mich nicht raushalten."

„Das würde ich auch nicht von dir erwarten."

Sie fuhren am Bronx Zoo und am botanischen Garten vorbei. „Wenn wir im Zoo gewesen waren, sind wir so oft zu Grandma Beth gegangen, dass Carly glaubte, die Tiere gehörten ihr." Sie lächelte bei der Erinnerung daran. „Beth gefiel der Gedanke so sehr, dass sie das Missverständnis nie aufklärte. Sie stellte immer wieder Fragen wie: ‚Wie haben dir heute meine Giraffen gefallen?'"

„Würdest du sie als dominant bezeichnen? Oder als herrisch?"

Sofie schüttelte den Kopf. Wenn er dort nach einer Antwort auf Erics Probleme suchte, irrte er sich. Sie bog in die Straße ein. „Es gefiel ihr nicht, dass wir unverheiratet zusammenlebten, aber Mama war genauso dagegen. Manchmal dachte ich ..."

Sie fuhr um die Ecke und schnappte nach Luft. Wo in der Nacht zuvor das Haus im Dunkeln gelegen hatte, blockierten jetzt Polizeiautos, ein Feuerwehrwagen und ein Krankenwagen die Auffahrt und verstopften die Straße. Sie steuerte den Fiat an den Straßenrand, riss die Tür auf und rannte los. *Nein.* Tränen brannten in ihren Augen.

Sie lief zu einem der Beamten. „Was ist los? Was ist passiert?"

„Die Bewohnerin wurde angegriffen, das Haus ausgeraubt."

„Was ist mit dem Kind?"

„Ich glaube nicht, dass Kinder dabei waren."

Sie musste hier sein. Es sei denn, Eric hatte Carly mitgenommen, bevor die Rettungsmannschaften eingetroffen waren. Alles um sie herum schien in Zeitlupe abzulaufen. Ihre eigenen Worte und Bewegungen. „Bitte, ich muss hinein und nachsehen."

„Sie meinen, es ist noch jemand im Haus?"

„Ich glaube zumindest, dass jemand drin war."

„Das ist ein Tatort. Die Frau ist ziemlich schwer verletzt."

Sie brauchte sich nicht den Kopf zu zerbrechen, um sich Verstecke zu überlegen, wo Carly sein könnte. Sie wusste es. „Bitte lassen Sie mich nachsehen. Wenn Carly da drin ist ..."

Er rief jemanden, der sie begleiten sollte, als Matt mit ihrer Handtasche und ihrem Autoschlüssel neben sie trat. Dankbar sah sie ihn an, dann folgte sie einer Beamtin ins Haus. Sie ging in das gemütliche Wohnzimmer, das jetzt durchwühlt und mit zertrümmerten Gegenständen übersät war. Ihre Füße knirschten auf Porzellanscherben, als sie in die Küche ging. Die Schubladen waren herausgezogen worden, die Schränke ausgeleert. Aber das war nicht wirklich wichtig. Sie registrierte es kaum.

Beim Versteckspielen hatte Carly einen Ort besonders oft aufgesucht. Sofie zog die Schranktür auf, schob die Putzeimer und den Staubsauger beiseite und ging zu dem riesigen Bügelbrett, das an der Rückwand hing. Sie klappte es zur Seite und blickte zu Boden, während die Zeit stehen blieb.

„Ich wusste, dass du kommen würdest." Carly hob das Gesicht von den Knien.

Sofie sog den Anblick und den Geruch und die Gegenwart ihres kleinen Mädchens in sich auf. Carly. *O Herr!* Carly. Sie war keine goldige Vierjährige mehr, aber es bestand keinerlei Zweifel. Sie kannten sich. Der Schmerz zerriss ihr die Brust. „Komm her, Liebes. Erzähl uns, was passiert ist."

Kapitel 30

Matt hatte seinen Ausweis vorgezeigt, und auch wenn dies nicht sein Zuständigkeitsbereich war, hatten sie ihn in die Küche gelassen, wo Sofie mit einem Mädchen saß, das sein Herz in dem Augenblick eroberte, als er es erblickte. Carly war goldblond und schon jetzt konnte er sehen, dass sie einmal eine Schönheit werden würde. Aber in den Augen, die sie zu ihm aufhob, lag eine ungeheure Traurigkeit.

Jemand hatte sie in eine Decke gehüllt und Sofie hatte einen Arm um ihre Schultern gelegt. Carly war für ihre elf Jahre klein. Ihre Haare glänzten golden. Sie wäre das letzte Kind gewesen, bei dem er Probleme vermutet hätte, aber er wusste, dass es nicht so einfach war. Gestörte Familienbeziehungen beschränkten sich nicht auf bestimmte Typen.

Carly blickte zwischen ihm und Sofie hin und her. „Das ist nicht dein Bruder."

„Das ist mein Freund Matt."

Enttäuschung machte sich in ihrer Miene breit. Hatte sie mehr in das Wort *Freund* hineininterpretiert, als Sofie gemeint hatte? Wollte sie Sofie ganz für sich? Ah. Vielleicht hoffte sie auf eine Versöhnung mit ihrem Dad. Aber daraus würde nichts werden. *Sorry, Kleines.*

Die Beamtin, die Sofie hineinbegleitet hatte, kam und setzte sich an den Tisch. Ihre mexikanische Herkunft verlieh ihr ein attraktives, herbes Äußeres, aber sie sah das Mädchen mit sanftem Blick an. „Ich heiße Peggy Mantero."

„Hi", sagte Carly.

„Also, Carly, was machst'n du hier?", fragte die Frau. „Hast du deine Grandma besucht?"

Carly nickte, aber Matt sah sofort, dass das nicht die ganze Geschichte war. Rote Flecken erschienen im Gesicht des Mädchens.

„Machst du das oft?"

Sie schüttelte den Kopf. „Seit zwei Jahren nicht mehr."

Kluges Kind. Sag die Wahrheit, wenn es geht. Die Nachbarn würden bestätigen, dass sie nicht viel von einer Enkelin gesehen hatten.

„Warum jetzt?"

Carly schluckte. „Kann ich erst mit Sofie reden?"

Die Polizistin lehnte sich zurück. „Hast du gesehen, was passiert ist?"

Carly schüttelte den Kopf. „Ich habe es nur gehört."

„Du musst mir erzählen, was du gehört hast."

„Das tue ich ja auch, aber … ich muss erst mit Sofie reden." Die Hand auf dem Tisch zitterte.

Streng genommen durfte die Beamtin kein Kind befragen, ohne dass ein Elternteil anwesend war. Er würde darauf hinweisen, wenn es sein musste, aber er vermutete, Peggy Mantero wusste, dass Kinder sensibel waren. Wenn sie erst einmal blockierten, war es schwer, sie wieder aus der Reserve zu locken.

„Ist gut." Sie erhob sich. „Ich gebe euch ein paar Minuten und komme dann wieder."

Carly sah aus, als wollte sie, dass er auch ging, aber Sofie sagte: „Matt arbeitet für den Kinderschutz. Er kümmert sich um Kinder, die in Schwierigkeiten sind, alle möglichen Schwierigkeiten. Deshalb ist er mitgekommen."

Das stimmte eigentlich nicht, aber er widersprach ihr nicht.

„Ich bin nicht in Schwierigkeiten. Ich meine, ich habe nichts Böses getan. Das heißt, vielleicht schon. Ich hätte nicht hierherkommen dürfen. Und jetzt ist Grandma ..."

„Das ist nicht deine Schuld." Voller Mitgefühl sah Sofie dem Mädchen in die Augen.

„Sie hat gesagt, jetzt seien wir beide in Schwierigkeiten. Aber ich wusste nicht, dass ihr was passieren würde." Die Reue in ihrer Stimme versetzte ihm einen Stich.

Sofies Stimme blieb sanft und ruhig. „Warum wart ihr beide denn in Schwierigkeiten?"

„Ich bin einfach weggelaufen und sie hat Daddy erzählt, ich wäre nicht bei ihr."

Sofie rieb sich die Schulter. „Dafür hattest du bestimmt einen guten Grund."

Glaubte sie das und war gleichzeitig davon überzeugt, dass Eric harmlos war? Vielleicht. Brave Kinder liefen von guten Eltern weg. Selbst in intakten Familien wurden manche Dinge überbewertet. Sein Bauchgefühl sagte ihm, dass dieser Fall anders lag, aber es gab immer noch einen Unterschied zwischen Menschen, die Kinder misshandelten, und solchen, die Kontrollfreaks waren. Carly hatte vielleicht einfach nur die Nase voll gehabt, war aber nicht in Gefahr gewesen. Warum war sie dann nicht herausgekommen, als ihre Großmutter verletzt worden war? Und warum hatte Grandma gelogen?

Sofie beugte sich vor. „Kannst du mir sagen, warum du weggelaufen bist?"

Carly nahm eine schwarzgraue Schachtel von ihrem Schoß. „Ich habe zwei von denen gefunden. Die andere war voll mit Bildern von dir, Sofie. Aber ich glaube, du hast nicht gemerkt, wie sie gemacht wurden."

Matt fragte leise: „Du meinst, so als ob jemand, der sie beobachtet hat, sie aus einem Auto heraus oder so fotografiert hat?"

Sie nickte. „Zuerst waren wir beide auf den Fotos, du und ich. Aber dann war ich nicht mehr drauf. Nur noch du, und du hast nie in die Kamera gelächelt. Die letzten Bilder hatten Daten drauf. Sie waren noch nicht alt."

Er wollte das nicht hören. „Wie alt denn?"

Carly zuckte mit den Schultern. „Ich weiß nicht mehr so genau. Zwei, drei Monate vielleicht."

„Vor drei Monaten hat jemand Sofie fotografiert? Ohne dass sie es wusste?"

Wieder zuckte Carly mit den Schultern.

Sofie warf ihm einen warnenden Blick zu. „Das ist in Ordnung, Carly. Du brauchst dir keine Sorgen um mich zu machen."

„Daddy hat gesagt … du hättest dich umgebracht."

Sofie lehnte sich zurück und ihre ungeschützte Miene verriet, wie sehr sie getroffen war, während sie unwillkürlich ihre Ärmel herunterzog. Hatte der Mann seiner Tochter tatsächlich erzählt, dass Sofie sich das Leben genommen hatte?

„Ich habe ihm das nicht geglaubt. Aber warum hat er es dann behauptet?"

Sofie hatte sich wieder gefasst. „Du hast gesagt, dass da noch eine andere Schachtel war. Was ist denn in dieser hier?"

Carly hob langsam das Kinn und ihre Angst war deutlich zu sehen. „Andere Leute, die er beobachtet hat." Tränen traten ihr in die Augen. „Leute, denen er wehgetan hat."

Matt nahm ihr vorsichtig den Karton aus der Hand und hob den

Deckel ab. Die ersten Schnappschüsse sahen aus wie Überwachungsfotos seiner Tochter. Konnte eine Zwangsstörung sein. Scheinbar musste er immer wissen, wo sie war, mit wem sie zusammen war und dass sie in Sicherheit war. Dann kam er zu den Bildern von Vandalismus und Rettungswagen und toten Haustieren.

Das war eindeutig zu viel. Sofie musste das erkennen. Die Namen auf der Rückseite einiger Fotos korrespondierten mit den Taten, die in den jeweils folgenden Bildern festgehalten waren. Für jemanden, der nie seine Stimme erhob, ließ Eric seiner Wut ausgesprochen freien Lauf. Unfälle wie vereiste Treppenstufen hatten offenbar Verletzungen zur Folge gehabt. Und sie hatten noch nicht gehört, was hier geschehen war.

„Einer von den Hunden gehörte meinem Freund Drew. Ich glaube, zwei von den anderen waren Grandmas." Sie vergrub das Gesicht in den Händen und fing an zu weinen, als er die Bilder wieder in die Schachtel legte.

Sofie zog Carlys Kopf an ihre Schulter. „Es war sehr mutig von dir anzurufen, Carly. Du hast dich ganz richtig verhalten."

„Ich habe meinen Dad lieb." Carlys flehende Stimme schmerzte.

„Das weiß ich doch." Sofie strich über Carlys goldenes Haar und er hörte die unausgesprochenen Worte: *Ich auch.*

Was hatte dieser Kerl nur an sich, dass ihm die Menschen völlig ergeben waren und er sie zu seinen Opfern machte? Strömten Männer wie er einen Duft aus, irgendetwas, das mit der Chemie im Gehirn einer Frau reagierte und sie zu den gefährlichsten Exemplaren ihrer Spezies hinzog? Matt runzelte die Stirn. Warum glaubte er noch, er könnte diese Verbindung lösen?

Er trat vom Tisch zurück, als die Polizeibeamtin zurückkehrte. Carly löste sich nur widerwillig aus Sofies Umarmung, als die Polizistin sich setzte und ein digitales Aufnahmegerät aus der Tasche holte. Sie schaltete es ein und klopfte darauf, dann spielte sie das Klopfen ab.

„Dieses Gerät nimmt auf, was du mir erzählst, in Ordnung? Über das, was hier passiert ist."

Carly nickte niedergeschlagen.

„Dann kannst du jetzt anfangen."

„Wir hatten gerade das Geschirr vom Abendessen abgewaschen, als es an der Tür klingelte. Grandma wollte wissen, ob ich mit meinem

Dad sprechen wollte, aber ich sagte, ich könnte nicht. Noch nicht. Also hat sie gesagt, ich soll mich nicht blicken lassen, und ist gegangen, um die Tür aufzumachen."

Matt bemerkte den einigermaßen direkten Blick zwischen Haustür und Küche. „Ihr wusstet, dass es dein Dad war?"

„Wir haben es vermutet."

„Wie kommt es, dass er dich hier nicht gesehen hat?"

„Ich bin in den Wandschrank gekrochen."

„Du dachtest, es ist dein Dad, und du hast dich im Schrank versteckt?"

Carly errötete und nickte.

„Und was dann?"

„Daddy hat Grandma gefragt, ob ich da bin, und sie hat gesagt: ‚Sieh doch selbst.' Er ging nach oben und sie auch, glaube ich."

„Du bist im Schrank geblieben?"

Carly blickte zu Boden. „Ich hätte rauskommen sollen."

Sofie legte eine Hand auf ihren Arm. „Das hat niemand gesagt. Die Beamtin will nur sicher sein, dass sie weiß, was passiert ist."

„Das stimmt, Carly. Wenn du herausgekommen wärest, hättest du vielleicht etwas gesehen. Aber wenn du die ganze Zeit da drin warst, hast du wahrscheinlich nur etwas gehört."

Carly schluckte die aufsteigenden Tränen hinunter. „Ich habe sie sprechen gehört."

„Sprechen? Wie denn? Haben sie geschrien? Oder sich gestritten?"

„Nein … Daddy schreit nie."

Matt fing einen Blick von Sofie auf, bevor er seine Aufmerksamkeit wieder auf Carly richtete.

„Hat deine Grandma geschrien? So etwas wie: ‚Verschwinde' oder so?"

Carly schüttelte den Kopf. „Sie haben sich ganz leise unterhalten. Ich konnte nicht verstehen, was sie gesagt haben."

„Leiser als wir jetzt? Vielleicht in einem drohenden Ton?"

Carly sah Sofie an und dann wieder die Polizistin. „Manchmal macht Daddy einem Angst, ohne – ich weiß nicht, wie ich es erklären soll. Er benimmt sich nicht so, als wenn er böse wäre, aber ich weiß, dass etwas Schlimmes passieren wird."

„Tut er dir auch weh?"

Sie schüttelte den Kopf.

Peggys Miene war skeptisch. „Er tut dir nie weh, aber du hast dich in einem Schrank versteckt?"

Matt teilte ihre Skepsis. Umso erstaunter war er, als Carly ihm einen flehenden Blick zuwarf. Als könnte er so etwas erklären. Er sagte: „Es gibt andere Arten, jemandem wehzutun. Manche hört man gar nicht."

Carly nickte mit Tränen in den Augen.

„Wie hat er dir wehgetan?"

„Er macht, dass die Leute mich hassen."

„Warum sollte er das tun?"

„Damit er mich nicht mit anderen teilen muss."

Sie saßen alle da und ließen diese Antwort auf sich wirken. Peggy Mantero sagte: „Er wollte dich nicht mit deiner Großmutter teilen? Ist sie nicht seine Mom?"

„Ja, aber wir konnten sie nicht mehr besuchen, weil sie ihm kein Geld gegeben hat."

„Brauchte er denn Geld?" Sie sah sich in dem verwüsteten Haus um.

„Manchmal hat er viel und manchmal müssen wir umziehen."

„Und im Moment?"

„Er hat eine neue Arbeit. Aber er wird die Leute leid und findet Gründe zu gehen, damit es so aussieht, als wäre es ihre Schuld."

Sofie wandte sich ab. Das musste einen Nerv getroffen haben. Er hoffte, sie begriff, dass das, was geschehen war, auch nicht ihre Schuld gewesen war.

„Er hat also mit deiner Grandma gesprochen. Und dann?"

Carly holte zitternd Luft. „Sie muss gestolpert sein."

„Sie ist die Treppe hinuntergefallen?"

Er dachte an Annie, die mit weichen Knochen gestürzt war und trotzdem Verletzungen davongetragen hatte. Er wusste nicht, wie alt Grandma war, aber selbst eine Person mittleren Alters hätte auf der langen Treppe schwere Verletzungen davongetragen.

Tränen kullerten über Carlys Wangen. „Ich habe sie schreien und fallen gehört."

„Was hat sie denn geschrien?"

„Einfach … geschrien." Sie schlug die Hände vors Gesicht. „Dann hat sie geweint."

„Hat dein Dad Hilfe geholt?"

„Ich weiß nicht. Er ging durchs ganze Haus und hat Türen und Schubladen aufgemacht."

„Hat er nach Geld gesucht?"

„Ich dachte, er sucht mich."

„Hat er Hilfe gerufen, nachdem er mit dem Suchen fertig war?"

„Ich weiß nicht. Es ist aber niemand gekommen."

„Und was ist dann passiert?"

„Es wurde ganz still. Und ich habe gewartet."

„Worauf?"

Carlys Antwort war kaum zu hören. „Darauf, dass er geht."

Matt und Sofie wechselten einen Blick. Sie waren spät abends vorbeigekommen, und auch wenn das Haus friedlich erschienen war, hatte die alte Frau voller Schmerzen dort gelegen, während das Kind erschöpft vor Angst im Wandschrank gekauert hatte. Warum hatte Carly nicht um Hilfe gerufen? Hatte sie zu viel Angst davor gehabt, dass ihr Vater noch im Haus war?

Eric hatte seiner Mutter körperliche Verletzungen zugefügt. Vielleicht glaubte er, dass die verletzte Frau ihn nicht anzeigen würde. Vielleicht würde sie das auch nicht. So oder so hatte seine Tochter nicht riskiert, entdeckt zu werden – nicht einmal, um ihrer Großmutter zu helfen.

Als hätte sie seine Gedanken gelesen, blickte Carly zu Peggy Mantero auf. „Wird Grandma wieder gesund?"

„Ich weiß nicht. Sobald ich etwas weiß, werde ich es dir sagen. Aber du musst mir auch etwas sagen, Carly. Ich kann nämlich nicht verstehen, dass ein Mann, der seine Mutter die Treppe hinunterstoßen kann, nicht auch manchmal seiner Tochter wehtut. Und ich meine nicht nur, indem er deine Freundschaften kaputt macht."

Carly schüttelte heftig den Kopf. „Er hat mich noch nie geschlagen oder … irgendwas."

Die Beamtin weigerte sich, das zu glauben. „Vielleicht ist er dir zu nahe gekommen. Vielleicht macht er andere Sachen."

Wieder das leidenschaftliche Leugnen. „Er liebt mich. Aber nicht so."

Schweigen von der Polizistin.

Carlys Finger krallten sich um die Schachtel, nach der Peggy Mantero erstaunlicherweise nicht gefragt hatte. „Wenn er wütend ist, dann bestraft er mich … indem er anderen Leuten wehtut."

Die Beamtin zog die Augenbrauen hoch, als Carly ihr den Karton zuschob. „Das hier habe ich gefunden. Deshalb konnte ich nicht mit ihm sprechen. Ich hatte Angst. Aber nicht, weil er *mir* wehgetan hat, sondern weil er *ihnen* wehgetan hat."

Sofie sog scharf die Luft ein, als eine Ahnung sie überraschte. Sechs Jahre lang hatte sie geglaubt, Eric wollte sie bestrafen. Hatte er stattdessen sein kleines Mädchen bestraft, weil sie es einfach gewagt hatte, jemand anders zu lieben? Hatte er deswegen die eine Person verstoßen, die Carly vielleicht noch lieber hatte als ihn?

Sie senkte den Blick, um die plötzlich aufsteigenden Tränen zu verbergen, und so entging ihr Peggy Manteros Reaktion auf die Fotos. Erst allmählich wurde ihr der Inhalt dieser Schachtel richtig bewusst. Konnte Eric wirklich – aber das hatte er. Und er hatte es sogar dokumentiert. Warum? Gewiss nicht, damit Carly es sah. Sie war sich völlig sicher, dass er das nie beabsichtigt hatte. Aber wenn die Fotos nur für Eric gedacht waren, fungierten sie dann als eine Art Verurteilung … oder als Belohnung?

Innerlich stöhnte sie auf. Wie konnte sie das mit jemandem in Einklang bringen, der ihr das Gefühl gegeben hatte, geschätzt und wichtig zu sein? Oder war das auch eine Obsession? Wenn er sie die ganze Zeit beobachtet hatte, dann war es kein Wunder, dass sie dieses merkwürdige Gefühl gehabt hatte. Aber warum war er nicht zu ihr gekommen? Wollte er sie lieber leiden sehen, so wie er andere hatte leiden lassen? Er hatte Carly erzählt, sie hätte Selbstmord begangen, aber er hatte gewusst, dass sie auf dem mühsamen Weg zurück zu einer gewissen Normalität war. Hatte er gehofft, sie würde es schaffen? Oder hatte ihr Überlegenskampf ihn gefreut? Das war zu bizarr, um es in Erwägung zu ziehen. Ihre Beziehung hatte eine ungesunde Tiefe erreicht, aber sie hätte nie geahnt …

Matts Stimme durchbrach ihre Gedanken. „Ich arbeite in Sonoma für die Kinderfürsorge. Sofie ist qualifizierte Pflegeperson."

„In Sonoma vielleicht. Aber ich schicke das Kind nicht nach Kalifornien. Sie ist eine Zeugin."

Sofie blickte auf. „Ich lebe in der Bronx. Ich war während einer beruflichen Auszeit in Sonoma, aber mein erster Wohnsitz ist nicht weit von hier." Sie nannte die Anschrift ihrer Wohnung in Belmont.

Obwohl sie nicht vorgehabt hatte, auf Dauer zurückzukehren, musste Matt verstehen, dass Carly jetzt am wichtigsten für sie war.

Er sagte: „Ich lasse das Jugendamt in Sonoma Sofies Unterlagen faxen. Und ich kann mich persönlich für sie verbürgen."

Er musste es verstanden haben, sonst hätte er ihr nicht den Weg geebnet. Er war ein beeindruckender Anwalt, aber Peggy Mantero schwankte noch.

„Carly braucht Personenschutz ..."

„Die eine ansässige Pflegefamilie ihr vielleicht nicht bieten kann."

„Und Sie können es?"

Matt nahm die umsichtige Haltung ein, die Sofie schon öfter an ihm bemerkt hatte. „Ich verdiene damit meinen Lebensunterhalt."

Und zwar ausgezeichnet. Gott musste ihre Begegnung mit Matt Hammond für diesen Augenblick eingefädelt haben. Ihr Herz war voll Dankbarkeit. Hoffentlich war ihm bewusst, wie viel ihr das bedeutete.

Die Beamtin blickte von Matt zu ihr und dann zu Carly. Vielleicht war es der flehende Blick des Mädchens, der die Sache entschied. „Wir fahren auf der Wache vorbei und holen dieses Fax. Wenn alles in Ordnung ist, können Sie sie mitnehmen, bis wir wissen, wie es ihrer Großmutter geht."

Sie gaben der Polizistin Sofies Handynummer und eine Visitenkarte von Matt. Sofie stand auf und zog Carly an sich. „Soll ich mit ihr ins Krankenhaus fahren, um Grandma Beth zu besuchen?"

„Warten Sie besser noch. Wir sagen Ihnen Bescheid."

Draußen übergab Sofie den Autoschlüssel an Matt und sagte: „Könntest du vielleicht fahren?"

„Du musst mir aber sagen, wohin."

„Natürlich." Sie setzte sich neben Carly auf den Rücksitz, einen Arm um ihre Schultern gelegt. Konnte dieses wunderbare Mädchen tatsächlich das kostbare Kind sein, das sie verloren hatte? Wenn sie doch nur nicht unter so herzzerreißenden Umständen zu ihr zurückgekommen wäre. Aber vielleicht war dies die einzige Chance dafür gewesen.

Die Polizei hatte die Fotos behalten und Sofie hoffte, dass sie sie nie wieder sehen musste. Wenn Erics Störungen so extrem geworden waren, musste er aufgehalten werden. Aber das bedeutete nicht, dass sie ihn leiden sehen wollte. Und sie war sich sicher, dass Carly das auch nicht wollte. Sie gab Carly einen Kuss aufs Haar. „Bist du in Ordnung?"

Carly schüttelte den Kopf und ihr Gesicht zeigte deutlich, wie elend sie sich fühlte. „Ich wünschte, ich hätte nie etwas gesehen. Ich wünschte, ich wüsste nichts."

„Er braucht Hilfe, Carly. Wenn du es uns nicht erzählt hättest, wären vielleicht noch andere Menschen verletzt worden."

Carly schluckte die Tränen hinunter. „Ich wollte nicht, dass er Schwierigkeiten bekommt."

„Aber er hat sich doch selbst in Schwierigkeiten gebracht."

Warum hatte er so grausame und sinnlose Dinge getan? Wo war der Mann, den sie beide gekannt und geliebt hatten? War diese Fähigkeit zur Grausamkeit schon immer da gewesen? Oder hatte etwas in ihr, in ihrer Beziehung, es in Schach gehalten?

Als ihre Seelen auseinandergerissen worden waren, hatte sie den Schmerz gegen sich selbst gerichtet. Hatte er ihn an anderen ausgelassen? Oder war das alles Teil einer Zwangsstörung? Konnte es eine Reaktion auf Bedrohungen sein, die er meinte kontrollieren zu müssen?

Sie erinnerte sich daran, wie seine Arme sie umschlossen hatten, während er flüsterte: „Was machst du denn hier draußen?"

„Ich sehe mir nur die Nacht an."

„Meinst du nicht, dass dich das zu einer Zielscheibe macht?"

Sie hatte sich umgedreht und ihre Lippen hatten belustigt gezuckt. „Eine Zielscheibe? Wofür?"

Er hatte gelacht. „Komm rein, wo nichts passieren kann."

Sie hatte ihn mit all den Dingen aufgezogen, die jemandem im Haus passieren konnten, bis sie spürte, dass er das nicht mehr lustig fand. Dann war sie hineingegangen, wo er ein größeres Maß an Kontrolle verspürte. Sie hatte gedacht, wie wunderbar es war, jemanden zu haben, der so besorgt und aufmerksam war.

Als Matt hinter dem Haus parkte, wappnete sie sich, bevor sie hineinging. Was würde sie Mama erzählen? Und Pop? Und den anderen? Egal, was sie dachten oder sagten, jetzt musste sie sich um Carly kümmern.

Sie betraten das Haus durch den Hintereingang und stiegen die Treppe hinauf. Niemand begegnete ihnen. Die Stimmen kleiner Kinder drangen von oben herunter, aber keine ihrer Schwestern erschien. Pop war natürlich bei der Arbeit, und wenn Mama wie sonst zum Studio gegangen war, hatte sie vielleicht noch nichts gehört.

Es fühlte sich wie ein Aufschub an. Wenn es so weit war, würde der Aufschrei extrem sein. Wie konnte sie sich nur wieder auf etwas einlassen, das sie beinahe umgebracht hatte? Wie konnte sie sich das antun? Und ihrer Familie?

Sie schloss die Tür zu ihrer Wohnung auf und ließ Carly und Matt eintreten. Blaue Schatten lagen unter Carlys geröteten Augen. Sofie legte ihr eine Hand auf die Schulter. „Hast du Hunger?"

Carly schüttelte den Kopf. „Ich bin nur müde. Ich habe nicht viel geschlafen."

Natürlich nicht, zusammengekauert in dem Wandschrank und bei den schrecklichen Ereignissen. „Möchtest du dich hinlegen?" Als Carly nickte, nahm Sofie sie mit in Nonnas Zimmer und schlug die Bettdecke und den gehäkelten Überwurf auf dem Bett zurück. Während sie das Mädchen zudeckte, sah Sofie es mit zärtlichem Blick an. „Kann ich dir etwas bringen?"

„Nein danke. Aber … du gehst doch nicht, oder?"

Sofie streichelte ihr über das Gesicht. „Nein, meine Süße. Ich bin gleich nebenan." Um Matt Rede und Antwort zu stehen. Sie wollte schon die Tür schließen, aber Carly rief: „Bitte nicht."

Sie ließ die Tür einen Spaltbreit offen stehen. „Ist gut, Schätzchen. Jetzt ruh dich erst mal aus."

Matt stand am Fenster, von dem aus der Blick auf Nonnas ehemals blühendes Restaurant fiel. Die Straße unter ihnen lag ruhig da, abgesehen von gelegentlich vorbeifahrenden Autos. Sie trat zu ihm.

Er legte einen Arm um sie. „Sie ist so ein liebes Mädchen. Die Sache muss sie auffressen."

Es verwunderte Sofie nicht. Die Sorge um Carly war seine erste Reaktion. Sofie hob einen tränenreichen Blick zu ihm auf. „Sie ist stark."

„Trotzdem ist es ihr nicht leichtgefallen, zu tun, was sie getan hat. Ich habe gesehen, wie Kinder, die geschlagen wurden, die Täter verteidigt haben. Sie hat Beweise gegen den einzigen Menschen geliefert, den sie noch hat."

„Ich glaube nicht, dass ihr die ganzen Konsequenzen bewusst waren."

„Sicher nicht. Aber als sie gemerkt hat, dass andere Menschen verletzt wurden, hat sie es nicht für sich behalten."

„Ich glaube, ihr wäre es lieber gewesen, wenn er ihr wehgetan hätte."

„Da hast du wahrscheinlich recht." Er drehte sie zu sich. „Wie kannst du nur an jemandem wie ihm festhalten, Sofie?"

„Er ist nicht ... Er war nicht so."

„Du musst doch etwas gesehen haben oder du hättest nicht das Bedürfnis gehabt, Carly zu beschützen. Warum bist du zwischen sie geraten?"

„Darüber kann ich nicht nachdenken, Matt." Sich an jenen Tag zu erinnern, war für sie wie Treibsand zu betreten.

„Aber du musst zugeben, dass die Dinge nicht in Ordnung waren."

„Es war nicht einfach."

„Es ist nie einfach. Aber du hast selbst gesagt, dass es zerstörerisch war."

„Selbstzerstörerisch. Ich habe mich selbst verletzt, Matt. Niemand anders hat das getan."

„Es ist gesund, Verantwortung für das eigene Handeln zu übernehmen. Aber es ist nicht gesund, all die kritischen Faktoren zu ignorieren."

Sie presste eine Hand auf ihr Gesicht.

Matt sah aus dem Fenster. „Er hat dir nachspioniert."

Er hatte genauso wenig losgelassen wie sie.

„Er hat deinen Kummer genossen."

„Er hat ihn geteilt."

„So wie er das Leid seiner anderen Opfer geteilt hat? Der Menschen, deren Haustiere er getötet hat, deren Unfälle er verursacht hat?"

„Das ist nicht der Mann, den ich kannte." Eine Träne rollte ihr über die Wange, als die Erinnerungen in ihr aufstiegen.

„Ich war bis jetzt noch nie glücklich, Sofie. Du hast mir beigebracht, was Glück ist."

„Sei nicht albern", hatte sie gelacht.

„Das bin ich nicht."

„Und was ist mit Carly? Warst du nicht glücklich, sie zu haben?"

„Ich hatte Angst. Sie zu lieben, hat wehgetan."

Sie hatte ihn nicht gedrängt, das näher zu erklären, weil sie es so gut verstanden hatte. Es war möglich, einen Menschen zu sehr zu lieben. Aber jetzt wurde ihr bewusst, dass Matt auf eine Erklärung wartete. „Als er sagte, es gebe in der Welt niemanden, hat er es so gemeint. Er hat nie jemand anderen angesehen. In einem Viertel, in dem Männer jeder Frau nachsehen, an der sie vorbeigehen, ist sein Blick nie gewandert. Er hat mir immer das Gefühl gegeben … einzigartig zu sein."

„Weil du es warst. Wie viele Freundschaften hast du denn gehabt?"

„Ich meinte ..."

„Ich weiß, Sofie. Aber du sagst damit, dass er dich isoliert hat."

Matt verstand nicht, dass sie zum ersten Mal im Leben nicht eine von vielen gewesen war, die dritte Schwester zwischen zwei Brüdern, verloren in einer Menge von Cousins und Cousinen, Tanten, Nichten und Neffen. „Er hat mich verehrt."

„So wie er seine Tochter verehrt. Er hat Bilder, die es beweisen."

Sie verstand Matts Position. Aber er konnte ihre nicht verstehen.

„Ich glaube, dass du ihn geliebt hast, Sofie. Was ich nicht verstehe, ist, wie du rechtfertigen kannst, was er getan hat. Jetzt, wo du es weißt."

„Ich rechtfertige es doch gar nicht." Wie konnte er das nur denken? „Ich bin entsetzt."

„Aber …"

„Wenn man einen Menschen liebt, dann hört diese Liebe doch nicht wegen etwas auf, was er tut. Er hat noch andere Eigenschaften als diese, und ..."

„Und die willst du."

„Nein." Sie packte seine Hände. „Ich könnte nie mehr mit ihm zusammen sein. Aber es ändert nichts an der Tatsache, dass ich ihn einmal geliebt habe, so wie Carly es tut, obwohl sie es nicht mehr ertragen kann."

Er atmete aus, unwillig, sie weiter zu bedrängen. „Er wird kommen und sie hier suchen."

Sie schüttelte den Kopf. „Er hat keinen Grund anzunehmen, dass ich hier bin."

„Er weiß, dass Carly dich angerufen hat. Bei ihrer Großmutter hat er sie nicht gefunden, obwohl er die alte Dame die Treppe hinabgestoßen hat."

„Das weißt du doch gar nicht. Es könnte auch ein Unfall gewesen sein. Er hat sich vielleicht ruckartig umgedreht oder vielleicht hat sie sich ihm in den Weg gestellt, als er an ihr vorbeiwollte."

Wieder beharrte er nicht auf seiner Position. „Er kann nicht zur Arbeit zurück, nach Hause kann er auch nicht. Er wird die Orte aufsuchen, die er kennt, und die Leute, die ihm helfen und ihn in Schutz nehmen werden. Er wird allen seine Version erzählen. Und die wird er selbst glauben. Und dann steht das Wort seiner Mutter gegen seines – wenn sie überlebt und wenn sie ihn anzeigt."

„Carly ..."

„Glaubst du, Carly wird im Gerichtssaal sitzen und irgendetwas sagen, was ihm schadet? Durch ihre Zeugenaussage wird es zum Unfall. Die einzige Zeugin hat keinen Streit gehört, keine lauten Stimmen. Sie hatte vorhin nicht einmal Zeit, sich eine Antwort zu überlegen, und sie hat ihn verteidigt. Wenn ihr bewusst wird, in welchen Schwierigkeiten er steckt ..."

„Was ist mit den Fotos?"

„Vielleicht hat er jemanden engagiert, um seine Tochter zu beschützen. Vielleicht hat diese Person alles Verdächtige fotografiert, das mit den Leuten zu tun hatte, die sie kannte."

„Aber die Namen."

„Die Namen deuten zwar auf eine böse Absicht hin, aber sie sind nur Indizien. Es gibt keine Beweise dafür, dass er ein Verbrechen begangen hat, nur dafür, dass er Verbrechen dokumentiert hat.

Matt hatte Jura studiert. Er musste es wissen. Und es klang alles so schrecklich logisch. Sofie rieb sich die Schläfen.

Er hob ihr Kinn zu sich auf. „Ich weiß, dass du Carly beschützen möchtest, aber du hast dich mitten in das Auge des Hurrikans begeben. Wer wird dich jetzt beschützen?"

Sie schluckte die Tränen hinunter, die ihr die Kehle zuschnürten. „Aber ich kann sie doch damit nicht allein lassen."

„Ich weiß."

„Kannst du – würdest du – hierbleiben?"

Er suchte in ihrem Gesicht. „Ich muss wissen, dass du nicht seine Partei ergreifst gegen mich, wenn es darauf ankommt."

„In welcher Hinsicht?"

„In jeder Hinsicht. Eric ist kein Unschuldiger bei dieser Sache. Er ist nicht das Opfer, sondern der Täter. Wenn er dich findet, wird er dich manipulieren. Wenn du vorhast nachzugeben, fahre ich noch heute nach Hause."

Sie schüttelte den Kopf und blinzelte die Tränen zurück. „Das werde ich nicht." Sie hatte inzwischen zu viel Arbeit investiert, um diese Freiheit noch einmal aufzugeben.

„Ich habe vielleicht nicht seine hypnotische Anziehungskraft, aber ich möchte eine Chance für uns."

Darüber konnte sie jetzt nicht nachdenken.

„Ich werde für dich kämpfen. Aber ich kann nicht gegen das kämpfen, was in dir ist."

Das konnte niemand.

„Also sag es mir jetzt, Sofie. Sag mir, ob du hier bist, um ihn wiederzubekommen."

Ihr Herz hämmerte. Wollte Eric das? Ihr Kinn bebte. Es würde nie wieder werden wie früher. Sie konnte nicht ausradieren, was sie wusste. „Nein, Matt. Deshalb bin ich nicht hier."

Etwas von der Anspannung wich von ihm. Er zog sie an sich und küsste sie. Ihr Herz raste. Wärme durchströmte sie. Sie legte die Arme um seinen Hals und er hob sie vom Boden. Sie badete in seiner Größe und Kraft.

„Äh … Sofie?"

Sie erschraken und drehten sich um. Ihre Füße fanden den Boden. „Was ist denn, Carly?"

„Ich habe Bauchschmerzen."

„Dann mache ich dir einen Pfefferminztee." Sie ging zum Schrank und holte die Dose heraus, die sie dort für Nonna aufbewahrte. Carly kam und setzte sich an den kleinen Tisch in der Kochecke, während ihr Blick zwischen beiden hin und her huschte. Einen Augenblick lang fragte sie sich, ob die Bauchschmerzen des Kindes etwas mit Matts Kuss zu tun hatten.

Kapitel 31

Rese setzte den Helm auf. Sofies Abreise hatte Lance so sehr aufgewühlt, dass sie zögerte, sich hinter ihm auf die Harley zu setzen. Sie wusste nur zu gut, wie er seine Ängste abreagierte. Aber es war das Mindeste, was sie tun konnte, nachdem er geblieben war – und ihr nicht die Schuld dafür gegeben hatte. Wenigstens glaubte sie nicht, dass er ihr die Schuld gab.

Sie schlang die Arme um ihn, als sie aus der Einfahrt rollten und sich dann auf den Weg in die Wildnis der kalifornischen Weinberge machten. Dass sie beide Lederkleidung trugen, schützte sie vor den Gefahren der Straße. Ein beruhigender Gedanke, als Lance Gas gab. Sie zwang ihren Körper, mit seinem eins zu werden, passte sich seinen Bewegungen an und plötzlich entwich alle Anspannung aus ihrem Körper.

Lance kannte seine Grenzen. Er kannte sein Fahrzeug. Und er kannte Gott.

Als er so weit gefahren war, wie es nötig war, wurde er langsamer, lenkte das Motorrad an den Straßenrand und hielt an. Ihre Oberschenkelmuskulatur beschwerte sich über die Verkrampfung. Entschlossen nahm er ihre Hand und zog sie durch eine Lücke in einem Drahtzaun. Sie erkannte den Streifen Weideland am Petaluma Highway wieder. Hier hatten sie ihre erste Verabredung gehabt, ein Picknick, das sie aber nicht genossen hatte, weil sie so wütend gewesen war.

Er führte sie zu dem alleinstehenden, vom Wind zerzausten Baum, zog seine Jacke aus und legte sie auf den Boden, so wie er es beim ersten Mal getan hatte. „Erinnerst du dich an diesen Ort?"

„Wie könnte ich ihn jemals vergessen?" Sie hatten sich gestritten und er war wie ein Wahnsinniger zur Villa zurückgefahren. Zu erschüttert, um ihn auf der Stelle zu feuern, hatte sie vorgehabt, es am nächsten Morgen zu tun. Irgendwie hatte er es ihr ausgeredet. Oder sie hatte es sich selbst ausgeredet.

Sie setzte sich auf seine Jacke. „Was machen wir hier denn?"

Er kniete sich hinter sie und rieb ihr den Nacken und die Schultern. Sie hatte sich offensichtlich doch nicht so gründlich entspannt, wie sie es sich eingeredet hatte.

„Hier wollte ich dir einen Antrag machen – ein Picknick einpacken und all das."

„Um mir zu beweisen, wie sehr ich mich geirrt hatte?"

„Nee. Nur um den Kreis zu schließen."

Sie ließ sich seine Massage gefallen. „Ich bin froh, dass ich dich damals nicht gefeuert habe."

Er küsste ihren Nacken. „Ich war wohl ziemlich eingebildet."

„Das bist du immer noch."

„Tja." Eine Brise trug den Duft von Gräsern herüber und sie wusste, was kommen würde, noch bevor er es aussprach. „Rese …"

„Ich weiß."

Er lehnte sich vor, um ihr ins Gesicht zu sehen. „Was weißt du?"

„Welche Sorgen du dir um Sofie machst." Er hatte kaum etwas gegessen und es war schwierig, seine Aufmerksamkeit zu erlangen, selbst während der Arbeit.

Er setzte sich, streckte die Beine nach rechts und links aus und schlang die Arme um ihre Schultern. „Ich mache mir Sorgen."

Sie lehnte sich gegen ihn. „Und, fliegst du hin?"

„Nur wenn du es sagst."

„Lance …"

„Ich bitte dich nicht darum. Ich habe mich nur gefragt, ob du darüber gebetet hast."

Sie drehte sich in seinen Armen halb um. „Ja. Vielleicht sind meine Gebete nicht so … effektiv wie deine, aber ich habe gebetet, Lance. Und ich bin der Meinung, du solltest nicht hinfliegen."

„Weil …"

„Weil ich das Gefühl habe, dass es besser ist. Michelle sagt, wenn eine Antwort einem Frieden gibt, ist sie wahrscheinlich richtig. Ich habe keinen Frieden bei dem Gedanken, dass du nach New York gehst."

Er hob sein Knie, um sie zu stützen. „Ich auch nicht."

„Nicht?"

Er schüttelte den Kopf. „Zuerst war es, dass du mich nicht gehen lassen wolltest. Also habe ich gebetet, dass Gott deine Meinung ändert."

„Ich bin mir sicher, dass das nicht fair ist."

Er lächelte schief. „Das sieht Gott offenbar genauso. Ich habe den Eindruck, dass das nicht meine Sache ist."

Sie drehte sich noch weiter zu ihm um. „Ich hätte nicht gedacht, dass du auf mich hören würdest."

„Es wäre schwierig, wenn ich Gott anders verstanden hätte. Aber du darfst dich nie scheuen, deine Meinung zu sagen."

Sie zog die Augenbrauen hoch. „War das jemals ein Problem für mich?"

Er lachte. „Stimmt auch wieder. Du bist die Nummer eins im Meinungsagen."

„Und nur der Form halber: Dieser Titel passt nicht nur zu einem von uns."

Während Carly ihren Tee trank, flog die Tür auf. Matt fuhr herum und sein Adrenalinspiegel schoss in die Höhe, aber es war eine Frau mit rotbraunen Haaren, deren mediterrane Faszination zu der von Sofie passte. Das musste ihre Mutter sein. Er stand unwillkürlich gerade.

„Mama." Sofie ging auf sie zu und umarmte sie.

Von wo aus er stand, konnte er sehen, dass die Erwiderung nicht oberflächlich war. Diese Frau liebte ihre Kinder leidenschaftlich.

Sie umfasste Sofies Gesicht mit beiden Händen. „Was ist denn los? Was ist eigentlich passiert?"

Sofie legte ihre Hände über die ihrer Mutter. „Mama, du erinnerst dich doch an Carly." Sie drehte sich ein wenig zur Seite, sodass ihre Mutter das Mädchen am Tisch sehen konnte. Carly sah unglücklich aus.

„Die kleine Carly?"

„Und das ist Matt Hammond. Matt, meine Mutter, Doria Michelli."

Die Frau war kleiner, als sie zunächst gewirkt hatte, aber ihre Haltung ließ sie größer erscheinen. Er trat einen Schritt vor und streckte ihr die Hand entgegen. „Es ist mir eine Ehre, Sie kennenzulernen." Ehre? Wer sagte denn so etwas?

Ihr Handschlag war kräftig. „Sind Sie Freund oder Liebhaber?"

„Matt ist hier, um zu helfen, Mama."

Sie blickte ihn immer noch unverwandt an, also zuckte er mit den Schultern. „Ein Freund, der gerne mehr wäre."

„Ein ehrlicher Mann. Der Himmel sei gepriesen." Ihr nächster Blick durchbohrte ihn. „Rühren Sie meine Tochter nicht an."

„Das ist so ungefähr dasselbe, was sie mir auch gesagt hat."

Sie drückte einen Finger auf seine Brust. „Machen Sie es richtig, dann werden Sie am Ende dankbar sein. Gott wird Sie segnen."

Nur mit Mühe unterdrückte er ein „Ja, Ma'am", bevor er sich völlig zum Narren machte.

Doria wandte sich an das Kind. „Die kleine Carly. Lass mich dich anschauen."

Carly wand sich unter ihrem Blick. Er hatte beinahe den Eindruck, als wäre sie sich ihres Äußeren gar nicht bewusst. Oder sie spielte es absichtlich herunter. Vielleicht fühlte sie, dass es gefährlich war, Aufmerksamkeit zu erregen.

Doria umarmte das Mädchen, dann sagte sie zu Sofie: „Ich muss mit dir reden."

Als Sofie mit ihrer Mutter auf den Flur hinaustrat, sah Matt Carly an. „Brennen dir die Ohren?"

Carly hob die Hand und berührte das eine rote Ohr.

Er beugte sich vor und flüsterte: „Das bedeutet, dass sie über uns reden."

„Oh", flüsterte sie verschwörerisch. „Ist das schlimm?"

„Hören wir mal." Er lauschte mit zusammengekniffenen Augen. „Hmm. ‚Carly ist wirklich süß, aber der große Kerl …'"

Sie kicherte, aber gleich darauf veränderte sich ihre Miene wieder. „Ich bin doch diejenige, die Ärger macht."

Er setzte sich ihr gegenüber an den Tisch. „Aber du hast nicht damit angefangen."

Sie ballte ihre Hände zu Fäusten. „Ich vermisse meinen Dad. Und ich will nicht, dass man ihm wehtut."

„Ich weiß."

„Ich wollte doch nicht, dass jemandem wehgetan wird. Und an allem bin ich schuld." Sie vergrub das Gesicht in den Händen. „Die armen Hunde."

„Haben diese Leute dir gedroht oder dich traurig gemacht?"

Sie saß lange da und rang mit einer Antwort. Dann schüttelte sie niedergeschlagen den Kopf. „Nein. Sie waren nett. Sie waren meine Freunde." Sie rutschte auf ihrem Stuhl ein Stück weiter hinunter. „Er will nicht, dass ich Freunde habe."

Das hatte sie schon einmal gesagt, aber durch das Verhalten ihres Vaters bekam die Sache eine ganz andere Dimension. Es war eine Sache, eine Bedrohung zu vermuten – ob tatsächlich oder eingebildet – und seine Tochter vor potenziellen Gefahren zu beschützen, aber es war etwas völlig anderes, sich Menschen vorzunehmen, die freundlich zu Carly gewesen waren oder sich Sorgen um sie gemacht hatten.

Sie presste eine Hand auf ihren Bauch.

„Vielleicht hilft dein Tee."

Sie trank einen Schluck. „Du willst Sofie heiraten, oder?"

Ihre Unverblümtheit überrumpelte ihn. „Davon sind wir meilenweit entfernt."

„Das heißt, du schläfst nur mit ihr?" Nicht so unschuldig, wie sie aussah.

„Das geht dich eigentlich nichts an, aber du hast ja gehört, was ich zu Mrs. Michelli gesagt habe."

„Du hast nicht gesagt, dass du es nicht tust. Nur, dass Sofie dasselbe gesagt hat."

Er betrachtete das Kind. „Du bist eine gute Zuhörerin."

Sie zuckte mit den Schultern. Vielleicht wusste sie mehr über das Verhalten ihres Vaters, als sie zugeben wollte.

„Dein Dad hatte Freundinnen?"

Sie schniefte. „Nicht so richtig." Sie führte ihre Bemerkung nicht aus. Vielleicht unterschied sie zwischen Sexualpartnern und jemandem, der wichtig war. Wenn er seiner Tochter seine ganze Zuneigung widmete, dann würde für jemand anders nur Kleingeld übrig bleiben. Was also hatte Sofie ihn gekostet?

Und was würde Carly sie jetzt kosten? Ihm wurde bewusst, dass er Sofie nicht mit Altlasten sehen wollte. So lieb das Mädchen auch schien, sie war das Kind des Mannes, der beinahe Sofies Leben ruiniert hätte. Und welche Manipulationstechniken hatte sie gelernt und aufgesogen? Oder geerbt?

Er lehnte sich zurück und blickte zu der Tür, durch die leise die Stimmen der beiden Frauen drangen.

Sie folgte seinem Blick. „Was passiert jetzt?" Verletzlichkeit ließ ihre Stimme zittern.

„Was würdest du dir denn wünschen?"

„Ich will Sofie zurück, aber auf eine ‚Ich weiß, dass ich sie nicht haben kann'-Art."

„Wie in einem Traum?"

Sie zuckte mit den Schultern.

„Erinnerst du dich überhaupt an sie?"

„Na klar. Ich erinnere mich an alles."

„Gutes Gedächtnis. Es ist lange her. Bei den meisten Kindern verblassen die Erinnerungen."

Einen kurzen Moment lang blickte sie ihm direkt in die Augen – vielleicht um seine Laune einzuschätzen? „Wenn ich mich nicht an sie erinnern würde, warum hätte ich dann angerufen?"

„Warum hast du sie denn angerufen? Hat dein Dad dich darum gebeten?"

Sie starrte ihn mit offenem Mund an. „Klar. Ich hab totalen Stress gekriegt, als er es gemerkt hat."

„Was für Stress? Was hat er denn gemacht?"

Sie presste die Lippen zusammen, während ihre Wangen sich röteten. Eine Sekunde später rannte sie ins Bad und übergab sich. Das konnte die belastende Situation sein; oder sie war wirklich krank gewesen, als sie angerufen hatte. Für eine Essstörung war sie noch ein bisschen zu klein, aber bei dem Stress, dem sie ausgesetzt war, wäre es keine allzu große Überraschung. Anstatt an den Tisch zurückzukehren, ging sie in das Zimmer, das Sofie ihr überlassen hatte, und legte sich hin. Die Tür ließ sie offen.

Sofie kam in die Küche zurück. „Wir essen mit Mama und Pop. Lance würde dich jetzt warnen."

„Warnen?"

„Mama hat kein Händchen beim Kochen."

„Darüber habt ihr gesprochen? Übers Abendessen?"

Sie kam und setzte sich zu ihm. „Sie will mit eigenen Augen sehen, dass du nicht vorhast, mich bei lebendigem Leibe zu verschlingen und" – sie senkte die Stimme – „dass Carly mich nicht hergelockt hat, damit ich zu Eric zurückgehe." Sie blickte in Richtung Schlafzimmer. „Geht es ihr wieder schlechter?"

„Sie könnte Bulimie haben. Sie hat gebrochen und sich ins Bett gelegt."

Sofie runzelte die Stirn. „Hat sie sich über irgendetwas aufgeregt?"

„Du meinst, habe ich sie aufgeregt? Sie wollte mir nicht erzählen, was passiert ist, als sie ‚Stress gekriegt' hat, nachdem sie dich zum ersten Mal angerufen hatte."

„Oh." Sofie blickte auf ihre Hände hinunter. „Ich hätte dich nicht in die Sache hineinziehen sollen."

„Das hast du auch nicht." Er streckte ihr seine Hand entgegen. „Ich bin hier, weil ich es so will."

„Und das weiß ich zu schätzen. Aber Carly ist durcheinander und Mama ist außer sich. Pop wird noch schlimmer sein. Und meine Schwestern und Tanten und Freunde und Nachbarn habe ich noch nicht einmal gesehen. Ich wünschte, wir könnten Carly nehmen und verschwinden."

„Das nennt man dann Entführung."

Sie lächelte grimmig. „Ist das alles?" Sie legte ihre andere Hand über seine. „Mama findet, du siehst gut aus."

„Und was meinst du?"

„Das Erste, was ich an dir bemerkt habe, waren deine Augen, die Wärme und das Mitgefühl. Dann deine Hände, wie sie Diego hielten und meine völlig in sich aufnahmen."

Nicht gerade die augenblickliche Leidenschaft, die er für sie empfunden hatte.

„Du bist langsam in meine Wahrnehmung eingedrungen – dein kantiges Gesicht, deine breiten Schultern, die Falten um deine Mundwinkel, wenn du lächelst."

Seitdem er sie kennengelernt hatte, hatte er so viel gelächelt wie seit Langem nicht mehr.

„Du siehst gut aus und bist ein guter Mensch."

Wenn sie jetzt noch hinzufügte: „Und ich liebe dich wie einen Freund …"

„Gott hat dir die Fähigkeit gegeben, tiefe Zuneigung zu empfinden."

Zuneigung und Liebe waren nicht dasselbe. Sie musste doch wissen, dass er über die Gefühle von Zuneigung längst hinaus war.

„Jeden Tag verteidigst du Menschen, die so verletzlich sind."

Aber nicht, weil Gott es erwartete. Er war als Kleinkind in der Kirche gesegnet worden, hatte sich als Jugendlicher taufen lassen. Sein erster Schritt als Erwachsener war gewesen, den Glauben seines Vaters abzulehnen, das Mittel zur Kontrolle, das Webb benutzt hatte, um Schwächere zu tyrannisieren. Matt mochte in jeder anderen Hinsicht wie sein Vater sein, aber er würde kein Heuchler sein. „Ich tue das nicht, um irgendeinen Richter im Himmel zufriedenzustellen. Ich tue es für jedes einzelne Kind."

Jetzt spürte sie, wie er sich zurückzog. Sie hatte versucht ihm zu sagen, was sie zu ihm hinzog, aber vielleicht sah sie gute Eigenschaften in Menschen, die sie gar nicht hatten – und bemerkte nicht die schlechten, die es gab. „Ich sehe besser mal nach Carly."

Er widersprach ihr nicht.

Carly lag wie ein Kätzchen zusammengerollt auf dem Bett. Sie schlug die Augen auf. „Daddy?"

„Nein, Liebes. Ich bin es, Sofie."

„Ich habe geträumt, ich wäre noch ganz klein. Wie auf den Bildern, weißt du? Und du und Daddy und ich waren alle zusammen."

„Das habe ich auch geträumt."

Carly rutschte näher. „Mir geht es nicht gut."

„Wie lange ist es her, dass du etwas gegessen und es nicht wieder ausgespuckt hast?"

Carly zuckte mit den Schultern. „Wahrscheinlich habe ich Grippe."

Sofie drängte sie nicht – sie nahm nur Carlys Hand und hielt sie zwischen ihren Händen. „Möchtest du vielleicht ein Buch lesen? Ich habe ein paar von meinen Lieblingsbüchern aus der Zeit, als ich noch klein war. Oder die Zwillinge haben neuere Bücher."

„Wer sind die Zwillinge?"

„Meine Nichten Lisa und Lara. Sie sind ein bisschen jünger als du und wohnen oben." Als sie und Carly früher zusammengelebt hatten, hatte es kaum Kontakt zu ihrer Familie gegeben, und natürlich war Carly zu klein gewesen, um sich zu erinnern, selbst wenn sie mit den anderen Kindern von damals zusammen gewesen war.

„Eins von deinen Lieblingsbüchern wäre schön."

Sie ging in das andere Zimmer, wo die Geschichten, die sie gesammelt hatte, in einem Bücherregal standen. Auf dem oberen Bord standen die Schätze ihrer Kindheit: *Heidi, Black Beauty, Die Bekenntnisse der Charlotte Doyle* – Bücher, die ihr neue Welten eröffnet hatten. Sie nahm *Die Insel der blauen Delphine* herunter, weil sie sich automatisch zu der Geschichte hingezogen fühlte, die sie immer wieder gelesen hatte und die von dem Mut eines Mädchens handelte, das allein auf einer Insel zurückgelassen worden war und gegen wilde Hunde und die Natur kämpfen musste.

Vielleicht konnte sich Carly mit Karanas Isolation und ihrer Stärke identifizieren. Sie nahm das Buch mit ins Schlafzimmer, wo Carly sich aufgesetzt hatte. „Möchtest du noch einen Tee?“

„Nein, danke.“ Sie nahm das Buch und betrachtete den Einband.

„Kennst du es schon?“, fragte Sofie.

„Nein.“

„Es hat einen Jugendbuchpreis gewonnen.“ Sofie legte eine Hand auf Carlys Knie. Carly blickte mit einer solchen Sehnsucht zu ihr auf und verschlang sie, bis nichts anderes mehr existierte.

Ihr Traum war wahr geworden: Sofie kümmerte sich um sie, berührte sie, lächelte. Ihre wunderbare Stimme, ihr schönes Gesicht. Daddy hätte sie nie weggehen lassen dürfen, aber das würde sie jetzt wiedergutmachen. Sofie wusste, dass sie sie brauchten. Wenn Daddy kam, würde sie es verstehen.

„Ich weiß, dass ich eigentlich zu alt dafür bin, aber … würdest du es mir vorlesen, Sofie?“

Sofies Überraschung verbarg sich hinter einem liebevollen Lächeln. „Ich bin mir gar nicht sicher, ob man jemals zu alt ist, um etwas vorgelesen zu bekommen. Nonna mag es auch und sie ist schon über neunzig.“

Carly lehnte sich in die Kissen zurück und zog die Knie an. Sie war traurig wegen der Leute, die verletzt worden waren, sehr traurig. Aber sie verdrängte den Gedanken – Daddy, ihre Grandma, die Bilder. All das war nicht wirklich. Nur Sofie. Nur der jetzige Augenblick.

Die Frau, die sie sich so lange vorgestellt hatte, schlug das Buch auf. Carly sog jedes Wort, das Sofie sprach, in sich auf und verbarg es tief in ihrem Innern. Sie hatte vielleicht nur Minuten oder Stunden oder Tage. Es würde nicht dauern. Es würde verdorben wie alles andere, weil Daddy sie zu sehr liebte. Es sei denn, sie konnte Sofie überzeugen, zu ihnen zurückzukommen.

Das war die einzige Möglichkeit. Alleine konnte sie es nicht mehr ertragen. Daddy brauchte auch Sofie. Warum hätte er sonst all die Fotos machen sollen? Sie waren vielleicht die einzigen beiden Menschen auf der Welt, die Daddy liebte, aber zusammen würden sie ihn glücklich machen.

Sie hätte Grandma nicht anrufen sollen. Beim Gedanken an das, was geschehen war, verkrampfte sich ihr Magen. Sie hätte auf Sofie warten sollen. Aber jetzt war sie hier, und wenn Daddy kam ...

Matt streckte den Kopf zur Tür herein. „Ich mache einen Spaziergang."

Sofie nickte und warf ihm nur ein kurzes Lächeln zu. Carly konnte die Freude, die in ihr aufstieg, kaum ertragen. Es war noch nicht zu spät. Sofie liebte Matt nicht. Vielleicht liebte er sie, aber noch konnte sie Sofie daran hindern, ihn zu lieben.

Kapitel 32

Matt trat auf die Straße hinaus. Er wollte sich ein Bild von der Lage machen, in der sie sich befanden – Eingänge, Sichtbarkeit, Gefahren. Auf der einen Seite war eine Gasse neben dem Haus, aber auf der anderen Seite grenzte es an das Nachbargebäude. Vier Stockwerke, und Sofie hatte einen Keller erwähnt. Feuertreppen auf der Vorderseite, und als er an die Ecke kam, sah er auch auf der Rückseite welche.

Im Notfall konnte man sich schnell in Sicherheit bringen, aber andererseits konnte man sich auch leicht Zugang verschaffen. Er könnte es schaffen, wenn es sein musste. Ob Eric sportlich war, das wusste er nicht, aber er konnte auf keinen Fall das ganze Haus sichern. Er würde sich auf den Teil konzentrieren, in dem Sofie sich aufhielt.

Die Türen im Treppenhaus befanden sich genau gegenüber, sodass er von Chaz' Seite aus Sofies Tür im Blick behalten konnte. Er könnte sogar im Flur schlafen, wenn das sinnvoll schien. Chaz und Rico halfen ihm vielleicht. Ihnen war Sofie offensichtlich wichtig.

Matt ging durch die Tür, die er aufgestoßen hatte, nach oben und ließ die Tür hinter sich ins Schloss fallen. Dann klopfte er so laut, dass er über den Klang des Schlagzeugs, der aus dem Raum, in dem er gestern übernachtet hatte, zu hören war. Rico öffnete. „Du musst nicht klopfen. Es ist offen."

Matt blickte zur anderen Seite des Ganges hinüber. „Die von Sofie auch?" Er erinnerte sich daran, dass Doria unangemeldet hereingekommen war.

„Bei allen, glaube ich. Wenn abgeschlossen ist, kann man den Schlüssel von Pop holen."

„Pop?"

„Roman. Sofies Vater. Zweiter Stock."

„Er hat einen Schlüssel für alle Zimmer?"

„Ihm gehört das Haus, Mann." Rico wirbelte seine Drumsticks durch die Luft.

„Hat noch jemand Schlüssel?"

Ricos Blick wanderte zur Treppe. „Bobby und Monica, Lucy und

Lou oben. Dom und Vinnie im hinteren Teil des Hauses. Chaz und ich. Warum?"

Matt zuckte mit den Schultern. „Wie viel weißt du darüber, was mit Sofie geschehen ist?"

„Du meinst früher?"

„Früher und jetzt. Sie hat Carly."

Ricos Augenbrauen schossen nach oben. „Carly? Sie war ein Baby, als ich sie das letzte Mal gesehen habe. Haare wie eine Puppe, Augen wie ein Engel."

So konnte man sie immer noch beschreiben. Aber traf die Beschreibung wirklich zu? „Was ist mit Eric?"

„Kann gut reden. Sieht aus wie ein Hollywoodstar." Rico legte den Kopf schief. „Sofie war hin und weg, aber das Ganze ist nicht gut gelaufen. Kommst du rein?"

„Gerne." Matt betrat den Raum. „Wo ist Chaz?"

„Liefert Blumen aus."

„Ich dachte, er arbeitet in einem Restaurant."

„Er hat drei Jobs, um seinem Vater in Kingston für dessen Kirche Geld zu schicken."

Matt stöhnte. Würde jeder in diesem Haus fromme Sprüche klopfen? Von Rico hatte er das nicht erwartet. „Die Polizei sucht Eric."

„Weswegen?"

„Körperverletzung."

„Wen hat er angegriffen?" Rico ließ sich aufs Sofa fallen.

„Seine Mutter. Sie hat Carly bei sich versteckt."

Ricos Miene verdüsterte sich. „Wenn er weiß, dass Sofie hier ist, wird er herkommen."

„Du meinst, wenn er weiß, dass Carly hier ist?"

„Ja, klar. Aber er war schon mal hier und hat Sofie gesucht."

„Wann war das?"

Rico legte ein Bein auf den Couchtisch und das andere darüber. „Mehrmals, hat im Auto gesessen."

„Hatte er eine Kamera?"

Rico zuckte mit den Schultern.

„Hat ihn sonst noch jemand gesehen?"

„Alle müssten ihn gesehen haben."

„Glaubst du, er hat mit jemandem gesprochen?"

„Vor ein paar Wochen hat er Fragen gestellt. Aber sie war weg."

„Habt ihr ihm erzählt, wo sie war?"

„Keine Chance." Rico schüttelte den Kopf. „Alle wissen, was früher war."

„Und sie würden ihr Geheimnis für sich behalten? Das ganze Viertel?"

„In diesem Teil schon. Jeder, der sie kennt."

Matt dachte darüber nach. „Wenn wir es herumerzählen, würden die Leute dann ein Auge offen halten?"

„Beide Augen. Aber es sind überwiegend alte Leute wie Dom und Vinnie."

„Noch besser. Dann schöpft er keinen Verdacht."

„Sie sollen anrufen, wenn sie ihn sehen?"

Matt holte ein halbes Dutzend Visitenkarten aus einem Portemonnaie. „Gib ihnen meine Nummer. Früher oder später wird er darauf kommen, dass Sofie Carly hat. Ich glaube nicht, dass es viele andere Leute gibt, an die sich das Mädchen hätte wenden können." Er hatte sie auf die gleiche Weise isoliert, wie er Sofie von den Menschen abgeschnitten hatte, die vielleicht Verdacht geschöpft hätten, dass etwas nicht stimmte. „Ich weiß nicht, wie lange er der Polizei noch ausweichen kann."

„Das ist nicht schwer, Mann. Nicht in dieser Gegend." Rico sah aus, als wüsste er das.

Egal. Matt brauchte seine Hilfe. Wie viel Personal würde die Polizei realistischerweise für Carly einsetzen? Im besten Fall würden sie Eric schnappen, bevor er Sofie auf die Spur gekommen war, aber darauf konnte er sich nicht verlassen.

Er hatte erlebt, wie Kinder vor der Nase von Aufsichtspersonen weggeschnappt worden waren oder verprügelt wurden, obwohl gleich nebenan die Nachbarn waren. Matt biss die Zähne zusammen. Eine Ausbildung bei der Polizei oder der Armee hatte er nie mitgemacht, aber dank seinem Vater konnte er kämpfen.

„Sagst du es den anderen im Viertel?" Es war wirkungsvoller, wenn es von jemandem kam, den sie kannten und dem sie trauten. Rico sah nicht aus wie jemand, dem die Leute vertrauten, aber er vermutete, an einem Ort wie diesem, wo die einzelnen Sippen zusammenhielten, war er akzeptiert, sonst wäre er nicht mehr hier.

Rico fächerte die Visitenkarten auf wie eine Hand beim Kartenspiel. „Ich gebe deine Nummer weiter."

„Und sie sollen auch die Polizei anrufen, aber ich weiß nicht, wie lange es dauert, bis … was?"

„Sie werden die Bullen nicht anrufen." Rico beugte sich vor. „Wir passen hier selbst auf uns auf."

Matt zeigte mit dem Daumen über seine Schulter. „Ich gehe besser wieder." Obwohl er bezweifelte, dass er vermisst wurdc. Als sie Carly vorgelesen hatte, war Sofie so glücklich gewesen, wie er sie noch nie gesehen hatte. Er versuchte sich vorzustellen, wie es war, ein Kind zu verlieren und es dann sechs Jahre später wiederzusehen.

Dann versuchte er sich auszumalen, was als Nächstes geschehen würde. Sofie hatte keinerlei Anspruch auf Carly. Ohne irgendwelche Vorstrafen würde Eric wahrscheinlich nicht ins Gefängnis müssen, es sei denn, die Großmutter starb. Durcheinander und auf der verzweifelten Suche nach seinem Kind hatte er überreagiert. Sie beide hatten überreagiert. Das würden die Geschworenen ihm abkaufen.

Wenn seine Mutter gesund wurde und irgendetwas von dem Rest doch an Eric hängen blieb, war sie die nächste Person, die für Carly zuständig war. Wenn sie nicht konnte oder wollte, könnte man Sofie zur Erziehungsberechtigten ernennen, vermutete er. Eric würde nicht kampflos aufgeben, auch wenn er vielleicht Carly als Köder benutzt hatte, um Sofie zurückzugewinnen. Er musste erfahren haben, dass sie seiner Überwachung entkommen war. Die ganze Sache konnte auch eine Falle sein.

Matt ging durch den Flur und in Sofies Wohnung, wo er die Tür hinter sich abschloss. Ihre Stimme drang aus dem Schlafzimmer herüber, aber es klang nicht mehr so, als würde sie lesen. Sie unterhielten sich. Wie holte man sechs verlorene Jahre im Leben eines Kindes nach?

Matt setzte sich aufs Sofa und loggte sich mit seinem Organizer für sein Mailprogramm ein. Ein paar Dinge mussten geregelt werden. Er hatte eine Mail erhalten, dass Cassinias Mutter gestorben war, und schickte eine Beileidsbekundung. Dann veranlasste er, dass Blumen geschickt wurden. Er hoffte, dass sie mit ihrer Mutter Frieden geschlossen hatte, bevor sie gestorben war, und fragte sich gleichzeitig, ob er es jemals schaffen würde.

Er rief Peggy Mantero an, um den aktuellen Stand zu erfragen.

„Mrs. Malden ist in einigermaßen gutem Zustand. Zwei gebrochene Wirbel, eine gequetschte Bandscheibe. Prellungen und Quetschungen. So schnell wird sie nicht aufstehen können."

„Irgendetwas von Eric?"

„Ein Nachbar glaubt, ihn mit einem Koffer aus seinem Haus kommen gesehen zu haben, aber er kennt ihn nicht gut genug, um absolut sicher zu sein."

„Klingt so, als würde er sich absetzen."

„Wir behalten das Viertel Ihrer Freundin im Blick. Wenn sie sich mit Carly eine Weile bedeckt hält, kriegen wir ihn."

Ihm gefiel der Optimismus der Beamtin – vor allem das mit der Freundin. „Wir haben die Nachbarn informiert. Sie kennen Sofie und sie kennen ihn."

„Gut. Wie geht es dem Mädchen?"

„Nicht besonders. Aber besser, wenn sie bei Sofie ist."

„Was haben die beiden für eine Beziehung?"

„Sofie hat vier Jahre mit Eric zusammengelebt und sich schon um Carly gekümmert, als sie noch ein Baby war. Aber dann hatten sie eine Auseinandersetzung und er hat seine Tochter genommen und ist gegangen."

„Das muss schwer für sie gewesen sein."

Er sagte ihr nicht, dass es beinahe tödlich ausgegangen wäre. Er dankte ihr für die Informationen und legte auf. Dann wartete er und fragte sich, was er eigentlich hier machte.

Etwas später ging Carly ins Bad. Er hörte, wie die Dusche aufgedreht wurde und die alten Rohre des Hauses seltsame Geräusche von sich gaben. Sofie gesellte sich zu ihm.

Er legte den Arm um sie. „Geht's dir gut?"

„Ja. Es ist merkwürdig, aber … auch wunderbar. Carly zu haben."

Merkwürdig und wunderbar, Sofie zu haben. Nur dass er sie nicht hatte. Nicht in Wirklichkeit. Nicht, solange ihr Herz und ihre Gedanken an Eric und seinem Kind hingen.

Sie lehnte sich an seine Schulter und hob das Gesicht zu ihm auf. „Ich möchte mich entschuldigen."

„Wofür?"

„Dafür, dass ich Dinge gesagt habe, die du nicht hören wolltest."

Er runzelte die Stirn. „Du hast doch ein Recht auf deine eigenen Überzeugungen."

„Ich soll sie dir nur nicht überstülpen?“ Sie lächelte halbherzig.

„Bilde dir nichts ein, was nicht existiert.“ Die Situation mit Annie hatte seine Zweifel an einem höheren Wesen bestätigt. Lance behauptete, Gottes Reich sei da. Aber es war so wenig davon zu sehen.

Sofie seufzte. „Wenn es keinen Richter über Gut und Böse gibt, was unterscheidet dann moralische von unmoralischen Entscheidungen?“

„Entweder die Dinge schaden der Gesellschaft oder Einzelnen oder aber sie nutzen ihnen. Es hat nichts mit einem ewigen Zustand nach dem Tod zu tun.“

Mit ihrem Gesicht so nah, wollte er sie küssen, wollte alle Gedanken an Religion vertreiben, alle Frömmigkeit, alle Hemmungen. Wenn er ihren Körper für sich beanspruchte, würden ihr Herz und ihr Verstand dann folgen? Bei Eric war es so gewesen. Er legte die Hand unter ihr Kinn und küsste sie. „Es geht um dich und mich und das, was jetzt geschieht.“

Das Wasser im Bad wurde ausgestellt.

„Und um Carly.“

Er legte seine Stirn an ihre. „Sie gehört dir nicht, Sofie. Das weißt du doch, oder? Sie werden dir Erics kleines Mädchen nicht geben.“

„Aber ich kann sie doch nicht ein zweites Mal im Stich lassen.“

„Sofie ...“

Sie löste sich von ihm. „Beim letzten Mal war ich feige, aber Gott hat mir noch eine Chance gegeben. Kannst du das nicht verstehen?“

„Eine Chance wozu?“

„Ein Teil ihres Lebens zu sein.“

Er schüttelte den Kopf. „Es gibt keine gute Lösung für dieses Problem. Nur wenn ihre Großmutter stirbt oder du zu ihm zurückgehst.“

Als sie nichts sagte, erhob er sich von der Couch. „Ich dachte, das wolltest du nicht.“

„Ich will es auch nicht.“ Sie vergrub das Gesicht in ihren Händen. „Aber du hättest sie hören sollen, Matt. Ich bin alles, was sie hat.“

Er konnte es sich vorstellen. „Sie ist auf jeden Fall die Tochter ihres Vaters.“

Empörung flammte in Sofies Augen auf. „Sie hat nichts von alldem geplant. Wie könnte sie auch?“

„Ob sie es geplant hat oder nicht, sie manipuliert dich.“ Er ging auf und ab.

„Hör auf damit."

„Sie hat doch gesagt, dass sie dich zurückhaben will. Dich und ihren Dad und sie selbst wieder vereint."

„Tu das nicht."

Er hob die Hände. „Sie spielt mit allem in dir, was gütig und liebevoll und verletzt ist. Und du lässt es zu, so wie du es auch bei ihm zugelassen hast. Sie sind aus dem gleichen Holz geschnitzt."

„Raus." Der leise Tonfall unterstrich, was sie sagte.

Er war zu weit gegangen. Aber er hatte die Wahrheit gesagt. Er ging durch die Tür, die Treppe hinunter und auf die Straße hinaus. Er ging an Läden und Restaurants vorbei, die wie Überbleibsel aus einer vergangenen Zeit erschienen: gehäutete Kaninchen und Schafsköpfe, die ihn aus den Schaufenstern anstarrten, eine Enklave der Unwirklichkeit. Sofie lebte in einer Fantasiewelt. Und es gefiel ihr dort.

Zusammen mit einer Schar Kinder betrat er das Haus wieder und ging die Treppe zur Wohnung der Jungs hinauf. Er packte seinen Kulturbeutel, legte seine Kleider in den Koffer und trug ihn auf den Flur hinaus. Sofies Tür war geschlossen. Er klopfte nicht. Wenn er Rico fand, würde er ihm sagen, die Nachbarn sollten sonst wen anrufen. Er selbst wollte nichts mehr damit zu tun haben.

Von ihrem Fenster aus sah Sofie ihn auf dem Gehweg, seinen Koffer neben ihm. Er hatte sein Handy am Ohr und sprach gerade mit jemandem. In der Zeit, bis das Taxi kam, blickte er nicht nach oben – auch nicht, als er einstieg und dem Fahrer Anweisungen gab. Ihre Kehle war wie zugeschnürt. Sie hatte ihn nicht wegschicken wollen, aber sie konnte die Dinge, die er sagte, nicht ertragen.

Irgendwie würde sie für Carly da sein. Von dem Augenblick an, als sie sie in dem Wandschrank gesehen hatte – *„Ich wusste, dass du kommen würdest"* –, war nichts anderes mehr wichtig gewesen. Sie glaubte fest daran, dass es einen Weg gab. Gott hätte sie sonst nicht hierhergebracht. Carly hätte sie sonst nicht ausfindig gemacht, wenn sie nicht zusammen sein sollten.

Matt konnte das einfach nicht verstehen. Er war nicht mit Carly auf dem Arm nächtelang durch die Wohnung gelaufen, hatte sich nicht über ihr erstes Lachen gefreut, ihre ersten Worte und ihre ersten Schritte, hatte nicht in ihrem Glanz gebadet. Er hatte nicht gesehen, wie sie immer vorsichtiger geworden war, wie sie instinktiv gewusst hatte, dass von ihr mehr erwartet wurde, als sie geben konnte. Er hatte nicht Tag und Nacht dafür gesorgt, ein bodenloses Bedürfnis zu stillen, damit das Kind nicht eine Last tragen musste, die zu schwer für ein so junges Herz war. Matt konnte nicht wissen, wie es war, vollkommen begehrt zu werden.

Aber sie wusste es. Und Carly wusste es. Und als sie ins Schlafzimmer ging und das Mädchen dort sah, frisch geduscht und mit nassen Haaren und mit ihrem Telefon am Ohr, wunderte es sie gar nicht, dass es Eric war, den sie anrief.

Lance stöhnte hinter seinem Mundschutz, während er den Schwingschleifer über den Holzfußboden der Hotellobby gleiten ließ. Sein Geist litt unter dem steigenden Druck. *Herr.* Wenn es nicht seine Verantwortung war, warum belastete es ihn dann so sehr?

Er erreichte die Wand und schaltete die Schleifmaschine aus, zog sein Handy aus der Tasche und tippte Sofies Nummer ein. *Komm schon, komm schon. Sag mir, dass alles in Ordnung ist.* Als wieder ihre Mailbox ansprang, rief er Matt an.

„Matt Hammond."

Hoffnung keimte in ihm auf. Wenn es Matt gut ging, ging es auch Sofie gut.

„Bitte sprechen Sie nach dem Signalton."

Frustriert ließ er den Arm sinken. Es gab eine Million mögliche Gründe, warum sie nicht zu erreichen waren. Er durfte sich nicht in etwas hineinsteigern. Aber das Gewicht erdrückte ihn förmlich. Er sank auf die Knie, die Finger im Nacken verschränkt und das Kinn auf die Brust gesenkt. *Sag es mir. Zeig mir, was ich tun soll.*

„Lance?", drang die Stimme von Rese zu ihm durch.

Er richtete sich auf, so zittrig wie lange nicht mehr.

Sie kam zu ihm und berührte ihn. „Was ist los?"

Seine Stimme gehorchte ihm wieder. „Ich weiß nicht."

Sie musterte sein Gesicht. „Ist es wegen Sofie?"

„Das vermute ich. Ich habe Angst."

Sie hatte gesagt, sie würde sich melden, wenn sie ihn bräuchte. Aber das tat sie nicht. „Selbst wenn du da wärest, was könntest du tun, Lance?“

„Ich würde gerne auf Sofie aufpassen und dafür sorgen, dass nichts und niemand ihr wehtut.“

„Du hast die Dinge gerne unter Kontrolle.“

Das konnte er nicht leugnen. „Und Gott weiß, dass ich die Kontrolle übernehme, wenn es sonst niemand tut.“ Er hob ihre Finger an seine Lippen. „Also, wollen wir zusammen beten?“

Ihr Unbehagen war deutlich zu erkennen. Gott war in ihren Arbeitsplatz eingedrungen, den Raum, den sie wie keinen anderen hütete. Aber es war richtig. Es war nötig.

„Wofür beten wir?“

„Für Matt.“ Er sagte es, ohne lange darüber nachzudenken. Es kam einfach heraus. Er schloss die Augen und stellte sich den Mann vor, den Sofie in ihr Leben gelassen hatte. Er hatte doch keinen Glauben, der ihm Halt gab.

Lance drückte die Hände von Rese. Eigentlich hatte er das Bedürfnis verspürt, für Sofies Bewahrung zu beten, aber jetzt lag ihm Matt auf der Seele.

Als er nach dem Gebet aufblickte, fiel sein Blick auf Rese, die immer noch ins Gebet vertieft war. Hörbar stieß er die Luft aus. „Ich liebe dich so sehr.“

Da öffnete sie die Augen. „Amen?“

Ein Lächeln kam aus seinem Herzen. „Stimmt.“ Er hatte es nicht so mit Formalitäten. „Danke, Rese. Du weißt gar nicht, was mir das bedeutet.“

„Doch, ich glaube schon.“ Sie beugte sich vor und gab ihm einen Kuss. Zuneigungsbekundungen am Arbeitsplatz – noch ein Durchbruch. „Glaubst du, du kannst jetzt den Boden fertig schleifen?“

„Du kannst hervorragend motivieren.“

Sie verdrehte die Augen. „Gewöhn dich besser nicht dran.“

„Sir?“

Matt zuckte zusammen.

„Wollen Sie diesen Rückflug buchen?“

Er sah die Frau am Ticketschalter an, die die verschiedenen Flüge auf dem Computerbildschirm hatte erscheinen lassen. Er schluckte. Eine Berührung ihres Fingers und er wäre auf dem Heimweg – durch die Sicherheitskontrolle und in das Flugzeug, zurück zu seiner Arbeit und zu seinem Leben.

Die Leute in der Schlange hinter ihm wurden unruhig. Zu Sofie hatte er gesagt, er würde es nicht zulassen, dass sie sich selbst Schaden zufügte, und jetzt ließ er sie in einer Situation zurück, in der genau das geschehen würde. Was, wenn es doch noch etwas gab, das er tun konnte? Nicht zu seinem eigenen Nutzen, sondern nur für sie.

Hatte es geholfen, Jacky zu sagen, er solle sich den Dingen wie ein Mann stellen? Wenn Sofie sich nicht selbst helfen konnte, würde er sie auch vor einen Zug laufen lassen? Er sah die Frau an, blickte auf die Uhr, nahm dann seinen Koffer und trat aus der Schlange.

Sofies Gesicht erschien vor seinem inneren Auge. Ihre Miene, als sie zu ihm gesagt hatte, er solle gehen, war wütend gewesen, aber hinter der Wut hatte Resignation gelegen, die Art, die keinen Ausweg sah. *„Wenn es keinen Richter über Gut und Böse gibt, was unterscheidet dann moralische von unmoralischen Entscheidungen?“*

Hatte sein Argument, dass Dinge einer Gesellschaft oder einzelnen Menschen entweder schadeten oder nutzten, ohne dass es ewige Folgen hatte, das letzte Hindernis für Entscheidungen beseitigt, die sich als gefährlich und selbstzerstörerisch erweisen konnten? Wenn sie glaubte, dass sie Carly um jeden Preis helfen musste ... Sein Magen zog sich zusammen. Er war vor Eifersucht blind gewesen. Wenn sie Eric nicht vergessen konnte, dann hatte er sie vergessen wollen. Er war sogar sauer auf das kleine Mädchen gewesen.

Matt hob die Hand, um ein Taxi heranzuwinken. Wo waren seine hehren Ideale jetzt? Er hatte sich genauso verhalten wie sein Vater, indem er versucht hatte, Sofie hart genug zu machen. Sie sollte in der Lage sein, Nein zu sagen, loszulassen. Wo es doch gerade ihre Weichheit, ihr Mitgefühl, ihre Hingabe waren, die ihn so tief berührt hatten.

Die Fahrt mit dem Taxi dauerte endlos. Der Verkehr bildete eine feste Mauer. Der Fahrer sprach kein Englisch und kannte keine anderen Routen. Matt ballte die Hände zu Fäusten und löste sie wieder, während er zum ersten Mal seit Jahren wünschte, es gäbe jemanden, an den er sich wenden konnte, der helfen konnte. Matt konnte sich nicht daran erinnern, dass sein Dad jemals gebetet hatte, außer in Gegenwart von wichtigen Personen.

Er rieb sich die Schläfen. Auf dem Rücksitz des muffigen Taxis suchte er nach Worten, um zu einem Wesen irgendwo da draußen durchzudringen, das vielleicht doch zuhörte. „Gott hilf mir", murmelte er, und dann wurde ihm bewusst, dass dies die Worte waren, die er brauchte. Alles in ihm sträubte sich dagegen, es noch einmal zu sagen, also modifizierte er es zu „Hilf Sofie. Hilf mir dabei, Sofie zu helfen." Damit konnte er leben.

Kapitel 33

Das Taxi setzte ihn vor dem Haus ab, als die sinkende Sonne die Backsteine in rotes Licht tauchte und die Fenster messingfarben glänzen ließ. Ein kühler Wind bog die dünnen Äste an den Bäumen am Straßenrand hin und her. Ein paar junge Männer und Frauen hatten sich in kleinen Grüppchen auf dem Gehweg versammelt. Einige von ihnen musterten ihn, als er aus dem Taxi stieg, seinen Koffer nahm und merkte, dass er nicht ins Gebäude kam.

Ein Knopf neben der Haustür ließ irgendwo eine Klingel ertönen, hoffte er. Nachdem er lange gewartet hatte, erschien eine dunkelhaarige Frau mit einem quengeligen Kleinkind auf der Hüfte. Ihr Gesicht war eine ältere, kantigere Version von Sofies Gesicht und ihre Stimme hatte den rauen, bellenden Tonfall der New Yorker. „Ja?"

„Ich bin mit Sofie hier."

„Oh." Sie riss die Tür auf. „Dann bist du Matt?" Sie sah ihren Sprössling an. „Sag Nicky Hallo. Nicky, dieser große Mann ist Sofies Freund Matt."

Matt begrüßte ihn, indem er seine Finger mit denen des Jungen verhakte. „Hi, Nicky."

Nicky wandte sich gelangweilt ab.

„Ich bin Sofies Schwester Monica."

Er wollte nur nach oben und sich davon überzeugen, dass es Sofie gut ging.

Monica ging voran. „Bist du gekommen, um die Familie kennenzulernen?"

„Das … auch."

„Bleibst du eine Weile?"

„Steht noch nicht fest."

„Wieso ist Sofie nicht raufgekommen, um Hallo zu sagen?"

„Sie, äh, hat zu tun."

„Sie hat immer etwas zu tun. Wenn sie ein Tier wäre, wäre sie ein Biber."

„Ich bin ein Biber", sagte Nicky und versuchte, am Hals seiner Mutter zu nagen.

„Lass das." Auf dem Treppenabsatz im zweiten Stock sagte sie über ihre Schulter: „Ich hoffe, du hast Hunger. Mama kocht."

Das hatte er ja ganz vergessen. Er hätte in einem Flugzeug sitzen und Müsliriegel essen können, während Doria eine besondere Mahlzeit ohne den Ehrengast servierte. „Ja, danke."

Monica ging weiter nach oben. Er schwankte zwischen Ricos und Sofies Tür, dann probierte er es zuerst bei Rico, um ihn zu fragen, ob irgendjemand Eric gesehen hatte. Die Wohnung war leer. Er ging hinüber zu Sofies Tür und klopfte.

Carly machte auf und schaffte es ganz gut, ihre Enttäuschung zu verbergen.

Sofie erschien hinter ihr. „Matt."

„Können wir reden?"

Sofie tätschelte das Kind und schob sie in die Wohnung zurück, dann trat sie auf den Gang hinaus. Da er wusste, dass Carly an der Tür lauschen würde, nahm er Sofies Ellbogen und ging mit ihr in Ricos Wohnung.

Ihre Wut schien verraucht, aber sie zog ihren Ellbogen geschickt fort. „Ich dachte, du wärest abgereist."

„Ich reise doch nicht ab."

Emotionen huschten über ihr Gesicht. Überraschung. Erleichterung. Bestürzung.

„Du bist im Moment nicht in der Lage, die Dinge richtig zu beurteilen, Sofie. Ich habe dir gesagt, ich würde nicht zulassen, dass du dir selbst schadest."

„Und ich habe dir gesagt, dass es hier nicht um mich geht."

„Aber du bist Teil des Ganzen."

Sie seufzte. „Du hast gesagt, es gäbe keine gute Lösung. Das akzeptiere ich."

„Sofie."

„Ich hatte Carly sechs Jahre lang verloren, Matt. Das waren die härtesten sechs Jahre meines Lebens. Es bricht mir das Herz, wenn ich daran denke, wie es für sie gewesen sein muss."

Psychologischer Missbrauch konnte mehr Schaden anrichten als blaue Flecken. Deshalb war Jacky verzweifelt gewesen. Nicht wegen der Prügel, die Striemen hinterließen, sondern wegen der Schläge, die nicht zu sehen waren. „Wir werden ihr gemeinsam helfen. Das ist mein Beruf, weißt du noch?“ Sie wehrte sich nicht, als er sie in seine Arme zog. „Vertrau mir.“

„Matt …“

Er berührte ihr Gesicht und hob es zu sich auf. „Im Taxi auf dem Weg zurück habe ich gebetet. Ich weiß nicht, vielleicht hast du ja recht. Vielleicht gibt es da draußen etwas, das größer ist als wir.“

Tränen traten ihr in die Augen. Aber er hatte das deutliche Gefühl, dass inzwischen etwas geschehen war.

„Was ist los?“

„Nichts.“

Etwas stimmte nicht. Warum täuschte sie ihn. Warum? Er drückte ihren Kopf an seine Brust und hätte am liebsten selbst geweint. Diego und Annie hatte sie losgelassen, den einen freiwillig, die andere, weil sie keine Wahl gehabt hatte. Aber jetzt hatte sie eine Wahl und sie würde Carly nicht loslassen. Und egal wie er es auch betrachtete, er witterte Ärger.

Vielleicht musste er sie nicht nur vor Eric, sondern auch vor sich selbst beschützen. Also gut. Er würde es tun, so wahr ihm Gott half. Und wenn er kein besseres Gebet hinbekam, würde Gott es vielleicht trotzdem hören.

Er strich ihr übers Haar. „Du musst mir vertrauen, Sofie. Und ich will dir vertrauen.“

Sie antwortete ihm nicht – wahrscheinlich wollte sie nicht lügen, vermutete er. Aber er hatte sich so weit vorgewagt, wie er konnte, und durfte ihr nun keinen Druck machen. Er hob ihr Kinn und sah ihr in die Augen. „Unten roch es nach Essen. Meinst du, wir können Carly dazu bringen, dass sie etwas isst?“

Sofie lächelte schwach. „Wenn irgendjemand es kann, dann Mama. Bei ihr ist es einfacher, Ja zu sagen.“

Er fragte sich, ob ihr die Parallele bewusst war. Es spielte keine Rolle. Er war da, um ihr beim Neinsagen zu helfen. Sie griff nach dem Türknauf, aber er hielt sie am Arm zurück. „Es tut mir leid. Das von vorhin.“

Sie nickte. „Mir auch.“ Die Traurigkeit in ihrer Stimme ließ vermuten, dass sie mehr meinte als nur ihren Streit an diesem Tag.

Sofies Mutter war ganz anders als Grandma. Sie redete viel. Und sie umarmte einen ständig. Sie machte Spaghetti. Jede Menge davon. Und große Fleischbällchen. Und matschige grüne Bohnen, auch wenn sie sagte: „Die musst du nicht essen. Nimm noch von den Spaghetti. Und Eis zum Nachtisch. Lass noch Platz für das Eis."

Sie sollte noch mehr essen und gleichzeitig Platz lassen? Carly lächelte und seit Langem tat ihr der Magen nicht weh.

„Du bist genauso dünn wie Sofie früher. Ich habe immer zu ihr gesagt: ‚Iss', aber sie hat geantwortet: ‚Ich bin satt genug für drei Sofies, Mama.'"

Carly genoss es, Geschichten über Sofie als Kind zu hören. So als wäre sie ihre echte Mutter und Doria ihre echte Großmutter. Aber bei dem Gedanken tat ihr der Bauch wieder weh, weil sie daran denken musste, wie Grandma Beth gefallen war. *Tu es einfach nicht. Tu so, als wäre das hier alles echt.* Weil es alles war, was sie bekommen würde, und weil die Tränen zu schnell kamen.

Sofie hatte sie nicht angeschrien, obwohl sie Daddy angerufen hatte. Sie hatte sie mit ihren traurigen, traurigen Augen angesehen, so als wüsste und verstände sie, wie es sein musste. Das Gefühl, das sie jetzt in ihrer Brust verspürte, war die tiefste Liebe, die sie jemals empfunden hatte. Und dass Sofie diese Liebe erwiderte, tat nicht weh.

Sie starrte auf ihren Teller, weil ihr trotzdem die Tränen gekommen waren, und sie versuchte sie fortzublinzeln, bevor jemand sie sah. Sie war es leid, sich zu verstecken. Nur einmal wollte sie, dass alles in Ordnung war. Aber sie konnte doch nicht so tun, als wäre alles in bester Ordnung. Nichts war in Ordnung. Nie war etwas in Ordnung.

Ihre Bauchschmerzen wurden schlimmer. Daddy würde furchtbar wütend sein. Jemand würde verletzt werden. Sofie? Diesen Gedanken konnte sie nicht ertragen. Vielleicht konnte Sofie ihn daran hindern, jemandem wehzutun. Vielleicht konnte sie es wirklich. Würde er nicht alles andere vergessen, wenn er Sofie wiederhatte? War ihm das nicht genug? Es musste einfach genug sein. Es musste.

„Eis, Carly?"

Sie blickte auf und schüttelte den Kopf. „Mein Bauch tut weh."

Eine Weile hatte Carly fröhlich gewirkt, hatte sogar mit Mama herumgealbert. Aber nun hatte sich scheinbar die ganze Last wieder auf sie gesenkt. Ihre Bauchschmerzen waren beunruhigend und Matt könnte recht haben. Sie und Mama hatten bei ihren Tanzschülerinnen immer nach Anzeichen für Essstörungen Ausschau gehalten und dieses Verhalten hätte alle Alarmglocken schrillen lassen. Sie bezweifelte, dass Carly ein Problem mit ihrem Körperbild hatte. Wahrscheinlicher war, dass das Mädchen einfach verschwinden wollte.

Sie erinnerte sich allzu gut an dieses Gefühl. *Brauch mich nicht so sehr. Sieh in mir nicht das, was in dir selbst fehlt. Ich kann nie genügen.* Wie hatte Carly das nur ertragen? Indem sie Essen in sich hineinschlang und es anschließend wieder von sich gab?

Sie würde mit ihr reden müssen. Bulimie hatte schädliche Auswirkungen auf den Körper, die nicht sichtbar waren – ein Ungleichgewicht der Elektrolyte und eine Belastung wichtiger Organe. Allerdings hatte Carly beim Abendessen nichts in sich hineingeschlungen. Sie hatte so normal gegessen, wie man es bei Mamas ständigem Auffordern konnte.

Matt auch. Er hatte Mama einen Gefallen getan. Sofie verspürte wieder einen Stich in der Brust. Es hätte so ganz anders sein können, dieses Treffen mit Mama und Pop, während er sah, woher sie kam, den Ort ihrer Jugend, die Menschen, die sie liebte.

Ihr war nicht bewusst gewesen und sie hatte es ihm gegenüber auch nicht zugegeben, wie wichtig ihr das gewesen war. Die Zeit, die sie mit Diego verbracht hatten, mit Annie, miteinander, hatte ein Band gewoben. Aber sie durfte nicht zulassen, dass ihr das in die Quere kam.

Er wollte ihr vertrauen, aber er musste auf der Hut sein. Sie traute sich ja selbst nicht. Denn sie wusste und hatte es seit sechs Jahren gewusst, dass sie es tun würde, wenn der Zeitpunkt gekommen war. Sie würde für Carly alles geben, alles riskieren. Vielleicht sollte es so sein.

Sie lächelte Pop an, dessen verstohlene Blicke ihm verrieten, dass er erleichtert war, weil sie einen anderen Mann kennengelernt hatte. Schuldbewusst stellte sie fest, dass Matt einen hervorragenden Lockvogel abgab. Stark, intelligent, attraktiv. Wer würde darauf kommen, dass sie etwas anderes wollte? Als ihre Blicke sich begegneten, schien er entschlossen, die Rolle einzunehmen, die ihre Familie ihm zuschrieb. Verehrer und Beschützer. Sie hätte ihn nicht so nah an sich heranlassen dürfen.

Sie erzählte ihnen von ihrer Entscheidung, ihre Promotion nicht abzuschließen. Niemand brüllte sie an. Niemand übte Kritik. Was machte es ihnen schon aus, ob sie einen Doktortitel hatte? Sie hatte jetzt einen guten Mann und sehnte sich nicht länger nach dem destruktiven.

Aber da war immer noch das Problem mit Carly. Und deshalb schwebte Eric über der Zusammenkunft wie ein böser Geist. Sie konnte seinen Hunger spüren. Und etwas in ihrem Innern reagierte. So war es immer gewesen; so würde es immer sein. Merkwürdig, aber es lag fast so etwas wie ein Friede darin.

Solange er gedacht hatte, der Plan sei, Carlys Sicherheit zu gewährleisten, bis die Polizei Eric festnahm, hatte Matt die Wohnung von Rico und Chaz als sicher empfunden. Wenn er richtig vermutete, dass Sofie gefährdet war, dann war selbst die andere Seite des Ganges zu weit entfernt. Als sie Carly ins Bett gebracht hatte und aus dem Schlafzimmer gekommen war, sagte er deshalb: „Ich werde hier auf dem Sofa schlafen." Es war so kurz, dass er am nächsten Morgen üble Verspannungen haben würde, aber er würde alles hören und sehen, was in dieser Wohnung geschah. „Ich habe das mit deinem Dad geklärt, als du mit deiner Mutter den Abwasch gemacht hast."

Sie zog die Augenbrauen hoch. „Du hast es nicht mit mir geklärt."

„Das mache ich doch gerade."

„Es könnte Carly aber einen falschen Eindruck vermitteln."

„Der falsche Eindruck würde nur entstehen, wenn wir gemeinsam in deinem Bett liegen würden."

Ihr Hals rötete sich, ein Zeichen dafür, dass sie immer noch etwas für ihn empfand, und sei es nur Unbehagen. Ihr Auftritt beim Abendessen war erstaunlich gewesen. Aber andererseits hatte sie jahrelange Übung darin, sich selbst zu belügen. Er hatte keine Ahnung, was er dagegen unternehmen sollte, aber im Moment sorgte er erst einmal dafür, dass sie am Leben blieb. Das war alles.

Wenn Eric glaubte, dass sie zwischen ihm und seiner Tochter stand, war die Wut, die hinter den bösartigen Taten auf den Fotos steckte, vielleicht nichts im Vergleich zu dem, was er jetzt an den Tag legen würde. Wenn er versuchte, sie zurückzugewinnen, konnten die emotionalen Folgen ebenso schlimm sein.

Sofie warf einen Blick auf die Couch. „Es wird nicht sehr bequem werden."

Er grinste schief. „Hast du ein besseres Angebot?"

Sie biss nicht an. Offenbar war sie noch tiefer in dem Ort versunken, an dem sie für ihn unerreichbar war. Und so wie er sich im Moment fühlte, bezweifelte er, dass überhaupt ein Funke zwischen ihnen überspringen würde.

Sie seufzte. „Nimm du das Bett; ich nehme die Couch."

„Danke, aber ich bin lieber hier draußen, nahe bei der Tür und dem Fenster."

„Das ist nicht dein Ernst." Sie verschränkte die Arme. „Du glaubst, er kommt durchs Fenster?"

„Ich glaube zumindest, dass er das könnte."

„Im Schlafzimmer sind auch Fenster. Aber das wird nicht passieren."

„Woher weißt du das?"

„Ich kenne ihn, Matt."

Dann wandte sie den Blick ab und er dachte bei sich: So muss es sein, einen Suchtkranken zu lieben. Zu sehen, wie sie den Weg der Zerstörung einschlägt, und sie nicht davon abhalten zu können. „Was soll ich tun?"

Sie presste die Knöchel ihrer Hand an ihre Lippen. „Ich kann bei Carly schlafen. Und du nimmst mein Zimmer."

Das hatte er auch in Erwägung gezogen. Die beiden Schlafzimmer waren durch ein Bad voneinander getrennt. Von dort aus würde er die Wohnungstür nicht sehen, aber er war näher bei seinen Schützlingen. „In Ordnung."

Sie ließ die Hand sinken. „Ich weiß, es ist nicht das, was du wolltest."

„Ist es denn das, was du wolltest?"

Wenigstens wirkte sie hin und her gerissen. „Du wusstest, ich würde tun, was Diego brauchte. Und Annie. Als Eric Carly vor sechs Jahren mitnahm, war es für mich, als wäre sie entführt worden. Gerade war sie noch da und dann war sie … es nicht mehr. Ich war im Gottesdienst. Und als ich zurückkam, waren sie fort. Ich habe mich nie verabschiedet, nie Bilder gehabt. Außer dem einen, was ich in meinem Portemonnaie hatte. Er hat sie mir einfach weggenommen."

„Warum hast du ihn nicht dafür gehasst?"

Sie runzelte die Stirn. „Das habe ich doch. Wenigstens teilweise. Aber

… ich …“ Sie wischte sich eine Träne von der Wange. „Ich wusste, wie er sich dabei fühlte. Er durfte nicht zulassen, dass etwas zwischen sie kam.“

„Du meinst jemand?“

„Du weißt nicht, wie es ist, ein Kind zu verlieren, Matt. Ich kann mir seine Qualen kaum vorstellen.“

„Das kannst du nicht? Hast du sie nicht auch verloren?“

Sie blinzelte die Tränen zurück.

„Oder ist es für ihn schlimmer, weil sie gleichzeitig der Gegenstand seiner Besessenheit ist?“

Ihre Hände schlossen sich zu Fäusten, aber er sprach weiter. „Hast du die Bilder vergessen? Seine Mutter im Krankenhaus?“

Sie ging auf und ab. „Natürlich nicht.“

„Was hat sich dann geändert?“

Sie blickte über ihre Schulter. „Wovon redest du?“

„Heute Morgen warst du noch genauso entsetzt über das alles wie ich.“

Sie ließ den Atem entweichen. „Du hast selbst gesagt, dass sie ihm nichts werden anhängen können. Und wenn er glaubt, dass er Carly verliert ... Du hättest nach Hause fahren sollen.“

„Ich gehe nicht.“

„Matt ...“

Er nahm sie in seine Arme. „Ich gehe nicht. Auch wenn du es von mir verlangst.“

Sie legte die Fingerspitzen auf seine Wangen, berührte seine Mundwinkel und sah ihm in die Augen. „Danke.“

„Keine Ursache.“

„Sofie?“ Carlys Ruf war leise, aber für ihn klang er so laut wie eine Glocke.

Er nickte in Richtung Schlafzimmer. „Geh ruhig.“

Sie trat zurück. „Ich hole noch ein paar Dinge aus meinem Zimmer.“

„In Ordnung. Gute Nacht.“ Heute Nacht würde er bei offener Tür schlafen – und das nicht nur, um einen potenziellen Eindringling zu erwischen.

Kapitel 34

Während Sofie duschte, stiegen die Erinnerungen wie ein Strom auf, den sie einatmete und durch ihre Poren aufnahm. Entenfüttern im Regen im Central Park und Carly, die selbst wie ein Entlein mit gelben Stiefeln zwischen ihnen herumflatterte, und Eric, der mit ihr durch Pfützen sprang, als hätte er nie das spritzende Vergnügen von nassen Schuhen und Gelächter erlebt.

Oder als sie im Nebel auf der Throgs Neck Bridge Hotdogs gegessen hatten. Auf Erics Schultern sitzend hatte Carly ausgerufen: „Ich sehe Delfine am Himmel." Und Eric hatte versucht, sie einzufangen, während der Nebel an ihnen vorbeiglitt.

Seine leichten Schritte auf der Treppe, wenn er nach Hause kam. Wie er Carly auf den Schoß genommen und seinen Tag wie ein Bilderbuch entfaltet hatte, um anschließend gespannt zu lauschen, welche Abenteuer sie erlebt hatten, während er fort gewesen war. Sofie hielt das Gesicht in den Wasserstrahl. Sie hatte es bis zur Perfektion beherrscht, so von ihren Erlebnissen zu erzählen, dass ihn nichts beunruhigte, sondern nur amüsierte, und er sich nicht ausgeschlossen fühlte. „*Wir waren im Park und haben uns überlegt, wie hoch du Carly wohl in den Himmel werfen kannst.*" Und dann strahlte er, als wäre er selbst dabei gewesen, und ihnen war ein wohliger Schauer über den Rücken gelaufen. Sie selbst hatte den wohligen Schauer verspürt.

Mit geschlossenen Augen erinnerte sie sich an das erste Mal, als er die Haare von ihrer Wange gestrichen hatte. Den Duft seines Atems; das Zittern seiner Hand. Es war, wie sie jetzt zugab, nicht nur der Verlust von Carly, der sie in die Verzweiflung getrieben hatte. Vier Jahre mit Erics unnachgiebiger Anbetung hatten eine schreckliche Leere hinterlassen. Sie wusste nicht, wie sie ohne ihn sein konnte oder wer sie sein konnte – oder wer sie vorher gewesen war.

Es war, als wäre sie komplett ausgeleert und neu gefüllt worden. Die Sofie von Eric erhob nie die Stimme und glättete Spannungen mit einem Wort. Diese Sofie klagte nie, widersprach nie. Sie hatte gelernt, seine Wut so umzulenken, dass sie sich wie Dunst auflöste, den nur sie einatmete, sodass die Luft für ihn und sein Kind rein blieb. Und wenn sein Sonnenscheinlächeln sie erwärmte und das Eis schmolz, fühlte sie sich bestätigt wie nie zuvor. Manchmal schien ihr Herz zu groß für ihre Brust, so als könnte sie die Liebe nicht nur dort spüren, sondern müsste sie im ganzen Körper aufbewahren. Und er hatte das gleiche Gefühl verbreitet.

„Ich habe vorher nie gelacht. Ich habe nie gelebt. Du bist mein Leben, Sofie. Der Atem meines Lebens.“

Es war ebenso sein Verlust wie der seiner Tochter, der ihr den Wunsch zu leben geraubt hatte. Kein Wunder, dass Carly nicht ohne ihn sein konnte. Es war nicht überraschend, dass sie die Hand nach ihm ausgestreckt hatte, trotz allem, was sie über ihn erfahren hatte. Konnte sie es dem Kind verübeln, dass es glaubte, Erics Liebe würde alles andere wettmachen?

Spielte es eine Rolle, dass diese Liebe scharfkantig war und anderen Wunden zufügen konnte? Dass ihr Eis einen bis ins Mark frösteln ließ? Das wiederbelebende Wohlwollen hatte jeden Fehler ausgelöscht. Außer den letzten. Sie hatte es nicht zugelassen, als er seinen eisigen Blick gegen Carly gerichtet hatte und ihre Seele durch seine tiefe Enttäuschung hatte erstarren lassen. Sofie war zwischen sie getreten und hatte ihre Loyalität dem Kind gegenüber offenbart. Und danach war nichts mehr gewesen wie vorher.

Sofie band ihre nassen Haare zu einem Pferdeschwanz, zog sich an und verließ das Bad. Sie hatte nicht gehört, dass Matt aufgestanden war, aber er stand mit unrasiertem Kinn und zerzaustem Haar am Fenster. Sweatshirt, Flanellhose, lange Beine und bloße Füße. Selbst seine Zehen waren lang und knochig. Sie nahm seinen Anblick in sich auf, die Kraft und den Trost, den er ausstrahlte.

Er drehte sich um und murmelte: „Morgen.“ Seine Stimme klang angenehm schläfrig.

Sie lächelte gequält. „Ich wusste nicht, dass du schon auf bist.“

„Gerade erst.“

Sie trat neben ihn ans Fenster, schob ihre Hand in seine und sah ihm in die Augen, die ihr so viel gesagt hatten, als sie ihm das erste Mal begegnet war. Er war ein wunderbarer Mann, ganz und gar nicht der, den sie befürchtet hatte. Sie wollte, dass er das wusste. Sie hob das Kinn, aber er fuhr sich mit der Hand über seine Wange.

„Ich bin stachelig."

Es war ihr egal. Sie zog sein Gesicht zu sich und küsste ihn. Es dauerte einige Sekunden, bis seine Arme sich um sie schlossen und ihre Lippen das sagten, was sie anders nicht vermitteln konnte: *Sei stark. Vergib mir.* Ihr Gemüt erzitterte. Sie löste sich aus seiner Umarmung und berührte ihr Kinn, das von seinen Bartstoppeln gerötet war.

„Tut mir leid."

Sie sah ihm wieder in die Augen. *Das braucht es nicht.* „Ich gehe in die Kirche. Bleibst du so lange bei Carly?"

„Lass uns einen Kaffee zusammen trinken."

Sie schüttelte den Kopf. „Ich muss los."

„Es ist doch nicht einmal Sonntag."

Sie hob die Hand und berührte seine Lippen. „Ich will aber gehen." Es war nicht das, was sie vorgehabt hatte, aber die Dinge waren außer Kontrolle geraten. Und wer wusste, was Gott vorhatte? Wer konnte das schon wissen? Was sie nicht vergessen hatte, war, dass sie ihm ihr Leben verdankte. Sie hatte versucht, es wegzuwerfen, und er hatte sie wiederhergestellt. Sie hatte mit Schmerzen dort gelegen und gefleht: *Warum?* Aber jetzt wusste sie es. Es war ihre Aufgabe, immer noch, für Carly zu flehen.

Matt sagte nichts, als sie hinausging. Es gab nichts, was er sagen konnte. Sie ging hinunter und auf die Straße, wie sie es schon so oft getan hatte. An den meisten Morgen war sie mit Lance oder Nonna mitgegangen, denn niemand anders opferte seinen letzten Schlaf, um vor der Schule oder der Arbeit in die Kirche zu gehen.

Sie wünschte, sie könnte etwas von der Vorfreude spüren, von der Hoffnung, die sie in dem morgendlichen Ritual gefunden hatte. Aber heute fühlte sie sich einsam. Hatte Matt recht damit, dass alles darauf hinauslief, dass man das Richtige für die Gesellschaft oder für einzelne Menschen tat? Wenn es keinen Richter außer ihr selbst gab, dann waren ihr Herz und ihr Verstand entschlossen. Sie hatte nicht gewusst, dass dieser Augenblick kommen würde, nicht bis Carly angerufen hatte. Dann hatte die Hilflosigkeit sie umfangen wie das Wasser in der Badewanne.

Sie ging die wenigen Häuserblocks bis zur Kirche und dachte an die Liebe, die sie in diesen Mauern gefunden hatte, den Trost eines allmächtigen, allwissenden Beschützers, eines liebenden, alle Bedürfnisse stillenden Wesens. War es diese Intensität, die sie auf Erics starken Gefühle vorbereitet hatte? Hatte sie Gottes Mantel auf seine Schultern gelegt?

Wenn es, wie Matt behauptete, nur menschliche Vernunft und Beziehungen gab, dann konnte sie nur der Liebe zu ihrem Kind vertrauen. Vielleicht war das ja das wahre Licht der Welt, die einzige Wahrheit.

Andere gesellten sich auf dem Gehweg zu ihr und traten durch die Türen. Sie ging hinein. Der Duft von Kerzen und poliertem Holz und die geflüsterten Gebete umgaben sie, als sie sich hinkniete und das Kreuzzeichen schlug. Sie schob sich in die vorletzte Bank.

Ihre Lippen bewegten sich nicht im Gebet; ihr Blick wanderte nicht gen Himmel oder nach vorne zu dem Kruzifix. Er blieb auf ihre Hände gerichtet, auf die Narben an ihren Handgelenken, kleine Fesseln. *Herr.* Sie empfand keine Heiligkeit, sondern nur Verlust.

Wenige Augenblicke später erschien er wie ein Schatten neben ihr. „Hallo, Sofie." Seine Stimme klang gepresst, so als täte es ihm weh, ihren Namen auszusprechen.

Sie drehte sich um und sah das Gesicht an, das so attraktiv, so fesselnd war, dass sie den Blick nicht abwenden konnte. Selbst ausgezehrt hatte er eine raue Anziehungskraft, die ihr die Kehle zuschnürte. Sie erinnerte sich daran, wie es war, ihm zu gehören. Von seinem Hunger verschlungen zu werden. Aber was sie jetzt sah, war kein Hunger.

Sein Blick sank wie ein Speer in ihr Herz. „Wo ist meine Tochter?"

Sie holte zitternd Luft. „Sie ist in Sicherheit."

„Bei ihm?"

Sie erschrak. „Was?"

„Bei dem Mann, mit dem du zusammen bist. Hat er sie?"

Sie konzentrierte sich auf den Altar, während ihr das Blut in den Kopf stieg.

„Dachtest du, ich würde es nicht erfahren?"

Sie zitterte. „Ich dachte, es wäre dir egal."

„Sofie." Er nahm ihre Hand in seine. „Ich habe dich jeden Tag vermisst."

Sie durchbohrte ihn mit einem Blick. „Warum hast du mich dann nur beobachtet und Fotos von mir gemacht?"

Sein Kopf fuhr hoch. „Du weißt das?"

„Ein ganzer Karton voller Bilder, hat Carly gesagt."

Er atmete aus. „Das ist es also. Sie hat die Bilder gesehen. Ich hätte wissen müssen, dass sie nach dir sucht."

Sie konnte ihm nicht sagen, dass sie die anderen Bilder gesehen hatte. Wenn er glaubte, dass sie Bescheid wusste ... was dann? Würde es ihm peinlich sein? Würde er wütend werden? So sehr, dass er jemandem wehtat?

Er schluckte. „Ich habe ihr erlaubt, dich anzurufen. Ich hätte sie davon abhalten können, aber das habe ich nicht. Nachdem sie es herausgefunden hatte. Ich habe sie nicht von dir ferngehalten, weil ich weiß, wie es ist, wach zu liegen und sich nach deiner Stimme zu sehnen."

„Du wusstest, wo du mich finden konntest, Eric. Wir hätten reden können."

Er schüttelte den Kopf mit einem Blick, der einen so tiefen Verrat ausdrückte, dass es sie überraschte. Was konnte er ihr denn vorwerfen?

Sein Flüstern klang rau. „Du hast mich verlassen."

„Was?" Sie konnte kaum atmen.

„Du hast versucht, dorthin zu gehen, wo ich dich nie mehr finden konnte. Du hast versucht, mir dein Leben zu nehmen."

Ihre Brust bebte. „Du hast *mich* verlassen, Eric."

„Ich wollte, dass du siehst, wie es ohne uns wäre."

Tränen traten ihr in die Augen. Sie hatte es gesehen.

„Aber du, du hast etwas getan, damit wir nie wieder zusammenkommen können." Seine Stimme brach.

Schuldgefühle schlugen über ihr zusammen wie eine Flutwelle. „Ich wollte dir nie wehtun."

„Du wolltest mich vernichten."

Sie zitterte, als die schreckliche Möglichkeit in ihr widerhallte. Hatte sie das gewollt? Sie stellte sich die Rasierklinge in ihrer Hand vor. War es Eric gewesen, den sie aus sich herausgeschnitten hatte, dessen Liebe sie aus sich herausströmen ließ, bis sie nicht mehr wehtun konnte? Vielleicht hatte sie gar nicht aufgegeben, sondern sich nur gewehrt.

War der Schnitt dieser Klinge der erste Akt der Unabhängigkeit gewesen, der ihr in den vier Jahren, die sie ihn kannte, gelungen war? Sie sah in sein Gesicht und erkannte darin die Folgen. Ihr Verhalten hatte ihn zu einem gebrochenen Mann gemacht. Hatte sie ihm den entscheidenden Stoß versetzt, ihn über eine Hemmschwelle getrieben, jenseits derer er alles tun würde, um Carly zu beschützen und gleichzeitig damit sich selbst?

„Ich werde nie wieder so leiden." Die Kälte in seiner Stimme verwandelte ihr Herz zu Eis.

„Eric ..."

„Ich will Carly." Eiskalt, wie eine Grabesstimme.

„Die Polizei sucht dich."

„Ich weiß."

„Was ist mit deiner Mutter? Bitte sag mir, dass du sie nicht gestoßen hast, Eric."

„Das habe ich nicht." Reue huschte über seine Züge. Vielleicht war sie echt, vielleicht auch nicht. „Sie hätte Carly nicht vor mir verstecken dürfen."

Sie verstand die Andeutung. „Würdest du auch mir wehtun?"

„Zwing mich nicht dazu."

Sie nahm seine Hände. „Lass Carly bei mir, während du diese Sache regelst. Nimm die Hilfe in Anspruch, die du brauchst. Du weißt, dass du dich rausreden kannst. Du hast immer sehr überzeugend auf andere gewirkt."

Aus dem Nichts leuchtete sein Lächeln auf wie ein einzelner Stern an einem Vorhang aus Wolken. Wie sie dieses Lächeln geliebt hatte. Er hob ihre Hände an seinen Mund und küsste ihre Finger. „Komm mit uns."

Sechs Jahre lang hatte sie gewartet, sechs Jahre lang hatte sie Gott angefleht, ihr wiederzugeben, was sie verloren hatte. Und Eric hatte auch gewartet. Sie ließ die Stirn auf ihre verschränkten Finger sinken und Tränen liefen ihr über die Hände. „Ich kann nicht."

Um ihrer aller willen durfte sie ihm nicht erlauben, diesen Weg zu gehen. Sie fühlte, wie seine Hände zitterten. Als sie aufblickte, waren alle Emotionen aus seinem Gesicht gewichen, außer der harten, kalten Wut.

Matt nahm sein Handy, als eine ihm unbekannte Nummer anrief. „Hier spricht Mary Cavallo. Ich bin im Café auf der anderen Straßenseite. Der Mann, den Sie suchen, verlässt gerade mit Sofie die Kirche."

Seine Brust zog sich zusammen. Er hatte nicht daran denken wollen. Noch als sie hinausgegangen war, hatte er gehofft, Eric würde sie nicht ausfindig machen. Aber er hatte jetzt keine Zeit, sich Vorwürfe zu machen. „Wohin gehen sie?"

„In Richtung zu ihrem Haus."

Eric kam, um Carly zu holen. Aber er würde sie nicht bekommen. Das kleine Mädchen hatte es verdient, ein unbeschwertes Leben zu führen. Er rief die Polizei an, dann eilte er ins Schlafzimmer, wo Carly sich mit müden Augen aufrichtete.

Sie schob sich die Haare aus der Stirn und sah ihn an. „Wo ist Sofie?"

„Sie ist zur Kirche gegangen." Er trat ans Fenster, überprüfte das Schloss und betrachtete die Feuertreppe, die in den Hof hinunterführte.

„Sie sollte mich doch mitnehmen."

Sie hatte nichts dergleichen gesagt, aber trotzdem tat es ihm weh, als er sich ausmalte, dass so vielleicht Sofies Plan ausgesehen haben könnte; dass sie zu dritt einfach weggingen.

Carly schlug die Decke zurück und kletterte in einem Nachthemd aus dem Bett, das ganz offensichtlich Sofie gehörte. Bevor er ihr sagen konnte, sie solle sich anziehen, nahm sie ihre Kleider und lief ins Bad. Gut. Lange würde er auf ihre Kooperation nicht mehr zählen können.

Als sie herauskam, nahm er sie mit über den Flur in die Wohnung von Rico und Chaz. Die Tür war nicht verschlossen, als sie eintraten, aber er schloss hinter ihnen ab. „Setz dich."

Sie runzelte die Stirn. „Was machst du? Gehen wir nicht in die Kirche?"

„Hat Sofie gewusst, dass dein Dad dort sein würde?"

Triumphierend sah sie ihn an. „Wir sollen uns mit ihm treffen. Wir beide."

Er war klug genug, nichts von dem, was sie sagte, für bare Münze zu nehmen. Vielleicht hatte die Kleine das gehofft, aber Sofie wusste es besser. War sie gegangen, um Eric zur Rede zu stellen? Oder sich mit ihm zu versöhnen?

Chaz kam aus seinem Zimmer. „Ist irgendetwas los?"

„Eric hat Sofie."

Carly schüttelte den Kopf. „So ist es nicht."

„Ist Rico schon wach?"

„Ich wecke ihn." Chaz ging in das andere Schlafzimmer.

Matt hockte sich vor Carly hin. „Hör mir zu, Carly. Du weißt, was mit deiner Grandma passiert ist."

Sie fing wieder an, den Kopf zu schütteln.

„Und mit deinen Freunden und ihren Haustieren."

Sie hielt sich die Ohren zu.

„Ich weiß, dass du es nicht ausgehalten hast, wie die Dinge waren, und du glaubst, dass Sofie das ändern kann. Aber das kann sie nicht. Sie hat es einmal versucht und ist bei dem Versuch beinahe gestorben."

Tränen traten in Carlys Augen.

„Dein Dad braucht Hilfe, aber er kann sie nicht bekommen, solange ihr beide, du und Sofie, ihn unterstützt."

„Du verstehst das nicht."

„Ich verstehe mehr, als du denkst."

„Nein. Du bist nur ein großer, dummer Mann und hast alles kaputt gemacht. Warum musstest du überhaupt hier sein?" Sie versetzte ihm einen Hieb.

Ihr Stoß hatte kaum eine Wirkung auf ihn, aber ihre Angst und Wut und Verzweiflung waren deutlich zu spüren. Er packte sie, als Chaz und Rico aus dem anderen Zimmer kamen, und hielt ihr den Mund zu, als sie anfing zu schreien. Obwohl es ihm zutiefst widerstrebte, sie so festzuhalten, musste er es tun. Wenn sie ihm entwischte, würde er jegliche Kontrolle über die Situation verlieren, die er vielleicht noch hatte. Ihr Leben und das von Sofie konnten davon abhängen. „Seht aus dem Fenster. Könnt ihr sie sehen?"

Chaz ging von einem zum anderen. „Nein, Mann."

Matts Handy klingelte, aber er wollte Carly nicht loslassen. Er warf Rico einen Blick zu. „In meiner Hosentasche."

Rico nahm den Anruf entgegen. „Das war Lynette Funio. Sofie und Eric sind gerade um die Ecke gekommen."

„Teilt euch auf, einer vorne, einer hinten. Versucht zu sehen, ob er eine Waffe hat." Ein abartiger Teil von ihm hoffte, dass er eine hatte und dass Sofie dies nicht aus freiem Willen tat.

„Ich sehe sie", rief Rico aus dem Schlafzimmer. „Sie gehen dicht nebeneinander. Ob er eine Waffe hat, kann ich nicht erkennen. Vielleicht, vielleicht auch nicht." Er zögerte, dann sagte er: „Sofie hat die Tür aufgeschlossen."

Matt presste die Lippen aufeinander. Sie brachte Eric mit nach oben. Vielleicht hatte sie keine Wahl oder sie glaubte, sie hätte keine. Es spielte keine Rolle. Selbst wenn sie es so wollte, musste er sie davon abhalten zu gehen. Eric war gefährlich. Wo war die Polizei?

Da sie wahrscheinlich zuerst in Sofies Wohnung nachsehen würden, reichte er Carly an Chaz weiter und stellte sich an die Tür.

Hinter ihm sagte Chaz: „Warum wehrst du dich? Wir wollen dir doch nur helfen."

Es würde nichts nützen, mit ihr zu diskutieren. Nicht jetzt. Er hoffte nur, dass er einen von den anderen beiden würde überzeugen können.

Rico trat zu ihm. Der Mann war klein, aber auf der Straße aufgewachsen, und Sofie hatte angedeutet, dass er schon den einen oder anderen Fight erlebt hatte. Wenn sie Sofie mit Gewalt von Eric losreißen mussten ... Draußen vor der Tür ertönten Geräusche. Viele Füße im Treppenhaus. Kinderstimmen.

„Sie gehen in die Schule", sagte Rico neben ihm.

„Aus dem obersten Stock?"

Rico nickte.

Konnten sie sich das zunutze machen? Nein, es würde die Kinder in Gefahr bringen. Der Lärm wurde schwächer. Er lauschte, ob er andere Schritte hörte. Erics. Und Sofies. Waren sie in dieser Etage? In ihrer Wohnung? Er wartete.

Wieder klingelte sein Handy. Sofies Melodie. Rico reichte es ihm und Matt schaltete den Lautsprecher ein. „Sofie?"

„Eric und ich sind auf dem Dach." Ihre Stimme klang zittrig. „Wenn du Carly nicht nach oben bringst, stößt er mich hinunter."

Sein Magen zog sich zusammen. Daran hatte er gar nicht gedacht. Aber jetzt stellte er sich die Verletzungen vor, die sie sich bei einem Sturz aus dem vierten Stockwerk zuziehen würde. Wenn sie den Sturz überhaupt überlebte.

„Und Chaz und Rico sollen dort sein, wo er sie sehen kann."

Matt drehte sich um und vergewisserte sich, dass die anderen alles gehört hatten. Das hatten sie offensichtlich. Er versuchte, einen Plan zu schmieden, aber sein Verstand war blockiert durch Bilder von Sofie, die vom Dach fiel. Darauf lief am Ende alles hinaus. „Wir kommen rauf."

Er musste nachdenken, aber Chaz hatte seine Hand von Carlys Mund genommen. Jetzt überlagerte Weinen das Pochen in seinen Ohren. Er nahm ihren Arm. „Du musst dicht bei mir bleiben." Etwas an seinem Tonfall veranlasste sie dazu, sich nicht zu wehren, oder ihr war inzwischen bewusst geworden, dass sie ihren Willen bekam. Er fragte Rico: „Wie kommen wir aufs Dach?"

Rico ging voraus, die Treppe bis in den obersten Stock hinauf und durch eine Tür, die zu einer schmalen Treppe führte. Die nächste Tür öffnete sich und kühle Morgenluft strömte herein. Matt hoffte auf Polizeisirenen, hörte aber nur Kinder auf der Straße unter ihnen. Eric hielt Sofie nahe an die Dachkante. Von einer Waffe war nichts zu sehen. Wie stellte er sich vor, an ihnen allen vorbeizukommen, wenn er sie losließ? Irgendetwas stimmte hier nicht.

Carly wollte sich losreißen, aber Matt ließ nicht los. Er schob sie in die Mitte des Daches und Chaz und Rico stellten sich neben ihm auf. „Was hast du vor, Eric?"

„Gebt mir meine Tochter."

„Da drüben ist es zu gefährlich. Es ist mein Job, Kinder aus gefährlichen Situationen zu holen." Während er sprach, musterte er den Mann, für den Sofie sich beinahe das Leben genommen hätte.

Eric schien ihn ebenfalls einzuschätzen, dann richtete er seine Aufmerksamkeit auf das Kind. „Komm her, Carly."

Matt hielt sie fest. „Lass erst Sofie gehen."

Eric wandte sich wieder ihm zu. „Sofie will aber nicht gehen. Sie will ihr kleines Mädchen."

Ein Schauer lief ihm über den Rücken, als er in Sofies Gesicht sah.

„Lass sie gehen, Matt", sagte sie.

„Du weißt doch, dass ich das nicht tun kann. Lasst uns nach unten gehen ..."

Eric stieg auf den erhöhten Rand des Gebäudes und die Knöchel seiner Hand, die Sofies Arm umfassten, wurden weiß. „Wenn ich gehe, geht Sofie mit."

„Daddy!", kreischte Carly.

Der Wind zerzauste Erics Haare. Ihm waren Mord und Selbstmord zuzutrauen. Dieser Gedanke traf Matt wie ein Schlag vor die Brust. Eric hatte nicht vor, hier rauszukommen. Sirenen erklangen – nicht in der Nähe, aber sie wurden immer lauter. Matt biss die Zähne zusammen. Wenn er ihn nur aufhalten konnte, bis die Polizei eintraf ... Da riss Carly sich los und rannte auf ihren Vater zu.

„Nein!“ Er lief ihr nach.

Eric schwankte. Sofie schrie auf. Carly griff nach ihrem Dad, als er plötzlich das Gleichgewicht verlor. Eric ruderte mit den Armen und griff nach Carly. Sofie umklammerte sie beide, als er fiel. Er hatte keine Zeit zum Denken, nur zum Handeln. Matt warf sich auf Sofie und packte Carlys Arm, während sie über dem Rand des Daches hing. Die Schreie des Kindes betäubten seine Ohren und überdeckten das Geräusch, als Eric auf dem Boden aufschlug.

Er streckte seine andere Hand vor und umfasste damit Carlys Schultergelenk. Dann hievte er sie hoch, bis Chaz und Rico zupacken und sie über die Kante ziehen konnten. Die Sirenen überdeckten Carlys Schreie, während Chaz sie von der Dachkante wegzog. Matt rollte sich von Sofie herunter und zog sie von der Brüstung. Sie keuchte vor Schmerzen und er vermutete, dass sie ein paar Rippen geprellt oder gebrochen hatte, vielleicht auch das Schlüsselbein. Aber wenn er sich nicht auf sie geworfen hätte, wären alle drei vom Dach gestürzt.

Kapitel 35

Lance war in Gedanken immer wieder bei Sofie in New York. Er spürte, dass sie seine Gebete bräuchte, und so ließ er die Arbeit im Foyer ruhen und brachte Sofie, Matt und Carly im Gebet vor Gott. Inzwischen war der Nachmittag in den Abend übergegangen und er hörte keine anderen Arbeiter mehr um sich herum. Nur Rese saß an eine Wand gelehnt und ihre Miene schien besorgt. „Bist du gedanklich in New York?"

Seine Waden waren verspannt, so, als wäre er stundenlang gelaufen. „Ja." Er rieb sich den Lendenwirbelbereich.

„Kannst du dich bewegen?"

Er begab sich in die Hocke, zog die Zehen vor und spürte ein Brennen in seinen Achillessehnen. „Ich habe den Boden nicht fertig gemacht."

Sie zuckte mit den Schultern. „Du hast stattdessen was anderes gemacht."

Er sank gegen die Wand ihr gegenüber und streckte die Beine aus. „Ich hätte das Foyer fertigkriegen können."

„Das wirst du schon noch." Sie lehnte den Kopf an die Wand. „Bist du so weit, dass wir nach Hause fahren und nachsehen können, was es zum Abendessen gibt?"

„Ist gut." Er brachte ein Grinsen zustande. So gerne er aß, was Nonna und Star zubereitet hatten, so sehr sehnte er sich doch danach, die frischen Zutaten zu nehmen und selbst etwas zu erschaffen, sehnte sich nach den Düften und Materialien seiner Kunst.

Das intensive Gebet für seine Schwester und die ganze Situation in New York beschäftigte ihn noch immer. Er hoffte, dass durch sein Gebet heute Gnade und Kraft in eine Situation geströmt waren, die nicht in seiner Hand lag. Sofie ging immer noch nicht an ihr Handy. Das sah ihr nicht ähnlich, aber sie hatte Matt. Und vielleicht hatte er ihre Beziehung unterschätzt.

Entschlossen ging er auf Rese zu und nahm ihre Hände. „Morgen gibt es einen geschliffenen Boden. Versprochen."

Sofie hielt Carly auf dem Schoß, während der Monitor jeden Herzschlag von Eric zählte. Seine zerquetschten und zertrümmerten Organe gaben eins nach dem anderen auf, und nachdem sie sechs Jahre lang gewartet hatte, würden diese Augenblicke nun alles sein, was sie hatte. Keine Worte, keine Erklärungen, keine Entschuldigungen.

Jetzt kannte sie die schreckliche Wunde, die sie ihren Lieben zugefügt hatte, indem sie ihr eigenes Leben verschmäht hatte. Die Wunde, die sie ihm geschlagen hatte. Ein Verrat, der schlimmer war als seiner. Kein Wunder, dass er ihr nicht vergeben hatte. Wie konnte sie sich das selbst jemals verzeihen?

Sie hatte weitergelebt, aber das Leben, zu dem sie zurückgekehrt war, bestand nur aus großen Gesten eines Zuschauers, der versuchte, sich unter die Lebenden zu mischen. Kühne Worte, die durchzudringen versuchten. In dieser Situation war nichts wirklich. Außer dem Kind auf ihrem Schoß. Erics Kind.

Ein Rasseln entstieg seiner Kehle. Carly wandte den Kopf um. „Er klingt anders."

Sie strich ihr über den Rücken. „Er kann nicht mehr lange kämpfen."

„Warum tun sie denn nichts?"

„Sie können nicht alles reparieren, was kaputt ist." Nichts war repariert worden, nichts würde es jemals sein.

Während sie auf dem Dach gewesen und gewartet hatten, hatte er den Tod als ihre letzte Vereinigung bezeichnet und sie hatte die Tiefe seiner Krankheit erkannt, wie sie ihn ausgehöhlt hatte, sodass er nur noch eine leere Hülle des Mannes war, der er früher einmal gewesen war oder der er hätte sein können. Sie hatte ihm in der Kirche gesagt, dass sie nicht mit ihnen gehen konnte, aber Eric hatte gewusst, dass sie Carly nicht allein würde gehen lassen. Sie waren aneinander gebunden, Überlebende einer verzehrenden Liebe. Und jetzt ertrugen sie gemeinsam diesen Kummer.

Während Carlys herzzerreißende Schluchzer seine letzten Atemzüge übertönten, konnte Sofie das Gebet nicht zurückhalten, das über ihre Lippen kam – eine Hoffnung, die so zäh war, dass ihr müder Geist sie nicht ignorieren konnte. *Herr, erbarme dich. Christus, erbarme dich. Herr, erbarme dich.*

Carly weinte. Sofie wiegte sie hin und her und ignorierte die Schmerzen in ihren Rippen, spürte sie sogar gerne. Gemeinsam betrauerten sie Erics Hinscheiden und teilten den Kummer – und die Schuldgefühle. Was wäre gewesen, wenn sie Ja gesagt hätte, wenn sie um Carlys willen zusammengeblieben wären? Was, wenn sie zu Matt gesagt hätte, er solle aufhören, für sie zu kämpfen? Was für schmerzliche Worte: *Was, wenn.*

Eine Krankenschwester kam herein und schaltete die Maschinen aus, dann ging sie wieder. Irgendwo wartete ein Polizist darauf, informiert zu werden; andere Behörden mussten benachrichtigt werden. Sie würde mit Erics Mutter sprechen, wenn das möglich war. Eine Trauerfeier planen. Carly brauchte das. Dann überwältigte der Kummer sie und nichts zählte mehr außer dem Verlust – und der schrecklichen Freiheit, die ihm folgte.

Wie konnte etwas nur so wehtun? In dem Zimmer in Sofies Wohnung kniff Carly sich. Sie starb. Sie musste sterben, wollte es. Sie war schuld daran, dass Daddy gestürzt war. Weil Matt nicht loslassen wollte, hatte sie sich gewehrt und war gerannt und dann … Alles lief in ihren Gedanken ab wie ein Film in Zeitlupe. Seine rudernden Arme, der Körper, der sich verdrehte, ihr Daddy, der sich an ihr festhalten wollte. Damit sie ihm half. Er hatte gewollt, dass sie ihm half, ihn auffing, ihn rettete.

Aber sie war ebenfalls über die Brüstung gefallen, und wenn Sofie sie nicht festgehalten hätte, wäre sie jetzt tot. Sie wünschte, sie wäre es. Sie hatte es verdient. Er hatte ihr nie wehgetan. Er hatte nur gewollt, dass sie in Sicherheit war, und er hatte versucht, sie glücklich zu machen, hatte immer sein Bestes gegeben, um sie glücklich zu machen. Er konnte nichts dafür, dass sie Freunde haben wollte, und jetzt wusste sie, dass das dumm gewesen war. Was nützten Freunde schon?

Daddy war es, der wichtig gewesen war. Und jetzt war er nicht mehr da. Sie krümmte sich vor Schluchzen. Was war, wenn Sofie sie auch verließ? Aber dann war sie da, tröstete sie, hielt sie im Arm und weinte mit ihr.

„Ich weiß, wie weh das tut, Liebes. Ich weiß."

Sie wusste es, weil es ihr auch wehtat. Sie war der einzige Mensch auf der Welt, der Daddy auch geliebt hatte. Und er hatte sie ebenfalls geliebt. Es hätte funktioniert. Sie hätten zusammen sein können, wenn Matt sie nur losgelassen hätte!

Sofie wiegte sie in ihren Armen und sagte nicht, sie solle aufhören zu weinen, so wie Grandma es getan hatte. Sie wusste, dass sie nie würde aufhören können. Sie hatte Daddy dazu gebracht zu fallen, zu fallen, zu fallen. Aber es war nicht ihre Schuld. *Oh, bitte, bitte, bitte mach, dass es nicht meine Schuld war.*

Hastig löste sie sich von Sofie, rannte ins Bad und übergab sich. Sie hatte kaum etwas im Magen. Der Reflex war so oft gekommen, seit Daddy seinen letzten Atemzug getan hatte, dass nichts mehr da war, was sie erbrechen konnte, aber sie wollte. Sie wollte alles von sich geben. Alles. Alle schlechten Gefühle. Den ganzen Schmerz. Die ganze Schuld. Die ganze Reue.

Warum hatte sie nur Grandma angerufen? Daddy hätte keinen Ärger bekommen, wenn sie das nicht getan hätte. Es war Grandmas eigene Schuld, dass sie die Treppe hinuntergefallen war. Sie hätte sich ihm nicht in den Weg stellen sollen. Dumme Frau. Und dummer Matt. Blöder, blöder Matt.

Sofie rieb ihr den Rücken. „Komm, Carly. Du hast nichts mehr im Magen."

Sie spülte sich den Mund aus. Sofie irrte sich. Der Schmerz war noch da. Sosehr sie sich auch bemühte, sie konnte ihn nicht ausspucken. Er war noch genauso stark wie vorher. *Daddy.* „Ich will meinen Daddy."

„Ich weiß."

Warum sagte sie dann nicht, dass sie ihn auch wollte? Sie sah Sofie an, sah den Schmerz in jedem Schatten. Sie sprach es vielleicht nicht aus, aber sie wollte ihn auch. Denn wie konnten sie nur ohne ihn leben?

Carly schluckte. „Was soll ich denn jetzt ohne ihn machen?" Wer wäre sie überhaupt? Niemand. „Ich bin nichts." Schlimmer als nichts.

„Nein, Carly. Du bist alles. Und ich liebe dich."

„Verlass mich nicht."

„Niemals."

Aber wie konnte Sofie das sagen, wenn sie beide doch genau wussten, dass Daddys Sturz ihre Schuld war und er nichts Böses getan hatte, außer sie zu sehr zu lieben?

Matt rieb sich das Gesicht. Er hatte zwei Nächte lang kaum geschlafen; in der ersten Nacht war er wachsam gewesen, in der zweiten hatte er reuevoll wach gelegen und sich gefragt, was er hätte anders machen können. Die Arme weiter ausstrecken. Besser festhalten. Er hatte Eric nicht gekannt und was er von ihm wusste, hatte ihm nicht gefallen. Aber Sofie und Carly, die unter der verzerrten Liebe dieses Mannes gelitten hatten, trauerten jetzt um ihn und das hätte er gern verhindert, wenn es ihm möglich gewesen wäre.

Vielleicht hatte Gott ihm geholfen, Sofie zu helfen, und Carly noch als Zugabe dazugetan. Er hatte nicht gebetet, um Eric zu helfen. Vielleicht, wenn er besser gebetet hätte, wenn er gewusst hätte, wie, oder bereit dazu gewesen wäre – vielleicht wäre die Sache dann anders ausgegangen. Er nickte Rico zu, der auf der Hantelbank seine Crunches machte, dann sank er auf einen Stuhl neben Chaz, dessen Bibel aufgeschlagen auf dem Tisch lag. „Irgendwelche Antworten da drin?"

„Alle."

Natürlich. Er hätte Chaz bitten sollen zu beten. Vielleicht hatte er das ja sogar getan. Vielleicht war zwei von dreien das Beste, was man bekommen konnte, und dafür war er wirklich dankbar. Er wollte nicht daran denken, wie es Sofie jetzt gehen würde, wenn Carly in die Tiefe gestürzt wäre. Das war die wahre Gebetserhörung, aber darum hatte er nicht gebetet. „Scheint mir ein bisschen undurchsichtig."

Chaz lehnte sich zurück. „Der Feind liebt Verwirrung und vermischt gerne ein bisschen Wahrheit mit ein bisschen Lüge. Der Schlüssel ist, mit dem Herzen zu suchen. Gedanken lassen sich zu leicht beeinträchtigen."

„Herzen können auch ziemlich beeinträchtigt sein."

Chaz spreizte die langen Finger. „Wenn du mit aufrichtigem Herzen suchst, findest du, was du brauchst, Mann."

„Ich mache mir Sorgen um Sofie."

Chaz musterte ihn mit durchdringendem Blick. „Wir müssen für Carly kämpfen."

Carly? Sie würde ihn nicht einmal in ihre Nähe lassen und Sofie würde es deshalb auch nicht. Er war es gewesen, der sie festgehalten hatte. Er hatte die Situation auf dem Dach herausgefordert. Oder hatte sie es getan?

Nein. Eric war für seinen Tod selbst verantwortlich. Er war bereit gewesen, auch sie mit in den Tod zu reißen und ihnen Schmerzen zuzufügen, weil sie sich seiner Kontrolle entzogen. Matt ballte die Hände zu Fäusten. „Er kontrolliert sie immer noch. Aber sie sehen es nicht. Oder wollen es nicht sehen. Und deshalb bin ich der Böse."

„Das stinkt echt zum Himmel, Mann", rief Rico von seiner Bank aus.

Chaz sagte: „Ich verspreche dir: Wenn du suchst, findest du deine Antworten."

„Ich bin nicht mal sicher, ob ich die Fragen kenne." Er streckte sich. „Aber ich weiß, dass meine Anwesenheit hier die Sache verkompliziert."

„Die Kleine braucht jemanden, auf den sie ihre Wut richten kann."

„Ich bin eine ziemlich große Zielscheibe."

„Aber sie gibt sich selbst die Schuld. Lieber wäre es ihr, wenn du schuld wärest."

Er verstand das nur zu gut. „Es ist wohl besser, wenn ich mich eine Weile nicht blicken lasse."

„Besser für wen?"

Er zuckte mit den Schultern. „Für uns alle."

Rico setzte sich auf und trocknete sich den Nacken ab, aber steuerte außer seinem lakonischen Kommentar nichts bei. Es stank tatsächlich und es war der Gestank von einem verschwendeten Leben, der so übel war, wie er nur sein konnte.

Matt war sich nicht sicher, wo er anfangen sollte, um seine Gedanken und Gefühle zu entwirren. Wenn Gott eine Rolle dabei spielte, wollte er die Sache vernünftig angehen, und die Vernunft verließ ihn, sobald Sofie in der Nähe war. Er würde auf die Knie fallen und alles gestehen, wenn es die Macht brechen könnte, die Eric noch aus dem Grab heraus ausübte.

Er ging ins Schlafzimmer, um seinen Koffer zu holen, und sagte dann zu Chaz: „Ich habe das Bett abgezogen. Wenn ich die Laken waschen soll …"

Chaz lächelte. „Das machen wir schon. Rico ist dran."

Rico gab vom Boden aus nur eigenartige Geräusche von sich, während er mit beeindruckender Geschwindigkeit einarmige Liegestütze absolvierte.

„Ich spreche nur noch kurz mit Sofie. Sage ihr, dass ich gehe."

„Ich bete dafür, dass dein Abflug ruhig verläuft."

„Okay." Er ging davon aus, dass Chaz das wörtlich meinte. Denn er machte keinen Abflug, lief nicht davon, sondern … ja, was? Auf der anderen Seite des Ganges klopfte er an die Tür.

Sofie öffnete ihm und ihre Haare waren gebürstet und glänzten und ihre Bluse war gebügelt; wahrscheinlich ein Vortäuschen von Normalität um Carlys willen. Der Schein versagte in ihren Augen, die vor Erschöpfung und Weinen gerötet waren. Worum genau trauerte sie eigentlich? Um den Toten? Die Chance auf eine Wiedervereinigung? Er wollte sie schon fragen, tat es dann aber nicht. „Wie geht es Carly?"

„Sie macht sich schreckliche Vorwürfe."

Das musste auf sie beide zutreffen. „Und du?"

Sie zog eine Schulter hoch. „Ich bin froh, dass ich da sein kann, um ihr zu helfen."

Er betrachtete ihr Gesicht. Sie war einmal zerbrochen, aber jetzt hatte sie etwas, woran sie sich festhalten konnte, und es schien ihr Kraft zu geben. Er nickte mit zugeschnürter Kehle.

„Deshalb bin ich hergekommen, Matt. Dafür wurde ich geschaffen."

Wenn sie das glaubte, dann hatte sie noch weniger begriffen, als er gedacht hatte. „Hast du mit Carlys Großmutter gesprochen?"

„Nur kurz. Sie hat große Schmerzen." Ihre Stimme brach. „Sie kann Carly im Moment auf keinen Fall versorgen."

„Dann bleibst du so lange hier, bis sie es kann?"

Sofie nickte. Sonst würde das Mädchen den Behörden übergeben und er war der Erste, der zugab, wie wenig befriedigend und unsicher einige der Optionen waren. Selbst eine gute Pflegefamilie konnte der Kleinen nicht die Liebe geben, mit der Sofie das Mädchen überschüttete.

Keine Frage, dass dies das Beste für das Kind war, jedenfalls kurzfristig. Aber für Sofie? Wieder in derselben Umgebung, die schon einmal zur Verzweiflung geführt hatte, und mit noch einem Verlust, der sie wie eine Rasierklinge schnitt? Was würde geschehen, wenn es so weit war, dass sie Carly abgeben musste?

Er atmete aus. „Ich muss zurück ins Büro. Ich fliege noch heute Vormittag."

Auf ihrem Gesicht zeigte sich ebenso viel Erleichterung wie Enttäuschung. Wenn Carly ihm die ganze Schuld gab, so traf ihn aus Sofies

Sicht wenigstens eine Teilschuld. Sie waren beide in eine Spirale der Schuld und Reue geworfen worden und suchten einen Sündenbock, um ihren Schmerz zu lindern. Er würde die ganze Schuld auf sich nehmen, wenn sie dadurch frei würden, ihr Leben zu leben. Aber so funktionierte das nicht.

Er stieß sich vom Türrahmen ab. „Gibt es noch etwas, das ich tun kann, bevor ich gehe?"

Etwas flackerte in ihren Augen, das ihn vor ein paar Tagen noch ermutigt hätte. Aber jetzt war ihm klar, dass es falsche Hoffnungen waren. „Nein, danke, Matt."

Er legte eine Hand auf ihre Wange, vergrub seine Finger in ihren Haaren und wünschte, sie würde sagen, er solle bleiben. Aber das tat sie natürlich nicht. Er lehnte sich vor und gab ihr einen Kuss, während ein tiefer Kummer ihn erfüllte. „Es tut mir leid. Ich wünschte, die Dinge wären anders."

„Ich weiß." Tränen glitzerten in ihren Augen.

„Mach's gut, Sofie."

Sie holte zitternd Luft. „Mach's gut, Matt."

Ob es an Chaz' Gebeten lag oder nicht, der Flug war ereignislos, die folgenden Tage im Büro waren es aber nicht. Cassinia war zurück und sie hatten alle Hände voll damit zu tun, eine Dokumentation zu erstellen, um auf die Klage zu reagieren, die Donald Price wegen Schikanierung seiner Familie angestrengt hatte.

Die Klage hätte von vornherein abgewiesen werden sollen, aber Price hatte sich an jemanden gewendet, der die Sache so weit vorangetrieben hatte, dass sie einiges an Aufwand betreiben mussten, bevor sie in Ruhe gelassen wurden. Und seine Abteilung würde es sich zweimal überlegen, sich noch einmal in die Angelegenheiten dieser Familie einzumischen. Matt schüttelte den Kopf. Siegten die Tyrannen eigentlich immer?

Kapitel 36

Rese starrte auf das Bett. Sie hatte die vier Schlafzimmer im Haus nebenan mit je zwei großen Eisenbetten eingerichtet, um Gäste zu beherbergen, die zu der Feier kommen würden. Die anderen altmodischen Betten, die sie erstanden hatte, manche doppelte, andere Einzelbetten, waren auf dem Dachboden der Villa wie in einer Art Schlafsaal aufgereiht worden und jetzt hatte Mom es sich erschreckenderweise in einem von ihnen am Fenster bequem gemacht.

Star kicherte unkontrolliert, nachdem sie Rese hier heraufgeschleift hatte, um es ihr zu zeigen. „Bestimmt erinnert es sie ans Irrenhaus."

Rese sah ihre Mutter an, die in dem schmalen Bett lag und sich zugedeckt hatte. „Es wird ein Irrenhaus sein, wenn die ganzen Kinder hier oben sind."

Star wirbelte herum. „Sie wird denken, das wären Elfen und Kobolde, die mit ihr spielen wollen."

„Und was werden sie denken?"

Star beugte sich vor und flüsterte: „Eine gute Fee."

Rese verschränkte die Arme. „Das willst du ihnen erzählen?"

„Wenn sie es nicht von alleine herausfinden", sagte sie mit leuchtenden Augen.

„Klar. Na ja, warum sollte sie nicht hierbleiben. Es scheint ihr hier oben besser zu gefallen."

„Und du kannst das Rosenzimmer Roman und Doria geben."

Rese lachte. „Gute Idee. Gleich neben Lance."

Sie blickte noch einmal zu ihrer Mutter hinüber, die in dem Bett ihrer Wahl gut aufgehoben zu sein schien, dann ging sie die Treppe hinunter, gefolgt von Star. Die unteren Stockwerke der Villa waren immer für Gäste gedacht gewesen, sodass es nicht viel Aufwand war, wenn es so weit war. Das Wohnzimmer bestand aus mehreren Sitzecken und das Esszimmer war mit kleineren Tischen eingerichtet, die sie normalerweise zusammenstellten, aber sie würden für die Feier an der Wand entlang aufgereiht werden.

Allmählich nahm die Planung Gestalt an. Lance und Nonna überlegten, was sie an Essen vorbereiten würden, sobald die Mutter und die Schwestern von Lance ankamen und helfen konnten, während Star sich um die Dekoration kümmerte – ohne durchblicken zu lassen, was sie vorhatte –, und Michelle und die Damen von der Kirchengemeinde hatten sich bereit erklärt zu bedienen, und so schien es, als könnte es funktionieren. Sofies Studio würde zum Tanzen zur Verfügung stehen, in den beiden Gärten konnten die Gäste sich aufhalten und es gab genug Platz für Tische, sodass alle die Kochkünste von Lance und Nonna genießen konnten.

Sie konnte es selbst kaum glauben, aber sie freute sich auf das Ereignis – sogar darauf, die gesamte Großfamilie von Lance zu sehen. Die Nachbarn würden sich nicht beschweren, weil Lance sie ebenfalls eingeladen hatte – die Krankenschwestern von gegenüber, den Banker und alle anderen, die irgendwann mal bei ihnen vorbeigeschaut hatten. Der einzige unbekannte Faktor war Sofie, und das machte Lance mit jedem Tag, der verging, mehr zu schaffen. Auch sie machte sich Gedanken. War es ein Fehler gewesen, darauf zu bestehen, dass er hierblieb?

Er trat hinter sie und schlang die Arme um sie. „Wow. Du verbrennst in deinem Schädel genug Holz, um die ganze Westküste zu heizen."

Star kicherte. „Daher kommt also der Rauch, der aus deinen Ohren steigt."

Rese lehnte den Kopf an seine Brust. „Mom ist auf den Dachboden gezogen."

„Okay."

„Deine Eltern können jetzt ihr Zimmer haben."

„Hilfe!" Er drückte sie und ließ sie dann los. „Wo wir gerade davon reden, ich habe mit Rico gesprochen. Er und Chaz wollen im Garten Musik machen." Er blickte zu der Stelle, wo er die Hecke gerodet und einen Steinteich mit Brunnen angelegt hatte. „Vielleicht dort."

Rese schnaubte. „Dann weiß ich ja schon, wo du dich die ganze Zeit aufhalten wirst."

„Ich spiele vielleicht den einen oder anderen Song mit, aber ich werde meine Braut nicht mit der New Yorker Verwandtschaft allein lassen." Er drehte sich um. „Willst du singen, Star?"

Sie legte sich die Fingerspitzen an den Kopf. „Er denkt, ‚dass ich leichter zu spielen bin als eine Flöte'."

„Das heißt also ja?" Lance grinste schelmisch.

Rese legte den Kopf schief. „Du bist aber gut gelaunt."
„Ich habe von Sofie gehört", erzählte er ihr und seine Miene wurde zärtlich. „Sie kommt mit Carly zurück."
Rese stieß einen langen Atem aus. „Das ist gut."
„Ja? Noch zwei Münder."
Rese lächelte. „Meinst du, es macht Sofie etwas aus, mit Carly in einem Zimmer zu schlafen?"
„Kein bisschen", sagte er. „Meine Familie gluckt gerne zusammen."
Aber sie sah doch auch einen Anflug von Sorge in seiner Miene. „Was ist?"
Er zuckte mit den Schultern. „Sie klang ein bisschen erschöpft."
„Das ist doch logisch."
„Also tragen wir die Last mit, was?"
Sie hob das Kinn. „Das tun wir doch immer."
Sein Lächeln ließ sein ganzes Gesicht erstrahlen. „Stimmt."

Drei Wochen. Matt lehnte sich in seinem Schreibtischstuhl zurück und runzelte die Stirn. Er hatte Sofie in Ruhe gelassen, nachdem die ersten Telefonate sie beide verwirrt und frustriert hatten. Sie hatte ihm mit einer Karte für die Blumen gedankt, die er zur Beerdigung geschickt hatte. Aber natürlich hätte er das persönliche Gespräch am Telefon bevorzugt.

Er hatte keinen Grund, das zu erwarten. Eric hatte sie nicht körperlich aus dieser Welt genommen, aber durch seine Tochter Carly hatte er sie wieder in seinen Bann gezogen. Matt faltete die Hände hinter seinem Kopf und wünschte, er könnte so schnell vergessen. War es fair, dass er jeden Tag an sie dachte, sie jeden Tag vermisste?

Schlimmer noch, die Dinge, die sie gesagt hatte, schienen sich in seine Gedanken gegraben zu haben – oder in seine Seele? Sie hatte ihn in seiner bequemen Selbstzufriedenheit herausgefordert und eine Glaubenstür aufgestoßen, die ihn mit jedem Blick tiefer und tiefer hineinzog. Welchen Anreiz hatte er jetzt, abgesehen von dem Wunsch, es genauer zu wissen?

Obwohl er seine Gedanken für sich behielt, sah Cassinia ihn an, als wäre seine Abtrünnigkeit deutlich zu erkennen. Während seine widerstrebende Überzeugung wuchs, drückte sie ihre Abneigung gegen alles Christliche aus, als spürte sie, dass er eifrig in dem Neuen Testament las, das er in einem Antiquariat gekauft hatte. Er hatte nichts von dem leuchtenden Glauben, den Chaz an den Tag legte, aber sie musste irgendetwas gemerkt haben, das sie auf eine Weise nervös machte, die sie ihm gegenüber sonst nie gezeigt hatte.

Oder vielleicht verarbeitete sie einfach den Tod ihrer Mutter, mit der sie sich nicht mehr hatte versöhnen können, wie Matt es gehofft hatte. Sie warf ihm vor, den Price-Fall vermasselt zu haben, weil er Annie zu Sofie gebracht hatte und ...

Das Telefon klingelte und er nahm den Hörer ab, bevor er registrierte, dass es ja sein Handy war. Gerade noch rechtzeitig, bevor seine Mailbox ansprang, fischte er es aus seiner Hosentasche. „Matt Hammond."

„Matt, hier ist Lance Michelli."

Sein Herz machte einen Satz. „Was gibt's?"

„Hast du Lust, heute Abend mit uns zu essen?"

Er könnte sagen, dass er schon selbst etwas zu essen vorbereitet hatte, was stimmte, oder dass er etwas anderes vorhatte, was eine Lüge gewesen wäre. Er konnte sich leicht herausreden, aber er dachte an die Düfte, das Ambiente, die Unterhaltung – auch wenn Sofie nicht dabei sein würde. „Das klingt gut."

Wie armselig, sich an den letzten Rest von ihr zu klammern, den er bekommen konnte, vor allem, wenn es ihre merkwürdige bunte Familie war. Aber etwas in ihm fühlte sich erleichtert. Vielleicht würde er an ihrem Tisch etwas hören, das ihn endgültig in das Lager seines Vaters versetzen würde, ob er wollte oder nicht? Vielleicht war es eine Überreaktion gewesen, alles abzulehnen, nur weil ein Vertreter – oder auch mehrere – so ein schlechtes Vorbild gewesen war. Nicht einmal Lance behauptete vollkommen zu sein.

„Gut", sagte Lance. „Bring ordentlich Hunger mit."

Er hatte keine Ahnung. Oder vielleicht doch. Als Matt vor der Villa hielt, war die Harley davor geparkt wie eine Verführerin. Das letzte Mal, als Matt die Maschine gesehen hatte, hatte Lance davon gesprochen, dass er ihm das Herz herausreißen wollte.

Von der Treppe aus hielt Lance den Schlüssel hoch. „Das Kalbfleisch Marsala braucht noch eine Weile."

Matt zog die Augenbrauen hoch. Baxter winselte. Lance kraulte den Kopf des Hundes und Matt hatte das deutliche Gefühl, dass ihm gerade eine seltene Ehre zuteilwurde. Zwanzig Minuten später brachte er das Motorrad brummend zum Stehen, stieg ab und gab den Schlüssel zurück. „Super."

Er wusste nicht, warum Lance angerufen hatte und was die großzügige Geste bedeutete. Freunde waren sie nicht gerade geworden. Er hatte für Sofie getan, was er konnte, aber es hatte nicht funktioniert, und seither hatte es keinen Grund mehr gegeben, Kontakt aufzunehmen. Aber das, was Lance gesagt hatte, hatte in seinen Gedanken Fuß gefasst.

Wenn er ehrlich war, dann waren es nicht nur die Worte, sondern auch die Art und Weise, wie diese Leute lebten, liebten und beteten. Die Art, wie sie Gott und einander dienten. Das konnte er nicht vergessen, auch wenn seine Verletzung und Enttäuschung eigentlich alle Glaubensüberlegungen hätten vertreiben müssen.

Lance gab dem dösenden Hund, der auf seinem Oberschenkel lag, einen Schubs und stand auf. „Ich dachte, du solltest wissen, dass Sofie mit Carly für eine Weile hierherkommt."

Einen Augenblick lang dachte er, Lance wollte damit ausdrücken, dass sie schon da war. „Sie hat das Sorgerecht bekommen?"

„Die Großmutter muss länger in die Reha und wird dauerhafte Behinderungen davontragen. Sie und Sofie haben das gemeinsame Sorgerecht, aber im Moment ist Carly bei Sofie."

Entgegen aller Wahrscheinlichkeit hatte sie bekommen, was sie wollte. Er hätte am liebsten gejubelt und geweint und Gott dafür gedankt, dass sie durchgehalten hatte. Aber dann wurde ihm bewusst, dass wahrscheinlich noch ein langer Weg vor ihr lag. „Wie geht es den beiden?"

„Sie kommen klar. Sowohl mit Sofies Wohnung als auch mit dem Haus der Großmutter sind negative Assoziationen verbunden. Wir hoffen, dass eine neutrale Umgebung hilft." Lance hob die Arme. „Und hier sind schon ein paar gute Dinge passiert."

„Hofft sie auf ein Wunder?"

„Vielleicht. Das Wunder der Liebe und der Familie. Was immer wir ihr bieten können."

Wir? Matt war nicht sicher, ob er etwas damit zu tun haben wollte. Es war verkehrt, dem Kind die Schuld zu geben, und verstieß gegen alles, wofür er eintrat. Wie oft hatte er in Beratungsgesprächen davor gewarnt? Und doch hatte Eric einen Haufen Schuldgefühle hinterlassen und Carly nutzte das aus.

Sie waren aus dem gleichen Holz geschnitzt. Vielleicht war das nicht ihre Schuld. Sie kannte nichts anderes, war es gewohnt, dass Manipulation andere erstickte und fesselte. Aber sie wusste, wie viel Macht sie über Sofie hatte. Dessen war er sich sicher.

„Wann kommen sie denn?"

„Übermorgen. Komm rein." Lance zog ihn ins Haus, das von Düften und Lachen erfüllt war. Das ausgezeichnete Essen entwaffnete ihn und wieder einmal umhüllten ihn Wärme und Freundschaft. Hatte Gott Lance einen Fingerzeig gegeben, damit er die Angel auswarf und Matt ein für alle Mal einfing? Star sagte, dass er Menschen wieder hinkriegte. Aber was wollte er mit einem Zweifler, einem gebrochenen Kind und einer Frau, die einen Toten liebte, schon anfangen?

Mit zugeschnürter Kehle blickte er in die Runde und fing Stars türkisfarbene Augen und ihren Blick auf. Sie erinnerte ihn an Carly – zerbrechlich, beschädigt und erstaunlich weise –, wie sie mit ihrem unsensiblen und zutreffenden Zitat bewies: „‚Der, welchen Blindheit schlug, kann nie das Kleinod des eingebüßten Augenlichts vergessen.'"

Es gefiel ihm gar nicht, dass sein Verlust zu sehen war. Seine Stimmung verdüsterte sich. Er wünschte, er wäre doch nach Hause gegangen. Sein Leben hatte er der Aufgabe verschrieben, Kindern in schlimmen Situationen zu helfen, aber mit Carly hatte er ein Problem. Solange Sofies Loyalität zuerst Erics Kind galt, konnte sie sich nicht von der Vergangenheit befreien oder über die Zukunft nachdenken.

Ausgerechnet Lance sollte das sehen. Er wandte sich zu ihm um und erkannte, dass er genau das sah. Dann traf es ihn wie ein Schlag. Glaubten sie, er könnte irgendetwas tun, etwas, das er noch nicht probiert hatte, Worte sagen, die noch nicht ausgesprochen worden waren?

Er bestritt nicht länger den Wert des Glaubens und öffnete sich allmählich für die Macht und Gegenwart Gottes, aber Sofie hatte das alles auch ohne ihn. Sie hatte ihre Familie und jetzt hatte sie Carly. Was glaubten sie, was er ihr noch zu bieten hatte?

Er stand auf und bedankte sich für das Abendessen. „Wenn Sofie kommt, sagt ihr bitte … na ja, sie weiß ja, wo ich bin."

Wenn sie ihn aufsuchte, was dann? Carly weckte in ihm die gleiche Abneigung, die er Jacky gegenüber empfunden hatte, die Last der Verantwortung. Das bedrückende Gewicht des Versagens. Diese Dinge waren ebenso real wie seine Gefühle für Sofie und er würde ihnen nichts nützen, bevor er sich nicht damit auseinandergesetzt hatte. Aber wie?

Als er zu Hause ankam, spielte er die Nachrichten auf seinem Anrufbeantworter ab und starrte fassungslos auf das Gerät, als die Stimme seiner Mutter erklang. Die ultimative Ironie. *„Ich dachte, du solltest wissen, dass Dad am Herzen operiert wird. Er würde sich über deine Gebete freuen.*"

„Ha. Die werden sich wundern, wenn sie herausfinden, dass er gar keins hat." Er löschte die Nachricht.

Sein Haus war leer und still. Schließlich stellte er die Stereoanlage an, aber die Musik nervte ihn. Er nahm seine Jacke und ging zu Murphy's. Als er sein zweites Bier halb getrunken hatte, spürte er eine Hand über seinen Rücken gleiten und Haare fielen auf seinen Nacken.

„Mmm. Du riechst gut."

Er hob das Kinn, als Sybil auf dem Hocker neben ihm Platz nahm. Von einem Extrem zum anderen. Wenn das nicht eine gute Beschreibung seines Zustands war, wusste er auch nicht, was es besser traf. Er warf ihr einen Blick zu. „Darf ich dich einladen?"

„Ich nehme das, was du hast."

Der Barkeeper sah seine Handbewegung, öffnete eine Bierflasche und stellte sie vor Sybil.

Sie nahm einen großen Schluck und setzte die Flasche dann auf der Bar ab. „Ich habe ein Gerücht gehört."

„Ach ja?"

„Ich habe gehört, was Lance Michelli für ein Neugeborenes gemacht hat, dass er es wieder zum Atmen gebracht hat. Stimmt das?"

Er rieb sich das Gesicht. „Ich war nicht dabei."

„Du warst aber seither oft da."

„Woher weißt du das?"

„Becca."

Er hätte Becca nichts davon erzählen sollen, aber von Sofie gekränkt, hatte er zu viel ausgeplaudert. „Wenn du etwas wissen willst, frag ihn doch selbst."

„Ich glaube nicht, dass das gut ankommen würde."

„Bei seiner Verlobten?"

„Bei ihm."

„Ich bin mir sicher, er wird die Vergangenheit ruhen lassen. Was ist schon ein kleiner Mord zwischen Vorfahren?"

Sie zog eine Augenbraue hoch. „Du bist witziger, als ich dachte."

„Lass dich nicht täuschen. Hinter der Fassade steckt ein ernster Typ."

Sie lachte. „Warum haben wir uns eigentlich nicht zusammengetan?"

„Weil wir nur Freunde sind." Sie tat ihm leid, aber alles andere würde ihm Ärger einbringen.

„Das lässt sich ändern." Sie fuhr mit der Hand über seinen Rücken.

„Sybil."

Sie hauchte in sein Ohr: „Wir diskutieren das bei mir zu Hause weiter."

„Netter Versuch, aber von mir erfährst du nichts, es sei denn, du verabreichst mir ein Betäubungsmittel." Er hatte nicht vor, über Lance und seine Fähigkeiten zu sprechen. Nicht, wenn er so verletzlich war. „Wieso interessiert dich das überhaupt? Hast du eine Schwäche für Lance?" Er kniff die Augen zusammen. „Er ist dein Typ. Nervös. Gefährlich." Nicht der religiöse Teil. Eindeutig nicht. Aber er sah in ihren Augen, dass er ins Schwarze getroffen hatte.

Sie wehrte den Angriff ab. „Was wäre, wenn ich sagen würde, dass du mein Typ bist?"

„Ach, komm."

Sie musterte ihn von Kopf bis Fuß mit einem Blick, der mehr Wirkung zeigte, als er sollte. Ein Teil von ihm wollte sich an Sofie rächen, ihr beweisen, dass er sie ebenso hinter sich gelassen hatte wie sie ihn. Er sollte lieber aufpassen, sonst landete er noch irgendwo, wo er nicht sein wollte.

Sie stützte einen Ellbogen auf die Bar. „Warum hast du Lance als gefährlich bezeichnet? Was ist so besonders an ihm?"

„Ich rede nicht darüber, Sybil." Nachdem er den Abend mit Sofies Familie verbracht hatte, regte sich in ihm ein plötzlicher Beschützerinstinkt. „Egal, wie lieb du fragst."

Sie zog die Augenbrauen hoch. „Wegen Sofie?"

„Weil man manche Dinge besser in Ruhe lässt."

Aber manche Dinge ließen ihn einfach nicht in Ruhe, sosehr er sich auch darum bemühte. Der Anrufbeantworter blinkte wieder, als er nach Hause kam.

Kapitel 37

Sofie ließ Carly aussteigen und lächelte ihr aufmunternd zu und verbarg damit zugleich ihre eigene Beklemmung. *Bitte lass dies die richtige Entscheidung sein.* Denn ihr gingen die Ideen und die Kraft aus. „Und? Wie findest du es?"

Carly sah das Haus und den Garten genauso an, wie sie die Landschaft auf der Fahrt vom Flughafen hierher betrachtet hatte. Schweigend. Bestrafte sie Sofie? Wofür? Sie brauchte doch auch einen Ort, an dem sie heil werden konnte.

„Sollen wir reingehen?"

Aber Carly zuckte zurück, daher bot sie ihr eine Alternative an. „Möchtest du zuerst mein Studio sehen?"

Carly flüsterte: „In Ordnung."

Sofie dachte daran, wie aufregend Matt es gefunden hatte, und ging mit ihr durch die enge Luke. „Das ist unser Geheimweg."

Kein Kommentar. Wortlos ging Carly die Treppe runter und folgte ihr in das inzwischen fertiggestellte Studio, wo sie zur Decke hinaufblickte. „Cool."

„Das hat Star gemalt."

Carly hatte gesagt, was sie sagen wollte.

„Wenn du willst, bringe ich dir das Tanzen bei."

Sie nickte, aber es war schwer zu sagen, ob es Interesse war oder ob sie Sofie nur einen Gefallen tun wollte.

„Nur, wenn du willst." Das Kind musste wissen, dass es jetzt frei war, dass es Nein sagen oder etwas Neues anfangen konnte. Die Erwartungen, die sie aneinander hatten, mussten vernünftig sein, aber bis jetzt hatten sie sich nur aneinandergeklammert. Ohne Eric, der alles steuerte, trieben sie ziellos dahin. „Bist du müde?"

Carly nickte.

„Hunger?"

Sie schüttelte den Kopf.

Das mit dem Essen würde noch eine Weile schwierig sein, bis das Kind emotional stabil war. Sie verließen das Studio durch den neuen

Haupteingang und gingen durch die Küche ins Haus. Nonna war dort und umarmte sie beide.

„Wer ist denn dieses schöne Mädchen? Die kleine Carly?"

Sofie spürte ihre Panik und legte einen Arm um Carlys Schultern. „Carly, das ist Nonna Antonia. Du erinnerst dich bestimmt nicht mehr an sie, aber sie kannte dich schon, als du noch ein Baby warst."

Carly stand schweigend da. Nicht einmal eine Begrüßung. Sofies Herz wurde schwer. Sie hatte gehofft, diese Begegnung würde Carly aus ihrem selbst auferlegten Schweigen reißen. Seit dem Unfall hatte sie mit niemandem außer mit Sofie gesprochen. Nicht einmal die Richterin hatte ein Wort aus ihr herausbekommen.

Ob es Carlys Methode war, dafür zu sorgen, dass sie nicht auseinandergerissen wurden, oder ob sie wirklich nicht antworten konnte, wusste sie nicht. Selektives Verstummen war ungewöhnlich, aber wenn man Carlys Isolation vor dem Zwischenfall bedachte, war es vielleicht gar nicht so ungewöhnlich. Ihre Kommunikation war beinahe über die Maßen offen gewesen – bis zu dieser Reise. Sie aus ihrer vertrauten Stadt zu bringen, mochte Carly stressen, aber Sofie hatte gehofft, dass sich das legen würde, wenn sie erst einmal hier waren.

„Ist Lance zu Hause?"

„Er und Rese sind noch bei der Arbeit."

Sofie hatte gehofft, er wäre hier und könnte mit Scherzen und Knuffen eine Reaktion auslösen, damit sie nicht die ganze Last allein tragen musste. Sie gab es nicht gerne zu, aber sie erkannte Carly nicht wieder. Sechs Jahre hatten zu viel verändert. Für das Mädchen konnte sie kaum mehr als ein Traum sein. Und mit Träumen konnte die Realität kaum jemals mithalten.

„Komm mit. Ich zeige dir unser Zimmer." Irgendwann konnten sie Carly vielleicht ein eigenes Zimmer geben, aber die Albträume waren so beständig, dass sie seit der Beerdigung in einem Bett geschlafen hatten. Allmählich würde sie mehr auf Distanz gehen, damit Carly die Chance hatte, die Dinge eigenständig zu verarbeiten, aber bis jetzt war das noch nicht möglich gewesen.

Sofie ging die Treppe hoch und hoffte, dass an diesem neutralen Ort, diesem heilsamen Ort, alles besser werden würde – für sie beide. Sie wuschen sich, zogen ihre Schlafanzüge an und kletterten in das große Bett. Das war vielleicht unorthodox, aber die nächtlichen Ängste des

Kindes waren so heftig, dass sie unmittelbar vor Ort sein musste, um sie in die Wirklichkeit zurückzuholen. Und diese Wirklichkeit hatte ihren eigenen Kummer, in dem sie einander so viel Trost gaben, wie sie konnten.

Sie zerbrach an ihren Schuldgefühlen und Sofie wusste nicht, wie sie es verhindern sollte. Carly weigerte sich, mit einem Psychologen zu reden. „Nur du kannst mir helfen, Sofie." Die tränenreiche Beteuerung brach ihr das Herz und heilte es gleichermaßen. Irgendwo, irgendwie musste Heilung geschehen.

Während Carly mit Sofie zu der Privatschule fuhr, die Grandma bezahlte, legte die Angst sich um sie. Verglichen mit einigen ihrer früheren Schulen gab es hier kaum Schüler. Vielleicht zehn Kinder auf einen Lehrer. Ihr ganzer Jahrgang bestand aus nur vierundfünfzig Schülern. Sofie und Grandma fanden das gut. Aber sie konnte nicht in der Menge untertauchen. Wie sollte sie bei so wenigen Kindern unsichtbar bleiben?

Ms. Warrick, die Vertrauenslehrerin, der sie am Tag zuvor vorgestellt worden war, hatte sie getestet, um ihren Wissensstand herauszufinden und was sie bei Daddys ständigen Umzügen – und durch seinen Tod – verpasst hatte. Die Frau hatte sie neugierig, aber freundlich angesehen, während Sofie so viel von ihrer Situation erklärt hatte, wie sie vereinbart hatten, und dabei die Worte gesprochen hatte, die ihr selbst nicht über die Lippen kamen.

Mit Sofie an ihrer Seite näherte sie sich dem Gebäude. Sie wollte Ms. Warricks Freundlichkeit nicht. Sie wollte keine fürsorglichen, verständnisvollen Lehrer. Sie wollte keine Freunde. Schon bei dem Gedanken an Freunde zog sich ihr Magen wie eine Faust zusammen. Sie konnte jedem, der ihr zu nahe kam, wehtun.

Sie blieb vor dem Eingang stehen und versuchte es mit einem letzten Flehen. „Bitte, Sofie. Ich möchte, dass du mich unterrichtest." Wenn zehn zu eins gut war, wäre eins zu eins dann nicht noch besser?

Sofies Stimme klang sanft. „Du schaffst das schon."

Sie wussten beide, dass das nicht stimmte. „Ich habe Bauchschmerzen."

Sofie umarmte sie. „Es ist völlig in Ordnung, dass du nervös bist. Oder sogar Angst hast."

„Ich glaube, ich bin krank."

„Du bist nicht krank, meine Süße. Du bist schlau und pfiffig." Und dann die Sätze, die sie immer wieder sagte. „Du bist geliebt. Du bist schön. Du bist ein Kind Gottes."

„Bin ich nicht. Nichts davon."

„Du bist all das und noch viel mehr."

Carly schüttelte den Kopf, unfähig, nicht bereit, es zu glauben. Der Einzige, der sie ganz und gar geliebt hatte, war tot. Wer würde sie jetzt noch wollen? Nur Sofie. Denn Sofie wusste es. Sie war dabei gewesen. Sie hatte gesehen …

„Es klingelt, Carly. Du weißt die Nummer deines Klassenzimmers. Geh rein, Liebes."

Sie drehte sich um, aber ihre Füße waren schwer wie Blei. Alle ihre Worte verstopften ihre Kehle. Als sie keine Freunde hatte haben dürfen, hatte sie sich mehr als alles in der Welt welche gewünscht. Jetzt musste sie die anderen Kinder von sich fernhalten, jeden. Sie durften nicht sehen, was sie war.

Sie überlegte, dass sie hineingehen und sich wieder hinausschleichen könnte, wenn Sofie weg war, aber wenn sie Schwierigkeiten machte, durfte sie vielleicht nicht bei Sofie bleiben. Und Grandma konnte sie nicht nehmen und Daddy ...

Tränen traten ihr in die Augen. Sie schluckte ein paar Schluchzer hinunter. *Ich bin geliebt. Ich bin schön. Ich bin ein Kind Gottes.* Lügen. Alles Lügen.

Körperlich und emotional erschöpft seufzte Sofie, als sich die Tür hinter dem Kind schloss. Sie hatte sich diese Entscheidung nicht leicht gemacht und hatte Carlys Flehen widerstanden. Wenn irgendetwas sie dazu bringen konnte, wieder zu sprechen, dann müsste es eine beständige soziale Situation sein, in der Teilnahme belohnt wurde. Und doch hatte der letzte Blick, den Carly ihr zugeworfen hatte, sich wie ein Messer in ihr Herz gebohrt. Was für eine Verzweiflung.

Vielleicht hatte sie sich geirrt. Hätte sie Carly die Entscheidung überlassen sollen? Andere Kinder lernten erfolgreich zu Hause. Aber sie hatten auch nicht das erlebt, was Carly durchgemacht hatte. Wenn sie das

Geben und Nehmen sozialer Beziehungen nicht jetzt lernte, wie und wann sollte es dann geschehen?

Oder verlangte sie zu früh zu viel von ihr? In den beiden Tagen in der Villa hatten sich Star und Rese und Lance und Nonna alle mit ihr beschäftigt und versucht, eine Unterhaltung mit ihr zu führen – vergeblich. Carly wollte nicht unhöflich sein. Sie konnte nur nicht mit Menschen kommunizieren, die sie nicht kannte, denen sie nicht vertraute. Der einzige Mensch, dem Carly vertraute, hatte sie gerade im Stich gelassen.

Sofie starrte auf die geschlossene Eingangstür und widerstand dem Drang, sie zurückzuholen. Warum bestand sie darauf? Weil sie selbst einen Freiraum brauchte? Sie wollte nicht glauben, dass ihre Gründe so selbstsüchtig waren. Hatte sie sich die letzten sechs Jahre nach diesem Kind gesehnt, nur um eine Trennung zu erzwingen, wenn Carly am verletzlichsten war?

Vielleicht hatte Eric das gesehen, hatte erkannt, dass sie nicht die Hingabe an Carly mitbrachte, die er erwartet hatte. Die Hingabe, die er gehabt hatte. Sie hasste den Gedanken, aber vielleicht hatte er ja recht. Carlys einzige Kraft- und Trostquelle zu sein, war schwerer als alles, was sie jemals getan hatte.

Sie schluckte ihre Zweifel und Enttäuschung hinunter. Egal, wie überwältigt und unzulänglich sie sich fühlte, sie würde tun, was nötig war. Sie wünschte nur, sie wüsste, was das war.

Sie drehte sich um und sah Matt an ihrem Wagen lehnen, in Stoffhose und Anzughemd gekleidet, die Ärmel aufgekrempelt und die Arme verschränkt. Das Herz schlug ihr bis zum Hals. Den Gedanken an ihn hatte sie hinter die akuten Bedürfnisse jedes Tages zurückgedrängt und alle Gefühle, die sich verräterisch anfühlten, abgeblockt. Aber jetzt stand er da und sie blieb viel zu lange stehen, um ihn anzusehen.

Er richtete sich auf, als sie schließlich näher kam. „Hi."

Sie befeuchtete ihre Lippen, aber ihre Kehle war ganz trocken, als die Erinnerung an die Szene auf dem Dach über sie hereinbrach. Erics Griff, seine Panik … sein Fall. Wenn Matt Carly doch nur hätte zu ihm gehen lassen …

„Wie geht es dir?" Seine Stimme klang rau.

Sie konnte nicht einmal anfangen, darüber nachzudenken. Es ging ihr, wie es ihr gehen musste. „Ich … habe gerade Carly zur Schule gebracht."

„Das habe ich gesehen."

„Sie ist nervös."

„Neuer Ort, neue Leute."

„So viel Veränderung." Sie bemerkte, dass sein Haarschnitt herausgewachsen war, sodass er entspannter, weniger förmlich wirkte, aber sein Gesicht sah nicht entspannt aus. Sie konnte nur erahnen, was ihm durch den Kopf ging. „Wie hast du …"

„Auf meinem Weg zur Arbeit." Er zeigte die Straße hinunter.

„Oh." Wieder ein Arbeitstag, bei dem er auf Hilferufe reagierte und hereinschwebte wie ein Mann, der die Welt rettete. Nur dass er es nicht getan hatte. „Lance hat mir erzählt, dass du letzte Woche zum Essen da warst."

Er nickte. „Ich mag gutes Essen."

„Und Harleys?"

„Gibt es auch etwas, das du nicht weißt?"

Sie seufzte. „Zu viel."

„Tun dir die Rippen noch weh?"

Sein Hechtsprung hatte sie und Carly davor bewahrt, über die Dachkante zu stürzen, aber er war zu spät gekommen. Etwas in ihnen war zerbrochen, als Eric gestorben war, und Matt hatte damit zu tun, ob er wollte oder nicht. „Viele Dinge tun weh."

„Stimmt."

„Matt …" Sie verschränkte die Arme. „Ich weiß nicht, was aus der ganzen Sache wird."

„Wie möchtest du denn, dass es wird?"

„In einer perfekten Welt?"

„Nein, in der, die wir haben."

Sie sah zu Boden. „Es gibt viel zu verarbeiten."

„Für dich? Oder für Carly?"

„Für uns alle."

„Wir könnten es auch zusammen versuchen." Sein Ton war vorsichtig optimistisch.

Der Gedanke, jemanden zum Anlehnen zu haben oder auch nur an ihrer Seite, brachte sie beinahe zum Weinen. „Ich bin mir nicht sicher, ob das im Moment möglich ist."

„Warum essen wir nicht zusammen und reden darüber?"

„Sie ist nicht ..."

„Ich meine nicht Carly. Du hast Menschen, die auf sie aufpassen können."

Ihr Herz wurde schwer. Er wollte ihre Beziehung da wieder aufnehmen, wo sie sie aufgegeben hatte. Sie sah es an seinem Gesicht. Aber wie konnte sie noch mehr geben, als sie jetzt schon gab? „Ich kann sie nicht allein lassen. Sie spricht mit niemandem außer mit mir. Es ist eine Form von Mutismus."

„Selektiv."

Das war der Begriff, aber es klang so manipulativ. „Sie hat es genauso wenig unter Kontrolle wie ein Stotterer."

„Und wenn Lance sich mal eingehend mit ihr beschäftig? Bei dem Baby hat er doch ..."

Es schien ihm ernst zu sein.

„Was Carly braucht, ist Liebe."

Er blickte zu der Schule hinüber, in der das Mädchen verschwunden war. „Carly muss lernen, dass man Liebe nicht horten kann."

Das traf. Sie horteten keine Liebe, sie mussten sie überleben.

Er wollte, dass sie etwas sagte, aber was sollte sie noch sagen? Die Dinge waren zu kompliziert, zu schmerzhaft. Sie hatte das Gefühl, als wäre sie im Krieg gewesen und Granaten würden immer noch über ihrem Kopf explodieren. Die vergangenen sechs Jahre waren eine Illusion gewesen und sie war wieder in die Realität von Eric und Carly und ihrer eigenen Unzulänglichkeit geworfen worden.

Es gab nur einen Weg hindurch. Matt verstand nicht, dass sie für das Kind tun musste, was sie konnte. Alles andere war nicht wichtig. Sie konnte nur Absolution erlangen, indem sie Carly liebte.

Er hätte vorbeifahren können. Aber er hatte sich lieber freiwillig in die Schusslinie begeben, anstatt darauf zu warten, dass er plötzlich getroffen wurde. Sofie hatte so quälend schön ausgesehen mit ihrem seidig weichen Haar im Nacken, ihrer Stoffhose und dem figurbetonten Top, die ihre grazile Gestalt betonten, mit ihrem zarten bräunlichen Teint und den ausdrucksstarken Augen. Er hätte sie so gerne in den Arm genommen, aber deshalb hatte er nicht angehalten.

Er war ausgestiegen und auf sie zugegangen, weil er für sie kämpfen wollte, weil er wollte, dass sie für sich selbst kämpfte. Aber ihre Miene und ihre Körpersprache waren ebenso widersprüchlich gewesen wie seine eigenen und er hatte aufgegeben. So wie er Jacky nicht daran gehindert hatte zu gehen, hatte er Sofies Abwärtsspirale in zerstörerische Denk- und Verhaltensmuster nicht verhindert. Vielleicht hatte Chaz recht. Sein erster Instinkt war, den Abflug zu machen.

Als er vor dem Büro parkte, klingelte sein Handy. Er sah die Nummer und beschloss, dass er nicht länger davonlaufen würde. „Hallo, Mom."

„Oh, Gott sei Dank. Ich dachte, du wärest im Ausland oder so."

„Ich war noch nie im Ausland." Da Dad nichts davon hielt, amerikanische Dollars in ausländische Wirtschaftssysteme zu stecken, hatten sie bei keinem ihrer gemeinsamen Urlaube eine Grenze überquert. Und seither hatte er weder Zeit noch Grund gehabt, es zu tun.

„Aber ich habe versucht, dich zu erreichen."

„Wie ernst ist die Situation denn?"

„Sie werden am offenen Herzen operieren. Er könnte sterben. Warum hast du nicht zurückgerufen?"

„Wann ist die OP?"

„Morgen früh. Du hättest schon hier sein können, wenn du meinen ersten Anruf erwidert hättest."

Da sein? „Ich weiß doch gar nicht, ob ich hier wegkann."

„Dein Vater hat eine Herzoperation. Du bist alles, was er noch hat, und du weißt nicht, ob du kommen kannst?"

Um für Sofie da zu sein, hatte er ein teures Last-Minute-Ticket nach New York bezahlt. Jetzt war er deutlich weniger motiviert, aber vielleicht würde er nie die Gelegenheit bekommen, Jackys Fall vorzutragen, wenn er jetzt nicht hinfuhr. „Ich werde sehen, was ich tun kann."

Neun Stunden später landete er in Phoenix und traf sich anschließend im Krankenhaus mit seiner Mutter. Er hatte ihr immer zum Geburtstag Blumen geschickt und eine Karte am Muttertag, aber seit fünf Jahren hatte er sie nicht mehr gesehen. Ihr Gesicht hatte seine scharfen Kanten verloren und ihre Taille war fülliger geworden. Ihr Körperbau war immer noch zierlich, aber die Haut war schlaffer. Ihr Haar war blonder, als es von Natur aus je gewesen war, und ihre Augen waren von einer undefinierbaren blauen Farbe und wurden von keinem inneren Leuchten erfüllt.

Sie war weder unsicher noch unintelligent, sondern nur geschult, so zu wirken. Die Ehefrau, die sich unterordnete. Wieder stiegen seine antireligiösen Vorurteile in ihm auf, aber diesmal verließ er sich nicht auf eine ähnlich nutzlose Philosophie. Er hatte Glauben in Aktion gesehen, einen schwitzenden, dienenden, liebenden Glauben. Er entsprang der Freiheit und nicht einer dominanten Herrschsucht.

„Oh, Matthew, ich bin ja so froh, dass du hier bist." Ihre Umarmung war anders als das kühne Drücken einer Doria Michelli. Moms Umarmung war verglichen mit der herzlichen allumfassenden Liebe von Sofies Mutter ein zögerlicher, künstlicher Kontakt. Vielleicht waren es ihr zierlicher Körperbau und ihre Weichheit oder sie hatte Angst zu zeigen, dass sie Substanz hatte. Als er ihre Umarmung erwiderte, tat sie ihm vor allem leid.

Und das überraschte ihn. Er hatte erwartet, wütend zu sein. Aber das würde noch kommen. Bei Dad. Wenn der Mann starb, würde Matt dafür sorgen, dass er es nicht mit einem reinen Gewissen tat. Sofies Niedergang hatte seinen Entschluss noch gestärkt. Ein Tyrann würde in den Spiegel sehen müssen, und wenn es das Letzte war, was er sah.

Die Arme seiner Mutter sanken. Sie trat zurück und sah ihn an. „Du bist Webb so ähnlich, dass ich immer staune."

Mit zusammengebissenen Zähnen sagte er: „Wo ist er?"

Sie betraten das Zimmer, in dem der Riese, Webb Hammond, zusammengesunken lag. Er rang schwer um Luft und ein finsterer Blick meißelte steile Falten auf seine Stirn, bis er sich umwandte. Matts Magen drehte sich um, als er den Stolz und die Zufriedenheit im Gesicht seines Vaters sah.

„Matty." Sein dicker Hals klang wie zugeschnürt. „Komm her, damit ich mich nicht so anstrengen muss, dich zu sehen."

Matt trat an das Bett. „Pumpe kaputt?"

„Nichts, was sie nicht reparieren könnten. Ich zahle schließlich genug dafür. Die schicken ihre Kinder alle nach Harvard." Die Angeberei funktionierte mit dem Schlauch in seiner Nase und dem Krankenhaushemdchen nicht besonders gut.

„Wann hat es angefangen?"

Webb zuckte mit den Schultern. „Vor ein paar Monaten." Er drehte sich um. „Lass uns allein, Liz. Du machst mich nervös."

„Ich hole Matt einen Kaffee."

Er wollte keinen Kaffee, aber er wollte auch nicht, dass seine Mutter hörte, was er zu sagen hatte. Er wartete, bis die Tür sich geschlossen hatte, aber bevor er etwas sagen konnte, ergriff sein Vater das Wort: „Hör zu. Wenn ich das hier nicht überstehe, bist du für deine Mutter verantwortlich."

„Du hast doch gesagt –"

„Sie schneiden mein Herz auf", knurrte er. „Meinst du, da gibt es irgendwelche Garantien?"

Matt schluckte. „Du befindest dich hier in einer Spezialklinik. Ich gehe davon aus, das sie jede Menge Herzoperationen machen."

„Operationen." Er spuckte das Wort förmlich aus. „Sie haben keine Ahnung, warum mein Herz seinen Job nur zur Hälfte macht."

Soweit Matt es beurteilen konnte, hatte es nicht einmal das je getan.

„Egal, was sie finden, es wird nichts Gutes sein. Wenn es passiert, nimmst du deine Mutter mit nach Sonoma. Sie wollte sowieso nie hierherziehen."

„Warum seid ihr dann hierhergezogen?"

Sein Vater warf ihm einen düsteren Blick zu. „Zu viele Erinnerungen."

Er hatte einen Weg gesucht, um das Thema anzusprechen, und jetzt hatte Dad ihm die Gelegenheit dazu auf dem Silbertablett serviert. „An Jacky?"

Sein Vater presste die Lippen aufeinander. Jahrelanges Schweigen bei diesem Namen hatte einen automatischen Reflex verursacht. „Es war nicht gut für deine Mutter."

Klar.

„Der Punkt ist, dass sie nicht allein in Phoenix bleiben kann. Du musst bei dir in der Nähe etwas für sie suchen."

„Das ist nicht so einfach, wie es sich anhört. Sonoma hat nur begrenzte Immobilien und hohe Preise."

„Sie wird etwas von der Versicherung bekommen. Ich habe immer gearbeitet und etwas vorzuweisen. Im Gegensatz zu dir, der eine sichere Sache gegen so ein soziales Zeug für Muttersöhnchen eingetauscht hat. Du hättest mich um Rat fragen sollen. Dann bräuchtest du jetzt nichts zu bereuen."

„Ich bereue nichts."

„Natürlich nicht. Miese Bezahlung. Keine Dankbarkeit. Keinen Respekt."

„Da irrst du dich gewaltig." Matt kochte vor Wut. „Was ich tue, ist wichtig. Es bringt Kinder in Sicherheit, bevor etwas Schlimmes passiert."

„Ich habe Neuigkeiten für dich: Schlimme Dinge passieren."

„Aber das sollten sie nicht."

Sein Vater funkelte ihn an. „Ich dachte, ich hätte dich erzogen, härter zu sein."

„Und was dachtest du über Jacky?"

Er ballte die Fäuste. „Genug von Jacky."

„Genug? Du hast nie über ihn gesprochen und Mom durfte es auch nicht."

„Sie hat es überwunden, oder? Was nützt es denn, den Unfall ..."

„Unfall? Nenn es doch wenigstens beim Namen."

Die Stimme seines Vaters wurde kalt. „Wovon redest du?"

„So wie du ihn angetrieben hast, uns beide angetrieben hast. Jemand hätte dich schon vor Jahren für die Dinge, die du getan hast, zur Rechenschaft ziehen sollen."

„Dinge, die ich getan habe? Ich habe aus dir den Mann gemacht, der du bist."

Das war die traurige Wahrheit. „Und Jacky? Was hast du aus ihm gemacht? Abgesehen von einer Leiche."

Zum ersten Mal in seinem Leben fiel seinem Vater keine Erwiderung ein.

„Du bist es, der etwas bereut, Dad. Oder zumindest bereuen sollte. Er hatte nie eine Chance."

„Du hast doch keine Ahnung."

Matt wollte nur, dass der Mann zugab, dass er seinem Sohn Unrecht getan hatte. Aber er sah, dass das nie geschehen würde. „Wie schläfst du eigentlich nachts?"

Das Gesicht seines Vaters rötete sich. Ein Monitor fing an zu heulen. Er keuchte: „Hörst du das?"

„Ja." Matt sah ihm direkt in die Augen. „Klingt für mich wie das Signal eines Zuges."

Kapitel 38

Sofie fuhr aus dem Schlaf hoch und hielt Carly fest, bevor diese schreiend aus dem Bett flüchtete.

Carly schlug um sich und wehrte sich gegen ihre Umklammerung. „Nein! Bitte nicht."

„Schhh, Carly. Wach auf."

Carly riss sich los. „Hör auf. Tu ihnen nicht weh."

Sofie schaltete das Licht ein. „Carly. Ist ja gut, Liebes."

Ihre Augen waren offen, aber sie schlug weiter um sich, bis die Realität endlich in ihren Traum eindrang. Dann sank sie mit klopfendem Herzen auf ihr Kissen zurück. „Tut mir leid."

„Kein Problem, Liebes."

„Es waren Grandmas kleine Hunde, die Männchen gemacht haben. Und er … er …" Sie schluckte. „Matt hat sie über die Kante gestoßen."

Sie konnte nicht sagen, ob Carly tatsächlich von Matt als Täter geträumt hatte oder ob sie den Traum im Wachzustand verdreht hatte. So oder so machte es ihr Sorgen. Auch wenn die Träume so vielleicht leichter zu ertragen waren, würde es Carly nicht helfen, Erics Grausamkeit auf jemanden zu übertragen, der nur versucht hatte zu helfen.

„Matt würde doch Grandma Beths Hunden nie wehtun." Nichts und niemandem.

„Aber das hat er. Er hat sie hinuntergestoßen. Ich konnte sie nicht auffangen." Sie fing an zu schluchzen.

„Schhh." Sofie drückte ihre Wange auf Carlys Haar und zog das Kind an sich. Das war vielleicht die Form, die ihr Traum annahm, aber das tatsächliche Ereignis war ebenfalls da. Jetzt war nicht der Zeitpunkt, Matt zu verteidigen, sondern Carly den Trost zu geben, den sie so dringend brauchte.

„Ich habe es versucht. Ich habe es versucht, aber er hat mich festgehalten."

Sofie küsste die Haare des Mädchens und ließ es weinen.

„Warum hat er denn nicht losgelassen?"

Jetzt setzte sie sich mit der Wirklichkeit auseinander. „Er wollte nicht, dass dir etwas passiert."

„Nein." Sie schüttelte heftig den Kopf. „Ich bin ihm egal. Er wollte dich."

„Er wollte auch, dass mir nichts passiert, das stimmt. Er wollte uns alle in Sicherheit bringen."

„Nicht Daddy."

Sofie schluckte den Schmerz hinunter. Matt hatte wahrscheinlich nicht an Erics Sicherheit gedacht. Er hatte einen Tyrannen gesehen und seine Feindseligkeit übertragen. Wenn das nicht gewesen wäre, hätte er Eric auch aufgefangen? Hätte er es gekonnt?

„Ich hasse ihn. Die armen kleinen Hunde."

„Matt hat den Hunden nichts getan."

Carly vergrub ihr Gesicht in den Kissen. „Ich hasse ihn. Ich hasse ihn. Ich bin froh, dass er weg ist."

Sofie strich ihr über den Rücken. So viel Wut, so viel Verletzung musste das Mädchen loswerden. Aber sie würde nicht zulassen, dass Matt die Schuld daran gegeben wurde – nicht in Carlys Vorstellung und nicht in ihrer eigenen. Von ihnen allen hatte nur Matt ausschließlich zum Wohl anderer gehandelt.

„Ich wünschte, er wäre tot", zischte Carly.

Sofie stützte sich auf ihren Ellbogen und drehte das Kind so, dass es sie ansah. „Sag das nie wieder." Der Tod war zu endgültig, zu quälend ewig. „Hast du mich verstanden, Carly?"

Carly starrte sie bestürzt an. Sie war Eric so ähnlich, genauso ernsthaft, genauso lebhaft. Aber in ihren Augen sah Sofie Reue oder wenigstens Bedauern. Sie hoffte und betete, dass sie nicht vorgetäuscht waren.

„Und jetzt schlaf. Du hast morgen Schule." Sofie legte sich hin und drehte sich auf die Seite.

Bis jetzt hatte sie nur an den Verlust des Mädchens gedacht, an seinen Schmerz und seinen Kummer und die Schuldgefühle. Gott wusste, dass sie beide darunter litten. Matts Worte kamen ihr in den Sinn. „*Carly muss lernen, dass man Liebe nicht horten kann.*" Das hatte ihr nicht gefallen, aber jetzt fragte sie sich, ob er vielleicht recht hatte. Benutzte Carly Trauer und Schuld, um die Person, deren Liebe sie wollte, von allen anderen zu isolieren?

Ihre Brust zog sich zusammen. Das wollte sie gar nicht denken. Sie wollte nicht glauben, dass sie wieder in die gleiche Falle getappt war. Hatte Carly mehr von Eric an sich, als sie glauben wollte? Sie vergrub das Gesicht in den Händen. Wie sollte sie das nur verkraften?

Etwas rührte sich in ihr, eine innere Gewissheit, dass sie nicht alleine war. Der Eine, der die ganze Zeit da gewesen war, der sie ganz und gar kannte, hatte ihre Zweifel und Rechtfertigungen überstanden. Gott hatte sie nicht im Stich gelassen. Es musste einen Weg durch dieses Tal geben, es würde einen geben. *Bitte, Gott, zeig mir den Weg.*

Carly schloss die Augen. Sie konnte auf keinen Fall etwas sagen, selbst wenn sie es wollte. Sie hatte Sofie verärgert. Es hatte keine harte, kalte Wut gegeben, aber sie wusste es. Warum, warum hatte sie es nur gesagt? Sie hätte es nur denken sollen. Bei jedem anderen war es einfach. Es geschah, ohne dass sie sich Mühe geben musste, und sie konnte es nicht ändern, selbst wenn sie es wollte. Aber Sofie war ihr einziger sicherer Ort gewesen. Jetzt hatte sie nicht einmal mehr das. Jetzt gab es niemanden mehr.

Wegen Matt.

Hass stieg in ihr auf, der so stark war, dass er beinahe in ihr lebendig wurde. Sie wünschte sich wirklich, er wäre tot. Sie wünschte, er wäre tot und Daddy am Leben. Sie wünschte es sich so sehr, dass es wehtat. Sie wollte ihm wehtun. So wie Daddy den anderen wehgetan hatte. Ihr Magen zog sich zusammen, aber sie wollte sich nicht übergeben. Dieses schlimme Gefühl konnte dort bleiben, wo es war. Sie wollte es so.

Matt stand auf dem Gang bei seiner zitternden Mutter. Er hatte gesagt, was er sagen wollte, aber es fühlte sich nicht so gut an, wie er gedacht hatte. Es fühlte sich eher an wie ein Tiefschlag und er hatte nie mit unfairen Mitteln gekämpft, sondern sich und andere nur verteidigt. Oder etwa nicht?

Die Muskeln seines Kiefers verkrampften sich. Es war zu einfach gewesen, sich überlegen zu fühlen und Jacky die Rolle der Enttäuschung zu überlassen. Zu einfach, den Champion zu spielen, anstatt Jacky beizubringen, wie er sich selbst verteidigen konnte. Er hatte von Jackys Schwäche profitiert, von seiner Bedürftigkeit, seiner Bewunderung.

Nachdem er richtig erkannt hatte, dass er bei beiden Eltern nicht sicher war, hatte er sich ganz auf seinen Bruder verlassen. Und ihm hatte das gefallen.

Ein Schmerz durchfuhr ihn. Dad hatte sie beide zu hart rangenommen, aber es war nicht die Ablehnung seines Vaters gewesen, die Jacky zerbrochen hatte, sondern seine eigene.

Seine Mutter rang die Hände. „Ich weiß nicht, was ich ohne dich machen würde."

Sie wusste nicht, was er getan hatte, dass er diese Krise verursacht hatte. Er stand schweigend da und wusste, dass es so bleiben würde, wenn er es zuließ. Er und Dad würden sich von Mann zu Mann damit auseinandersetzen – wenn er durchkam. Aber als sie ihn in den OP brachten, Stunden vor dem geplanten Termin, sagte er: „Ich habe ihn aufgeregt."

„Oh nein, Schätzchen."

„Doch. Ich habe ihn wegen Jacky zur Rede gestellt."

Sie blickte zu ihm auf. „Du ..."

„Ich habe zu ihm gesagt, dass es kein Unfall war. Dass er Jacky vor diesen Zug getrieben hat."

Sie presste eine Hand auf ihren Mund. „Was?"

„Aber in Wirklichkeit waren wir es alle. Wenn einer von uns sich so verhalten hätte, wie dieser leidende Junge es gebraucht hätte, dann wäre er heute noch am Leben."

„Du meinst doch nicht ..."

Matt schluckte. Er hatte sie nicht noch mehr aus der Fassung bringen wollen. Aber vielleicht blieb ihm jetzt nichts anderes übrig, als es durchzuziehen. „Wenn du Dads Misshandlungen nicht geleugnet hättest und ich nicht davon profitiert hätte, wenn Dad seine Macht nicht wie ein gottgegebenes Recht missbraucht hätte, wäre Jacky vielleicht nicht so verzweifelt gewesen."

„Bitte. Hör auf."

Er wünschte, er könnte. „Du weißt doch genau, dass es kein Unfall war. Wir kannten das Feld, diese Gleise, sogar den Fahrplan der Züge." Er schüttelte den Kopf. „Jeder von uns hätte es verhindern können, aber wir haben es nicht getan."

Sie hatte Tränen in den Augen. „Warum tust du das?"

„Weil du eine Lüge lebst. Und du hast die Wahrheit verdient."

Sie schlug die Hände vors Gesicht. „Ich war doch gar nicht zu Hause. Ich habe doch nicht gesehen ..."

„Du hast es neun Jahre lang gesehen. Es war nur einfacher für dich, wegzusehen."

Sie sackte in sich zusammen. Er fing sie auf. Er war jetzt in Fahrt und stellte beide Eltern zur Rede, während sie besonders verletzlich waren. Aber es war keine Rache. Der rechtschaffene Zorn, den er verspürt hatte, und die Selbstgerechtigkeit waren verflogen und alles, was er jetzt wollte, war Friede. Der Friede hatte einen Preis und der Preis war die Wahrheit. Aber die Wahrheit hatte auch ihren Preis. Dieser Preis war die Liebe. Er war hierhergekommen, um sie zur Rede zu stellen. Jetzt musste er die Wunden wieder heilen. Möge Gott ihm helfen, er musste ihnen vergeben.

Er half seiner Mutter auf einen Stuhl und kauerte sich vor sie auf den Boden. „Hör mir zu, Mom."

Sie schüttelte den Kopf. „Nein. Du hast genug gesagt."

„Mehr, als du hören wolltest, ich weiß. Du wirst damit machen, was du willst." Wahrscheinlich malte sie es schon jetzt in einem anderen Licht. „Aber es gibt noch etwas, das ich dir sagen muss."

Sofie hatte gelernt, nicht nachtragend zu sein, weil es die Wunde nur noch tiefer werden ließ. Der Groll, den er seinen Eltern entgegengebracht hatte, hatte einen Schorf über seinem eigenen Verrat gebildet. Er hatte eine symbolische Schuld davongetragen, die gegen die ihre verblasste und in gewisser Weise ein Ehrenabzeichen geworden war. Vielleicht trug er weniger Verantwortung, weil er noch ein Kind gewesen war, das tyrannisiert worden und auf seine eigene Abwehr zurückgeworfen gewesen war, aber es war an der Zeit, dass er damit aufhörte, anderen die Schuld zu geben, und stattdessen versuchte, Heilung zu bringen, soweit er es vermochte.

Er schluckte den Kloß in seinem Hals hinunter und sein Körper schien sich gegen das zu wehren, was er sagen musste. „Ich vergebe dir. Ich vergebe Dad und mit Gottes Hilfe werde ich vielleicht irgendwann auch mir selbst vergeben können."

Ihr Mund zuckte. Tränen liefen ihr über die Wangen. Sie sammelte sich und sagte mit heiserer Stimme: „Es wäre besser, wenn du nicht hier wärest, wenn dein Vater aufwacht."

Mit dem Schlag hatte er nicht gerechnet und so traf er ihn mit voller

Wucht. Er nahm seine Reisetasche, warf ihr noch einen letzten Blick zu und nahm sich ein Taxi zum Flughafen.

Lance stand in der Auffahrt. Rese dachte, er nähme die Situation mit Star und Rico nicht so ernst, aber da irrte sie sich gewaltig. Er wusste nur zu gut, wie hitzköpfig Rico sein konnte. Dank Ricos Neigung, große und wütende Leute zu provozieren, hatte er schon jede Menge blaue Flecke und eine Stichwunde abbekommen. Er wusste auch, wie zerbrechlich Star unter ihrer verrückten Fassade war. Aber er traute ihnen zu, dass sie in der Lage waren, sich in einer potenziell unberechenbaren Situation wie zwei Erwachsene zu benehmen. Jedenfalls hoffte er das.

Trotzdem konnte er die Anspannung nicht ignorieren, als Chaz den braunen Lieferwagen in die Einfahrt lenkte. Chaz stieg aus und sie begrüßten sich mit einer Umarmung. Mit Rico fiel die Begrüßung etwas länger und lebhafter aus. Grinsend trat er zurück und betrachtete die beiden.

Rico breitete die Arme aus. „Du ziehst die Sache echt durch, Mann?"

Lance nickte. „Ich ziehe die Sache durch."

Chaz lachte. „Dachtest du, wir kommen hier an und er sagt: Nichts für ungut?"

„Ich dachte, Rese vielleicht. Sie ist eine kluge *chica*. Wie kommt es, dass sie dich noch nicht durchschaut hat?"

Lance zuckte mit den Schultern. „Du kannst sie selbst fragen. Sie und Star sind drinnen."

Ricos Blick huschte zum Haus hinüber. „Vielleicht mache ich das."

„Kommt rein. Wir laden später aus." Besser, das Feuerwerk hinter sich zu bringen und anschließend Zeit zu haben, um die Sache zu kitten, wenn es nötig war. Er öffnete die Tür.

Star stand in einem blau gemusterten Kleid da, die Arme über ihrem Kopf verschränkt. Ihr Blick war auf Rico gerichtet. Sie schlang einen Fuß um das andere Bein. „‚Es ist mehr Gefahr in deinem Aug als in zwanzig ihrer Schwerter.'"

Rico stand einige Augenblicke reglos da und antwortete dann: „‚Anmutsvolle Spitzbübin! Verderben erhasche meine Seele, wenn ich dich nicht liebe.'"

Sie schnappte nach Luft und ihre Hände sanken und falteten sich unter ihrem Kinn. „‚Hör meine Seele sprechen! Den Augenblick, da ich dich sah, flog mein Herz in deinen Dienst.'"

Er lachte leise. „Mehr weiß ich nicht, *chica*. Ich habe nur einen Vers gelernt."

Lance wich zurück, als sie zu Rico eilte und seine Hände nahm. „Ich muss dir etwas zeigen." Als sie ihn die Treppe hinaufzog, warf Rico ihm einen ironischen Blick zu. Dann verschwanden die beiden aus seinem Blickfeld.

„Meinst du, wir können sie allein lassen?", fragte er Chaz.

Chaz hob die Hände. „Was sollen wir sonst tun, Mann?"

„Da hast du auch wieder recht. Komm und sag Rese Hallo." Er führte Chaz in die Küche.

Als er sah, wie sein guter Freund die Frau umarmte, die er liebte, schien es, als könnten die Dinge nicht mehr viel besser werden. Aber dann sah er Carly und ihr Gesicht erzählte eine andere Geschichte. Sie drehte sich um und rannte zur Hintertür hinaus.

Das Déjà-vu-Erlebnis von Marias Leidensweg vor Augen lief er ihr nach. „Warte, Carly."

Sie umklammerte den Bleistift, mit dem sie ihre Hausaufgaben gemacht hatte, und funkelte ihn an.

„Was ist los?" Er trat näher, in der Hoffnung, sie würde wütend werden und ihr Schweigen brechen, aber ihr Gesicht versteinerte, während sie bis an die Wand des Kutscherhauses zurückwich und auf den Boden rutschte.

„Wenn du mir nicht sagst, was los ist, kann ich dir nicht helfen." Das stimmte nicht. Wenn Gott es ihm zeigen wollte, würde ihr Schweigen keine Rolle spielen. Aber bis jetzt hatte Gott ihm noch keine Klarheit geschenkt.

Sofie erschien neben ihm. „Danke, Lance. Ich kümmere mich um sie."

„Es könnte nicht schaden, wenn ich mal mein Glück versuche."

„Es ist Chaz. Er war auf dem Dach, als ... Er war an der Sache beteiligt."

„Du musst nicht die ganze Last allein tragen, Sofie."

Sie ging an ihm vorbei und setzte sich neben das Mädchen. Vielleicht bekam sie auch nichts aus Carly heraus, aber solange er dort stand, ganz sicher nicht. Er ging ins Haus zurück.

Chaz sah besorgt aus. „Es hat sich nicht gebessert.“

„Im Gegenteil. Es wird eher schlimmer“, sagte Lance. „Jetzt redet sie nicht mal mehr mit Sofie.“

„Vielleicht ist sie zu dicht dran.“

Das hatte er ihr auch gesagt. Aber Sofie behauptete, dass niemand etwas tun konnte, solange Carly nicht in der Lage war, an dem Prozess mitzuwirken. „Es fordert einen Tribut, den Sofie nicht zugeben will.“

„Ich hoffe, ich jage ihr nicht jedes Mal, wenn wir uns begegnen, Angst ein.“

Rese lehnte sich an die Küchenzeile. „Alles, was sie an das Erlebnis erinnert, löst diese Reaktion aus, aber sonst ist es auch nicht viel besser.“

Sie sagte das nicht verärgert, sondern nur mit der Frustration, die sie alle verspürten. Ihn eingeschlossen. „Schwer zu wissen, was sie braucht.“

„Sofie schien zu glauben, dass du ihr helfen kannst. Das Gebet ist eindeutig deine Gabe, Lance“, sagte Chaz. „Was willst du damit tun?“

„Tun? Wenn Gott etwas anderes im Sinn hat, dann hat er es mir noch nicht gezeigt. Ich habe alle Hände voll zu tun, um mich um meine Familie zu kümmern und die Extras, die hier ständig aufzutauchen scheinen.“

„Aha.“ Chaz blickte sich um. „Ich kann es spüren. Ein Ort des Segens.“

Lance nickte. „Er hat uns diese Villa gegeben und das Haus nebenan.“ Er sah Rese an. „Wir sind für seine Pläne offen.“

„Gut, dass du auf Gott hörst.“ Chaz lächelte. „Anstatt einfach draufloszulaufen.“

„Na ja …“ Lance fuhr sich mit der Hand durch die Haare. „Das mit dem Draufloslaufen funktioniert nicht so gut.“

Rese trat zu ihm und nahm seine Hand. „Am schwersten fällt es Lance, sich zurückzuhalten und es jemand anders versuchen zu lassen.“

Wie wahr. Er wandte sich an Chaz. „Die ganze Sache mit Sof, da habe ich irgendwie das Gefühl, dass Matt Teil der Lösung ist.“

Chaz nickte langsam. „Aber sieht er das auch so?“

Rico kam herein, mit Star im Schlepptau. „Kommt, wir holen die Sachen.“ Er machte sich auf den Weg zum Wagen. „Star meinte, wir sollten bis zu dem großen Ereignis im Studio proben.“

Lance, Chaz und Rese sahen einander an. Entweder hatten Rico und Star gesagt, was gesagt werden musste, oder sie hielten Worte für überflüssig.

Matt betrachtete die Einladung auf der Arbeitsplatte in seiner Küche. Er hatte noch nicht darauf geantwortet, weil er jedes Mal, wenn er schreiben wollte, dass eine Person kommen würde, beinahe null geschrieben hätte, und jedes Mal, wenn er so weit war, null zu schreiben, wollte er wieder eine Person anmelden. Und dann fragte er sich, warum Rese und Lance ihn dort haben wollten, wenn Sofie auch da war, und warum er, wenn Sofie dort war, irgendwo anders sein wollte. Aber die Antwort darauf war, dass dies genau der Schlüssel zu allem war. Wenn sie ihn nicht dort sehen wollte – er stieß sich von der Küchenzeile ab.

Er musste Sofie sehen, ohne dass Carly dabei war, aber das war gar nicht so leicht. Er wollte nicht das Haus betreten und dadurch den Ort, den Carly wahrscheinlich als sicher betrachtete, beeinträchtigen. Während das Kind in der Schule war, konnte er nicht hingehen, weil er jede Menge Arbeit hatte und sich bei seinem Vorgesetzten sowieso schon auf dünnem Eis bewegte. Er konnte keine Mittagspause machen, ohne dass ihm jemand über die Schulter blickte, und die Worte seines Vaters wurmten ihn. Wenn er das Geld verdienen würde, dass er früher einmal verdient hatte, dann könnte er ihnen sagen, sie sollten ihn in Ruhe lassen.

Die Realität war jedoch, dass er bergeweise Papierkram zu erledigen hatte, der ihn an den Schreibtisch fesselte und davon abhielt, Dummheiten zu machen. Cassinia war zweimal so lange fort gewesen und hatte bei Maria mehr Regeln gebrochen, als er es bei Annie getan hatte, aber er hatte sie nicht verpfiffen. Die Anklage war fallen gelassen worden, aber vorher hatten sein Chef und Cassinia in ihm noch einen bequemen Sündenbock gefunden. Zum ersten Mal in seinem Leben hatte er angefangen, sich wie Jacky zu fühlen. Egal was er tat, er schien nichts richtig zu machen.

Sofie und Carly gaben ihm die Schuld. Mom und Dad gaben ihm die Schuld, was er daraus schloss, dass niemand ihn angerufen hatte, um ihm zu sagen, dass sein Vater die Operation überstanden hatte. Er hatte selbst im Krankenhaus nachgefragt und es dort erfahren, obwohl sie nicht über die Prognose sprechen wollten. Und jetzt wurde sogar seine Arbeit kritisiert und seine Gedanken und Überzeugungen wurden skeptisch beäugt.

Es sah sehr nach Verfolgung aus. Er hatte die Worte Jesu darüber gelesen, dass man in der Welt Probleme haben würde, gefolgt von der Zusicherung, dass er sie überwunden hatte. Aber Christus hatte zu seinen Jüngern gesprochen. Fiel er auch in diese Kategorie?

Es hatte keinen besonderen Moment der Erkenntnis gegeben, sondern nur kleine Augenblicke auf dem Weg dorthin. Kleine Hinweise. Bestätigungen von Dingen, die er früher einmal für so überzeugend gehalten hatte, dass er sich hatte taufen lassen. Oder war das auch nur eine von vielen Erwartungen gewesen, die er erfüllt hatte? Wie das Jurastudium, mit dem er seinem Vater etwas beweisen wollte.

Er öffnete den Kühlschrank, nahm den Krug mit grünem Tee heraus, den er an diesem Morgen aufgegossen hatte, schenkte sich ein Glas ein und stellte es auf den Tisch. Dann tat er Hühncheneintopf auf einen Teller und überlegte, ob er ein Tischgebet sprechen sollte. War selbst das Gottes Gnade?

Er kannte das vorformulierte Gebet, das sie alle bei Sofie gesprochen hatten, nicht, deshalb sagte er einfach: „Herr Gott, bitte segne dieses Essen, das du mir gegeben hast. Amen." Es fühlte sich nicht so merkwürdig an, wie er erwartet hatte. Aber andererseits war niemand da, der zusah und irgendein Urteil fällte. Nach manchen Arbeitstagen, wie er sie erlebte, war das Alleinsein eine gute Sache. Aber im Moment fühlte er sich einfach nur einsam.

Er hatte so viele Menschen vor den Kopf gestoßen. Oder sich von ihnen abgewendet, wie bei Sybil. Wahrscheinlich würde er sie bei Murphy's finden, wo sie mit ein paar anderen die Happy Hour nach der Arbeit genoss. Aber sie taten ihm alle nur leid. Was war nur mit ihm los? Ein Wunsch, den er wirklich hatte, war, in der Villa zu sein. Was würde geschehen, wenn er einfach dort auftauchte?

Er aß einen Bissen von dem Hühnchen, das mit frischem Rosmarin gewürzt war. Nicht schlecht. Eigentlich sogar gut. Vielleicht nicht ausgefallen, aber gesund und lecker. Er schaltete seinen iPod in der Dockingstation ein und ließ die Musik nach dem Zufallsprinzip abspielen. Als er fertig gegessen hatte, machte er einen Spaziergang. Das Zwitschern der Vögel, das Bellen der Hunde und die Stimmen anderer Spaziergänger waren alles, was er vernahm.

Als er wieder zu Hause war, nahm er den Roman zur Hand, den er am Abend zuvor weggelegt hatte, weil er die Augen kaum hatte offen halten können. Die Story war fesselnd, voller Action und schnell, aber dem Buch fehlten Elemente, die er genießen konnte. Es war wie in seinem Leben.

Gedankenversunken lehnte er sich zurück und rieb sich den Unterkiefer. Nichts hatte sich verändert außer ihm selbst. Seine Arbeit, sein Zuhause, seine Entscheidungen; sie waren alle noch da. Genau wie vorher. Er wollte immer noch etwas bewirken, immer noch Unrecht verhindern. Aber irgendwie war er aus dem Gleichgewicht geraten.

Er legte das Buch auf den Couchtisch, lehnte den Kopf zurück und schloss die Augen. *Was willst du von mir?* Aber er wusste es. Die Zweideutigkeit im Niemandsland akzeptierte keine Wanderer mehr. Er musste sein Zelt in dem einen oder im anderen Lager aufschlagen. Die entscheidende Frage war: Wollte er Gott oder Menschen vertrauen?

Seine früheren Argumente meldeten sich zu Wort. Warum hatte Gott Jacky sterben lassen? Aber es war so, wie er es im Krankenhaus selbst gesagt hatte: Sie alle hatten Jacky im Stich gelassen. Warum nur gab Gott Dummköpfen Macht über andere Menschen? Es waren gläubige Freunde und Kollegen gewesen, die Webb Hammond dazu befähigt hatten, seine Söhne zu quälen und seine Frau zu erniedrigen.

Am Jüngsten Tag würden die Leute, die „Herr, Herr!" geschrien hatten, diejenigen sein, die bestimmte Dinge in Gottes Namen getan, aber ihn nie kennengelernt hatten. Matt musste sie nicht zur Rechenschaft ziehen, nachdem er selbst die Wahrheit geleugnet hatte. Es war nicht seine Aufgabe, andere zu richten.

„Also gut. Wir machen es so, wie du es willst." Er sank auf die Knie. „Bitte vergib mir meine Rebellion. Befreie mich von meinem selbstgefälligen Widerstand dir und anderen Menschen gegenüber und mach mich frei von allen meinen anderen Fehlern." Vielleicht war es der Jubel der Engel im Himmel über ein verlorenes Lamm, das gefunden worden war. Er spürte jedenfalls, wie die Schwere sich hob und ihn ein Gefühl von Freude überkam wie eine warme Decke in einer kalten Winternacht.

Kapitel 39

Rese stand in ihrer Suite, die Hände vors Gesicht geschlagen. Sie hatte das Chaos ja irgendwie erwartet, hatte mit der Menschenmenge gerechnet, mit dem Lärm, der Überschwänglichkeit. Sie hatte sich sogar eingeredet, sie würde das alles genießen. Aber die Kinder waren außer Rand und Band, die Mütter schimpften, Lance' Schwager, Cousins und Onkel setzten sich in Pose und Roman knurrte, während Doria alles beherrschte, und so war sie in die relative Einsamkeit ihrer Suite geflohen – relativ, weil Star ihr Zimmer zur Verfügung gestellt hatte und mit einem Futon als Bett und einem Haufen bunter Kleider für das Ambiente das Arbeitszimmer von Rese belegt hatte.

Star kam jetzt herein und kicherte. „Was tust du gerade?"

„Ich versuche zu denken."

„‚An sich ist nichts weder gut noch schlimm; das Denken macht es erst dazu.'"

„Nicht zu denken ist noch schlimmer."

„Hmm." Sie ließ sich aufs Bett fallen. „Bei mir hat es funktioniert."

Rese setzte sich neben sie und lehnte sich an das Kopfteil des Bettes. „Was meinst du, wie lange es dauern wird, bis sie mich vermissen?"

„Schon eine Weile, würde ich sagen. Sie sind einigermaßen selbstbezogen."

Rese lächelte. „Ich hätte nie gedacht, dass das gut sein könnte."

„Oh, es ist sehr gut, wenn man versucht, nicht bemerkt zu werden."

„Und wie lange wird es dauern, bis Rico dich vermisst?"

„Auch eine Weile. Er und Lance spielen Handball an der Schuppenwand."

„Und reagieren wahrscheinlich Romans Beleidigungen ab."

„Was hat es damit eigentlich auf sich?" Star fuhr sich mit den Fingern durch ihre feinen blonden Locken.

„Er ist nicht Tony."

„Wie ist er zuerst darauf gekommen?" Sie zog die Knie an. „Warum können Menschen andere nicht so nehmen, wie sie sind?"

„Nicht jeder Ort ist wie dieses Haus, Star. Der Großteil der Welt ist wie Roman und erwartet, dass die Menschen so sind wie sie."

„Ich werde dieses Gemäuer jedenfalls nie verlassen."

„Und was ist, wenn Rico dir einen Heiratsantrag macht?"

Star sah sie mit ernstem Blick an. „Dann kommen die Frösche weg."

Rese schüttelte den Kopf. „Ich glaube nicht, dass ich Lance und Rico zusammen unter einem Dach länger aushalten würde. Zu viel Testosteron."

„Dann ziehen wir eben nach nebenan."

Rese runzelte die Stirn. „Hat er …"

Star kicherte. „Nein."

„Aber er will auch niemanden mehr umbringen? Habt ihr euch vertragen?"

„‚Die Art der Gnade weiß von keinem Zwang. Sie träufelt wie des Himmels milder Regen zur Erde unter ihr; zwiefach gesegnet: Sie segnet den, der gibt, und den, der nimmt.'"

„Gut", sagte Rese und nickte. „Dann streiche ich das Blutvergießen von der Liste meiner Sorgen."

Matt las die Studie zu Ende und klappte die Psychologie-Zeitschrift zu. Vielleicht ging es ihn nichts an, aber was er gelesen hatte, war wirklich vielversprechend. Bevor Sofie damit anfangen konnte, Carly normale Beziehungskompetenzen beizubringen, musste sie das Trauma überwinden, dass ihr Dad gestorben war und sie selbst und Sofie dabei beinahe auch umgekommen wären. Wenn die in dem Artikel erwähnte Behandlungsmethode nur halb so gut funktionierte, wie die Fallstudien vermuten ließen, könnte dies der Schlüssel sein, der die Kommunikation mit Carly aufschließen konnte.

Es war einleuchtend, dass das Trauma, ihren Dad in den Tod stürzen zu sehen – und beinahe von ihm mitgerissen zu werden –, sich in einem emotional aufgeladenen Teil des Gehirns eingeprägt hatte, das das Ereignis in lebhaften Einzelheiten heraufbeschwor, wenn irgendetwas die Erinnerung daran weckte oder sie sich bedroht fühlte oder sogar im Schlaf, wo der Zwischenfall Albträume verursachte, während ihr Verstand vergeblich versuchte, das Trauma zu verarbeiten. Es aus dieser

Stelle im Gehirn zu lösen, war der Schlüssel. Er lehnte sich zurück. Diese Methode war sicherlich nicht die ganze Lösung, aber vielleicht ein Ausgangspunkt?

Über Elemente des Traumas zu reden, war normalerweise Teil der Therapie, aber bei entwicklungsverzögerten Kindern und solchen im präverbalen Alter hatten Ärzte eine andere Vorgehensweise gefunden. Die Augenbewegungen von rechts nach links oder andere bilaterale Reize aktivierten das Erinnerungsnetzwerk, in dem das Trauma in erstarrten Details festsaß, und gleichzeitig die Informationsnetzwerke, die dem Kind erlaubten, das Geschehene zu verarbeiten. Das Ziel war es, Angst, Panik, Trauer und Verzweiflung durch ein bestimmtes Maß an Frieden und Entspannung zu ersetzen. Was konnten sie mehr verlangen?

Er griff zum Telefon und ging die Liste der Leute durch, mit denen er oft zusammenarbeitete. Wenn sie ihm sagten, er sei verrückt, okay. Aber schon die erste Kollegin, die er anrief, bestätigte die positiven Ergebnisse bei dokumentierten Fällen und verwies ihn an einen Spezialisten. Er hatte nicht erwartet, dass es so einfach sein würde, und er war sich nicht einmal sicher, wie er eigentlich auf diese Schiene gekommen war – eine kleine Kette von Ereignissen, die er sich nicht selbst zuschreiben konnte, sondern die seiner Meinung nach eher auf Gottes Konto gingen. Wenn er jetzt nur ein paar Minuten allein mit Sofie haben könnte.

Sofie konnte nicht glauben, wie wundervoll der Hochzeitstag von Lance und Rese war, mit dem Nebel, dem ein warmer Frühlingsmorgen folgte, der nach Geißblatt duftete und nach zarten Blüten an den alten Weinstöcken, nach Kräutern und Blumen in jedem Topf und Beet. Star hatte Lance und Rese strikt verboten, den Garten zu betreten. Seit dem Morgengrauen hatten sie und Elaine um all die geliehenen Tische und Stühle, an jeder Rebe und jedem Ast Hunderte, vielleicht sogar Tausende Glasprismen aufgehängt, die das Sonnenlicht in blendende Regenbogen verwandelten.

Was hätte besser Hoffnung und Verheißung widerspiegeln können?

„Sieh mal, Carly. Wie schön es aussieht."

Carly nickte.

Sofie nahm sie in den Arm. „Willst du nicht mit mir reden, Süße? Heute sollten wir die Traurigkeit eine Zeit lang vergessen."

Carly erwiderte die Umarmung heftig und ausnahmsweise hatte Sofie das Gefühl, dass das Schweigen für das Kind ebenso schmerzlich war wie für sie. Sie befestigte das Band, das in ihrem Haar verrutscht war. „Ist schon gut. Du entscheidest, wann du so weit bist."

Sie fand ihre Plätze in der Nähe des mit Geißblatt umrankten Bogens, unter dem Lance und Rese einander ihr Trauversprechen geben würden. Gäste und Angehörige füllten die Reihen, aber sie konzentrierte sich auf das kleine Mädchen, das sie so sehr liebte. Sie wollte aufmerksam beobachten, wann es Carly zu viel wurde. Doch vielleicht bewirkten die Regenbogen einen gewissen Zauber, denn Carlys Blicke wanderten von einem Prisma zum anderen. In allen möglichen Formen und Größen waren sie zu sehen: lange runde Tropfen, Kreise und Diamanten. Dreieckige und rechteckige Prismen und sogar, wie Sofie bemerkte, ein paar kleine Glasvögel. „Sieh mal." Sie zeigte auf einen von ihnen. „Ein Kolibri."

Carly lächelte – der schönste Anblick im ganzen Garten. Auf Star war Verlass, wenn es darum ging, ein solches Wunderland zu erschaffen. Auf der anderen Seite des Ganges saß Elaine und staunte über das Licht und die Farben. Neben ihr saß Nonna und döste mit einem Lächeln im Gesicht vor sich hin.

Ein Trio aus Geige, Flöte und Cello spielte in der Nähe des Kutscherhauses, als die Stühle sich füllten und andere Gäste ihre Stehplätze einnahmen. Sie und Carly veranstalteten einen Wettbewerb, wer die meisten Vögel entdeckte, bis die Musik den Beginn der Trauung markierte. Lance hatte Vater Agostino eingeflogen, den jovialen, silberhaarigen Priester, bei dem Lance schon Ministrant gewesen war und der jetzt die Trauung vornehmen würde. Er begab sich auf seinen Platz hinter dem Bogen.

Rico, die Haare zu einem Pferdeschwanz gebunden, und Chaz mit seinem rasierten kaffeebraunen Kopf stellten sich auf eine Seite der Laube, lässig in ihren eleganten anthrazitfarbenen Jacketts und Krawatten. Lance, der in seinem hellgrauen Gehrock umwerfend aussah, trat vor Rico hin. Wenn er nervös war, ließ er es sich jedenfalls nicht anmerken.

Er stand mit einem Anflug von Selbstgefälligkeit da, aber als ihre Blicke sich trafen, sah sie nur freudige Erwartung. Ihr kleiner Bruder hatte seine Herzensdame, seinen Anker gefunden. Und das war in seinem Fall keine Kleinigkeit. Sofie war stolz auf ihn.

Michelle kam in einem blauen Etuikleid den Steinweg hinunter, die braunen Haare gelockt und hochgesteckt, sodass es ihrem lieben, schlichten Gesicht schmeichelte. Stars blassblonde Haare lockten sich von Natur aus zu kurzen, weichen Spiralen, als sie als Nächste in einem hauchdünnen blau-türkisen Wickelkleid mit mehreren Lagen und winzigen Glocken an den Spitzen erschien. Sofie konnte ein Lächeln nicht unterdrückte und Rico ging es ebenso.

Brad wirkte in seinem passenden anthrazitfarbenen Gehrock unbehaglich, als er mit Rese den Mittelgang hinunterschritt. Sofie erkannte Rese in ihrem elfenbeinfarbenen Spitzenkleid kaum wieder, das wundervoll um ihre schlanke Figur fiel. Lance konnte sich nur schwerlich beherrschen und sie sah Tränen in seinen Augen glänzen.

Als Vater Agostino fragte: „Wer gibt diese Frau in die Ehe?", antwortete Brad: „Ihre Mutter Elaine und ihr Vater Vernon, wenn er könnte" – er drehte sich zu Lance um, und der Anflug eines spöttischen Lächelns umspielte seine Lippen – „und ich tun es." Das rührte Rese zu Tränen. Brad gab ihr einen Kuss auf die Wange und setzte sich.

Das Kleid von Rese war mit Zuchtperlen bestickt, in denen sich die Regenbogenfarben der Prismen spiegelten. Es schien, als würde sie selbst leuchten. Ein Reif lag um ihren Kopf und gipfelte in dem Schleier, der in luftigen Tülllagen bis zum Saum ihres Kleides reichte. Sie trug weiße Calla mit Schwertlilien, fliederfarbenem Rittersporn und dunkelroten Wicken, die Sofie sogar noch von ihrem Platz aus riechen konnte.

Sie hatte sich nicht vorgestellt, dass Rese ein traditionelles Kleid mit Schleier tragen und so zerbrechlich und schön aussehen würde. Kein Wunder, dass Lance strahlte. Als sie ihr Trauversprechen ablegten, die Ringe tauschten und die Hochzeitskerze entzündeten, war die Freude, die sie empfand, ein reines Geschenk, wie ein Ventil, das sich plötzlich öffnete. Mama hatte sich Sorgen gemacht, dass es sie deprimieren würde, als Letzte von den Geschwistern noch unverheiratet zu sein, aber wie konnte sie bei alldem hier an sich selbst denken?

Lance küsste seine Braut und raubte ihnen allen den Atem. Sie standen auf und applaudierten, als der Priester sie als Mr. und Mrs. Michelli bezeichnete. Sogar Carly klatschte und ein Lächeln zuckte um ihren Mund. Sofie drückte ihre Schultern.

Sobald Lance und Rese die letzten Stuhlreihen passiert hatten, kamen Helfer, um die Stühle um die Tische zu stellen. Normalerweise waren die Trauzeugen nicht für die Unterhaltung zuständig, aber Chaz und Rico waren nicht aufzuhalten, wenn sie ein Publikum hatten. Es machte Carly immer noch nervös, sie zu sehen. Daher ging Sofie mit ihr in die Küche, um Tabletts mit Hackbällchen, Schinkenröllchen mit frischem Mozzarella, Ravioli mit Pesto und Krebsfleisch, gerösteten Paprika und dünnen, knusprigen Auberginenscheiben zu füllen.

Nonna scheuchte sie hinaus, erlaubte es aber Carly erstaunlicherweise, zu bleiben. Noch erstaunlicher war, dass Carly auch tatsächlich blieb. Sofie ging nach draußen und sah Matt, der mit Lance redete. Ihr Herzschlag beschleunigte sich. Was machte er hier, so attraktiv in seinem gut sitzenden Anzug und der Seidenkrawatte?

Er sah herüber und sein Blick blieb an ihr hängen. Ihre Füße setzten sich in Bewegung, ohne dass es ihr bewusst war, immer auf ihn zu, als wüssten sie, dass diese Chance jeden Augenblick vertan sein könnte. Lance blickte zwischen ihnen hin und her und ging.

Sie benetzte ihre Lippen. „Wie geht es dir, Matt?“

„In diesem Augenblick ziemlich gut.“ Seine Augen hatten die Wärme flüssiger Schokolade, die sie von Anfang an bezirzt hatte. „Ich hoffe, es macht dir nichts aus, dass ich gekommen bin.“

„Nein. Im Gegenteil. Ich bin froh, dass du hier bist. Ich wusste ja gar nicht, dass du eingeladen warst.“ Oder sie hätte ihn gesucht – und wäre enttäuscht gewesen, wenn er nicht erschienen wäre.

„Ich schwöre, dass ich mich nicht selbst eingeladen habe.“

Sie lächelte. „Unbemerkt hättest du dich kaum einschleichen können.“ Sie berührte den Ärmel seines Jacketts. „Nicht, wenn du so fantastisch aussiehst.“

„Du bist es, die fantastisch aussieht.“ Er musterte sie lange und gründlich.

Sie hatte das butterblumengelbe Kleid gewählt, dessen Farbverlauf in einem tiefen Senfton endete, weil sie etwas Fröhliches gebraucht hatte, und nicht, weil es ihre kupfergrünen Augen und ihren dunklen Teint so gut zur Geltung brachte. Aber jetzt war sie froh, dass es so war.

„Matt, beim letzten Mal ...“

„Ich bin nicht ...“ Sie fingen beide gleichzeitig an zu sprechen.

Sie ließ ihre Finger von seinem Ärmel zu seiner Hand gleiten und ihre Finger verschränkten sich wie von selbst. „Ich weiß, dass du helfen wolltest, und ich weiß es zu schätzen. Du hast mit allem recht gehabt, aber ich weiß nicht so recht, was ich tun soll."

Er nickte. „Ich habe etwas gefunden, das vielleicht hel..."

Ein Schrei ließ sie beide zusammenfahren. Carly stand anderthalb Meter von ihnen entfernt mit einem Blick voller Wut und Entsetzen.

„Carly ..."

Das Kind stürzte sich mit geballten Fäusten auf sie und schlug auf sie ein. Sofie steckte die Schläge ein, bis Matt Carly zu fassen bekam und sie wegzog. Ihre Schreie wurden lauter und einige Leute drehten sich um und starrten sie an.

Carlys Aggressivität hatte sie überrascht, aber sie hob die Hände. „Warte, Matt."

„Lass mich, Sofie. Ich möchte nur mit ihr reden."

„Aber das kann sie nicht."

„Ich sagte, *ich* will mit *ihr* reden. Vertrau mir."

Er hatte schon öfter mit wütenden, traumatisierten Kindern zu tun gehabt. Das war sein Beruf. Aber konnte sie ihm Carly anvertrauen? Sie holte Luft und nickte. Die Hände unterm Kind gefaltet, ließ sie zu, dass Matt Carly forttrug, während diese schrie und um sich schlug und ihm in die Schultern biss. Obwohl es ihr das Herz brach, das Kind so hysterisch zu sehen, hatte es etwas zutiefst Tröstliches, sie – wenn auch nur für kurze Zeit – jemandem zu überlassen, der so viel größer und stärker war als sie selbst.

War das ein Fehler? Sie prüfte ihr Herz. Es fühlte sich nicht egoistisch an. Es fühlte sich … richtig an.

Obwohl ihre Zähne seine Anzugjacke nicht durchdrangen, war der Druck ihrer Kiefer, die sich an seiner Schulter festgebissen hatten, so unangenehm, dass er so schnell wie möglich mit ihr im Haus verschwinden wollte. Er hatte nicht vor, ihre Panik und Wut durch sein Eingreifen noch zu steigern. Er trug sie die Treppe hinauf in das weiße Zimmer, in dem Sofie mit Diego gewohnt hatte. Den Büchern auf dem Regal und ein paar Kuscheltieren nach zu urteilen war das jetzt Carlys Zimmer.

Trotz des Lärms ließ er die Tür offen. Um jeden Verdacht auf sexuelles Fehlverhalten zu vermeiden und weil es einfacher war, sie in Schach zu halten, setzte er sie in einen Sessel und nicht aufs Bett. Sie hatte nichts gesagt, aber die Laute, die sie von sich gab, waren unzweideutig. Wenn sie ihm den Kopf hätte abreißen können, hätte sie es getan.

Er hockte lange vor dem Sessel und versperrte ihr so den Weg nach draußen. Ihr Schreien und Umsichschlagen ließ er zu. Es war Pech, dass er sie überhaupt hatte anfassen müssen. Das würde die Erinnerung an jenen Tag auf dem Dach wecken. Aber er würde nicht zulassen, dass sie Sofie angriff.

Obwohl sie so elfenhaft wirkte, gelang es Carly, sich in einen launischen Kobold zu verwandeln, bevor sie erschöpft auf dem Sessel zusammensackte. Bei ihr hatte sich wahrscheinlich ein Ventil geöffnet, das schon kurz vor der Explosion gestanden hatte. Als sie eine gewisse Selbstbeherrschung zurückgewonnen hatte, sagte er: „Ich erwarte nicht, dass du etwas sagst. Ich wäre dir sogar dankbar, wenn du es nicht tust. Aber ich habe dir ein paar Dinge zu sagen und das geht schneller und einfacher, wenn du zuhörst."

Sie schob Kinn und Unterlippe vor. Sofie hatte wahrscheinlich recht damit, dass sie auf ihre Stummheit keinen Einfluss hatte, denn es sah eindeutig so aus, als würde sie ihm am liebsten ihre Meinung sagen, wenn sie nur könnte.

„Ich weiß, dass es dir nicht gut geht. Du fühlst dich schlechter, als du es dir jemals hast vorstellen können. So war es bei mir auch, als mein kleiner Bruder von einem Zug überfahren wurde. Der Schmerz ist da und du wirst ihn nicht los, sosehr du es auch versuchst."

Sie schluchzte lautlos, funkelte ihn aber weiterhin böse an.

„Ich glaube, dass du reden würdest, wenn du es könntest, aber du hast Angst, dass das, was du sagst, die Sache nur noch schlimmer macht. Vielleicht denkst du, was du gesagt hast, hätte schon Ärger verursacht. Du hast Angst, Sofie zu verlieren, aber sie so zu behandeln, wie dein Dad dich behandelt hat, wird nur dazu führen, dass sie dir böse ist."

Sie schnappte nach Luft und frische Tränen traten ihr in die Augen.

„Das weißt du. In deinem Innern weißt du, wie Sofie sich fühlen wird, wenn du sie von allen anderen abschottest, wenn sie nur dich lieben darf und du dich weigerst, auch mit anderen Freundschaft zu schließen."

Mürrisch wandte sie den Blick ab, aber er entdeckte einen ersten Riss in ihrem Panzer.

„Es wird nicht einfach sein. Du kannst deinem Dad nicht die Schuld geben, wenn jemand dich nicht mag. Du musst durch das, was du selbst sagst und tust, Freunde finden und behalten. Und Sofie liebt dich, aber ehrlich gesagt hat jeder ab und zu genug von dem anderen."

Sie warf ihm einen Blick zu, dann wischte sie sich mit der Hand übers Gesicht und vergrub ihre Fäuste unter ihren Oberschenkeln.

„Ich werde jetzt rausgehen und Sofie etwas erzählen, das dir vielleicht helfen kann. Und ich erwarte von dir, dass du unsere Unterhaltung respektierst. Wenn du es nicht tust, habe ich noch eine Menge mehr zu sagen und wir kommen wieder hier herauf und machen weiter, bis wir fertig sind. Ich habe den ganzen Tag Zeit."

Ihr Kinn zitterte, aber sie sah nur dabei zu, wie er aufstand und zur Tür ging. Er warf noch einen kurzen Blick über die Schulter, dann ging er die Treppe hinunter, an dessen Fuß Elaine saß.

„Sagen Sie mir Bescheid, wenn Carly das Zimmer verlässt, ja?"

Elaine nickte. Er hatte das Gefühl, dass sie bereits wachsam gewesen war. „Danke, Elaine. Ihre Tochter ist eine wunderschöne Braut."

„Sie hat mein Kleid getragen."

„Es war vollkommen."

„Aber sie hat nicht das Grüne zum Grünen getan. Und das werden sie merken." Sie blickte ruckartig über ihre Schulter. „Sie merken es immer."

„Sagen Sie mir, wenn Carly herunterkommt."

Sie nickte feierlich und er ging zurück in den Garten, wo er Sofie zurückgelassen hatte.

Doria Michelli stand bei ihr und sah ihn kommen. „Siehst du", sagte sie, „ich habe es dir doch gesagt."

Sofie fuhr herum. „Wo ist denn Carly?"

„Drinnen. Elaine bewacht die Treppe. Sie sagt mir Bescheid, wenn Carly runterkommt."

„Was hast du …"

Chaz und Rico stimmten einen neuen Song an und Star nahm das Mikrofon in die Hand und sang mit ihnen. Ihre Stimme klang überraschend voll.

Er zog sie von ihrer Mutter fort in einen ruhigeren Teil des Gartens. „Wir hatten ein offenes Gespräch über das, was sie getan hat. Aber ich wollte dir erzählen, dass ich etwas gefunden habe, was ihr helfen könnte, das Trauma zu verarbeiten." Er beschrieb, was er in Erfahrung gebracht hatte.

„Ich habe davon im Studium gehört", erklärte sie ihm. „Du glaubst, es ist eine posttraumatische Störung?"

„Was meinst du?"

„Ich habe mich hier auf Trauertherapie konzentriert."

Die Hände in die Hüften gestemmt, blickte er zum Haus hinüber und dann wieder zu Sofie. „Ich bin mir nicht sicher, ob sie wirklich trauert, Sofie."

Beunruhigt starrte sie ihn an, hörte ihm aber zu.

„Trauer ist sicherlich auch irgendwo im Spiel, aber im Moment geht es ihr darum, die Kontrolle zu behalten." Dass Sofie schwieg, sagte ihm, dass er genau ins Schwarze getroffen hatte. „Ihr ganzes Leben lang wurde sie beherrscht. Nicht gequält oder geängstigt, sondern Eric hat die Liebe als Werkzeug, als Waffe benutzt."

Sie schluckte. „Und du glaubst, dass Carly jetzt dasselbe tut?"

„Ich weiß nicht, an wie viel sie sich noch erinnert", fuhr er fort, „aber sie hat die Art, wie Eric dich kontrolliert hat, verinnerlicht. Wenn sie die Oberhand behält, hat sie die Liebe und Aufmerksamkeit, nach der sie sich sehnt, ohne beherrscht zu werden, was sie hasst."

Sofie presste eine Hand auf ihre Stirn. „Und du meinst, dass diese Therapie ..."

Er schüttelte den Kopf. „Ich glaube, es könnte ihr helfen, das Trauma dessen, was auf dem Dach geschehen ist, zu verarbeiten, damit die eigentliche Arbeit beginnen kann."

Sie dachte darüber nach. Schließlich blickte sie auf. „Ich habe dich so vermisst."

Er räusperte sich, plötzlich heiser. „Ja. Es gibt da ein Loch, das ich zu ignorieren versuche, aber ich trete immer wieder mitten rein."

Sie schob ihre Hand in seine. „Und ich vermisse es, mich zu fragen, ob du wohl anrufst."

„Ich bin ein emanzipierter Verehrer. Frau kann mich auch anrufen."

„Ich vermisse es, mit dir über den Glauben zu streiten und ..."

„Das mit dem Streiten passiert vielleicht nicht mehr. Du und deine Familie, ihr habt mehr Einfluss auf mich, als ihr ahnt."

„Oh Matt, da bin ich aber froh!"

„Wenn du dich das nächste Mal aus dem Staub machen willst, musst du an mir vorbei."

Sie lachte. „Da bin ich ziemlich geschickt."

„Und ich bin eine ziemlich gute Straßensperre."
„Was ist mit Carly?"
„Ich mag Kinder."
„Aber sie ist Erics Tochter."
Er rieb sich das Gesicht. „Ich erwarte ja auch nicht, dass das alles einfach wird. Aber jeder von uns hat seine Lasten. Vielleicht können wir alles auf einen Karren werfen und uns beim Schieben abwechseln."
Sie nahm seine Hände. „Du bist ein großer, starker Mann. Vielleicht sollten Carly und ich auf dem Wagen fahren."
„Klar. Mit euch beiden werde ich Mühe haben, mich zu behaupten."
Ein paar Kinder rempelten ihn beim Fangenspielen an.
Sie lächelte ihnen zu und sah dann wieder zu ihm. „Heute soll ein Festtag sein."
„Ich weiß nicht, wie es dir geht, aber mein Herz tanzt vor Freude."
Sie legte eine Hand an seine Brust. „Tut es das?"
Seine Stimme klang rau. „Das weißt du doch."
Hinter ihnen stimmte Star eine irische Ballade an. Der Blick in Sofies Augen raubte ihm die letzte Selbstbeherrschung. Er umarmte und küsste sie, dann legte er die Hände um ihr Gesicht und küsste sie wieder. „Sag, dass das kein Traum ist."
„Wenn doch, wach einfach nicht auf."
„Ich liebe dich, Sofie."
„Ich kann nicht anders, als dich zu lieben." Sie blickte in seine Augen. „Aber ich muss ..."
Er legte seine Finger auf ihren Mund. „Wir finden eine Lösung. Zusammen."
„Und sehen, was passiert?"
„Und sehen, was Gott mit uns vorhat." Er verschränkte die Finger in ihrem Nacken. „Es ist kein Zufall, dass du in mein Leben gekommen bist."
Zitternd legte sie ihre Hände über seine. „Ich habe dieses Geschenk nicht verdient."
„Du kannst es nicht zurückgeben."
Sie lachte durch die Tränen, die in ihren unglaublichen Augen funkelten. „Umtauschen?"
„Kommt nicht infrage."
„Wie ist es mit einem Gutschein?"
„Alle Verkäufe sind endgültig."

Sie schob den Arm um seine Taille und legte eine Wange an seine Brust. „Also gut, ich nehme es."

Carly sah vom Fenster aus zu. Sie war von Sofies Zimmer in das rosafarbene Zimmer geschlichen und sah, wie Sofie und Matt sich küssten und umarmten. Ihr Bauch tat weh. Sie hatte alles zerstört. Sie hatte einen Wutanfall gehabt und jetzt waren nur noch Traurigkeit und Angst übrig; alles war zu spät. Sie schluckte die erneut aufsteigenden Tränen hinunter. Jetzt spielte es keine Rolle mehr, ob sie sprechen konnte oder nicht. Es interessierte sowieso niemanden mehr.

Sie hatte Sofie *geschlagen*. Sie hatte versucht, ihr so wehzutun, wie Daddy den anderen wehgetan hatte. Jetzt hielt sie sich den Kopf mit beiden Händen. Wie Daddy mit den armen kleinen Hündchen. Wie Ms. Bakers Auto und Mrs. Warren auf der vereisten Treppe. Sofie würde sie jetzt *hassen*. Bestimmt hatte sie jetzt genug von Carly und wollte sie nur noch loswerden.

Carly rannte ins Bad und übergab sich. Dann spülte sie sich den Mund mit Wasser aus und starrte in den Spiegel. Hatte Matt recht? War sie zu Sofie genauso, wie Daddy es gewesen war? Hatte Sofie etwas gegen sie und plante, wie sie entkommen konnte? Sie wollte nichts von dem glauben, was Matt gesagt hatte. Aber seine Augen waren nicht kalt gewesen, als er es gesagt hatte. Sie waren ganz anders als alles, was sie bisher gesehen hatte, selbst anders als Sofies Augen.

Sofies Augen wollten immer irgendetwas – dass sie redete, dass es ihr gut ging. Aber es ging ihr nicht gut. Matt wusste das. Er hatte genau beschrieben, wie sie sich fühlte, dass sie den Schmerz nicht loswurde. Sie wollte ihn hassen, aber er hatte es so gesagt, als hätte er auch so ein Gefühl in sich, so als hätten sie ein gemeinsames Geheimnis.

„*Vielleicht denkst du, was du gesagt hast, hätte diesen Ärger verursacht.*" Nicht nur, was sie sagte, sondern alles, was sie getan hatte. Matt hatte so ausgesehen, als wüsste er das, als verstünde er es, als hätte er selbst auch diese Verantwortung getragen. Sein Bruder war von einem Zug überfahren worden. Das war genauso schlimm, wie vom Dach zu fallen. Oder selbst der Grund dafür zu sein, dass er vom Dach fiel. Obwohl es doch ein Unfall war und sie nie ...

Schluchzend warf sie sich aufs Bett. Jemand kam herein. Carly rollte sich auf die Seite. Elaine, die Mutter von Rese, kam und setzte sich an ihr Bett. Carly wischte sich mit der Hand die Nase ab und wollte aufstehen, aber Elaine tätschelte ihre Schulter.

„Ich hatte ein kleines Mädchen."

Carly schniefte und nickte. Klar, das war Rese.

„Sie hat sich in einen Schmetterling verwandelt. Einmal ist sie aufs Dach geflogen und wir haben in den Wolken gespielt."

Carly setzte sich auf.

Elaine starrte zur Decke hinauf. „Wir haben in den Wolken gespielt und gespielt. Aber sie haben sie weggeholt. Sie holen sie immer weg. Sie ist fort. Fort, fort." Elaine legte sich hin und murmelte: „Fort."

Carly wünschte, sie könnte sagen, dass Rese draußen hinterm Haus war, aber die Worte wollten ihr noch immer nicht über die Lippen kommen. Und das Mädchen, das sich in einen Schmetterling verwandelt hatte, war sowieso nicht mehr da. Traurig und einsam kletterte Carly vom Bett. Nichts blieb, wie es war. Wenn sich etwas veränderte, stürzte alles andere auch ein.

„Carly?" Sofie stand in der Tür.

Carly fing an zu zittern. Wie würde sie es sagen? Vielleicht: „Ich will dich nie wiedersehen." Das hatten Freunde zu ihr gesagt, wenn sie dachte, sie hätte etwas angestellt, selbst wenn sie gar nichts verbrochen hatte. Aber diesmal war es anders.

Sofie breitete die Arme aus. „Komm her."

Vielleicht würde sie es nett sagen. *Es ist das Beste so.*

Sie ging zur ihr und blickte nach oben. Sofie hockte sich vor sie und nahm sie in den Arm. „Komm, Süße. Wir holen uns Kuchen."

Warte mal. Wollte sie denn gar nicht darüber sprechen, was geschehen war? Carly zögerte.

Sofie fuhr mit einer Hand sanft über ihr Haar und hob ihr Kinn hoch. „Es wird alles wieder gut."

Sie betrachtete Sofies Gesicht. War sie denn gar nicht böse auf sie? Verletzt?

„Wir kriegen das hin. Wir alle. Zusammen."

Zitternd holte Carly Luft und konnte kaum glauben, was Sofie gerade gesagt hatte. Obwohl sie es sich so sehr wünschte.

Kapitel 40

Der Bohrer jaulte auf und verstummte dann schließlich. Das Schild über dem Eingang des blauen Hauses war befestigt. Lance murmelte: „Vorsichtig!“, als Rese von der Leiter kletterte und ihm einen Blick zuwarf. Sofie unterdrückte ein Lächeln. Man sah Rese die Schwangerschaft noch gar nicht an, aber er konnte nicht anders.

Die letzten acht Monate hatten Kummer, viel Arbeit, lange Tage und noch längere Nächte, Tränen und Gelächter und noch mehr Tränen mit sich gebracht. Aber durch all das, oder vielleicht eher wegen allem, hatten sie einen Weg gefunden. Matts Hand lag auf ihrem Rücken, als sie die Buchstaben las, die Rese geschnitzt hatte.

Jack Hammond Zentrum für Kinder. Und darunter stand: *Wo Leben ist, da ist Hoffnung*. Es hatte keine Diskussion über den Namen gegeben. Sie wollten an den kleinen verlorenen Jungen erinnern, indem sie anderen Hoffnung und Leben schenkten.

Sofie blickte zu Carly hinunter. „Wie findest du es?“

„Es sieht gut aus.“ Carly lächelte ihr zu und dann strahlte sie auch Matt an, der ihr daraufhin zärtlich über den Kopf strich.

Sofie sonnte sich in der Freundschaft, die ihr kleines Mädchen mit dem Mann geschlossen hatte, den sie so sehr liebte.

Nachdem er seine Zulassung in Kalifornien beantragt und erhalten hatte, würde er in der Stiftung, die er gegründet hatte, sowohl den Hut des Sozialarbeiters als auch den des Anwalts tragen. Sie hatte ein Programm für Tanztherapie erstellt und schrieb jetzt an einer ganz anderen Dissertation als der ursprünglich geplanten. Mit Stars und Ricos kreativer Energie, mit der Stärke und dem Pragmatismus von Rese und mit Lance' musikalischer und geistlicher Begabung würden sie dafür sorgen, dass dies auch weiterhin ein Ort war, an dem Heilung geschehen konnte.

Rico, Star und Elaine gesellten sich zu ihnen, ebenso wie Nonna, die in den Korb, den Star trug, einen Laib Brot gelegt hatte, damit alle, die hungrig waren, satt werden konnten, und einem Salzstreuer, damit das Leben Geschmack haben möge, und Wein für Freude und Wohlstand.

„Bereit?“ Lance öffnete die Tür und sie traten einer nach dem anderen ein.

Rese hatte jeden baufälligen, angeschlagenen, langweiligen und düsteren Zentimeter des Hauses restauriert und alles in zarten Gelb- und Rottönen und Salbeigrün gestrichen. Wenn es erst einmal möbliert war, konnte Sofie sich nichts vorstellen, was es noch tröstlicher, fröhlicher und einladender machen könnte.

Carly drehte sich mitten in dem großen leeren Wohnzimmer mit ausgestreckten Armen um die eigene Achse. „Hallo! Echo! Hallo!“

Ihre Worte hallten von den Wänden und Decken wider. Sofies Herz floss über, als sie Carly so sah. Sie alle waren Echos einer großen Liebe – manche laut, manche leise, andere mit Nachhall –, die auf irgendeine Weise wiedergaben, was für sie getan worden war. Segen würde von diesem Ort ausgehen wie ein Brunnen der Hoffnung. Sie spürte die Verheißung in sich, und als sie sich umdrehte, sah sie sie auch in Matts Augen. Sie schob ihre Hand in seine, schloss die Augen und hob das Gesicht gen Himmel, während Lance einen Segen über der Gegenwart und der Zukunft sprach und sogar über kommende Generationen.